문 두 스

김종영 장편소설

문두스
Mundus

지은이   김종영
펴낸이   조정환
책임운영   신은주
편집   김정연
디자인   조문영
홍보   김하은
프리뷰   박현수·손보미
초판 인쇄   2023년 6월 21일
초판 발행   2023년 6월 23일
종이   타라유통
인쇄   예원프린팅
라미네이팅   금성산업
제본   제이앤디바인텍
ISBN   978-89-6195-323-8 03810
도서분류   1. 소설 2. 한국 소설
값   19,800원
펴낸곳   도서출판 갈무리
등록일   1994. 3. 3.
등록번호   제17-0161호
주소   서울 마포구 동교로18길 9-13 2층
전화   02-325-1485
팩스   070-4275-0674
웹사이트   www.galmuri.co.kr
이메일   galmuri94@gmail.com

봉래산의 어느 소나무에게

1
부

1장 세상의 기원

검은 가방을 든 그가 연단에 들어서자 빛의 폭풍이 휘몰아쳤다. 조작에 대한 의혹이 섬광처럼 번쩍였고 연신 터지는 플래시에 눈조차 뜰 수 없었다. 일찍이 이토록 많은 카메라와 기자가 모인 것을 본 적이 없었고, 진실을 요구하는 집단적 에너지를 그토록 광적으로 느껴 본 적도 없었다. 한국대학교 기자회견실은 겨우 그 빛의 폭발을 감당하고 있을 뿐이었다. 그는 연단 옆에 가방을 놓고 한숨을 쉬었다. 양복 상의 왼쪽 주머니에서 반듯하게 접힌 기자회견문을 꺼냈다. 입술이 말라 혀를 내밀어 침을 바를 수밖에 없었다. 마이크 앞에서 목을 가다듬자 또 한 차례 빛의 폭풍이 휘몰아쳤다. 이 빛들 속에서 검은 구멍 두 개가 선명하게 보였다. 번쩍이는 플래시 앞에서 그의 눈은 강렬한 반사체였다. 줄기세포는 진짜 존재한다는 확신의 표시인가 아니면 가짜로 판명될 경우 모두가 죽을 수밖에 없다는 자각의 몸부림인가. 감정을 억누른 채 그는 입을 뗐다. 규명하려는 자와 밝히는 자 사이의 복잡한 정적이 잠시 홀을 메웠다.

"국민 여러분, 저는 오직 진실만을 말하겠습니다. 줄기세포는 대한민국의 기술입니다. 제보자와 JBS가 제기한 어떠한 의혹도 모두 거짓입니다. 이 위대한 기술을 빼앗기 위한 음모가 도처에 도사리고 있습니다. JBS는 음모 세력에 의해 놀아나고 있습니다. 3일 내로 증거를 제시하십시오. 그렇지 않다면 JBS가 취재 과정에서 저지른 모든 잘못을 언론에 공개하겠습니다. 국민 여러분, 우리의 줄기세포를 지켜주십시오. 음모 세력에 단호하게 맞서주십시오. 저는 대한민국의 원천 기술을 지키기 위해 모든 것을 걸겠습니다."

권민중. 국민들로부터 전폭적이고 열광적인 지지를 받고 있는 대한민국의 토템. 각자도생의 시대에 다시 한번 혼연일체의 감정을 불러일으킨 '우리' 시대의 과학자. 한국의 근대를 집어삼킨 일본 제국주의와 친미 사대주의에 대한 열등감을 단번에 깨뜨린 마법의 이름, 대한민국의 과학자 권민중. 예수보다 거룩하고 부처보다 현명하며 공자보다 겸손한 우리 시대의 현자. 농부의 아들로 태어나 세계 최고 과학자의 반열까지 올라서서 서민의 자식들에게 꿈을 안겨준 희망의 이름. 그의 찬란한 아우라가 논문 조작 혐의로 아찔한 추락 직전에 서 있다.

그와 대척점에 서 있는 나 또한 절체절명의 위기다. 공동체가 신성시한 토템을 주저 없이 진실의 이름으로 더럽히려고 시도하고 있는 나는 '빌런'으로서 파멸의 순간에 봉착해 있다. 여러 차례 기자회견을 통해 그는, 우리 취재팀을 비전문가이자 음모 세력의 일부라고 공표한 바 있다. 한국 역사상 그토록 기다리던 노벨상 수상자를, 세기에 한 번 나올까 말까 하는 불세출의 과학자를, 시기하고 질투하고 있는 민족의 반역자로 나는 낙인찍혀 버렸다. 과학적 사실에는 진실의 길과 거짓의 길만 있지 그 중간은 없다. 대한민국 국민들은 혼란에 빠졌고 나 또한 길을 잃었다.

시계를 보니 이제 오전 9시 33분이었다. 며칠간 잠을 설쳐 머리가 띵하다. 뭐가 뭔지 모르겠다. 이 혼돈을 밝혀줄 빛은 어디에 있는가, 아니 존재는 할까. 권 박사는 3일 내로 증거를 대라고 우리 취재팀을 향해 최후통첩을 날린 상태. 내놓을 만한 자료가 없다면 우리가 취재 도중 저지른 비윤리적인 일들을 낱낱이 밝히겠다고 엄포를 놓고 있다. 젠장, 우리가 그렇게 비윤리적인 일들을 한 적이 있는가. 적어도 내 기억에는 없다. 거짓말을 한 공동연구자들에게 감옥에 갈 수도 있다고 윽박지른 기억 정도밖에…. 자기의 잘못을 부정하는 것 이외에 그가 지금 할 수 있는 게 뭐가 더 있겠는가. 더 이상 들을 필요도, 어떠한 기대도 없다.

기자회견장인 한국대학교의 반원형 대강당을 몰래 빠져나오는데 어디선가 내 이름을 불렀다. 목뒤가 따끔했다.

"강대웅이다!"

어느 권빠가 나를 알아봤다. 다른 권빠가 나의 멱살을 잡았고 덩달아 여러 명이 소리쳤다. 정신이 없었다. 몸으로 실랑이를 벌였다. 권빠들과 뒤엉켰고 면전으로 계란 몇 개가 날아왔다. 비릿했다.

"매국노!"

"죽어! 시팔 새끼야!"

구둣발에 차이기도 여러 번 그때마다 경찰들이 몰려와 제지하기도 했지만, 한 두 번 겪는 일이 아니라 나도 곧잘 대응한다. "앗, 김준철 총장님 아니십니까?" 순간적으로 그쪽으로 시선이 몰렸고, 나는 재빨리 그 틈을 빠져나왔다.

줄기세포의 환상에 사로잡혀 가짜와 실재를 구별 못 하는 어리석은 군중들. 인지부조화와 스톡홀름 증후군에 시달리는 민중들. 좀비보다 썩어 문드러져 시체 냄새가 나는, 과학을 민족이라는 이름으로 팔아넘긴 매판 민족주의자들. 그들에게 과학은 중요치 않고 오직 집단적 열등감으로부터 해방시켜 줄 과학자가 필요할 뿐이다. 민중은 과학이 아니라 욕망이다.

권민중의 줄기세포 연구조작을 추적한 지 벌써 2년째. 우리 취재팀이 2주 전 조작 의혹을 제기하였으나 결정적인 증거를 제시하진 못했다. 권빠들의 협박도 심해져 그 이후로는 며칠째 집에 들어가지도 못했다.

한국대학교 본관 앞에 위치한 택시 정류장에 서 있는데 흰 가운을 입은 진용이가 달려왔다.

"대웅아! 내 말 한 번만 들어봐. 불알친구로서 너를 위해서 말하는데 이 사건에서 제발 빠져! 지금 물러서면 너는 살 수 있어."

"불알 좋아하네, 거짓말쟁이 시팔 놈아! 우리끼리 불알 가지고 뭐 하고 놀까? 꺼내서 당구라도 칠까? 너 내 주먹에 맞아 죽고 싶어? 고등학교 때 길상이 패거리 다 때려눕힌 거, 네 두 눈으로 똑똑히 봤지? 나 강대웅이야, 강대웅! 너를 그렇게 괴롭히던 일진 새끼들을 다 때려눕힌 강대웅! 내가 죽었으면 죽었지, 거짓말쟁이들에게는 절대 굴복 안 해. 누가 뭐라고 해도, 나 끝까지 간다, 끝까지 간다고!"

하진용 교수. 권 박사의 연구팀에 속해 있는 나의 초등학교, 중학교, 고등학교 동창 녀석이다. 우리 둘은 동네에서 수재 소리를 들었지만 태권도로 단련된 나와 달리 이 녀석은 약해 빠져 학교 일진들의 주요 타깃이었다. 고등학교 때 주먹 꽤나 쓴다는 길상이란 놈이 이 녀석을 번번이 괴롭혔는데 그 모습을 방과 후 동네를 지날 때 보았다. 당시 나는 대통령배 태권도 대회에서 고등부 우승을 차지한 대한민국 최강 청소년이었고 이 패거리들을 순식간에 해치울 수 있는 실력과 담력이 있었다. 나의 고집을 아는 터라 이 녀석은 나를 더 이상 말리지 못했다. 적의 수하가 된 옛 친구는 더 이상 친구가 아니라 적의 불알일 뿐이다.

택시를 타고 곧장 방송국으로 향했다. 꿈을 꾸고 있는 걸까. 진용이에게 큰소리쳤지만 이내 후회가 밀려왔다. 모든 일이 믿기지 않았다. 미친놈, 아 뭐하자고 이런 일을…. 자책감이 밀려왔다. 고등학교 졸업하고 생물학을 단 한 번도 공부해 본 적이 없는 놈이 한국 최고의 과학자를 상대하려 들다니! 줄기세포의 '줄'자도 모르는 일개 기자 놈이 5천만 팬클럽을 가진 국가적 영웅과 대결하고 있다는 이 비현실성. 권민중이 복제한 개만큼의 위치도 차지하지 못하면서 명확한 증거도 없이 세상의 한가운데서 의기양양한 척하는 소아병적 환자. 실재하지도 않는 세상의 부정의를 고치기 위해 모든 것을 자기중심적으로 해석하는 기레기라는 단어 그 자체가 되어버린 자.

◇

"그가 곧 국가입니다! 그가 곧 민족입니다! 아시겠어요?"

모든 이의 상상을 뛰어넘는 사실을 제보자가 말했을 때 내가 뱉은 첫 마디였다. 누군들 이 사람의 말을 믿었겠는가. 그는 실망의 눈빛을 잠시 보낸 후 고개를 돌렸고 체념한 듯 긴 한숨을 쉬었다. 그러더니 화가 단단히 난 듯 나를 몰아세웠다.

"강키호테도 별수 없군요. 국가가 당신에게 뭘 해줬나요? 민족이 당신에게 뭘 해줬어요? 이런 비겁하기 짝이 없는 주제에. 뭐, 당신이 강키호테라고? 정의의 화신이라는 자가 국가의 똥구멍을 그렇게 빨아도 되는 거야? 민족의 좃대가리를 그렇게 핥아도 되는 거냐고!"

"내가 당신 말을 어떻게 믿어? 말이 안 되잖아!『싸이언스』지야『싸이언스』! 대한민국의 모든 과학자들이 신줏단지 모시듯 모시는『싸이언스』지라고! 그것도 표지모델을 두 번이나 장식했어! 한국대에서는 여기에 논문 1편을 내면 5억을 준다고 5억! 그런 세계적인, 세계 제일의 명성을 가진 『싸이언스』지가 조작도 모르고 논문을 실어준다? 그것도 두 편씩이나? 『싸이언스』지가 『썬데이 서울』이야? 『썬데이 서울』도 사실관계는 확인한다고!"

"당신이 과학을 몰라서 그래. 학술지는 기본적으로 과학자들이 낸 연구 결과를 믿어, 믿는다고! 내가 실험을 직접 했다니까! 직접 실험을 해 본 사람이 아니라는데, 이것보다 더 결정적인 증거가 어디 있어?"

그는 자리에서 벌떡 일어나 손을 펼치며 열변을 토했다.

"당신은 첫 번째 논문에만 관여했다면서! 두 번째 논문은 관여하지 않았는데 어떻게 두 번째 논문이 조작되었는지 알아?"

"줄기세포 하나 만드는 데 6개월이 걸렸어, 6개월. 근데 1년 만에 11개를 만들었다는 건 말도 안 돼. 내가 직접 해봤다니까."

"당신은 지금 질투에 눈이 멀었어! 자신이 그 자리를 차지해야 하는데 그렇지 못해서, 자신이 직접 실험을 했는데 그 영광은 권 박사가 독차지하니까, 옆에서 보면 별것 없는 과학자가 이젠 세계적인 스타가 되니까, 질투에 눈이 완전 멀어버렸어!"

"당신이 뭘 안다고 그래! 지금 설익은 기술로 권 박사가 척수장애자 소년에게 실험을 하려고 한다고! 이건 막아야 될 것 아냐!"

제보자가 호소했다.

그는 긴 한숨을 내쉬었다.

나도 긴 한숨을 내쉬었다.

그는 내 손을 덥석 잡았다.

"강 기자님, 그 소년은 살려야 합니다. 그 아이는 살려야 해요."

◇

소년이라는 말에 나는 논리를 끝까지 좇지 못하고 감성에 휘둘려 버렸다. 이렇게 중차대한 일을 감정에 맡겨버리는 이 어리석음. 기사를 작성하고 난 이후 '나는 정말 논리적이야'라고 매번 속으로 외치던 놈이 소년이라는 한 단어에 모든 것을 걸어버리는 이 우둔함. 실험실이라고는 단 한 번도 가보지 않은 놈이, 생물학 전문용어라고는 미토콘드리아밖에 모르는 놈이, 의심이라는 침소봉대의 파이펫을 들고 한국 최강의, 아니 세계 최강의 실험실로 돌진하다니!

택시에서 내려 회사 정문을 들어서자 수십 개의 눈이 화살이 되어 내 몸에 꽂혔다. '네가 뭔데 우리 방송국 전체를 파멸로 몰아넣고 있느냐. 줄기세포의 줄자도 모르는 주제에.'라는 원망과 질책이 섞여 가히 살인적으로 느껴졌다. 가슴이 답답해지는 것을 느꼈지만 그쪽으로 눈길을 주지 않았다. 엘리베이터를 타고 9층 회의실에 들어서니 담배 연기가 자욱했다.

담배를 끊었다는 이 국장과 신 국장의 자리 앞에 놓인 재떨이에 꽁초가 이미 수북이 쌓여 있었다. 회의실에 앉아 있는 중역들 중 반은 분노의 눈빛을, 나머지 반은 불안의 눈빛을 보냈다.

"강 기자, 당장 그 취재 그만둬! 그리고 국민들에게 사과해! 그러면 우리 방송국은 살 수 있어." 사장 옆에 앉아 있던 부사장의 회유였다.

"야 이노무 새끼야! 네가 그렇게 잘 났나? 증거도 없는 놈이 날뛰더니, 이제 회사 우짤 낀데? 그렇게 주목받고 싶나, 으잉? 요즘 말로 너는 관종이야, 관종! 기자 놈이 망할 때가 언젠지 너, 그거 아나? 기자가 연예인병에 걸리면 뒤지는 기라! 니는 지금 연예인이 되고 싶은 기라, 이 자슥아!"

부산사투리, 막무가내 화법으로 유명한 이 국장의 거친 말들이 귀에 들어왔다.

"첫 번째인 엔티-원NT-1부터 마지막인 엔티-투웰브NT-12까지 모든 줄기세포가 조작되었습니다. 체세포 배아복제 줄기세포가 아니라 수정란 줄기세포라고요. 취재 결과 테라토마 실험을 한 사람이 없었어요. 제보자가…."

"네가 과학자야? 『싸이언스』지가 얼마나 유명한지 알아? 너 같은 놈이 뭘 안다고 세계 최고의 과학저널 표지를 장식한 논문을 부정해. 그렇게 자신 있어? 자신 있냐고?"

신 국장 특유의 밀어붙임이었다.

"의심스러운 정황이 너무나 많습니다. 뭔가 냄새가 난다구요."

내 옆에 앉아 있던 같은 취재팀의 박 선배가 나를 비호했다.

"무슨 냄샌데? 나도 그 냄새 좀 맡아보자! 네 코가 썩었는지도 모르잖아!"

이 국장의 공격이 날아왔다.

"제 코는 개콥니다, 개코! 기자 생활 20년 동안 이렇게 냄새가 진동하는 사건은 없었습니다."

박 선배는 물러서지 않았다. 긴장된 분위기 속에서 잠시 침묵이 흘렀다.

"모두 죽네, 강 기자. 백 프로 확신할 수 없는 사건에 우리 방송국 전체의 목숨을 걸 수 없지 않나."

조용히 지켜보던 사장이 애원하듯 말했다.

"제가 죽겠습니다! 3일 안에 확실한 증거를 찾아오지 못하면 제가 죽겠다고요!"

여기저기서 한숨 쉬는 소리가 들렸다. 강키호테라는 유명한 별명을 가지고 있는 터라 나의 고집을 꺾을 수 없다는 것을 간부들은 알고 있었다.

"강 기자, 좋네. 3일이네, 딱 3일. 증거를 못 찾으면 내가 직접 국민들 앞에 사과하겠네. 건강해야 하네."

사장의 조건부 허락이 떨어졌다. 하지만 "건강해야 하네"라는 말이 역설적으로 비수가 되어 나의 심장을 찔렀다. 이 여우의 간계가 선명하게 느껴졌기 때문이다. 사장과 다년간 일한 경험을 통해 나는 그의 말이 무엇을 의미하는지 알았다. 3일 이내에 증거를 찾지 못하면 책임을 져야 하는 사람은 나이고 그때는 살아서 돌아오면 안 된다는 뜻이었다. 순간 나는 3일 안에 증거를 찾지 못하면 죽겠다는 말을 내뱉은 것을 후회했지만 소용없는 일이었다. 등골이 오싹하고 다리가 후들거렸다. 회의가 끝나자마자 사장 비서인 신예린이 소포를 들고 왔다.

"사장님, 권빠라는 분이 이 소포를 들고 직접 찾아왔습니다."

"뭔지 열어봐."

비서가 종이 상자를 뜯자 나전칠기 상자가 드러났다.

"참 이쁘네요, 상자가."

"뭐가 들었는지 열어봐."

"꺅!"

"도대체 뭐가 들었습니까?" 성격 급한 이 국장이 달려가 상자 안을 보았다.

"아아아!"

신 비서와 이 국장이 소리치자 나를 포함해 회의실에 있던 모든 사람이 상자에 뭐가 들었는지 궁금해 몰려들었다. 피가 묻은 잘린 손가락 아홉 개…. 가운데 가장 긴 중지가 놓여 있었고 양쪽으로 새끼손가락 네 개씩 총 아홉 개의 손가락이 상자에 담겨 있었다.

"도대체 이걸 누가 보냈어?" 사장이 큰 소리로 물어보았다.

"사장님, 지금 속보가 나옵니다."

회의실에 있는 TV를 켜자 뉴스 채널은 권 박사 줄기세포에 대한 진실공방으로 뜨겁게 달아오르고 있었다. 앵커는 다급하게 들어온 뉴스를 전했다.

"청와대에서 들어온 속봅니다. 권민중 박사를 지지하는 사람들이 항의의 표시로 손가락 18개를 절단해서 대통령과 JBS에 보냈습니다. 청와대에 나가 있는 이호영 기자, 자세한 내용 전해주시죠."

"네, 이호영입니다. 권민중 지지자들이 손가락을 잘라서 금방 청와대와 JBS로 보냈습니다. 이들은 JBS를 처벌하고 줄기세포연구를 정부가 계속해서 지원해야 한다는 뜻을 전했습니다. 이를 주도한 사람들은 권민중 지지자 중 북파 공작원 출신들이라고 합니다. 이들이 어떻게, 왜 손가락을 잘라서 청와대에 보냈는지는 이후 다시 자세히 알려드리겠습니다."

회의실에 있는 사람들은 망연자실했다.

"북파공작원들이 도대체 왜 손가락을 자르노, 왜?"

이 국장이 이해할 수 없는 듯한 반응을 보였다.

"나용배의 짓입니다."

오랫동안 이 사건을 취재한 내가 대답했다.

"나용배가 누군데?"

"권빠 중의 권빠입니다. HID 요원으로 가장 격렬한 권빠입니다."

"HID 요원이 왜 권빠가 된 거야?"

"저도 전해만 들었지 자세한 내용은 모릅니다."

"이거 봐요, 이거. 손가락이 움직여요. 저 가운뎃손가락 봐요. 신경이 아직 안 죽었나 봐요."

신 비서가 손가락을 보더니 겁에 질린 듯 말했다.

"손가락 안쪽에 뭔가가 쓰여 있는데요."

박 선배가 소리쳤다.

"박 기자, 손가락을 꺼내 봐."

사장이 명령했다. 박 선배는 자개 상자에 든 손가락을 꺼내서 천천히 공중으로 들었다. 잘린 가운뎃손가락의 안쪽으로 글자가 선명히 보였다.

기다려라 강대웅

회의가 끝나고 나서 박 선배와 탐사보도국 사무실로 왔다.

"선배, 이제 어떻게 하죠?"

"너는 아까 그 손가락들 보고 무섭지 않았니?"

박 선배는 손가락 때문에 정신이 혼미했다. 하지만 나는 오히려 더 담담해졌다.

"저는 귀신 잡는 해병대 출신입니다. 저따위가 무서우면 어떻게 귀신을 잡겠습니까?"

"HID 요원은 해병대가 아냐?"

"주로 공수부대 출신들입니다. 공수부대와 해병대는 상극이죠. 선배, 이제 어떻게 해야 하죠? 3일밖에 없잖습니까! 혹시 다른 제보 없나요?"

박 선배의 대답이 떨어지기도 전에 연달아 질문을 날렸다.

"하나 있긴 한데…."

"뭔데요?"

"근데 믿을 수가 있어야지. 우리를 함정에 빠뜨리려는 역정보일 수도 있고."

"아니, 도대체 뭐냐고요?"

박 선배는 우리 팀으로 온 이메일 제보를 보여주었다. 권 박사의 실험 노트가 강원도 영월의 중심에 숨겨져 있다는 내용이었다.

기자님, 안녕하세요. 권 박사 연구팀의 내부 사정을 잘 알고 있는 사람입니다. 믿으실지 모르겠지만 기자님이 찾으시는 실험일지는 모두 영월의 중심에 숨겨져 있어요. 원하시면 직접 찾아보시는 게 어떨지요. 이만 줄일게요.

"선배, 이게 말이 되나요? 왜 그 중요한 실험 일지를 영월에 숨겨둬요?"

"내 말이! 역정보일 가능성이 커. 내가 이 사람에게 누구냐고 신분을 밝히라는 메일을 보냈는데도 답이 없네. 처음 보는 이메일 주소이기도 하고."

"닥터 Q로부터는 또 다른 정보가 없나요?"

"권 박사 기자 회견이 끝나고 나서 연락을 바로 해 보니 자기도 더 이상 아는 것이 없대."

닥터 Q는 권 박사 팀의 이전 연구자로 줄기세포 조작을 우리에게 처음으로 알린 제보자다.

"그럼 우리가 지금 할 수 있는 게 뭔가요?"

"아무것도 없지 뭐."

박 선배는 길게 한숨을 내뱉었다. 지푸라기라도 잡아야 하나···.

"그럼 이렇게 하죠. 일단 영월에 가서 실험 일지를 찾아볼게요. 선배는 여기서 또 다른 제보가 들어오거나 결정적인 단서가 잡히면 저에게 바로 연락 줘요. 연락받으면 영월에서 바로 올라오면 되니까."

한시가 급했다. 혹시나 하는 마음이었지만 자신이 없었다. 실험일지만 발견하면 모든 것을 다 뒤집을 수 있을까? 나는 영월에 한 번도 가 본 적이 없다. 영월이 강원도에 있다는 것만 알았지 강원도 어디에 붙어 있는지도 모른다. 인터넷으로 검색해보니 강원도의 남서쪽에 위치해 있으며 충청북도와 경상북도에 접해 있는 곳이었다. 우리는 익명의 제보자에게 정확한 위치를 이메일로 다시 물어보았다. 정확한 위치는 가다보면 나오지 않을까 하는 생각에 일단 내비게이션으로 영월

읍을 찍고 출발했다.

앞산도 첩첩, 뒷산도 첩첩이라는 산골 중의 산골인 영월에 실험일지가 있긴 할까? 왜 하필 그 많은 실험 일지들을 영월에 숨겨두었을까? 차를 몰고 무작정 그곳으로 향했다. 그런데 왜 영월이지? 권 박사는 충청도 사람인데…. 서울을 벗어나 강원도로 향하는 고속도로 위에 올랐다. 나는 그를 처음 만난 때가 생각이 나 급속도로 기분이 안 좋아졌다. 자신이 신이라고 떠벌리며 신도들을 사기 친 땡중들, 개독교 목사들, 아파트 개발업자와 짜고 거액의 수익금을 빼돌린 정치인들, 인천 바다를 휘어잡은 깡패집단인 다그라스 파의 간부들, 강남 일대의 유흥가와 주택가를 광란의 집단 흥분상태로 만들며 수백억을 번 마약꾼들, 모두 나에게 꼼짝하지 못했다. 왜냐하면 결정적 제보, 끈질기게 파헤쳐서 얻어낸 증거들, 그리고 나의 대담함, 이 세 박자가 강하게 결합하여 이들을 압도했기 때문이다. 나를 유일하게 제압한 사람은 권 박사였다. 정확하게 말하면 그가 아니라 그의 연구실에 걸려 있던 그림에 나는 속수무책으로 당할 수밖에 없었다는 표현이 더 정확할지도.

◇

2년 전 닥터 Q의 제보를 받고 나는 권 박사에게 속내를 숨긴 채 접근했다. 우리 취재팀이 줄기세포연구 다큐멘터리를 만든다고 속였던 것이다. 대한민국 모든 기자와 피디가 그를 섭외하려고 안달 내던 당시 나는 전화로 넉살 좋게 권 박사에게 아부를 하였고 그는 나를 자신의 한국대학교 사무실로 초대했다.

"반갑습니다, 강 기자님."

그는 환갑을 맞은, 이제는 검은 머리보다 흰 머리가 더 많은 사람이었고, 반면 나는 삼십 대 중반이라 상대적으로 더 젊고 건장하게 느껴졌다. 갑과 을. 일의 계약과 관련해서 갑과 을이 존재한다면 이 상황 자체의 설정상 권 박사가 갑의 위치에 있음은 틀림없었다. 나는 다큐멘터리 기획을 가짜로 요청하는 을의 입장, 없던 수까지 만들어서라도 그를 꾀어야만 했다.

"초대해 주셔서 영광입니다."

야성이 넘치는 눈. 그의 인상 중 제일 강렬했던 부분이었다. 노련한 듯 비밀스러우며, 깊은 듯 탐욕스러우며, 모든 것을 꿰뚫어 보는 듯한 눈. 직설적이지만 처음 만난 사람이라도 그 마음까지 단번에 깨뜨릴 수 있는 강렬함, 알 듯 모를 듯한 미묘함을 가진 눈이었다. 방송에서 여러 차례 본 적 있었기 때문에 방송보다는 실물이 더 나아 보였다. 미간이 넓고 귓불이 도톰하고 콧날이 군더더기가 없이 날카로웠다. 입술 또한 앙다물어진 모습이 의지적으로 보였고, 간혹 웃는 미소가 양쪽 귀에 닿을 듯하다. 미남 중의 미남이었다. 이 세기 최고의 과학자라는 후광과 호남형의 외모, 이 모든 것이 시너지가 되어서 국민과 언론의 눈을 멀게 한 게 아닐까. 한편 그에게서는 모든 것을 빨아 버릴 것 같은 맷돌과 같은 강한 정신력도 느껴졌다. 내가 그의 외모와 눈빛에 주눅 들지 않을 수 있었던 것은 그동안 여러 사이비 교주를 상대해본 경험 때문이었으리라. 조작 여부를 캐내기 위해 완곡한 질문들을 던졌다.

"스키드 마우스를 가지고 실험을 하잖아요. 한국대에 스키드 마우스가 없다고 하던데 도대체 어디서 실험을 하셨습니까?"

"과학기술대의 민찬기 교수가 했습니다. 스키드 마우스로 테라토마를 만드는 데는 한국 최고의 기술을 가지고 있죠."

"스키드 마우스를 기르는 시설이 교수님 실험실에는 없다고 하던데요."

"한국대 의대 실험실에서 기르고 있죠. 다큐멘터리 취재하면 알았을 텐데요. 한국이라는 나라가 노벨상만 갈망하지 노벨상을 받기 위해 실험실에 투자를 안 하죠. 도둑놈들이죠. 투자도 안 하면서 인정만 받고 싶어 하는…."

그는 추궁하는 듯한 질문에도 전혀 개의치 않았다. 실험에 대한 여러 질문을 던졌지만 형식적이고 교과서적인 대답뿐이었다. 제법 열의와 호기심으로 무장된 질문이었지만 돌아오는 것은 차갑고 냉랭한 반응과 쓸모없는 답변뿐이었다. 실제 만난 권 박사는 방송에 비친 이미지와는 판이하게 달랐다. 상냥하고 나긋나긋한 목소리는 방송용이었다. 그의 가슴과 머리는 차갑고 견고한 탱크와 같았으며 빈틈이라고는 보이지 않았다. 다람쥐 쳇바퀴. 질문을 바꾸어야만 했다.

"국민들의 기대가 대단하잖습니까, 권 박사님에 대한. 지금 권 박사님 팬클럽 회원이 전국에 100만 명이 넘었습니다. 어떤 연예인도 이 정도의 인기는 누리지 못했습니다. 심정이 어떠신지요?"

"모두 소용없는 짓입니다. 과학자는 실험만 하면 되지 팬이 필요치 않아요."

그는 100만 명의 팬클럽이라는 말에도 초연했다. 그를 향한 집단적 열정과 광기가 오히려 그의 감정을 빼앗아버리고, 냉담한 이성만 남겨둔 듯했다. 현재 매스컴의 분위기는 상상 초월이다. 권민중 박사, 그가 감정적인 사람이었다면 집단적 열광에 타버렸을 것이다.

"노벨상에 대한 국민적 기대를 한 몸에 받고 계시지 않습니까? 국민들에게 한 말씀해 주신다면요?"

"강 기자라고 불러도 되나?"

그는 짜증 나는 듯 물었고, 나는 잠시 당황했지만, 그의 감정 변화로 뭔가 반전이 있을 것이라고 기대하며 명랑하게 대답했다.

"그럼요, 되고 말구요. 후배나 친동생처럼 대해주시면 더할 나위 없이 좋겠습니다."

"우리가 스웨덴의 한 사업가 놈이 만든 상에 목맬 필요는 없네. 다들 자존심도 없나? 배알도 없나? 노벨상이 도대체 뭐라고! 그렇게 위대한 상이라면 단 한 명만 주지 왜 수백 명에게나 주었겠나?"

스웨덴의 사업가 놈이라… . 지적 식민지를 살아온 한국 지식인의 전형적인 서구 콤플렉스인가 아니면 탈식민주의의 인식론적 해방을 획득한 선구적 지식인인가. 한국인 전체가 노벨상에 기죽어서 권민중을 통해 기 한번 펴 보자는데, 금발의 스웨덴 사람이 만든 상에는 관심이 없다? 노벨상을 받은 수백 명의 과학자를 이렇게 우습게 봐도 되나! 아니지, 아니야. 이 인간은 어쩌면 내가 어림잡아 알고 있는 사람이 아닐지 몰라. 역사상 가장 위대한 과학자가 될 수 있다는 거대한 야망의 표현이 아닌가. 저 당당함, 저 자존심! 노벨상에 아랑곳하지 않고 초연한 자가 몇이나 되겠는가. 사르트르 같은 기개가 있는 우리 시대의 지식인 아닌가. 이렇게 당당함의 끝을 보여주는 사람이 치졸하게 조작을 했을까. 초연함과 자신감이 넘치는 대한민국의 영웅이 새벽에 실험실에 몰래 들어가 줄기세포를 바꿔치기했다? 말도 안 돼! 제보자 놈은 질투에 눈이 멀어 버린 게야! 나는 한국에서 가장 영리하고 주도면밀하고 대범한 사기꾼들을 봐 왔는데, 권민중에게는 그런 사기꾼들이 없는 두 가지가 있다. 그건 바로 초연함과 자신감. 이렇게 당당한 사람이 사기꾼일 리 없어. 증거도 없는 제보자 놈의 말을 믿은 내가 미쳤지. 아니야, 아니야…. 권민중은 내가 지금까지 겪어보지 못한 스케일의 사기꾼일 수도 있어. 평양 시민에게 대동강 물을 팔았다는 봉이 김선달보다 스케일이 확실히 더 큰, 한국 정부와 국민도 모자라 세계과학계와 언론을 상대로 능수능란하게 거짓말을 구사하는, 우리가 이제까지 한 번도 겪어보지 못한 돌연변이 사기꾼. 제보자 역시 권민중의 언변에 넘어가지 말라고 누누이 충고하지 않았던가. 순간 나는 혼돈에 **빠졌다**. 무슨 질문을 해야 할지 막막했다. 분위기를 바꾸어보려고 그의 사무실을 둘러보았는데 그가 앉은 의자 뒤의 벽에 하얀 천이 걸린 것이 눈에 들어왔다.

"저건 뭔가요?"

"아, 저거! 그림일세."

권 박사는 자기 뒤의 천을 돌아보며 답했다.

"그림은 보라고 걸어 놓은 게 아닌가요? 저렇게 가린 걸 보니 아주 귀한 그림인가 봅니다. 저걸 보면 아마 훔치고 싶을지도 모르니깐 가려 놓았나 보군요."

나는 무턱대고 추측을 해버렸다. 이제는 한국에서 가장 유명한 영웅, 아마 돈도 많이 벌었을 것이고, 굉장히 값비싼 그림을 가지고 있을 것이며, 그 그림을 보고 사람들이 탐을 낼까 봐 천으로 가린 것이 아닐까 하는 그런 값싼 추측이었다.

"궁금하면 저 천을 걷어서 직접 보게나."

"그래도 될까요?"

나는 소파에서 일어나 그의 책상 옆에 걸려 있는 천을 걷어내었다. 순간 내 얼굴은 벌겋게 달아올랐다. 내 눈앞에 펼쳐진 것은 침대 위에 나체로 두 다리를 벌리고 있는 여자였다. 얼굴과 한쪽 가슴은 이불로 가리었지만 조금 열려 있는 여자의 음부와 짙으면서도 번들거리는 음모가 적나라하고 사실적으로 묘사되어 있었다. 권 박사는 앉아 있었고 나는 바로 그의 옆에 서 있었기 때문에 부풀어 오른 나의 물건을 그가 보지 못하게 몸을 옆으로 틀었다.

"이 그림이 도대체 뭔가요?"

그림에 대한 나의 생물학적 반응에 어찌할 바를 몰라, 그리고 위기의 순간을 모면코자 그에게 물었다.

"프랑스 사실주의 화가 쿠르베의 그림이야. 제목은 '세상의 기원'이라네."

세상의 기원! 그림은 나의 아래 대가리를 쳤고, 제목은 나의 윗대가리를 후려 갈겼다. 나는 말을 더듬거리며 다시 물었다.

"그, 그럼 이게 진, 진품인가요?"

"진품은 오르세 미술관에 걸려 있어. 나를 좋아하는 프랑스에 사는 한국인 화가가 보내왔지. 미술관에 직접 가서 몇 달이고 직접 보면서 작업을 했다나. 근데 그림을 완성하는 데 3년이 걸렸다고 하더군."

"3년씩이나요?"

"이 그림은 모조품이지만 독창적인 데가 있어. 그렇게 봐서는 모르고 고성능 돋보기로만 볼 수 있지. 여기 이걸로 보게나. 왜 3년이 걸렸는지 이해가 갈 거야."

권 박사는 나에게 고성능 돋보기를 주었다. 나는 돋보기로 그림의 위쪽에서부터 찬찬히 살펴보았다. 유두를 비추었을 때 선명한 분홍빛이 내 눈에 반사되었다. 돋보기로 여자의 몸을 샅샅이 훑어 내려가고 있었기 때문에 나의 아랫도리는 점점 더 부풀어 올랐다. 가슴, 배, 배꼽, 사타구니를 보아도 특이한 점을 발견하지는 못했다. 그리고 마지막으로 음부를 비추어보았는데, 눈으로 볼 때는 조금 벌려져 있던 것이, 돋보기로 보니 거대한 아가리처럼 보여, 나도 모르게 침을 꿀꺽 삼켰다. 근데, 이게 뭐지…. 그러니까 여자의 중심을 둘러싸고 있는 검은 것들이 꿈틀 거렸다. 앗! 개미다! 개미! 자세히 보니 음모 한 가닥은 수백 마리의 개미들로 이루어져 있었다. 화가는 극세화로 음모를 개미로 표현했다. 그중 한 마리를 좀 더 자세히 보니 놀랍게도 입이 보였다. 돋보기를 약간 뒤로 빼자 이제서야 그림이 무엇을 표현하는지를 깨달았다. 개미 수만 마리가 우글거리며, 득실거리며, 징글거리며 여자의 음부를 먹고 있다! 개미들이 향하는 여자의 중심부를 다시 돋보기로 보니, 개미가 여자를 먹는 게 아니라, 그 아가리가 으르렁거리며 개미들을 먹어

치우고 있었다. 개미가 아가리를 먹는지, 아가리가 개미들을 먹는지 분간이 되지 않았다. 혼란스럽고 무질서하게 우글거리는 개미들과 게걸스럽고 거뭇거뭇한 아가리가 서로 먹고 먹히면서 흥분의 도가니로 빠져드는 거대한 카니발의 이미지가 내 온몸의 세포를 흥분케 했다. 순간 나의 물건은 뇌의 통제에서 벗어나 파블로프의 개가 되었고 바지 안에서 일어나고 있던 일을 옆에서 지켜보던 권 박사가 한마디 던졌다.

"자네 참 혈기왕성하구먼. 모든 문제는 저 구멍 때문에 생기는 거야!"

◇

지금 그 그림을 떠올리니 진짜로 내 목숨이 3일밖에 되지 않을지도 모른다는, 내 물건이 그의 얼굴 앞에서 맹렬하게 섰다가 속수무책으로 고개를 숙였던 것처럼, 내가 패배할지도 모른다는 생각에 침울해졌다. 의기소침한 마음을 달래기 위해 라디오를 틀었다.

"오늘은 뮤지컬 음악을 특집으로 꾸미고 있습니다."

라디오 디제이의 목소리가 들렸다.

"많은 분들이 좋아하시죠. 맨 오브 라만차의 '이룰 수 없는 꿈' 듣겠습니다."

디제이의 멘트가 흘러나왔다. 맨 오브 라만차, 돈키호테. 한국에서 가장 용감한 기자라는 이유로 내게 주어진 별명이지만 이제는 무모함의 대명사가 되어버렸다. 사회고발 프로그램의 전문기자로서 나에겐 용감한 길과 비굴한 길만 있었지 그 중간은 없었다. 물론 나는 용감한 길을 항상 택했고 운 좋게도 비굴한 놈들을 언론의 이름으로, 정의의 이름으로, 국민의 이름으로 심판할 수 있었다. 전주가 흘러나왔고 나도 모르게 내 입술은 이 노래를 조용히 따라 부르고 있었다. 뮤지컬을 좋아하기 시작한 것은 뉴욕 유학 시절 때부터였다. 마틴 벡 극장에서 돈키호테를 연기한 브라이언 스톡스 미첼의 노래는 아직도 귀에 생생하다. 늙고 힘없는 몽상가의 노래. 나는 이 노래의 마지막 구절의 한글 번역이 영어 원어의 의미를 잘 전달하지 못한다고 생각한다.

To reach the unreachable star

세 시간 동안의 운전 끝에 영월에 도착했다. 내비게이션에서 맛집 정보를 찾아보니 한우 식당 한 곳이 추천 순위에 올라있었다. 식탁에 앉으면 전면 통유리로 동강의 풍경을 한눈에 볼 수 있다는 것이 블로거들이 이 '동강한우'를 추천하는 이유였다. 식당으로 들어서자 실내는 나무로 장식된 세련미 넘치는 인테리어였고 조망이 좋은 3층 건물이었다. 한우의 각 부위를 직접 고를 수 있어 추천을 받아 살치살과 치마살을 각각 1인분씩 주문했다. 고기가 나오기를 기다리면서 핸드폰 벨 소리를 바꾸었다. '맨 오브 라만차'의 주제가, '이룰 수 없는 꿈'. 지금 이 상황에서 무언가 응원 같은 것이 필요했다. 모든 것이 불리하지만 이길 수 있다는 응원가 말이다. 맑은 가을 날씨에 높은 산 하나가 시야의 오른편으로 들어왔다. 착잡한 마음과 대조적으로 가을 하늘은 높고 청명했다. 건너편 절벽 위로 절이 하나 보였다. 이윽고 한우가 나왔고 서빙하는 아주머니가 고기를 직접 구워 주었다.

"저 아주머니, 영월의 중심이 어디인가요?"
"네? 영월은 처음이신가요?"
"네, 처음 왔습니다."
"서울도 아니고 이 조그마한 마을에 중심이 어디 있겠어요?"
"하하하, 그렇죠."
그녀의 대답에 다소 실망하면서도, 어이없는 질문이었나 무안하기도 해 가볍게 웃어넘겼다.
"근데 영월을 한눈에 볼 수 있는 곳은 없나요?"
그녀는 고기 집게로 창밖을 가리키더니, "저기 저 높은 산 보이죠? 봉래산이에요. 저 산 위에 올라가면 영월이 다 보여요."
"근데 저 산 위에 건물과 철탑 같은 게 있네요. 통신기지국인가요?"
"사장님도 참, 여행 오기 전 인터넷도 뒤져보지 않았어요? 요즘은 그런 것 다 알아보고 오던데…. 저게 그 유명한 별마로 천문대예요. 영월은 시골이고 공기가 맑아서 밤이면 별이 잘 보여요. 이거 살치살이에요, 드셔 보세요."

살짝 핏기가 돌고 쫀득해 보이는 고기가 입에 들어가자마자 살살 녹았다. 날씨가 청명해 강 건너편 풍경마저도 눈앞에 와 있는 듯 선명했다.

"아주머니, 저기 강 건너편 절벽 위에 절이 있네요. 저기서 경치 구경하면 참 좋겠네요."

"저긴 절이 아니라 사당이에요."

"사당이라뇨?"

"저 절벽에서 뛰어내린 사람들을 모신 곳이죠."

"누가 뛰어내리기도 했나요?"

"사장님, 아이참. 요새는 인터넷 검색을 다 하고 온다니까. 여기 역사를 참 모르시네. 영월은 조선시대 6대 임금 단종의 고향이잖아요."

"단종이 이곳에서 태어났나요?"

"아이고 답답해. 한양에서 태어났지만 여기서 죽었죠. 세조가 단종을 이곳에 유배 보냈고 사약을 내려 죽였잖아요. 고향이 아니라 사향이라고 해야 맞겠네요."

"근데 저 절벽에서 뛰어내린 사람과 무슨 관계가 있나요?"

"저 절벽 이름을 낙화암이라고 해요. 떨어질 낙, 꽃 화. 그러니까 단종이 죽고 나서 그분을 모시던 시녀들이 저 절벽에서 몸을 던져 동강에 빠져 죽었어요. 훗날 그 시녀들의 충절을 기리기 위해서 절벽 위에 사당을 지었어요."

"아, 그렇군요. 그럼, 저 절벽에 가기가 쉽나요?"

"네, 언덕길이 나 있어요. 차로도 올라갈 수 있어서 금방이에요. 이제 다 구웠으니 불을 조절해 가면서 드시면 됩니다."

봉래산과 낙화암의 평온한 풍경을 즐길 여유도, 살치살과 치마살의 부드러움을 맛볼 여유도 없었다. 모래시계가 엎어진 것과 같았다. 분초를 다투는 나의 마음이 떨어지는 모래알과 같았다. 시간은 이미 나의 적이었다.

한우를 허겁지겁 먹고 동강을 건너서 시내를 가로질러 곧장 봉래산 정상으로 향했다. 정상까지 좁은 자동차 길이 나 있었는데 평일이라 차들이 드물어 액셀을 세게 밟았다. 도착하니 오후 세 시가 넘었다. 주차하자마자 차에서 용수철처럼 튀어나와 천문대로 달려갔다.

천문대 계단으로 올라서는데 안내 요원이 "천문대 투어 곧 시작합니다."라고 소리쳤다. 다급하게 표를 끊고 안내요원이 시키는 대로 입구에서 아래층으로 내려갔다. 문을 들어서니 지하 1층의 암실에서는 사람들이 벌써 안락의자에 몸을 눕히고 천장을 바라보고 있었다. 가쁜 숨을 몰아쉬며 한숨 돌리고 있는데 구석에 있는 안락의자가 눈에 들어왔다. 그곳에 앉아 천장을 바라보고 있으니 투어 해설자의 목소리가 들려 왔다.

"이제 불을 끄겠습니다. 여러분 눈앞에 우주가 펼쳐집니다."

불이 꺼지고 암실은 칠흑같이 어두워졌다. 순간 인공적으로 만든 수만 개의 별들이 머리 위에서 펼쳐지자 사람들은 탄성을 질렀다.

"자, 은하수 투어를 시작하겠습니다. 여러분, 밤하늘에서 가장 빛나는 별자리는 어디죠?"

"북두칠성이요."

어린이들이 소리쳤다. 부모와 같이 온 모양이다.

"아주 똑똑하네요, 우리 어린이들. 하지만 가장 빛난다고 해서 하늘의 중심이 아닙니다. 여기 흐릿하고 어두운 별 보이나요? 모든 별들은 북두칠성 옆에 있는 이 흐릿한 별인 북극성을 중심으로 돕니다. 자 여기, 이 희미한 별이 북극성입니다."

눈을 감고 해설자의 설명을 듣다가 문득 '이러고 있을 때가 아니지'라는 생각이 들어 벌떡 일어섰다. 그러다 누군가의 발에 걸려 넘어졌다. "아!"라는 여자의 비명소리가 들렸다. "조심하세요!" 얼굴을 분간할 수 없는 어둠 가운데, 어떤 여자의 목소리가 들려왔다. 나는 "죄송합니다!"를 외치고 재빨리 암실을 빠져나왔다. 암실에서 한 층을 올라와 혼자 데스크를 지키고 있던 여자 안내원에게 말을 걸었다.

"말씀 좀 묻겠습니다. 영월의 중심이 어디인지요?"

"네? 영월의 중심이라뇨?"라며 생뚱맞다는 듯이 나를 쳐다보았다.

"제 친구가 영월 사는 놈인데 영월의 중심에 꼭 가보라고 해서, 거기가 어딘지 해서요."라며 둘러대었다.

"그래요? 여기가 중심이죠, 봉래산. 봉래산에서 영월 전체를 다 볼 수 있어요. 자, 이 지도를 보세요."

안내원은 영월 전체를 나에게 설명해 주었다.

"여기가 봉래산이에요. 남쪽의 강을 보시면 동쪽에 있는 강이 동강이고 서쪽에 있는 강이 서강입니다. 이게 영월 중심에서 만나 남한강의 본류가 되는 겁니다."

"그러면 영월에서 가장 유명한 곳은 어딘지요?"

"글쎄요. 단종 유배지인 청령포가 유명하죠."

"위로 올라가면 영월 시내를 볼 수 있는 전망대가 있죠?"

"네. 위로 올라가 보세요."

전망대 위에는 별을 볼 수 있는 큰 반사망원경이 놓여 있었다. 맑은 날이라 영월 시내가 한눈에 들어왔다. 이렇게 깡촌에 왜 실험일지를 숨겨두나. 제보가 의심되기 시작했다. 얼마 남지 않은 절박한 시간인데 이렇게 헛되게 흘러가고 있다니⋯. 권 박사의 거짓을 밝혀내기 위해 미국을 이 잡듯 뒤지지 않았던가. 미국 볼티모어에서 『싸이언스』 편집장도 만났다. 그도 권민중의 주요 실험은 직접 보지 못했다고 말했었다. 하지만 세계 최고의 저널인 『싸이언스』에 논문이 실리지 않았는가. 머리가 복잡했다. 나야말로 줄기세포 연구에 문외한이 아닌가. 제보자 말만 믿고 미심쩍은 부분이 있다하여 이렇게 뛰어드는 것이 맞는 것일까. 더군다나 제보자의 설명을 들어도 잘 이해되지 않는 부분이 너무 많다. 정황 증거는 있으나 결정적인 증거가 없다. 하지만 여기서 포기할 수 없다. 나만 죽으면 되는 문제가 아니다. 권빠들과 국민들이 방송국 문을 닫으라고 난리 치고 있다. 줄기세포 조작을 밝혀낼 실험일지를 찾을 수만 있다면 이 모든 것을 반전시킬 수 있다.

나는 봉래산을 내려와 곧장 단종 유배지인 청령포로 향했다. 차를 주차하고 표를 구입하니 강둑 위로 청령포 지형이 눈에 들어왔다. 멀리 산을 배경으로 동남북 삼면이 강으로 둘러싸여 있고 서쪽은 육육봉이라는 절벽이 있어 도망갈 곳이 없는 천연의 유배지였다. 이토록 아름다운 자연은 왕의 자리에서 쫓겨난 어린 소년의 슬픔을 알기나 했을까. 평일 낮이라 사람이 거의 없었다. 200여 미터밖에 되지 않는 육지와 청령포 사이를 배를 타고 건너갔다. 나는 급히 배에서 내리려다가 다른 승객의 구두 뒤꿈치를 발로 찼다. 선글라스에 베이지색 트렌치코트를 입은 여성이었다. 그녀는 나 이외의 유일한 승객이었다.

"죄송합니다."라고 말하고 재빨리 내렸다.

"오늘 제 발을 두 번 차시네요?"

나는 영문을 몰라 "네?"라며 물었다.

"많이 급하신가 봐요? 천문대에서 제 발 차고 나갔잖아요."

나는 그제야 아까의 상황이 기억났다. 선글라스 너머의 얼굴을 정확히 볼 수 없었지만 얼핏 보아 세련미가 있는 인상이었다.

"아까는 본의 아니게 죄송했습니다. 아, 그리고 지금도요. 제가 조금 마음이 급해서⋯."

"이런 산골에 급한 일이 뭐가 있나요?"

"하하, 글쎄 말입니다."

애써 웃으면서 그녀의 말을 받아넘겼다. 대한민국에서 나보다 급한 사람이 또 있을까. 3일 안에 증거를 찾지 못하면 내 인생은 끝이다. 매국노로 평생 살아갈 수는 없지 않은가. 평생을 공공의 적으로 살아간다는 것은 끔찍한 일이다. 어디 가도 환영받지 못하는 존재가 되는 것은 얼마나 서글프고 두려운 일일까. 이 대한민국에 사는 한.

자연스럽게 우리는 단종의 거처가 있는 건물 쪽으로 걸었다. 배에는 우리 둘만 탔고 강변에는 아무도 눈에 띄지 않았다.

"평일에 이런 곳에는 어쩐 일이세요? 휴가 내고 오셨어요?"

"아뇨." 이 여자는 나의 정체를 모를 것이다. "프리랜서 작가입니다."라고 둘러대었다.

"그래요? 그럼 무슨 글을 쓰세요?"

왜 이렇게 꼬치꼬치 묻는 걸까.

"여행 작가입니다."

아뿔싸. 거짓말이 거짓말을 낳는구나.

"그래요? 이건 우연치고 너무나 큰 우연이군요. 저도 여행 작가입니다. 너무 반 갑네요."

그녀는 너무 반가워서 어쩔 줄 몰라 했다. 참 미치겠네. 갑자기 후회가 밀려왔 다. 그냥 기자라고 밝힐 걸. 지금이라도 밝힐까?

"그럼 가장 기억에 남는 여행지는 어디인가요?"

"이집트도 좋았고 케냐의 사파리도 좋았지만 저는 그리스가 제일 좋은 것 같 아요."

나도 모르게 거짓말이 튀어나왔다. 나는 이 세 나라를 가본 적이 없었다.

"저도 그 세 나라는 너무 좋았어요."

더 이상 대화를 이어가면 거짓말이 탄로 날까 봐 주위를 보는 척하면서 빨리 걸었다. 200m 정도 걸어가니 소나무 숲이 나왔다. 내가 본 소나무 중에서 가장 큰 것들이었다. 이윽고 기와집과 행랑채로 이루어진 단종 어소가 나왔다. 어소에 는 아무도 없었다. 나는 재빨리 기와집으로 달려갔다. 그 안은 밀랍 인형들로 장 식되어 있었는데 단종은 책을 읽고 있었고 수행원은 고개를 숙이고 있었다. '출입 금지'라는 팻말에 아랑곳하지 않고 나는 방 안으로 들어가 옛날 가구들의 문을 하나씩 열었다. 무언가 있지 않을까. 단종 뒤에 있는 이불장을 열었는데 삐꺽하더 니 문짝이 떨어졌다. 이게 진짜 문화재는 아니겠지. 다른 가구들도 다 열어보았 다. 아무것도 없었다. 나는 행랑채로 줄달음을 쳤다. 가구는 없었고 빈방들이 몇 개 있을 뿐이었다. 부엌으로 가보았다. '출입금지'라는 팻말을 다시 무시하고 안으 로 들어가 아궁이를 들여다보았다. 역시 아무것도 없었다. 이런 곳에 실험일지를 숨겨 놓았다는 것은 누가 봐도 말이 되지 않았다. 마당에서 나와 주위를 둘러보 았다.

"지금 뭐 하시는 거예요? 여기서 무얼 찾으시는 건가요? 그렇게 하시면 문화재 가 훼손되잖아요."

단종 어소를 마구 뒤지는 나에게 그녀가 물었다. 참 나, 내 속도 모르고.

"저는 작가라서 모든 게 궁금해서요. 이런 역사적인 장소에는 무엇이 있을까 궁금하죠."

"마치 보물찾기를 하시는 것 같은데요."

물론 보물이지. 권 박사라는 사기꾼을 만천하에 공개하고 나를 영웅으로 만들어 줄 보물. 나는 그녀에게 물어보았다.

"혹시 영월의 중심이 어딘지 아세요?"

"네? 영월의 중심이라뇨? 저는 영월이 처음이에요."

"아니, 여행 작가가 영월에 처음이라뇨? 그렇게 외국만 여행하지 마시고 우리나라도 좀 보세요."

나의 언짢은 듯한 말투에 그녀의 얼굴이 뾰로통해졌다.

"아니 그럼 댁은요? 댁은 우리나라 다 아세요? 그렇게 잘 아시는 분이 왜 영월의 중심을 찾으세요?"

그녀의 말이 끝나기 전에 나는 어소 밖을 나와 대나무 숲을 둘러보았다. 그중 갈라진 큰 나무가 눈에 띄었다. '관음송'이라는 팻말 아래 단종이 여기에 앉아 있곤 했다는 설명이 있었다. 노산대를 단숨에 뛰어서 올라갔다. 단종이 서강을 바라보며 정순왕후를 생각했다는 안냇말이 적혀 있었다. 높이 올라 유심히 주위를 둘러보았다. 낭떠러지 아래에는 강이 흐르고 저 멀리 산들이 첩첩이 이어졌다. 실험일지를 숨겨둘 만한 곳은 어디에도 없어 보였다. 여기가 아닌가? 해가 벌써 저물었다. 하루가 이렇게 지나가는가. 안내 방송이 흘러나왔다. 뭍으로 가는 마지막 배를 타라는. 나는 배가 정박한 곳으로 향했다. 노산대는 배가 정박한 곳에서 정반대 쪽에 위치해 있었기 때문에 거리가 꽤 되었다. 발걸음이 무거웠다. 강가로 가기 전에 시간이 있을 것 같아 다시 단종 어소의 담벼락을 쭉 둘러보았다. 샅샅이 훑어보았지만 역시 아무것도 발견하지 못했다. 아차, 배를 타야지! 재빨리 나와 소나무 숲을 지나 강변에 도착했다. 아! 이미 배는 떠나 강 한가운데를 지나가고 있었다.

"여기요, 여기요! 여기 사람 있어요!"

있는 힘을 다해 소리를 질렀다. 그러나 배는 벌써 강 건너편에 도착했다. 늦은 가을이라 해가 빨리 지고 어두워져 사람이 잘 보이지 않았다. 아, 여기서 하룻밤을 보내야 하나? 다시 있는 힘껏 소리쳤다. 젠장. 강물을 물끄러미 쳐다보았다. 단종의 슬픔이든 강대웅의 다급함이든 강물은 아랑곳하지 않고 무심히 제 갈 길을 가고 있었다. 평생을 오명 속에서 살기보다 차라리 죽는 게 더 나을 수도 있다. 후회가 밀려왔다. 진실을 밝히는 것이 뭐 그렇게 중요한 건가. 취재 과정 내내 계속해서 수천 번이나 똑같은 질문을 반복했다. 줄기세포가 진짜면 어떻고 가짜면 어떠한가. 강물은 그것을 신경이라도 쓸까. 어둠이 내려왔다. 강을 향해 돌팔매질을 해 본다. 힘이 빠져 털썩 강가에 주저앉았다. 뒤돌아 앉아 청령포의 거처를 보았는데 희미하게 불이 밝혀져 있다.

…

누군가가 있다.

…

소년이 누워 있다.

…

세상 물정 모르는 아이가 누워 있다.

…

울고 있다.

어머니를 잃고, 아버지를 잃고, 유모를 잃고, 왕의 자리를 잃었다. 권력의 정점에 있었지만 권력의 본성을 이해하기에는 너무 어렸다. 생물학적으로 소년이란 존재는 권력을 알지 못한다. 권력자는 성숙해야 하며 성숙한 자는 교활해야 하며 교활한 자는 늙어야만 한다. '권력, 그는 늙었다. 고로 너도 그를 이해하려면 늙어야만 하리.' 소년은 권력이 자신만의 논리가 있다는 사실을 알지 못했다. 그는 영조가 사도세자를 죽였고 브루투스가 시저를 죽였다는 역사를 배우지 못했다. 권력과 혈연은 아무 관계가 없다. 권력이 혈연을 이긴다. 아니 권력은 모든 것을 이긴다. 그래서 권력은 배신을 낳고 배신은 슬픔을 낳는다. 친구, 가족, 동맹, 사랑, 신뢰, 이 모든 것들이 권력 앞에 무릎을 꿇는다. 소년의 머릿속은 온통 혼돈뿐이다. 내가 도대체 무엇을 잘못했기에⋯. 그의 마음은 오직 원망과 그리움뿐. 보고 싶다. 한양에 두고 온 아내가. 그녀의 젖가슴에 묻혀 조용히 자고 싶다.

⋯

무슨 소리지?

⋯

또 다른 누군가 울고 있다. 귀를 쫑긋 세운다.

⋯

소녀가 울고 있다. 문 앞에 한 소녀가 무릎을 꿇고 울고 있다. 소년이 자리에서 일어나 문을 향해 묻는다.

"게 누구냐?"

"전하, 소녀 이슬이옵니다."

"밤이 깊었는데 내 처소 앞에서 무슨 일이더냐?"

"전하가 염려되어 문 앞을 지키고 있사옵니다."

"왜 그렇게 슬피 우느냐?"

"전하는 저의 주인이십니다. 아니 만백성의 주인이십니다. 전하의 슬픔이 소녀의 슬픔이고 전하의 안녕이 소녀의 안녕이옵니다. 부디 슬픔을 거두시고 옥체를 보존하시옵소서."

"네가 나의 슬픔을 아느냐?"

"천하디천한 제가 어찌 전하의 슬픔을 알겠사옵니까. 하늘이 내리신 분의 마음을 벌레 같은 제가 어찌 감히 헤아릴 수 있겠사옵니까"

"그대는 벌레가 아니다. 짐 또한 하늘이 내린 사람이 아니다. 하늘이 내렸다면 어떻게 이렇게 무심할 수 있단 말이냐"

이 말을 끝내고 소년은 다시 자리에 누워 운다. 그가 무심코 내뱉은 무심이라는 말이 원망이라는 유심의 송곳이 되어 그의 가슴을 후벼 판다. 왕도 싫고 시녀도 싫다. 나라도 싫고 백성도 싫다. 하늘도 싫고 땅도 싫다. 단 한 사람만 내 옆에 같이 누워 있다면, 단 한 사람만…. 소년이 운다. 그리고 소녀가 운다. 하루, 이틀, 사흘, 열흘, 보름. 소년이 운다. 소녀가 운다. 하루, 이틀, 사흘, 열흘, 보름. 소년이 운다. 소녀가 운다. 비가 내린다. 세차게 내리친다. 문이 열린다. 소녀는 울음을 그친다.

"날이 무척 춥구나. 들어오너라."

소녀는 고개를 숙인다. 그녀는 움직이지 않는다.

"어명이다! 들어오너라!"

소녀가 일어나 문을 닫고 소년이 누운 자리 옆에 앉는다. 소년은 수건으로 소녀의 머리를 천천히 닦는다. 소녀는 몹시 떤다. 이마를 닦고 코를 닦는다. 소녀는 몹시 떤다. 소년은 소녀의 손을 잡아 닦는다. 그리고 입술을 닦는다.

비가 청령포에 쏟아진다.

동강에 쏟아진다.

소년에게 쏟아진다.

소녀에게 쏟아진다.

온 세상에 쏟아진다.

왕은, 아니 소년은 마지막 순간에 한 소녀를 알게 되었다. 그들은 왕과 시녀로 만나서 소년과 소녀로 헤어졌다. 청령포의 눈물이, 영월의 빗줄기가 그들의 신분을 뛰어넘게 해 주었으리라. 청령포 거처의 불빛이 어느덧 꺼지고 나는 물끄러미 하늘을 바라본다. 강을 바라본다. 배는 오지 않는다. 나의 운명도 그 소년의 운명과 같이 이렇게 끝나는가.

2장 알 리스카

부르릉! 강 건너에서 갑자기 배가 엔진을 다시 켰다. 그러고선 천천히 기수를 돌려 이쪽으로 오는 것이 아닌가. 이윽고 배가 청령포 강변에 닿았다. 살았다! 배에 오르며 나는 뱃사공 할아버지에게 큰 소리로 "감사합니다!"를 외쳤다.

"저기 저 처자한테나 고마워해." 저만치에서 아까 그 여자가 딴 곳을 쳐다보며 앉아 있었다. 나는 가까이 가서 앉으며 "이렇게 구해 주셔서 고마워요."라고 말했다. "근데 왜 이렇게 시간이 걸렸어요?"

"돈을 요구하시길래 조금 깎느라고 시간이 걸렸죠."

"제가 드릴게요."

"아뇨, 됐어요."

"그럼 제가 저녁을 사겠습니다."

"아뇨, 호텔에서 쉬고 싶어요."

"어떤 호텔에 머무세요?"

"이 동네에 갈 만한 호텔은 한 군데밖에 없잖아요. 별마로 리조트."

"저도 별마로 리조트에 머물러요. 같은 여행 작가끼리 저녁이나 하시죠!"

내 입에서 갑자기 거짓말이 튀어나왔다. 호텔을 예약하지 않았기 때문에 그쪽으로 가면 될 것 같았다. 그녀는 해가 저물었는데도 선글라스를 벗지 않고 있었다. 고혹적인 모습에 마음이 끌리는 걸까. 왜 감당할 수 없게 계속 거짓말을 하게 되지…. 그녀는 잠시 생각하더니 "그래요. 그럼 리조트 로비에서 저녁 7시 반에 봬요."

한편으로는 무척 좋지만 다른 한편으로는 내가 지금 무슨 짓을 하고 있는 건지 자책감이 들었다. 지금 같이 절박한 상황에 이 여자와 저녁 먹을 시간이 있는가. 에라, 모르겠다. 될 대로 돼라. 별마로 리조트에서 방을 잡고 샤워를 한 다음 서울의 박 선배에게 전화를 걸었다.

"선배, 무슨 일 없어요?"

"오늘 『네이처』에서 권 박사 팀이 복제한 '코피'가 진짜 복제견이라는 사실을 발표했어. 대웅아, 좀 불리하게 돌아가는 것 같다."

박 선배의 목소리는 풀이 죽어 있었다. 권 박사 연구팀은 세계 최초로 복제견을 만들었고 'Korea'의 첫 스펠링과 강아지를 뜻하는 '파피'의 끝 스펠링을 묶어서 '코피'라는 이름을 붙였다. '코피'가 진짜면 제보자의 말과 다르게 권 박사 팀이 진짜 뛰어난 기술을 가지고 있는 게 아닌가! 당황스러웠다. 세계 최고 권위의 과학 저널인 『네이처』지가 확증을 했다니… . "하지만 반전이 있을 수 있어. 조금 있다 밤 9시에 미국 현지에서 『싸이언스』 편집장이 권 박사 팀의 논문에 대해 발표를 할 예정이래. 지금 한국 취재진이 볼티모어에 진을 치고 있어. 9시 뉴스에서도 생방송으로 이를 중계할 예정이야. 대웅아, 한 번 지켜보자."

전화를 끊자마자 핸드폰을 침대에 던졌다. 도대체 뭐가 어떻게 돌아가는 거지. 마지막으로 믿을 구석은 『싸이언스』지인가. 하지만 회의적이다. 미 연방정부는 영국 과학자들의 양 복제 사건 이후에 줄기세포연구를 전혀 지원하지 않고 있다. 인간복제를 두려워하는 종교단체와 시민단체들이 미 정부를 수년 동안 압박해 오고 있다. 미국 과학자들은 줄기세포연구의 중요성을 역설하여 연구비를 타내기 위해 권민중의 연구를 이용하고 있다. 한국 과학자를 이용하여 미국 정부로부터 연구비를 타내려고 하다니… .

약속 시간인 7시 반이 가까워 오고 있었다. 아차, 나를 여행 작가로 소개했었지. 나는 인터넷으로 여행 작가를 검색해 보았다. 한국여행작가협회가 제일 첫 상단에 떴다. 클릭을 했는데 회원 명단이 떴고 수백 명의 작가 회원이 등록되어 있었다. 강상진, 김용현, 박민호, 이상현, 한상수… . 몇몇 이름들이 눈에 들어왔고 이들의 대표작을 확인할 수 있었다. 박민호란 작가 옆에 대표작인 『뉴욕 뮤지컬 여행』, 『폴리네시아』가 눈에 띄었다. 뉴욕에서 뮤지컬을 많이 보았는데 이런 작가가 이런 책을 썼다는 말을 들어본 적이 없다. 책 제목들을 보니 주로 북미

지역과 태평양을 여행한 작가인 듯했다. 내가 상대적으로 잘 아는 지역들이었다. 나는 다시 박민호 여행 작가를 검색해 보았다. 구글, 네이버, 다음을 검색해 봐도 어디에도 이 사람 얼굴 사진이 없었다. 이렇게 대중적인 글쓰기를 하는 사람이 왜 얼굴 사진을 올리지 않았을까. 그래, 이 사람이야!

리조트 로비에 많은 사람이 있었다. 그 여자는 어디에 있지? 주위를 둘러보았다. 아까 선글라스를 끼고 있어서 얼굴을 또렷하게 기억할 수 없었다. 세련됐다는 이미지밖에는. 근데 저기서 한 여자가 나를 향해 걸어오고 있다. 얼굴에서 광채가 나 호텔 로비까지 밝아지는 듯했다. 그 여자가 나를 향해 오고 있다는 사실에 숨이 멎는 것 같았다. 그녀는 내게로 와서 "여기 호텔 식당 중 별마로 레스토랑이 제일 유명하다고 하네요. 그쪽으로 가시죠."라고 말했다.

조금 넋이 나간 상태에서 그녀를 따라 호텔 레스토랑으로 향했다. 웨이터가 동강이 바로 바라보이는 테라스 쪽의 테이블로 우리를 안내했다. 별마로 리조트는 동강 바로 옆에 위치해서 절경을 구경할 수 있는 곳이다. 늦가을이었지만 테라스는 오픈되어 있었고 은색의 스탠드 파티오 히터가 양쪽으로 설치되어 있어 열기를 뿜었다. 의자 위에는, 아주 밝은 빛으로 수놓인 페루산 담요도 놓여 있었다. 강물 소리가 조금 먼발치에서 들려 왔다. 데이트를 하기에는 완벽한 장소였다.

"아까는 고마웠어요."

"사실은 그냥 갈까 했어요. 매너가 너무 없으신 것 같아서요."

"제가 그랬나요?"

겸연쩍게 웃음을 지어 보였다. 하지만 지금 내가 매너 따질 상황인가.

"여기 여행하러 온 분이 아니라 수색을 하러 온 분 같던데요."

여행 작가라서 눈치가 빠른가?

"작가는 때로는 수색을 할 때가 있어요."

"우리 아직 통성명도 안 했네요. 저는 송수연이에요."

"저는 강…아, 박민호라고 합니다."

"네? 정말 박민호 선생님이세요? 저 선생님 너무 좋아해요. 『뉴욕 뮤지컬 여행』과 『폴리네시아』는 제가 제일 좋아하는 책들이죠."

아, 정말 미치겠네! 그 인간을 알다니!

"저를 아세요?"

"알다마다요. 선생님 작품 좋아하는 사람들 되게 많아요. 근데 선생님이 작가 협회나 다른 모임에는 안 나오셔서 사람들이 무척 궁금해해요. 도대체 어떤 분이 길래 이렇게 낭만적인 여행 글쓰기를 하시나 궁금해했죠. 그리고 여자들은 뮤지컬 좋아하잖아요. 뉴욕도요."

매혹적인 얼굴에 환한 웃음을 지으니 빨려들 것 같았다. 비록 가짜지만 나를 좋아해 준다는 것이 왜 이렇게 기분이 좋을까. 점점 더 대담해지는 나를 느낄 수 있었다. 아까의 퉁명스러운 태도는 어디론가 사라지고 그녀의 호기심 어린 눈이 나를 완전 감싸 버렸다. 웨이터는 와인과 메인메뉴 리스트를 가져왔다.

"와인 좋아하세요?"

"그럼요."

나는 와인 리스트에 있는 가장 비싼 와인을 주문했다.

"라 포르 드 라투르로 할게요. 그리고 저는 스테이크 리바이, 미디엄으로 해 주세요."

"저도 같은 것으로요. 미디엄으로."

웨이터가 우리의 주문을 받고 나가자 그녀가 물었다.

"너무 비싼 와인 아닌가요?"

"요즘 책이 잘 팔려서요."

나의 와인 셀렉션은 분명 그녀의 환심을 샀다.

"보로도와 부르고뉴 와인 투어에 가 본 적이 있어요. 그때부터 와인을 좋아하게 됐어요. 와인은 은근히 취하잖아요."

프랑스라곤 파리밖에 가본 적이 없는 내가 와인 투어까지 갔다 왔다는 말을 어떻게 이렇게 쉽게 할 수 있을까. 나는 나 자신에 대해 놀라고 있었다. 이 여자가 너무 마음에 들어서 그런가….

와인이 먼저 나오고 스테이크가 나중에 나왔다. 우리는 여행 작가끼리 우연히 만난 것을 축하하며 토스트를 했다. 비싼 와인이라 그런지 맛이 풍부하고 부드러웠다. 나는 서서히 와인에, 강물 소리에, 그리고 그녀의 눈동자에 취해 갔다. 순간 머릿속에서 나의 임무는 완전히 지워졌다. 술에 취한 것일까, 그녀에 취한 것일까. 어쨌든 이게 행복인가라는 생각이 밀려들었다. 그녀는 나에게 뉴욕 뮤지컬에 대해서 이야기를 해 달라고 했고 나는 유학 시절 본 뮤지컬들을 하나씩 이야기해 주었다. 라투르의 도움일까. 그녀는 내 이야기에 빠져들었고 또한 나에게도 빠져드는 것 같았다. 이야기가 한참 진행되는데 웨이터가 왔다. 비싼 와인을 구입한 고객에게는 레스토랑에 있는 망원경으로 별을 볼 수 있는 기회를 준다는 것이었다. 별을 테마로 한 레스토랑답게 천체 망원경을 구비해 놓았다. 송수연이 "와, 우리 별 봐요!"라고 기쁜 듯 외쳤다. 웨이터의 안내를 따라 계단을 따라 올라가 테라스에 위치한 전망대로 갔다. 바람이 차가웠지만 와인을 마셔서 그런지 상쾌했다. 가대 위에 하얀 경통이 큼지막하게 달린 10인치짜리 반사망원경이 놓여 있었다. 웨이터는 망원경이 페가수스자리에 맞추어져 있다고 말하고 도움이 필요하면 자신을 부르라고 말했다.

"별이 잘 보이게 제가 나가면 창문 뒤쪽에 있는 암막 커튼을 칠 겁니다." 웨이터가 나가서 테라스 창문 안의 암막 커튼을 치자 별들이 쏟아졌다.

"별자리 잘 아세요?"라는 수연의 질문에 짧게 "그냥 그렇죠 뭐."라고 답했다. 나는 별에 대해 아무런 지식이 없었다.

"고등학교 때 저 천문 동아리를 했어요.『폴리네시아』책에서 타히티 해변에서 본 별들에 대한 이야기가 나오잖아요."

"태평양 가운데에서 보는 별은 정말 기가 막히죠."라고 거짓말로 대꾸했다.

수연은 접안렌즈에 눈을 대고 별을 감상하기 시작했다.

"선생님, 같이 봐요."

나는 그녀 뒤쪽으로 가서 허리를 숙였다. 갑자기 가슴이 쿵쾅거렸다. 그녀는 자리를 양보하더니 "페가수스가 잘 보이네요. 한 번 보세요."라고 말했다. 접안렌즈에 눈을 대니 밝은 별이 보였다. 바람이 불어 그녀가 경통과 접안렌즈를 살짝 잡아주었다. 순간 그녀의 가슴이 나의 볼에 와 닿았다. 머릿속이 하얘졌다.

"다른 별자리 볼래요?" 그녀는 파인더로 별자리를 확인하더니 가대와 경통의 나사를 풀고 큼지막한 경통의 위치를 아래위로 움직인 뒤 다시 나사를 고정시켰다.

"망원경 잘 다루시네요."

"동아리에서 배웠죠. 별을 쫓아다니는 소녀였어요. 나사를 이렇게 풀고 파인더로 보면서 맞추면 돼요. 보려는 별에 초점을 맞추고 나사를 다시 잠그고 초점 나사로 조정하면 되죠. 아주 간단해요."

나는 그녀의 망원경 다루는 능숙한 솜씨에 감탄하면서 밤하늘을 바라보았다.

"선생님, 보세요. 제가 제일 좋아하는 별자리예요."

V자 모양의 별이 선명하게 눈에 들어왔다

"이게 무슨 별자리죠?"

"물고기자리예요. 남쪽 하늘에 이 별자리가 위치해 있는데 그래서 저는 남쪽 하늘을 좋아해요."

"왜 이 별자리를 제일 좋아하나요?"

"별자리 이야기 아세요?"

나는 고개를 저었다. 그녀는 접안렌즈에 눈을 대고는 물고기자리에 얽힌 이야기를 말해 주었다.

"그리스 신화에 땅의 신인 가이아와 하늘의 신인 우라노스가 타이탄이라는 거인족을 낳아요. 타이탄들은 제우스와 세상의 패권을 차지하기 위해 전쟁을 하는데 패하고 말죠. 거인들이 죽자 가이아는 화가 나서 복수를 위해 머리 100개가 달린 티폰이라는 괴물을 낳아요. 어느 날 강가를 거닐던 미의 여신 비너스와 그녀의 아들 에로스는 티폰을 만나서 싸우게 돼요. 도저히 이길 수 없어서 이들은 강물로 뛰어들어 물고기가 되죠. 그래서 물고기자리예요. 비너스는 아들을 잃지 않기 위해 끈으로 서로의 발목을 묶어요. 브이 자는 모자가 끈으로 묶여 있는 것을 가리키죠. 여기서 둘을 묶는 가운데 뾰족한 별이 가장 빛나는데 이것은 어떠한 위험한 상황에서도 더욱더 강해지는 모성을 상징해요. 이 별을 '알 리스카'라고 하는데 매듭이란 뜻이에요."

비너스의 아들이 에로스였나? 미와 사랑을 연결해 주는 매듭이라….

"하지만 비너스는 아주 위험해요."

그녀는 설명을 덧붙였다.

"왜죠?"

"비너스는 또한 그의 형제 타나토스, 즉 죽음의 신을 항상 동반해요."

"그래요?"

"그럼요. 그래서 미의 여신인 비너스는 장례의 신이기도 해요."

그 말을 들으니 갑자기 불길한 마음이 일었다. 이렇게 고혹하고 매력 있는, 그
것도 오늘 보자마자 반하게 된 비너스를, 이제야 비로소 만났다는 것은 내 목숨
도 얼마 남지 않았다는 말인가. 미의 여신은 죽음의 신을 동반한다….

"박 선생님, 이 세상에서 가장 슬픈 별이 무슨 별인지 아세요?"

"알 리스카?"

"아뇨. 이별!"

나는 그녀의 유치하지만 적절한 유머에 순간적으로 무장 해제되어, 별과 라투
르에 취해 호탕하게 웃었다. 우리를 묶어 줄 알 리스카는 어디에 있을까?

갑자기 레스토랑 안쪽이 시끄러워졌다. 테라스 문을 열고 다시 레스토랑 안으
로 들어오니 몇몇 사람들이 텔레비전을 보며 소리를 치고 있었다.

"저 쳐 죽일 놈들! 배알이 꼴려서 저러지. 권 박사 못 잡아먹어서 난리네."

배가 나온 나이 지긋한 한 중년의 남성이 술에 한껏 취해 소리쳤다. JBS사의
9시 뉴스가 방금 시작된 것 같았다. 우리는 전망대에서 내려와 텔레비전을 보았
다. 웨이터가 볼륨을 키웠다. 온 국민의 관심은 지금 줄기세포의 진위 여부에 쏠
려 있다. 9시 간판 앵커 김수영 아나운서가 굳은 표정으로 뉴스를 진행하기 시작
했다. 레스토랑 전체가 술렁였다.

"오늘도 하루 종일 줄기세포 진실 공방이 계속되었습니다. 그런데 권 박사 연구
팀에 유리한 소식이 들어왔습니다. 『네이처』지는 세계 최초의 복제견인 '코피'가
진짜라고 밝혔습니다."

순간 레스토랑 전체에 "와!" 하는 환호성이 터져 나왔다. 이해할 수 없었다. 모

두 다 미친 거 아냐? 영국 『네이처』지 편집장의 인터뷰가 뉴스로 전해진 다음 김수영 앵커는 이어갔다.

"이 시각 미국 볼티모어에서는 『싸이언스』 편집장이 권민중 박사팀의 연구에 대해 브리핑을 하고 있습니다. 박현철 특파원 연결하겠습니다."

"박 특파원, 금방 『싸이언스』 편집장의 회견이 끝났죠? 그 내용을 간략하게 말씀해 주십시오."

"네, 박현철입니다. 리처드 케인 편집장은 권 박사 연구가 조작되었다는 어떤 증거도 발견하지 못했다고 조금 전 발표하였습니다."

레스토랑에 다시 한번 "와!" 하는 환호성이 터져 나왔다. 다른 남성이 소리쳤다.

"야, 웨이터! 채널 바꿔. JBS 놈들 다 쳐 죽여야 돼. 이런 방송국은 문 닫아야 돼." 다른 손님들이 일제히 "맞아", "맞아"라고 맞장구를 쳤다. 예상했던 대로다. 나는 대한민국의 적이다. 아…방송국은 이제 어떻게 되나…. 과학도 모르는 놈이 설쳐서 방송국 말아먹는다는 동료들의 원성이 귓가에 선하다. 이미 모든 광고가 끊기고 방송국은 수백억 원의 피해를 입었다. 아, 이대로 모든 것이 끝나는가.

"선생님, 갑자기 안색이 안 좋으시네요. 물이라도 한잔 드릴까요?"

수연이 걱정스러운 말투로 물었다.

"아뇨. 너무 피곤해서요. 자야 할 것 같아요. 그럼 또 다음에 봐요."

나는 황급하게 계산을 하고 레스토랑을 빠져나와서 호텔 방으로 들어와 침대에 누웠다. 머릿속이 복잡했다. 줄기세포, 권민중, 강대웅, 송수연, 박민호, 물고기자리….

눈을 번쩍 떴다. 벌써 아침인가. 머리가 지끈거렸다. 와인 때문에 그런 건지, 아니면 스트레스 때문에 그런 건지…. 시계를 보았다. 벌써 낮 12시! 지난 한 달 동안 줄기세포에 대한 진실을 밝혀내려고 잠을 제대로 자지 못했는데…. 세상모르고 잤다. 커튼을 열어보니 비가 내리고 있었다. 젠장, 비까지!

방을 나와 리조트 커피숍에서 에스프레소 두 잔을 연거푸 마셨다. 발레 파킹을 담당하는 벨보이에게 차를 요청하면서 한마디 던졌다.

"어제는 맑았는데 오늘 갑자기 비가 오네요."

"시도 때도 없이 비가 오죠. 영월에선 여자 없인 살아도 장화 없이 못 산다는 속담이 있어요."

여자 없이 살아도 장화 없이 못 산다? 그만큼 비가 많이 온다는 건가? 차를 타고 이제 어디로 가야 하나. 어제 단종의 숙소인 청령포를 갔으니 오늘은 단종이 묻혀 있는 장릉에 가보자. 불현듯 아버지의 마지막 모습이 생각나 차를 길옆에 세웠다. 여러 차례 숨을 크게 들이마시고 눈을 부릅떴다. 내비게이션에 낙화암을 찍었다. 리조트에서는 차로 20분 거리, 영월역 맞은편 절벽에 낙화암이 위치해 있었다. 유적지인 낙화암 주변에 주차장은 따로 없었고 개미 새끼 한 마리 보이지 않는 것으로 보아 유명 관광지는 아닌 모양이다.

차에서 내려 우산을 들고 절벽 쪽으로 200미터가량을 가니 그 옆에 '민충사'라는 사당이 보였다. 단종의 죽음 후 절벽에서 뛰어내린 시녀들의 신위를 모신 곳이라는 팻말을 보자 갑자기 을씨년스러운 분위기가 느껴졌다. 왕이 죽었다고 시녀들이 반드시 죽었어야 했을까. 시녀들은 겁에 질려, 권력의 비정함을 느끼면서, 한을 품고 눈물을 흘리면서 뛰어내렸을 것이다. 나는 우산을 비석 옆에 놓고 비를 맞으며 절벽 아래 동강을 보았다.

강은 비에 젖고 나는 비애에 젖고…….

모든 것을 포기하니 마음이 편해졌다. 하늘을 올려다보았다. 비가 얼굴을 때렸을 때 베트남 다낭의 논 누억 해변에서 본 아버지의 마지막 모습이 떠올랐다. 아직도 하루 반이 남았다. 죽을 때 죽더라도 끝까지 싸워보자. 나는 우산을 팽개쳐두고 차를 타고 바로 장릉으로 향했다.

장릉은 낙화암에서 차로 10분 거리였다. 주차를 시키고 표를 끊고 안내원에게 장릉의 위치가 어딘지 물어보았다. 평일이라 그런지, 더군다나 가을비까지 추적추적 내리고 있어 그런지 사람들이 눈에 띄지 않았다. 단종의 묘는 언덕 위에 있었다. 정문을 통과하여 계단을 올라 언덕의 기슭을 100미터 정도 들어가니 큰 무덤

하나가 눈에 들어왔다. 그런데 우비를 입은 경찰이 무덤 주위를 왔다 갔다 하고 있는 것이 아닌가. 비를 맞으며 단종의 묘에 가까이 갔을 때 그 경찰은 나를 예의 주시하면서 쏘아보았다. 나는 경찰이 왜 여기에 있는지 어리둥절해서 물었다.

"비 오고 쌀쌀한데 수고가 많으십니다. 경주에 가니깐 왕 무덤을 아무도 안 지키던데 여기서는 경찰이 지키네요."

"상부에서 지시가 내려와서 며칠 전부터 지키고 있습니다. 경제가 어려워지다 보니 도굴꾼들이 많아요. 뉴스 못 보셨어요? 조선 왕들의 무덤들이 최근에 파헤쳐졌어요. 문화재관리청에서는 난리가 났죠."

그런 일이 있었나? 권민중과 싸우다 보니 다른 뉴스는 보지도 못했다. 장릉 주위를 보니 산들로 꽉 막혀서 아무것도 보이지 않았다. 이곳에 실험일지가 있을 리 만무했다. 장릉을 나왔을 때는 비가 그쳤고 나머지 오후 시간엔 영월에 유명한 곳 몇 군데를 찾아다녔다. 고씨 동굴, 김삿갓 문화관, 선돌을 차례로 방문했다. 간 곳마다 주위를 샅샅이 뒤져 봤지만 아무것도 찾지 못했다. 상식적으로 생각해 보았을 때 관광 명소에 실험 일지를 두지는 않았을 것이다. 도대체 어디가 영월의 중심인가?

이렇게 하루가 다시 지났고 나는 호텔로 들어왔다. 나는 영월로 가라고 한 제보자에게 이메일을 한 통 보내었다. 지금 급하다고, 하루밖에 남지 않았다고. 서울로 다시 전화를 걸었다.

"박 선배, 우리 쪽에 좀 유리한 일 없나요?"

"아…."

박 선배의 한숨 소리가 소화기 너머로 들려왔다.

"야, 우리 이민 갈래?"

박 선배가 엉뚱하게 한마디 던졌다.

"이민이라도 갈 수 있을지 모르겠네요."

"매국노로 찍혔는데 이 나라에서 어떻게 살겠니."

잠시간 침묵이 흘렀고 박 선배가 다시 답했다.

"대웅아, 부담 가지지 말고. 나 사표 써 놓았어. 어쩌겠니. 우리가 제보자 말을 너무 믿었던 것 같기도 하고. 과학에 '과' 자도 모르는 우리가 그 복잡한 줄기세포를 어떻게 알겠냐."

"선배, 우리에게 하루가 더 있잖아요. 내일까지 찾아보죠."

"그래, 힘내고. 죽기밖에 더 하겠니."

그렇게 박 선배와의 통화는 끝났다. '죽기밖에 더 하겠니.' 가진 게 목숨 하나인데 사람들은 너무 쉽게 말하곤 한다. 갑자기 송수연이 보고 싶어졌다. 영영 그녀를 못 보겠지. 나는 피식 웃었다. 어제 딱 한 번 본 여자를 영영 못 볼 것 같다니…. 호텔 로비로 가서 송수연의 방에 연락했다. 어제보다는 편한 옷차림으로 나왔는데 옷이 딱 달라붙어서 어제보다 더 육감적으로 느껴졌다. 다시 봐도 가슴이 무척 뛰었다. 우리는 별마로 레스토랑에 가서 커피를 마셨다.

"어제 피곤해 보이시던데 괜찮나요?"

"제가 갑자기 가서 놀랐죠? 중요한 일이 있어서요."

"도대체 넋 나간 사람처럼 왜 그래요? 누구에게 쫓기나요? 아님 정말 보물이라도 찾는 건가요?"

"만약에 자기에게 아주 소중한 것이 있다면 어디에 그것을 숨겨두겠어요?"

"자기가 가장 잘 알고 친근한 곳에 숨겨두겠죠."

권 박사가 가장 잘 알고 친근한 곳은 어디일까?

"수연 씨, 권민중 박사 어떻게 생각하세요?"

"우리나라의 영웅이잖아요. 곧 노벨상도 받으실 것 같던데…. 근데 딴지 거는 사람이 너무 많잖아요. 요즘 사람들이 그 이야기밖에 안 하잖아요."

이 여자도 권빠인가. 내가 그 딴지 중의 딴지인 줄 알면 어쩌지.

"그 딴지 거는 사람들도 이유가 있지 않을까요?"

나는 그녀가 권빠인지 확인하고 싶어 물어보았다.

"글쎄요. 지들이 과학자들인가요. 아무것도 모르는 기자들이 날뛰잖아요. 책한 권 읽은 사람이 가장 무섭잖아요. 조금 아는 것을 마치 다 아는 것처럼 착각하잖아요."

이 여자의 말이 맞을지도 모른다. 내가 무얼 안다고 『네이처』지와 『싸이언스』 지가 인정한 과학자와 싸우나. 처음부터 미친 짓이었다.

"동강에 빠져 죽으면 누가 동정이라도 할까요?"

"박민호 선생님, 왜 그러세요? 선생님과 같이 수려한 글을 쓰는 분이 왜 죽어요."

아차, 나는 박민호였지, 강대웅이 아니라….

"무슨 괴로운 일 있으세요? 빚쟁이들이 빚 독촉을 하나요? 혹시 번개탄 가지고 오신 거 아니죠?"

그녀는 놀라서 물었다.

"아뇨, 스트레스받는 일이 좀 있어서…. 수연 씨, 저 혹시 부탁할 일이 있을지 몰라 전화번호 좀 알려주실래요?" 우리는 서로 전화번호를 교환하고 각자의 방으로 돌아왔다. 몇 시간 동안 인터넷을 검색했다. JBS와 우리를 성토하는 기사들로 도배되어 있었다. 노벨상 못 받게 하고 나라 망신시키는 장본인들이라고. 아무 희망도 보이지 않았다. 자리에 누웠다. 그래, 받아들이자. 운명을.

마지막 날 아침이다. 커튼을 치고 창문을 여니 구름 한 점 없는 포근한 날이었다. 포기하고 모든 것을 받아들이니 마음이 편해졌다. 천천히 브런치를 먹고 호텔 로비에 비치된 관광 브로슈어들을 쭉 훑어보았다. 영월은 작은 박물관들이 많다. 땅도 싸고 유서 깊은 곳들이라 이름 모를 별별 박물관들이 다 있다. 갑자기 브로슈어 하나가 내 눈을 사로잡았다.

한반도 지형

들어본 것 같다. 그게 여기 있었나? 검색해 보니 영월군 한반도면 선암마을에 위치해 있고 영월 시내에서는 서쪽으로 조금 멀리 떨어져 있는 곳이다. 한반도 전체를 상징한다는 점에서 혹시 여기가 영월의 중심이 아닐까? 자리에서 벌떡 일어나 차를 몰고 그곳을 향했다.

브로슈어의 안내대로 한반도 지형을 한눈에 볼 수 있는 오간재 전망대로 갔다. 전망대 절벽에서 보니 평창강이 휘돌아서 한반도 모양을 만들었고 지형의 서쪽에는 큰 모래사장이 있었다. 청령포처럼 삼면이 강으로 둘러싸여 있고 한반도 지형 북쪽이 산으로 막혀 있어서 배를 타고 안으로 들어가야만 했다. 유심히 보니 한반도 지형의 동쪽 방향에서 출발하여 서쪽으로 가는 뗏목이 있었다. 다시 차를 타고 강 아랫마을로 내려갔다. 뗏목 선착장에는 뱃사공만이 따스한 가을 날씨를 즐기고 있었다.

"저기, 어르신, 언제 안으로 들어가나요?"

"반갑수. 근데 한 명으로는 못 들어가는데…."

"제가 10만 원 드릴 테니 빨리 좀 들어가 주세요."

흔쾌히 나의 제안을 수락한 뱃사공과 그의 조수는 평창강을 따라 뗏목을 몰았다. 하늘은 높고 햇볕은 따스하고 강물은 평온했다. 20분 정도 가니 한반도 지형의 서쪽에 도착했다.

"제가 여기서 한두 시간 산책하면서 햇볕이나 쪼일까 합니다. 좀 이따 저를 데리러 와주십시오."

"알았소. 여기 혼자 앉아 있으면 세상만사 시름 다 사라질 거요."

뗏목은 다시 선착장으로 가고 나는 모래사장을 쭉 걸었다. 주위에 있는 나무 막대기 하나를 들고 여기저기를 쑤셔 보았다. 실험일지를 물이 들어오는 곳에 놓아두지는 않겠지. 나는 모래사장을 나와 나무가 있는 숲으로 갔다. 숲에 난 몇 군데의 길을 따라가 보았지만, 끝에는 아무것도 없었다. 배를 타고 와야만 되는 곳이라 접근이 불편해서 이런 곳에 무엇인가를 보관해 둘 리가 없다. 왜 이렇게 난 바보지? 신분을 밝히지 않는 제보자의 말을 믿고 온 게 바보 같은 짓이었다. 우리를 꾀기 위한 술책임이 더 확실해졌다.

다시 모래사장으로 나가니 뗏목이 와 있었다. 뱃사공은 "날씨 정말 기가 막혀요. 이리 와서 소주나 한잔하실라우?"라고 말했다.

그래, 이제 마지막인데 이렇게 아름다운 가을에 술이라도 한잔하고 이승을 뜨자. 뱃사공과 나는 한반도 지형에 뗏목을 정박해 놓고 뗏목 위에서 소주를 연거푸 들이켰다.

"젊은이, 근데 무슨 일 하우?"

"저요? 저 강키호테라고 권민중 때려잡으려고 돌진하는 기잡니다."

술에 취하니 호기가 발동했다.

"왜 그렇게 훌륭한 분과 싸워요?"

"글쎄 말입니다. 이제 다 끝났습니다. 제가 졌습니다. 근데 어르신께서는 젊은 시절 무슨 일을 하셨어요?"

"나? 광부였지. 그때는 광부가 최고였어."

올라오는 취기와 따스한 오후 햇살에 뗏목에서 나는 대자로 뻗어버렸다. 꿈일까. 비너스, 에로스, 물고기자리, 페가수스, 북두칠성, 북극성….

'가장 빛난다고 해서 하늘의 중심은 아닙니다. 여기 희미하고 어두운 별 보이나요. 가장 빛난다고 해서 하늘의 중심은 아닙니다.'

별마로 천문대의 해설자의 말이 들려 왔다. 눈을 번쩍 떴다. 얼마나 잤을까? 주위를 둘러보니 오후 느즈막이었고 뗏목은 선착장에 이미 도착해 있었다. 희미하고 어두운 별, 어두운 별…. 아하!

"어르신, 여기에 광산이 있나요?"

"옛날에 있었지. 영월 사람들은 1970년대까지만 해도 광산 덕분에 먹고 살았어."

"거기가 어딘가요?"

"마차리에 있지. 마차탄광이라고."

나는 재빨리 뗏목에서 내려서 차를 몰고 마차탄광으로 향했다. 꽤 먼 거리여서 가는 도중 해가 졌다. 마차탄광에 내리니 안내 표지판이 나왔다. 이곳이 폐광이 된 후 탄광문화촌이라는 관광지로 개발되었다는 것을 알 수 있었다. 매표소로 가니 이미 문을 닫았다. 오후 6시 40분. 젠장. 불이 꺼진 문화촌 건물들 사이로 환한 창문이 보였다. 관리사무실이었다. 나는 문을 쾅쾅 두드렸다.

"누구 없나요? 누구 없어요?"

이윽고 철문이 열리더니 "누구시죠?"라고 물으며 50대 중반의 남자가 물었다.

"저 JBS 기자입니다. 문화촌을 저희 프로그램에서 소개를 하려는데 그만 너무 늦게 왔습니다. 혹시 구경 좀 할 수 있을까요?"

"아이구, 기자 양반, 우리도 퇴근을 해야죠. 시간에 좀 맞추어 오시지. 혹시 내일 오면 안 돼요?"

"정말 급해서 그럽니다. 오늘 꼭 봐야 해서요."

나는 준비한 10만 원을 주머니에 찔러주었다.

"그럼 딱 30분만 구경하고 가세요. 그리고 기사 잘 써 주세요."

문화관은 크게 탄광생활관과 탄광체험관으로 되어 있었다. 탄광생활관은 옛날 탄광촌을 재현해 놓은 시설이었다. 이발관, 양조장, 광부들이 살았던 집, 가게, 배급소들을 꾸며 놓았다. 나무판자로 대부분 집들이 초라하게 진열되어 있었다. 한편에는 마차초등학교의 교실이 재현되어 있었는데 배고픈 시절 공부에 대한 의지가 묻어 나왔다. 나는 관리인에게 시설에 한번 들어가 봐도 되냐고 물어보았다. 그는 사람이 없으니 들어가 보라고 허락해 주었다. 여기저기 구석구석을 보았지만 실험일지는 없었다. 이런 전시관에 그런 걸 놓아두지 않았을 것이다.

"옛날에는 정말 가난했군요."

내가 한마디 던졌다.

"그랬죠. 근데 요즘 젊은 사람들이 그걸 아나요? 이젠 추억이지."

관리인이 응답했다.

"탄광을 볼 수 있을까요?"

"네, 그러시죠."

탄광체험관은 실제 갱도의 초입 부분을 변형해서 만들어졌다. 굴진, 발파, 동발 설치, 석탄을 캐는 막장이 실감 있게 재현되어 있었다.

"여기가 막장이라는 곳이군요."

"하하하, 그렇습니다. 근데 옛날에는 이 지역 사람들은 광부를 하고 싶어 했어요. 상대적으로 돈벌이가 좋았죠. 사람도 골라서 뽑았어요."

"근데 석탄 캐는 일이 위험하지 않나요?"

"위험하다마다요. 여기선 옛날에 과부가 많았죠. 광부랑 과부랑 눈 맞은 경우도 가끔 있었죠, 하하하."

혹시나 실험일지가 있을까 여기저기 뒤져보았지만 역시 아무것도 없었다. 약속된 시간보다 한참이나 더 구경을 해서 미안한 생각이 들었다. 나는 탄광 체험관을 나와서 주위를 훑어보았다. 탄광 지역이라 문화촌 이외의 건물은 주위에 아무것도 없었다. 다시 유심히 반대편 언덕을 바라보았다. 언덕 위에 어렴풋이 집 한 채가 보였다.

"저, 저기 저 위에 집이 있나요?" 길게 손을 뻗어 그곳을 가리키며 관리인에게 물었다.

"옛날에 몇몇 광부들이 거기에 살았는데 다 철거됐죠. 탄광과 가까웠지만 언덕 위에 있어서 살기가 안 좋았어요. 근데 몇 년 전에 누가 저기에 집을 한 채 지었나 봐요."

"누가요?"

"몰라요. 관심 없어서. 경치도 안 좋고 입지도 안 좋은 곳에 저런 집을 왜 지었는지 몰라."

머릿속이 번쩍했다. 여기일 수도 있겠다.

"손전등 하나 빌릴 수 있을까요?"

"그래요. 근데 돌려주실 거죠?"

"네, 그럼요."

나는 관리실에서 손전등을 빌리고 급하게 탄광문화촌 언덕을 내려왔다. 무언가 모를 흥분과 기대가 몰려왔다. 아무것도 없는 곳에 집을 지었다. 무엇을 보기 위해서? 아니면 무엇을 숨기기 위해서? 발걸음이 빨라졌다. 집은 탄광문화촌과는 길 하나를 사이에 두고 바로 반대편 언덕 위에 있었다. 가로등이 하나도 없어 나는 손전등으로 씩씩거리며 올라갔다. 멀리서 보기보다 꽤나 높이 있었는데 집 앞에 가서 건너편을 보니 탄광촌 전체가 보였다. 가을 달빛에 비친 그 집은 꽤나 신경을 쓴 대저택이었다. 집 주위는 낮은 울타리로 둘러져 있어서 나는 가볍게 담을 넘을 수 있었다. 언덕 위에 홀로 있는 집이라 분위기가 음산했다. 긴장되고 가슴이 좁였다. 현관 쪽으로 가서 문고리를 돌렸다. '찰칵.' 문이 열려 있다!

"누구 없나요? 안에 누구 없나요?"

아무 반응도 없었다. 현관 옆에 있는 스위치를 켜 보았지만 불이 들어오지 않았다. 입구에서 천천히 전등을 비추면서 걸어갔다. 숨이 턱 막혔다. 갑자기 큰 공간이 나타났다. 길이가 수십 미터나 되어 보였는데 이렇게 큰 거실은 본 적이 없다. 나는 정면을 비추어 보았다. 큰 유리창이 설치되어 있었고 그 아래 긴 소파가 놓여 있었다. 그 사이 텅 빈 공간에는 자주색 카펫만 깔려있었다. 유리창 너머로 마차탄광이 보였다. 나는 양 벽면을 비추어보았다. 우와! 탄성이 절로 터져 나왔다. 모두 다 책장들이었고 자료들이 빼곡히 꽂혀 있었다. 책장 앞으로 천천히 가보았다. 책이 아니라 모두 공책들이다. 여기다! 이것이다! 분명, 이것이다! 가슴이 두근거렸다.

공책들이 양쪽 수십 미터에 꽂혀 있는 것이 아닌가. 분명, 권 박사의 실험일지였다. 그럼 이 거대한 노트 책장들이 실험일지란 말인가. 이렇게 실험일지가 많다니. 아니, 그럴 수도 있겠다 싶었다. 얼마나 많은 실험을 해댔던가. 얼마나 많은 난자들을 뽑아왔던가. 그동안 얼마나 많이 개, 돼지, 소, 여자들의 난자들을 주무르고 주물렀는데 암, 이 정도의 실험일지는 있어야지. 그 알량한 노벨상 하나 받아 보려고 얼마나 많은 동물과 인간의 자궁들을 쑤시고 또 쑤셨던가. 세상의 모든 구멍들을 파헤쳤는데 이 정도 실험일지는 있어야지. 암, 있어야 하고말고. 나는 분노인지 아니면 중요한 무언가 밝혔다는 희열인지 알 수 없는 감정에 사로잡혀 정중앙에 위치한 책장 앞으로 갔다. 손이 떨렸다. 매국노에서 정의의 화신이 될 수 있을까? 공책 하나를 조심스럽게 뽑아서 손전등으로 비추어 보았다. 이게 뭐지? 글씨들이 삐뚤어져 있고 맞춤법도 틀렸다. 낙서 아닌가. 나는 그 공책을 다급히 넘겨보았다. 아이의 낙서다. 나는 다른 책장에 꽂혀 있는 공책들을 마구잡이로 다급하게 꺼내어 보았다. 다 똑같이 낙서다. 반대편 책장으로 가서 수십 권을 마구잡이로 꺼내어 보았다. 역시 똑같다.

"아아아!"

나는 손전등을 책장에 던졌다. 손전등이 깨졌고 거실은 칠흑으로 변했다. 털썩 주저앉아 미친 듯이 소리를 지르고 또 질렀다. 이 집이 떠나가도록, 탄광촌이 떠나가도록. 아, 이것이 무엇인가! 결국 이게 끝인가! 이제 모든 것이 끝났다!

3장 태양으로 간 남자

한참 동안 그 저택의 바닥에 누워 있었다. 칠흑 같은 어둠이 나를 덮쳤다. 마음을 굳혔다. 노벨상을 받으려는 과학자의 발목을 잡고 직장에 수백억의 피해를 입히고 한국 언론에 먹칠을 하고. 암 죽어야지. 한평생 치욕적으로 사는 것보다 깨끗하게 가는 게 낫다. 나는 책장에 꽂혀 있는 공책의 뒷장을 찢어서 핸드폰 불빛에 의지해 유서를 썼다. 박 선배에 대한 고마움과 미안함, 모든 것은 나의 책임이라는 말, 비록 적이었지만 권민중 박사에게 한국 최초의 노벨상을 받으라는 내용, 그리고 동료 기자들에게 나 같은 어리석은 기자는 되지 말라는 충고.

저택을 빠져나와 차를 타고 낙화암으로 향했다. 중간에 편의점에 들러 소주 10병, 오징어, 쥐포, 과자 여러 개, 담배를 샀다. 이 정도는 마셔야 고통 없이 갈 것 같았다. 낙화암에 가니 어제 놓아두었던 우산이 펼쳐진 채 그대로 있었다. '낙화암'과 '순절비'라는 비석 자리만 빼고 모든 전망대는 나무판자로 덮여 있었다. 마지막 술자리로는 평평하니 좋은 자리였다. 낮은 펜스 하나를 두고 전망대와 절벽이 갈라져 있고 그 아래는 동강이 유유히 흐르고 있었다.

하늘을 올려다보니 주먹만 한 별들이 내 얼굴을 향해 날아왔다. 난생 이렇게 큰 별들을 본 적이 없었다. 낙화암 바로 옆 봉래산에 천문대를 세운 이유를 이제야 알 것 같다. 한순간 대자연의 아름다움에 빠져 넋을 잃었다. 미의 여신은 장례의 여신이니…. 죽음 직전에서야 세상이 이렇게 아름다운지 깨닫다니. 별을 보며 술을 연거푸 들이켰다. 지상에서의 마지막 술이 아까웠다. 한 병, 두 병, 세 병…. 짧은 생이었지만 그래도 좋은 추억들이 많았다. 뼈에 사무치는 이런저런 아픔들이 있었지만. 벌써 10병째. 유언장, 지갑, 핸드폰을 돌에다 괴어 놓았다. 지나가는 행인이 발견하여 이 유품들을 전해줄 것이다. 마지막 술잔을 비우고 낙화암 전망대의 나무 바닥에 덜렁 누웠다. 따뜻했다. 소중한 기억들이 별들과 함께 쏟아졌다.

◇

"굿 모닝!"

너무나 반가운, 귀에 익은 말에 나는 반사적으로 응답했다.

"뻑큐 베리 머치!"

그녀는 내 귀를 세게 잡아당겼고 나는 영문을 몰라 그 자리에서 울어버렸다. 중학교 1학년 첫 등교 때의 일이다. 양호 선생님이었던 그녀는 봄학기 첫날에 학생들을 반갑게 맞이하기 위해 교문 정문에 서서 학생들에게 인사를 했다.

"너 누구한테 그 말 배웠어?"

"우리 아빠한테서요."

"아빠한테 내일 학교로 당장 오시라고 해!"

중학교라는 곳에 첫발을 들이자마자 겪은 참사라 아직도 뇌리에 생생하다. 다음날 점심시간에 양호실에 불려 간 나는 아버지를 기다렸다. 양호실 방문을 열고 들어온 그를 보았을 때 그녀는 적지 않게 당황했다. 한쪽 다리가 없는 남자가 목발을 짚고 서 있었다. 선생님은 나를 교실로 돌아가라고 했고 그녀는 아버지와 단둘이서 대화를 나누었다.

아버지는 베트남전 참전 용사였다. 그것도 태극무공훈장을 받은. 그는 전쟁터에서 다리를 잃은 게 아니었다. 그는 멀쩡하고 건강하게, 무수한 전투를 치른 사람이라고는 믿기지 않게, 상처 하나 없이 돌아왔다. 청와대에 가서 대통령과 밥을 먹고 금일봉을 받아 베트남에서 번 돈을 합쳐서 학교 앞에 문방구와 새집을 세웠다. 아버지는 잘생긴 외모에 친절했고 어머니는 성실한 사람이어서 문방구는 번창했다. 아버지는 큰 뜰이 있고 당시에선 보기 드문 수세식 화장실, 싱크대가 있는 그리고 용산에서 산 큰 침대로 장식한 집을 지었다. 물론 내 방에도 침대가 놓였다. 우리 집은 동네에서 미국화되고 근대화된 집의 상징이었다.

수세식 화장실 한번 써보자고 문방구에 오는 사람도 있었다나. 하지만 행복한 날들은 몇 해 가지 못했다. 어느 날 갑자기 아버지의 왼쪽 다리가 아파오기 시작했다. 계속된 아픔에 그는 병원을 갔지만 의사는 원인을 몰랐다. 전국에서 유명하다는 병원을 다 다녔지만 어느 누구도 정확한 원인과 병명을 몰랐다. 의사는 베트남 풍토병 같다는 소견을 내놓았다. 동네 사람들은 아버지가 베트남에 가서 국제 매독에 걸려 왔다고 수군거렸다. 아버지도 자신이 국제 매독에 걸렸다고 믿었다. 얼마 지나지 않아 다리 아랫부분이 썩어 들어가기 시작했다. 극심한 고통 때문에 아버지는 소리를 지르고 물건을 집어 던지고 어머니를 구타했다. 문방구가 바로 집과 연결되어 있어 손님들도 비명 소리와 물건 던지는 소리를 들었고 점차 발걸음이 줄었다. 나는 어려서 무슨 영문인지 몰랐지만 내 방 침대에 누워서 흐느끼는 엄마를 쓰다듬어 주었던 기억이 난다.

썩어 들어가는 다리는 생명을 위해 잘라야만 했다. 아버지는 왼쪽 다리를 자르고 집에 돌아와 몇 주간 침대에 멍하니 누워 천장을 바라보았다. 그러고는 자신에게 갑자기 닥친 불행을 도저히 이해할 수 없었는지 다시 물건을 던지고 엄마를 구타하기 시작했다. 어머니는 아버지를 나무랐다. 그러니 누가 베트남 가서 계집질 많이 하라고 했냐고, 몽둥이 잘못 놀리니 매독에 걸려서 다리가 썩은 것이라고. 아버지는 더욱 포악해졌고 어머니는 내가 여섯 살 때 집을 나갔다. 너무 어려서인지 아니면 세월이 지나서인지 난 어머니의 얼굴을 기억하지 못한다. 그녀에 대한 원망이 커서 기억하고 싶지 않은 것일지도 모를 일이다.

엄마가 집을 나가고 내가 배고파 울기 시작했을 때 그는 비로소 정신을 차렸다. 아버지는 가난한 농부의 외아들로 태어나 어릴 적 부모님을 여의었기 때문에 남은 혈육은 나 혼자였다. 아버지는 봉순이라는 식모를 고용해 집안일을 시켰고 예전처럼, 하지만 한쪽 다리가 잘린 채, 문방구를 꾸려나갔다. 내가 7살 때 거울 두 개를 벽 양쪽으로 마주 보게 설치하고는 알코올 병에 든 귀 두 개를 꺼내 걸었다. 베트남 전장에서 죽은 미군의 귀 하나와 베트콩의 귀 하나를 칼로 잘라서 귀국할 때 몰래 가져와 알코올 병에 담아두었던 것이다. 나는 아직 어려서 그것이 징그럽다거나 혐오스럽다고 생각지 않았다. 아버지는 각각의 귀에 조그마한 구멍을 뚫고 하얀 실로 매달아 거울 앞에 고정시켜 걸었다. 그렇게 하니 하얗고 큰 귀와 누렇고 조그마한 귀는 서로의 거울 속에 무수히 반복되어 투영되었다. 나는 왜 그렇게 하냐고 묻자, 아버지는 귀를 마주 보게 걸면 베트남전에서 죽은 300만 명, 그 모든 사람의 귀를 다 담을 수 있기 때문이라고 말했다.

아버지는 밤이 되면 문방구 문을 닫고 식모가 차려준 저녁을 먹은 후 양쪽 귀에 대고 소리를 쳤다. 침대 오른편 벽 거울 위에 걸린 미군 귀에 대고 했던 두 마디가 바로 "굿 모닝"과 "빽큐 베리 머치." 내가 당시 들어본 영어는 이 두 마디가 전부였다. 베트남 중부의 호이안에서 전투병으로 혁혁한 공을 올린 아버지는 전투가 없는 금요일 저녁만 되면 한국 장교들과 같이 다낭 해변가에 있던 '포에버'라는 술집에서 미군들과 술을 밤새 퍼마셨다. 새벽에 술에 취해 떠오르는 다낭 해변가의 태양을 바라보며 그가 미군들로부터 가장 많이 들었던 말은 그 두 마디였다. 환대와 모멸은 어쩌면 태초부터 공존했으리라.

아버지는 침대 왼편에 걸린 베트콩의 귀에 대고는 "엠 이에우 아잉"과 "아잉 씬 로이"라고 외쳤다. 나중에 아버지 부하가 우리 문방구에 놀러 왔을 때 나는 그 말의 뜻을 물어보았는데 그는 웃으면서 "사랑해," "미안해"라는 말이라고 답해주었다. 그 두 말은 7살 때부터 지금까지 내가 아는 유일한 베트남 말이다. 대학생이 되고 나서야 나는 이 말에 뭔가가 숨겨져 있다는 사실을 알아차렸다. 아버지로부터 들었던 영어 두 마디로 유추해 보건대 이 두 베트남 말도 필시 아버지의 경험에서 우러나온 말일 게다. 아마도 아버지는 베트남전 당시 어떤 여자 아니면 여자들'과 관계를 맺었을 것이다.

아버지는 동네 사람들을 피했다. 국제 오입쟁이가 국제 매독에 걸려 어여쁜 아내를 쫓아내고 다리병신이 되어 입에 풀칠하려고 문방구 한다는 소리가 듣기 싫었다. 문방구에서 아버지의 훤칠한 외모를 본 사람들은 베트남 여자들이 빠지고도 남을, 그래서 국제 매독에 걸릴 수밖에 없는, 인물값을 '꼬오옥' 한다는 어르신들의 말이 옳다는 것을 확인하곤 했다.

그러던 어느 금요일, 내가 중학교에 입학하고 난 한 달 후에, 양호 선생님이 우리 문방구를 찾아왔다. 첫 등굣길 내가 뱉은 말이 무슨 뜻인지를 정확히 안 나는 그녀를 똑바로 쳐다볼 수 없었다. 그녀는 웃으며 아버지의 건강 상태를 보러 왔다고 말했다. 뜻밖의 손님에 아빠는 적잖게 놀라며 나에게 음료수를 사 오라는 했다. 음료수를 건네러 아빠 방에 갔을 때 그는 침대에 누워 있었고 양호 선생님은 청진기로 아빠를 진찰하고 있었다. 나는 음료수만 전하고 다시 문방구를 지키러 나왔다. 양호 선생님은 20분 정도 있다가 다시 나왔고 나에게 인사를 하고 나서 사라졌다. 나는 양호 선생님이 왜 왔는지 궁금해서 물었고 아빠는 그녀가 애국용사에 대한 '자원봉사'를 하러 왔다고 말했다. 나는 자원봉사가 뭐냐고 물었고 아빠는 서양 사람들은 모르는 사람을 자주 도와주는데 그런 게 자원봉사라고 일러주었다. 선생님은 불구자인 아버지의 건강 상태를 보러 온 것이었다.

선생님은 2주에 한 번 금요일 방과 후에 진료 가방을 들고 우리 문방구를 찾아왔다. 선생님의 방문이 있고 난 후부터 금요일마다 아빠는 내게 목욕을 도와달라고 부탁했다. 지금 생각해 보건대 선생님 앞에서 냄새가 나지 않게 잘 보이고 싶었던 모양이다. 어느덧 봄이 가고 여름방학이 되었다. 방학 동안 선생님은 오지 않았고 아빠의 금요일 목욕도 멈추었다. 조곤조곤한 말투, 하늘거리는 머리카락, 정숙하고 기품 있는 걸음, 상대를 편안하게 해주려고 애써 웃는 웃음, 그리고 약간의 슬픔이 깃든 눈동자. 나도 가끔 선생님이 보고 싶었지만 그녀는 오지 않았다.

그러던 가을의 어느 저녁, 아빠는 봉순이 누나가 끓여 놓고 간 된장국을 데워서 식탁에 올렸다. 나는 그날따라 배가 고팠는지 내 앞에 놓인 국그릇을 숟가락으로 당겼다. 그 순간 된장국은 내 사타구니 안쪽으로 쏟아졌고 그 뜨거운 국물에 나는 놀라 소리쳤다. 아빠는 내가 입고 있던 바지와 팬티를 벗겨서 내 방의 침대에 뉘었다. 나는 아픔과 쓰라림에 소리를 쳤고 당황한 아빠는 어쩔 줄 몰라 하다가 전화를 걸기 시작했다. 그러더니 전화를 이내 끊고 냉장고에 있는 얼음을 헝겊에 싸서 들고 와 상처가 난 오른쪽 사타구니에 얼음찜질을 하기 시작했다.

얼음을 두세 번 갈았을까. 누군가가 문방구 문을 열고 거실을 거쳐 내 방으로 들어왔다. 백열등의 환한 불빛 아래 누군가의 얼굴이 그림자가 되어 내 얼굴을 드리운다.

"대웅아 괜찮니?"

양호 선생님이었다. 아파서, 서러워서, 아는 사람이 나를 보살펴주러 왔다는 안도감에 나는 울음을 터뜨렸다. 상황이 상황인지라 선생님께 인사도 못 했는데 발가벗고 있는 축 늘어진 내 고추가 대신해서 그녀에게 인사를 했다. 아빠는 119에 전화를 걸지 않고 학교에 전화를 걸어 선생님을 찾았던 것이다. 당직자는 선생님께 전화를 걸었고 그녀는 진료 가방을 들고 급히 우리 문방구로 달려왔다. 선생님은 준비해 온 연고를 내 사타구니에 바르더니 다친 부위를 흰 가제로 감쌌다. 그녀는 내 이마에 손을 얹고 물끄러미 쳐다보다가 손을 꼭 잡아준 뒤 일어섰다. 그 일 이후 나는 병원에 가지 않고 학교 양호실에 들러 몇 차례 더 팬티를 내렸고 그녀는 연고를 바르고 다시 새로운 가제를 덮어주었다. 마지막 치료가 있던 날 나는 아버지가 마련해 둔 서울에서 가장 유명한 진성당이라는 빵집에서 구해 온 케이크를 들고 갔다. 그 안에는 아버지의 감사 편지도 있었다. 나는 무슨 내용인지 몰랐으나 선생님은 그 편지를 읽고 살며시 웃었다.

발작. 그것은 아버지를 규정하는 단어였다. 신체적 발작이기도 했고 정신적 발작이기도 했다. 발작이 심해지면 봉순이 누나가 집안의 밥그릇과 접시들을 그다음 날 다시 장만해야 했다. 왼쪽 다리를 제거한 이후에 그는 오른쪽 다리가 가렵다거나 좀벌레가 먹어온다며 발작을 일으켰다. 아버지는 왼쪽 다리에서 벌레가 나와 오른쪽 다리로 옮겨간다고 난리 쳤다. 왼쪽 다리는 이미 없다고 봉순이 누나가 소리칠 때마다 아버지는 벌레가 보이지 않냐고 고함을 질렀다. 이 가상의 벌레를 의사는 외상 후 스트레스라고 진단했다. 의사는 왼쪽 다리를 제거하고 오른쪽 다리도 제거될지 모른다는 막연한 공포심에 아버지가 사로잡혀 있다며 걱정하지 말라고 다독였다. 하지만 가끔 이 가상의 벌레들 — 아버지는 그것을 좌충, 곧 왼쪽 다리의 벌레라고 부르곤 했다 — 은 아버지의 오른 다리를 씹어 먹었고 그럴

때마다 그는 식은땀을 흘리며 부들부들 떨었다. 아버지는 발작이 시작되면 총을 달라고 외쳤다. 벌레를 죽여야 한다면서. 그는 가상의 벌레를 박멸하고 싶어 안절부절못했다.

그는 베트남 전장에서 삶의 맹렬함과 싸웠고 한국의 문방구에서는 삶의 지루함과 싸웠다. 기껏해야 그는 아이들이 물건을 훔치지 않을까 걱정하며 구석에서 염탐하는 초라한 매복병에 지나지 않았다. 그는 연필 대신 총을, 카터 대신 장검을, 지우개 대신 수류탄이 더 잘 어울렸다. 그는 총으로 인생을 배웠고, 총으로 우정을 쌓았고, 총으로 돈을 벌었고, 총으로 세상을 깨우쳤다. 발작이 일어날 때면 그는 이렇게 외쳤다. "연필 말고 총을 달라고, 씨팔!" 펜은 총보다 강하다느니, 펜은 나의 무기라느니 하는 말들은 그에겐 헛소리였다. 발작을 일으킬 때마다 그가 내뱉은 벌레 같은 말들도 전부 헛소리였지만. 그러던 사이 아버지의 오른쪽 다리는 굳어져 갔고 그는 이를 가리켜 돌 같은 오른쪽 다리라는 뜻의 우돌이라고 불렀다. 좌충 때문에 우돌이 되었다는 자조 섞인 농담을 하며.

중학생이 된 나는 성에 대해 점점 눈을 떠갔다. 인터넷도 없고 야동도 없던 때 나의 성 교재는 청계천이나 이태원에서 친구들이 구해 온 성인 잡지, 만화, 사진이었다. 방과 후에 친구들과 교실 뒤편에 모여서 보던 성인물은 아직도 잊을 수 없다. 거친 숨을 쉬는 아이, 몸을 부들부들 떠는 아이, 조금 보다 화장실로 뛰어가는 아이. 그때 보았던 사진과 만화 때문에 당시 나는 야릇한 꿈들을 꾸었다.

그러던 어느 날 밤, 꿈인지 생시인지, 실재인지 환상인지 알 수 없는 충격적인 경험을 하게 된다. 내 방에서 잠을 자다 오줌이 마려워 화장실에서 일을 보고 나온 순간 아버지의 방에서 신음 소리가 들렸다. 비몽사몽간이라 이 소리를 그냥 넘기고 다시 내 방 침대에서 잠을 청하려 할 때 다시 신음 소리가 들렸다. 무슨 소리지? 자세히 들어보니 여자의 신음 소리다. 눈을 게슴츠레 뜨고 내 방을 나와 바로 옆방인 아버지의 방문을 살며시 열었다. 두 남녀가 엉켜서 서로를 빨며, 신음을 내뱉으며, 온몸이 번들거리고, 모든 인식과 감각을 잃어버린 채 서로를 느끼고 있었다. 두 사람은 웃기도 하고, 지긋이 바라보기도 하고, 자세를 바꾸어가면서 여러 결합을 시도하였다. 신음 소리가 온 집안에 퍼졌다. 이들의 엉킴은 점점 더 고조되었고 이 둘은 천국에 다다랐다. 두 사람이 자리에 눕자 창문 너머로 비치는 달빛으로 어렴풋이 여자의 얼굴이 보였다. 나는 소스라치게 놀랐는데 그녀는 바로, 양호 선생님이었다.

그 이후 아버지의 발작은 멈췄다. 삶의 환희가 다시 찾아왔다. 일그러진 얼굴은 웃는 얼굴로 변했다. 선생님은 가끔씩 밤에 우리 문방구를 찾았고 아버지와 밀회를 나누었다. 학교에서 선생님을 마주칠 때면 인사만 하고 지나쳤다. 그녀는 나에게 알 듯 모를 듯 사랑스러운 미소를 보냈다. 나의 몸에도 생기가 돌았다. 아버지의 발작, 고함, 지랄을 보지 않아서 좋았고 가끔씩 들려오는 신음 소리에 온갖 상상을 할 수 있어서 좋았다.

그녀는 아버지의 정신뿐 아니라 명예도 되찾아 주었다. 나중에 안 사실이지만 그녀는 내가 다니던 중학교의 이사장 딸이었고 뉴욕시립대 퀸스 칼리지에서 교육학을 전공한 미국 유학파였다. 당시 그녀의 사회적 위치로나 학벌로서나 세간에서 그녀는 공주로 대해졌다. 양호 선생님은 그저 그녀에게 소일거리였을 뿐. 세계 동향을 살피기 위해서였는지 아니면 문화적 소양을 기르기 위해서였는지 모르겠지만 그녀는 『TIME』지를 미국에서 우편으로 배달시켜 직접 읽었는데 우리 동네에서 이 어렵고 고상한 잡지를 해독할 수 있는 사람은 그녀 외에 아무도 없었다. 영어가 신성시되었듯 그녀도 신성시되었다. 아니, 정확하게 말하면 신성시되었던 그녀가 영어로 인해 더욱 신성시되었다. 교정에서 『TIME』지를 읽는 모습에 모든 이들이 그녀를 숭배했고, 나 또한 그녀가 무슨 암호문을 푸는 고고학자인 양 범접할 수 없는 고귀한 사람으로 보여, 당시에는 알 수 없었던 무의식적 찬탄만 할 뿐이었다.

그러던 어느 토요일 오후 그녀는 소리를 지르며 우리 문방구로 달려왔다.
"알았어요! 알았어!"
"무엇을요?"
아버지는 그녀에게 존댓말을 썼다.

"왜 당신의 다리가 아픈지를 알았어요!"

아버지는 그녀를 물끄러미 쳐다보자 『TIME』지의 표지면을 아버지의 얼굴 앞에 들이밀었다.

"여기에 다 나와 있어요!"

마법의 영어 잡지, 그녀 이외에는 누구도 해독하지 못하는 잡지를 흔들어 보이며 그녀는 오렌지 때문에 아버지의 다리가 아프다고 말했다.

"오렌지는 많이 먹었죠, 베트남에서. 죽도록 먹었죠. 한국에서는 절대 못 먹으니깐. 그 오렌지가 왜요?"

"오렌지가 아니에요. 에이전트 오렌지. 어떻게 번역해야 하나. 화학 물질이에요, 화학 물질. 오렌지 색깔의 화학물질을 미군들이 비행기에서 뿌렸어요."

아버지는 잠시 머뭇거리더니 "전혀 기억이 안 나요."라고 말했다.

"아니에요. 인간에게 해가 있어요. 미군들이 지금 각종 질병에 걸려 죽어가고 있어요. 베트콩뿐만 아니라 미군도 한국군도 오염이 되었어요. 이 화학물질에…."

"글쎄, 하늘에서 무언가가 뿌려진 것 같았지만 기억이 없네요. 나랑 같이 근무했던 병사들에게 물어봐야겠어요. 근데 걔들은 왜 멀쩡하죠? 하늘에 뿌려진 오렌지인지 파인애플인지가 해롭다면…."

그렇게 해서 베트남 파병 한국군들에 대한 고엽제 문제가 제기되었다. 움직이지 못하는 아버지는 후배 병사들에게 그들의 동료들 중 원인 모를 질병을 앓고 있는 사람들을 찾아보라고 말했다. 양호 선생님은 언론에 이 사실을 알렸으나 어떤 언론도 이를 다루어주지 않았다. 아버지의 후배들은 이해할 수 없는 질병을 앓고 있는 5명의 월남 파병군을 찾아냈다. 결국 이 문제는 『월남의 전사』라는 월남 파병군들이 만든 작은 신문을 통해 처음으로 다루어지게 되었다. 질병을 앓고 있는 사람은 최초 5명에서 수십 명, 수백 명으로 불어났다. 이 문제를 논의하기 위해 우리 집에 왕년의 병사들이 다시 모였고 양호 선생님도 번역을 돕기 위해 함께했다. 그녀가 내뿜는 영어의 광채와 미모의 광채가 결합되어 그들의 눈을 멀게 했다.

아버지의 변화를 알아차린 사람은 그와 생사를 같이했던 후배들이었다. "형님, 요즘 얼굴이 좋아 보이십니다." "대장, 좋은 일 있으세요? 목소리에 활기가 있네요." "우리 형님, 뭔가가 이상해."라며 약간 짓궂은, 그녀를 본 모든 사람들이 상상하는, 그런 끈적끈적한 안부를 물었다. 그때마다 아버지는 "시끄럿!"이라고 외치고 알 수 없는 미소를 지으며 황급히 화제를 딴 곳으로 돌렸다.

아버지와 양호 선생님은 밤에는 애정 문제로, 낮에는 정치 문제로 만났다. 아버지는 선량한 양이 되었고 자비와 친절이 몸에 스며들어, 가끔씩 서리를 하는 학생들을 너그럽게 봐 넘겨주기도 했다. 감옥이었던 그의 방이 이제는 파라다이스로 변했고 그의 발작은 콧노래로 변했다. 총으로 세상을 깨쳤던 사내가 이제는 사랑으로 세상을 깨치고 있었다. 내가 어린 나이에 어렴풋이 깨달은 것은 단 한 사람, 그러니깐 단, 한·사·람이 다른 한 사람의 세계를 철저하게 바꿀 수 있다는 사실, 세상을 다 가져도, 세상을 다 바꾸어도 맛보지 못하는 그 기쁨을 단 한 사람이 줄 수 있다는 사실이었다. 선생님이 아버지를 연민했는지 아니면 그의 외모에 반했는지는 알 수 없다. 그 두 가지 모두일 수도 있었고 아니면 둘 다 아닐 수도 있었다. 그건 중요치 않았다. 그들은 서로를 원했고 또 원했다.

중학교 3학년이 되던 어느 봄날, 그러니까 아버지의 생일이었던 아주 특별한 봄날, 나는 아버지로부터 심부름 하나를 떠맡았다. 아버지는 그날 저녁 선생님, 아버지, 그리고 내가 우리 집에서 저녁 식사를 같이할 것이라고 말씀하셨다.

그 식사 전에 이태원의 가게에서 물건 하나를 가져오라는 임무가 나에게 떨어졌다. 무슨 물건이냐고 나는 물었지만 그는 그냥 "중요한 물건"이라며 조심히 잘 들고 오라는 말만 남겼다. 버스를 타고 아버지가 알려준 장소에 가니 '포에버 금은방'이라는 가게가 있었다. 가게에 들어서자 평소 얼굴이 익은 아버지의 졸병이 너무나 반갑게 나를 맞았다.

"조금만 기다려. 깨끗이 닦기만 하면 되니깐."

"무얼 가져가야 해요?"

"아버지가 말 안 했니? 반지야."

"무슨 반지요?"

"하하하, 여자 반지지!"

그는 반지를 깨끗이 닦더니 나의 코앞에 그 반지를 흔들었다.

"다이아몬드가 최고지. 한국에서 가장 이쁜 다이아야. 2캐럿짜리지. 이걸 끼면 어떤 여자도 여왕이 돼."

나는 순간 그 반지가 아버지가 선생님에게 줄 선물이라는 것을 직감적으로 알았고 오늘이 아마도 아버지 인생에 그리고 내 인생에 가장 중요한 날이 될지도 모른다는 생각이 들었다. 아, 바로 오늘이구나! 아버지가 선생님에게 프러포즈하는 날! 어쩌면 나도 새엄마가 생길지 몰라! 오늘 이 기회가 너무나 절박하고 소중해 숨이 멎을 듯했다. 벼랑 끝의 집에서 푸르고 평평한 행복의 초원으로 갈 수 있을까. 버스를 타고 오면서 주머니에 있는 반지 케이스 상자를 만지고 또 만졌다. 반짝아, 네가 나의 구세주야. 너를 안전하게 데려가야 돼. 그 짧은 순간 나는 꿈에 부풀었다. 나에게도 이제 새엄마를, 감옥이었던 집을 영원한 파라다이스로 만들어 줄 여인을, 발작만 일으키는 불구자를 긍정의 화신으로 만들어 줄 정신분석학자를, 국제 오입쟁이를 부당한 국제 질서의 희생자로 명예 회복시킬 지식의 전사가 동시에 생길지도 모른다는 생각이 나를 황홀하게 사로잡았다. 아버지의 우울이 더 이상 나의 우울로 전이되지 못하게, 나를 그 미친 발작으로부터 보호해 줄 수호여신을 이제 가질 수 있다니….

상기된 얼굴로 집에 돌아오니 거실 식탁에 봉순이 누나가 차려 놓은 생일상이 있었다. 미역국, 갈비찜, 몇 가지 야채 무침, 그리고 생일 케이크가 가운데 놓여 있었다. 그리고 장미꽃이 담긴 꽃병. 봉순이 누나가 눈치로 사 왔는지 아니면 아버지의 부탁으로 구해 온 것인지 알 수 없었다. 그건 중요치 않았다. 이렇게 근사한 식탁, 그러니까 우리의 근사한 미래를 약속하는 식탁으론 더할 나위 없이 좋아 보였다. 나는 반지 케이스를 아버지께 건넸고 그는 그것을 자신의 자리 오른쪽에 올려놓았다. 나는 그의 의도를 애써 모른 체했고 우리는 생신 축하한다는 말과 공부 열심히 하라는 덕담을 주고받았다.

　내가 식탁에 앉았을 때는 이미 6시 30분이 지났고 선생님은 아직 도착하지 않았다. 나는 그녀가 오기를 기다리며 케이크를 바라만 보고 있었는데 어느덧 시계는 7시를 지나갔다. 한 시간이 지나자 불길한 예감이 일었다. 그 짧은 기다림이 영원한 오매불망처럼 느껴졌다. 째깍, 째깍, 째깍…. 아버지는 눈을 이리저리 굴리고 물을 마시며 일어섰다 앉았다를 반복했다. 나도 내 방과 거실을 왔다 갔다 하며 어색함을 피해 보려 노력했다. 7시 30분이 지나고 8시가 지나고 금방 8시 30분이 되었다. 이제 그녀가 오지 않을 것이라는, 그것도 두 번 다시 보지 못할 것이라는 생각이 덮쳤다. 나의 가슴은 무너졌고 아버지의 가슴도 무너졌을 것이다. 그는 속으로 자기 분수도 모르는 놈, 주제 파악도 못 하는 놈이라고 소리치고 또 소리쳤을 것이다. 한쪽 다리 없는, 아들 딸린 홀아비인 주제에, 배운 것 없어 베트남에 가서 몸으로, 총으로 겨우 살림을 장만하여 문방구에 처박혀 있는 주제에, 우리 공동체에서 가장 숭배받는 여신에게 프러포즈를 한다고?! 미친놈, 네까짓 게 뭔데 그런 여자와 함께 산다는 것을 상상해! 세상 밖에서 빛나는 여자를 문방구에 가두어 둔다고? 그는 고개를 저었지만 아들에게 무너지는 모습을 애써 보이지 않으려 했다. 모든 것이 자명해진 순간 아버지는 자포자기한 듯, 반지 케이스를 열어 다이아몬드를 꺼내 보기 시작했다. 그가 화려한 다이아몬드를 식탁 불빛 아래 가까이 비추자 형용할 수 없이 아름다운 빛이 거실에 퍼졌다.

　저토록 밝고 화려한 것이 이토록 초라하고 쓸쓸해 보일 수 있을까. 나의 대실망이, 나를 구원하리라고 믿었던 절대 반지가 절대적으로 무용하다는 것을 깨닫는 순간, 다이아몬드의 빛이 나를 뒤흔들었고 나는 주체할 수 없는 울음을 터뜨렸다. 아버지는 일어나서 목발을 짚지 않고 다가오더니 아들의 머리를 쓰다듬었다. 그러더니 나를 부축해 일으켜 세운 다음 내 방 침대에 눕히고 말없이 그의 방으로 갔다. 어린 나이였기에, 그날 밤 내 침대에서 흘렸던 눈물은 내 평생 가장 가슴 아픈 눈물로 기억하고 있다.

　다음 날 학교에 가니 그녀는 보이지 않았다. 아무리 찾아도 그녀는 없었다. 그 이후로 단 한 번도 그녀를 본 적은 없다. 한참 후에야 안 사실이었지만 그녀가 베트남 참전 용사들의 고엽제 문제를 해결하러 다닌다는 것이 그녀 집안에서 큰 문제가 되었다. 그녀의 집안은 박정희 시대 때 대기업을 일군 집안으로서 큰아버지는 운수업을, 그녀의 아버지는 교육사업을 했다. 큰아버지는 베트남 특수로 떼돈을 벌어 자신의 기업을 한국 굴지의 대기업으로 성장시켰다. 고엽제 문제는 국제 정치적으로 그리고 국내 정치적으로 대단히 민감한 문제여서 정부는 이를 덮으려는 갖은 시도를 했다. 중앙정보부는 양호 선생님이 이 일에 개입되어 있다는 사실과 더불어 그녀와 아버지 간의 비밀스러운 관계를 선생님 집안에 알렸다. 그 집안에선 고엽제가 아닌 아버지 문제가 충격적으로 다가왔다고 한다.

누군들 충격을 받지 않았겠는가. 처녀 여신이 애 딸린 불구자와 밀애를 나눈다…. 또 다른 상처를 주지 않기 위해 그녀는 중앙정보부와 자기 집안에서 일어났던 일들에 대해 아버지에게 말하지 않았다. 자신의 사랑이 해피 엔딩으로 끝나기를 바라는 마음에서, 다리가 잘린 이후 불가능해 보였던 행복을, 코앞까지 온 행복을 다시 한번 붙잡기를 갈망하면서, 자신을 짓눌러 왔던 장애인–홀아비로서의 사회적 지위라는 쇠사슬들을 끊어버릴 수 있기를 바라면서, 그는 그녀와 살 수 있다는 꿈, 아니 정확히 말하자면 환상을, 아니 망상을 품었다. 누군들 그렇게 바라지 않았겠는가.

그 이후 아버지의 생활은 단조롭고 성실했다. 발작은 없었다. 고함도 없었다. 술도 마시지 않았다. 고엽제 문제는 후배들에게 넘기고 더 이상 개입하지 않았다. 문방구를 아침 일찍 열고 저녁 늦게 닫았다. 아이들에게 친절했고 관대했다. 그녀가 아버지에게 주었던 사랑의 잔재가 워낙 강해서인지, 아니면 세상 누구도 가져보지 못한 강렬한 행복을 누려보았다는 만족감에서인지, 아니면 자신의 지위와 한계를 처절하게 깨닫고 체득한 체념 때문이었는지, 아니면 하나밖에 없는 혈육을 책임져야 한다는 의무감 때문이었는지, 아니면 이 모든 것들이 복합적이면서 모순되게 섞여서인지는 모르겠지만, 그는 성실하게 늙어갔다. 그가 다시 잠시 정치적 문제에 연루되기 전까지는.

고엽제 문제는 미국과 베트남에서 수많은 증거들이 나오면서 한국의 참전 용사들에게도 유리하게 돌아갔다. 15년의 지루하고 기나긴 싸움 끝에 한국 정부는 고엽제로 고통받는 군인들에게 보상금을 지급했다. 아버지는 비로소 자기의 다리가 왜 잘려 나갔는지를 이해했지만 국가에 대한 절대 충성과 미국에 대한 절대 호의는 흔들리지 않았다. 그는 입버릇처럼 "국가를 탓하면 무엇하랴"라는 말을 했고 비록 다리 한쪽이 잘렸지만 그나마 가진 것 없이 태어나 집도 세우고 가게도 세우고 똑똑한 아들까지 둔 게 어디냐며 스스로 위안했다. 그는 보상금을 모아서 나의 미국 유학비용으로 사용했다. 나는 뉴욕에서 지내는 동안 세계사와 개인사가 얼마나 뒤죽박죽인지를 깨달았다. 가난한 한국의 청년이 미국이 전개한 전쟁에 참가하여 많은 고통을 받았는데, 기껏 보상금을 받아선 아들을 미국에 유학을 보내질 않나. 그 사실을 알고 있는 아들조차 미 제국주의를 그렇게 싫다고 말하면서 한국의 유교주의를 비난하고 뉴욕의 문화적 자유분방함을 추구하지 않나. 이 얼마나 역겨운 아이러니함인가. 그래, 일관성이란 없는 거야. 세계사도 그렇고 개인사도 그렇고.

내가 콜롬비아 대학 언론학 석사 과정을 마치고 다시 한국의 방송국 기자로 복귀했을 때 한국군이 베트남에서 저질렀던 학살이 - 참전 용사들은 극구 부인한 학살, 학살이 아니라 베트콩 동조자들을 사살한 사건 - 진보 진영의 언론에 보도되기 시작했다. 기자로서 나는 이 사건을 직접 취재하지 않았지만 예의주시하고 있었다. 90년대 후반 베트남 현지를 방문했던 후배 기자와 점심식사에서의 대화를 잊을 수 없었기 때문이다.

"형, 베트남 전역에 한국인 증오비라는 게 있어요."

"증오비라니?"

"한국인을 미워하는 비석이죠. 그 글귀를 보고서 소름이 돋았어요. '하늘에 가닿을 죄악 만대에 기억하리라.' 그렇게 쓰여 있어요."

"왜?"

"지금 다 밝혀진 건 아니지만 한국군들이 무차별적으로 학살을 했대요. 밝혀진 건만 9천 명 정도 돼요. 특히 다낭지역, 베트남 행정구역상으로 빈딘성 지역이에요. 주범은 한국군 해병대라고 하네요."

다낭이라…. 아버지의 추억이 있는 곳, 베트콩을 물리친 혁혁한 공으로 장교들과 특별 외박을 나와서 다낭 해변가의 '포에버' 클럽에서 밤새 술을 퍼마시고 태양이 떠오를 때 미군들과 수영을 했던 곳. 혹시 그 추억의 뒷면에 추악이 있었던 게 아닐까. 이 후배 기자는 학살 사건을 본격적으로 취재하여 기획 기사를 쏟아내었고 후에는 책까지 출판했다. 나는 아버지가 다낭에서 전투를 벌인 한국군 해병대였다는 사실을 그에게 말하지 않았다.

베트남 학살에 대한 기획 기사가 보도된 일주일 후 나는 그와 점심을 같이 했다. 그가 취재한 학살 중 가장 끔찍한 사건 하나는 1968년 2월 퐁디 마을에서 있었던 학살로 농사를 짓는 양민들 74명이 희생된 사건이었다. 이 마을은 한국인들에게 대표적인 관광지인 다낭과 호이안 근처의 농촌 마을이다. 이 사건이 만천하에 공개될 수 있었던 까닭은, 그 학살의 와중에, 유일하게 생존한 소녀가 있었고 그 소녀가, 이제는 어느덧 50대의 중년이 되어, 자신이 겪은 당시의 상황을 베트남 정부와 한국 언론에 전했기 때문이다. 후배는 그녀의 사진 여러 장을 보여주었는데 그중에 하나는 단검에 찔려 배에 생긴 흉터였다. 끔찍했다.

내가 그 사진을 유심하게 바라보고 있을 때 후배가 일하는 신문사에서 다급한 연락이 왔다. 지금 신문사에 난리가 났다고, 베트남 참전 용사들이 신문사를 점거하고 기물을 파손하고 있다고, 빨리 달려오라고. 신문사에 도착했을 때 그들은 신문사의 창문들을 부수고 집기를 끄집어내고 컴퓨터를 박살 내는 중이었다. 후배와 내가 5층에 위치한 편집실에 들어서자 엉망이 된 사무실 안에 기자들이 책상 밑에 몸을 숨기고 있었고 베트남 참전 용사 5명이 집기들을 부수며 소리치고 있었다. 그중 한 명이 목발을 짚고 고래고래 소리쳤다.

"너희들이 총 들고 정글에서 싸워봤어? 싸워 봤냐고? 너희들이 전쟁을 알아? 총알이 비 오듯이 쏟아지는 전쟁터를 알아? 펜은 총이 아니야, 개새끼들아. 너희들이 진정 싸움을 원한다면 펜이 아니라 총을 들란 말이야. 우리가 정글에서 빨갱이 놈들 잡고 돈 벌어서 나라 일으켜 세웠는데도 이렇게 천대해도 되는 거야?

내 다리를 봐. 국가를 위해 다리를 바친 게 잘못이야? 왼발 없어도 나 잘 살아. 왜냐하면 국가가 나의 왼발이니까!"

순간 그의 눈이 사무실 안에 금방 들어선 나의 눈과 마주쳤다.

"아버지⋯."

후배는 그가 나의 아버지라는 말에 놀라고 당황해 할 말을 잃고 우두커니 서 있었고 아버지는 성실한 늙음에서 일탈한 자신의 모습이 멋쩍어 고개를 돌렸다. 아직 분이 안 풀렸는지 그는 씩씩거리고 있었으나 나를 보자마자 체념한 듯 눈을 감고 고개를 떨구었다. 나는 그에게 천천히 다가가 왼팔을 내 어깨에 걸어 부축했다. 우리는 천천히 신문사의 계단을 내려왔다.

그 사건 이후, 그는 다시는 정치적인 사건에 끼어들지 않았다. 다시 문방구를 지켰고 다시 늙어갔다. 그는 65세에 암에 걸렸고 1년 동안 암과 싸우다가 마지막으로 베트남에 가고 싶다고 말했다. 나는 난생처음으로 비즈니스석 두 자리를 끊고 풀빌라라는 것을 예약했다. 머리가 다 빠지고 여윈 그를 위해 모자를 사고 약을 챙기고 그의 마지막 모습을 찍기 위해 디지털카메라도 새로 샀다.

다낭에는 밤에 도착했다. 우리는 아침에 일어나 호텔 뷔페를 같이 먹었다. 식당 앞에는 수영장이 태평양을 향해 펼쳐져 있었고 양옆으로 야자나무들이 늘어서 있었다. 고급스러운 나무 탁자와 나무 의자, 모던하고 세련되게 꾸민 식당의 모습에 우린 입을 다물지 못했다. 프랑스인 주방장이 프렌치 바게트를 굽고 있었고, 터키인 보조 요리사가 요구르트를 만들었다. 그리고 인도네시아인이 열대과일들을 준비하고 있었다.

"베트남에 이렇게 좋은 호텔이 있니?"

"세상이 바뀌었어요, 아버지."

격세지감. 그것은 그가 생의 마지막에 느끼는 강렬한 감정이었다. 그는 열대과일과 푸딩을 먹으면서 논바닥과 정글에서 먹었던 C-레이션이 그리웠을 것이다. 아침 식사를 하는데 영어, 프랑스어, 한국어가 들렸다. 총으로 베트남을 굴복시키려 했던 이들이 이제는 돈으로 굴복시키려 한다. 다낭은 한국인 관광객 천지였다. 과거 한국 군대가 점령한 곳을 이제 한국 관광객이 점령했다. 총을 들고 싸웠던 사람들이 이젠 돈을 쓰기 위해 싸운다.

20미터나 되는 개인 수영장은 대나무들로 둘러싸여 있었기에, 아버지는 옷을 홀딱 벗고 수영을 할 수 있었다. 상체를 거칠게 움직이고 온전한 다리와 잘린 다리를 버둥거려 가뿐히 20미터를 갔다. "나 아직 죽지 않았지!" 아들에게 그는 마지막 남은 힘을 과시했다. 우리는 전용 풀에서 지겨워지면 태평양을 바라보고 있는 호텔 메인 수영장으로 갔다. 자유형으로 한 바퀴 돌고 다시 배영으로 한 바퀴를 돌았다. 물속을 보고 하늘을 보며. 그런 다음 수영장 끝의 턱에 앉아 다낭의 바다를 보았다. 머리카락도 없고 살도 없는 사람이 그에게 인생을 가르친 바다를 한없이 뚫어지게 본다. 이렇게 평화로울 수가…. 이렇게 고요할 수가…. 그렇게 그는 논바닥과 정글이 아니라 야자수가 줄지어 선 해변가의 수영장에서 모든 것이 변해버린, 총 대신 돈으로 무장한 한국인들을 보면서, C-레이션을 먹던 자신이 이젠 열대과일들이 즐비한 해변에서 뷔페를 먹고 있다는 사실을, 총알을 피해 논바닥에 앉아서 쭈그리고 있던 젊은이가 이젠 야자수가 늘어선 호텔 수영장의 썬베드에서 바다를 응시하고 있다는 사실을, 그리고 힘밖에 없는 삼손의 머리카락을 가졌던 용감한 군인이 털도 없고 살도 없고 한쪽 다리도 없는 암에 걸린 늙은이가 되었다는 사실을, 도저히 믿을 수 없었다.

사흘 동안 뷔페를 먹고 전용 풀에서 홀딱 벗은 채 수영을 했다. 지겨워지면 수영복 바지 하나를 걸치고 메인 수영장을 오가고 수영장 턱에 앉아 모래사장과 바다를 보고 썬베드에 앉아 하늘을 보았다. 3일이 이렇게 지나자 아버지는 심심하다며 호이안을 둘러보자고 했다. 로비에 전화를 걸어 택시를 대절하고 운전사에게 100달러를 주며 하루 종일 우리를 안내하라고 하니 운전사는 기뻐했다. 호이안으로 가는 양옆으로 늘어선 판자촌들, 논바닥들, 찡그린 베트남 사람들이 보였다.

"여기는 왜 이 모양이냐? 많이 변하지 않았구나." 그는 호텔 안의 세계와 호텔 밖의 세계와의 격차에 다시 한번 놀랐다. 호텔 밖은 여전히 그가 과거에 경험한 세계와 비슷했고 한편으로 그는 변하지 않은 그 세계에 편안함을 느꼈다. 호이안 관광단지 주차장에는 수백 대의 택시들이 서 있었다. 택시에서 내려 호이안의 고풍스러운 골목들을 따라 찻집, 음식점, 골동품점, 보석 가게들을 이리저리 둘러보았다. 탑들이 솟아 있는 사찰 안으로 들어가 모자를 벗고 반짝이는 머리를 보이며 아버지는 기도를 했다. 누구를 위한 기도인지 뻔했다. 이제 남은 아들 하나 잘살게 해달라고, 정의를 세워보겠다는 돈키호테 녀석이 제발 철 좀 들게 해 달라고, 하루빨리 결혼해서 자식 여러 명을 낳게 해 달라고, 비나이다, 비나이다, 마지막으로 비나이다.

그는 지쳤다는 듯 이제 돌아가자고 했다. 주차장에 가니 우리를 기다리던 택시 운전사가 어느 청년과 이야기를 나누고 있었다. 백수인지, 주차장 안내원인지, 주차장 옆에 있는 식당의 아들인지 알 수 없었지만 큰 눈을 가지고 피부가 까무잡잡한 깡마른 20대 청년이었다. 차를 다시 타기 전에 잠깐 내가 화장실을 갔다 오니 아버지는 그들과 이야기를 나누고 있었다. 뭐지? 그는 사진 한 장, 그러니까 베트남의 어느 여자 사진, 신문에서 오린 사진을 들고 그들에게 묻고 있었다.

"이 여자 아냐고 물어보거라."

아버지는 나에게 통역을 맡겼다. 어디서 봤더라? … 아, 퐁디 학살의 유일한 생존자! 내가 유창한 영어로 물어보니 그 청년은 더듬거리는 영어로 답했다.

"이 여자를 압니다. 아주 유명합니다, 이 지역에서는. 나에게 20달러만 주면 같이 가서 이 여자 집으로 안내해 주겠어요."

지갑에서 20달러를 꺼내 그에게 주고 우리는 택시를 타고 그녀의 집으로 갔다. 논들을 지나 판자촌들을 지나 30여 분을 가니 그녀의 집 앞까지 왔다. 이렇게 모든 것이 간단할 수가. 그가 놀란다. 나도 놀란다. 비행기 타고 택시 타면 바로 만날 수 있는 사람. 그렇게 기막히고 어처구니없이 만났던, 총을 갈기고 수류탄을 던지고 불을 지르고 베트콩들 어디 있냐고 윽박질렀던 그 소녀, 아니 그 중년의 아주머니를 이렇게 쉽게 만날 수 있다니. 2차선 도로에서 50미터 안쪽에 세워져 있는 작고 허름한 2층 벽돌집. 내가 차에서 내려 아버지를 부축하려 하자 "됐다, 나는 여기 있으마."라며 거절했다. 대신 그는 지갑에서 100달러 자리 여러 장을 꺼내 환전 봉투에 담아 나에게 주었다.

집 앞에 놓인 대나무로 만든 평상 앞에는 나이 든 남자와 6, 7살 정도로 보이는 여자아이가 앉아 있었다. 청년이 베트남 말로 나를 소개했고 나는 머리를 숙여 그에게 인사했다. 청년은 그 남자는 그녀의 남편이고 그 여자아이는 손녀라고 설명했다. 여자아이는 먼 이국에서 온 손님을 보고 궁금해하는 눈치였다. 나는 가방에 있던 초콜릿과 과자를 아이에게 주었다. 삐삐처럼 머리를 양옆으로 딴 눈이 크고 살갗이 하얀 아이.

그 소녀, 아니 그 유일한 생존자인 할머니는 어디 갔냐고 물어보니 농사일하러 나갔다는 대답이 돌아왔다. 검은 차양막을 드리우고 있어서 대나무 평상은 시원했다. 아이는 손님들을 보고 웃으며 즐거워했다. 나는 우리를 데려다준 청년을 통해 그녀의 남편에게 몇 가지 질문을 했다. 청년은 베트남어로 그녀의 남편에게 물어보고 다시 더듬거리는 영어로 나에게 답했다. 학살된 사람이 이 마을에 많다고, 그녀만 기적적으로 살아남았다고, 한국 사람들은 미안해하지 않냐고. 아버지는 저기 택시 안에서 우리를 쳐다보고 있었다. 이윽고 길 쪽에서 자전거를 탄 베트남 여성이 나타났다. 순간 자리에서 벌떡 일어나 그녀를 쳐다보았다. 나이에 비해 늙은 외모, 온화하고 너그러운 인상, 큰 눈과 작은 코와 진한 갈색의 얼굴, 흰 머리 반, 검은 머리 반의 허리가 없는 통통한 몸집을 가진 여자. 그녀는 자전거에서 내려 청년과 운전사에게 내가 누구냐고 물었다. 그들은 나를 한국 관광객이라 소개했다. 그녀는 나를 바라보며 왜 찾아왔는지를 물었다. 나는 잠시 망설이다가 나는 한국 기자이며 당신의 이야기를 기사로 쓰기 위해 왔다고 말했다. 그녀는 평상 위에 앉더니 갑자기 윗도리를 젖히고 배를 깠다. 선명하게 비치는 30센티미터의 굵은 칼자국. 그녀는 1968년 2월 그날, 그녀의 인생에서 돌이킬 수 없는 그날을 설명했다. 한국군들이 소리치며 가족들을 윽박지르고 그 가족들은 살려달라고 울부짖는다. 드르륵, 드르륵. 총을 쏘고 칼을 빼서 찌른다. 그녀는 그날을 잊을 수 없다. 누군들 그날을 잊을 수 있겠는가.

가족이 몰살당한 날, 마을 사람들이 모두 죽었다. 오직 그녀만 기적적으로 살아남았다. 그 현장을 증언해야 할 역사적 의무를 가진 채. 그녀는 한국에서 찍은 사진들을 보여주었다. 한국의 시민단체들이 그녀를 한국으로 초대했었다고 한다. 그들의 사죄 덕에 그녀는 마음이 조금은 풀렸다고 말했다. 그녀는 벽돌집의 2층으로 나를 안내했다. 벽의 한 면에 단상이 차려져 있었고 5명의 영정 사진, 그녀의 아버지, 어머니, 할머니, 오빠, 그리고 동생의 사진이 놓여 있었다. 나는 향을 피우고 절을 두 번 하고 그들의 명복을 빌었다. 계단을 내려오니, 그녀의 손녀가 평상에서 잠들어 있었다. 디지털카메라로 아이를 찍었다. 이 모습을 지켜보고 있던 그녀는 자식이 다섯 명이고 손자와 손녀는 10명이라고 웃으며 말했다. 자식들은 의사, 엔지니어, 선생님, 택시 운전사, 호텔 직원이 되었다고 자랑했다. 나는 달러가 든 봉투를 그녀에게 건넸다. 택시로 돌아오니 아버지는 조용히 눈을 감고 있었다. "이제 가자꾸나."

그날 저녁 아버지는 몸이 아파 몹시 괴로워했다. 진통제를 먹고서야 그는 겨우 잠이 들었다. 새벽녘에 화장실에 가려고 자리에서 일어나니 아버지가 없었다.

찰싹, 찰싹….

그는 대나무로 둘러싸인 전용 풀에서 알몸으로 수영을 하고 있었다. 방문을 열고 밖으로 나가 "괜찮으세요?"라고 물으니 "기분이 아주 좋구나."라는 대답이 돌아왔다. 조금씩 흰빛이 퍼져오는 걸 보니 동이 트나 보다. "답답하다. 호텔 수영장으로 가서 같이 수영을 하자." 아버지의 마지막 모습을 담기 위해, 태양이 뜨는 멋진 다낭의 바닷가를 찍기 위해 디지털카메라와 타올을 챙겨 메인 수영장으로 갔다. 아침 다섯 시 반경이라 아무도 수영장에 없었다. 그와 나는 태평양으로 뻗어 있는 넓은 수영장을 독차지했다.

"대웅아, 시합하자."

"좋죠. 안 봐 드립니다."

썬베드에 챙겨온 물건들을 놓고 우리는 팔을 이리저리 흔들고 돌리며 시합을 위해 몸을 풀었다. 수영장 너머의 태평양을 보고 그와 나는 우뚝 섰다. 머리카락 없고, 살이 없고, 한 다리가 없는 그가 우뚝 섰다.

"하나, 둘, 셋!"

물속으로 힘껏 뛰어들어 팔과 다리를 휘저었다. 그는 아들에게 지지 않으려고 안간힘을 썼다. 그는 조금 뒤처지는 듯하더니, 곧바로 나를 따라잡았다. 막상막하다. 10미터를 앞두고 그가 앞서 나갔다. 나는 티 나지 않게 조금 힘을 뺐다. "내가 이겼지! 내가 이겼다고!" 아버지는 호텔이 떠나가도록 승리의 기쁨을 느꼈다. 우리는 수영장 끝의 턱에 앉아 코앞의 해변과 다낭 앞바다를 보았다. 흰빛이 서서히 퍼지고 세상이 이제 잠에서 깨나 보다.

"어제 그 여자… 뭐라고 하든?"

"자식이 다섯 명이래요. 손자, 손녀도 열 명이라고 하던데요."

"그래?!"

"궁금하시면 제가 사진 보여드릴게요."

수영장 턱 위로 올라가 썬베드에서 디지털카메라를 들고 와 사진들을 아버지에게 보여주었다. 내가 어제 그 집에서 찍은 사진들을 하나하나 넘겼다. 이제는 늙어버린 그녀의 얼굴, 칼로 갈라진 배, 그녀의 남편, 그녀 가족의 영정사진들. 그는 조용히 그 사진들을 보고 숨을 가냘프게 쉬었다. 그리고 마지막으로 그 아이의 사진. 세상모르게 평화로이 평상에 누워 있는 아이. 할머니에게 무슨 일이 일어났는지, 한국에서 온 기자는 왜 그렇게 궁금한 게 많은지, 택시 안에는 누가 앉아 있는지, 아무것도 모르는 아이가 그냥 잠들어 있다. 순간 그는 고개를 획 돌렸다. 그러고는 물속 깊이 들어가 수영을 했다. 저쪽 끝으로 가서 턴을 하더니 다시 해변 쪽 수영장 끝으로 헤엄쳐 왔다. 거의 숨도 쉬지 않고. 그가 수영장 끝에 도착하더니 이번에는 턱을 넘어 한 발로 해변으로 내려갔다. 나는 놀라 가만히 지켜보았다. 아버지는 한 발로 서 보려고 하지만 해변에 넘어지고 말았다. 나는 황급히 수영장 턱을 넘어 해변으로 내려갔다. 그는 일어서려 해 보았지만 다시 넘어졌다. 나는 그를 부축하려 하지만 그는 뿌리쳤다. 그는 기어서, 천천히 기어서 바다 쪽으로 나아갔다. 머리카락 없고, 살 없고, 한쪽 다리 없는 그가 바다를 향해 기어갔다. 파도가 몰아치는 다낭의 바다는 고요하고 평화로웠다. 서서히 태양이 떠올랐다. 그는 안간힘을 쓰며 바다에 도착했다. 바닥에 엎드린 채 그는 떠오르는 태양을 보았다. 나도 같은 자세로 엎드려 솟아오르는 태양을 말없이 보았다.

"생명이란 게 참···."

아버지의 눈물이 그의 말을 막았다. 누군들 무슨 말을 할 수 있겠는가. 그가 헤쳐 온 생명의 역동성, 강인함, 이해할 수 없는 모순성, 끝끝내 다시 피어나는 그 끈질김.

"내 자식을 살리기 위해 남의 자식을···."

떠오르는 태양이 그의 눈물에 번졌다. 그는 팔을 짚고 한 발로 일어섰다. 태양을 바라보며 그는 살아온 인생의 장면들을 주마등처럼 떠올렸다. 그는 눈물을 주체할 수 없었다. 입과 턱이 덜덜 떨렸다. 나도 눈물을 주체할 수가 없었다. 나는 그의 손을 꼬옥 잡았다.

"굿 모닝!"

눈물을 흘리며 나는 아버지에게 아침 인사를 했다.

"뻑큐 베리 머치!"

그는 나에게 답했다. 우리는 울음을 멈추고 갑자기 웃기 시작했다. 그러고는 마지막 포옹을 했다. 그는 나의 머리를 쓰다듬었다. 나는 말라버린 그의 몸을 마지막으로 만져보았다. 그는 내 귀에 대고 마지막 말을 전했다.

"엠 이에우 아잉. 아잉 씬로이."

내 눈에서 주체할 수 없는 눈물이 흘렀다. 그는 작별 인사를 하고 다낭 바닷가를 향해 한 발로 우뚝 섰다. 그러고는 바다를 향해 몸을 던졌다. 천천히 그가 떠오르더니 태양 쪽으로 나아갔다. 태양에 살갗이 비춰 몸은 황금빛으로 빛났다. 그는 서서히 태양 쪽으로 들어갔다. 태양이 정면으로 올라오더니 그의 아름다운 형체가 어른거리며 물속에서 반사되었다. 그는 힘차게 팔과 다리를 저었다.

아, 왼 다리! 왼쪽 다리가 보인다! 오른쪽, 왼쪽을 번갈아 가며 그는 앞으로 나아갔다. 그는 잠시 멈춰 나를 향해 손을 흔들었다. 나도 손을 세차게 흔들었다.

엠 이에우 아잉! 아잉 씬로이!

그는 나에게 그렇게 소리치고 나서 다시 태양을 향해서 유유히 헤엄쳐 갔다.

그가 태양 속으로 사라질 때까지 나는 소리쳤다. 씬로이, 씬로이, 씬로이…. 아버지의 마지막 기도에 부응하지 못하고, 철없이 정의를 세워보겠다고 날뛰는 놈이, 이제 아버지를 따라 죽으려 합니다. 죄송합니다 아버지, 죄송합니다. 술에 만취해 몸이 더워 겉옷을 벗었다. 별빛이 영롱했다. 아버지의 태양 못지않게 나의 별들도 아름답구나. 낙화암에 설치된 펜스를 넘어서 꼿꼿이 몸을 세웠다. 동강이 유유히 흐르고 별들이 쏟아졌다. 안녕.

그 꿈 이룰 수 없어도
싸움 이길 수 없어도
슬픔 견딜 수 없다 해도
길은 험하고 험해도

타이밍을 놓쳤다. 핸드폰 벨소리는 멈추었고 나는 다시 동강과 별을 본다. 안녕.

내가 영광의 이 길을 진실로 따라가면
죽음이 나를 덮쳐 와도 평화롭게 되리

타이밍을 다시 놓쳤다. 조용해지기를 기다렸다. 숨을 다시 크게 들이쉬었다. 안녕.

그 꿈 이룰 수 없어도

또 핸드폰 벨이 울렸다. 죽기가 이렇게 힘든가! 벨이 멈추고 숨을 다시 가다듬었다. 갑자기 낙화암이 안개로 가득 찼다. 신선들이 나올 것 같은 기이한 비경. 저승 가는 길에 마지막 호사인가. 안녕.

가네 저 별을 향하여

전화벨이 또 울렸다. 무슨 일이지? 권빠들과 기자들을 피하기 위해 만든 대포폰이기 때문에 박 선배와 송수연밖에 모르는 전화번호다. 박 선배든 송수연이든 마지막 인사를 하고 가자. 길게 울리는 핸드폰을 집어 들었다.

"대웅아! 너 소식 들었니. 금방 들어온 속보야. 큰일이다." 박 선배의 다급한 목소리가 들렸다.

"권민중이 자살했어! 오늘 밤에."

"네? 네?"

"오늘 밤에 반포대교에서 권민중이 뛰어내렸어! 지금 경찰에서 사망을 확인하고 공식 발표를 했어."

"네? 네? 농담하세요?"

"진짜 권민중이 죽었어. 야, 지금 난리 났어! 위험하니 서울에 오지 말고 영월에 있어!"

뭐라고? 권민중이 죽었다고? 내가 아니라? 꿈인가? 내가 지금 절벽에서 떨어져 죽었나? 저승에 왔나? 여기는 저승인가요?

4장 음모

누군가 나의 뺨을 여러 차례 때렸다.

"이봐요, 이봐요. 왜 그렇게 술을 많이 마셨어요."

하얀 가운을 입은 사람이 보였다.

"여기가 어딘가요? 하늘나라인가요?"

"영월병원 응급실입니다. 지나가는 관광객이 댁이 쓰러져 있는 것을 보고 신고를 했어요."

꿈을 꾸었나. 마차탄광… 실험일지…낙화암에 있었던 것 같은데….

"권 박사님이 돌아가셔서 술을 많이 마신 것 같은데요. 지금 사람들 다 술 마시잖아요. 울적해서."

옆에 있는 간호사가 한마디 던졌다.

뭐라고? 권 박사가 죽었다고? 자리에서 벌떡 일어섰다.

"권민중 박사가 죽었나요?"

"기레기 새끼들, 그렇게 훌륭한 분을 왜 모함해서 죽여. 지들이 무슨 과학을 안다고 날뛰어. 줄기세포의 줄자도 모르는 새끼들이."

의사가 격앙된 어조로 말하곤 뒤돌아갔다. 진짜인가? 도대체 왜 자살을 했지? 술을 많이 마셔서 그런지 머리가 띵했다. 응급실에 설치된 텔레비전에 사람들이 모여 웅성거렸다. 권민중 박사 자살 특보가 계속해서 나왔다. 나이 든 몇몇 여자들이 흐느꼈다. 믿을 수 없다. 이게 꿈인가 생시인가. 밖을 나오니 벌써 저녁이었다. 택시를 타고 별마로 리조트로 갔다. 호텔 방에서 TV를 켜고 뉴스를 보았다. 온통 권 박사의 자살 뉴스로 도배되었다. 인터넷으로 신문 기사들의 헤드라인을 봤다.

"충격! 충격! 충격! 권민중 박사 타계"

"각계 인사들 애도"

"국민들 JBS 점거"

"줄기세포는 정말 존재했다"

"애국 과학자를 죽인 기자들"

"권민중 박사의 괴로웠던 한 달"

"JBS 사장 파면"

"반포대교 일대 마비"

"한국 역사상 가장 위대한 과학자, 권민중 박사 의문의 자살"

"아! 우리의 위대한 박사님"

"노벨상을 버리고 죽음을 택한 이유"

"내일 오전 권민중 박사 유언장 공개 예정"

박 선배에게 다시 전화를 걸었는데 벨이 한참 울린 뒤에 받았다.

"선배, 어떻게 된 일인가요?"

"난들 알겠니. 모든 게 뒤죽박죽이 됐어. 방송 안 봤니? 우리 방송국을 권빠들이 점령했고 사장은 파면됐어. 나도 파면됐고 너도 마찬가지야! 파면이 문제가 아니라 일단 사람들에게 걸리면 우리 죽어. 당분간 숨어 지내자. 우리가 범죄를 저지른 건 아니지만 국민 감정상 밖으로 돌아다닐 수도 없어. 나도 급히 몸을 숨길 테니 너도 몸조심해라. 우리 나중에 다시 보자."

술을 너무 많이 마셔서 머리가 아팠다. 전화기를 끄고 침대에 쓰러졌다. 얼마나 잤을까. 일어나니 오전 11시. YBN을 틀었다. 권민중 박사 자살 특집이 계속해서 나오고 있었다. 오영진 앵커가 긴장된 목소리로 소식을 전했다.

"속보입니다. 경찰이 방금 전 권민중 박사님의 유언을 공개했습니다. 제가 천천히 읽어보겠습니다."

사랑하고 존경하는 국민 여러분께,

대한민국 과학자로서 지금 처한 상황이 너무나 비통합니다.

최선을 다했지만 줄기세포 연구과정에서 저의 불찰로 인해 여러 불미스러운 일들이 발생했습니다.

무분별한 난자 채취로 인한 피해자 여성분들께 사죄드립니다.

저와 대척점에 섰던 언론인들에게도 심심한 사과의 말씀을 드립니다.

몇 가지 잘못이 있었지만 줄기세포연구에 대한 저의 열정과 노력을 이해해 주시기를 당부드립니다.

여러모로 도와주신 정부 관계자분들께 깊이 감사드립니다.

일천한 과학 전통을 저를 통해 혁신하고자 했던 뜻있는 동료 과학자들에게도 감사드립니다.

뜨거운 성원과 사랑을 주신 국민 여러분을 저승에서도 잊지 않겠습니다.

몇 가지 당부 말씀드리겠습니다.

평생 동안 일군 실험실인지라 제가 떠나면 수많은 연구진들과 학생들이 연구를 하지 못할지도 모릅니다.

비록 제가 떠나도 저의 실험실을 지켜주십시오.

줄기세포는 인간 질병을 물리칠 위대한 희망입니다.

과학자들은 나라를 위해, 인류를 위해 계속해서 연구에 매진해 주십시오.

제가 평생 모은 재산은 줄기세포연구를 위해 기부합니다.

비록 저는 떠나지만 대한민국의 과학은 불사조처럼 날아오를 것입니다.

가난한 시골 소년으로 태어나 세계 최고의 과학자를 꿈꾸었지만 그 꿈 못다 이루고 먼저 갑니다.

제 뒤로 오는 과학자들이 저의 꿈을 대신 이루어 줄 것입니다.

저는 오직 과학만을 위해, 국가와 국민만을 위해 살았습니다.

저는 이제 죽지만 대한한국 과학은 결코 죽지 않을 것입니다.

대한민국 과학 만세! 대한민국 과학 만세! 대한민국 과학 만세!

떨리는 목소리로 마지막 구절을 읽던 앵커는 울음을 터뜨리고 말았다. 차갑기로 유명한 오영진마저 울어버리다니. 곧 그는 감정을 추스르고 초대된 전문 패널 3인과 이야기를 나누기 시작했다. 줄기세포연구 전문가 2인과 후원자 여성 기업인이었다. 이들은 권 박사의 살신성인을 극찬했다. 후배 과학자들에 대한 애틋한 배려, 자신의 전 재산 기부, 대한민국 과학에 대한 사랑이 유언장에 고스란히 담겨 있다는 분석을 내놓았다. 이윽고 권 박사를 비판한 기자들에 대한 성토가 쏟아졌다. 나는 이완용과 더불어 한국 역사상 최악의 매국노 중 한 명이 되었다. 그런데 왜 이렇게 담담하지. 죽으려다 살아나서 그런가.

별마로 리조트를 나와 서울로 향했다. 권 박사가 뛰어내렸다는 반포대교를 먼저 갔다. 권빠들이 알아차리면 그날로 나는 끝장이기 때문에 준비한 모자를 푹 눌러썼다. 강남고속터미널 쪽에서 반포대교 남단으로 걸어갔는데 촛불의 바다가 이미 다리를 덮었다. 시민들은 다리 북단에서 촛불을 들고 남단까지 이동해 반포대교 아래의 한강 고수부지에서 추모집회를 준비하는 중이었다. 반포대교 하단에 해당하는 잠수교 일대도 촛불로 뒤덮였다. 차량들이 못 가게 양쪽으로 경찰들이 통제를 했고 잠수교의 양쪽 고수부지에 분향소가 설치되었다. 사람들은 저마다 촛불을 들고 권 박사 추모를 위해 길게 줄을 늘어섰다.

"지못미, 박사님 ㅠㅠ."
"우리들의 영원한 박사님"
"대한민국 과학 만세"
"월화수목금금금, 보고 싶어요 박사님"
"매국 언론, 조폭 언론 JBS를 폐쇄하라"
"우리 마음의 영원한 보석, 권민중"

권민중을 추모하는 글귀를 담은 노란 리본들이 반포대교와 잠수교 전체 난간을 뒤덮었다. 어떤 이들은 내 사진에 검은 뿔을 그리기도 하였으며 다른 이는 내 입술을 붉은 피가 좔좔 흐르는 흡혈귀로 만들어 놓기도 하였다. 죽고자 했던 나는 살아있고 기세등등했던 권 박사가 죽었다는 사실에 아직도 어안이 벙벙했다. 죽은 자는 말이 없고 산 자는 짊어져야 할 것들이 많다. 나는 모자를 푹 눌러쓰고 잠수교를 지나 서쪽 방향에 위치한 서래섬으로 갔다. 섬의 동쪽 끝부분에 서자 반포대교 서쪽 부분과 남산이 한눈에 들어왔다. 왜 하필 반포대교에서 뛰어내렸을까? 언론들은 한밤중이라 목격자가 없었다고 보도했다. 그렇다면 남단이나 북단에서 걸어가서 뛰어내렸다는 이야기인데 무엇을 타고 여기까지 왔단 말인가? 근데 왜 갑자기 자살했지? 우리 쪽이 수세에 몰리고 있었는데⋯. 나는 다시 서래섬에서 한강가를 따라 서쪽으로 계속해서 걸었다. 약간 쌀쌀한 날씨였지만 맑은 날이라 서쪽으로 지는 노을로 63빌딩과 한강이 노란색으로 물들었다. 아차차, 우리 방송국!

나는 서래섬을 빠져나와 여의도에 위치한 JBS 방송국으로 향했다. 권빠들이 피켓과 만장을 들고 와 정문을 봉쇄하고 있었다. 나 때문에 방송국도 결국 문을 닫아야 하나. 모자를 다시 한번 푹 눌러 썼다. 나는 정문에 놓여 있는 피켓을 하나 집어 들고 방송국으로 몰래 잠입했다. 사무실, 스튜디오, 대기실 등 모든 업무 시설이 권빠들에게 점령당했다. 3층의 〈비밀수첩〉 제작실로 갔으나 역시 권빠들이 모여 있었다. 모자를 눌러쓰고 있었던 터라 권빠들이 나를 잘 알아보지는 못했다. 제작실 벽에는 섬뜩한 구호들이 스프레이로 쓰여져 있었다.

"강대웅을 처단하자"

"비밀수첩 폐지하라"

"애국 과학자 죽인 매국 프로 절단 내자"

숨이 막혀 방송국을 빠져나왔다. 이제 어디로 가야 하나. 더 이상 이 땅에서 강대웅으로 살아갈 수는 없다. 윤중로를 따라 하염없이 걷다가 문득 송수연이 생각나 전화를 걸었다.

"박민호예요."

"네. 저 서울에 왔어요. 선생님은요?"

"서울이에요. 혹시 시간 되시면 저녁 같이 하실래요?"

송수연과 술집들과 레스토랑이 밀집한 서래 마을에서 만났다. 우리가 간 곳은 그녀의 단골 이자카야였는데 자리에 앉자마자 나는 술잔을 연거푸 비웠다. 대한민국의 영웅을 자살로 몰아세운 속 좁고 치졸한 인간으로 평생을 어떻게 살아가나. 취기가 올라왔다.

　"기분 안 좋은 일 있나 봐요?"

　"드럽게 안 좋은 일이 있습니다. 사기꾼을 잡으려는데 그 사기꾼이 자살해 버렸어요. 그래서 그 사기를 증명할 방법이 없어졌어요. 도리어 사람들은 그 사기꾼을 아주 좋은 사람이라고 생각하고 저를 파렴치한이라고 생각하죠."

　"돈을 떼이셨나 봐요? 돈 빌려 간 사람이 죽으면 받기가 아무래도 힘들겠죠."

　"네, 맞습니다. 저 완전 파산했어요. 이제 길바닥에서 자야 해요. 완전 거지가 됐어요."

　"선생님, 글 잘 쓰시던데 저랑 같이 책 내어 볼 생각 없으세요."

　"네? 무슨 책이요?"

　"여행 작가니까 여행책을 써야죠."

　아차차, 내가 여행 작가였지.

　"그럼 저랑 같이 여행도 같이 가야 되는 거 아닌가요?"

　미친놈, 지금 시국에 무슨 생각을 하고 있는 거야. 술을 너무 많이 마셨나. 에라, 모르겠다. 될 대로 돼라지.

　"그럼요. 여행 동반자 겸 공동 저자가 되는 거죠."

　나도 모르게 기뻐 술잔을 들고 "브라보"를 외치곤 그녀와 건배를 했다.

　잘 곳이 마땅치 않아서 그녀가 소개해 준 서래 마을의 타이 마사지 가게로 갔다. 24시간 영업을 하는 곳이라 마사지를 받고 잠을 잘 수 있는 곳이었다. 두 시간 코스를 선택하고 샤워를 한 뒤 독실에 누웠다. 모든 것을 포기하니 마음과 몸이 편했다. 중년의 타이 여성이 들어와 전신 마사지를 시작했다. 마사지사는 물수건과 오일 등 여러 가지 물건들을 가지러 들락거렸다. 바로 누워서 눈을 감았는데 마사지사가 머리, 어깨, 얼굴 주위를 만져주었다. 왜 이렇게 냄새가 좋지. 눈을 살포시 떴는데 송수연이 아닌가. 눈이 마주치자 그녀는 웃었다. 나에게 천천히 다가오더니 나의 입술에 키스를 했다.

눈을 뜨니 오전 11시였다. 꿈이었다. 이렇게 편한 잠을 잔 적은 근래에 없었다. 샤워를 하고 나왔더니 마사지 가게의 로비에는 클래식 음악이 흘러나오고 있었다. 오렌지색 조명이 가게 한 켠의 불상과 코끼리를 은은하게 비추었다. 핸드폰을 켜니 모르는 번호 하나가 여러 번 찍혀 있다. 누구지? 사람들이 나를 찾으려고 안달 났을 텐데···. 기자들, 경찰서 아니면 청와대일지 모르겠다. 조용히 숨어 지내자. 마사지 가게에서 흘러나오는 피아노 음악에 눈을 감았다. 하지만 평화도 잠시, 핸드폰 진동 소리가 요란했다. 아까 찍혔던 것과 같은 번호다. 받을까 말까. 지금보다 더 최악일 수는 없다. 에라, 모르겠다. 받자.

"강대웅 기자?"

···

"누구신지요?"

"나용배요."

나용배? 권빠 중의 권빠! 나를 잡아서 분풀이라도 할 생각인가.

"일없습니다."

"잠깐만! 할 얘기가 있어."

"무슨 이야기요. 이미 모든 건 끝났고 제 인생도 끝났습니다. 저를 잡아서 죽일 생각입니까?"

"당연히 죽이고 싶지만 내가 참는다. 당신 도움이 필요해."

"무슨 도움이요? 권까가 권빠를 도울 일이 뭐가 있습니까?"

"권 박사님 자살이 좀 이상해."

"양심의 가책을 느껴 뛰어내렸는데 뭐가 이상하다는 겁니까?"

"무슨 개소리! 너희들이 죽여 놓고서!"

···

"며칠 전에도 권 박사님을 만났어. 연구에 전의를 불태우시는 분이 갑자기 자살한다는 것은 말이 안 돼. 타살일 가능성이 커."

"타살이라는 증거라도 있나요?"

"없어. 그러니까 내가 네 도움이 필요하다는 게 아냐."

"근데 왜 내가 당신을 믿어야 되죠? 나를 가장 증오하시는 분을 내가 어떻게 믿나요?"

"너는 이미 파면됐고 평생 매국노로 살아갈 거야. 네가 잃어버릴 게 뭐가 있어?"

맞는 말이다.

"근데 뭐가 이상하다는 겁니까?"

"만나서 이야기하세. 나도 지금 쫓기고 있어."

쫓기고 있다?

"누구한테 쫓긴다는 겁니까?"

"글쎄, 아무튼 만나서 이야기하세."

잠시 머뭇거렸다. 어차피 끝난 인생이다.

"어디로 가면 되죠?"

"광교산으로 오게."

광교산? 그는 수원 출신으로 광교산 근처에 살고 있었다. 우리는 광교산의 하광교 계류지에서 만나기로 했다.

서래 마을에서 경부고속도로를 타고 광교로 향했다. 근데 느낌이 이상했다. 내 뒤를 차 한 대가 계속 따라붙었다. 뭐지? 경부고속도로를 40분간 달리다가 광교를 향해 인천 방향 영동고속도로 쪽으로 빠졌다. 아직도 같은 차가 내 뒤를 따랐다. 저 차도 광교산 쪽으로 가나? 영동고속도로에서 동수원 톨게이트를 지나 광교산 길로 향했다. 광교산 외길로 들어섰을 때 갑자기 트럭 한 대가 내 차를 향해 정면으로 달려왔다. 아아아! 트럭을 피하기 위해 논두렁 쪽으로 핸들을 꺾었다. 차가 뒤집어지며 에어백이 터졌다. 정신이 혼미했다. 누군가가 뒤집힌 내 차로 다가왔다. 검은 선글라스와 검은 코트를 입은 어떤 사내가 나에게 말을 건넸다.

"강대웅 기자?"

나는 본능적으로 부인을 해야 한다는 걸 알아차렸다.

"아뇨! 내 이름은 박민호요! 나를 좀 꺼내줘!"

사내는 코트 안에서 무언가를 꺼냈다. 총? 갑자기 정신이 번쩍 들었다.

"강대웅 기자, 마지막 할 말은 없나? 이완용 이후 대한민국 최악의 매국노의 최후의 말을 내가 전해줌세."

나용배? 속았다! 나는 차에 처박힌 채 분노에 차서 말을 내뱉었다.

"권민중한테 속고 권빠한테도 속았다. 하지만 진실은 분명히 밝혀질 게다. 줄기세포와 함께 지옥으로 가라! 대한민국 언론 만세!" 그러고는 눈을 질끈 감았다.

탕! 탕! 탕!

죽었나? 저승인가? 아니다. 아직 살아있다! 어떻게 된 거지? 눈을 살포시 떴다. 검은 선글라스의 사내는 내 차 밖에 총을 맞고 쓰러져 있었다. 누군가가 다가왔다. 키가 작고 깡마른 사내가 차 문을 열고 나에게 말을 던졌다.

"강대웅 기자? 나, 나용배요."

망연자실했다. 도대체 뭐가 어떻게 돌아가는 거지? 그는 나를 차에서 꺼냈다. 후들거리는 다리로 몸을 가눌 수 없어 그의 부축을 받았다.

"도대체 누가 나를 죽이려 하는 겁니까?"

"차차 알게 될 걸세." 나용배 이외의 몇몇 사람들이 눈에 띄었다. 나용배는 그들에게 소리쳤다.

"야! 빨리 시체들 치우고 차량들도 다 옮겨."

도대체 이 사람들은 누구지? 다른 검은 차가 왔고 나용배와 나는 그 차 뒷좌석에 앉았다. 나용배는 운전사에게 "야, 계류지로 가자." 고 지시했다.

하광교 계류지, 늦가을 오후의 호수는 단풍으로 둘러싸여 아름다움을 뽐내고 있었다. 운전기사는 호수 방향으로 차를 세웠다. 운전사는 차에서 내려, 옆에 세워져 있던 다른 차로 옮겨 탔다. 나는 아직도 얼떨떨했다.

"도대체 아까 저를 죽이려는 사람들은 누굽니까?"

"잘 모르지만 짐작 가는 데가 몇 군데 있네."

"몇 군데요? 여러 집단이나 되나요?"

"나도 그게 누군지를 알고 싶어."

"짐작 가는 여러 집단은 도대체 어디인가요?"

"국정원, CIA, 프리메이슨, 아니면 모비딕."

"다른 비밀정보기관은 들어봤는데 '모비딕'이라뇨? 무슨 소설 이름 아닌가요?"

"한성그룹의 한거용 회장의 비밀조직이야. 한국 최대의 민간 첩보회사라고 생각하면 돼."

"도대체 그걸 왜 만들었어요?"

"세상을 손에 넣으려면 돈만 가지고서는 안 돼. 음모와 총이 필요하지. 한성그룹은 지금 반도체, 자동차, 조선뿐만 아니라 한국의 군수산업까지도 장악하고 있어. 총과 미사일뿐만 아니라 전투용 헬기와 전투기까지 만들고 있다구. 모비딕이 그 군수물자들을 손쉽게 손에 넣고 온갖 공작을 하고 있지. 한거용은 모든 것을 다 손에 넣었지만 단 한 가지를 못 가졌어."

"그게 뭔가요?"

"줄기세포기술이지."

"그게 그렇게 중요해요?"

"당연하지. 하지만 모비딕보다는 국정원이 더 의심이 돼. 한거용 회장은 권 박사의 파트너였으니까. 연구비 수천억을 대주었기 때문에 모비딕이 권 박사를 해치지는 않았을 거야."

"그럼 국정원이 나를 죽이려는 건가요? 국민적 영웅을 자살하게 만들어서 보복을 하려는 건가요?"

…

"강 기자, 내가 왜 권빠가 됐는 줄 아나?"

그가 왜 권빠가 됐는지 알 리가 없다. 지난 2년간 내가 추적한 것은 권 박사의 줄기세포 조작 문제였지 권빠가 아니었다. 그는 호수를 바라보며 왜 자신이 권빠가 되었는지 설명해주었다.

"나는 북파공작원이었네."

나는 그의 얼굴과 생김새를 다시 유심히 보았다. 살기가 느껴지는 눈, 군살 하나 없는 깡마른 체격, 날렵해 보이는 손, 그리고 산전수전 다 겪은 것 같은 두꺼운 피부, 범상치 않은 인상이었다.

"내가 북파공작원 중 최고의 공작원이었다면 자넨 그 말을 믿겠나? 믿기 힘들 테지. 나는 평양을 오가며 북한 고위층을 포섭하고 북한의 군사시설에 대한 정보를 빼내고 영변 핵발전소를 들어갔다 왔으며 북한에 따로 살림까지 차렸어. 이젠 나이가 들어 공작원 일을 그만두고 다른 후배 북파공작원들을 이끌고 남한 최대의 용역 업체 'WB 센터'라는 회사를 세워 지금 사장으로 있네. 우리 회사는 전국의 시위 현장에 구사대를 보내고 건설 현장에서 깡패들을 막는 일을 하며 불륜 현장을 조사해 주고 돈을 받는 일 등을 하고 있지. 곧 우리는 누구 편도 아니고 돈을 주는 쪽의 편이지. 최근에도 평택 미군 기지 건설이나 제주도 해군 기지 건설에 내 직원들이 투입됐어. 건설 현장에서도 돈벌이가 쏠쏠하다고. 특히 건물 철거 용역이 가장 짭짤해. 건물에서 나온 각종 폐자재만을 팔아도 수십억의 이익을 챙길 수가 있으니까."

"그렇게 잘 나가는 사람이 왜 권빠가 된 겁니까?"

"나는 한국 경찰의 지팡이지. 왜냐하면 우리는 그 작자들이 해결하지 못하는 일들을 해결해 주거든. 공권력에 저항하는 놈들을 우리가 무력이나 협잡으로 제압하거든. 법치국가에서 경찰들이 그러면 못쓰지. 우리 회사가 국정원 다음으로 한국에서 힘이 세다고 하면 자넨 이해 못 할 거야."

"그렇게 힘센 분이 왜 제 도움이 필요하죠?"

"왜냐하면 권 박사님을 죽인 놈들은 나보다 힘이 더 세거든."

"왜 타살이라고 의심하시죠?"

"명확한 증거는 없네. 근데 자살이 아니라는 확신은 있어. 며칠 전에 권 박사님을 만났거든. 실험 진척이 너무 잘 된다면서 의욕에 차 있던 분이었지. 기자 회견하기 바로 전날이었어."

"확실한 증거도 없는데 타살이다? 공작만 하는 사람 눈에는 모든 게 공작으로 보이는 법이죠."

"뭔가 이상하지 않나? 아까 저 작자들은 왜 강 기자를 죽이려고 했을까? 세계 최고의 원천 기술을 가진 과학자가, 노벨상을 받을 과학자가, 국민들의 존경과 사랑을 받는 과학자가 어느 날 갑자기 자살을 한다? 이해돼? 이해가 되냐고?"

"줄기세포는 없었어요. 모든 게 거짓말이에요. 한국 국민을 삼키고 세계 과학계를 삼킨 그 거짓말이 권 박사를 삼킨 것뿐이에요."

"개소리 까지마! 내 눈으로 똑똑히 봤다고. 줄기세포는 존재할 뿐 아니라 상용화 단계까지 왔다고."

…

"근데 수백억을 버시는 분이 왜 권빠가 되었나요? 청와대와 우리 방송국에 손가락까지 보낸 이유가 뭔가요?"

"강 기잔 내가 얼마나 똑똑한지 모를 거야. 북파공작원 후배 놈들 이끌고 매년 수백억을 벌지. 일종의 경찰 산업이지. 안보 사업이라고도 할 수 있지. 국가를 지키고 마을을 지키고 바람난 남편을 지키지. 머리 좆같이 안 좋은 새끼들 데리고, 불알 두 쪽밖에 없는 무식한 새끼들 데리고, 이 나라에서 쓰레기 취급받는 새끼들 데리고 천억 매출 내면 머리 엄청 좋은 거 아냐? 너희들 가방끈 긴 놈들은 이런 놈들 다 범죄자 취급하지? 내가 얼마나 쓸모 있게 만들었어. 대한민국 정부로부터 훈장 받아야 되는 거 아냐."

…

"근데 말이야, 강 기자, 내게 아들이 하나 있어. 10년 전에 남한에서 결혼을 하고 아들을 하나 낳았지. 계집년은 애 놓고 얼마 있다 도망쳤어. 내 돈 수십억을 들고 날랐어. 물론 내가 조금 거칠게 다루었지. 그래서 나 혼자 애를 길렀어. 근데 말이야, 내가 군인 아냐. 어느 나라 군인인지는 가끔 헷갈리지만…. 국군 아니면 인민군이겠지. 국군이든 인민군이든, 스파르타군이든 아테네군이든, 델타포스든 지하드든, 모든 군인은 한 가지 공통된 원칙을 가지고 있어. 자기 자식은 강하게 키운다! 이런 개좆같은 세상에서 약하면 어떻게 살아남겠나. 그래서 우리 우신이를 말이야, 그 애가 5살 때 광교산 호수에서 나랑 냉수마찰을 하곤 했어. 강하게 키우려고. 그런데 말이야, 아이가 심하게 열이 나는 거야. 곧 낫겠지라고 생각하고 그냥 집에 놔뒀어. 그런데 열이 며칠 동안 내려가지 않아서 부랴부랴 병원에 갔는데 말이야, 그게 말이야, 우리 애가 고열이 지속되어서 그만⋯."

그는 잠시 말을 잊지 못하고 앞의 호수를 물끄러미 바라보았다.

"고열이 계속되다가 그만 척수마비가 되었지 뭔가⋯. 휠체어를 평생 타고 다니는 신세가 되었지 뭐야. 세상에서 나만큼 천재가 어디 있어, 그치? 북파공작원 애들 우리 사회에서 누가 받아줘? 방송국에서 받아줄까? 가끔 쓸모는 있겠지. 하지만 북한 나오는 드라마 매일 찍을 수 없잖아. 회사에서 받아줄까? 눈에서 레이저가 나오는데, 조금만 화나면 상사도 패는 놈들을 받아줄까? 그런 놈들 데리고 이렇게 큰 회사 차리고 연봉 6천만 원씩 주면 나 천재 아냐? 근데 말이야 강 기자, 이 세상에서 제일 병신이 누군지 알아? 크크크. 자기 자식 병신 만든 놈이 병신 중의 병신이야, 크크크."

그는 약간 실성한 듯했다.

"아들 병신으로 만들고 돈을 수백억 벌면 뭐 해. 근데 말이야, 그 병신 중의 병신을 다시 천재로 만들어 줄 수 있는 사람이 있다지 뭐야. 그럼 그 사람을 나는 어떻게 대접해야겠나. 병신 중의 병신을 다시 천재로 만들어준다는데 모든 것을 다 바쳐야지, 그치? 권 박사님이 나 병신 지랄 무식병을 고쳐준다는데 권빠가 될 수밖에 없지 않은가. 아무렴, 권빠가 되어야만 하고 권 박사님을 위해서라면 목숨이라도 내어놓아야지."

내가 취재한 바에 의하면 그는 줄기세포연구와 권빠 모임에 수십억을 지원했고 권 박사가 세계적인 명성을 얻기 시작했을 때 WB의 직원들을 경호원으로 보냈다.

"제가 보기에 당신이 속은 거예요. 2년 동안 전 세계를 샅샅이 뒤졌지만 줄기세포 따윈 없어요."

"또 개소리!"

⋯

"아까 전화로 말씀하셨잖아요. 나 사장님을 누군가 쫓고 있다고. 도대체 누구한테 무엇 때문에 쫓기나요?"

"국내 사정이 힘드니 내가 권 박사님께 북한으로 가자는 제안을 했어. 북한 고위층과 접촉하여 의사를 타진했는데 그쪽에서는 아주 긍정적인 반응을 보였어."

"아무리 그래도 어떻게 북한으로 갈 생각을 했습니까?"

"북한에서는 자네 같은 놈들을 바로 총살시킬 수 있지. 딴지 거는 놈들이 없으니 연구에 집중할 수 있다고. 과학에 남한이 어디 있고 북한이 어디 있나? 연구하기 좋은 곳으로 가면 그뿐이지."

참나, 별 좆같은 소리 다 듣겠네. 북한에서 연구 잘도 하겠다.

"그래서 국정원과 CIA에서 당신을 쫓는 겁니까?"

"아까도 말했지만 우리를 쫓는 자들이 누군지 아직은 몰라."

"근데 왜 프리메이슨은 의심하나요?"

"권 박사의 미국 파트너는 칼슨 박사야. 그 개 같은 작자에게서 냄새가 난다고. 음모의 냄새 말이야. 음모보다 독창적인 건 없어. 왜냐하면 룰을 지킬 필요가 없거든. 음모를 꾸미는 데는 법도 필요 없고 정의도 필요 없고 친구도 필요 없고 가족도 필요 없어. 시저를 보자고. 절친들과 아들 녀석이 원로원 회의에서 시저를 둘러싸고 인사하는 척하다가 칼로 찔렀어. 시저는 그런 암살 방식을 상상도 못했을 거야. 그게 바로 음모야. 누구도 상상 못 하는 것을 실현해 내는 것이 음모지. 그래서 음모가 매력적인 거야. 음모는 상상할 수 없는 상상력을 요구해. 그래서 음모에 의해 상상할 수 없는 방향으로 세계사가 전개되거든. 세계 최대의 음모 조직이 어디겠어? 프리메이슨이지. 칼슨, 그 개자식은 프리메이슨이야! 프리메이슨의 목표가 뭔지 아나. 세계 지배야. 그들이 왜 줄기세포를 탐내겠나. 줄기세포를 얻는 자가 곧 세계를 지배하는 거야!"

"증거가 없잖아요, 증거가!"

"음모를 꾸미는 놈들이 증거 남기는 거 봤어? 프리메이슨이 증거 남기는 거 봤냐고! 증거를 남기는 놈들은 음모의 세계에서 살 자격이 없어. 증거를 남기지 않았기 때문에 세계 최고의 비밀결사조직이 되는 거야. 음모의 반대말이 증거야. 증거는 그놈들이 남기는 게 아니라 우리가 찾아야 하는 거야."

"증거는 없어도 낌새는 있을 거 아니에요?"

"낌새는 여러 건 있지. 칼슨 이 작자가 줄기세포 특허를 미국에 신청했어. NT-1 이라고 들어봤나? 권 박사님이 만든 첫 번째 줄기세포에 대한 특허를 도둑질한 다음에 막대한 이득을 얻으려고 했지. 이놈은 프리메이슨이 아니면 유대계 미국 인이니깐 CIA나 모사드와 연결돼 있을지 몰라."

"그럼 한성그룹과 모비딕은요?"

"돈이지 돈! 국내 최대의 재벌 그룹이 줄기세포가 창출할 수천조의 가치를 알아챈 거야. 기업에겐 국가와 과학도 필요 없네. 오직 돈밖에. 권민중이든 칼슨이든 그들에게 중요치 않아."

…

"아 참, 그리고 한 군데 더 있어."

"어딘가요?"

…

"청와대."

"네? 청와대요? 왜요?"

"권 박사는 대통령이 되려고 했거든."

"대통령?"

"정확하게 말하면 집권당 내에서 권 박사를 대통령 후보로 추대하려는 움직임이 있었어. VIP와 집권당 지지율이 바닥으로 기자 국민들에게 전폭적인 지지를 받고 있는 권 박사를 다음 대통령 후보로 세우자는 주장이 있었지."

소문으로 들어본 것 같다. 그게 실체가 있었던 시나리오였던가.

"하지만 여당 내에 다른 정파가 말도 안 된다면 반대했어. 이들이 국정원과 손잡고 권 박사의 뒤를 캐기 시작했지. 권 박사님이 여러 가지 일로 청와대로부터 심한 압박을 받았어."

그럴듯했다. 근데 이런 말들을 믿어야 하나. 완전 뜬구름 잡는 소리 아닌가. 나는 잠시 바람에 출렁이는 호수를 보았다.

"아무 증거도 없잖아요. 어떻게 이런 음모론들을 믿어요?"

나용배는 갑자기 화를 냈다.

"금방 죽다가 살아난 사람이 할 소리인가? 그럼 누가 자네 목숨을 노리나. 자네와 내가 만난다는 걸 어떻게 아나? 첩보기관밖에 모르는 일이야. 누가 자네 대포폰을 감청하겠나?"

맞는 말이다. 나를 죽이려 했던 작자들은 대포폰의 전화 내용을 듣고 내 차를 추적했을 것이다.

"그럼 이들 중 하나가 권 박사를 죽였다는 건가요?"

"아직 증거는 없어. 경찰에서 권 박사님 사체를 공개하지 않았어. 시체를 부검한 국립과학수사연구원에서는 타살의 흔적이 없다고 발표했네. 근데 이들의 발표를 어떻게 믿나. 만약 청와대와 국정원이 서로 짜고 쳤다면 국립과학수사연구원의 연구원들은 시체를 보지도 못했을 걸세. 국정원 직원들이 모두 통제를 하고 있겠지. 만약 타살이라면 국민들이 가만히 있겠나. 국민을 상대로 정부가 사기를 친다면 이 또한 정상은 아니지. 이 말이 사실이라면 정부가 전복되지 않겠나."

나는 답답해서 차 문을 박차고 나와 호숫가 쪽으로 걸었다. 대화가 너무 후끈거렸는지 차디찬 가을바람마저 시원하게 느껴졌다. 국정원과 청와대가 짜고 권박사를 죽였다? 이건 정말 말도 안 돼! 국민적 영웅을 이 두 기관에서 모의해서 살해했다? 갑자기 머리가 번뜩였다. 혹시 나용배는 북한과 남한의 이중첩자 아닐까? 나를 꾀어서 이번 사건으로 무슨 다른 공작을 하는 것은 아닐까? 이 작자가 무슨 음모를 꾸미는 게 아닐까? 그래, 음모보다 더 독창적인 게 없지 않은가. 이 작자가 나를 믿게 만들기 위해서 나를 죽이려는 장면을 일부러 꾸몄을지도 몰라. 아니야. 그렇게 완벽하게 꾸밀 수가 있을까. 내가 무슨 쓸모가 있다고 그렇게까지 꾸밀까. 아니야, 이 작자는 북한까지 가서 살림까지 차린 대범한 인물이 아닌가. 평생 음모를 꾸민 작자가 아닌가. 나용배도 차 문을 열고 나왔다.

"청와대와 국정원이 무슨 이유로 권 박사를 죽입니까?"

"권 박사가 무소불위의 권력을 지니니까. 국민들 마음속에는 권 박사밖에 없었다고! 누가 정치인들 말을 믿겠나. 권 박사님은 국민들에게 신이었어, 자네만 빼고!"

"나 사장님, 옛날에 혹시 이중첩자 한 적이 있죠?"

그가 갑자기 당황하더니 말을 잇지 못했다.

"당신 아직도 이중첩자로 활동하고 있지?"

내가 몰아세웠다.

"무슨 개소리야! 나 아니었으면 너는 벌써 죽었어!"

"줄기세포가 뭐라고 권 박사를 암살해? 말이 돼? 말이 되냐고! 핵치환 배아줄기세포 기법도 겨우 확립했는데 그게 뭐가 쓸모가 있어서 온 세계가 난리냐고, 예? 프리메이슨과 CIA가 그렇게 정보력이 떨어지는 줄 알아? 애들이 무슨 공상과학영화 찍는 할리우드 프로덕션이야? 청와대와 국정원이 짜고 죽였다? 이봐요, 북파공작원 선생, 지랄 그만하시고 철거나 하러 다니세요!"

나용배는 어이없다는 표정을 지으며 주머니에서 뭔가를 꺼냈다. 리모컨 차 키를 누르자 옆 차에서 '삐익' 하는 소리가 나며 락이 풀렸다. 문이 열리더니 어린아이 하나가 내렸다. 그 아이는 찬바람이 부는 호숫가에서 목청을 높이고 있는 우리 쪽으로 뚜벅뚜벅 걸어왔다.

"내 아들 우신이야"

아들…?

척수마비가 되었다는 그 아이?!

5장 불구덩이 속에서

"아빠, 추워."

아이가 걸어오더니 나용배의 손을 잡았다.

"바람이 쌀쌀하네. 호숫가를 한번 봐봐. 나무들이 단풍이 물들어서 아주 예쁘구나!"

그는 웃음을 지으며 아이의 볼에 자기 볼을 비볐다. 총을 든 북파공작원은 오간 데 없고 그는 살가운 돼지 아빠가 되어 있었다.

"이 아저씨는 누구야?"

"아빠랑 같이 권 박사님 도왔던 친구야."

아이가 갑자기 침울해지더니 훌쩍였다. 아이를 다시 차에 태우고 와서, 나용배는 말을 이어갔다.

"이제야 믿겠나? 권 박사님은 우리 우신이를 일으켜 세웠어!"

그렇게 권 박사팀의 기술이 진보했나? 내가 아는 정보들에 의하면 이 정도의 수준까지 도달 못 했는데….

"믿을 수가 없네요. 줄기세포는 몸에 들어가면 자가면역반응 때문에 암세포가 되는데…."

"너 같은 기자들은 권 박사님이 수백 명을 일으켜 세워도 믿지 않아. 믿고 싶은 것만 믿고 보고 싶은 것만 보겠지. 이제 자네가 얼마나 철없는 똘아인지 알겠나!"

"그럼 권 박사팀이 척수마비 환자들을 일으켜 세울 줄기세포기술을 완전히 확립한 겁니까?"

"나도 잘 몰라. 내가 권 박사님께 애걸복걸했네. 권 박사님이 아직 안전하지 않다고 수차례 거절했지만 내가 무릎 꿇고 머리에 권총을 대고 안 해주면 자살하겠다고까지 했지. 자식 불구로 만든 병신으로 사는 게 얼마나 괴로운가. 그제야 권 박사님이 허락했어."

이 말이 사실이라면 정말 세계 여러 세력들이 줄기세포기술을 탐낼 만하다. 정말 무엇인가가 있었나?

"제가 어떻게 하면 되죠?"

"누가 권 박사님을 죽였는지 알아내야지!"

우리는 광교산 계류지를 내려와서 근처 식당으로 갔다. 나용배는 자신의 직원들을 나에게 붙여주겠다고 했다. 우리는 어디서부터 시작해야 하는지 이야기했다. 열쇠는 권 박사의 시체가 어디 있는지를 파악하고 암살의 증거를 찾아내는 것이다. 우선 내가 가장 신뢰하는 두 명을 만나보는 게 어떻겠냐고 나용배에게 물었다. 그 둘은 나의 고등학교 동기생들로서 한 명은 경찰대를 나와 현재 청와대 비서관으로 일하는 녀석이고 다른 한 명은 권 박사가 재직했던 한국대 수의학과의 동료 교수인 하진용이다. 나용배는 나에게 세 사람을 붙여주었다. 세 명 다 나용배의 북파공작원 후배들이자 나용배가 가장 신뢰하는 인물들로서 핸드폰 감청 전문가들이라고 했다. 나는 일단 나용배가 마련해 준 광교의 WB 거처에서 자고 새벽같이 청와대에서 근무하는 동기생 놈을 만나보기로 했다.

◇

새벽 3시에 일어나서 내 동기생인 이창배가 사는 은평구로 향했다. 불알친구인 창배는 누구보다 친했는데 줄기세포 사태 이후에 서로 불편해서 연락을 하지 않았다. 새벽 4시부터 창배가 사는 아파트 앞 단지에서 차를 세우고 동향을 파악했다. 차 안에서 WB 직원들 세 명은 휴대폰 감청 장치를 켜고 내가 알려준 창배의 전화에서 신호가 나는지를 체크했다. 영화에서만 보던 첩보 장치들이 실제로 존재하는구나…. 새벽 5시 감청 장치가 창배의 휴대폰 신호를 잡았다. 이제 일어나서 핸드폰을 켠 모양이다. WB 직원으로부터 감청이 되지 않는 비밀대화폰 두 대를 받았다. 정보획득을 위해, 한 대는 창배에게 가야 한다. 모자를 푹 눌러 쓰고 아파트 입구 주위를 돌았다. 아침 5시 반, 창배가 내려온다는 신호를

WB 직원으로부터 받았다. 아파트 옆 귀퉁이에 서 있었는데 현관문으로 창배가 나왔다. 나는 재빨리 그의 뒤를 따라붙었다. 그는 50미터 정도 떨어져 있는 차로 걸어가서 리모컨 키로 차 문을 열었다. 그가 운전석 문을 여는 순간, 나는 재빨리 옆문을 열고 옆 좌석에 앉았다.

"창배야, 오랜만이다!"

"야! 어떻게 된 거야? 이 미친놈아! 너 때문에 대한민국이 난리야!"

창배가 소리쳤다.

"조용한 곳에 가서 이야기 좀 하자."

"무슨 이야기?"

"너도 알고 있지? 권 박사 자살이 이상하다는 거."

그는 내가 뭔가를 알고 있다는 낌새를 알아차렸고 아파트 근처의 봉은사 쪽으로 차를 몰았다. 아직 새벽이라 날이 어두웠지만 멀리 어렴풋이 동이 트기 시작했다. 오랜만에 찾은 북한산이었다. 우리는 사찰 입구에 차를 세우고 이야기를 이어 나갔다.

"너 어디까지 알고 있냐?"

창배가 물었다.

"국정원, CIA, 프리메이슨, 아니면 모비딕이 이 사건에 개입되어 있다는 거."

"우리도 뭔가 이상하다고 생각하고 있어."

"청와대와 국정원이 짜고 죽였니?"

"뭐?"

창배는 놀란 듯이 나를 째려보았다.

"임마, 그게 말이 된다고 생각해. 국민적 영웅을 우리가 어떻게 죽여!"

"권 박사가 다음 대통령으로 출마한다는 거 너도 알고 있었잖아. 청와대가 권 박사 지지 세력과 반대 세력으로 암투를 벌였잖아. 맞지? 권 박사 반대 세력이 뭔가를 꾸몄지, 그렇지?"

"글쎄, 나는 중립이어서 잘 몰라. 양쪽에서 벌어지는 일을 내가 어떻게 다 아냐."

"뭔가 있긴 있었구나."

"권 박사가 너무 거만했어. VIP를 대하는데 마치 자기 아랫사람 대하듯 한다는 말이 파다했지. 지금 인기가 없잖아, 대통령이. 임기도 얼마 안 남았고."

"어떻게 대했기에?"

"서로 인사를 하면 대통령이 더 머리를 숙이고, 대통령과 이야기할 때도 다리 꼬고 앉고. 눈빛을 보면 알잖아. 너는 아무것도 아니다, 내가 왕이다, 이런 태도."

"그래도 한 나라 대통령에게 그렇게 막 대할 수는 없잖아?"

"그러니까 청와대에서 일하는 우리들도 좀 의아했지. 근데 너 권 박사 직접 만나봤어?"

"취재할 때 본 적이 있지."

"나도 직접 두어 번 만나 봤는데 대통령보다 기가 훨씬 세, 훨씬 세다고. 사람은 본능적으로 알아차려. 이 사람은 보통 사람이 아니다, 대통령보다 능력 있는 사람이다, 세계를 휘어잡을 수 있겠구나, 찔러도 피 한 방울 안 나올 것 같은 사람. 정치인들은 무조건 살아남아야 하거든. 지금 이대로라면 분명 정권이 넘어가. 여당 내에서는 권 박사가 최고의 카드지. 팔십 프로는 친권이야. 근데 국정원장이 반권이야. 이 작자가 무슨 일을 꾸몄던 건 같아. 근데 우리가 알 수 있나 뭐."

"나한테 제보가 들어왔어. 자살이 아닐지도 모른다는……."

"누가 그래?"

창배는 소스라쳐 놀라며 소리쳤다. 그리고 그는 내가 나 사장에게 던진 똑같은 질문을 던졌다.

"증거 있어?"

"없으니까 내가 너를 찾아온 거 아냐!"

"야, 임마! 너는 이미 끝이야. 대한민국에서 누가 너 말을 믿어. 권 박사를 죽인 놈이, 그 책임을 떠넘기기 위해서 타살로 몰고 간다고 하지."

"근데 국정원장이 무슨 일을 꾸몄다는 걸 네가 어떻게 알아?"

"잘 몰라. 근데 CIA가 움직였어. 이놈들이 보통 놈들이 아냐! 국정원 안에도

CIA 첩자들이 깔려 있다고. 국정원이 권 박사에 대해서 뭔가를 꾸미고 있다는 걸 알아차렸어. 근데 거꾸로 일 수도 있어. CIA가 줄기세포에 대해 뭔가 일을 꾸며서 국정원이 대응했을 수도 있어. 이중첩자들이 있거든. 국정원도 바보는 아니야."

"야, 대한민국 모든 정보를 청와대가 다 알고 있니?"

"중요한 건 다 알고 있다고 봐야지."

"너 혹시 나용배 사장이라고 아니?"

"경찰계와 첩보계에서 나 사장을 모르는 사람이 있나? 우리가 못 하는 일들을 처리해 주지, 참 우습게도. 시위하면 경찰이 어떻게 시민을 때리고 잡아가? 나 사장이 다 처리해 주지. 우리에게는 한편으로 고마운 존재야."

"너 권 박사가 나 사장 아들 고친 거 알지?"

창배는 잠시 머뭇거렸다.

"너 많은 걸 알고 있네. 대한민국 기자도 아무나 하는 게 아닌가 봐."

"임마, 헛소리하지 말고! 줄기세포 치료기술이 거의 완성 단계였어. 수천조의 이익이 걸려 있었다고. 그래서 CIA와 국정원이 움직였지? 미국 놈들이 이렇게 큰 건을 그냥 지나칠 리가 없어!"

"이건 모두 국가기밀이야! 지금 권 박사 장례식도 안 했다고! 이상한 말이 새어나가면 정부가 무너져. 지금 민심이 들끓고 있어. 너도 잡히면 죽어. 그리고 한미 외교관계도 최악으로 가고 있다고. 지금 북핵 때문에 골치 아파서 전쟁을 하네 마네 하는 상황인데 권 박사가 걸림돌이 되면 안 되지!"

핵문제? 걸림돌? 갑자기 머리가 번뜩였다.

"그럼 혹시 국정원과 CIA가 거래를 했을 수도 있겠네. 줄기세포를 넘겨주는 대신 핵을 우리가 가지는 걸로. 국정원장은 보기 싫은 권 박사 제거하고 대신 핵 무기를 우리 손에 넣으면 국가 안보에 혁혁한 공을 세우고! 머리가 비상한 놈이구나, 국정원장!"

창배는 길게 한숨을 쉬었다.

"야, 청와대에서도 의심하고 있지만 증거가 없잖아. 권 박사는 자살했다고, 자살!"

"청와대가 국정원이 하는 일을 모른다는 게 말이 돼? 너 권 박사 시신 봤어? 시신 봤냐고?"

내가 소리쳤다.

"시체는 국정원이 가지고 있는데 어떻게 봐!"

"병신 지랄들 하네! 국정원이 청와대 위야?"

"야, 청와대도 단일한 조직이 아니야. 지금 VIP는 국정원장을 전적으로 믿고 있다고. 그 외 사람들은 그냥 깃털에 불과해."

"창배야, 친구로서 마지막 부탁 하나만 하자. 권 박사 시신이 있는 곳이 어딘지 좀 알려다오. 내가 직접 가서 시체를 확인하게."

"너 미쳤구나! 네가 권 박사를 죽여 놓고 이제는 권 박사를 죽인 놈이 있을 거라고 난리를 떠는구나. 야, 임마, 국가가 장난인 줄 알아!"

"너도 알잖아. 뭔가 이상하다는 것을! 내 눈으로 타살 흔적이 없다고 확인하면 죗값을 치를게."

…

"나도 이것만 끝내고 한강으로 뛰어들 거야. 매국노로 평생 어떻게 살아. 내가 한강에 투신하기 전에 마지막으로 친구 부탁 하나만 들어다오. 이것만 밝히면 내가 원망 없이 갈 수 있을 것 같다. 다 내 잘못이니까."

창배는 긴 한숨을 내쉬었다.

"내가 뭘 해 주면 되니?"

"권 박사 시신이 어디 있는지만 알아봐다오. 그다음은 내가 알아서 할 테니까. 그리고 이거."

나는 감청이 차단되는 비밀대화폰을 창배에게 넘겼다.

"이건 뭐야?"

"감청이 차단되는 핸드폰이야. 이걸로 서로 연락하자."

"강키호테가 이제는 007 강이 됐냐?"

우리는 함께 웃었다.

"하나만 더 물어보자. 혹시 권 박사와 영월이랑 무슨 관계가 있니?"

"권 박사가 충청도 사람이잖아. 영월은 왜?"

"이 사건 뒤를 캘 때 혹시 영월과 무슨 연관이라도 있는지 알아봐 줄래?"

"알았어."

이제 아침이 완연히 밝았다. 나는 창배 차에서 내렸고 그는 청와대로 출근했다. 나는 WB 직원들과 같이 또 다른 동창생을 만나러 한국대학교로 향했다. 권 박사의 명성과 후원으로 지어진 수의대 건물에 차를 세우고 하진용 교수의 사무실로 향했다. 그는 고등학교 동창으로 어렸을 때부터 강아지를 좋아해 수의학을 전공했고 권 박사의 동료이기도 하다. 논문 조작 문제로 두어 번 연락을 한 적이 있지만 내가 권 박사를 공격하는 것을 나중에 알고 지난번 기자회견이 끝난 후 나의 취재를 말렸다. 나는 그때 이 녀석의 회유를 뿌리쳤지만 믿을 수 있는 정보원은 역시 고등학교 동창뿐이다. 오전인데 하진용 교수 사무실에는 불이 켜져 있었다. 노크도 없이 방에 들어가서 방문을 재빨리 잠갔다.

"진용아!"

그는 너무 놀란 나머지 자리에서 뻘떡 일어나 소리쳤다.

"야, 여기가 어딘데 들어와, 미친놈아! 권 박사 죽이니까 기분 좋니? 너 이름만 들어도 속이 뒤집어지는데 네 두꺼운 상판대기까지 보네!"

"야, 조용히 해! 권 박사는 내가 죽인 게 아니야!"

"그럼 누가 죽였어, 임마! 네가 무슨 과학을 안다고 지랄이야, 지랄은!"

"조용히 해, 새끼야! 권 박사는 국정원이 죽였단 말이야. 내가 증거를 잡았어!"

순간 방은 조용해졌다. 진용이는 다가오더니 내 멱살을 잡았다.

"너 지금 말도 안 되는 소리 작작 할래? 국민적 영웅을 국정원이 죽였으면 국민들이 가만히 있겠어? 국정원이고 대통령이고 다 작살나지."

"너 CIA가 케네디 암살했다는 말 못 들어봤니? 첩보당국은 우리가 생각하지 못하는 일들을 하고 있다고."

"그래 증거 있니? 증거 있어?"

"거의 찾았어. 몇 가지 확증이 필요해서 너를 찾아왔어."

"거의? 거의가 무슨 뜻이야?"

"무언가 엄청난 음모가 숨어 있어. 국정원과 CIA가 관계되어 있어. 권 박사는 최근에 줄기세포치료를 완성했고 이상한 세력들이 이걸 가로채려 했던 것 같아. 권 박사가 지금 죽을 상황이 아냐. 세계 과학사를 바꿀 뭔가를 이루려는 순간 죽었다구. 자살할 이유가 없다구!"

그는 내 멱살을 놓고 옆에 있는 소파에 털썩 주저앉았다.

"그래, 임마. 너도 뭔가를 알고 있지, 그렇지?"

진용이는 대꾸 없이 고개를 돌렸다.

"내 말이 맞지? 자살할 이유가 없지? 네가 공동연구원이었잖아. 연구가 이렇게 잘 되는데, 세계 과학계의 혁명을 이루려고 하는데 왜 자살을 해, 그렇지?"

그는 대답하지 않고 길게 한숨을 내쉬었다.

"뭔가 음모가 있지, 그치? 모든 게 이상하잖아."

나는 집요하게 파고들었다.

"그래, 이상한 게 한두 개가 아냐."

"그래? 뭐가 이상하니?"

"권 박사팀의 연구는 너무 잘되고 있었어. 지금 언론에 공표된 것 이상으로 훨씬 더 진보를 이루었지. 근데 몇 달 사이 이상한 일들이 벌어졌어. 실험실의 세포들이 없어지기도 하고 실험 노트들이 사라졌어. 공동연구원이 적어도 수십 명, 아니 수백 명이야. 누군가가 실험 내용들을 훔쳐 갔어. 그 와중에 네가 권 박사에게 딴지를 건 거야. 권 박사는 얼마 전부터 국정원의 경호를 철회했어. 국정원도 못 믿겠다는 거지."

"그래? 권 박사도 국정원이 뭔가 이상한 짓을 하려는 것을 알아차린 거야?"

"정확히 알 수 없어. 공동연구원이 너무 많아 실험이 전체적으로 어떻게 이루어지는지를 몰라. 권 박사 이외에는 누구도 전체 실험이 어떻게 돌아가는지를 몰라. 어느 날 가보니 내가 듣지도 못한 실험들이 완성되어 있어. 참 대단한 양반이구나라고 생각했지."

"그럼 공동연구원들도 못 믿는다는 이야기네, 그치?"

"공동연구원들도 기분 나쁘지. 하지만 노벨상은 따 놓은 당상인데 뭐라고 할수 있나. 아니, 노벨상이 문제가 아니라 의학계의 혁명을 일으키려고 하는데 조금 불만이 있더라도 당연히 참아야지."

"너도 그럼 권 박사가 자살할 이유가 없다는 말이지?"

…

"지난주에도 같이 점심을 먹었는데 표정이 정말 좋더라고. 네가 딴지 걸어서 속상한 줄 알았는데 전혀 그런 내색도 안 보이더라고."

"그래?"

나는 당황했다. 그럼 권 박사는 겉으로는 나와 싸우는 척하면서 진짜로는 국정원과 CIA와 싸우고 있었단 말인가.

"그럼 연구조작 문제로 괴로워서 자살한 게 아니란 말이지?"

"야 임마! 누가 연구를 조작해! 과학의 과자도 모르는 놈이 함부로 지껄이지 마. 네가 생각하는 것 이상으로 연구가 진척돼 있었어."

"전체 연구가 어떻게 돌아가는지도 모른다는 놈이 조작인지 아닌지 어떻게 알아?"

"으이그, 기자 놈들은 인간이 아니야! 늑대지! 야 너 밖에 나가서 기자라는 말 절대 하지 마. 사람들이 가장 싫어하는 족속 중의 하나가 기자라고. 너는 이미 끝난 놈이지만 말이야."

"그 얘기는 그만두고 또 뭐가 이상했니?"

…

"글쎄, 몇 달 전부터 누가 나를 미행하는 것 같았어. 휴대폰도 잡음이 들리고. 내가 다른 연구원들에게도 물어보니 비슷한 경험을 한 사람들이 몇이 있더라고. 그래서 나도 권 박사가 자살했다는 소식을 듣고 뭔가 이상한 게 있다고 생각했지."

"미행한 자들이 누구인지 감이라도 잡히는 게 있니?"

"우리나라에서 미행을 하는 집단이 몇이나 되겠니? 경찰, 국정원, 아니면 심부름센터지."

"CIA라든지 아니면 프리메이슨이라든지…?"

"우리가 CIA와 프리메이슨이 누군지 어떻게 알아서…. CIA는 한국에서 첩보할 때 양놈들이 미행하니? 그럼 티가 나겠지."

"진용아, 마지막으로 하나만 더 물어보자. 혹시 권 박사와 영월과 무슨 관계가 있니?"

"아니, 왜? 권 박사 고향이 충청돈데 영월과 무슨 관계가 있다고?"

이제 모든 게 좀 더 확실해졌다. 권 박사는 자살할 이유가 없었다. 분명히 뭔가가 있다. 방을 나오려는 순간 진용이가 소리쳤다.

"야, 하나 기억난 게 있어."

"뭐?"

"영월 말이야."

"영월 뭐?"

"우리가 2년 전인가 영월의 별마로 리조튼가에서 국제학술대회를 한 적이 있었어."

"그래?"

"그때 학회 마치고 영월의 관광명소 몇 군데를 돌았지. 그중에 단종 유배지인데를 갔었어. 이름이 뭐더라…."

"청령포!"

"그래, 청령포! 근데 당시 권 박사와 같이 갔는데 여행 가이드보다 권 박사가 역사를 더 잘 알더라고."

"역사를 더 잘 안다니?"

"아니, 세조가 단종을 어떻게 죽였고 언제 유배를 왔고 누가 단종 시체를 거두었고 언제 왕으로 다시 복권되었고 이런 걸 다 알더라고."

"역사에 관심이 있으면 그 정도 알 수 있는 거 아냐?"

"글쎄, 그게 말이야. 단종애사 이야기가 나왔는데 권 박사가 사육신과 생육신의 이름을 모두 외우고 있더라고. 역사학자나 전문가가 아니면 그 사람들 이름 모두 외우기가 힘들거든. 그래서 사람들이 권 박사의 박식함에 또 한 번 놀랐지."

"그래?!"

◇

진용과 헤어진 후, 다시 광교에 있는 거처로 갔다. 오늘 들었던 정보를 나용배와 공유하고 잠시 쪽잠을 잤다. 전화벨이 울렸다. 눈을 떠보니 한밤중이다. 창배로부터의 전화다.

"뭐 좀 알아냈어?"

"권 박사 시체는 지금 한성의료원에 있어. 아마 국정원의 경계가 삼엄할 거야."

"근데 국립의료원에 안치하지 않고 왜 재벌그룹의 병원인 한성의료원에 안치했어?"

"시신을 발견한 경찰이 의료원으로 옮겼나 봐. 반포대교에서 가장 가까운 병원이 한성의료원이잖아. 경찰과 한성의료원 간의 모종의 거래가 있을 수 있어. 아니면 순전히 우연일 수도 있고."

한성그룹은 음모세력으로 지목된 곳 중 하나가 아닌가.

"장례 일정은 어떻게 돼?"

"3일 후 오전 11시에 광화문 앞에서 노제가 시작될 거야. 청와대에서는 아마 100만 명 이상의 시민이 올 것이라고 보고 있어. 권 박사 운구차는 시청을 거쳐 승천원으로 가게 돼. 권 박사가 불교신자라서 거기서 시신을 화장하고 장례를 마칠 거야. 너에게 주어진 시간은 3일이다."

나는 당장 내려가서 나 사장과 상의를 했다. 나 사장은 준비 기간이 필요하다고 말했다. 우리는 플랜 A와 플랜 B를 세웠다. 내일은 작전을 준비하고, 모레는 플랜 A를 실시하고, 3일째는 플랜 A가 실패했을 때를 대비해 플랜 B를 실시한다. 우선 내 얼굴이 많이 알려져 있기 때문에 나 사장은 나에게 강한 파마를 하고 가짜 안경을 준비하라고 지시했다. WB 공작원들이 한성의료원 의사들의 신분증을 복제할 것이다. 그러면 나와 임신을 가장한 여성 공작원 한 명이 의사로 변장하여 시체보관실로 들어가 시체를 확인하는 것이 플랜 A다. 시체보관실을 지키고 있는 보안요원들을 교란시키기 위해서 여성 공작원이 분만통을 호소할 것이다. 그 틈에 권 박사의 시체보관함 번호를 알아내서 시체를 확인한다. 참 이런 진부한 작전이 통할까? 공작이라는 것을 처음 해 봐서 그런지 이야기를 들었을 때 실감이 나지는 않았다. 플랜 B는 플랜 A가 실패했을 때 승천원에서 권 박사의 시신을 확인하는 것이다. 나 사장은 이 계획은 전적으로 자기에게 맡겨줄 것을 당부했다.

다음날 나는 안경점에서 도수가 없는 검정 뿔테 안경을 하나 맞추었다. 그런 다음 파마를 하러 미장원에 들렀다. Kang's 헤어숍이란 곳이었는데 여자 원장 혼자서 머리를 하는 모양이었다. 나는 잘 어울릴 것 같은 강한 파마를 해달라고 부탁했다. 머리카락들을 와인딩하고 나서 기구로 열처리를 했다. 원장은 "심심한데 TV라도 보실래요?"라고 묻는다. 나는 뉴스 전문 채널인 YBN를 부탁했다. 뉴스를 틀자마자 오영진 앵커가 다급한 목소리로 속보를 전했다.

"속봅니다. 며칠 사이 권민중 박사님 타계 소식을 전해드렸습니다. 근데 뭔가 이상한 일들이 일어나고 있습니다. 지금 막 소식이 들어온 소식에 의하면, 권 박사님의 미국 동료였던 칼슨 박사가 줄기세포의 몇 가지 기술에 대해 특허 신청을 했다고 합니다. 다시 한번 전해드립니다. 칼슨 박사가 권 박사님의 줄기세포기술에 대해 특허 신청을 했습니다."

뭐라고? 칼슨 박사가 특허 신청을 했다고? 아직 권 박사 장례식도 안 끝난 시점에서…. 나용배의 말이 떠올랐다. 칼슨은 유대계 미국인으로 CIA나 프리메이슨의 첩자일지도 모른다. 젠장, 이게 말이 되는가? 프리메이슨이라는 집단이 정말 실체가 있는 집단인가? 원장이 한마디 거들었다.

"도둑놈들. 권 박사님이 해 놓으신 거 다 훔쳐 가네요! 미국 놈들이 저렇게 가져가는데 우리는 우리끼리만 싸우고 참 바보 같아요."

이 여자도 권빠인가? 하긴 전 국민이 지금 권빠지, 나는 매국노고.

"모레 경복궁 앞에서 권 박사 장례식을 한다던데요."

이야기의 방향을 돌렸다.

"네, 알아요. 저도 미용실 닫고 가 보려고요. 마지막 가시는 길 저도 봐야죠."

원장은 눈물을 글썽거렸다. 나는 갑자기 무엇인가 억눌린 것이 올라오는 것을 느꼈다. 그래, 내일 모든 것을 밝혀내고 말겠어. 음모든 자살이든 내 두 눈으로 반드시 확인하고 말리라.

오후부터 우리는 한성의료원에서의 공작을 위해 리허설을 했다. 감청과 정보 획득을 위해 추가 요원들이 주위에 의사나 간호사 복장으로 배치된다. 예상치 못한 일이 생기더라도 임기응변을 할 수 있도록 여러 차례 상황을 바꾸어 가면서 연습했다. 밤늦도록 연습은 계속되었고 연습이 거듭될수록 자신감이 생겼다. 거짓말도 훈련을 하면 눈 깜짝하지 않고 할 수 있구나. 공작 연습을 하니 갑자기 헷갈렸다. 온 세상이 다 거짓말과 공작 투성이가 아닐까 하는. 내가 아는 언론의 세계, 진실과 이성이 세상을 지배한다는 건 그저 환상에 불과했던 것일까.

다음 날 아침 한 번 더 리허설을 하고 한성의료원으로 향했다. 의사 가운을 입고 한성의료원 지하주차장에 내렸다. 장례식장 한편에 마련된 시체보관실로 임신을 가장한 여성 공작원과 함께 들어갔다. 해킹팀은 벌써 의료원 전산망에 접속해 시체실 상황을 전달해 주었다. 시체보관함은 총 16개다. 이 중 하나에 권민중의 시신이 있다. 표면상 우리가 체크할 시신은 암으로 사망하여 9번 보관함에 있는 김점례 씨다. 나는 권 박사의 시신함은 몇 번이냐고 물었다. 해킹팀은 기록되어 있지 않다는 응답을 보내왔다. 다들 노련한 놈들인가…. 나는 시체들이 들어가 있는 보관함을 전부 알려달라고 요청했다. 3, 6, 8, 9, 13번에 시체들이 있고 나머지는 이름 등록이 안 되어 있다. 분명히 그중 하나에 권민중의 시신이 보관되어 있을 것이다.

시체보관소 입구에서 사무직원이 신원을 확인했다. 우리들은 진료원 전산망에 의사로 등록되어 있었다. 정말로 WB 용역은 공작을 하는 데인가 보다. 의사가 이렇게 쉽게 될 수 있나. 입구에 한 명의 요원이 배치되어 있었다. 그렇게 삼엄한 경계는 아니었다.

"김점례 씨 사망 확인하러 온 의사입니다."

입구에 배치된 검정 양복의 안전요원이 신분증을 다시 체크하더니 안으로 들여보냈다. 시체보관실에 요원 두 명이 더 배치되어 있었다. 작전이 과연 통할까? 불안한 마음이 있었으나 이미 작전은 시작되었다. 무사히 공작이 치러지길 바랄 수밖에.

"9번 김점례 씨 사망 확인하러 왔습니다." 요원들은 여성 공작원의 산만큼 부푼 배를 보았다. 여성 공작원은 9번 시체함을 열었다.

"조심해, 김 선생. 한 몸이 아니니까."

시체함을 여니 깡마르고 볼품없는 죽은 여성 노인이 누워 있었다.

"맥박, 동공, 심장을 차례로 관찰해 주세요."

여성 공작원은 차근차근 시체를 확인하더니 갑자기 소리를 지르기 시작했다.

"아, 배야, 배!"

요원들은 놀랐다. 그녀는 바닥에 쓰러지더니 요원 둘을 양손에 움켜잡았다. 한 요원이 바깥에 소리쳤다.

"야, 응급 상황이야. 응급 상황!"

갑자기 모두 혼비백산했다.

"의사 선생님, 어떻게 하면 됩니까?"

"한 분은 가서 의료원 산부인과에 전화를 걸어주세요. 다른 한 분은 임산부를 업고 본관으로 가 주세요."

"선생님은요?"

"네, 저는 곧 따라가겠습니다."

여성 공작원은 소리를 더 크게 질렀다. 그들은 정신없이 내가 시키는 대로 했다.

주어진 시간은 불과 몇 분밖에 없었다. 그들이 모두 나가자 나는 시체가 있는 보관함을 제외하고 차례로 열었다. 1번 보관함을 열었다. 없다. 2번, 4번, 5번을 차례로 열었다. 심장이 터질 것 같았다. 모두 없다. 7번, 10번, 11번, 12번을 그다음 차례로 열었다. 없다. 마지막 14, 15, 16번을 열었다. 모두 없다! 어떻게 된 거지? 온몸에 땀이 흘렀다. 무전으로 연락이 왔다. 요원들이 다시 시체보관실로 오고 있다고. 들키는 게 아닐까? 혹시 이름이 바뀐 채 다른 보관함에 있는 게 아닐까? 나는 3번을 열었다. 권민중이 아니다. 지랄! 그다음 6번을 열었다.

권민중이다! 찾았다!

근데 이게 어떻게 된 것인가. 다른 보관함의 시체들과는 다르게, 권 교수의 시체는 커다란 시체 가방 안에 들어있었다. 나는 시체 가방을 열어젖혔다. 무전으로 요원이 30초 이내에 방에 들이닥친다는 연락이 왔다. 젠장! 양복 안을 보았다. 근데 이게 웬일인가. 얼굴을 제외한 나머지 부분이 전부 붕대로 감겨 있었다.

"찰칵" 문이 열렸다. 요원이다. 나는 6번 보관함을 얼른 닫고 바닥에 쓰러져 신음 소리를 내기 시작했다.

"선생님, 선생님! 어디 아픈가요?"

"심장… 심장!"

"아니, 하루에 두 분 다 같은 데서 이렇게 쓰러져요. 한 분은 임산부, 한 분은 심장마비!"

그는 나를 업고 응급실로 달려갔다. 나는 그의 등에 업혀 신음을 내며 속으로 생각했다. 요원들도 이렇게 쉽게 속나? 하지만 젠장! 권 박사의 시신은 확인하지 못했다. 요원은 응급실 문을 열며 심장마비라고 외쳤다. 응급실 의사가 전기충격기를 준비하라고 간호사에게 소리쳤다. 이런 씨불, 전기충격기라! 요원과 의사는 나를 응급실 침대에 눕히고 내 상의를 깐 후, 바로 가슴에 전기충격을 가했다. 아아아! 나는 정신을 잃었다.

눈을 뜨니 광교의 WB 거처였다. 나용배 사장이 침대 옆에 앉아 있었다.

"뭐 좀 알아낸 것 있어?"

나는 몸을 일으켰다. 전기충격 때문인지 가슴이 따가웠다.

"권 박사 시체는 봤는데 타살인지 자살인지는 확인할 수 없었어요. 미라처럼 얼굴만 제외하고 몸 전체를 붕대로 감아 놓고 그 위에 양복을 입혀 놓았어요. 이제 어떡하죠?"

"내일 마지막 기회가 있어. 내일 우리 WB가 승천원 전체를 담당할 걸세. 권 박사 화장까지도. 내일 권 박사님 시신이 도착하면 제자 10명이 권 박사 관을 들 걸세. 내가 이들을 화장로 반대편에 있는 대기실로 안내할 걸세. 이때 이들을 잠시 나가게 한 다음 우리가 관을 재빨리 뜯을 거야."

"그게 가능한가요?"

"보통 사람들은 이런 일을 해 본 적이 없어. 절차상 그렇다고 한다고 하면 군말 없이 그렇게 할 거야."

"승천원을 어떻게 뚫었나요?"

"승천원 원장 놈에게 뇌물도 먹이고 약점도 몇 개 잡아 놓았지."

"무슨 약점이 있나요?"

"자네는 어둠의 세계를 아직 몰라. 화장을 하는 방법이 증거를 없애는 가장 좋은 방법이지. 의심나는 살인 사건도 화장해 버리면 끝이거든. 승천원 원장 놈이 그런 건 몇 개를 해마다 처리하는 걸 세상 사람들은 모를 거야."

"근데 나 사장님은 그걸 어떻게 아나요?"

"우리한테 의뢰가 몇 건 들어왔거든. 승천원이 잘못한 몇 건을 우리가 잡고 있어."

"그래도 이번 건은 굉장히 위험할 텐데요. 원장이 쉽게 허락하지 않았을 것 같은데요. 대한민국 언론이 모두 와서 카메라를 들이댈 텐데요."

"뇌물도 주고 협박도 하고 그랬지. 원장은 내가 권빠 중의 권빠라는 걸 잘 알아."

나용배의 눈빛은 한편으론 여유가, 다른 한편으론 결단이 서려 있었다. 공작을 많이 하면 이렇게 긴박한 상황에서도 저렇게 여유롭고 자신이 있을 수 있나.

"자네는 내일 내가 시키는 대로만 하면 돼."

◇

다음 날 오전 일어나자마자 우리는 승천원으로 향했다. WB 직원 수백 명이 승천원 전체에 깔렸다. 나용배는 권 박사 시신이 도착했을 때 운구 운반을 어떻게 해야 하는지를 지시했다. WB 직원들이 있는 대기실로 운구가 오면, 다른 직원들 모두가 그 입구를 막아서 봉쇄한다는 작전이었다. 나용배와 나는 대기실 안에서 관을 뜯어낼 장비들과 붕대를 잘라낼 가위들을 준비했다. 대기실 앞에는 아무도 들어오지 못하도록 수십 명을 대기시키도록 했다. 오늘 승천원은 다른 시신을 일절 받지 않을 것이다. 과연 대기실에서 붕대를 다 풀고 권 박사의 타살 여부를 확인할 수 있을까?

오전 11시. 우리는 대형 TV 스크린을 통해 권 박사 시신을 실은 운구차가 광화문 앞에서 출발하는 것을 보고 있었다. 세종로에서 시청으로 이어지는 길은 발 디딜 틈 없이 시민들로 가득 찼다. 한국 역사상 이렇게 많은 사람들이 한 사람의 장례에 참석한 적은 일찍이 없었다. 방송사 앵커들은 오늘 3백만 명의 시민이 참가했다고 전했다. 상여복을 입은 수천 명의 사람들, 만장기를 들고 제각기 권 박사를 추모하는 사람들, 태극기를 온몸에 두르고 있는 여성들과 아이들! 이 거대한 물결에 TV를 지켜보고 있던 WB 공작원들도 압도되었다. 한국 국민에게 권민중은 과연 무엇이었나? 깊이 숨을 들이쉬었다. 시청까지 운구차가 가는 데 1시간이 걸렸다. 그다음 1시간은 권 박사를 추모하는 공연이 열렸다. 가수들, 무용수들, 악단들이 노래를 부르고 춤을 추고 음악을 연주하며 권 박사의 마지막 가는 길을 애도했다. 공연무대 위에 걸린 현수막 세 개에는 다음과 같은 구절이 적혀 있었다 : 대한민국 과학 만세!

나는 조용히 눈을 감고 권 박사의 시신을 확인하는 장면을 연상했다. 반드시 보고야 말겠다! 운구차가 도착하기 10분 전이라는 연락을 받았다. WB 직원 10명과 나는 대기실에 관이 들어오기를 기다렸다. 과연 계획대로 될까? 밖에는 카메라들이 너무 많다. 대기실 화면에 권 박사 시신을 실은 리무진이 도착하는 장면이 비춰졌다. 기나긴 추모행렬에 서 있던 시민들이 대성통곡을 하기 시작했다. 과연 대기실 쪽으로 관이 들어올까?

문이 열렸다. 영정과 관을 든 사람들이 들어왔다. 이게 어떻게 된 것인가! 하진용 교수가 맨 앞에서 영정을 들고 있었다. 나머지 제자들과 교수들이 관을 들었다. 순간 진용이와 눈이 마주쳤고 나의 등골에서 식은땀이 났다. 진용이는 나를 잠시 보더니 모른 체했다. 나용배는 승천원 사장에게 권 박사의 관을 보통 것보다 훨씬 크게 만들라고 당부했고 실제 관은 보통의 관보다 훨씬 컸다. 관이 바닥에 놓이자마자 나용배가 말했다.

"밖으로 나가서서 잠시만 기다려 주십시오. 저희가 절차상 체크할 것이 있습니다."

관을 들었던 사람 한 명이 "체크할 게 뭐가 있나요? 이런 경우는 없는 걸로 아는데요."라고 말했다.

젠장 여기서 일이 꼬이나. 갑자기 하진용 교수가 끼어들었다.

"제자분들 그리고 교수님들, 여기 계신 분들이 수고 많이 하시기 때문에 우리는 잠시 밖에 나가 있지요. 국가적인 중대한 일이라 좀 더 철저하게 하나 봅니다."

"참나, 무슨 일들을 이따위로. 하지만 하진용 교수님이 그러시니 원! 그럼 밖에 잠시 나가 있읍시다."

역시 믿을 건 동창뿐! 이 녀석이 절체절명의 순간에 도움을 주다니! 이들이 나가자마자 대기실 문을 WB 직원 수십 명이 에워쌌다. 문이 닫히는 순간 대기실 안에 있던 나용배가 소리쳤다.

"빨리 뜯어!"

일단 위에 있는 태극기를 떼 내고 관을 박은 못들을 뜯었다. 관 뚜껑을 열고 관을 고정시키기 위해 넣어둔 다른 옷이나 종이들을 재빨리 꺼내었다. 시체가 다치지 않기 위해 조심스럽게 수의를 벗기기 시작했다. 꽤 시간이 지난 것 같다. 수의를 다 벗기자마자 붕대로 감은 권 박사의 시신이 드러났다. 나용배는 "시신이 다치지 않게 모두 빨리 붕대를 잘라!" 나도 정신없이 잘랐다. 하나씩 하나씩 붕대들이 풀렸다. 관에서 꺼낸 물품들과 수의, 그리고 붕대는 준비해 온 빈 종이박스에 재빨리 담았다. 권 박사의 몸이 거의 보이기 시작했다. 그 순간 갑자기 무선 통신으로 연락이 왔다.

"국정원 직원들이 들어오려고 합니다. 빨리 하십시오."

"안 되겠다. 강 기자 관으로 들어가! 여기 가위와 손전등!"

나는 영문도 모르게 관으로 들어갔고 권 박사 위에 엎드렸다. 관 뚜껑이 덮이고 태극기가 재빨리 다시 관 주위로 둘러졌다. 갑자기 국정원 직원들이 들이닥쳤다.

"자, 빨리 관을 화장로로 옮깁시다."

관이 번쩍 들렸다. 어떻게 된 거지? 누군가가 관 밖에서 말했다.

"갑자기 관이 무거워진 것 같습니다."

"우리 권 박사님, 세상 떠나기 싫으신가 봅니다."

대기실 바로 앞에 있는 화장로로 관이 가는 게 분명했다. 어쩌지? 여기서 소리치면 모든 것이 끝이다. 관이 커서 아래위로 움직일 수 있는 공간이 있었다. 이렇게 몸과 몸이 밀착된 순간은 남녀가 섹스하는 경우밖에 없을 것이다. 원수지간에 한 사람은 죽어서, 한 사람은 살아서 마지막 순간에 서로 섹스하는 포즈를 취하다니. 얼마간 덜컹거리다가 관이 놓였는데 화장실로 옮겨진 게 분명했다. 나는 손전등을 켜고 재빨리 시체를 아래쪽에서부터 확인했다. 양다리 종아리 안쪽과 바깥쪽, 허벅지 안쪽과 바깥쪽, 사타구니와 성기 부분까지 차례로 타고 올라갔다. 아무 상처도 없다. 다음 가슴, 배, 양팔 안쪽과 바깥쪽을 살폈다. 역시 아무 상처도 없다. 이렇게 깨끗한 몸은 일찍이 본 적이 없다. 마지막으로 목과 얼굴인데 목에 아직 붕대가 안 풀려 있었다. 나는 가위로 목 부분의 붕대를 풀었다. 이게 뭐지? 시퍼런 멍 자국들이 목 주위에 보였다. 목을 매어서 자살했나? 아니야! 목을 매는 동시에 강에 뛰어들 수는 없다! 누가 목을 졸랐다! 나는 권 박사 시신 위로 올라가 다시 그의 위에 엎드렸다. 두 육체가 마주 보며 완전히 포개졌다.

순간 밑에서 불이 올라왔다. 살이 타는 냄새다. 순간 머릿속이 하얘졌다. 화장이 시작되었다. 나도 권 박사와 함께 화장되는가! 아아아!

6장 문두스 타워

숨이 막혀 왔다. 몸이 부들부들 떨렸다. 어릴 때 내 손아귀의 압력에 헐떡거리던 개구리가 갑자기 생각났다. 나는 개구리였고 불 속의 관은 지옥의 압력이었다. 권 박사의 시신이 밑에서부터 녹아내리는 것 같았다. 내 몸도 그의 몸에 붙어서 찐득거렸다. 갑자기 머리가 멍해지고 아무 생각도 나지 않았다. 오직 살아야 되겠다는 본능뿐. 나는 관을 주먹으로 두드렸다.

쾅쾅쾅! 사람 살려! 사람 살려!

…

쾅쾅쾅! 사람 살려! 사람 살려!

…

삐익, 삐익, 삐익. 무슨 소리지? 이윽고 화장로 문이 열리는 소리가 들렸다.

"입구를 모두 에워싸고 아무도 접근 못 하도록 해."

누군가가 소리쳤다. 이윽고 누군가 관을 만지작거리는 소리가 나더니 관 뚜껑이 열렸다. 나용배! 그는 뚜껑을 옆으로 치우고 나를 꺼냈다. 화장로 입구는 누구도 접근하지 못하게 수백 명의 WB 직원들이 둘러싸고 있었다. 나는 숨을 헐떡거리며 "왜 이렇게 늦었어요? 지옥 입구까지 갔다 왔어요."라고 말했다.

"빨리 나가세."

안내 방송이 나왔다.

"화장로에 이상이 있어 잠시 점검을 했습니다. 그럼 다시 고 권민중 박사님의 화장을 하겠습니다."

우리는 WB 직원이 에워싼 입구 틈 사이로 빠져나왔다. 나용배의 부축을 받으며 승천원 정문 쪽으로 향했다.

"이봐, 당신들!"

뒤에서 누군가 우리를 불렀다. 국정원 요원들이었다.

"신분증 좀 봅시다."

"없소. 시체 치우는 놈이 신분증 가지고 다니겠소?"

나용배는 퉁명스럽게 말했다

요원은 낌새가 이상하다는 걸 알아차리고 바로 무전으로 연락을 했다.

"여기는 K2. 수상한 자 2명을 발견했다."

"입구 쪽으로 집결시켜. 그리고 오토바이 대기 시켜."

나용배는 곧장 뒤돌아서 무전으로 나지막하게 말했다. 다른 국정원 요원들이 오더니 우리를 가로막았다. 나용배는 더 거들먹거렸다.

"이봐, 요원 양반. 지금 대한민국에 있는 카메라가 여기 다 와 있소. 왜 이렇게 소란을 피우는 거요?"

"헛소리하지 말고 우리를 따라오시오."

요원도 역시 지지 않았다. 두 요원은 나용배와 내 팔을 잡아챘다. 순간 나용배가 몸을 빼더니 요원 둘의 얼굴과 몸통을 가격했다. 그의 손은 움직임이 보이지 않을 정도로 빠르고 정확했다. 다른 요원 하나가 총을 꺼내 들었다. 그 순간 나용배가 공중제비 차기로 총을 날려버리고 그를 제압했다. 국정원 직원들이 몰려왔다. WB 직원들도 우리 쪽으로 몰려왔다. 순식간에 수백 명 대 수백 명이 양쪽으로 나누어졌다. 카메라 플래시가 터지기 시작했다. 요원 책임자로 보이는 사람이 소리쳤다.

"모두 잡아!"

"모두 쳐!"

나용배도 소리쳤다. 순식간에 승천원 입구는 패싸움으로 아수라장이 되었다. 나용배는 요원 몇을 물리친 후 나를 이끌고 그 틈을 빠져나왔다. 승천원 앞뜰 소나무 옆에 할리 데이비슨이 시동이 걸린 채 서 있었다. 요원들이 뒤에서 소리치며 따라왔다.

"강 기자, 빨리 뛰어!"

순간 나는 넘어졌다. 앗! 나용배는 쓰러진 나를 두고 오토바이로 달려갔다. 그 사이 요원들 서너 명이 나를 에워쌌다. 뒤에서 오토바이 소리가 들렸다. 나용배는 오토바이 앞바퀴를 들어 요원들을 위협했다. 요원들이 주춤한 틈을 타 그는 나에게 소리쳤다.

"빨리 타!"

나는 나용배 뒤에 올라타서 그의 허리를 잡았다. 내가 올라타자마자 그는 쏜살같이 승천원을 빠져나왔다. 이 작자는 정말 최고의 북파공작원이었나 보다!

나용배는 할리 데이비슨을 몰고 광교산 근처의 숙소로 갔다. 그는 오토바이에서 내리자마자 다급하게 물어보았다.

"알아냈어?"

"누가 목을 졸랐어요."

"그래? 확실해? 확실하지?"

"네, 확실해요. 목에 피멍이 들었어요. 다른 부위에는 전혀 상처가 없었어요. 너무나 깨끗한 시체였어요, 목만 빼고. 죽은 사람을 미라처럼 감싼 건 타살을 감추려는 의도였어요."

"타살이 확실하구먼!"

"이젠 어떻게 하죠?"

"범인을 찾아내야지!"

"근데 증거가 사라졌잖아요. 피의자들도 너무 많잖아요."

"하나하나씩 밝혀내야지! 권 박사님을 죽인 놈을 반드시 밝혀내야지."

숙소에 도착하니 권 박사의 장례식을 둘러싸고 언론에서 난리가 났다. 근데 소란을 일으킨 주체가 과격한 권빠 집단이라고 보도되었다. 권민중 박사를 너무 사랑한 나머지 화장을 막았다는 것이다. 정부와 국정원은 이 사건이 확대되는 것을 원치 않았다. 나 사장은 웃으면서 "뉴스는 반만 믿어야 되는 거야."라는 말을 던졌다. 뉴스로 전달되는 소식들은 어떤 방식으로 통제되고 있는가. 내가 기자지만 믿기 힘들었다. 하지만 정부라면 그럴 수 있을 것이다. 나는 나 사장에게 그다음 계획이 무엇이냐고 물었다. 그는 국정원장을 조사해볼 것이라고 하였다.

구체적으로 어떻게 그의 뒤를 캐낼지를 물어보자, 그는 두고 보면 알게 될 거라고 대답했다. 나에게도 작전을 숨기는 건가? 자못 궁금해졌다. 방으로 돌아가 침대에 누웠다. 권 박사를 누가 죽였을까? 대통령을 꿈꾸었던 권 박사를 견제하기 위한 국정원의 노림수일까? 줄기세포를 뺏기 위한 CIA의 공작일까? 칼슨 박사를 앞세운 프리메이슨의 음모일까? 국내 최대 재벌인 한성그룹의 농간일까? 아니면 권 박사 팀 내부자의 소행일지도 모른다. 나 사장도 믿을 수 없다. 그 몰래 나도 나만의 전략을 혼자서 세워야 한다. 어디서부터 시작하지? 왜 시체를 하필 한성의료원에 뒀을까? 한성그룹…. 그래, 직접 부딪쳐 보는 거야.

◇

다음날 나 사장에게 말하지 않고 한성그룹 본부로 향했다. 한거용 회장을 만나 단도직입적으로 권 박사의 죽음에 대해 물어볼 것이다. 서울 한강 가에 새롭게 세워진 100층 건물. 고대의 바벨탑 모양을 본떠서 만든 한성그룹의 헤드쿼터다. 사람들은 바벨탑이라고도 하는데 공식 명칭은 문두스 타워Mundus Tower다. 이 건물은 최근에 개장해 곧바로 서울의 상징이 되었는데 나도 오늘 처음 방문해 본다. 걱정이 밀려들었다. 한국 최대의 재벌 회장이 과연 만나줄까? 그것도 아무런 약속도 없이. 택시에서 내리자 한강 변에 위치한 문두스 타워가 눈에 들어왔다. 뱀이 나무를 칭칭 감아 올라가듯이 외관벽이 건물을 따라 곡선으로 올라가고 있었다. 외관벽으로 덮이지 않은 부분에 있는 창문들이 햇빛에 비쳐 밝게 빛났다. 어디선가 노랫소리가 들려왔다.

너는 듣고 있는가 분노한 민중의 노래
다시는 노예처럼 살 수 없다 외치는 소리
심장박동 요동쳐 북소리 되어 울리네
내일이 열려 밝은 아침이 오리라

'이소선 합창단'이라고 적힌 플래카드가 강바람에 휘날리고 있었고 이들은 레미제라블의 '민중의 노래'를 부르고 있었다. 전태일 열사의 어머니를 기리기 위한 합창단이었다. 민중의 어머니를 위해 만든 민중의 합창단이 부르는 민중의 노래라…. 가만 보니 예전에 취재했던 사람들 몇 명이 눈에 띄었다. 합창단은 시위대에서 초대한 사람들이었다. 이들은 지난 10여 년을 끌어온 한성백혈병 문제 해결을 촉구하고 있었다. 한성은 반도체 산업을 통해 한국 제일의 재벌이 될 수 있었다. 그러나 한성의 반도체 공장에서 일하던 여공들 100여 명이 화학약품에 노출되어 목숨을 잃기도 하였다. 잠시 멈춰서 노래를 듣고 있는데 하필 민현기 씨가 내게 성큼성큼 걸어왔다. 그의 딸 민수정 씨는 고등학교를 졸업 후 한성반도체에서 일하다 25세의 꽃다운 나이에 백혈병으로 죽었다. 민현기 씨는 자신의 딸과 비슷하게 죽은 여공 5명을 찾아내었다. 그는 이 문제를 공론화시킨 장본인이다.

수년 전, 나는 이 문제에 관심을 갖고 민현기 씨를 만났었다. 그러나 썩 좋은 기억이 남진 않았다. 당시 집회 현장에서 그를 만나 질병의 원인을 어떻게 증명하냐고 물었다. 그러나 그는 죽어가고 있는 다른 참가자들을 손가락으로 가리키며 말했다.

"여기! 저기! 또 저기! 저 환자들, 여공들이 안 보이십니까? 저 아픈 사람들이 증거가 아니면 뭐가 증거입니까? 네?"

"그래도 전문가들이 발병의 원인이 애매하다고 하던데요."

"그 사람들은 책만 보고 말해요. 학교에서 공부한 그 내용만 가지고 자꾸 얘기를 하니까 현실하고 맞지가 않는 거예요. 제발, 좀 현장에 와 봐요. 책에 나온 것만 말하지 말고."

민현기 씨는 다른 사회운동가들과 힘을 합쳐 백혈병과 암에 걸린 또 다른 200명을 찾아내었다.

"여기 웬일입니까? 우리를 취재하러 왔습니까?"

민현기 씨가 물었다.

"아니, 그게 아니라…."

"참, 권민중 박사와 싸웠죠? 그 사람 죽고 나서 사람들이 강 기자 욕 많이 하던 데….”

"한 회장을 만나러 왔습니다.”

"그래요? 강 기자님을 한 회장이 그렇게 쉽게 만나 줍니까?”

"저도 모르겠습니다. 가 봐야 압니다.”

"한 회장 만나거든 그 더러운 돈 죽을 때도 가지고 갈 건지 한번 물어봐 주세요. 그리고 이 문두스 타워지 문둥이 타워지 꼭대기 우리도 한번 구경시켜달라고 부탁 좀 해 주세요.”

나는 그러겠노라고 대답한 후 문두스 타워 안으로 들어갔다.

현관을 들어서자 사방의 하얀색이 나를 압도했다. 바닥도 하얀색, 벽도 하얀색, 천장도 하얀색, 근무자들도 하얀색 옷을 입고 있었다. 높은 천장을 올려다보자 중앙에 하얀 간판이 눈에 들어왔다.

WHITE HALL

그야말로 하얀색 천지구나. 신발의 흙이 하얀 바닥에 묻지 않을까 걷고 나서 바닥을 보니 아니나 다를까 내가 지나온 흔적이 선명하게 찍혔다. 어라, 그런데 저게 뭐지? 하얀 로봇이 내가 온 길을 그대로 따라오면서 내 발자국을 지우는 것이 아닌가. 최근 한성전자가 개발한 청소기 로봇이었다. 하얀 제복에 하얀 모자를 쓴 10여 명의 여성들이 안내데스크에서 나를 맞이했다. 사방이 온통 하얀색이라 이들의 얼굴은 마치 공중에 떠다니는 검은 구멍처럼 보였다. 하얗고 고른 이를 가진 한 여성이 미소를 띠며 내게 말을 건넸다.

"무엇을 도와드릴까요?”

"한거용 회장님을 뵈러 왔습니다.”

"사전 약속을 하셨나요?”

"아뇨. 권민중 박사님 문제로 상의드릴 것이 있다는 말씀을 전해주십시오.

JBS의 강대웅 기자라고 말씀하시면 알 겁니다."

순간 안내원은 얼굴이 일그러졌다. 급히 회장실로 전화를 거는 듯했다.

"회장님께서 올라오시라고 합니다."

주위를 둘러보니 엘리베이터가 보이지 않았다.

"엘리베이터는 어디에 있나요?"

"저기 저 하얀 문 보이시죠? 저 문을 통과해서 안으로 들어가시면 엘리베이터가 나옵니다."

건물 중심부를 에워싸고 있는 곡선형의 거대한 기둥에 동그란 하얀 문들이 나 있었고, 그 사이로 사람들이 오가고 있었다. 하얀 문의 입구 위에는 번호가 붙여져 있었는데, 특이하게도 1번 출입구 옆에 10번 출입구가 있었다. 1번 문으로 들어가자 눈앞이 캄캄해졌다. 어떻게 된 거지? 하얀 문에서 20미터 정도 빛이 차단된 암막 통로가 이어졌다. 조심스레 발을 내디뎠다. 갑자기 '우우웅' 하는 큰 소리가 들리고는 검은 통로가 순식간에 밝아졌다. 저쪽 통로로부터 나선형과 같은 밝은 빛들이 여러 갈래로 일제히 뻗어 나왔다. 은하의 팔들이다! 통로 전체가 원형으로 된 대형 스크린이었고 검은 구멍처럼 보이는 통로 끝의 문은 은하중심이었다. 한 걸음 앞으로 갈 때마다 별들이 소용돌이치면서 꿈틀거렸다. 세계 최고의 전자 회사답게 이미지가 실제 은하처럼 선명해서 마치 통로 쪽으로 빨려 들어가는 것 같았다. 생생했다. 4D를 체험하는 거랄까. 20미터쯤 걸어서 통로의 끝에 도달했을 때 모든 빛이 꺼졌다. 당황하여 주변을 더듬대는데 문 열리는 소리가 들렸다. 그래도 앞이 보이지 않았다. 어떻게 된 거지? 앗! 메인 로비 전체가 온통 검은색이다. 몇몇 조명 덕분에 전체 로비의 구조가 눈에 들어왔다. 로비 상단에 검은 천들이 여러 갈래로 아치 모양으로 걸려 있었고 그 위에 검정 알파벳 글자가 눈에 들어왔다.

BLACK HALL

이렇게 장대한 건물을 어떻게 이렇게 음침하게 꾸며놓을 수 있을까. 문을 통과하자, 안쪽 로비의 안내 데스크에 앉아 있던 안내 요원들이 보였다. 그녀들은 모두 검정 블라우스에 검정 정장을 입고 있었다. 이 검은 공간에서 이들의 얼굴은 하얀 구멍 같았다. 이들 얼굴은 공중에 붕 떠있는 것 같아서, 총 몇 명이 앉아 있는지 정확하게 분간할 수 있었다. 모두 10명. 나는 데스크 가운데로 갔는데 그 중 한 명이 나에게 말했다.

"한거용 회장님 뵈러 오셨죠? 제가 직접 안내해 드리죠."

"왜 이렇게 홀을 깜깜하게 만들어 놓았나요? 앞이 잘 보이지 않잖아요."

"적응이 되시면 아주 잘 보일 겁니다. 저를 따라오세요."

잠시 후 홀 내부에 있으니 건물 내부 전체가 보이기 시작했다. 홀 전체에는 여기저기 작은 불빛들이 있어 앞을 분간할 수 있었다. 왜 이렇게 미스터리하게 입구를 만들었을까? 비실용적인 데다가 회사 이미지에도 좋지 않을 텐데…. 사람들은 BLACK HALL에 적응되었는지 분주히 오갔다. 어라, 이게 뭐지? 가만히 보니 엘리베이터 여러 개가 원통 모양의 기둥을 중심으로 분주히 오르내리고 있었다. 엘리베이터의 내부 동심원과 건물의 바깥쪽 동심원은 철제 빔들로 연결되어 있었는데 이것은 엘리베이터와 건물을 연결시키는 통로였다. 밑에서 위를 올려다보면 이 통로들이 거미줄처럼 뻗어 있었다. 안내원을 따라 엘리베이터 앞에 이르렀다. 이번에도 1번 문과 10번 문이 나란히 놓여 있었다. 내가 1번 문 앞에 서자 안내원은 10번 엘리베이터 앞에 서서 말했다.

"10번 엘리베이터만이 회장실로 연결되어 있습니다."

이윽고 10번 엘리베이터가 왔고 문이 열렸다. 내 눈은 갑자기 휘둥그레졌다. 엘리베이터 안쪽은 녹색이었다. 어라 뭐지? 수족관이구나! 건물 안쪽은 가운데가 뻥 뚫린 수족관이었다.

"이 수족관은 세계 최대의 튜브 수족관입니다. 엘리베이터는 수족관 감상을 위해 아주 천천히 올라가도록 작동되고 있습니다."

"돌고래도 보이네요!"

"네. 참고로 수족관에 있는 물고기는 365종류이고 지금 보시는 것은 태평양에서 서식하는 참돌고래입니다."

돌고래가 내 쪽으로 오더니 물끄러미 쳐다보았다. 나는 반가워서 손을 흔들었다. 그러자 돌고래는 특유의 초음파 소리를 내었다.

근데 저게 뭐지? 하얀 덩어리가 수족관 전체를 서서히 짓눌렀다. 그 거대한 하얀 것이 나타나자 순식간에 돌고래와 대왕오징어가 사라졌다. 하얀 것이 수족관 전체를 뒤덮어서 어둑해졌다. 하얀색이 광대한 수족관을 가득 채우자 모호한 공포심이 일었다.

"저기 저 하얀 게 뭔가요?"

"문두스 타워의 상징 '모비 딕'Moby Dick입니다."

"모비 딕?"

"멜빌의 소설에 나오잖아요. 향유고래죠. 영어로는 sperm whale이라고 하죠. 머릿속의 기름이 미끌미끌한 정자와 비슷해서 붙여진 이름이죠. 세상에서 가장 큰 동물. 어미 고래는 너무 커서 수족관에 넣기가 힘들어 지금 보시는 것은 나이가 비교적 어린 향유고래입니다."

"대단하군요! 향유고래를 수족관에서 보게 되다니!"

엘리베이터가 천천히 올라가기 시작하자 수족관 위에 있던 모비 딕이 우리 엘리베이터 방향으로 급하강했다. 그는 우리 엘레비이터를 한 바퀴 돌아보더니 다시 위로 솟구쳐 올라갔다. 다른 물고기들은 기겁을 했는지 수족관 주변으로 퍼졌다. 이윽고 모비 딕은 급하강하더니 우리 시야에서 사라졌다. 갑자기 흰 것이 불쑥 튀어나와 우리 엘리베이터 창 전체를 덮쳤다. 나는 갑자기 튀어나온 유령과 같은 하얀색에 기겁하여 "헉!"하고 소리를 내며 비틀거렸다. 고래의 머리 부분이었다. 하얀색 전체가 엘리베이터 창을 덮었고 우리는 모비 딕의 하얀 피부 이외에는 어떤 것도 볼 수 없었다. 옆에 있던 여자 안내원도 겁에 질린 표정이었다. 하얀 덩어리는 엘리베이터를 따라 서서히 미끄러져 위로 올라가는 듯했다. 근데 이때 갑자기 거대한 눈이 엘리베이터 창 전체를 덮쳤다. 우리는 반사적으로 뒷걸음질 치다가 엘리베이터 문을 등으로 들이받았다. 여자 안내원은 벌벌 떨면서 "제 손 좀 잡아주시겠어요?"라고 부탁했다. 나는 덜덜 떨리는 손으로 그녀의 손을 잡았지만, 나아지기는커녕 우리의 공포는 배가되었다. 그것은 감각의 테러였다. 우리는 그 거대한 눈이 빨리 사라지기를 기대했지만 그것은 우리를 계속 응시했다. 세상에서 가장 큰 눈이 말했다. 내가 바로 힘이다. 감히 너희들이 나를 잡아 가두다니. 나에게는 끝이 없는 바다도, 무한하고 깊이를 알 수 없는 심연도 다 유한해. 내가 바로 자연이야. 유한이 무한을 구속한 대가가 뭔지 알아? 그래, 너희들은 그런 것은 고민하지 않았겠지. 유한의 과시욕에 철학이라는 게 어딨겠어. 우리는 엘리베이터 문에 등을 기대어 공포에 떨면서 그 눈이 말하는 것을 듣고 있었다.

"엘리베이터가 올라가고 있는 게 아니에요? 왜 저 눈이 계속 우릴 쳐다보죠?"

"아주 천천히 올라가고 있어요. 모비 딕도 우리를 보면서 천천히 올라가는 것 같아요."

"엘리베이터를 멈추세요! 저 무시무시한 눈이 꿈에 나타나겠어요!"

이 말을 듣자 그녀는 재빨리 옆에 있던 버튼을 조작하더니 엘리베이터를 멈추었다. 모비 딕은 거대한 몸의 움직임을 바꿀 수 없었다. 갑자기 엘리베이터를 멈추자 눈은 엘리베이터 창의 위로 사라지고 이내 거대한 하얀 덩어리가 창을 덮으면서 지나갔다. 몇십 초간 모비 딕의 하얀 피부가 지나가기를 기다렸다. 이윽고 모비 딕의 하얀 꼬리 부분이 보이기 시작했다. 우리는 다시 엘리베이터 문에서 등을 떼서 천천히 수족관 창 쪽으로 다가갔다. 거대한 꼬리지느러미는 우리가 탄 엘리베이터에서 수족관 쪽으로 떨어져 나갔다. 그녀와 나는 가슴을 쓸어내리며 안도의 숨을 쉬었다. 이때 육중한 꼬리지느러미가 거대한 물살을 가로질러 우리가 보고 있던 엘리베이터 수족관 창을 순식간에 때렸다.

쾅!

그 거대한 충격에 우리의 몸은 창 쪽에서 반대편 엘리베이터 문에 내동댕이쳐졌다. 나의 등과 머리는 문에 세게 부딪혔다. 콧물과 오줌이 찔끔 나올 정도였다. 그녀 또한 문에 몸을 세게 부딪쳐 신고 있던 하이힐 두 쪽이 벗겨지며 넘어졌다. 나는 숨을 거칠게 몰아치면서 "괜찮으세요?"라며 그녀의 상태를 물었다. 수족관

유리는 깨지거나 손상이 가지 않았지만 꼬리지느러미가 수족관을 때렸을 때의 울림이 계속되었다. 지진 이후의 여진이었다. 엘리베이터 금속이 파르르 떨렸고 나와 그녀 또한 그 꼬리 테러의 여진에 떨었다. 잠시 후, 여진이 그친 것 같아 나는 일어나서 그녀의 벗겨진 하이힐을 주어서 그녀의 발에 끼웠다.

"고마워요."

"괜찮으세요?"

"괜찮은 것 같아요."

"대단히 위험한 직장이군요."

"이런 적은 처음이에요. 모비 딕이 고객님에게 감정이 있나 봐요."

그녀의 농담에 나는 애써 웃음을 지으며 "그런가 봐요."라고 말했다. 그녀는 버튼을 다시 작동시켰고 우리가 탄 엘리베이터는 전보다는 빠른 속도로 올라갔다. 저편에서 모비 딕이 검푸른 하얀 몸과 위력적인 꼬리지느러미를 휘저으면서 수족관을 왔다 갔다 하고 있었다. 하얀 유령. 하얀 것이 저렇게 검을 수 있고 하얀 것이 저렇게 무서울 수 있을까. 그것은 세상 전체를 짓누르는 듯했다. 하지만 그게 끝이 아니었다. 나에게 감정이 덜 풀렸는지 모비 딕은 엘리베이터 전체를 삼킬 듯이 아가리를 벌리고 우리 쪽을 향해 돌진해 왔다. 무시무시하고 하얀 이빨들과 검은 아가리가 엘리베이터 전체를 삼켰다.

"아아아!" 우리는 눈을 질끈 감았다. 모비 딕은 수족관 벽에 부딪치지 않고 엘리베이터 벽면 쪽으로 미끄러져 올라갔다. 나의 뇌에 그 검은 아가리의 이미지가 진동했다. 하얀 유령 속의 검은 구멍.

"수족관에 갇혀 있으니 더 공격적으로 변하는 것 같아요."

안내원이 모비 딕의 포악한 행동을 진단했다. 엘리베이터가 계속해서 올라가자 위쪽으로 수족관의 표면이 드러나는 것이 보였다. 그러자 다시 모비 딕은 쏜살같이 하강을 하더니 맹렬하게 다시 위쪽으로 올라왔다. 엘리베이터가 수족관 표면으로 올라가자 이놈은 수면 위로 수십 미터 높이를 점프했다. 엘리베이터보다 위에서 아래로 떨어지면서 놈의 눈이 순간적으로 내 눈과 마주쳤다. 그러더니 아래 수족관 물 표면에 거대한 몸뚱이가 첨벙! 그놈이 튕긴 물이 다시 엘리베이터를 덮쳤다. 근데 이게 뭐지. 다시 물 아닌가. 엘리베이터 위쪽에서 다시 물이 떨어지는 게 아닌가.

"이 물은 뭐죠? 엘리베이터 위쪽에서 물이 떨어지잖아요."

"이 블랙홀의 4분의 3은 수족관이고 위쪽 4분의 1은 폭포입니다. 온통 물이죠. 문두스 타워의 안쪽은 세계 최대의 인공폭포입니다."

폭포라…. 100층 위로 물을 끌어 올려서 그 아래로 떨어뜨린다. 건물의 외관, 홀, 내관 모두 초현실적인 느낌이었다. 가만히 서 있으니 위로 올라가는 것이 아니라 마치 물 밑으로 빨려 들어가는 듯했다. 엘리베이터가 100층에서 멈추었다.

"도착했습니다."

엘리베이터 문이 열리자 검은색 투피스 정장의 다른 여성이 기다리고 있었다. 엘리베이터에서 내리자마자 서로 인사를 나누었다.

"안녕하세요. 비서실장 조선아입니다."

"강대웅이라고 합니다."

"회장님께서 기다리고 계십니다. 저를 따라오십시오."

엘리베이터에서 내려 우리는 반대편 쪽으로 원을 그리면서 걸었다. 중심에는 여러 사무실들이 구획 지어 있었다. 안쪽 원을 따라 한강이 보이는 남쪽의 끝 쪽으로 갔는데 위로 올라가는 에스컬레이터가 있었다.

"100층은 복층구조인데 아래쪽은 회장 집무실과 비서실이 있고 위쪽은 회장님 개인 공간입니다."

에스컬레이터를 타고 100층의 위쪽으로 올라갔다. 밝은 햇빛이 들어와 층 전체가 밝았다. 세계 최고층 빌딩의 전망대답게 서울 시내 전체가 발아래 펼쳐졌다.

"잠시만 기다리세요."

나는 길게 호흡하며 정신을 가다듬었다. 발밑에 유유하게 흐르는 한강과 관악산이 눈에 들어왔다. 풍경이 바뀌니 마음도 진정되었다. 100층의 원형을 따라 걸으니 남산과 종로가 보였다. 서울이 이렇게 작은 곳이었나. 탁 트인 서울 시내를 보고 있는데 뒤에서 소리가 들렸다.

"강대웅 기잔가?"

한거용 회장은 흰 가운을 입고 휠체어를 탄 채 나타났다. 어디가 아픈가? 하기야 여든이 넘었으니 몸에 이상이 있을 나이였다. 휠체어를 밀던 비서가 자리를 비켰다. 나는 고개를 숙여 인사를 했다.

"제가 찾아온 이유를 아시죠, 회장님?"

"그래, 그 이야기는 좀 이따 하기로 하고. 여기에 처음 와 보지? 문을 연 지 얼마 되지 않았으니 한 번 평을 부탁하네."

"저는 건축에 대해서 잘 모릅니다."

"그냥 일반 사람으로서의 느낌을 묻는 걸세."

"신비하고 야릇한 영감을 주는군요. 건물 전체가 신비한 느낌을 줍니다. 근데 실용적인 것 같지는 않습니다."

"하하하, 다행이네. 뭐가 그렇게 신비하던가?"

"블랙홀이며 화이트홀이며 건물 안 전체가 수족관인 것도요. 무엇보다 그 하얀 유령, 모비 딕이 가장 인상적이었습니다."

한 회장은 휠체어를 스스로 움직이며 서울을 한번 쭉 둘러보았다. 북쪽을 바라보더니 나에게 한마디 던졌다.

"저기 경복궁과 청와대 보이나? 성능이 좋은 망원경이 있다면 대통령의 일거수일투족도 감시할 수 있어. 그럴 필요도 없지만 말이야."

그 말은 곧 자기가 대한민국의 최고 권력자임을 지칭하는 것이 아닌가.

"저기 인왕산 밑에 있는 작게 보이는 푸른색 지붕이 청와대군요. 청와대에서도 문두스 타워가 보이겠습니다."

"남쪽에 있으니깐 항상 보이겠지. 여기가 천하의 명당자리지만 서울이라 안 좋은 점이 하나 있네."

"그게 뭔가요?"

"별을 볼 수가 없지. 자네는 특별한 손님이야. 100층을 구경한 사람은 거의 없어. 자네에게 보여줄 것이 또 있어."

그는 휠체어에 꽂혀 있는 리모컨을 꺼내더니 버튼 하나를 눌렀다. 창가 안쪽에서 일제히 햇빛을 막는 차단벽이 내려왔다. 순식간에 100층이 깜깜해졌다. 한 회장은 다른 버튼 하나를 눌렀다. 이번에는 느닷없이 눈앞에 은하수가 펼쳐졌다. 아까 블랙홀에서 본 은하수보다 선명하고 밝았다. 나도 모르게 "와아!" 하는 탄성이 나왔다. 차단벽은 최첨단 스크린이었고 한성 그룹의 LCD 기술이 집약되어 있었다. 별들이 무척 반짝거려서 한 회장의 모습도 선명하게 보였다. 나는 그의 눈을 보았다. 검은 눈동자는 블랙홀만큼이나 깊었고 흰 눈동자는 화이트홀만큼 장대했다. 미남 재벌 회장으로 소문났지만 그의 눈에는 뭔가 모를 비밀과 마력이 있었다. 이 인간은 언론에서 묘사해 온 차가운 뱀과 같은 자본가만은 아닐지도 모른다는 생각이 들었다.

"이쪽으로 와 보게."

그는 100층의 바깥쪽에서 안쪽으로 갔다. 한 회장은 다른 버튼을 하나 눌렀는데 이번에는 안쪽에 있는 벽이 위로 올라갔다. 흰 무대 같은 것이 눈에 들어왔다. 자세히 보니 무대가 아니라 침대들을 붙여 놓은 것이었다. 긴 침대들 옆에 다른 침대 하나가 떨어져 있었다.

"저기 누워서 은하수를 감상해 보게." 나는 시키는 대로 긴 침대의 오른쪽으로 가서 신발을 벗고 누웠다. 은하수를 바라보니 몽롱했다.

"우주에 별이 몇 개나 있는 줄 아나?" 한 회장의 질문에 자리에서 일어났다. 천문학에 대해 문외한이라 내가 알 리가 만무했다.

"몇 개쯤 되나요?"

"자네 허블이라는 사람 들어봤나?"

"허블 망원경의 허블을 말씀하시는 건가요?"

"그렇네. 미국의 천문학자지. 원래는 변호사였는데 세계 1차 대전 참전 후에 월슨 천문대에서 일하게 되었지. 그때 이 사람이 우리 은하와 다른 은하가 있다는 사실을 처음 알아내었네. 그 은하가 안드로메다야. 100년 전까지만 해도 사람들은 우리 은하가 전부인 줄 알았거든. 그 이후로 100년 동안 천문학자들은 우주에 은하가 1억 7천만 개나 있다는 사실을 알게 됐지. 하와이 대학의 교수들이 별들의 숫자를 계산했는데 1자 개의 별들이 있다고 추정했네."

100층 전체를 수놓은 우리 은하는 천천히 다른 은하로 바뀌었다. 색깔과 모양이 달라지며 다른 신비감을 주었다.

"1자 개요?"

"1경의 만 배가 1해네. 1해의 만 배가 1자지. 10의 23승이지. 지구에 있는 모든 해변의 모래알을 다 합쳐도 1자 개가 안 되네. 우리들은 하나의 모래알 위에서 아옹다옹하며 사는 거지."

하나의 모래알 위에서 아옹다옹이라. 나이가 들면 몽상가가 되나. 아니면 모든 것을 이루어서 이젠 별에 관심을 가지는 걸까.

"근데 같이 별 볼 사람들이 많으신가 보죠? 이렇게 긴 침대가 필요한가요?"

나는 침대에 걸터앉아 물었다.

"혼자 별 보는 것보다 같이 보는 게 훨씬 낫지. 이렇게 아름다운 코스모스를 나 혼자 보기에는 아깝지 않나?"

나는 그의 설명을 잠자코 들었다. 머릿속으로 장면들이 선명하게 지나갔다. 한 회장은 내가 앉아 있는 이 침대에서 여자들과 매일 밤 별을 보았을 것이다. 호색한으로 소문난 한 회장의 염문이 최근에도 언론을 떠들썩하게 했다.

"자네, 내 비서실에 일하고 싶지 않나?"

"무슨 말씀이신지요?"

"내가 원하는 것을 찾아줄 사람이 필요해서."

"회장님이 원하시는 것이 여자 아닌가요? 요즘도 회장님의 여성 편력으로 언론에서 시끄럽던데요."

"이제 졸업할 때도 됐지."

젊은 시절부터 플레이보이로 유명했던 한 회장은 여자 없이는 못 사는 사람이다. 이제까지 염문을 뿌린 배우들과 가수들을 세면 중국 황제의 후궁 숫자만큼 되었을 것이다. 상상의 나래가 펼쳐졌다. 나는 대뜸 그에게 엉뚱한 질문을 던졌다.

"근데 회장님에게 왕비는 누구신가요? 회장님의 수많은 스캔들을 그렇게 꿋꿋하게 참고 인내하시는 분이 더 대단해 보입니다."

"나의 왕비? 당연히 우리 와이프지. 자네는 모를 걸세. 젊었을 때 우리 와이프가 얼마나 예뻤는지 말야."

한 회장의 와이프는 언론에 전혀 노출되지 않았다. 이름만 알지 사생활 공개가 부담스럽다는 이유였다. 하기야 바람둥이 남편을 두어서 평생 괴로웠을 것이다.

"이리로 와 보게."

긴 침대의 반대쪽에 있는 홀로 떨어진 침대 쪽으로 한 회장이 갔다.

"강 기자, 나 좀 침대에 눕혀주겠나?"

나는 말없이 그를 들어 올려 침대에 눕혔다. 침대 양쪽에는 그리스 여신상 두 개가 배치되어 있었다. 그는 옆에 놓인 유로 필로우를 등에 대고 자리에 앉았다.

"마지막 구경거리가 있네."

그는 다시 리모컨을 들더니 버튼 하나를 눌렀다. 갑자기 안쪽 벽이 올라가더니 물소리가 크게 들렸다. 문두스 타워 제일 안쪽의 인공폭포의 물길이 내 시야를 덮쳤다. 100층 제일 안쪽의 원통은 인공폭포가 시작하는 곳이었다. 물보라가 약간 들어오고 바람이 일어서 공포심이 일었다. 온통 저 거대한 물이 나를 빨아들여 삼킬 것만 같았다.

"조심하게. 잘못하다간 이 수족관에 빠져 죽은 최초의 사람이 될지 모르니까."

한 회장은 나에게 주의를 주었다.

"여기 누워서 코스모스와 폭포 소리를 들으면 더 이상 바랄 게 없지."

그는 몇십 초간 폭포 소리를 듣더니 리모컨을 눌러 다시 안쪽 벽을 내렸다.

"반포대교 말고 여기서 뛰어내렸으면 더 멋지지 않았겠나?"

권 박사의 자살을 말하는 것이었다. 나는 단도직입적으로 물었다.

"회장님께서 죽이셨나요?"

"무슨 말인가?"

"정보기관에서는 한성그룹의 모비딕을 의심하고 있습니다. 알고 계시죠? 권 박사의 시신이 왜 한성의료원에 안치되었습니까? 다른 병원들이 있을 텐데요."

"나는 권 박사의 실험을 가장 많이 후원한 사람이었네. 내가 왜 그런 짓을 하

나. 한성의료원에 간 이유는 정확히 모르겠네만 우리 의료원이 전국에서 가장 유명해서 경찰관이 그쪽으로 시체를 옮겼다고 들었네."

"권 박사가 자살이 아니라는 건 알고 계시죠?"

"알고 있네."

"역시 한성그룹 회장이시군요. 하기야 권 박사 시체가 한성의료원에 있었으니 시체를 확인할 수 있었겠죠. 근데 왜 권 박사가 타살이라는 사실을 알리지 않으시죠?"

"알려봤자 아무 도움이 안 되니까!"

"그게 아니라 당신이 권 박사를 죽였으니까! 당신의 비밀조직인 모비딕이 죽였잖아요!"

"상상력이 아주 풍부하군, 자네. 권 박사와 나는 동업자였어. 수천억을 지원했지. 그런데 내가 죽였다고? 내 돈도 회수 못 했는데? 그 작자가 내 돈을 어디에 썼는지도 난 몰라. 그냥 줬어. 수천억은 내게 별것도 아니지만 말야."

"그럼 왜 권 박사가 타살되었다는 사실을 알리지 않으셨나요?"

"내가 말했잖아. 문제 해결에 아무 도움도 안 된다고. 그리고 말이야, 권 박사를 죽인 놈들이 보통 놈들이 아니야. 내가 대한민국에서는 가장 힘이 세지만 권 박사 암살은 글로벌 스케일을 이해해야 돼. 미국 놈들과 모사드 놈들이 관여되어 있다는 보고를 받았어."

"그럼 범인은 당신의 모비딕이 아니라 CIA나 모사드인가요?"

"나도 몰라, 아직까지는."

잠시간의 침묵이 흘렀다.

"분명 뭔가 음모가 있네. 나도 범인이 누구인 줄 알고 싶어. 우리 쪽이 뭔가를 알고 있다고 한다면 상대방이 다른 음모들을 꾸밀 걸세. 모르는 척하고 일을 진행해야지."

"그럼 의심 가는 상대는 누굽니까?"

"몇몇 집히는 데가 있긴 해. 청와대, CIA, 모사드, 프리메이슨 등이지."

"왜 청와대와 국정원을 의심하는 겁니까?"

"나와 권 박사에게 반기를 드는 세력이 있어. 권 박사와 나의 연합을 못마땅하게 여겼지. 내가 돈이 있고 권 박사는 대중적인 인기가 있으니 나라를 주무를 수 있다고 견제하는 거지. 사실 권 박사 없이도 대한민국은 내 발바닥 밑이야. 내 돈을 안 받은 사람은 이 나라에 없다고. 우리 회사가 세금을 한 해에 10조 이상 내는데 어떻게 나를 건드리겠어. 나의 목표는 다른 데 있었거든."

갑자기 한 회장의 눈빛이 흔들렸다. 나는 그 순간을 놓치지 않았다.

"그 목표가 도대체 무엇입니까?"

이때 외벽의 차단막이 올라갔다. 은하수가 올라가고 햇볕이 강하게 창 안쪽으로 들어왔다. 남쪽 끝에서 검정 투피스를 입은 여성 한 명이 쟁반에 무엇인가 들고 걸어왔다.

"회장님, 약 드실 시간입니다."

한 회장은 약을 먹은 후 휠체어에 앉혀달라고 부탁했다. 나는 한 회장을 휠체어에 앉히고 그가 지시하는 대로 100층의 남쪽 방향으로 갔다. 우리는 한강과 남쪽으로 끝없이 펼쳐진 산들을 보았다.

"여기서 보면 양평의 두물머리가 보이네. 그뿐인가. 한강이 흘러 나가는 임진강 쪽도 맑은 날에는 보이네. 서울에서 가장 높은 곳이기 때문에 시야가 탁 트여있지. 여기서 보면 수원에 위치해 있는 우리 공장들도 다 보여. 북쪽으로는 북한산도 선명히 보이고. 한번 보게. 정말 아름답지 않나?"

마음이 어지러웠다. 권 박사의 암살을 아는 사람들이 있다는 것이 두려웠다. 누가 동지이고 누가 적일까? 서울의 풍경이 내 눈에 들어오지 않았다. 오로지 혼란만이 내 머리를 흔들었다.

"자네 나와 같이 일해 보세."

한강과 남쪽의 산들을 바라보던 한 회장의 제안이었다.

"무슨 일을요?"

"권 박사를 누가 죽였는지 알아봐 주겠나?"

그의 눈빛을 보니 그가 권 박사를 죽이지는 않았다는 확신이 들었다. 자신의 사적 공간을 다 보여주고 자신의 사생활까지 보잘것없는 나에게 말해주지 않았던가. 하지만 왠지 망설여졌다. 기자로서 평생 한국 재벌을 증오하지 않았던가. 노동조합 결성을 수십 년 동안 막고 상속을 위해 온갖 불법을 저지르지 않았던가. 한성반도체 여공들이 백혈병으로 수백 명 죽고 지금도 수백 명이 고통받고 있지 않은가. 돈밖에 모르는 이런 벌레보다 못한 놈과 어떻게 손을 잡을 수 있나.

"회장님께서 원하는 게 도대체 무엇입니까?"

"이 나이에 원하는 게 뭐가 있겠나. 나는 모든 것을 다 이루었네. 돈, 권력, 여자 모두 다. 청와대와 국회는 내 손 안에 있어. 중국 황제도 부럽지 않네. 수백 명의 여자들과 같이 은하수를 볼 수 있거든. 즐길 건 다 즐겼어! 누릴 건 다 누렸다고! 단 하나, 권 박사의 원수를 갚고 싶네."

가슴에서 뭔가 치솟아 올랐다. 노회한 발정 난 개는 아직도 나에게 뭔가 숨기고 있다.

"거짓말! 목표와 복수는 엄연히 달라요! 도대체 왜 줄기세포에 집착하시는 겁니까?"

나의 고함은 100층 전체에 메아리가 되어서 퍼졌다. 한 회장은 꿈쩍도 않고 남쪽에 펼쳐진 산들을 바라보았다. 잠시 침묵이 흘렀고 그는 휠체어를 돌려서 나를 정면으로 바라보았다.

"나 백혈병일세. 살날이 얼마 남지 않았어."

백혈병?!

7장 하늘과 바람과 별과 시

시적 정의란 이런 것인가. 지난 10년 동안 한성반도체 공장에서 백혈병으로 죽은 여공들이 혼령이 되어 앙갚음을 한 걸까. 탐사보도 전문인 우리 프로그램에서 다룬 주제라 나는 이 사건을 상세히 기억하고 있다. 백혈병은 60세 이후에 급격하게 증가하는 혈액암의 일종이다. 건강한 젊은 사람이 무더기로 백혈병에 걸린 것은 드문 일이다. 한 회장의 병은 죽은 여공들의 복수라기보다 자연의 이치에 가깝다. 나이가 들면 누구나 암에 걸려 죽는 것이 아니던가.

"죽은 여공들이 이제 좀 이해가 되십니까?"

"고소한가, 강 기자?"

그는 시니컬한 나의 반응을 받아넘겼다.

"회장님께서도 자제분이 있을 것 아닙니까?"

"반도체 공장에서 일하던 사람들이 백혈병에 걸릴 줄 몰랐네. 그리고 인과 관계가 분명하지 않잖아."

"얼마나 많은 여공이 죽어야만 인과 관계를 인정하시겠습니까?"

한 회장은 침묵했다. 이 노인과 인과 관계를 논해 봤자 무슨 소용이 있겠는가. 부정과 침묵은 돈과 권력의 짝패다.

"자네 나랑 딜 하나 하지?"

"무슨 말씀이신지요?"

"권 박사가 들고 다니던 검은 가방을 찾아주게. 그 안에 줄기세포에 대한 모든 정보가 들어있어. 나용배의 아들에게 투약한 줄기세포 치료 방법까지 말이야."

"검은 가방이라뇨?"

"권 박사가 항상 들고 다니던 그 007가방 있지 않나. 왜 항상 들고 다니겠나? 가장 중요한 게 들어 있으니깐 그렇지."

그래, 맞아! 권 박사가 검은 가방을 항상 들고 다녔지. 저번 기자회견장에도 들고 오지 않았던가.

"그냥 서류 가방일지도 모르잖아요. 그 가방 안에 그런 중요한 정보들이 다 들어 있을까요?"

"권 박사와 나는 동업자 아닌가. 최근 몇 해 동안 내가 가장 많이 만난 사람이 권 박사야. 나를 만날 때마다 검은 가방을 들고 오길래 내가 궁금해서 물어봤어. 도대체 뭐가 들어 있냐고. 그랬더니 자기의 모든 것이 들어 있다는 거야. 세상에서 가장 중요한 것, 세상 무엇과도 바꿀 수 없는 것."

"뭐가 들어 있는지 저도 궁금해지는군요."

"뭐긴 뭐겠나. 줄기세포 치료제뿐만 아니라 인간의 질병을 치료할 모든 자료가 칩의 형태로 보관되어 있겠지."

"회장님의 백혈병을 고칠 수 있는 치료 방법도 들어 있겠군요."

"그래, 그렇고말고. 권 박사가 자살했을 때 우리 모비딕 대원들이 한강 전체를 샅샅이 뒤졌지만 못 찾았어. 자살할 때는 그 가방을 가지고 오지 않았던 게야."

"오래 사시고 싶은가 보죠?"

"누군들 그러고 싶지 않겠나? 전 세계에서 역사상 가장 부자가 누군지 아나? 록펠러였네. GDP 대비 부를 측정한 결과 록펠러가 역사상 최고의 부자라고 경제학자들이 결론을 지었어. 이 사람의 유명한 말 중의 하나가 뭔지 아나? 신이 매일 자기를 비추었다는 거야. 정말 대단하지 않나. 신은 일반 사람들을 단 하루도 비추지 않거든. 신은 40세 이후에 나를 매일 비추었어. 록펠러는 99세까지 살았어. 참 오래도 살았지. 근데 말이야, 신은 죽은 사람을 비추지는 않아. 그 검은 가방을 찾아주게."

"그럼 회장님께선 저에게 무엇을 주시겠습니까?"

"1조!"

1조?! 1조라니! 나는 어안이 벙벙해서 입을 다물지 못했다. 이제까지 단 1억도 모아본 적이 없는데 1조라니! 과연 듣던 대로 한 회장은 스케일이 큰 인물이었다. 아니지, 아니야. 지금 죽는 마당에 1조가 문제겠어. 한 회장의 재산이 100조가 아닌가. 거기에 비하면 1조는 '그까짓 것'이 아닌가.

"생각해 보겠습니다."

"생각하고 말고가 어디 있나. 권 박사는 이미 죽었어. 하지만 누군가가 그 가방을 분명 가지고 있을 거야. 자네만 믿겠네."

한 회장에게 가벼운 목례만 하고 뒤돌아 나오다 갑자기 번득 생각이 나서 그에게 질문을 던졌다.

"회장님, 혹시 권 박사와 영월이 무슨 관계가 있나요?"

"아니, 처음 듣는 말인데. 차라리 내가 영월과 관계가 있지."

"네? 무슨 말씀이신지 …."

그는 잠시 머뭇거렸다. 하지만 그의 목숨이 나에게 달려 있다는 사실 때문에 그는 나에게 좀 더 신뢰를 주려는 듯 자신의 비밀 하나를 털어놓았다.

"사람들에게 비밀인데 자네에게만 알려줌세. 내가 옛날에 광산사업을 하다 돈을 벌었지. 영월에서 말이야."

"네? 그게 왜 비밀인가요?"

"글쎄, 여러 연유가 있어서 말이지."

이 자야말로 영월과 관계가 있다니. 도대체 그 촌구석이 왜 이렇게 유명한 건지!

그걸로 우리의 대화는 끝났고 한 회장은 비서실장을 불러 나를 배웅케 했다. 비서실장과 나는 100층의 아래쪽으로 내려와 다시 엘리베이터를 타고 아래로 내려갔다. 그런데 엘리베이터가 50층에 섰다. 문이 열리자 한 남자가 서 있었다. 한상현! 한성그룹 상속자이기도 하고 곱상하고 세련된 외모에다가 프린스턴 철학과를 졸업한 인재로 대한민국 여심을 한동안 흔들었던 사람. 비서실장은 엘리베이터에서 내리고 그가 올라탔다. 그러고는 엘리베이터는 정지된 채 우리는 대화를 나누기 시작했다.

"반갑습니다, 강 기자님."

"무슨 일이십니까?"

"아주 큰일이죠. 아버지와 빅 딜을 하셨다고요?"

…

"아직 한 것은 아닙니다. 근데 어떻게 그 사실을 아셨습니까?"

"어디에나 이중첩자는 있습니다. 이편이기도 하고 저편이기도 한 사람. 조선아 비서실장은 이제 제 사람입니다. 아버지에게 그만큼 충성했으면 됐죠. 이 정도면 배신은 아니에요."

"나한테 원하는 게 뭡니까?"

그는 나의 눈을 피하고는 가만히 수족관을 바라보기 시작했다. 나도 가만히 수족관을 바라보았다. 정반대 건너편 엘리베이터에 건장하고 나이가 지긋한 백인 남자가 수족관 안을 바라보는 것이 보였다. 그의 엘리베이터는 수족관 구경을 위해 잠시 멈추었다 위로 올라갔다.

"저기 흰고래 보이시죠. 문두스 타워의 상징, '모비 딕'입니다."

"아까 올라오다 보았습니다."

"그랬군요. 우리 건물에 '모비 딕'이 한 마리 더 있어요."

"네?"

"100층에 살고 있죠, 우리 아버지."

"한 마리라고 말하지 않았나요?"

"하하하, 그렇죠. 우리 아버지는 짐승이에요, 짐승. 제가 말입니다, 어릴 때 아버지랑 목욕탕에 가끔 갔어요. 근데 우리 아버지 고추가 정말 커요. 제가 본 고추 중에서 가장 컸죠. 목욕탕 가면 다른 남자들의 고추도 보죠. 이제까지 살면서 우리 아버지보다 큰 고추를 본 적이 없어요. 18센티미터가 넘을 겁니다. 발기도 안 되었는데요. 발기가 되면 얼마나 커지겠어요. 참 대단한 양반이시죠. 옛날에는 여자들이 우리 아버지 돈만 좋아한다고 생각했어요. 하지만 그건 사실이 아니에요. 그네들은 아버지 자지도 좋아했어요. 아버지는 돈도 넘쳤고 성욕도 넘쳤죠. 게다가 낭만적이기까지 해요. 별을 사랑하시죠. 우리 아버지 방에 가서 별 보셨죠? 시집도 한 권 내셨어요. 물론 삼류 시들이지만요. 우리 아버진 인텔리세요. 이런 남자를 어떤 여잔들 안 좋아하겠어요?"

"처음 본 사람에게 자지 이야기를 다짜고짜 듣기는 내 평생 처음입니다. 재벌

가의 상속자답게 거침이 없군요. 말하려는 요점이 뭡니까?"

"하하하, 죄송합니다, 거침이 없어서. 그럼 자지 이야기 말고 보지 이야기는 어떤가요. 문두스 타워에서 문두스가 무슨 뜻인지 아세요?"

…

"세상이라고 알고 있습니다."

"맞아요, 라틴어죠. 근데 문두스의 원래 어원은 구멍입니다. 세상이 구멍이라는 뜻이죠. 참 우리 아버지와 딱 들어맞는 건물 이름이에요. 돈도 가졌고 여자도 가졌고 권력도 가졌으니 세상 모든 것을 다 가진 사람이죠. 무엇보다 그 모비 딕으로 얼마나 많은 여자들과 놀았겠어요. 아시겠지만 모비 딕이란 말은 '빅 페니스'big penis란 뜻이죠. 우리 아버지 방에 있는 큰 침대 보셨죠. 아버지는 밤마다 천장 뚜껑을 열고 한강 바람을 쐬며 하늘을 보면서 별들과 여자들과 놀죠. 하늘과 바람과 별과 보지. 아버지는 윤동주와 비슷해요."

"완전히 다른 것 같은데요. 사람도 그렇고 그 마지막 단어도 그렇고…."

"하하하, 다른 점이 있군요. 윤동주는 죽어가는 모든 것을 사랑했지만 아버지는 살아가는 모든 것을 사랑하셨죠. 그 말이 그 말인 것 같지만 완전 다른 말이죠. 윤동주에게 삶은 궁핍하고 비참하고 회한으로 가득 차고 억압적이어서 시라는 외골수를 쫓을 수밖에 없었죠. 시는 돈도 들지 않고 펜과 종이만 있으면 되잖아요. 가난한 자가 가질 수 있는 풍부한 위안이죠. 윤동주는 시라는 외골수로 삶이라는 외통수에 맞섰어요. 삶이 너무 비참하니까, 삶이 너무 구차하니까, 삶은 삶이 아니라 죽어 가는 것이죠. 하지만 아버지의 삶은 기뻐 날뛰었죠. 모든 것이 가능한 삶, 아름답고 풍요로운 삶, 이보다 더 좋을 수 없는 삶! 그래서 아버지에게 삶은 외골수도, 외통수도 아닌, 사통팔달이죠. 사통팔달인 삶을 누군들 사랑하지 않겠어요. 아버지에게 시는 다른 구멍에 지나지 않아요. 아무리 많은 보지를 먹어도 궁극적인 위안을 주지 못하거든요, 강 기자는 잘 모르겠지만. 그래서 시라는 구멍을 한 번 파보자. 어라, 여기서도 물이 나오네. 하지만 그걸로 끝이에요. 시 말고 매력적인 구멍들이 너무 많은데 그 구멍만 팔 수 없잖아요. 그래서 아버지 시는 삼류예요. 외골수가 아니라 사통팔달 중 하나니까요.

외통수에 맞서는 외골수여야만 예술은 사통팔달이 되어서 모든 사람에게 감동을 줄 수 있죠."

"프린스턴 철학과를 나오긴 나온 모양입니다. 그따위 개소리를 어떻게 그렇게 현학적으로 표현할 수 있는지 감탄스러울 뿐입니다. 한 회장은 살아가는 모든 것을 사랑했던 것이 아니라 살아가는 모든 것을 착취했죠. 당신네 반도체 공장이 여공들을 죽게 했고, 당신네 돈이 정치를 타락시켰고, 당신네 상속이 정의를 무너뜨렸죠. 한 회장은 살아가는 모든 것들을 외통수로 만들고 자기 자신만 사통팔달로 살았죠. 윤동주와 닮았다? 그런 개소리 집어치우고 위대한 시인을 가만 내버려 둬요."

"거침없군요. 역시 강키호테야! 우리는 철학이 다르군요, 철학이. 자본가가 왜 지배계급인지 아세요? 핵심은 두 가지예요. 첫째 자본가보다 부지런한 노동자는 없어요. 노동자는 8시간만 일하고 자본가는 24시간 일해요. 노동자는 자기 업무만 하고 자본가는 모든 업무를 하죠. 생산, 광고, 설비, 인사, R&D, 글로벌 마케팅… 일이 끝이 없죠. 둘째, 자본가는 창조적이에요. 자본가는 창조적이고 개방적이고 열정적이지만 노동자는 따분하고 폐쇄적이고 기계적이죠. 새로운 기술을 받아들여야 하고 새로운 마켓을 개척해야 하고 새로운 세상을 만들어야만 하죠. 자본가는 미래에 살고 노동자는 과거에 살아요. 그래서 허락해 주신다면 위대한 시인을 한 번만 더 건드리겠습니다. 아버지는 하늘을 우러러 한 점 부끄러움이 없으시죠, 윤동주와는 달리. 왜 부끄러움이 없는 줄 아세요? 아버지는 인간의 본질을 파악했기 때문이에요. 윤동주는 너무 어려서 인간이라는 게 뭔지를 몰랐어요."

"당신과 나는 철학이 다른 게 아니라 계급이 다르죠, 계급이. 당신이 말했듯이 자본가와 노동자의 차이. 착취를 해도 부끄러움이 없는 자와 착취를 당해도 부끄러움이 있는 자의 차이. 자본가가 부지런하고 창조적이다? 자본가는 부지런한 자를 착취하는 데 부지런하고 창조적인 자를 이용해 먹는 데 창조적이죠. 인간의 본질? 한 회장만큼 추악한 인간의 본질을 잘 보여 주는 사람도 없죠. 한 회장이 파악한 그 잘난 인간의 본질이란 것이 도대체 뭡니까?"

"미친 존재. 정신적으로 미쳤다는 게 아니에요. 오늘 이랬다가 내일 저러한 존재. 일관성이 없는 존재죠. 왔다 갔다 하는 존재. 미친 존재라는 것은 한편으로 이해할 수 없는 존재라는 뜻이죠. 다면적이고 모순적이죠, 인간이란 동물은. 윤동주는 그 모순을 교정하려고 했고 아버지는 그 모순을 포용했죠. 대한민국에서 아버지 돈을 안 받은 사람이 없어요. 보수든 진보든, 남자건 여자건, 경상도건 전라도건. 아버지는 어떤 면에서 한국에서 가장 일관된 사람이에요. 모순을 포용하면 일관된 사람이 되죠. 자신의 욕망대로 움직이니까. 모순을 교정하려 들면 괴로워지죠. 그리고 일관성을 잃어버려요. 어떤 때는 자신의 신념대로 움직이다가 어떤 때는 자신의 욕망대로 움직이니까요. 윤동주뿐만 아니라 모든 인간들이 그래서 괴로워하죠. 당신도 마찬가지예요. 그렇게 잘났으면, 당신의 신념대로 살고 당신의 신념대로 죽는 강키호테라면, 왜 아버지의 1조를 그 자리에서 거절하지 않았어요? 왜 당신은 정의라는 외골수로 돈이라는 사통팔달에 맞서지 않았나요?"

…

"아버지는 인간의 모순을 포용했기 때문에 부끄러워할 이유도, 부끄러워할 필요도 없는 거예요. 얼마나 멋진가요. 위대한 자본가가 위대한 철학으로 무장했으니 당해낼 사람이 없죠."

"게다가 위대한 오입쟁이기도 하죠."

"하하하, 그렇죠. 근데 말입니다, 강 기자님, 그 위대한 아버지를 둔 아들은 어떻겠어요. 한편으론 아버지가 고맙죠. 너무나 많은 돈을 상속시켜 주니까요. 하지만 모비 딕, 그 거대한 자지는 저에게 물려주지 않으셨죠. 위대한 자본가이자 위대한 오입쟁이자 위대한 철학자이기도 한 사람과 같이 사는 건 쉬운 일이 아니죠."

"전형적인 오이디푸스 콤플렉스군요."

"아니에요. 오해하고 계시군요. 엄마의 구멍을 아빠가 차지한 걸 미워하는 게 오이디푸스 콤플렉스죠. 하지만 저는 구멍을 싫어해요. 오이디푸스 콤플렉스가 절대 될 수 없죠."

…

"게이예요, 저."

…

"결혼까지 했잖아요. 언론에 가족과 다정하게 찍은 사진들이 많이 나왔던데요."

"아버지가 위장 결혼을 시켰죠. 아이는 진짜가 맞아요. 시험관으로 아이를 낳았죠. 저는 구멍보다 자지가 좋아요. 아버지처럼 큰 자지는 혐오하지만요. 작고 부드럽고 아기 같은 게 좋아요."

"게이건 스트레이트건 도대체 말하려는 요점이 뭡니까?"

"저는 아버지를 싫어하지 않아요. 아버지를 정말 존경하죠. 오이디푸스 콤플렉스가 아니라구요. 다만 아버지는 살 만큼 사셨어요. 자연스럽게 돌아가시기를 바랄 뿐입니다. 백혈병을 고쳐서 뭘 어떻게 하겠어요. 그러니까…."

그는 말끝을 흐렸다.

"그러니까, 뭐요?"

"그 검은 가방을 찾아서 저에게 주세요."

"왜죠? 한 회장에게 안 주면 그만이잖아요. 왜 당신에게 그 검은 가방을 줘야 하나요?"

"줄기세포를 지배하는 자가 세상을 지배하니까. 가족들이 얼마나 나를 무시한 줄 강 기자는 상상도 못 할 겁니다. 게이라고, 정신병자라고, 고추 달린 놈이 고추 달린 놈을 좋아한다고, 가부장적 유교 사회에서 남녀유별이 아니라 남남유착으로 집안 망신 다 시킨다고, 한국 최고의 재벌가의 상속자가 이제까지 이루어 놓은 집안의 위대한 업적을 깡그리 망쳐 놓는다고!"

그의 목소리는 격앙되어 있었다.

"그래서 자신을 무시한 인간들에게 복수를 하겠다? 게이가 세상을 지배해서 스트레이트 연놈들 위에 군림하겠다?"

"게이가 군림하면 안 되나요? 여자가 군림하는 것보다 게이가 군림하는 게 더 싫은가요?"

...

"그 검은 가방을 찾아주면 한상현 씨는 저에게 무엇을 주실 겁니까?"

"아버지가 약속한 1조에다 이 문두스 타워를 통째로 드리겠습니다. 나는 구멍이라면 지긋지긋해요. 세상에서 가장 큰 구멍을 강 기자에게 드리겠습니다."

1조에다 이 건물 전체를! 이 건물의 가치가 얼마나 될까? 5조는 넘겠지? 아냐 10조가 될지도 몰라. 서울의 요지에다 가장 높은 빌딩이니까. 매일 밤 송수연과 같이 100층의 침대에서 폭포 소리를 들으며 은하수를 보면 어떨까. 다른 목소리가 내 머리를 망치로 쳤다. 이렇게 자본가에게 쉽게 넘어갈 수 있구나. 타락이란 오랫동안 지속적으로 계획된 것이 아니라 한순간에 우연히 일어나는 거구나. 근데 수조 원에 안 넘어갈 사람이 세상에 있을까. 한상현은 엘리베이터의 인터폰을 눌렀다.

"조 실장, 계약서 가져와!"

잠시 후 엘리베이터 문이 열리더니 조 실장은 준비된 계약서를 내밀었다. 서류받침대에 한상현은 사인을 하더니 계약서를 내 손에 쥐여 주었다.

"저는 약속을 지키는 사람입니다. 아버지는 구두로 말했지만 저는 계약서를 드리겠습니다. 여기 보십시오. 그 검은 가방을 찾아주면 1조 원과 이 문두스 타워를 드린다는 내용이 적혀 있습니다. 의심스럽다면 댁에 가셔서 직접 다시 한번 확인해 보십시오."

나는 고개를 돌려 수족관 쪽을 바라보았다.

"지금 당장 사인해야 된다는 게 아닙니다. 이것 가지고 계시다가 언제든 동의하시면 저에게 그 계약서를 보내주십시오."

"제가 무슨 재주로 그 검은 가방을 찾겠습니까?"

"권 박사를 죽인 암살범을 찾다 보면 그 검은 가방도 같이 찾게 되어 있습니다. 그럼 딜이 된 걸로 알고 있겠습니다."

이렇게 나는 한 회장과 그의 아들과의 만남을 끝내고 문두스 타워에서 나왔다. 광교로 돌아가던 길에 한상현이 했던 말들이 자꾸 떠올랐다.

윤동주는 시라는 외골수로 삶이라는 외통수에 맞섰어요.

왜 당신은 정의라는 외골수로 돈이라는 사통팔달에 맞서지 않았나요.

일관성이 없는 존재.

오늘 이랬다가 내일 저러한 존재.

미친 존재.

나를 말하는 것인가.

미친 존재….

8장 미륵

광교의 숙소로 돌아와서 앞으로 무엇을 어떻게 해야 하나를 고민했다. 암살자를 어디서 어떻게 찾아야 하나? 청와대와 한성그룹까지도 범인이 누군지를 모르니 치밀하고 비밀스럽게 준비했을 것이다. 머리를 쥐어뜯고 있을 때 청와대에 근무하는 창배로부터 전화가 왔다.

"뭐 좀 찾아낸 것 있어?"

"권 박사가 죽기 전 행적을 좀 찾아봤는데 말이야. 자세히는 모르겠지만 국정원장, 한거용 회장, 그리고 CIA 서울지부장을 만난 것 같아."

"대통령도 만났지?"

"어, 그래."

"그리고 하나 더…."

"뭔데?"

"이전에 영월에 대해서 물어봤잖아."

"근데?"

"권 박사의 측근들이 영월 주변의 땅을 많이 샀다는 단서를 포착했어."

"그래?!"

분명 영월에 뭔가가 있다. 도대체 뭘까.

"창배야 부탁 하나 하자. 사진은 내 걸로 하고 이름은 너 걸로 해서 청와대 근무증 발급 좀 해 줄래?"

운신의 폭을 넓히는 게 필요했다. 강대웅이란 이름으론 움직일 수 없다. 청와대에서 근무한다고 하면 대부분의 사람들이 엎드리지 않는가. 창배는 그러겠노라고 답했고 나는 스마트 폰으로 내 사진을 보냈다. 다음 날 바로 청와대 출입증을 퀵서비스로 받았다. 대한민국 공무원은 정말 **빠르고** 똑똑하단 말이야.

권민중을 2년 동안 쫓아다녔지만 그의 가족 기록을 본 적이 없다. 농부의 아들이었고 충남 논산 출신이라는 것만 알 뿐. 줄기세포가 조작되었는지를 밝히기 위해 동료 과학자들과 협력자들을 만났었다. 그의 가족이나 출신 배경은 나의 관심이 아니었다. 이제 그에 대한 모든 것이 궁금해졌다. 권민중이란 인간은 도대체 어떤 사람이었을까? 부모님은 돌아가시고 형제도 없다. 결혼도 하지 않았다. 공개된 연인이나 파트너도 없다. 인터넷에 나와 있는 그의 학력이 눈에 들어왔다. 성정초등학교 졸업, 성정중학교 졸업, 성정고등학교 졸업, 한국대학교 학사, 석사, 박사.

논산으로 향했다. 불교재단인 성정고등학교 정문에는 수 미터에 달하는 불상이 아래를 굽어보고 있었다. 교무실로 가서 청와대에 근무하는 이창배라고 말하고 교장 선생님을 만나러 왔다고 말했다. 바깥 비서실에 앉아 있었는데 교장의 목소리가 새어 나왔다. 누군가와 전화 통화를 나누는 소리가 들렸는데 청와대에 이창배라는 사람이 있는지를 확인하는 전화였다. 잠시 후 교장은 직접 문을 열고 나를 맞이하였다. 교장실에는 큰 소파들이 정렬되어 있었는데 교장은 중앙에 앉고 나는 그 옆에 앉았다. 대머리에 검정 안경을 끼고 회색 빛바랜 정장을 입었는데 나이가 60세 정도 되어 보였다.

"반갑습니다. 어떤 일로 여기까지 오셨습니까?"

나는 권 박사의 죽음이 국가적인 일이고 대통령께서 관심이 지대하다고 말했다. 권 박사의 삶을 기리고 조명하기 위해서 조사차 논산에 왔다고 말했다.

"제가 민중이 고등학교 때 친구였어요."

"그렇습니까!"

나는 놀라서 말을 잇지 못했다.

교장은 창밖을 내다보며 최근 권 박사의 죽음에 생각이 잠기는 듯했다.

"권민중 박사는 어떤 사람이었습니까?"

교장은 한동안 말을 잇지 못했다. 그때의 추억에 잠기는 것일까.

"저는 민중이와 중학교와 고등학교를 같이 다녔죠. 초등학교 때는 몰랐어요. 민중이는 우리 학교 역사상 가장 똑똑한 애였어요. 아마도 대한민국 역사상 가장 똑똑한 인물이겠죠. 하나를 가르치면 열을 알았으니 모든 선생님들이 그 아이를 좋아했어요. 모범생이었는데 말이 없는 아이였죠. 참 희한한 게 그 아이는 저 빼고 친구가 아무도 없었어요."

그는 전화를 걸더니 사무직원에게 권민중의 생활기록부를 찾아오라고 했다. 나는 기억에 남는 일들이 있냐고 물어보았다. 교장은 권민중이 워낙 말이 없고 공부만 하던 아이라서 특별히 기억나는 게 없다고 말했다. 텔레비전과 각종 매체에 나와서 능수능란하게 국민을 구워삶는 그의 말솜씨를 상기한다면 말이 없는 학생이었다는 게 상상이 되지 않았다.

"참, 재밌었던 이야기가 하나 있습니다."

그는 무언가 생각났다는 듯이 눈을 반짝였다.

"걔 별명이 버클 대왕이었어요, 하하하."

"버클 대왕이라뇨?"

사건은 권민중이 고등학교 1학년 가을에 일어났다. 고등학교 3학년 일진 패거리가 권민중을 괴롭힌 것이다. 사실 그들은 권민중을 자기편으로 끌어들이고 싶었다. 힘이라는 것이 공부라는 것과 합쳐지면 학생들로부터는 복종을, 선생님들로부터는 보호를 받을 수 있다는 계산이었다. 교장이 회상에 젖어 입을 떼었다.

"그날 학교가 파하고 나서 저는 청소를 끝내고 3층 교실에 있었습니다. 근데 힐끗 창밖을 보니 학생들이 몰려 있는 거예요. 또 싸움이 일어나나보다 하고 생각했지요. 근데 평소보다 학생들이 몇 배나 많았습니다. 그래서 무슨 일인가 유심히 보았죠. 아, 근데 거기에 민중이가 있었어요! 가만 보니 상대가 열 명쯤 되어 보였습니다. 10대 1이에요, 10대 1! 민중이 주위를 열 명 정도의 애들이 둘러쌌어요. 근데 민중이가 허리에서 무언가를 꺼내더라고요. 가만 보니 허리띠를 푸는 것이에요. 발차기를 자연스럽게 하기 위해 허리띠를 푸는 줄 알았어요. 근데 허리띠를 손에다 감는 거예요. 허리띠 끝에는 버클이 대롱대롱 매달려 있는 겁니다."

교장이 나중에 안 사실이었지만 이 허리띠는 군인들이 착용하는 것으로 버클이 무거운 쇳덩어리였다. 특이한 것은 이 버클이 양쪽으로 갈라지는 것인데 허리띠를 찰 때 이 양쪽의 버클을 잡아당겨 그 가운데 핀으로 고정시키는 방식이었다. 권민중은 허리띠가 손에서 빠지지 않도록 하기 위해 버클의 한쪽은 자기 손을 묶는 지지대로 사용하고, 다른 한쪽은 상대를 공격하기 위한 쇳덩어리로 배치시킨 것이다.

"상대 녀석들은 조금 당황하더니 갑자기 웃더라고요. 민중이가 용쓰는 게 어이없다는 거겠죠. 대장 녀석이 신호를 보내더니 바로 싸움이 붙었어요. 졸따구 녀석들이 먼저 달려들었죠. 근데 그다음 순간 버클이 춤을 추기 시작했어요! 버클이 보이지가 않았는데 상대 녀석들이 나가떨어지는 거예요."

교장은 45년 전에 일어난 일들이 아직도 눈에 생생한 듯이 박진감 있게 얘기해 주었다. 허리띠의 버클이, 너무나 빠르게 그리고 정확하게, 일진 애들의 팔, 다리, 몸통, 머리를 가격했고 이 녀석들은 바로 운동장에 쓰러졌다. 마지막 남은 대장 한 명은 버클에 이마를 맞고 내동댕이쳐졌다. 싸움이 끝나고 나서 몇 명은 뼈가 부러져 읍내 병원으로 실려 갔고 깁스를 했다. 이들이 붕대를 한 모습은 한두 달 동안 권민중의 싸움 실력을 성정고등학교 아이들에게 상기시켜 주었다. 대장 아이는 머리에 큰 혹을 보름이나 달고 다녀서 체면을 완전 구겼고 학교를 졸업할 때까지 조용하게 지냈다. 교장이 알기로 이것이 권민중이 벌인 유일한, 그리고 성정고등학교에서 가장 유명한 싸움이었고 그는 학교의 전설이 되었다.

나는 권민중의 학생부에서 가족사항, 석차, 출석사항, 특별활동, 특기사항을 차례로 확인해 보았다. 주소는 논산, 가족은 아버지 황상수, 어머니 강미자. 아버지 직업은 농부, 석차는 항상 1등, 결석한 날도 없고, 특별 활동으로는 과학반, 행동 발달상황은 모두 우수하다고 되어 있다. 교과학습 발달상황과 행동 발달상황에 담임교사들의 주관적인 견해도 유심히 보았다. 책임감이 강하고 공부를 잘하고 예의 바르다. 근데 특이한 점은 세 칸 모두에 '신중하고 말이 없다'고 적혀 있었다.

"권민중 박사가 이렇게 말이 없었나요? 담임선생님 모두 말이 없다는 점을 지적했네요. 텔레비전에서 보면 너무 말씀을 잘하셨잖아요?"

"하하하, 저와 친구였는데도 말이 거의 없었죠. 참 답답했죠."

다시 한번 생활기록부를 유심히 보았다. 특이한 상황은 없었다. 근데 교장은 무슨 생각이 났다는 듯이 한마디 던졌다.

"기억나는 게 하나 있는데…. 우리는 성정초중고가 다 있으니까요. 민중이 중학교 선생인가 초등학교 선생인가 말하는 걸 들었는데, 45년도 더 되었으니까요. 그 애가 어릴 때 말을 못 했다고 하더군요. 뭐죠, 그게… 실어증이라고 그러나요."

실어증?!

"왜, 왜, 그랬나요?"

혀가 꼬여서 말이 나오지 않았다.

"잘 모르죠. 성정 중학교와 초등학교가 옆이니깐 한번 가보세요."

나는 교장에게 두 학교에 전화 한 통씩을 부탁했다. 지금 바로 가니 생활기록부를 볼 수 있도록 부탁한다고. 교장은 양쪽 교무실에 전화를 걸어주었다. 재빨리 성정고등학교를 나와 바로 옆에 있는 성정중학교로 갔다. 청와대 신분증을 보여주고 교무실 책상에 앉아 권민중의 중학교 기록을 보았다. 고등학교 기록부와 모든 것이 같아 보였다. 부모, 주소, 출결, 성적, 행동발달상황…. 특이한 점이 없었다. 실어증은 그럼 초등학교 선생님에게서 들었던 걸까? 중학교의 반대쪽에 있는 초등학교 교무실로 달려갔다. 초등학교 기록부를 눈에 불을 켜고 보았다. 부모, 주소, 출결, 성적 행동발달상황은 중고등학교 것과 비슷했다. 다음 페이지를 넘겨서 선생들의 주관적 평가를 보았다. 맨 오른쪽 초등학교 6학년 담임선생이 기록한 특이사항이 눈에 들어왔다.

실어증을 앓았으나 나았음.

다시 앞 페이지로 넘겨서 담임의 이름을 보았다. 조미경. 사립학교라서 이들의 연락처가 있을 것 같았다. 교무실에서 선생님들께 퇴직한 조미경 선생의 연락처를 물었다. 선생들은 우물쭈물 대답을 회피하다 내가 다시 보채니 한 교사의 대답이 돌아왔다.

"유명하신 분이죠."

"왜요?"

"지난주에도 우리 선생님들이 그분을 뵈었어요."

"뵈었다뇨?"

"충청도에서 유명한 점쟁이세요."

"점쟁이라뇨? 선생님이셨잖아요."

"선생이 되고 나서 얼마 되지 않아 신이 들렸어요. 그래서 선생질을 그만두고 점쟁이를 하면서 평생 혼자 사셨어요. 하도 용해서 우리 학교 선생님들도 자주 가죠. 가끔은 복채도 깎아 주시구요."

"그 점집이 도대체 어디인가요?" 지난주에 점을 보았다는 선생이 적어준 주소를 받아 들고 나는 황급히 교무실을 빠져나왔는데 다른 선생님이 나에게 소리쳤다.

"가서 점 한 번 봐요. 정말 용해요!"

나는 떠나기 전 청와대의 창배에게 전화를 걸어 조미경에 대한 정보를 요청했고 창배는 그러겠노라고 대답했다.

◇

내비게이션으로 주소를 찍고 한 시간을 달려가니 넓은 서해가 펼쳐졌다. 차를 세우고 주위를 둘러보니 황량한 어촌 마을이었다. 방파제를 북쪽으로 쳐서 삼면이 육지로 둘러싸여 있고 바다 위로 배들이 버려져 있었다. 해변가로 가서 표지를 보니 '마검포 해수욕장'이라 적혀 있었다. 몇 채 되지 않는 집들 중 점집은 빨간색 깃발로 위치를 드러내었다. 문을 열고 여러 명의 사람들이 앉아 있는 대기실로 들어가자 짙은 향냄새가 났다. 예약을 받는 중년의 남성이 물었다.

"예약하셨어요?"

"아뇨, 예약 안 했습니다. 급히 서울에서 왔습니다."

"예약 안 하면 못 하는데요. 우리 점집은 하루에 10명만 봐요. 근데 운이 좋네요. 하필 오늘 예약하신 분이 취소를 하셨네요. 근데 좀 기다리셔야 합니다."

고급스럽게 차려입은 중년의 귀부인 몇 명은 이 집의 명성을 간접적으로 알려주었다. 1시간 30분을 대기실에서 기다리다 나는 점방으로 안내되었다. 정면의 큰 상 위에 과일, 과자, 양주, 와인들이 차려져 있었고 산신, 선녀, 동자신들 모형이 놓여 있었다. 상 앞에 동자신을 위한 것들인지 장난감들이 널브러져 있었고 상 양쪽에는 분홍색의 꽃들이 꽂혀 있었다. 그 옆 작은 상 앞에 하얀 저고리를 입고 앉은 노파가 눈에 들어왔다. 문을 닫고 노파 앞의 상에 앉으며 준비한 5만 원 지폐를 상 위에 올려놓았다.

"점 보러 왔어요."

흰색 저고리를 입은 노파가 고개를 숙이고 있더니 나를 정면으로 쏘아보았다. 흰 눈동자가 나의 눈과 마주치자 나는 소스라치게 놀랐다. 검은 동공이 없다! 백내장을 앓았는지 아니면 다른 눈 질병을 앓았는지 흰색의 초점이 없는 눈동자가 나에게 초점을 맞추고 있었다. 백발을 빗어 넘겨 하얀 비녀를 꽂고 흰 이마를 번쩍이며 흰 저고리를 입은 80대 노인네의 흰 눈이 주는 강렬함에 나는 얼어붙고 말았다.

"너 왜 나 보러 왔니? 왜? 어디서 나를 시험하러 왔어!"

느닷없는 이 노파의 호통에 나는 다시 한번 얼어붙었다.

"아, 아닙니다. 점 보러 왔어요."

노파는 얼굴을 옆으로 돌리고 눈을 내리깔고 잠자코 있었다.

"제 미래가 걱정되어 왔습니다. 어떻게 살아야 하나요? 저에 대해 말해주십시오. 나이와 생일을 말씀드릴까요?"

"그럴 필요 없어!"

노파는 옆에 있는 방울을 꺼내 들고 흔들기 시작하며 주문을 외웠다. 무슨 말인지는 모르겠으나 주문인지 노래인지 계속 듣고 있으니 나를 쫓아오는 것 같기고 하고 나를 위로해주는 것 같기도 했다. 갑자기 노파의 얼굴에서 땀이 뻘뻘 나고 벌겋게 달아올랐다. 접신을 하는 것일까? 그러더니 갑자기 다른 사람이 된 듯 목소리가 바뀌고 점사를 쏟아내었다.

"외로운 인생이구나! 헛된 것을 찾고 있어! 그러나 얻는 것은 없구나. 허망하다,

허망하다, 네 인생! 사랑하는 사람에게 버림받고 원망의 마음만 가득하구나! 세상을 향한 복수심에 불타는구나! 하지만 세상이 너에게 칼을 꽂는구나."

노파의 부정적인 말에 머리카락이 쭈뼛 섰고 순간적으로 그녀의 점사가 맞다는 생각이 번쩍 들었다. 노파는 잠시 호흡을 가다듬더니 다시 점사를 내뱉었다.

"부모가 없구나! 부모가 현세에 지은 죄 때문에 네가 손에 피를 묻히는구나! 애비가 지은 죄 때문에 너는 저주를 받고 악귀가 너의 심장을 갉아 먹는구나. 그것이 너에게 업으로 돌아왔고 그 업이 너를 넘어서 다른 사람에게 계속에서 업을 짓는구나. 네 애비를 저주하는 악귀들이 너의 피를 빨아먹고 너는 평생 외로워서 허망한 것을 쫓고 또 쫓고 있구나. 그게 다시 너에게 칼로 돌아오는구나."

신상에 대해 어떤 정보도 알려주지 않았지만 노파는, 아니 노파에게 접신한 그 무엇은, 나의 과거를 정확히 아는 듯해서 어안이 벙벙해 눈만 멀뚱멀뚱할 뿐이었다. 노파가 내뱉은 점사에 홀려서 나도 모르게 그녀에게 물어본다.

"그럼 저는 어떻게 해야 합니까? 저는 어떻게 살아야 합니까? 저를 도와주는 사람은 없습니까?"

노파는 다시 방울을 들고 주문을 외우기 시작하더니 점사를 말했다.

"세상이 너에게 던진 칼을 막아주는 사람이 있구나. 네 애비가 버린 네 에미가 보이는구나. 너는 토양이고 네 에미는 나무다. 지금 너는 언 땅이고 그 나무가 너를 잡아당기는구나."

"저는 어머니가 어디에 계신지도 모릅니다. 어릴 때 저를 버리고 떠나셨어요. 다시는 어머니를 보고 싶지가 않습니다. 왜 그 어린 나이에 버리셨는지 이해가 안 갑니다. 사실 어머니를 만나면 죽이고⋯."

무의식적으로 뱉은 이 말 때문에 나는 몸을 부르르 떨었다. 점사가 나의 가장 아프고 깊숙한 무의식을 건드려서 그 무의식은 스스로 자신의 모습을 드러내었다.

"네 에미에 대한 원망이 세상에 대한 원망으로 바뀌었구나. 세상을 원망하고 또 원망해도 소용없다. 너는 부질없이 세상과 싸웠구나. 세상이라는 악귀가 너를 잡아먹는구나. 하지만 운명이란 돌고 도는 것. 만남이 있으면 헤어지고 헤어짐이 있으면 다시 만난다. 피붙이라는 건 네가 거역할 수 없는 운명이다."

이 노파의 점사로 내가 혼비백산하여 멍하게 있을 때 핸드폰의 진동이 울리기 시작했다. 청와대의 창배다. 노파는 이번에는 궁금증으로 가득 찬 흰 눈동자로 나를 쏘아보았다.

"어, 말해봐."

창배가 들려주는 짧은 통화가 나의 접신이었고 그것은 조미경이 어떤 사람이라는 것을 단박에 알게 해 주었다. 그녀의 점사가 나를 단박에 알아차린 것처럼. 나는 전화 통화 내내 노파의 흰 눈동자를 뚫어지게 바라보았고 통화가 끝나고 전화를 주머니에 넣고 나서도 그녀의 흰 눈동자를 응시했다.

…

"권민중을 아시죠?"

…

"김 서방! 김 서방! 오늘 손님은 끝났다. 문 닫거라!"

노파는 안내인에게 소리를 지르더니 바로 나에게 소리를 질렀다.

"감히 어찌 네가 그분의 성함을 들먹이느냐! 그분은 세상으로부터 버림받은 네가 입에 올릴 수 있는 이름이 아니다!"

"지금으로부터 50년 전, 성정국민학교 6학년 권민중의 담임 조미경 선생님! 건설사업을 하던 남편이 바람이 나서 집에 들어오지 않자 상심하여 불교에 의지했죠. 관촉사의 은진미륵 상 앞에서 밤낮 빌고 또 빌었지만 남편은 집으로 돌아오지 않았습니다. 이때 권민중이라는 아이가 나타납니다. 너무나 잘 생겼죠. 당신은 어린 권민중을 관촉사에 데려갑니다."

"당치도 않은 소리! 네가 무얼 안다고 지껄이느냐!"

"관촉사 스님들은 권민중을 보고 놀랍니다. 당신은 그 스님들의 반응을 보고 의아해합니다. 왜 그러냐고 스님들에게 묻지만 스님들은 천기누설이라며 말을 안 합니다. 당신은 너무나 궁금해서 돈을 주어 어느 스님에게서 그 천기를 알게 됩니다. 권민중은 32길상을 가진 미륵이라고 그 스님은 말합니다."

"네가 무얼 안다고 감히 미륵 부처님을 입에 올리느냐!"

"당신은 그때부터 환상에 사로잡힙니다. 미륵에게 빌고 빌었지만 남편은 오지 않고 미륵이 직접 온 겁니다. 당신은 속으로 만세를 부릅니다! 남편은 없어도 돼. 아니 이제는 없는 게 훨씬 좋아. 내 손 안에 미륵이 있어. 그러고는 권민중을 당신 집으로 꾀어서 데리고 갑니다. 그러고는…."

"헛소리 집어치워!"

노파의 얼굴은 아까 접신한 것처럼 벌겋게 달아올랐고 자제력을 이미 상실했다.

"조미경 선생님! 당신은 초등학생인 권민중을 당신의 침대로 끌어들여 몹쓸 짓을 했죠! 왕 중의 왕, 부처님의 아이를 가지고 싶었던 거예요. 세상 모든 것을 가질 수 있다는 희망에 부풀어 올랐죠."

"거짓말! 거짓말이야!"

"당신은 이제 세상 모든 것을 다 가질 수 있는 기회가 왔다고 기뻐하죠. 나에게도 이런 일이 생기다니! 부처님의 아이를 가질 수 있다는 지상 최고의 축복에 기뻐 날뛰어서, 당신은 은진미륵상에 다시 밤낮으로 기도를 합니다. 비나이다, 비나이다, 부처님께 비나이다, 부처님의 아이를 가지게 해 주세요. 은진미륵이 당신의 정성에 감동을 받았는지 반응을 합니다. 드디어 반응이 왔어요. 근데 엉뚱한 반응이었죠. 아이는 주지 않고 신내림을 줍니다."

노파는 흐느끼기 시작했다. 자신의 인생을 통째로 바꾸어버린 그 사건이 내 입에서 튀어나오자, 노파의 가장 깊고 비밀스러운 무의식을 건드리자, 그녀의 하얀 눈동자는 주체할 수 없는 눈물을 쏟아내었다.

"권민중이 당신의 집에 들락거리는 것이 학교와 동네에 퍼지자 소문이 무성하게 납니다. 권민중의 부모는 자식이 집에 돌아오지 않자 학교에 연락을 했고 학교에서는 당신이 몹쓸 짓을 하고 있다는 걸 알게 됩니다. 권민중은 부모님에게 심한 꾸중을 듣고 학생들에게 조롱과 왕따를 당해 실어증에 걸리게 되죠. 학교는 당신이 신내림을 받아서 미쳤다고 판단하고 권민중과의 부적절한 관계를 이유로 당신을 파면합니다."

"아니야, 아니야, 아니라고! 네가 잘못 알고 있어!"

노파는 눈물을 흘리면서 자신의 혐의를 부인했다.

"미륵께선 이미 실어증에 걸려 있었어. 전학을 왔을 때 이미 실어증에 걸려 있었다고. 내가 보살펴줘서 실어증이 나은 거야. 32길상 중 이미 하나가 훼손이 되었어. 미륵님의 마음의 병을 내가 고쳤다고!"

"전학을 왔다고요? 권민중이 전학을 왔다고? 원래 충청도에서 나서 자라지 않았나요?"

"어린 왕의 한이 서린 곳에서 오신 분이야."

노파는 흐느끼면서 답했다.

"어린 왕의 한이 서린 곳이라뇨? 도대체 어딘가요? 어린 왕의 한이 서린 곳이 도대체 어딘가요?"

나는 점방이 떠나가도록 외치며 윽박지르듯 그녀에게 물었다. 노파의 울음소리만 점방에 가득 찼다.

"제발 부탁입니다. 권 박사는 자살한 게 아니에요. 암살당했습니다. 저는 지금 그 암살범을 쫓고 있습니다."

"미륵께선… 영월에서 왔어….."

9장 NT-1

영월?! 아, 뭔가 있구나! 제보자가 거짓말을 한 것이 아니야. 뭔가가 있어.

"영월 어디서 왔나요? 영월은 서울만큼이나 큽니다."

"마차…."

"마차라뇨?"

"마차리, 영월군 마차리."

아! 마차탄광이 있었던 곳!

"왜 권민중이 마차에서 논산으로 왔나요?"

"나도 몰라."

"왜 실어증에 걸렸나요?"

"나도 몰라."

다음날 바로 영월로 향했다. 도대체 왜 권민중은 영월 마차에서 논산으로 이사하게 되었을까? 그가 왜 실어증에 걸렸던 것일까? 의문이 꼬리에 꼬리를 물었다. 마차리에 오기 전 오전에 연락도 하지 않고 영월교육지원청을 들렀다. 청와대 직원이라고 밝히고 지원청장을 만나러 왔다고 말했다. 지원청장은 자신의 사무실에서 직접 달려 나왔다. 청와대라는 말 자체가 아직도 시골에서는 상당한 위력을 가지는 듯했다. 반갑게 인사를 나누고 발렌타인 30년짜리 한 병을 건넸다.

"대통령님께서 저를 어떻게 아시고 이렇게 큰 선물을 주셨습니까?"

"대통령님께서 청장님의 노고를 잘 아시고 계십니다. VIP께서 저에게 비밀 특명을 하나 주셨습니다. 이 일에 대해서 철저히 비밀을 부탁드립니다."

대통령이 광산과 광부에 대한 애정이 대단히 많으며 마차리를 관광특구로 만드는 계획을 나에게 맡겼다고 말했다. 최근 정치권과 언론에서 과거 한국의 경제발전을 재조명하면서 고생했던 광부들에 대해서 다루고 있었다. 그토록 많은 탄광촌 중에 대통령이 왜 하필 마차리에 대한 애착이 있을까라는 것은 나도 모르고 아마 무슨 사연이 있을 것이라고 둘러대었다. 그는 마차리가 예전에 굉장히 유명했다고 말했다.

"저는 마차리 옆에 있는 문곡리 출신입니다. 40년 전만 해도 청량리 다음에 마차리라고 사람들이 말했지요."

"그래요?"

"하하하, 당시에 마차리가 대한민국에서 가장 흥청망청했던 곳입니다. 밤이면 불야성이었지요. 아주 좋은 시절이었습니다."

나는 마차초등학교 교장에게 연락을 취해달라고 부탁했다. 그렇게 해서 나는 마차초등학교를 뚫었다.

마차리 시내를 한번 돌아보는 데는 10분이 걸리지 않았다. 파리 한 마리 얼씬하지 않는 곳에, 산밖에 보이지 않는 곳을 관광특구로 만든다는 것은 누가 봐도 어이없는 소리였다. 50년 전 이곳이 청량리 다음에 마차리였고 돈을 벌어보겠다는 젊은이들이 구름같이 몰려들었다는 사실이 믿기지 않았다. 이곳이 어떻게 밤이면 불야성이었을까!

마차초등학교 교무실을 들어섰을 때 대여섯 명의 선생님들이 앉아 있었다. 화기애애한 분위기는 외부인이 나타난 순간 얼어붙었다. 나는 이기남 교장 선생님을 찾아왔다고 말했고 교무실 옆에 있는 교장실로 안내되었다. 미리 전화를 해놓은 터라 교장은 나를 반갑게 맞아주었다. 준비해 온 또 다른 위스키를 이 교장에게 전달했다. 왜 내가 이곳에 왔는지 교육청의 청장에게 말한 것처럼 같은 내용을 말했고 교장은 학교를 구경시켜 주겠다고 나섰다.

이기남 교장은 마차리에서 태어나고 자란 토박이였다. 마차초교는 학교 전체가 동쪽을 바라보고 있었다. 그가 나를 맨 먼저 보여준 곳은 학교 정면에서 왼쪽에 위치한 연못이었다. 진주연못이라는 곳이 있고 바로 옆에 수원지가 있어 물이 솟구치고 있었다. 이 샘을 발원지로 하여 개울이 학교 건물과 운동장 사이를 흘렀다. 진주연못과 용천샘은 학교 건물의 왼쪽에 위치하여 학교 건물 앞을 가로질러 남쪽으로 흐르다가 동쪽으로 꺾여져서 요봉천으로 합류했다. 용천샘이라. 글자 그대로 용이 하늘로 올라가는 샘이다.

"아마도 수원지가 있고 개울이 학교 한가운데를 흐르는 곳은 대한민국에서 마차초등학교가 유일할 겁니다."

나도 학교 건물 앞 정면으로 개울이 흐르는 곳은 본 적이 없었다. 반경이 40미터 정도 되는 진주연못은 예전에는 80미터가 넘는 곳이었다. 이곳은 동네 아이들의 수영장이자 아낙네들의 목욕탕이었다.

"이 앞 요봉천을 보셨죠? 우리 어렸을 적에는 요봉천이 까맸어요. 탄광에서 내려오는 탄들이 섞여서 내려왔죠. 우리는 냇물이 원래 검은색인 줄 알고 자랐습니다. 항상 검은 냇물만 보고 자랐으니까요."

냇물은 원래 검은색인 줄 알았다…. 요봉천은 검은 탄물이었기 때문에 수영이나 빨래를 할 수 없었던 아이들, 동네 아낙들이 목욕을 하고 빨래를 하던 곳은 마차초등학교의 진주연못과 개울이었다. 동네 아낙들이 모이는 곳이라 이곳이 정보와 소문의 중심지였다.

"얼마나 머무실 건가요?"

"VIP의 특명이라 좀 있을 예정입니다. 숙소는 별마로 리조트로 잡아 놓았습니다. 옛날 마차초등학교 학생들은 어땠나요?"

"어린이들이야 똑같죠 뭐. 근데 아무래도 탄광촌이다 보니 애들이 순박하기도 하고 거칠기도 하고 그렇습니다."

참 모순적인 말이다. 순박하기도 하고 거칠기도 하다. 어쩌면 진실일지도 모르겠다. 순박한 사람들이 거칠다. 내가 군대에 있을 때 시골 출신 상사들이 그랬다.

"VIP께서 어린이들에 대해 관심이 많으십니다. 저…혹시 학생들의 생활기록부를 좀 볼 수 있는지요?"

"필요하시면 보십시오. 나랏일 하시는데 도움을 드려야죠."

"점심이 다 되었는데 제가 점심을 사겠습니다."

"선생님들이 몇 명 되지 않으니 같이 드시지요." 우리는 두 차에 나누어 타고 근처에서 가장 맛있다는 마차갈비로 갔다. 30~40대 선생들은 강원도 각지에서 왔고 마차리에 대해서는 잘 몰랐다. 나는 준비해 온 샤넬 화장품을 하나씩 돌렸다. 여자 선생님이 4명이고 남자 선생님이 2명이었다. 남자 선생들에게는 사모님께 갖다 드리라고 했다. 그들은 내가 왜 마차초등학교에 왔는지 궁금해했다. 청와대에서 마차리를 관광특구로 만들 계획이고 조사차 방문했다고 말했다. 그들은 청와대 생활이 어떤지, 대통령이 진짜 어떤 분인지, 재미있는 정치 비사는 없는지 물어보았다. 나는 여기저기서 들은 정보들을 짜깁기해서 그럴싸하게 포장해서 들려주었다. 청와대라는 곳이 별 곳 아니라는 말도 빠뜨리지 않고. 청와대에서 왔음에도 내가 서글서글하게 대하자 그들은 금세 긴장의 끈을 풀고 호의적으로 변했다. 아마 샤넬의 힘도 컸을 터이다.

나는 이날 오후부터 바로 교무실 한편에서 50년 전의 생활기록부를 뒤지기 시작했다. 당시 권민중의 연령대에 속한 6학년을 우선 검토했다. 6학년 1반부터 한 장, 한 장 넘겼다. 1반에 없다. 2반에도 없다. 반이 넘어갈수록 초조했다. 8반에도 없다. 9반에도 없다. 혹시 6학년 때 10반이었나? 속이 타들어 갔다. 한 장, 또 한 장. 그의 이름은 아무 데도 없었다. 6학년 때 전학을 갔기 때문에 없을 수도 있겠다 싶었다. 그럼 5학년을 검토해 보자. 마음을 졸여가며 다시 5학년 1반부터 검토하기 시작했다. 1반에 없다. 2반에도 없다. 3반에도 없다. 다시 속이 타들어 갔다. 9반에도 없다. 마지막 희망은 5학년 10반. 역시 없다. 권민중이라는 이름은 끝내 나타나지 않았다. 나는 길게 한숨을 쉬었다. 옆에 있던 여교사가 나에게 말을 걸었다.

"흥미로운 것 좀 찾으셨어요?"

"학생들 아버지 직업이 대부분 광부였군요."

"예전에는 그랬죠. 뭐 특이한 거 있나요?"

"아뇨, 별로요. 내일 다시 와서 좀 자세히 봐야 할 것 같아요."

학교 퇴근 시간이 되어서 나는 별마로 리조트로 왔다. 왜 권민중의 이름이 생활기록부에 없는 걸까? 조미경이 거짓말을 했을 수도 있다. 권민중이 전학 왔다는 어떠한 증거도 없지 않은가. 그 여자의 말밖에 없지 않은가. 괜히 부질없는 짓을 하고 있지 않은지 의심이 일었다. 권민중의 과거가 그의 암살을 파악하는 데 중요한가? 아니다! 하지만 왜 그가 실어증에 걸린 걸까? 나는 암살 배후보다 그게 더 궁금해졌다. 뭔가 숨겨진 사연이 있었나?

나는 다음 날부터 일주일 내내 학생들의 생활기록부를 보았다. 1학년부터 6학년까지, 각 학년별로 열 개의 학급이 있었기 때문에 생활기록부는 마차초등학교에서 1년에 60권이 만들어졌다. 50년 전부터 그 후 10년간의 생활기록부를 뒤졌지만 그의 이름을 찾지 못했다. 다시 50년 전부터 그 이전 10년간의 생활기록부를 뒤졌지만 그의 이름을 찾지 못했다. 총 1,200권의 생활기록부에 그의 이름은 어디에도 없었다.

그사이 나는 마차초등학교 선생님들과 친해졌다. 관광특구를 조사하러 온 사람이 매일 학생들의 생활기록부만 뒤지고 있으니 그들이 의아해했다. 나는 출석부에 나와 있는 아이들의 정보로부터 마차리의 생활상을 이해하기 위해서라고 둘러대었다. 황다혜라는 선생은 나의 이런 말에 "참 꼼꼼하시네요. 청와대 직원은 정말 아무나 하는 게 아닌가 봐요."라며 비꼬았다. 내 말이! 가짜 청와대 직원은 정말 하기가 힘들다.

왜 권민중이라는 이름이 없을까? 논산 성정초중고에는 선명하게 이름이 나와 있는데 여기서도 선명하게 나와 있어야 되는 게 아닌가. 나는 몇 가지 가능성을 추측해 보았다. 조미경이 거짓말을 했다. 아니면 누군가가 권민중의 생활기록부를 빼돌렸다. 이 두 가지밖에 생각나지 않았다. 처음 제보자가 영월의 중심을 찾으라고 한 것과 마차리가 영월에 있다는 것이 일치하기 때문에 나는 조미경이 거짓말을 했다고 생각지 않았다. 권민중이 죽고 나서 그녀가 거짓말을 할 이유는 없다. 근데 처음 그 제보자는 도대체 누굴까? 왜 나보고 영월로 가라고 한 걸까? 실험일지가 없는 영월로 왜 가라고 했을까? 아니다. 내가 아직 영월에 숨겨져 있는 실험일지를 못 찾은 것일 수도 있다. 근데 권민중이 죽고 나서 그 실험일지를 찾는다고 무슨 소용이 있겠는가. 모든 것이 끝나지 않았는가. 제보자가 나의 주의를 돌리기 위해 영월로 가라고 했을 수도 있다. 그렇다면 제보자는 암살자와 연관이 있는 걸까? 젠장! 풀리지 않는 의문들이 꼬리에 꼬리를 물었다. 영월의 중심, 실험일지, 실어증, 마차리… 실험 일지… 아차! 나는 마차 탄광 건너편에 있었던 별장이 생각났다. 밤중에 봤을 때는 아이들 낙서장들이 있었는데 내가 유심히 못 본 게 아닐까. 혹시 그중에 실험일지가 있는 게 아닐까. 나는 일주일간 생활기록부를 뒤지다 아무 성과가 없어서 우연히 생각난 그 별장에 다시 가보기로 했다.

마차초등학교에서 북쪽으로 2킬로미터 떨어진 마차탄광 건너편의 별장으로 다시 갔다. 당시에는 피곤해서 그런지 상당히 높이 올라간 것 같은데 그렇게 높지 않게 느껴졌다. 울타리는 열려 있었다. 현관문을 다시 살포시 밀쳐보았다. 열려 있다! 창문 너머로 밝은 햇빛이 들어왔고 한 달 전과 똑같은 풍경이었다. 복도 50미터의 양쪽으로 3미터가 훨씬 넘는 천장까지 닿은 책꽂이들에 공책들이 **빽빽**하게 꽂혀 있었다. 나는 공책 한 권을 꺼내어 보았다. 아이들의 글이다. 다른 공책들도 꺼내어 보았다. 역시 아이들의 글들이었다. 나는 이 글들을 유심히 보았다.

선생님께서 장래 희망을 말해보라고 시키셨다. 승복이는 의사, 재철이는 선생님, 미영이는 간호사, 말자는 현모양처가 되겠다고 한다. 나는 뭐가 되고 싶은지 잘 모르겠다. 나는 책을 싫어한다. 내가 유일하게 좋아하는 책은 만화책이다. 내가 제일 존경하는 사람은 대통령도 아니고 과학자도 아니고 신동헌 만화가 선생님이시다. 만화가는 돈을 많이 벌까? 만화가가 못되면 아버지처럼 광부를 하면 된다. 아니 광부를 그리는 만화가가 되면 어떨까?

어떤 아이의 꿈 이야기. 만화는 언제나 책보다 재밌지.

이브1이 오늘따라 예뻐 보인다. 이브1 아버지가 서울에서 사 온 구두와 옷을 입고 왔다. 이브2는 오늘 기분이 좋아 보이지 않는다. 이브1이 새 구두와 옷을 입고 와서 그런가? 이브3은 선생님으로부터 꾸중을 들었다. 친구들과 수업 시간에 떠들었기 때문이다. 연필을 주우려고 할 때 이브4의 빤스를 보고 말았다. 가슴이 너무 콩닥콩닥거려서 수업시간에 벌벌 떨었다. 하루 종일 이브4가 생각났다. 이래도 되는 걸까? 하느님께 혹시 벌 받는 게 아닐까.

여자아이들을 이브라고 표현한 것 같은데 아마도 좋아하는 여자아이들이겠지. 근데 좋아하는 여자애들이 이렇게 많았나? 왜 가명으로 붙였을까? 아마 교회에 다니는 애일 거야. 자기를 아담이라고 생각했겠지.

옆방 미선이 어머니는 밤마다 우신다. 한 달 전 아저씨가 탄광 사고로 돌아가셨다. 아저씨는 참 좋은 분이었다. 가끔 미선이와 영환이 주러 사 오신 과자를 우리에게도 주셨다. 미선이와 고무줄놀이를 하고 싶은데 미선이는 하기 싫다고 한다. 미선이 동생 영환이는 내 동생 진구와 구슬치기를 했다. 나도 빨리 미선이와 고무줄놀이를 하고 싶다. 오늘 밤에도 미선이 어머니 우실까?

흠…광부들의 사택이 다닥다닥 붙어 있다고 들었는데 옆방 소리가 들렸나? 광산에서 사고가 많았다던데…. 미선이네 가족은 어떻게 되었을까?

공책들을 가만히 읽다 보니 이제야 깨달았다. 아이들의 일기장이 아닌가! 왜 여기에 이렇게 많은 일기장들이 있지? 그것도 아이들의 일기장이? 대충 보아도 수만 권이 될 것 같았다. 나는 다시 마구잡이로 일기장들을 꺼내어 유심히 보았다. 어라, 일기장에 날짜가 없다. 어떻게 된 거지? 왜 날짜를 적지 않았을까? 그렇다면 이 일기들이 언제 작성된 것인지 알 수가 없다는 말인가? 그리고 누구의 일기장인지가 적혀 있지 않다. 나는 필체들을 확인해 보았다. 모두 다른 필체다. 작자 미상에 날짜까지 미상이라…. 도대체 뭐가 어떻게 된 거지? 그리고 왜 이곳은 항상 문이 열려 있지?

마차초등학교로 내려와서 용천샘 옆에 앉았다. 이 넓은 수영장에서 50년 전 아이들은 즐거웠겠지? 마차리의 아이든 베벌리힐스의 아이든 아이들의 본질은 낙천적이다. 하지만 마차리 아이들이 걱정이 더 많았을 것이다. 광부인 아버지는 언제 사고를 당할지 모르고 어머니는 아버지의 안전을 위해 매일 밤마다 기도하고 아이들은 그런 어머니를 보면 떼를 마음껏 쓰지는 못했을 것이다.

"뭔가 찾아낸 게 있습니까?"

상념에 잠긴 나를 깨운 사람은 교장이었다.

"예전에 그렇게 화려했던 동네가 어떻게 이렇게 조용한지 믿기지 않습니다."

"제 말이요. 어릴 때 얼마나 재밌었는지 모릅니다. 전국에서 별별 사람들이 다 왔으니까요. 동네가 왁자지껄했지요. 그땐 참 살만 했습니다."

"저 교장 선생님, 제가 이 마을을 돌아보니 흥미로운 곳을 한 군데 발견했습니다."

"어딘가요?"

"혹시 마차탄광 건너편에 있는 별장 아시는지요? 그곳에 가보니 학생들 일기장 같은 것이 있던데요."

교장은 약간은 놀란 듯한 표정을 지었다.

"아, 그곳을 어떻게 발견하셨어요?"

"그냥 여기저기 다니다가 우연히 보게 되었습니다."

"하하하, 그곳은 마차초등학교 동창생들의 비밀 아지트입니다. '추억의 집'이라고 하죠. 외부인이 들어가시면 안 되는 곳이에요."

"죄송합니다. 무슨 연유라도 있나요?"

"연유랄 거는 없습니다. 저희가 어릴 적에 쓴 일기장들을 모아 둔 곳이죠. 추억을 모아두었다고 해서 '추억의 집'이라고 불러요."

"제가 봐도 몇만 권은 되는 것 같습니다. 그 많은 일기장이 어떻게 그곳에 모인 건가요?"

"이야기가 조금 깁니다."

교장의 말에 의하면 사정은 이렇다. 자기는 어릴 때라 잘 기억이 나지 않지만 당시 50년 전 마차국민학교에 최광기 교장이 있었다. 그는 전교생들에게 일기를 쓰게 한 장본인이었다. 그가 이렇게 한 이유는 우선 시골 아이들의 문장력과 사고력을 기르기 위해서였다. 최 교장의 아이디어는 당시 유행한 『안네의 일기』 때문에 더욱 확고해졌다. 최 교장은 마차 어린이들이 어려운 환경 속에서도 희망과 꿈을 잃지 않았던 강인한 안네와 같은 아이들이 되기를 바랐다. 또한 일기장을 통해 광부 생활을 하는 가족들과 아이들의 환경을 이해하기 위해서였기도 했다. 사람들의 이동이 잦고 탄광 사고도 많이 일어나기 때문에 가족의 상황은 아이들의 생활에 지대한 영향을 미쳤다. 아이들과 그들의 가족을 이해하기 위해 일기만 한 것은 없었다. 집안에 무슨 일이 일어났는지를 아이들의 일기장을 통해서 파악했던 것이다. 교장은 선생들에게 일기를 매주 검사하도록 지시했고 일기를 잘 쓴 학생들에게는 상을 주었다. 당시 마차초등학교 학생들이 3,600명이었고 이 학생들이 1년에 1~2권의 일기를 써도 10년 만에 몇만 권이 되는 것은 문제도 아니었다.

"근데 학생들 개인이 보관하지 않고 왜 모아두었죠?"

"교장 선생님의 명령이었어요."

당시 교장 선생님의 권위는 절대적이었기 때문에 누구도 이에 대해 이의를 제기하지 못했다. 최 교장은 일기장은 자기가 잘 보관하고 있을 테니 30년 이후에 와서 다시 보면 뜻깊을 것이라고 말했다. 개인이 보관하고 있으면 잃어버릴 수가 있기 때문이다. 더 중요한 목적은 마차초등학교에 대한 추억이 생기면 일기장을 보러 여기 올 것이라는 이유에서였다. 나는 실제로 일기장을 보러 여기 오는 사람이 있냐고 물었는데 가끔 사람들이 온다고 한다. 특히 동창회를 하면 일종의 의례로 일기장을 같이 본다는 것이다.

"근데 이름이 적혀 있지 않은데 수만 권 중 자기 걸 어떻게 찾나요?"

"그래서 제가 최 교장 선생님을 천재라고 해요."

자기 일기장을 찾는 것은 일종의 보물찾기이다. 자기가 어린 시절에 어떤 생각을 하고 어떤 글을 썼는지 궁금해하며 찾아야 재미있다는 것이다. 근데 이 교장이 이해하기로 최 교장의 뜻은 더 깊은 데 있는 것 같았다고 말한다. 자기 일기장을 찾다가 다른 친구들의 일기장을 읽으면 당시 친구들의 추억을 찾을 수 있다. 나만의 추억이 우리의 추억으로 변한다.

"근데 사람들이 자기 일기장을 잘 찾나요?"

"수만 권 중에 찾기는 쉽지 않죠. 그래서 며칠 동안 그걸 뒤지는 동창들이 가끔 있죠. 그럼 마차리에 머물면서 오래 있을 거 아니에요. 며칠 하다 보면 다 찾더라고요. 저도 며칠 하다가 찾았어요."

"그럼 그걸 찾아서 가지고 계신가요?"

"아뇨. 거기 꽂아 두었죠."

"왜요?"

"나도 찾아서 집에 가지고 왔었어요. 근데 혼자 책장에 꽂혀 있는 게 너무 초라한 거라…. 제 일기장이 너무 외로워 보였어요. 그래서 거기다 가서 꽂았는데 그때 최 교장 선생님의 뜻을 알고 울었습니다."

이 교장은 이 이야기를 하면서 눈시울을 붉혔다.

"작은 일기장 하나하나가 모여 수만 권이 되는 것을 보고 가슴이 뭉클했습니다. 아무것도 아닌 것들이 수만 개가 모이니깐 장엄했습니다. 비록 보잘것없지만 그것들이 모여 있는 것을 보고 어딘가 모르게 힘이 났어요. 사람들은 자기 일기장을 찾아도 가져가지 않고 대부분 거기에 다시 꽂아둡니다."

"근데 남의 일기장을 보는 게 조금 그렇지 않나요?"

"당시에 우리는 나와 남이라는 게 없었어요. 요즘 말로 프라이버시라는 게 없었죠. 다 같은 동네에서 자라서 다 잘 알았죠. 각자도생의 시대가 아니라 혼연일체의 시대였죠. 지금 나이가 들어서 남의 일기장을 보면 다 자기 이야기라고 느껴지죠. 그리고 서로 일기장을 볼 가능성이 있기 때문에 교장 선생님이 이름을 쓰지 말라고 했죠. 다시 와서 보면 자기 친구 일기장도 발견하게 되는데 읽다 보면, 친한 사이면 누군지 알게 돼요. 그래서 그 친구의 비밀을 이제야 알게 되었을 때 느끼는 친구에 대한 정은 말도 못 해요."

"근데 왜 일기장에 날짜가 없죠?"

"글쎄요. 왜 최 교장 선생님이 날짜를 쓰지 말라고 했는지는 처음에는 이해가 안 갔어요. 근데 날짜가 없는 게 더 좋더라고요. 1960년이라는 글자가 있으면 '50년 전의 일이구나'라고 연상될 거 아니에요. 그게 없으니까 마치 내가 어제 쓴 거

같아. 유년기로 곧바로 돌아가는 거죠. 날짜의 방해 없어요. 추억은 날짜로 틀 지울 수가 없어요. 일기는 사실이 아니라 순수한 추억이죠. 그건 시간에서 벗어나 있어요. 우리 안에 머물러 있죠."

시간에서 벗어나 있다. 우리 안에 머물러 있다. 어린 시절의 추억, 회한, 그리움. 나도 그 시절을 떠올리면 마치 시간이 멈춘 듯 느껴진다. 무사태평의 시간, 아무 걱정도 없는 시간. 어린아이는 본시 무사태평의 존재다. 세상이 그렇게 사납지 않았고 생존을 위해서 발버둥 칠 필요가 없고, 정의를 세우기 위해 핏대를 세우지 않아도 되고, 역사를 위해서 싸울 필요도 없다. 무사태평함에 대한 그리움, 총체적인 아련한 시간에 대한 그리움. 아니야, 난 엄마가 없지 않았던가. 그 무사태평함이 갑자기 불안, 원망, 외로움, 그리움으로 사무치지 않았던가.

마차리는 사람들의 기억 속에 옛날의 영광이 현재의 몰락을 지배하는 곳일까? 시간은 현재에서 과거로 흐를지 모른다. 모두가 추억이라는 것을 가지고 살기에. 아차차, 번쩍이는 아이디어가 생각났다. 그래! 생활기록부라는 공식적인 기록이 아니라 일기장이라는 비공식적인 기록을 뒤져보자! 우리 기자들은 공식적인 자료만 보지 않는다. 오히려 세상의 생생함을 전달하기 위해 현장으로 뛰어다니는 것이 아닌가. 기자라면 현장에서 살고 현장에서 죽는다. 공식적인 기록이 아니라 비공식적인 자료가 실제로 삶을 제대로 그리고 있지 않은가. 만약 권민중이 마차초등학교 학생이었다면, 그리고 전교의 모든 학생들이 일기장을 썼다면, 분명 권민중도 썼을 것이다. 며칠 찾다 보면 자기 일기장을 대부분 찾는다는 이 교장의 말이 희망적이었다.

다음날부터 나는 '추억의 집'으로 가서 일기장을 하루 종일 뒤지기 시작했다. 산더미 같은 일기장에 파묻혀서 아이들의 이야기를 읽으니 딴 세상이었다. 일기라는 것은 하루 단위로 쓰이기 때문에 어떤 명확한 목적이나 결론이 없다. 하루하루의 소소한 기록. 소소한 것들이 쌓여서 위대한 것이 된다.

탄광촌 아이들의 일기는 어떨까? 첫날 수십 권의 일기를 읽은 후 탄광촌 아이들에 대한 편견이 있다는 것을 알았다. 막장 인생을 사는 부모님, 보잘것없는 광산 문화, 가난에 찌든 생활에서 나는 어린아이들이 의기소침하고 우울할 것이라고 생각했다. 하지만 이들의 일기장은 재미있는 일들과 생동감으로 가득했다. 우선 아이들은 방과 후 시간이 너무 많았다. 요즘처럼 학원을 다니는 것이 아니었기 때문에 그리고 부모님들은 먹고살기 바빴기 때문에 아이들은 무리를 지어서 종일 놀았다. 일기장에는 온통 논 이야기들이었다. 아이들의 인상적인 몇 가지 놀이를 말하면 우선 수영이었다. 진주연못 가운데는 조그만 바위가 솟아 있는데 아이들은 이 바위를 용대가리라고 불렀던 모양이다. 어떤 아이의 일기장에는 '좆대가리'라고도 쓰여 있었다. 언뜻 보기에 튀어나온 모양이 남자의 성기와 비슷하다. 연못가에서 용대가리까지는 40미터나 되었는데 거기까지 헤엄쳐 가는 일은 꽤 힘든 일이었다. 아이들은 서로 내기를 하며 누가 용대가리까지 먼저 가는지 시합을 했다.

아이들이 수영했던 또 다른 곳은 영월 최고의 비경이라는 어라연이었다. 나는 아이들이 어라연까지 걸어간 사실에 적잖게 놀랐다. 차로 가면 어라연에서 마차리까지는 30분 거리다. 지도를 자세히 보니 어라연과 마차리는 산 하나를 두고 동쪽과 서쪽에 위치해 있었는데 산길이기도 하고 강이 가로막혀 있어 찻길이 곧바로 놓일 수가 없었다. 따라서 차를 타면 빙 돌아서 가기 때문에 거리가 멀지만 산을 직접 타고 넘으면 한두 시간이면 갈 수 있는 거리였다. 또 하나 나를 놀라게 한 것은 이들의 물고기를 잡는 방법이었다.

오늘 아이들과 산을 넘어 어라연으로 놀러 갔다. 우리는 어라연 바위까지 수영을 했다. 바위 위에 올라가서 가만히 누워서 하늘을 보았다. 상길이와 명석이가 다이너마이트를 가져왔다. 나는 성냥을 준비했다. 불을 붙여 물에 던지니 물고기들이 둥둥 떴다. 나는 준비해온 봉지에다 붕어들을 넣고 어머니에게 가져다주었다. 저녁에 우리는 맛있는 매운탕을 끓여 먹었다. 즐거운 하루였다.

다이너마이트?! 아이들이 물고기를 잡을 때 '다이너마이트'를 사용했다? 나중에 안 사실이지만 광부는 탄광을 뚫기 위해 다이너마이트를 항상 가지고 있었고 이것을 몰래 집으로 가져왔던 모양이다. 당시 관리가 허술했기 때문에 누구나 쉽게 다이너마이트를 구할 수 있었다.

탄광촌 아이들이 다른 지역 아이들과 구별되는 특별한 놀이는 바로 삭도였다. 삭도는 탄광에서 캔 탄을 운반하는, 공중에 둥둥 떠다니는 케이블카였다. 무거운 탄을 기차역이나 발전소로 옮기기 위해 철탑을 세우고 케이블카를 공중에 달아서 운반했다. 아이들은 탄을 나르는 케이블카인 삭도를 타고 놀았다. 삭도는 1톤 정도의 탄을 나르기 때문에 탄을 싣지 않는다면 아이들 대여섯 명이 족히 탈 수 있었다. 삭도를 타고 하늘을 나는 기분은 아이들에게 큰 즐거움을 주었다. 나중에 안 사실이지만 마차리 사람들은 장을 보기 위해 삭도를 타고 영월 시내를 오가기도 했다. 가끔씩 삭도가 바람에 심하게 흔들리는 날에는 추락사고가 나기도 했다. 삭도는 마차리에서 영월읍까지 12킬로미터였고 여러 산들을 오르내렸다. 아이들은 삭도에서 떨어지는 탄을 집에 가져가거나 동네에서 팔기도 했다. 지천에 널린 것이 석탄이라 땔감 걱정을 하지 않아도 되는 동네였다.

싸움 이야기는 어린아이들에게는 큰 구경거리였다. 광산 작업의 특성상 다른 지역과 달리 통금시간이 없었다. 탄광 작업반은 갑, 을, 병으로 나뉘고 갑은 오전 8시부터 오후 4시, 을은 오후 4시부터 밤 12시, 병은 밤 12시부터 아침 8시까지 작업했다. 석탄이 없으면 한국 경제가 안 돌아가는 시절이라 통금 시간이 없어야 광부들이 밤새 일할 수 있었다. 아버지가 을반에 속할 때 아이들은 즐거웠나 보다. 누구 눈치도 보지 않고 인산인해를 이루어 마차 유흥가를 누빌 수 있었으니까. 유흥가가 밀집해 있고 막장 인생을 사는 사람들이라 싸움은 늘 있었나 보다. 그리고 나는 어떤 아이의 일기에서 권민중의 단서를 드디어 발견했다!

오늘도 동혁이 형이 어떻게 싸울지 기대된다. 제천 깡패들을 혼자서 제압할 때 우리는 얼마나 숨죽여서 보았는지…. 손과 발이 보이지 않는다. 누구는 동혁이 형이 소림사에서 무술을 배웠다는 사람도 있고 누구는 김두한이 가장 아끼는 부하였다는 말이 있고 누구는 6·25 때 괴뢰군들을 맨손으로 때려잡았다는 말이 있다. 이 모두가 사실인지 아닌지는 중요치 않다. 내가 가장 좋아하는 동혁이 형의 기술은 버클이다. 깡패들이 칼을 들고 덤벼들 때 동혁이 형은 혁대의 버클을 돌리며 상대를 **빠르고** 정확하게 가격한다. 휙, 휙, 휙 하는 소리에 모두가 나가떨어진다.

버클! 권민중의 일기일까? 그 일기장을 자세히 보니 형제들이 많고 공부도 무지 싫어하는 걸 보아 권민중이 아닌 것이 확실했다. 권민중은 동혁이란 사내의 버클 싸움을 유심히 보았을 것이다. 그러고 나서 혼자서 열심히 연습을 했으리라.

일기장에서 발견한 것 중 재미있는 사실은 아이들의 중요한 놀이터 중 하나가 동굴이었다는 점이다. 석회암으로 되어 있는 곳이라 자연스럽게 형성된 석회동굴이 있었고 석탄 채굴을 위해 산 구석구석에 인공적으로 굴을 팠다. 이기남 교장과 가끔 점심을 먹을 때 마차리에 동굴이 얼마나 많은지 물어보았다. 이 교장은 마차리 일대에 동굴이 100여 개나 있다고 알려주었다. 100여 개?! 왜 그렇게 동굴이 많았을까? 교장의 설명은 이렇다. 마차 탄광은 돈을 벌기 위해 전국에서 몰려든 사람들로 가득 찼다. 광부도 있었고 석탄을 캐서 팔려는 사업자들도 있었다. 대한석탄공사는 당시 채굴권을 사업자들에게 팔았고 거기서 나온 수입의 일부를 받았다. 이 하청업체 사장들을 '덕대'라고 하는데 당시 덕대가 수십 명이었다. 따라서 하청업체 사장들이 굴을 한두 개만 파도 금방 100개가 되었다. 굴들은 파다가 채산성이 맞지 않아 그만둔 것도 많았다. 산 둘레가 워낙 넓고 산이 3차원의 공간인지라 100여 개의 굴을 팔 수 있었다. 때로는 굴들이 연결되기도 하고 다른 굴을 잘못 건드려서 토사나 물이 쏟아지는 사고도 빈발했다.

◇

"교장 선생님께서도 동굴에서 노셨어요?"
"그럼, 얼마나 재밌었는데요!"
"어떤 게 그렇게 재미있으셨어요?"
교장은 약간 머뭇거렸다.
"지금 나이가 들어 이런 이야기를 거리낌 없이 말할 수 있어요. 당시에는 아이들에게는 색굴이 최고였지."

"색굴이라뇨?"

이 교장에 의하면 마차리 아이들은 일찍 성에 눈을 떴다. 광부들의 사택은 방들이 일렬로 쭉 붙어 있었고 방음이 되지 않아 옆방에서 이야기하는 소리가 다 들렸다. 아이들은 밤에 옆방 부부들이 섹스하는 소리를 이따금씩 들었다. 바로 옆이 아니더라도 2~3칸 떨어진 방에서 하는 소리도 지붕을 타고 들렸다. 여러 방에서 동시다발적으로 섹스하는 소리를 들을 때면 아이들은 침을 삼키며 잠을 이루지 못했으리라. 아이들은 엄마, 아빠에게 "무슨 소리냐"고 묻곤 했다. "아무것도 아니니 잠이나 자라."라는 대답이 통상적으로 돌아왔다. 아이들끼리 학교에서 밤에 들려오는 신음 소리에 대해 이야기를 하면 조숙한 아이가 한껏 뽐내며 그 신음의 비밀을 가르쳐 주었다. 이 사실을 알고 나서는 매일 밤 안테나처럼 귀를 쫑긋 세우고 어느 방에서 신음 소리가 날지 기대하며 잠 못 이루는 날들도 있었다.

하지만 그것보다 더 생생하고 리얼한 성교육의 현장은 색골이었다. 교장도 당시 어릴 때 동네에서 아는 형을 따라 색골에 간 적이 있었다. 조용히 숨을 죽이고 석회 기둥 뒤에 몸을 숨기고 있는데 얼마 지나지 않아 남녀 어른 목소리가 들렸다. 남녀가 들고 온 플래시 하나로 동굴을 은은하게 비추고 그들은 서로를 탐닉했다.

"얼마나 떨렸는지 몰라요. 아무것도 모르는 어린 학생 눈앞에서 남녀가 벌거벗고 성행위를 하는데 온몸이 떨리고 심장이 쿵쾅쿵쾅 터질 것 같더라고. 그 형이 내 입을 꼭 막고 있었는데, 서로 딱 붙어 있었는데, 그 형 심장 소리가 너무 크게 들리는 거라. 그 형 심장도 불같이 뛰었지, 하하하."

이 교장에 의하면 성에 관심 많은 아이들은 학교를 파하면 매일 색골로 갔다. 색골은 그 시대 아이들에게 재생이 불가능한 살아있는 야동이었다. 성공하는 날보다 실패하는 날이 많았지만 성행위를 보는 날은 큰 흥분감과 만족감에 젖어 아이들은 집으로 갔다. 학교에서 힘깨나 쓰는 아이들은 돈을 받고 색골을 구경시켜 주곤 했다. 선생님들이 일기장을 매주 검사했기 때문에 색골에 대해 쓸 수 없었으리라.

동굴에서 아이들은 별의별 놀이를 다 하고 놀았다. 일기를 보니 어른들이 하는 화투를 동굴에서 하기도 하고 동굴에 불을 지피고 고구마를 구워 먹기도 했다. 버려진 동굴을 탐험하기도 하고 때로는 석탄을 줍기 위해 동굴에 가기도 했다. 어떤 아이들의 일기를 보니 중요한 물건을 어떤 특정한 동굴에 보관해 두기도 했다.

◇

하지만 시간이 지나도 권민중의 일기는 발견하지 못했다. 그의 일기장을 찾을 수 있다는 희망이 아스라이 사그라지던 9일째 나는 겉표지가 하늘색 하트 모양으로 수놓아진 어느 소녀의 일기장을 발견했다. 당시 시골에서 구할 수 없는 세련된 겉표지가 나의 호기심을 자극했다. 나는 첫 장을 읽고 나서 이 소녀의 당돌함에 실소를 금할 수 없었다.

여기는 모든 것이 촌스럽다. 우선 멍청하고 더러운 짝꿍. 머리에는 왜 그렇게 큰 땜빵이 있는지. 이는 언제 닦았는지 모르겠다. 손톱 때는 왜 그렇게 시커먼지. 위생 관념이라고는 하나도 없는 애다. 옷은 해어져서 형에게서 물려받았는지 구멍이 숭숭하다. 이 아이뿐만 아니라 다른 아이들도 똑같다. 선생님의 하얀 블라우스도 눈에 거슬린다. 옷이 없는 건지 벌써 며칠째 입고 오신다. 아래가 하늘하늘한 스타일은 유행이 지난 것 같은데 …. 내가 여기 전학 와서 알게 된 친구들도 하나같이 더럽고 못생겼지만 나를 숭배해서 그래도 지낼만하다. 현식이는 나에게 후끈 달아 있다. 나는 그의 용기가 가상하다. 나에게 남자애들이 쉽게 접근하지 못하지만 이 애는 자신 있게 나에게 접근한다. 방과 후에 같이 놀자고 하는데 한 번 놀아 줄까 생각한다. 미자는 질투심 많고 신경질적인 아이다. 내 구두, 옷, 가방은 미자의 질투심을 자극한다. 나를 쫓아다니는 남자아이들을 보면 그 애의 눈에 타오르는 질투심이 느껴진다. 이 아이는 나와 같이 있으면 서울에서 온 연필 한 자루라도 얻어 볼 요령으로 나에게 착 붙어 있다. 태영이는 우리 아빠가 운영하는 광산에서 일하는 광부의 아들이다. 이 아이는 무척 수다쟁이다. 자기 자랑질과 과시욕이 심하다. 일요일에 냇물에서 붕어를 수십 마리 잡았느니, 석탄을 팔아서 돈을 벌었느니, 여자아이들이 자기를 좋아한다느니 하면서 허풍을 떤다. 하지만 내 앞에서는 꼼짝도 못 하고 과묵하다. 그래서 귀엽다. 영숙의 집은 지지리도 가난하다. 내 앞에 앉아 있는데 매일 도시락을 못 싸 온다. 배가 고프지 않아서 내가 싸온 도시락을 몇 번 주었더니 나를 공주님처럼 떠받든다. 아빠가 서울에서 사 오신 초콜릿을 주었더니 이제부터는 나에게 착 붙어서 떨어지지 않으려 한다. 명수는 인간쓰레기다. 아무 데서나 침 뱉고 욕하고 때로는 나까지 째려본다. 나는 눈에 힘을 주어 명수의 눈을 제압한다. 명수 아버지는 크게 가게를 하는데 돈을 꽤나 버는 모양이다. 그 애는 성격은 나쁘지만 인심은 후한 편이다. 아버지 가게에서 훔쳐 온 사탕과 과자를 아이들에게 가끔 준다. 이 촌스러운 아이들과 이 시골에서 어떻게 지내나…. 서울 친구들이 보고 싶다. 백화점에 가서 새로 나온 장난감도 사고 창경궁에 가서 사자도 보고 싶다. 여기는 볼 것이라고는 산, 산, 산! 서울 친구들아 보고 싶다!

서울에서 전학 온 소녀의 일기였다. 성격은 강하고 당돌하고 하고 싶은 말을 다 하는 아이였다. 여자아이가 조숙하고 시골 아이들을 무시하는 말투가 특징이다. 너무나 솔직한 일기이고 서울 아이라는 점에서 호기심을 자극해서 그 소녀의 일기를 쭉 읽어보았다.

소녀의 이름은 나영이었다. 아버지는 광산채굴업자로 사업가다. 아버지는 마차에서 광산업을 하다가 한 달에 한 번씩 서울에 들렀다. 이 소녀가 왜 서울에서 마차로 전학을 왔는지는 몇 장 읽지 않아도 알 수 있었다. "하늘나라에 계신 엄마, 보고 싶어요." 엄마에 대한 그리움. 어떤 이유로 그녀는 엄마를 잃었다. 나영이는 외동딸인 듯했다. 엄마가 돌아가시고 아빠를 따라 마차에 왔고 집은 정옥이라는 언니가 돌본다. 정옥 언니에 대한 내용도 일기에 나오는데 탄광에서 아버지를 잃고 갈 데가 없어 소녀의 집에서 밥을 하고 빨래를 하면서 식모살이를 하는 듯했다.

서울에서 온 아이라 또래들은 호기심 반, 경계 반 나영이를 대했다. 나영이 또한 환심을 사기 위해 친구들에게 과자나 초콜릿 등의 선물을 주거나 때로는 싸우기도 했다. 소녀는 일기장에 언급된 5명과 친해졌고 무리를 지어 놀았다. 이들은 산과 들로 놀러 다녔다. 개구리를 잡고 꽃을 따고 고무줄놀이를 하고 어라연에서 수영을 하면서 영월을 누볐다. 남자아이들과 여자아이들이 섞여서 노는 게 흔하지 않았던 시절이라 이들은 다른 또래들에게 관심의 대상이었던 듯했다. "나는 우리 무리에서 대장이다. 여자아이가 대장이라는 사실이 다른 무리의 남자아이들이 볼 때 못마땅한가 보다."라는 구절이 눈에 띄었다. 몇몇 힘센 아이들이 무리를 지어 이들에게 종종 시비를 걸었고 나영이는 이들과 맞서 대결을 하기도 했다.

하루는 다른 그룹이 시비를 걸어왔고 이들은 진주 연못의 용대가리까지 누가 먼저 갈 수 있는지 내기를 했다. 다른 무리의 대장 노릇을 한 아이는 광식이라고 일기에 적혀 있었다. 진 쪽은 삭도에서 떨어진 탄을 주어 주거나 심부름을 시키는 등 다른 무리의 졸병 역할을 하는 것으로 정했다. 소녀는 자기의 수영 실력을 숨겼다. 서울 동대문 수영장에서 어릴 적부터 수영을 배웠다고 적혀 있었다. "나는 수영대회에 나가서 1등을 한 사실을 숨겼다. 나는 광식이의 코를 납작하게 해줄 거야."라는 구절이 수영 시합 전날 적혀 있었다. 그다음 날 결과는 어떻게 되었을까? 수영 시합은 금요일 방과 후였고 아이들 수백 명이 진주 연못 주위를 가득 메웠다. "내가 옷을 벗자 아이들이 놀랐다. 나는 옷 안에 서울 수영장에서 입던 하얀색 원피스 수영복을 입고 왔다. 아이들은 이런 수영복을 처음 보는 듯했다. 수경까지 준비했지만 광식이는 수경이 없어 끼지 않았다."

나는 그날 시합의 광경을 상상해 보았다. 소녀의 하얀 수영복과 살갗이 탄광촌 학교의 물을 하얗게 덮었을 것이다. 당당하게 드러낸 소녀의 가슴과 엉덩이에 산골 아이들은 충격을 받았으리라. 과연 이 여자아이가 힘센 광식이를 이길 수 있었을까? 연못 가장자리에서 연못 중심인 용대가리까지는 40미터 정도의 거리였다. 쓰레기라는 별명의 명수가 요씨땅을 외쳤고 경기는 시작되었다.

나는 진주연못에 힘차게 뛰어들었고 용대가리를 향해 팔을 저었다. 아이들의 환호성이 들렸다. 광식이는 옆에서 따라오다가 뒤처졌다. 나는 승리를 확신했다. 용대가리에 닿았을 때 갑자기 주위가 조용해졌다. 광식이가 25미터 정도 따라오다가 허우적거렸다. 나는 광식이를 구하기 위해 광식이 쪽으로 헤엄쳤다. 수영 선생님께 배운 구명 연습에 따라 뒤에서 광식이의 머리채를 힘껏 휘어잡고 배영 자세로 물 밖으로 나왔다. 나는 인공호흡을 했는데 아이들은 "나영이 힘내라, 나영이 힘내라"라고 외쳤다. 광식이는 조금 있다 깨어났다. 아이들이 다시 환호성을 질렀다. 나의 수영 솜씨와 선행이 빛난 날이었다.

이날 사건 이후 소녀의 생활은 무척 즐거운 듯했다. 엄마와 서울 생활에 대한 그리움도 찾아볼 수 없었다. 그 이후의 일기장을 나는 건성으로 빨리 읽었는데 갑자기 알파벳 하나가 내 눈에 도드라지게 불쑥 들어왔다.

…

NT-1

…

권 박사가 처음으로 복제한 줄기세포의 약자! 이게 왜 여기 적혀 있지? 50년 전 어느 소녀의 일기장에?! 몸이 파르르 떨렸다. 머리카락과 신경이 곤두섰다. 그러고는 천천히 소녀의 일기를 읽어보았다.

우리는 우리 배를 영영호라고 이름 붙였다. 우리들은 이름이 모두 영자로 끝나기 때문이다. 내가 지어놓고 보아도 우습다. OO 구멍 두 개를 뜻하는 것일까. '영영' 못 본다는 의미의 아쉬움을 뜻하는 걸까. 영을 사람들은 빵이라고도 부르고 공이라고도 부르니깐 빵빵호도 되고 공공호라고 불러도 된다. 영영호를 타고 가는 동안 바람에 흔들렸고 우리 둘만 있어서 나는 그 애의 팔짱을 끼었다. 처음 닿은 접촉이라 그 아이는 당황한 눈치였다. 그 아이의 얼굴이 뜨거워지는 것이 느껴졌다. 영영호가 더 심하게 흔들리자 우리는 더욱 꼭 붙었고 그 아이의 심장은 뛰었다. 내 심장도 빠르게 뛰었다. 영월의 밤은 무척 어두워서 별빛이 무척 밝았다. 서

올에서는 볼 수 없는 선명하고 푸르스름한 빛이었다. 이제 동강을 건넌다. 순간 우리 머리 위로 환한 무엇인가 휙 지나갔다. 나는 놀라서 그 아이에게 물어보았다. "별찌야, 별찌." 그 아이가 말했다. "별찌가 뭐야?" 내가 물었다. "하늘에서 별이 떨어지는 거잖아." 아 유성! 우리는 또 다른 유성이 떨어지는지 하늘을 보았다. 그러자 이윽고 환하고 큰 유성 하나가 길게 하늘을 지나갔다. "야 봤어? 봤니?" 내가 소리쳤다. "어, 봤어!" 그 아이가 소리쳤다. "우리 그 별에 이름을 붙이자. 뭐라고 이름 붙여?" 내가 말했다. 글쎄…. "영영별이라고 하면 어떨까? 우리 배 이름처럼." 그 아이가 말했다. 하지만 나는 우리 둘만 알 수 있는 비밀스러운 이름을 붙이고 싶었다. 나는 아빠에게 들었는데 별 이름은 발견한 사람의 이름과 숫자로 짓는다는 것이 생각났다. "내 이름이 나영이고 네 이름이 태영이니까 우리 이름의 첫 알파벳을 가지고 이름을 짓자. 과학자들은 원래 그렇게 짓는대. 나는 N으로 시작하고 너는 T로 시작해. 우리가 처음 본 별이니깐 NT-1으로 하면 될 거 같애." "앤티원?" 그 아이는 아직 알파벳을 몰랐다. 나는 그 아이의 손바닥에 대고 NT-1을 적어주었다. "중학교 가면 알파벳을 배울 거야. 너는 기억력이 좋으니깐 그때까지 잘 외우고 있어." 내가 말했다. 그 순간 하늘이 번쩍했다. 하늘에서 유성들이 비 오듯 쏟아졌다. 흔들리는 영영호에서 우리는 손을 잡고 환호성을 질렀다. 세상에서 가장 아름다운 광경! 나는 그 아이의 손을 꼭 잡았다.

10장 근대의 현상학

NT-1?! 머릿속이 하얘지고 심장이 터질 듯 뛰었다. 어떻게 된 거지? 태영이? 나는 소녀의 일기장을 앞으로 넘겨서 태영이란 아이를 찾아보았다. 나영이 아빠가 일하는 광산업체에서 일하는 광부의 아들, 수다쟁이고 자랑질과 과시욕이 심한 아이, 여섯 명의 무리 중의 한 아이. 밤중에 둘이서 동강에서 배를 탔다. 서로에 대한 호감은 있었던 것 같은데 첫 신체 접촉이 일어났다. 소녀의 일기장을 들고 마차탄광이 보이는 소파 위로 자리를 옮겼다.

그 이후로 소녀의 일기장에는 태영이가 자주 등장했다. 몰래 편지를 준 이야기, 무리들을 따돌리고 둘이서만 수영을 하러 간 이야기, 알파벳을 가르쳐 준 이야기, 아버지들이 일하는 탄광에 대한 이야기, 그리고 동굴 속을 탐험한 이야기. 소녀는 소년의 외모에 대해서도 적어두었다.

그 아이는 무척 잘 생겼다. 내가 처음 마차국민학교에 왔을 때 가장 눈에 띄는 아이였다. 나는 그 사실을 그 아이에게 고백하지 않았다. 짙은 눈썹, 쌍꺼풀을 가진 큰 눈동자, 넓고 시원스러운 미간, 오똑한 콧날, 가지런한 입술, 활짝 펴인 귀, 타원형의 얼굴…. 이 아이를 보고 있으면 내 마음은….

그 이후의 일기장은 온통 소년과 관련된 이야기들로 채워졌다. 행복한 일상은 한동안 계속되다가 느닷없이 소년이 소녀에게 서로 안 보는 게 좋겠다고 말한 이야기가 등장했다. 일기의 내용인즉 사장인 나영이의 아빠와 광부인 태영이의 아빠 사이에 갈등이 있는 듯했다. 소년의 아버지는 소년에게 소녀를 만나지 말라고 일렀나 보다. 무슨 일이었을까?

몇 장을 넘겨 보니 소년의 아빠를 위해 소녀는 특별한 선물을 준비하고 있었다. 소년으로부터 얼마 후 아버지의 생일이라는 사실을 듣고 소녀는 장화를 선물하려고 했다. 장화는 탄광 일을 하는 사람들에게는 필수품이자 광부들이 자신을 드러내는 패션이었다. 소녀는 태일상회에서 당시 유명했던 '타이거' 상표 장화를 샀는데 이 장화를 더 멋있게 보이게 하기 위해 궁리를 했던 것 같다. 아빠가 서울에 갈 동안 같이 따라가서 미군 부대가 있는 이태원 일대에서 쇼핑을 했다고 적혀 있었다. 소녀는 무엇을 사려고 했을까? 아빠를 졸라서 이태원을 몇 시간 돌다가 소녀가 산 것은 형광별이었다. 시골 출신의 미군들에게 고향을 상기시켜 주는 물건으로 꽤나 잘 팔린 모양이었다. 소녀는 이 형광별을 타이거 장화에 각각 여섯 개씩 붙였다. 검은 동굴에서 형광별이 빛나면 이만큼 멋진 장화도 없으리라. 누가 생각해 봐도 멋진 아이디어였다. 소녀는 이 장화를 소년에게 주었고 자기가 선물했다고 말하지 말고 소년이 아빠에게 드리는 선물로 가장하라고 일렀다. 소년의 아버지는 아들의 뜻밖의 선물에 놀랐던 것 같다. 장화에 별이 달려 있어 사람들이 보기에 쑥스러워서 소년의 아빠는 그걸 잘 신지 않았다. 소녀의 일기에는 소년의 아빠가 그 장화를 아직 신지 않았다고 적혀 있었다.

사장과 직원 간의 갈등의 연유가 무엇인지 알 수 없었지만 소녀의 노력은 가상했다. 소년은 아버지가 만나지 말라고 했는데도 소녀를 가끔씩 만났다. 이전처럼 즐겁지 않았지만 그래도 둘은 서로 보는 게 좋았다. 장화 선물 이야기가 나오고 나서 10장 정도를 넘겼는데 어느 날 일기가 아주 짧게 적혀 있었다.

"그 아이의 아빠가 탄광에서 나오지 않았다."

어떻게 된 거지? 나는 뒷장을 넘겨보았다. 며칠 후 일기에는 "아저씨는 내가 준 장화를 신은 채로 돌아가셨다." 도대체 어떻게 된 건가? 탄광 사고인가? 며칠 동안 묻혀 있다 시신을 꺼내었을 때 소년과 소녀는 그 광경을 같이 보았다. 그러고 나서 그다음 장에 소녀의 마지막 일기가 적혀 있었다. 소년에게 보내는 편지였다. 젠장, 소녀는 어떻게 된 것일까? 이 편지의 내용을 보니 심상치 않은 일이 일어났던 것 같다. 가슴이 터질 것만 같았다. 그 소년이 혹시 권민중일까?

도대체 무슨 일이 벌어진 걸까? 이 일기장을 가방에 넣고 마차초등학교로 달려갔다. 생활기록부에서 한나영과 이태영이란 두 꼬마의 기록을 찾기 위해서. 일기에는 5학년 6반이라고 적혀 있었다. 떨리는 손으로 생활기록부를 넘겼다. 이태영이라는 아이가 과연 있을까? 심장이 요동쳤다.

5학년 6반 20번 이태영! 아버지는 이강산, 어머니는 민서희. 성적은 전 과목 수. '학급 반장으로 성실하고 책임감이 강하고 어려운 일들은 도맡아 함.' 그렇다면 한나영이라는 소녀도 있을까? 뒤로 천천히 넘기니 맨 마지막 장에 소녀의 이름이 눈에 띄었다. 5학년 6반 60번 한나영. 아버지는 한동팔, 동강광업 사장. 어머니 이름은 나와 있지 않았다. 성적은 우수했고 통솔력이 있고 다재다능하다. 머리가 터질 것 같았다. 뭐가 어떻게 된 거지? 상기된 얼굴로 교장실로 갔다. 이기남 교장에게 물었다.

"옛날에 탄광 사고가 많이 일어났나요?"

"그럼요. 한 달에 한 번씩은 사고가 났죠."

"제가 흥미로운 사건을 하나 발견했는데요. 그 사건의 내막을 알려면 어떻게 해야 하나요?"

"글쎄요. 하도 많은 사람들이 죽어서…. 그래도 큰 사건이 일어나면 영월신문에 대부분 났어요. 옛날 기사들을 보면 중요한 사고들은 알 수 있어요. 근데 그 흥미로운 사건은 뭔가요?"

"아, 그게…."

나는 잠시 머뭇거렸다. 교장에게 NT-1에 대해서도, 일기장에 대해서도 말할 수 없었다.

"마을 사람들과 이야기를 해 보니 탄광 사고로 아내가 과부가 되거나 여자아이들이 식모살이를 한 경우가 있다고 들었습니다. 그 사람들이 어떻게 되었을까가 궁금해지더군요."

"내가 어렸을 때 우리 집에도 식모살이하던 누나가 있었어요. 이 동네에선 새삼스러운 일이 아니었죠."

그다음 날 바로 영월 읍내에 있는 영월신문사에 갔다. 나는 청와대 근무증을 보여주고 영월을 관광단지로 개발하려는 구상 때문에 방문했다고 말했다. 신문사 직원이라고 해 봤자 고작 5명이었고 50대로 보이는 서일남 편집국장은 반갑게 나를 맞이해 주었다. 옛날 신문 내용에 관심이 있어 데이터베이스가 있는지 물어보니 조그만 신문사라 그런 것은 없다고 했다. 이전 기사에 대해서는 손수 찾을 수밖에 없었다. 50년 전 소년의 아버지가 죽은 탄광 사고를 찾을 수 있을까? 소년과 소녀가 살았을 것이라고 추정되는 연도의 1월 1일 자부터 신문을 뒤지기 시작했다. 교장 선생의 말대로 1월 달부터 탄광 사고는 있었다. 1월 25일 탄광 붕괴 일월 광업 5명 사망, 2월 17일 석공 3명 사망, 3월 10일 동강 광업 6명 사망. 이강산의 사고를 발견한 것은 그해 12월 말이었다. 동강광업 이강산, 12월 20일 탄광 붕괴로 사망! 이 사실만 신문 5면에 자그맣게 나와 있을 뿐 사고 경위에 대해서는 어떤 설명도 나와 있지 않았다. 신문 기사를 작성한 사람은 당시 고인석 기자였다. 다른 탄광 사고 기사를 보았는데 역시 그가 작성했다. 그렇다면 이 사람이 탄광 사고를 담당했던 것일까? 편집장에게 가서 물었다.

"혹시 고인석 기자를 아세요?"

"대선배님이죠, 저한테는. 워낙 깐깐하신 분이라 유명했죠. 원래 화가셨어요. 민중예술의 선구자 중 한 분이시죠. 광산촌에서 그림을 그리다 독재정권 때 예술이 세상을 바꿀 수 없다며 기자가 되셨어요. 광부들의 권익을 위해서도 많이 노력하신 분이에요. 당시 사고 나면 보상이랄 게 변변치 않았어요. 3개월 치 월급 주고 끝내는 게 일반적이었어요. 가장이 죽으면 그 가족들도 파탄이 나는 거죠."

"혹시 그분이 아직 살아 계신가요?"

"암요. 그분 아직도 정정해요. 영월에 '근대의 현상학 박물관'이란 곳이 있는데 그분이 직접 만들었죠. 스러져 가는 학교 건물을 임대해서 교실 건물에 자료들을 전시했죠."

근대의 현상학 박물관?

"이름이 난해하군요."

"박물관 이름으론 영월에서 가장 어려울 겁니다. 아마도 대한민국 박물관 중에서도 가장 어려울 거예요. 선배님이 개관하실 때 저희도 그 이름에 반대했죠.

무슨 뜻인지 사람들에게 전달이 안 되잖아요. 예술을 한 분이라서 그런지 외골수라 고집을 꺾을 수가 없었어요."

영월은 박물관으로 유명하다. 박물관 자체가 유명해서가 아니라 이러 저런 박물관들이 한 지역에 모여 있어서 유명해졌다. 동강사진박물관, 곤충박물관, 종교미술박물관, 국제현대미술관, 쾌연재도자미술관, 닥종이 갤러리, 동강생태공원, 인도미술박물관, 화석박물관, 조선민화박물관, 아프리카미술박물관, 양씨판화미술관…. 어떤 것들은 지역색을 살린 것도 있지만 많은 것들은 국적 불명이다. 이 산골도 키치적 상업성 없이 버틸 수 없는 모양이다. 신문 기사를 복사해서 곧장 그 박물관으로 향했다.

박물관은 영월군 남쪽에 위치해 있었고 읍내에서는 차로 30분 거리였다. 박물관에 도착했을 때 이미 해가 산 밑으로 기울었다. 도로 옆 언덕 위에 옛 학교 건물이 눈에 들어왔다. 비포장된 도로를 따라가니 주차장이 나왔는데 학교 운동장이었다. 다 스러져 가는 학교 건물이 박물관이라니. 박물관 입구에는 표를 구입하기 위해서는 사무실로 방문하라는 종이가 붙어 있었다. 아무도 방문하지 않는 박물관이라…. 박물관 건물과 50미터 떨어진 별채의 사무실로 가서 노크를 했다. 아무 기척이 없어서 문을 여니 한 평 남짓 좁은 공간에 책상과 난로가 놓여 있었다. 그냥 줘도 가져갈 것 같지 않은 컴퓨터 모니터가 켜져 있었고 어지럽게 책들과 기사들이 나뒹굴고 전등 하나만이 켜져 있었다. 문 앞에 부재 시를 대비한 핸드폰 번호가 적혀 있어 전화를 걸었다. 전화를 받은 사람은 잠시 있다가 사무실에서 보자고 했다. 10분 후 하얀 머리에 깡마른 80대 노인이 좁은 사무실로 들어왔다. 키가 160센티미터 정도에 얼굴은 좁고 안경을 낀 날카로운 눈빛을 가진 사람으로 첫눈에 봐도 고집스러운 성격의 소유자임을 알 수 있었다.

"고인석 기자님이십니까?"

"그렇소만."

"저, 박물관을 구경하러 온 것은 아니고요. 옛날 취재하셨던 사건에 대해 알아

보러 여기까지 왔습니다."

좁은 사무실에 난로를 사이에 두고 우리는 서서 인사를 교환했다.

"무슨 사건이요?"

복사해 온 신문을 그에게 내밀었다. 그는 그것을 받아서 전등 아래에 비추어 보았다. 그는 안경을 벗고 그것을 유심히 바라보았다. 그러고는 소스라치게 놀란 표정을 지으며 물었다.

"당신이 그때 그 소년이요?"

"네?"

"내 이 날이 올 줄 알았소! 내 죽기 전에 이 날이 올 줄 알았어!"

나는 그 소년이 아니고 사실 기자이고 이 사건에 대한 제보를 받았다고 둘러대었다. 누가 제보를 했냐는 질문에 그 소년이 죽기 전에 제보를 했다고 거짓말을 했다. 그 소년은 갑자기 죽어서 올 수 없었고 내가 대신해서 왔다고, 그 사람에 대한 책임감 때문에 여기까지 찾아왔다고 말했다.

"어떻게 그 많은 사건 중에 이 사건을 기억하시는지요?"

궁금해서 미칠 지경이었다.

그는 잠시 동안 침묵했다.

"너무 비극적이었어. 이강산 씨는 사고로 숨진 것이 아니라 타살이었지."

타살?! 권민중과 같이 이강산도 타살?!

"보여줄 것이 있소. 이강산 씨의 죽음을 알기 위해서 탄광이 도대체 어떤 곳인지 알아야 하오. 내가 직접 박물관 구경을 시켜줌세."

"탄광문화촌을 본 적이 있는데…."

"느낌이 약간은 다를 거요."

별채 사무실에서 나와 박물관 입구, 아니 정확히 말하면 스러져 가는 학교 건물로 향했다. 노인은 입구에 걸린 자물통을 열었다.

"박물관 이름이 참 어렵습니다."

"하하하, 다들 그렇게 말합디다. 건물이 이렇게 초라한데 이름이라도 고급스러워야 하지 않겠소."

문을 열고 불을 켜자 그림들이 걸려 있는 학교 복도가 펼쳐졌다. 유심히 보니 온통 탄광촌 그림들이다. 박물관이 아니라 미술관이었다.

"이 그림들은 누가 그렸습니까?"

"내가 젊을 때는 화가였어요. 서울에서 살다가 영월에 와서 기자가 되었죠. 영월에 50년 동안 살면서 틈틈이 그린 것들입니다."

복도에 걸린 첫 번째 그림이 눈에 들어왔다. 그림 전체가 까맣다. 뭐지? 알 수가 없어 밑에 있는 제목을 보았다.

'길'

제목을 보고 나서야 비로소 그림이 보였다. 검정도 검정 나름이다. 가장 진한 검은색의 길 양쪽으로 그보다 덜 검정인 광부의 사택촌이 있고 이보다 덜 검정인 나무들이 양쪽으로 있고 저 멀리 가장 옅은 검정의 하늘이 보였다. 스산하고 암울하고 절망적인 그림이었다.

"그림이 굉장히 어둡군요."

"인생도 마찬가지지."

그림들은 탄광촌의 풍경을 주로 그린 작품들로서 검정, 회색, 짙은 청색, 하얀색의 질박한 형태로 색감을 내었다. 스러져 가는 슬레이트 지붕, 흰 눈밭의 탄광촌, 검은 탄밥을 먹는 광부들, 태백, 정선, 영월의 어두운 풍경들. 깊은 좌절, 헤어 나올 수 없는 절망, 어두움이 지배하는 풍경. 설명이 필요 없는 그림이었다. 노 화가는 옛 교실에 놓인 소장품들을 구경시켜 주었다. 전시실은 총 네 곳이었고 첫 번째 '광부의 삶' 전시실은 광산에서 광부들이 사용한 작업복, 헤드랜턴, 마스크 등의 물건들이 전시되어 있었다. 두 번째 전시실 '탄광촌의 역사'는 영월, 태백, 정선 일대의 광산의 개발 역사를 사진으로 설명해 놓은 방이었다. 세 번째 전시실인 '광부의 비극'은 노 기자가 모은 광산에서의 사건, 사고의 기록물을 모아 둔 곳이었다. 그가 수십 년 동안 기자로서 일하면서 취재한 비극의 현장에 대한 생생한 기록이었다. 세 전시실을 둘러본 후 우리는 마지막 전시실 앞으로 갔다.

근대의 현상학

전시실 이름이었다. 이 방이 이 박물관의 하이라이트임이 자명했다.

"현상학이 도대체 무슨 뜻입니까?"

"철학적인 개념이지. 근데 어렵지 않아. 존재가 스스로 드러난다는 의미지. 이 방의 전시를 보면 무슨 뜻인지 금방 알 거야."

근대가 스스로 드러낸다는 뜻인가….

자물쇠를 따고 문을 열고 바로 문을 닫으니 칠흑같이 어두웠다. 교실 창 쪽도 빛이 들어오지 못하도록 암막 커튼을 친 듯했다.

"내 손을 잡고 가운데로 와. 가운데 앞쪽에 스위치가 있으니까."

노인의 손을 잡고 나는 전시실 가운데 정면에 섰다. 노인은 전시실의 스위치를 켰다. 양쪽 옆에서 일제히 빛이 쏟아졌다. 광부 마네킹들이 아닌가. 한쪽에 10개씩 서로를 바라보며 서 있는데 양쪽을 합치면 20개의 마네킹이다. 마네킹들은 헤드랜턴을 쓰고 단추를 잠그지 않은 작업복을 걸치고 있다. 가만 보자. 빛은 이 마네킹이 쓰고 있는 헤드랜턴에서 서로를 비추고 있다. 방은 랜턴으로 은은히 빛나고 있었지만 무언가 그로테스크했다. 마네킹 얼굴 바로 옆에 광부의 얼굴을 그린 초상화 20점이 서로를 쳐다보고 있다. 이 초상화들은 천장에서 내려온 줄로 고정되어 있었다. 그리고 광부 마네킹의 가슴 한가운데를 파서 그 양쪽에 알코올 병이 들어 있지 않은가. 그게 다가 아니다. 광부들이 쓰고 있는 헤드랜턴의 빛이 반대편 광부 옆에 있는 각각의 그림들을 비추고 있다. 꽤나 복잡하고 신경 쓴 구조다.

"이 초상화들이 뭔가요?"

"내가 그렸던 광부들이지."

가까이 다가가서 찬찬히 광부의 얼굴들을 보았다. 탄으로 뒤덮인 검은 얼굴, 세월을 견딘 이마의 깊은 주름, 툭 튀어나온 광대뼈, 빛을 잃은 눈빛, 쪼그라든 입술. 20명의 광부의 얼굴은 제각각이었지만 본질은 같았다. 추하디추한 얼굴, 절대 가까이하고 싶지 않은 얼굴, 세상의 모든 짐을 진 찌푸린 얼굴. 머리카락은 정돈이 되지 않았고 얼굴은 온통 검은색이며 눈은 하얗지만 생기를 잃었다. 입술과 눈가에 약간의 붉은 빛이 비쳤는데 이 작은 생기가 오히려 이들을 짐승처럼 느끼게 했다.

"예술은 아름다움을 추구하지 않나요?"

나도 모르게 혐오의 감정이 툭 튀어나와 버렸다.

"내 눈엔 아름다워 보이는데."

노인이 나의 무의식적인 감정을 읽었다.

"광부 마네킹 안에 들어 있는 이 알코올 병에 든 건 뭔가요?"

"이 사람들의 폐야. 이 광부들은 모두 진폐증으로 죽었어. 광산에서 오래 일하다 보면 거의 진폐증에 걸리지."

"진짜 폐인가요?"

"그럼. 죽기 전에 허락을 받았지. 죽고 나서 폐를 떼어 내어서 이렇게 전시된다는 것도 알려줬어."

"모두 찬성하던가요?"

"아니야. 어려웠지. 그래서 20명의 폐를 구하는 데 10년이 걸렸어."

"진폐로 죽은 사람들이 많을 텐데 그렇게 오래 걸렸나요?"

"말도 마. 내가 사망한 진폐 환자들의 폐를 모은다는 사실이 알려지자 대한석탄공사, 덕대들, 정부에서 난리도 아니었어. 중앙정보부에서 매일 찾아와서 광부의 죽음을 가지고 장난치지 말라고 윽박질렀지. 중정이 광부 가족들에게 폐를 나에게 넘기지 않는다는 조건으로 돈도 줬어. 내가 명색이 기자 아냐. 예술가 아냐. 그놈들의 협박에 넘어갈 내가 아니지."

주글주글하고 흐느적거리는 검은 폐. 옆으로 나란히 놓여 있는 폐들을 스치며 바라보았다. 순간 소름이 돋았다. 장엄하고 웅장하고 무서웠다. 그것은 한 쌍의 검은 폐가 결코 줄 수 없는 느낌이었다. 스무 쌍의 검은 폐가 스무 개의 찌푸린 얼굴로 말하고 있었다. 이것은 개인의 검은 폐가 아니라 사회의 검은 폐다. 이것은 개인의 질병이 아니라 사회의 질병이다. 이것은 개인의 죽음이 아니라 사회의 죽음이다. 숨이 막혔다. 다시 내 앞에 놓인 검은 폐 구멍을 보고 있는데 갑자기 기포

하나가 툭 튀어 올랐다. 뭐지? 순간 검은 폐가 외치기 시작했다.

씨팔, 이게 삶이야, 이게 진짜 삶이라고! 아직도 모르겠어? 이토록 죽도록 일하고 개 같은 종말을 맞이하는 것이 인생이라고. 발전? 그래, 발전했지. 우리의 폐를 파먹고 발전했지. 성장? 그래, 성장했어. 우리의 숨구멍을 틀어막고 성장했지. 검은 폐들은 스스로를 드러내었다. 검은 구멍에 그들의 삶을 처박은 근대의 은폐를 죽음이 비로소 드러내었다. 근대는 검은 가루다. 근대는 우리의 숨통을 조였다. 근대는 죽음이다. 근대는 막장이다!

그제야 이 노인의 작품을 이해할 수 있었다. 설명이 필요 없었다. 이 작품은 스스로 의미를 드러내었다. 그런데 그게 끝이 아니었다. 광부의 폐 옆에 놓여 있는 또 다른 20개의 그림이 눈에 들어왔다.

"이 그림들도 관장님께서 그린 건가요?"

"광부들이 그렸지. 죽기 전에 마지막으로 그린 그림이야. 이 작품은 나와 광부들의 협동의 산물이지."

나는 광부 마네킹 옆에 놓인 초상화와 폐 옆에 있는 그림을 가리키며 "그럼 이 그림은 이 사람이 그린 거군요."라고 물었다.

"아냐. 이 그림은 저 사람이 그렸어. 헤드랜턴이 비치는 방향을 봐. 이 그림은 저 반대편에 있는 광부가 그렸어. 저 광부의 랜턴이 이 그림을 비추고 있잖아."

반대편에 서 있는 광부들의 랜턴들은 지그재그로 자신이 그린 그림들을 가리키고 있었다.

"그림의 주제는 무엇인가요?"

"주제랄 게 있나. 죽기 전에 가장 그리고 싶은 걸 그려보라고 했지. 일종의 마지막 작품이지. 정확하게 말하면 이 사람들의 유일한 작품이야."

그제야 나는 유심히 이 스무 개의 그림을 바라보았다. 그림들이 밝다. 어릴 때 개울 앞의 푸른 나무들로 둘러싸인 고향 집을 그린 광부. 가족들과 소풍을 가서 오순도순 밥을 먹는 장면을 그린 광부. 의사가 된 아들을 중심으로 가족을 그린 광부. 자신보다 늙은 아버지, 어머니의 생일잔치를 그린 광부. 동강에서 가족들과 한가로이 수영을 하는 모습을 그린 광부. 아담한 집 앞에 장미꽃에 둘러싸인 늙은 자신과 가족들을 그린 광부. 장미를 유심히 바라보았다. 누가 봐도 색감과 형태가 엉성한 아마추어의 실력이지만, 장미가 살아 움직이는 것처럼 꽃잎이 한 겹, 한 겹 도드라져 보였다. 꽃잎의 그림자를 표현하기 위해 음영도 넣었다. 초록색의 꽃받침과 꽃자루를 따라 줄기가 뻗어 있고 잎사귀들의 톱니들도 보였다. 이렇게 그린 장미 넝쿨들이 광부 가족 전체를 둘러싸고 있다. 아, 그냥 그린 그림이 아니구나. 자신이 남긴 마지막 작품, 아니 유일한 작품에 이 광부가 정성을 다한 흔적이 역력했다. 이 그림을 비추고 있는 랜턴 밑의 광부의 얼굴을 쳐다보았다. 주름지고, 어둡고, 절망에 쩐 늙고 추한 얼굴. 두 번 다시 보기 싫은, 꿈에라도 나타날까 역겨운 저런 얼굴을 가진 사내가 이렇게 정성스럽게 장미를 그렸다. 순간 울컥했다. 아, 내가 잘못 보았구나. 잘못 생각했구나. 이들은 죽기 직전 가족을 생각했구나. 행복을 꿈꾸었구나. 아름다운 추억을 떠올렸구나. 삶을 나지막하게 노래했구나. 이들은 죽기 직전 아름다움을 정성스럽게 그렸구나.

근대의 막장에서도 이들은 꿈을 잃지 않았다. 희망을 잃지 않았다. 아름다움을 외면하지 않았다. 삶이 아무리 폭압적일지라도, 아무리 부당할지라도, 이들은 가족과 행복을 생각했다. 세상이 이들을 막 대했지만 이들의 마음은 막 돼먹지 않았다. 막장 인생이었지만 막살지는 않았다.

위대한 작품이었다. 저토록 추한 얼굴들이 이토록 아름다운 예술을 만들어 내다니, 나를 이렇게 뒤흔든 작품은 여태껏 없었다. 예술이라고는 개뿔도 모르는 나 같은 사람에게도 예술이 무엇인지 깨우쳐 주었다. 막 돼먹은 세상에 희망을 맞서 세우는 것이 예술이다. 세상의 추악함과 인생의 잔혹함에 아름다움을 맞서 세우는 것이 예술이다. 죽음의 종말에 영원한 순간을 맞서 세우는 것이 예술이다. 거대한 검은 구멍에 조그만 불빛을 밝히는 것이 예술이다. 근대의 막장에서 광부의 마음을 비추는 저 랜턴이 예술이다. 이들의 폐는 근대의 현상학이었고 이들의 그림은 영혼의 현상학이었다. 영혼의 현상학이 근대의 현상학에 맞서고 있었다. 예술은 그렇게 스스로를 드러내었다.

"자, 여기를 유심히 보게. 광부의 마네킹에 입혀 놓은 작업복들은 이 사람들이 실제 입었던 옷이야. 작업복에 회사 이름과 광부의 번호가 적혀 있지. 잘 봐. 여기 숨진 20명 중에 10명이 동강광업에서 일했던 광부들이야. 이강산 씨가 일했던 곳이지. 대부분의 광업소들이 악랄했지만 동강광업이 그중에서도 가장 악랄했어."

'근대의 현상학' 전시실을 나왔을 때 노인은 나에게 잠시 복도에서 기다리라고 일렀다. 그는 '광부의 비극' 전시실에 가더니 몇 가지 자료를 가지고 나왔다. 우리가 다시 별채 사무실로 왔을 때는 날은 이미 어두웠다. 노인은 소주 몇 병과 과자 몇 봉지를 꺼냈다.

우리는 얼마간 소주잔을 기울인 후 이강산에 대한 이야기를 나누기 시작했다. 노인은 소녀의 일기장에 나오지 않은 내용들을 들려주었다. 50여 년 전 소녀의 아빠는 마차리에서 악명 높은 동강광업의 사장 '동팔이'였다. 이 덕대는 석공(대한석탄공사)에서 하청을 받아 탄광 사업을 했는데 광부들을 말 그대로 죽기 살기로 쥐어짜서 많은 수익을 내었다. 석공은 국가가 관리한지라 임금이 상대적으로 높았고 근무 규정과 복지가 그나마 나은 편이었다. 동강광업은 100여 개 덕대업자 중 가장 수익이 높았는데 그 이유는 그의 불도저와 같은 성격과 무슨 수를 써서라도 이루고야 마는 그의 광적인 집착 때문이었다. 문제는 동강 광업 광부들의 진폐증이었다. 당시 마스크가 탄을 잘 막아주지 못했고 진폐증에 대한 경각심이 없어서 광부들도 마스크를 벗고 작업할 때가 많았다. 광부들이 장시간 일하다 보니 폐에 탄이 쌓여 죽거나 병원에 입원하는 사람들이 늘었는데 악명 높은 작업 조건 때문에 동강광업에서 가장 많은 진폐증 환자가 나왔다. 이강산은 광부들로부터 신망을 받던 반장이었다. 탄을 캐는 중심이 되는 굴을 '항'이라고 하는데 동강광업은 요봉항과 마차항에서 탄을 캤다. 들어갈 때는 한 곳으로 들어가지만 안에 들어갔을 때는 탄의 흐름을 따라 다시 여러 작은 굴로 나뉜다. 사장 밑에 '항장'이 전체 굴을 관리하고 다시 작은 굴들은 '반장'의 지휘 아래 탄을 캔다. 여러 반장들 중 유독 이강산에게 광부들이 많이 몰렸고 진폐증이나 사고로 남편을 잃은 가족들도 이강산에게 의지했다. 진폐증으로 죽은 광부와 병원에서 치료를 받던 광부들의 협상을 주도한 것도 이강산이었다.

"그럼 동팔이라는 덕대가 이강산을 죽였다는 겁니까?" 단도직입적으로 물었다.

"결정적인 증거는 없지만 사고를 가장한 타살일 가능성이 크지."

"어떻게 사고를 가장했다는 겁니까?"

노인의 설명은 이러했다. 탄을 캐는 그룹은 2~3명의 선산부와 3~4명의 후산부로 나뉘며 선산부의 반장이 탄맥을 발견하고 착암기로 구멍을 뚫어 다이너마이트를 막장에 넣고 도화선을 설치한 다음 터뜨린다. 후산부는 다이너마이트가 터진 후에 쏟아져 내린 탄을 광차에 싣고 옮기는 일을 한다. 탄광에서 가장 많은 사고가 나는 것은 메탄가스 폭발로 인한 것인데 그것 때문에 담배를 절대 탄광에서는 피지 않는다. 다른 사고는 물이 쏟아져 내리거나 다이너마이트 조작 실수에 의한 사고다.

"다이너마이트를 터뜨릴 때는 설치를 한 후 150미터 정도 뒤에 와서 기폭제를 눌러. 근데 이게 가끔씩 합선이 되어서 안 될 때가 있어. 그럼 선산부가 가서 확인을 하고 합선된 부분을 고치고 돌아오지. 이때 가끔 딴 생각을 하고 무심결에 기폭제를 누르면 안에 들어간 사람이 죽지."

"그럼 이강산 씨가 죽을 때도 같은 상황이었다는 겁니까?"

"나는 그렇다고 생각해. 기폭제를 눌렀다고 자백하는 사람은 없었지만 말이야. 150미터나 되고 굴이 컴컴해서 이강산이 합선을 고치고 돌아서는 순간이었을 거야. 근데 하필 그날따라 이강산 씨가 자기 아들이 선물해 준 장화를 신고 왔어. 나도 사건 현장에 가서 이강산이 실려 나오는 장면을 봤는데 이강산 씨 장화에 형광별이 반짝거리더라고. 그러니깐 기폭제를 누른 사람이 이강산의 위치를 정확하게 안 거야. 그 형광별 때문에…. 그때 그 자리에서 아들을 보았는데 장화를 붙들고 울더라구."

아, 그렇구나! 그렇게 된 거구나! 그럼 결국 소녀의 선물이….

노인은 컴퓨터 책상 아래 있는 낡고 작은 냉장고에서 소주를 더 꺼내었다. 50년 전의 일에 대한 상념에 젖은 그는 소주를 권하며 계속 이야기를 이어 나갔다.

"근데 그게 이야기의 끝이 아냐."

"끝이 아니라뇨?"

"신문에 실을 수 없는 내용들이었지."

"왜요?"

"막장드라마였지. 막장에서 벌어진 진짜 막장드라마."

"무슨 말씀이신지…."

노인은 소주를 들이켰고 나는 그의 잔을 채웠다. 우리는 이미 얼큰하게 취해 있었다.

"이강산의 부인이 미인이었어. 탄광촌에 살기에는 아까운 여자였지. 근데 동팔이 이놈이 호색한 중의 호색한이었어. 동팔이는 자기가 원하는 건 무슨 수를 써서라도 얻어내는 놈이야. 게다가 엄청 영리했지."

"그러니까 동팔이와 이강산 씨 부인이…."

"동팔이 부인이 서울에서 교통사고로 죽고 나서 영월에서 딸 하나 키우면서 독신으로 살고 있었거든. 돈도 있겠다, 싱글이겠다, 과부들 많겠다, 안 건드린 여자가 없어. 그런데 이놈이 보니까 이강산 부인이 제일 예뻤거든. 이 호색한이 가만 놔둘 리 없지."

"이강산 씨가 죽고 나서 그럼…."

"소문이 파다했어. 근데 동팔이가 그 부인과 정분이 난 시점이 요상해."

"무슨 말씀인지…."

"이강산이 죽기 전에 이미 둘이 바람이 났어."

"어떻게 확신하세요?"

"나도 처음에는 몰랐지. 이강산이 죽고 나서 이 사람, 저 사람 취재를 하는데 그런 이야기를 들었어. 다이너마이트 사고사였지만 사람들은 동팔이가 이강산을 일부러 죽였다고 생각했지. 증거는 없지만 말이야. 근데 이강산을 죽인 진짜 이유가 진폐 사망자 보상 문제 때문이 아니라 그 부인을 빼앗기 위한 거라는 거야."

"에이, 증거가 없잖아요."

"나도 처음에는 억측이라고 생각했지. 근데 자꾸 소문이 도니까 취재를 했어. 뜻밖에 취재원을 비교적 쉽게 찾았지."

"취재원이라뇨?"

"마차리에 색굴이라고 있어."

"들어봤습니다."

"그 동네에 여관이 있긴 했지만 여자를 데리고 들어갈 수가 없었어. 당시만 해도 시대가 대단히 보수적이었고 동네도 워낙 좁아서 정분을 나눌 장소가 없었어. 집으로 데려갈 수도 없지. 사택이 좁기도 하고 옆집 소리도 바로 들리잖아. 그래서 사람들이 이용한 장소가 색굴인데 나도 한번 가봤어. 그 굴 안에 또 굴들이 많아. 입구도 여러 군데가 있으니 사람들 눈을 피할 수 있지."

"그래서 동팔이가 그 부인과 색골에서…?"

"당시 마차고등학교 다니는 깡패 녀석이 하나 있었어. 색굴이 조금 복잡한데 이놈이 글쎄 안을 가장 잘 알더라구. 이놈이 아이들에게 돈을 받고 사람들이 섹스하는 걸 보여주고 그랬어. 색굴에서 사람들이 많이 하는 장소에서 몰래 숨어서 보는 거지. 일종의 살아있는 야동이지."

"그놈이 취재원이었나요?"

"내가 기자니깐 이놈에게 협박했지. 귀싸대기도 몇 번 날리구. 사실대로 말해라, 동팔이와 그 부인의 관계에 대해서. 안 그러면 내가 너 놈 경찰서에 일러서 콩밥 먹게 해 주겠다."

"말하던가요?"

"고등학생이 뭘 알겠나. 깡패 녀석이지만 기자인 어른이 뺨을 때리고 감옥 보낸다고 하니까 겁먹고 불더라고. 그 녀석 말에 의하면 이강산이 이미 죽기 1년 전부터 그 부인이 동팔이와 정분이 났다는 거야. 이 녀석이 여러 번 보았고 다른 아이들도 보았다는 게야."

"그렇다고 동팔이가 그 부인 때문에 이강산을 죽였다고 볼 수는 없잖습니까?"

"좋은 질문이야. 동팔이와 그 부인이 섹스하고 나서 하는 이야기를 이 녀석이 들었을 것 아냐. 동팔이가 남편 버리고 나한테 시집오라고 꼬셨지만 그 부인이 거절했다는 거야. 하도 동팔이가 여러 번 보채니깐 이 부인이 농담으로 남편이 광산에서 죽어서 과부가 되면 새 시집을 가겠다는 거야."

"막장이네요."

"막장이지. 근데 이를 본 아이들이 있어서 그 소문이 이강산 아들과 동팔이 딸 귀에 들어간 거야. 이강산이 죽고 나서 말이야."

"어떻게 아세요, 그 사실을?"

"참 나, 세상에 막장도 이런 막장이 없을 거야. 내가 그 고등학교 깡패 녀석을 족쳤잖아. 족치다 보니깐 이 녀석이 다른 사실 하나도 실토하더라구. 이강산이 죽고 나서 이강산 아들과 동팔이 딸이 자신의 엄마와 아빠가 연루된 소문을 확인해 보고 싶었던 게야. 그 깡패 녀석은 돈을 받고 이강산 아들과 동팔이 딸에게도 색굴에서 그 장면을 보여줬어."

"뭘 보여줘요?"

"동팔이와 그 부인이 색굴에서 오입질하는 걸…."

…

"그 깡패 녀석이 아이들 입을 틀어막고 있었는데 오입질이 끝나고 나서 이 아이들이 울기 시작한 거야. 이 녀석이 도저히 어쩔 수 없을 정도로 엉엉 울어버린 거지. 동팔이와 그 부인도 당황하고, 이강산 아들은 울다가 바로 색굴 밖으로 뛰쳐나가고, 딸도 뒤따라 뛰쳐나가고."

아, 그렇게 된 거구나. 그래서 권 박사가 그렇게 말한 거구나. '모든 문제는 저 구멍 때문에 생기는 거야.' 일종의 여성 혐오증. 노인과 나는 소주잔을 연달아 비우고 채웠다.

"이야기가 거기서 끝이 아냐. 이강산이 죽고 나서 두 달 후에 이강산의 아들을 읍내에서 봤어. 마차에서 영월 읍내는 꽤 먼 거리야. 읍내에는 무슨 일이냐고 물어보니까 그 녀석이 엄마를 찾으러 읍내에 왔는데 혹시 우리 엄마 봤냐고 묻는 거야. 내가 취재를 해보니 그 소년의 엄마는 아들을 끔찍이도 사랑한 여자였어. 아들을 위해서 온갖 책들을 다 사줬지. 일종의 맹모였어."

"맹모였다뇨?"

"이강산의 아들이 공부를 매우 잘했어. 항상 전교 1등이었거든. 근데 그 애가 그냥 공부를 잘한 게 아냐. 엄마의 헌신적인 노력이 있었어. 내 기억으로는 그 엄마가 일제 때 평양에 위치한 여자고보를 나온 인텔리였어. 지주 집안 출신으로 북한에서 박해를 받아 집안이 몰락하고 혼자 살아서 남한으로 건너온 여자야. 혈육이 없으니 자식을 끔찍이도 사랑했어. 아들을 직접 가르치기도 하고 온갖 귀한 책과 참고서를 서울에서 직접 구해 왔어. 그 소년도 엄마를 무척 따랐어. 엄마가 자식에게 너무 많은 정성을 쏟았거든."

"그 소년의 엄마는 결국 도망간 겁니까?"

"도망간 거지. 그런 일은 비일비재했어. 과부로 살기에는 아까운 여자였지. 그 애한테 네 엄마 도망갔다고 말할 수가 없잖아. 좀 있으면 돌아올 테니 집에 가서 기다리라고 했지. 이 녀석이 영월, 정선, 제천을 헤매면서 자기 엄마 찾으러 다녔어. 나한테 차비도 빌려 가고 그랬어."

취기가 오른 나는 그 말에 눈시울이 뜨거워졌다. 소년의 엄마가 도망갔다, 우리 엄마처럼. 나는 소주잔을 연거푸 비웠다.

"그 이후로 동강광업에서 사건이 몇 번 더 있었어. 동팔이가 탄광을 팔고 가기 전까지."

"왜 탄광을 팔았나요?"

"그게 말이지…. 내가 몇 차례 마차에 가서 취재를 해보고 동팔이 딸이 이강산 아들과 사귀었다는 걸 알게 됐어."

소녀의 일기장은 사실이었다.

"그래서요?"

기자는 한참 동안 말없이 소주를 들이켰다. 나도 소주잔을 기울였다.

"그다음 해 3월에 큰비가 왔어. 봄비였지. 비가 억수같이 쏟아지는 날에 그 소녀가 낙화암에서…."

노인은 소주잔을 비웠다.

"뛰어내렸어, 동강으로…."

나는 순간 소주잔을 떨어뜨렸다. 아, 그렇게 된 것이구나! 나는 고개를 옆으로 돌려서 얼굴을 떨구었다. 내가 죽으려던 장소에서 그 소녀가 뛰어내렸다.

"자네 많이 취했네. 내 방에 가서 자고 가게."

나는 부축을 받아 노인의 방으로 갔다. 예전 학교의 숙직 당번이 자는 곳을 개조시켜 만든 방이었다. 나는 자리에 눕자마자 골아 떨어졌다. 얼마나 잤을까. 눈을 떴을 때는 여전히 어두웠다. 노인은 잠에서 이미 깼는지 책상에 전등을 밝혀 놓은 채 담배를 피우고 있었다.

이부자리에서 몸을 일으켜 세워서 노인에게 물었다.

"벌써 일어나셨어요?"

"늙으면 잠이 안 오는 법이지."

"근데 그 소년은 어떻게 되었나요?"

혹시 이 소년의 행방을 노인이 알고 있는지 궁금해졌다.

"아무도 모르네. 그 소녀가 죽은 뒤로 그 소년도 어디론가 사라졌어. 나는 언젠가는 그 소년이 나를 찾아오리라고 생각했는데 자네가 왔으니…."

"그 소년은 마차 어디에서 살았나요?"

"그 사람을 만났다면서? 가르쳐주지 않던가?"

"그걸 물어볼 사이도 없이 유명을 달리해서요."

"가만있어 봐. 내가 사건 파일들을 다 가지고 있어."

노인은 방에 꽂힌 책장에서 파일을 꺼내더니 50년 전 이강산과 소년이 살았던 주소를 건네주었다.

영월군 마차리 665번지. 나는 주소를 받고 벌떡 일어나 갈 채비를 했다.

"벌써 가려고?"

"네, 신세 많이 졌습니다."

"근데 그 소년은, 아니 그 사람은 어떻게 죽었나?" 나는 뒤돌아서서 한동안 말을 잇지 못했다. 노인은 뭔가가 이상하다는 것을 깨달았는지 가만히 있었다.

"아버지처럼… 살해당했습니다."

그 말을 내던지고 쏜살같이 그 방을 빠져나왔다. 나는 운동장에 세워둔 차를 타고 재빨리 그곳을 떠났다. 노인이 달려 나왔고 떠나는 나를 향해 소리쳤다.

"한동팔이라는 그 작자가 사실은 한국 최대의…."

나는 그 소년의 운명에 너무 몰입했던 나머지 정신이 팔렸기도 했고, 달려 나가면서 그가 내뱉은 말과 거리가 멀어지기도 했으며, 차를 타고 빨리 가야겠다는 다급함 때문이기도 해서 그가 말한 뒷부분이 기억이 나지 않았다. 그가 무슨 말을 했는지는 나중에, 아주 나중에 일들이 알 수 없는 방향으로 벌어지고 난 다음에야 비로소 기억났다.

"한동팔이라는 그 작자가 사실은 한국 최대의 재벌회장인 한거용이야!"

마차로 가는 길에 갑자기 비가 내리기 시작했다. 시도 때도 없이 내리는 영월의 소나기였다. 비 사이로 먼동이 트기 시작했다. 내비게이션의 도움으로 소년의 집을 쉽게 찾을 수 있었다. 마차탄광에서 북쪽으로 2킬로미터 더 떨어진 곳이었다. 길가에 차를 세우고 비를 맞으며 언덕으로 200미터를 걸어 올라갔다. 진흙이 신발에 덕지덕지 묻었다. 비를 맞고 있는 회색의 슬레이트 지붕 아래 버려진 사택들이 줄지어 을씨년스런 광경을 연출했다. 녹슨 양동이 몇 개가 굴러다니고 깨진 장독대가 방치되어 있고 어느 아이가 언제 탔는지 모르는 세발자전거가 구석에 엎어져 있었다. 이렇게 누추하고 더러운 곳에서 어떻게 사람들이 살았을까? 사택 다섯 채가 두 열로 나란히 놓여 있었고 그중 앞쪽 오른쪽 맨 끝이 665번지였다. 방문을 열고 짧은 마루턱 위에 서서 방을 들여다보았다. 2평 남짓 작은 방에 시멘트 바닥이 드러났다. 벽이 허물어질 듯 기울었고 스산했다. 차갑고 어두운 방이었다. 내가 이제껏 본 방 중에서 가장 초라한 방이었다. 나는 방을 응시했다.

소년이 누워 있다.
세상 물정 모르는 아이가 누워 있다.
울고 있다.
저 구석에서, 추운 겨울 엄마를 찾아 헤매다 허탕을 치고, 차디찬 바닥에 누워 혼자 울고 있다.

아버지를 잃고, 어머니를 잃고, 소녀를 잃고, 세상을 잃었다. 소년의 머릿속은 온통 혼돈뿐이다. 이해해보려 했지만 허사였다. 도저히 이해할 수 없었다, 도저히. 삶의 부당성. 삶이란 말도 안 되는 것이었다. 소년의 마음속은 온통 원망뿐이었다. 내가 무엇을 잘못했기에, 내가 무엇을 잘못했기에! 나도 이대로 죽어야 하나. 아직 살아보지도 못했는데, 아직 삶이라는 것을 시작도 하지 않았는데 벌써 막장이라니! 삶이라는 것을 시작도 하기 전에 죽음을 결심해야 하나. 가슴이 저려 왔다. 나도 모르게 눈물이 왈칵 쏟아졌다. 고개를 획 돌렸다. 도저히 볼 수 없었다. 이토록 황량한 방에 저토록 비참한 소년이 누워 있는 걸 도저히 볼 수가 없었다. 흙탕물이 괴인 마당 한가운데로 내려왔다. 비가 쏟아졌다. 눈물이 쏟아졌다. 후회가 쏟아졌다. 털썩 주저앉았다. 내가 왜 그랬을까? 내가 왜 그랬을까? 정의가 도대체 무엇이건대, 그깟 정의가 도대체 무엇이건대, 정의라는 외골수도 끝까지 밀어붙이지 못하는 놈이 무엇이 그렇게 잘 났다고…. 왜 그 소년의 발목을 잡았을까. 엄마 없는 자식이 뭐가 잘났다고 고아 놈과 원수가 되어 싸웠을까. 병신! 병신! 말이라도 해주지! 말이라도 해 주었으면 시작도 하지 않았을 텐데. 후회의 눈물이 비와 섞여 쏟아졌다. 바보! 바보! 주먹으로 바닥을 내리치고 또 내려쳤다. 영혼이 울고 있는 아침이었다. 두 주먹을 불끈 쥐었다. 소년을 죽인 암살범을 찾고야 말겠다! 반드시! 반드시!

11장 죽음의 왕

이틀 후 일요일 오후 나는 나용배와 양평의 어느 별장에 도착했다. 그는 무선으로 대원들이 준비가 끝났는지 확인했다. 대원들은 별장에 무엇인가를 설치한 다음 근처에 매복했다. 도대체 무슨 일을 꾸민 걸까? 30미터 길이의 수영장이 있는 별장은 숲으로 둘러싸이고 근처에 다른 이웃집이 없어 비밀리에 작전 수행이 용이했다. 나용배와 나는 몇 가지 장비를 들고 집에서 50미터 떨어진 풀숲으로 들어갔다. 나용배는 가방에 든 스크린 장비를 꺼냈다. 별장의 방, 거실, 수영장, 화장실이 화면에 떴다. 몰래카메라?! 숨을 죽이고 50여 분이 흘렀을 때 검은색 에쿠스가 도착했다. 누가 내릴까? 한 남자가 차에서 내려 별장 안으로 들어갔다. 그는 1층 거실의 소파에 앉았다. 우리는 이어폰을 꽂고 화면을 응시했다. 골프복 차림의 남자는 여유로운 표정이었다. 초소형 카메라가 남자의 얼굴을 가까이 잡았다. 앗! 국정원장 이상국이다! 여기에 왜 국정원장이 아무런 경호도 없이 왔을까?

"국정원장이죠?"

"지켜보고 있어."

나용배는 웃기만 했다. 이상국은 냉장고를 열고 맥주를 꺼내어서 마셨다. 거실에 설치된 TV를 켜고 뉴스를 보는 둥 마는 둥 했다. 맥주를 여러 캔 마시고 화장실을 한 번 갔다 오고 담배도 여러 대 피웠다. 그는 누군가를 기다리는지 시계를 여러 번 보았다. 한 시간 정도 지났을 때 숲속으로부터 은색 벤츠 차량 한 대가 별장 쪽으로 오는 것이 보였다. 누굴까? 누군가 주차장에 차를 세우고 별장 안으로 들어갔다. 거실에선 이상국이 일어났다. 현관문이 열리자 여성 한 명이 보였고 이상국과 그녀는 아주 반갑게 포옹을 했다. 저 여자는 누굴까? 둘은 소파에 앉았고 남자의 손은 여자의 허리에 있었다. 거실에도 여러 대의 극소형 카메라가 설

치되어 있었다. 나용배가 거실에 설치된 다른 카메라를 통해 화면을 띄우자 국정
원장의 여자가 눈에 들어왔다. 여자를 본 순간 소스라치게 놀랐다.

김유리! 청순하고 깔끔한 이미지로 광고계를 휩쓸고 있는 현존 최고의 한류
스타! 최근 방영된 '블랙 시티'가 한국을 넘어 중국, 일본, 타이완, 싱가포르, 필리
핀에서 최고의 시청률을 기록하며 아시아를 제패했다. 연예계와 광고계에서 최
고의 블루칩으로 떠오른 그녀를 만나는 것은 하늘의 별 따기라 연예부 기자들의
불만이 가득했다. 그런 그녀가 한가롭게 일요일 오후에 양평에서 혼자 국정원장
을 만난다?

"김유린가요?"

나용배의 귀에 대고 물었다. 그는 웃으면서 고개를 끄덕였다. 이상국과 김유리
는 다정했고 10분 정도 대화를 나누었다. 거실에 설치된 기기는 음향을 뚜렷하게
전달하지 못했지만 화면상 이들은 웃으며 즐거운 대화를 이어가는 것처럼 보였
다. 국정원장의 얼굴은 좋아서 미쳐 있었다. 국정원장은 마음이 급해 보였다. 그
는 일어서서 김유리의 손을 잡아끌었고 둘은 2층으로 향했다. 화면에 계단이 들
어왔고 그다음 방이 들어왔다. 고풍스러운 가구들과 거울 그리고 킹사이즈의 하
얀 침대. 침대는 모던한 스타일로 양쪽이 물결치듯 곡선으로 떨어졌고 머리판은
왕관 문양으로 장식되어 있었다. 나용배는 여러 대의 카메라를 화면에 띄우고 볼
륨을 높였다. 김유리가 침대에 걸터앉자 이상국은 문을 닫았다. 하지만 이들의
목소리는 선명하게 들렸다.

"언제 쳐들어가는 겁니까?"

"좀만 더 기다려 봐."

이때 이상국이 샤워실로 들어가는 소리가 났다. 잠시 후 김유리가 전자장비로
나용배에게 신호를 보냈다. 나용배는 컴퓨터 모니터를 닫고 별장으로 향했다. 나
도 그의 뒤를 바로 따랐다. 그는 현관문을 연 다음 이상국의 재킷에 있는 권총을
꺼내었다. 우리는 계단을 살며시 올라가 침실 문을 열었다. 김유리는 하얀 가운
을 입고 침대 위에 있었다. 나용배와 그녀는 눈으로 인사를 했고 나는 그녀를 아
래위로 훑어보았다. 김유리는 개의치 않고 침실을 나가 1층 거실로 내려가서 자신

이 타고 온 벤츠를 타고 자리를 떴다. 침실 옆에 딸린 문이 닫힌 목욕실에서 샤워를 하던 이상국은 아무 낌새도 알아채지 못한 듯했다. 나용배는 욕실 문을 열었다. 이상국은 아직도 눈을 감고 있었다.

"원장 나으리, 재미 좋으셨수?"

이상국은 소스라치게 놀라면서 알몸 상태로 우리를 향해 삿대질을 했다.

"너, 너, 너희들 뭐야?"

"오랜만입니다. 저 나용배올시다."

"이 겁 없는 놈이 어디서 국정원장을 농락해!"

그는 가방에서 모니터를 꺼내고 거실에서 김유리와 이상국이 껴안는 장면을 보여주었다.

"너희들 지금 나를 농락하는 거야?"

"누가 누굴 농락해! 국정원장이 자기 권력을 남용하여 아시아 최고 스타를 이렇게 농락해도 되는 건가? 인터넷에 한번 올려 볼까!"

나용배는 이상국을 협박했다.

"이제까지 내가 오냐오냐 봐줬더니 이제는 막 나가는구나, 나용배. 이 빨갱이 새끼, 오늘 당장 내가 너 처넣는다!"

국정원장의 말이 떨어지자마자 나용배는 그의 가슴팍을 발로 찼고 이상국은 넘어져 자쿠지에 처박혔다. 나용배는 자쿠지에 들어가 쓰러진 이상국을 사정없이 구타했다.

"이 개새끼, 네가 권 박사님을 죽였지! 권력이 그렇게 좋아? 민족의 영웅을 네가 뭔데 죽여! 이 개새끼, 오늘 네 제삿날이다!"

이상국의 피가 튀었고 나용배는 이상국의 머리를 자쿠지에 여러 번 박았다.

"살려줘, 제발! 살려줘!"

"빨리 자백해, 네가 권 박사님을 죽였지? 빨리 자백해, 개새끼야!"

나용배가 다시 이상국의 뺨을 사정없이 후려갈겼다.

"내가 안 했어, 진짜 안 했어! 딴 사람이야, 딴 사람이라고!"

이상국은 숨을 거칠게 몰아쉬면서 부인했다.

"딴 사람이라니? 그럼 누구야? 누구?"

나용배가 다시 주먹을 올렸을 때 이상국이 잽싸게 응답했다.

"바단이야, 바단!"

나용배가 소스라치게 놀랐다.

"바단이 왜? 그놈이 도대체 왜 권 박사를 죽이냐고?"

"나도 몰라. VIP와 권 박사를 만나기 위해 바단이 권 박사가 죽기 전 극비리에 한국에 왔네. 세 명이서만 이야기를 나누었어. 원장인 나에게도 무슨 일인지 말해주지 않았어."

"그게 말이 돼? 국정원장이 이렇게 중요한 사실을 모른다니 말이 되냐고?"

"VIP의 뜻이야. 항간의 소문과는 달라. 대통령은 나를 의심했고 오로지 권 박사만을 믿었어!"

피를 흘리면서 이상국은 항변했다.

"도저히 믿을 수 없어, 도저히!"

"얼마 후 난 원장직을 그만두게 될 거야. 권 박사의 암살을 막지 못했다는 책임을 VIP가 나에게 뒤집어씌우는 거야."

"혹시 대통령이 권 박사를 죽였어?"

"절대 아냐, 절대. 어떻게 한국 최고의 과학자를 대통령이 죽일 수 있나! VIP는 권 박사를 이용해 무언가를 꾸미고 있었어. 지금 북한과의 관계가 최악으로 치닫고 있잖아. 미국과도 관계가 안 좋아. 뭔가가 필요했던 거야, 뭔가. 이스라엘로부터 뭔가가 필요했던 거야."

"대통령, 바단, 권 박사가 도대체 무슨 이야기를 한 거야?"

"나도 모른다고! 나도 몰라! VIP나 바단에게 직접 물어봐!"

"그럼 왜 바단을 의심해? 그자가 왜 권 박사를 죽여?"

"몰라서 물어? 바단은 세계 최고의 암살자야. 이런 대담한 짓을 할 놈은 바단밖에 없어! 우리도 암살자가 누군지 몰래 수사를 했어. 근데 도대체 이렇게 겁 없는 짓을 할 놈들은 모사드밖에 없어. 적을 도와주는 척하면서 적을 치는 게 그자의 수법이잖아. 너도 알잖아!"

모사드? 이스라엘 첩보기관!

"그럼 칼슨도 모사드 요원이었다는 거야?"

"그자도 모사드 요원일 거야. 아니면 프리메이슨이겠지. 그래서 권 박사에게 접근해서 줄기세포 특허를 빼내려고 했던 거야."

"칼슨, 이 개새끼!"

"비디오 내놔!"

"너는 대한민국 첩보기관의 수장이 될 자격이 없는 놈이야. 첩보의 제1원칙, 여자를 조심해라! 너는 이것도 모르는 놈이야."

"얻을 거 다 얻었잖아. 내가 돌아가도 아무 일 없었다는 듯 넘어갈 테니 빨리 비디오 내놔."

"내가 미쳤어? 이 비디오를 넘겨주게."

"딜을 하자구, 딜을."

"무슨 딜?"

"바단이 한국에 다시 와. 대통령과 바단이 다시 만나. 그때 그놈을 잡도록 도와주지."

"그래?!"

◇

"도대체 바단이란 사람이 누굽니까?"

광교로 돌아오는 차 안에서 나용배에게 물었다.

"진짜 007이지."

나용배는 긴장된 웃음을 지었다.

"007이라뇨?"

"영화 안 봤어? 영화에서 007이 죽는 거 봤어? 007에 맞선 놈들이 다 죽지."

"그럼 바단이 영국 정보기관 MI6 요원인 건가요?"

"아까 못 들었어? 모사드 요원이라고. 전설적인 암살자이자 현재 모사드 국장이야. 별명이 죽음의 왕이야."

죽음의 왕?!

"근데 요원들을 보내지 않고 모사드 국장이 이렇게 직접 나서기도 하는 건가요?"

"굉장히 중요하다는 뜻이지. 아이히만을 아르헨티나에서 잡을 때 당시 모사드 국장인 하렐이 직접 가서 진두지휘를 했어."

나용배는 입가에 웃음을 지으며 말을 이어 나갔다.

"바단과 한판 뜬다 이거지! 하하하, 이거 영광이구먼!"

"근데 바단이 자기가 범인이라고 의심받는 상황에서 한국에 올 이유가 없잖습니까? 잡힐 수도 있는데……."

"이 작자는 자기가 원하는 것을 얻기 위해서 적진에 수없이 뛰어들었어. 레바논, 시리아, 팔레스타인, 이집트, 이란에 직접 쳐들어가서 작전을 수행했다고. 항상 죽음을 무릅쓰고 호랑이 굴로 직접 쳐들어가 호랑이를 다 잡았다고. 그러니까 세계 최고의 암살자지. 자기 안방에서 호랑이를 잡았다면 어떻게 그렇게 전설적인 명성을 얻었겠나. 그리고 이자는 위장과 속임수의 도사야, 도사."

광교에 도착해서 나용배의 사무실에 들어갔는데 책장에 꽂혀 있는 책들이 눈에 들어왔다. CIA, KGB, MOSSAD, MI6, MSS, DGSE……. 책들을 보니 나용배도 첩보에 대해서 꽤나 공부한 모양이다. 나는 모사드 관련 책들을 모두 뽑아서 내 방으로 가지고 왔다.

바단. 이스라엘 최정예 특수부대 사예레트 마트칼 출신, 이스라엘 방위군 비밀 특공대 '리몬'의 사령관, 현재 모사드 국장. 특기는 오토바이를 타고 순식간에 나타나 정확하게 저격하기. 백발백중의 명사수. 레바논 인민전선 지도자 7명 암살, 검은 9월단 22명 암살, 하마스 18명 암살, 시리아 군 지도자 6인 암살, 이란 핵무기 기술자 9인 암살, 최고의 명성을 날렸던 테러리스트 이마드 무그니예 암살 지휘, 두바이에서 하마스의 지도자 마브후흐 암살 지휘. 그 외 셀 수 없을 정도의 암살을 직접 수행하거나 지휘. 휴……. 이렇게 많은 암살 작전을 수행하고도 살아남았다? 나용배의 말이 생각났다. 진짜 007, 죽음의 왕.

2주 동안 나용배는 이상국과 연락을 취하면서 바단을 잡을 계획과 전략을 짜느라 바빴다. 국정원과 수시로 접촉하며 구체적인 동선과 상황을 파악하고 서울 시내에서 벌어질지 모르는 총격전을 위해 새벽에 예행연습을 했다. 바단이 청와대에서 대통령을 만나고 나와 이동할 가능성이 있는 세 방향 모두에 대원들을 배치시킨 후, 무전으로 일사불란하게 움직여 바단을 생포한다는 계획이었다. 외교 문제가 발생할 수 있기 때문에 국정원과 경찰은 참여하지 않을 것이며 오로지 나용배 개인 조직에 의해서만 작전은 수행되어야 한다.

국정원은 차량용 추적 장치를 바단의 차에 달아주기로 했다. 바단에게 줄 선물인 금과 다이아몬드로 장식된 만년필 안에 추적 장치를 설치했다. 바단은 이 물건을 분명 의심할 것이다. 따라서 이스라엘 총리에게 줄 조선백자 안에도 추적 장치를 설치했다. 총리에게 줄 진품이기 때문에 바단이 함부로 버리지는 못할 것이다. 바단을 경호할 모사드 요원은 5인에서 10인으로 추정된다. 이들을 제압하고 바단을 과연 잡을 수 있을까? 그런데 권 박사가 죽고 나서 왜 또 한국 대통령을 만나지? 끝나지 않은 무엇인가가 있나? 국정원장도 모르게 대통령과 모사드 국장이 나누려는 대화가 뭘까? 대통령은 분명 누구도 믿지 않는 게 틀림없다. 국정원장도 못 믿는데, 바단을 믿는다면 바단이 권 박사를 죽이지 않았을 가능성이 크다. 그럼 국정원장은 혹시 이중첩자로 다른 조직의 스파이가 아닐까? 혹시 그는 CIA의 첩자일까? 한국과 미국의 관계가 최악으로 치달을 때 CIA가 한국 대통령을 견제하기 위해 국정원장을 포섭했을지도 모른다. 대통령이 자기를 믿어주지 않아 분명 섭섭했을 것이다. 그럼 혹시 바단을 역이용해서 우리를 곤경에 빠뜨리려는 것은 아닐까? 모든 것이 음모로 보였다.

◇

작전 당일 눈이 엄청 내렸다. 기상청은 대설 특보를 발령했다. 날씨 때문에 작전 수행이 힘들어지는 게 아닌지 나용배에게 물었다. 오히려 더 잘됐다는 게 그의 생각이었다. 눈이 내려 길이 얼어붙으면 바단과 그의 부하들의 대처 능력이 떨어질 것이라는 게 이유였다. 일리가 있었다. 나용배의 조직원들은 서울 곳곳에 배치되었다. 바단을 잡기 위해 총출동 명령이 떨어졌다. 바단을 죽여서도 안 되며 VIP의 심기를 건드려서도 안 된다. 국정원은 어디까지 우리를 도와줄까? 바단이 대통령을 만나는 시간은 저녁 9시다. 나용배와 나는 삼청동 근처에서 차를 세우고 작전 수행을 기다렸다. 나용배는 부하들에게 모사드 요원들을 죽여도 되지만 바단은 죽이지 말 것을 명령했다. 나도 방탄조끼를 입고 권총을 받았다. 눈발은 더욱 거세졌다. 삼청동의 연인들은 즐거워 보였다. 팔짱을 꼭 끼고 함박눈을 맞으며 걷는 모습이 부러웠다. 나는 송수연이 갑자기 생각났다. 함박눈이 내리는 날 삼청동에서 칼국수를 먹고 위쪽으로 올라가 따뜻한 커피와 와플을 먹고 싶었다. 그리고 다시 나와 눈을 흠뻑 맞으며 깔깔거리면서 거리를 걷고 싶었다.

"참 좋네!"

팔짱 낀 연인들이 지나가는 것을 보며 나용배가 한마디 던졌다.

"그러게요."

맞장구를 쳤다.

"강 기자는 싱글이지? 연애 안 하나?"

"이 상황에서 연애할 수 있겠어요? 생사가 왔다 갔다 하는 마당에."

"죽을 때 죽더라도 사랑은 해야지!"

세계 최고의 암살자를 잡으려는 마당에 나용배는 여유가 있었다. 시간이 흐를수록 지나다니는 행인이 뜸해졌다. 우리는 바단이 북악산 쪽 삼청터널 쪽으로 가기를 바랐다. 그쪽에는 길이 하나밖에 없기 때문에 작전 수행이 용이하다. 경복궁 쪽으로 나온다면 방향은 세 갈래다. 시청으로 갈 수 있는 남쪽 방향, 금화터널을 지나서 신촌으로 향하는 서쪽 방향, 그리고 안국역과 창덕궁 쪽으로 가는 동쪽 방향. 나용배는 모든 방향에 요원들과 차 두 대씩을 배치시켰다. 뉴스에서는 길들이 얼어붙었으니 조심하라는 경고를 내보냈다. 작전 수행이 제대로 될지 걱정이었다. 밤 11시가 조금 지나서 국정원 요원으로부터 무선 연락이 왔다.

"바단이 나간다, 바단이 나간다, 오버."

"위치 추적 장치를 작동한다, 위치 추적 장치를 작동한다, 오버."

나용배는 위치 추적 장치를 켰다.

"알았다, 오버."

"바단 차량이 몇 대인가?"

"세 대다, 오버."

나용배는 운전을 하고 나는 위치 추적 장치를 보았다.

"바단이 북쪽으로 갑니다, 북쪽."

"모두 들어라, 바단이 북쪽으로 간다. 제1팀 삼청터널을 막아라! 제1팀 삼청터널을 막아라!"

나용배는 지시를 내리고 바로 북쪽을 향해 차를 몰았다. 길이 미끄러워 타이어에서는 끽 하는 소리가 반복적으로 났다. 모사드 요원들의 차들은 청와대를 나와서 천천히 가더니 갑자기 속도를 냈다. 나용배도 갑자기 차를 거칠게 몰기 시작했다. 제1팀에서 연락이 왔다.

"어떻게 할까, 독수리? 어떻게 할까 독수리?"

"작전대로 터널을 막고 차를 세워! 차를 세우지 않으면 발포해라! 차를 세우지 않으면 발포해라!"

나용배가 소리쳤다.

"바단은 두 번째 차에 있다, 오버."

"바단은 죽이지 마라! 바단은 죽이지 마라!"

나용배가 외쳤다. 우리 차는 모사드 요원의 차들보다 느렸다. 나용배는 가속기 페달을 밟았다. 나용배는 노련한 솜씨로 모사드 요원 차의 100미터 뒤까지 쫓았다. 세 대의 모사드 차들이 터널 속으로 들어갔다.

"차들이 멈추지 않는다. 발포한다, 발포한다!"

1팀이 긴급하게 무전을 쳤다. 세 대의 차 중 맨 앞차가 터널 출구에 위치한 차에 부딪히면서 터널의 입구를 열어젖혔다. 1팀 요원들이 충격을 가하기 시작했다. 모사드 요원의 차 한 대가 꼬꾸라졌다. 나머지 두 대는 터널을 뚫고 지나갔다. 우리 차도 삼청터널을 지나 나머지 두 대의 차를 뒤쫓았다.

"대원들은 들어라, 대원들은 들어라. 바단이 성북동을 지나 국민대 쪽으로 간다."

"모사드 요원 두 명 사살, 오버."

1팀에서 무전을 쳤다.

"알았다. 1팀은 삼청터널 상황을 정리해라."

"2팀은 서대문구, 3팀은 북부간선도로 쪽으로 향해라. 4팀은 우리를 따라와."

눈이 내리는 어두운 밤, 구불구불한 길을 따라 전속력을 내었다. 우리는 성북동에 주차된 차들과 부딪히면서 바단의 차들을 쫓았다. 나용배의 운전 솜씨는 대단했다. 나는 위치 추적 장치를 주시했다. 바단의 차는 국민대 앞에서 내부순환도로를 타고 서쪽으로 향했다.

"내부순환도로를 타고 서쪽으로 향한다, 오버."

내가 급하게 외쳤다. 나용배도 바로 내부 순환도로를 탔다. 우리는 북악터널을 진입했다. 곧바로 뒤따라온 4팀의 차 두 대도 우리 뒤로 붙었다. 우리의 계기판은 150킬로미터를 가리키고 있었다. 바단의 차들도 우리 요원들의 차들도 터널 안에서 150킬로미터가 넘게 속력을 내었다. 옆에 따라붙은 우리 요원 차가 바단의 차를 옆에서 들이받았다. 창문이 열리면서 바단이 우리 요원 차에 총을 쏘기 시작했다. 4팀 차 한 대가 터널 벽에 부딪히면서 망가졌다.

"모사드의 차들에 발포해라! 바단 차는 쏘지 마라! 오버."

4팀의 다른 차 한 대가 따라붙더니 선루프를 열고 기관총을 꺼내었다. 순간 모사드 요원차 한 대가 180도를 돌더니 그 차 앞에 갑자기 멈추어 섰다. 두 차는 그대로 부딪쳤고 총을 쏘려던 우리 요원은 차 밖으로 고꾸라졌다. 나용배는 이 두 차를 놓아두고 마지막 남은 바단의 차를 쫓았다.

"창문을 열고 바퀴를 쏴!"

나용배가 나에게 지시했다. 나는 창문을 열었다. 시속 150킬로미터가 넘고 차가 흔들려서 조준이 잘되지 않았다. 차가 터널을 빠져나오자 눈이 내 얼굴을 덮쳤다. 나는 눈을 찌푸리며 발포했다. 나의 총알은 바단이 탄 차의 다른 부분에 맞거나 빗나갔다. 차는 심하게 흔들렸다. 눈이 내리는 밤길이라 다른 차들은 거의 없었다. 바단의 차는 내부순환도로를 빠져서 강변북로를 타고 동쪽으로 달리기 시작했다.

"지금 강변북로 합정동이다. 광진구 방향 동쪽으로 이동 중이다. 2팀과 3팀은 강변북로 방향으로 집결하라."

"로저!"

2팀과 3팀이 알았다는 신호를 보내왔다. 눈발이 점점 거칠어지고 길이 미끄러워서 바단의 차와 우리 차가 심하게 흔들렸다.

"강 기자 뭐해, 쏴!"

나는 탄창을 다시 끼우고 창문을 열었다. 마포대교 아래를 통과하기 직전 나는 몇 발의 총알을 날렸다. 어두운 밤이라 차가 거의 없었다. 바단이 타고 있는 차의 뒷창문이 깨지며 총구가 나왔다. 우리에게 총알이 날라들기 시작했다. 총알한 방이 정면 유리창을 뚫고 나용배의 가슴에 꽂혔다. 나는 놀라서 안쪽으로 들어와 그에게 괜찮냐고 물었다.

"휴! 방탄조끼에 박혔어!"

나용배는 핸들을 이리저리 꺾으면서 총알을 피했다. 차가 좌우로 흔들렸고, 나는 심한 현기증을 느꼈다.

"2팀, 3팀 어딘가? 3분 후에 한남대교에서 합류 가능한가? 바단 앞에서 제압을 부탁한다, 오버!"

"로저!"

나용배는 총알을 피하기 위해 바단의 차와 약간 거리를 두었다.

"꽤 잘 쏘는데요!" 나용배의 뚫린 옷을 보며 내가 놀라 한마디 던졌다.

"운이 좋았어! 암살의 제왕이라니깐!"

이윽고 무전이 왔다.

"2팀 한남대교에 진입!"

"3팀 한남대교에 진입!"

"바단이 반포대교를 아래를 지나고 있다. 네 대가 앞에서 길을 막으면서 공격해라."

나용배가 명령했다. 이윽고 네 대의 차가 달리면서 강변북로 전면을 막고 뒤에서 오는 바단의 차를 향해 일제히 총을 쏘았다. 몇 발은 바단의 차에 맞았다. 바단과 모사드 요원 한 명이 동시에 앞에 있는 차 두 대를 향해 총격을 가했다. 한 대가 바퀴를 맞고 중심을 잃으면서 한강으로 떨어졌다. 다른 한 대 역시 운전자가 운전자가 맞았는지 옆 가드레일을 박고 멈추어 섰다. 바단의 차는 전속력으로 치고 나갔다. 나는 뒤에서 총격을 가했다. 눈발이 거칠게 얼굴을 때려 조준이 잘 되지 않았다.

"탕! 탕! 탕!"

바단은 앞에 있던 나머지 두 차와 교전을 벌였다. 앞에서 두 대, 뒤에서 한 대. 바단의 차는 앞뒤로 협공을 당하며 영동대교를 지났다. 앞차에서 쏜 탄환이 바단 차의 왼쪽 타이어를 맞혔다. 차가 비틀거리면서 청담대교 아래 뚝섬 방향으로 들어갔다.

"뚝섬유원지 쪽이다. 2팀, 3팀 뚝섬유원지 자동차 출구 반대편으로 역진입해서 들어와라!"

바단과 두 명의 요원이 차에서 내리더니 한강 쪽으로 뛰기 시작했다. 우리도 차에서 내려 뒤쫓았다. 약 200미터 떨어진 한강변을 향해 전력으로 뛰는 모습이 보였다.

"선착장 쪽으로 간다! 선착장! 2팀, 3팀 선착장으로 와라."

"로저!"

"동쪽에서 막아라, 우리는 서쪽에서 놈들을 쫓을 테니깐."

저 멀리 우리 대원들의 차가 놈들의 앞쪽에서 달려오는 것이 보였다. 바단은 한 손에는 가방을, 다른 한 손에는 총을 들고 있었다. 우리 차 한 대가 바단 일행 세 명을 향해 정면으로 돌진했다. 바단은 운전석에 총을 쏘고 옆으로 점프했다. 모사드 요원 한 명은 정면으로 부딪쳐 그 자리에서 고꾸라졌다. 이어 도착한 다른 차에서 우리 요원 세 명이 내려 바단을 향에 총을 겨눴다. 바단은 총을 버렸다.

바단을 잡았다!

선착장에 매여 있는 상업용 대형 유람선에서 사람들이 보고 있었다. 무슨 영화라도 찍는 줄 알고 있는 듯했다. 우리는 100미터 뒤에서 안도의 한숨을 쉬었다.

갑자기 그 대형유람선에서 우리 대원들과 바단 쪽을 향해 총알이 날아오기 시작했다. 대원 셋이 한꺼번에 쓰러졌다. 마지막 남은 모사드 요원도 총에 맞고 쓰러졌다. 바단은 바닥에 엎드린 채 가방만을 쥐고 있었다. 배에 있는 사람들은 놀라서 배 안의 바닥에 납작 엎드렸다. 우리도 둑 뒤로 몸을 피했다.

"어떻게 된 거야?"

나용배가 눈 바닥에 몸을 던지면서 내뱉었다.

"다른 모사드인가요?"

"아냐! 모사드 요원은 모두 죽었어!"

배에서 대여섯 명이 나오더니 바단을 일으켜 세웠다. 점점 더 거칠어지는 눈발과 희미한 어둠 속에서 양손을 든 바단의 모습이 보였다. 바단을 노리는 또 다른 세력이 있다! 그중 한 명이 바단이 가지고 있는 가방을 빼앗았다.

"젠장, 다 된 밥을 다른 놈들이 빼앗아 갔어!"

그 순간 한강 서쪽에서 고속정이 나타나 놈들에게 빠르게 접근했다. 대형 유람선에서 나온 놈들이 고속정을 향해 총을 난사하기 시작했다. 고속정은 엄청난 화력으로 응사했다. 몇 명이 쓰러졌다. 이때 바단이 빼앗겼던 가방을 집어 들고 고속정이 있는 강변 쪽으로 뛰기 시작했다. 뒤쪽에 있던 정체불명의 요원들이 도망가는 바단을 겨누었다. 나용배는 바단을 보호하기 위해 이 요원들을 저격했다. 바단이 오르자마자 고속정은 눈 깜짝할 사이 한강 서쪽으로 사라졌다.

우리는 대형 유람선 쪽으로 갔고 부상을 당해 신음소리를 내고 있는 누군가를 발견했다. 모두 죽고 한 놈만 살아남았다. 우리는 대원들의 시체를 재빠르게 수습한 뒤 부상당한 한 놈을 데리고 광교에 위치한 비밀 지하 아지트로 왔다.

◇

지하 아지트에는 무기들과 몇 개의 방이 있었다. 비밀회의나 여러 목적들로 쓰이는 듯했다. 나용배는 부상자를 치료하지도 않고 철제 의자에 앉혔다. 그는 팔만 심하게 다친 듯 했고 다른 부분은 별문제가 없어 보였다. 두 손은 수갑에 묶인 채 의자 뒤로 젖혀졌다. 나용배는 그자를 심하게 구타하기 시작했다.

"너희들이 우리 작전을 다 망쳤어! 이 개새끼들!"

구타가 계속해서 이어졌다.

"바단을 잡을 수 있는 기회를 놓쳤어! 너 누가 보냈어? 정체가 뭐야?"

"밝힐 수 없다."

그 말이 떨어지기가 무섭게 나용배는 그자의 얼굴을 후려갈겼다. 방 안이 신음 소리로 가득 찼다.

"빨리 말해!"

"차라리 날 죽여라!"

"그래, 죽여주마. 광섭이, 동현이 이리 와서 이놈 다리를 한쪽씩 잡아!"

나용배는 밖으로 나가 큰 망치를 들고 왔다.

"네 놈 발등을 이걸로 박살 내기 전에 빨리 말해!"

"죽여라!"

나용배는 철제 의자에 묶여 있는 그자 앞에 한쪽 무릎을 꿇었다. 나용배의 부하 두 명은 이자의 다리를 힘껏 붙잡았다. 그러고는 그는 망치를 높이 치켜세웠다.

"그래, 그럼 오른쪽 발등부터 간다. 야야야야야!"

"아아아아아아!"

망치는 나용배의 어깨 위로 올라갔다가 바닥을 향해 자유낙하를 했다. 보고 있는 나도 소리를 지르면서 얼굴을 옆으로 돌렸다.

"꽝!"

갑자기 정적이 흘렀다. 나용배는 그자의 발등 대신 바로 옆에 있는 콘크리트 바닥을 쳤다. 잠시 후 그자가 울기 시작했다. 그러더니 침묵을 깨는 한마디를 던졌다.

"우린 프리메이슨이요!"

프리메이슨?!

"휴…."

나용배는 긴 한숨을 내뱉었다. 모사드에 프리메이슨까지…. 나용배는 그자의 수갑을 풀고 담배를 주었다. 불을 붙여주자 그는 연기를 깊이 들이마셨다.

"바단이 한국에 온 걸 어떻게 알았어? 또 우리가 바단을 쫓고 있다는 걸 어떻게 알았어?"

나용배는 프리메이슨의 첩보능력을 알고 싶었다.

"한국 정치권의 권력 핵심부에 프리메이슨이 몇 명 있소."

"권력 핵심부에 프리메이슨이 깔려 있다는 건가?"

"다는 아니오. 프리메이슨을 견제하는 세력도 있소."

"그게 누구야?"

"한강에서 보지 않았소? 바단을 구한 자들."

"한강에서 바단을 구한 자들은 모사드가 아닌가?"

"모사드가 서울의 한강을 그렇게 여유롭게 휘젓고 다닐 수 있겠소?"

"그럼 그자들이 도대체 누구야?"

"모비딕이요!"

"한거용 회장의 모비딕이 바단의 모사드와 협력하고 있어?"

"우린 그렇게 판단하고 있습니다."

"프리메이슨이 권 박사를 죽였나?"

"아니요! 절대 아니오!"

"그럼 왜 바단을 쫓았던 거야? 왜?"

인질은 침묵을 지켰다.

"세계 최강의 모사드를 건드려서 득 될 것이 아무것도 없잖아?"

답이 없자 나용배는 뭔가가 생각났다는 듯이 다른 질문을 던졌다.

"아 참, 바단이 가지고 있던 그 가방은 뭔가? 도대체 뭐가 그렇게 중요한 게 있어서 빼앗으려고 했던 건가?"

다시 답이 없자 나용배는 망치를 들고 인질에게 외쳤다.

"빨리 말해, 새끼야!"

"모르오, 나는 모르오."

"그래, 이번에는 진짜 너의 발모가지를 박살 내 줄게!"

나용배가 무릎을 꿇고 망치를 다시 내리치려는 찰나 그는 그 가방의 정체를 말했다.

"핵무기 기밀 자료요."

나용배는 갸우뚱하며 인질을 올려다봤다.

"핵무기 기밀 자료라니?"

"당신들도 알다시피 북핵의 위협으로 한국은 핵무기를 만들기를 원하고 있습니다. 이스라엘의 모사드가 한국의 핵무기 개발을 도와주고 있소."

"도대체 왜? 왜 이스라엘이 한국의 핵무기 개발을 도와주지?"

"빅딜입니다."

"빅딜이라니?"

"복제를 하려는 게요, 복제를."

"복제라니? 돌리나 코피 같은 동물을 복제하려고 했던 거야?"

"아니요."

"그럼 무슨 복제?"

인질이 대답하지 않자 나용배는 다시 그를 피범벅이 될 때까지 구타했다. 나용배는 망치로 인질의 왼쪽 발을 세게 내리쳤다. 피가 튀며 발이 부서지는 소리가 들렸다. 인질의 고통스러운 신음이 방 안에 가득했다. 나용배가 인질의 오른쪽 발을 내리치려는 순간 그는 실토했다.

"인간복제요, 인간복제!"

뭐라고! 그럼 권 박사는 죽기 전에 인간복제를 시도하려고 했나? 현행법으로는 금지되어 있는 인간복제를 대통령이 몰래 승인했던 건가? 놀라움에 팔과 다리가 부들거렸다.

"근데 왜 모사드가 인간복제에 끼어들었어? 왜?"

나용배가 다그쳤다.

"보통 인간이 아니요."

"보통 인간이 아니라니? 무슨 말이야?"

"더 이상 말할 수 없소, 더 이상."

나용배는 다시 인질을 사정없이 구타하기 시작했다. 인질의 얼굴은 피범벅이 되었고 나용배의 손도 피로 물들였다. 다시 망치를 들려는 순간 인질은 마침내 실토했다.

예수….

"뭐라고?"

"예수…예수복제를 모사드가 원하고 있소. 핵무기와 예수복제가 빅딜이요."

믿기지 않았다. 아니 상상할 수 없었다. 누구도 상상하지 못하는 것을 실현하는 것이 음모다. 음모는 상상할 수 없는 상상력을 요구한다.

"바단이 도대체 왜?"

나용배도 믿지 못하겠다는 듯이 인질을 향해 소리쳤다. 나용배는 인질에게 다시 담배를 주고 부하들에게 식사를 준비토록 했다. 인질이 말한 바단과 한국 대통령이 한 딜의 전모는 이렇다. 바단은 이제 늙었다. 젊은 시절 이스라엘과 유대민족을 위해 목숨을 걸고 적과 싸웠다. 이스라엘을 위협하는 이집트, 시리아, 이란, 이라크, 레바논, 요르단의 지도자들과 대원들을 암살하고 또 암살했다. 하지만 적들은 죽여도, 죽여도 끝이 없었다. 이슬람과의 전쟁은 이스라엘이 존재하는 한 몇백 년이고, 몇천 년이고 계속될 것이다. 모사드의 007에서 이제는 이스라엘 전체를 수호하는 모사드 국장으로 나라를 지킬 수 있는 최선의 방법은 무엇인가. 그는 세계에서 일어나는 모든 중요한 일에 대해 알고 있었다. 그는 주요한 두 가지 사건에 주목했다. 하나는 줄기세포를 이용한 복제 기술이다. 양, 개, 소, 돼지가 차례로 복제되고 성공 확률도 급속도로 높아졌다. 종교인들과 정치인들이 인간복제를 반대하고 있지만 과학자들은 인간복제도 기술적으로 가능하다는 의견을 내놓았다. 다른 하나는 예수 무덤의 발견이었다.

"그게 예수의 무덤인지 어떻게 아나요?"

내가 궁금해서 물었다.

"탄소 측정법으로 시체의 연대를 측정했다는 소문이 있소이다. 정확하게 예수가 죽은 해의 시체였소."

"근데 왜 프리메이슨이 개입한 거죠?"

"모사드 내부에도 우리 첩자가 있어요. 그 첩자가 바단의 계획을 우리에게 알려줬죠. 순간 전 세계 프리메이슨은 바단의 계획을 저지하기로 결의했습니다."

"프리메이슨은 예수의 부활을 왜 반대하는 건가요?"

"가당치도 않은 계획이요. 예수님이 부활한다면 어떤 일이 벌어질지 프리메이슨에서 비밀 토론을 한 적이 있소. 예수가 부활하면 종교 전쟁이 더 격해질 것입니다. 그리고 각종 음모론에 휩싸일 것이요. 누가 예수의 부활을 믿어주겠소? 가짜 시비가 일 겁니다. 그리고 인간복제는 전 세계적으로 불법행위입니다. 중요한건 예수님은 영적인 분이지 육체적인 분이 아니라는 겁니다. 그리고…."

인질은 말을 멈추었다.

"그리고, 도대체 뭐요?"

내가 다그쳤다.

"우리 세상은 우리가 잘 이끌 수 있습니다. 굳이 예수님이 없더라도…."

전 세계 실질적인 권력자들. 예수가 부활해봤자 자기들의 권력에 위협만 된다는 뜻인가.

"한국 대통령은 그럼 이스라엘로부터 핵무기를 얻는다?"

나용배가 끼어들어 물었다.

"한국은 미국과 중국 사이에서 샌드위치잖소. 북한이 핵을 가지고 한국을 오랫동안 우롱해 왔다는 건 천하가 아는 사실입니다. 한국 대통령은 북한도 싫고, 미국도 싫고, 중국도 싫은 거요. 북한의 핵 인질 30년도 지긋지긋 한 게지."

참 아이러니한 딜이다. 핵무기를 넘겨받고 예수를 부활시켜 준다….

"그럼 너희들이 권 박사를 죽였나?"

나용배는 재차 물었다.

"아니요! 절대 아니오!"

"그럼 누가 권 박사를 죽였어?"

"우리도 모릅니다. CIA일 수 있소. 아니면 한성그룹의 모비딕일 수도 있고. 잘 알잖소. 한성그룹 한 회장이 얼마나 줄기세포기술에 관심이 많은지. 아니면 구글이나 오라클일 수도 있고."

"구글이나 오라클은 대체 왜요?"

내가 궁금해서 물었다.

"잘 모르나 보군요. 구글 공동창업자인 세르게이 브린이나 오라클 회장인 래리 엘리슨은 영생을 원하는 자들이요. 막대한 돈을 들여서 구글은 캘리코라는 연구소를 세웠고 오라클은 엘리스 의료재단을 세웠습니다. 단기적인 목적은 노화방지지만 궁극적인 목적은 영생입니다."

재산이 수십조인 사람들이 영생을 꿈꾼다? 진시황이 그랬던 것처럼?

"그럼 권 박사의 줄기세포기술을 노리는 사람이 한두 명이 아니었다는 말이군요."

"물론입니다. 줄기세포를 지배하는 자가 생명을 지배하고 생명을 지배하는 자가 세계를 지배하게 되지요."

모든 것이 상상을 뛰어넘었다. 예수를 부활시키려는 자, 영생을 꿈꾸는 자, 핵무기를 갖고자 하는 자. 휴…. 줄기세포를 지배하는 자가 세계를 지배한다! 어느새 날이 밝았다.

◇

인질에 대한 심문이 끝나고 내 방에 돌아와 깊은 잠에 빠졌다. 일어나 보니 벌써 느지막한 오후였다. 얽히고설킨 숱한 음모들이 나를 짓눌렀다. 창문 사이로 눈부신 햇살이 쏟아져 들어왔다. 몇 달 동안 일어난 끔찍한 일들이 꿈이기를 바랐다. 나용배가 방문을 노크했다.

"강 기자, 차에 가방을 두고 갔더라고. 자, 여기…."

"고맙습니다."

가방에 들었던 물품들이 그대로 잘 있나 열어보았다. 복사물, 사진, 논문, 지도, 그리고 소녀의 일기장. 물끄러미 아무 생각 없이 일기장을 꺼내서 넘겼다. 침대로 쏟아지는 햇빛에 빛바랜 일기장이 황금빛을 발했다. 여러 의문들이 다시 내 머릿속을 스쳤다. 소녀는 자기 아버지가 소년의 아버지를 죽였다는 것을 알았을까? 소년은 자기 아버지를 죽인 사람의 딸과 사귈 수 없다고 생각했을까? 소년의 어머니는 왜 도망갔을까? 도대체 어디로 사라졌을까? 소녀는 죄책감 때문에 낙화암에서 뛰어내렸을까? 동팔이는 어디로 갔을까? 소년은 도대체 어떻게 이름을 바꾸어서 논산으로 가게 되었을까? 이런저런 생각에 50년 전 자살한 소녀의 일기장이 내 손에 들어와 있다는 사실이 슬펐다. 석양이 지고 가냘픈 빛이 겨우 방을 밝힐 때 소녀가 적은 어느 여름날의 일기가 무심코 눈에 들어왔다.

오늘은 특별한 날이다. 한 달 전부터 계획한 그 애와 단둘이 가는 소풍날이자 그 애의 생일이다. 소풍 장소는 어라연. 수영도 하고 과자도 준비했다. 날씨는 맑고 후덥지근했다. 그 애와 마을 어귀에서 만나 산을 타고 넘었다. 요봉산 정상에 올랐을 때 우리 동네가 보였다. 학교, 마을, 냇물, 탄광이 한눈에 들어왔다. 멀리 보이는 삭도가 부지런하게 마차에서 영월 쪽으로 산을 타고 넘어가고 있었다. 그 애는 진주 연못의 용대가리가 보인다고 했다. 하지만 내 눈에는 안 보였다. 그 애는 내 눈을 뒤에서 가렸다. 그리고 마차초등학교 진주 연못 쪽을 향해 집중해서 잘 보라며 손바닥을 천천히 열었다. 조그만 점 하나, 용대가리! 우리는 크게 웃었다. 한 시간 반 정도를 걸어 어라연에 도착했다. 우리는 "안녕, 바위들아"라고 외쳤다. 메아리가 우리한테 인사했다. 깊고 깊은 산 속의 어라연에는 우리 둘만 있었다. 나는 그 애에게 준비해 온 선물을 주었다. 그 애는 태어나서 한 번도 생일 선물이라는 것을 받아본 적이 없다. 내가 마련한 선물은 검정색 수영복. 지지난 주에 서울에 갔을 때 모아둔 용돈으로 샀다. 그 애는 바위 뒤에서 수영복을 갈아입고 밑을 두 손으로 가리고 나왔다. 부끄러워하는 그 애의 모습이 귀여웠다. 나도 바위 뒤에서 흰색 원피스 수영복으로 갈아입었다. 그리고 나는 가방에서 아주 특별한 선물 하나를 꺼냈다. 그 애는 이게 뭐냐고 물었고 나는 텔레비전 보면 대통령이 쓰고 다니는 거라고 말했다. 나는 이태원에서 어렵게 어린이용 선글라스를 구했다. 내 건 아빠가 일본 출장을 갔을 때 사 오셨다. 나는 그 아이에게 선글라스를 직접 끼워주었다. 그 애는 그럼 자기는 영월의 대통령이라고 말했다. 나는 웃으면서 그렇다고 답했다. 우리는 선글라스를 끼고 강가에서 물장난을 쳤다. 그러고는 동강 한가운데 있는 신선암까지 수영을 해서 건넜다. 바위는 꽤나 높고 컸다. 우리는 바위의 홈을 따라 바위 위로 올라갔다. 바위 위에 오르니 굽이쳐 흐르는 동강이 한눈에 보였다. 우리는 바위에 누워서 하늘을 보았다. 그리고 서로의 손을 꼬옥 잡았다. 구름이 흘렀고 새들이 가끔 지저귀었고 강물 소리는 맑았다. 두 눈을 꼬옥 감았다. 그 아이의 손에서 따뜻한 온기가 전해졌다. 시간은 멈추었고 바람만이 스쳐 갔다. 얼마나 누워 있었을까. 몸을 일으켜서 앉은 채로 신선이 나올 것 같은 어라연을 훑어보았다. 옆에 누워 있던 그 애의 오른쪽 종아리에 흉터가 있었고 나는 그 흉터가 어떻게 생겼냐고 물어보았다. 그 애는 지난겨울 어머니가 온돌방을 너무 뜨겁게 데웠다가 자다가 바닥에 다리를 데었다고 말했다. 나는 서울에서 자전거를 타다가 넘어져 오른쪽 무릎에 흉터가 있었다. 우리는 드디어 공통점을 찾아서 무척 기뻤다! 우리는 바위를 내려와서 강가를 건넜다. 강을 건널 때 갑자기 소나기가 쏟아졌다. 몸을 때리는 소나기에 기분이 좋아졌다. 영월은 시도 때도 없이 소나기가 내린다. 비 내리는 동강에서 우리는 한참 동안 수영을 하며 비를 맞았다. 비가 이렇게 상쾌할 수 있을까. 잊지 못할 소풍이었다.

50년 전 어라연에서 노닐던 한 소녀와 한 소년이 보였다. 나는 일기장을 덮고 이런저런 공상에 빠졌다. 소년의 아버지가 죽지 않았다면 이들은 어떻게 되었을까. 소년의 어머니가 아들을 버리지 않았다면 어떻게 되었을까. 가족에 대해 따뜻한 마음을 가진 어머니가 아들에게 마음의 흉터만 남기고 어떻게 그렇게 도망갔을까. 어라연의 태평무사함은 어떻게 동강의 비극이 되었을까. 이제는 어둑해진 방에 누워 이런저런 생각을 하는데 갑자기 무엇인가 내 머리를 때렸다.

흉터!

다시 일기장을 열어 보았다. 오른쪽 종아리의 흉터! 권 박사의 시체가 내 눈에 선명하게 떠올랐다. 권 박사 장례식 날 관에 들어가 몸의 구석구석을 비추며 이상한 흔적이 있는지 없는지 샅샅이 찾아보았지만, 오른쪽 종아리에는 아무런 상처가 없었다! 조미경의 말도 내 머리를 스쳤다. 32길상 중의 하나가 훼손되었습니다. 어떻게 된 거지? 어떻게 된 거야? 다른 단어들이 내 머리를 차례로 강타했다. 줄기세포. 복제. 바단. 예수의 부활. 인간복제!

마지막으로 번개가 내 머리를 때렸다!
죽은 자는 권민중이 아니다!
도대체 뭐가 어떻게 된 거야?
그럼 죽은 자는 누구인가?
복제인간?
진짜 권민중은 어떻게 된 거야?
도대체 권민중은 어디에 있는 거야?
죽었을까?
살았을까?
아아아!
다시 모든 것이 미궁 속으로 빠져들었다.

12장 호수 위에서

침대에서 일어나 방을 박차고 나와 차를 몰고 한국대학교로 향했다. 내 눈에 신호등은 보이지 않았고 오른쪽 발은 액셀만을 누르고 있었다. 수의과 대학 앞에 차를 세우고 하진용 교수의 사무실로 향했다. 그의 사무실은 불이 켜져 있다. 문을 박차고 들어갔다.

"무슨 일이니? 이 밤중에….'

진용의 말이 떨어지자마자 공중을 부웅 날아서 발로 이 녀석의 가슴을 찼다. 바닥에 쓰러진 이 녀석의 얼굴을 흠씬 두들겨 팼다. 진용은 소리를 지르며 살려달라고 애원했다. 주먹을 멈추고 그 녀석을 바라보았다. 그는 정신을 차리고 나를 응시했다.

"왜 안 말했어? 왜?"

내가 다그쳐 물었다.

"뭘 말이야, 뭘?"

"몰라서 물어, 씹새끼야! 너희들이 무슨 자격으로 인간을 복제해!'

"왜 안돼, 왜! 인간이 도대체 뭔데! 우리도 동물이야, 동물! 우리는 기계야, 기계! 우리가 뭐가 특별하다고 복제를 못 해! 우리는 인류 역사상 가장 위대한 과학자들이 될 거야. 너 같은 기자 나부랭이 새끼가 뭘 알아! 우리가 역사를 바꿀 수 있다고! 죽은 사람도 살려낼 수 있어. 이 한방으로 모든 걸 다 뒤집을 수 있다고! 우리가 세상을 뒤집을 거야, 세상을!'

"죽은 사람도 살려낸다고? 진짜 똑같은 사람인지 어떻게 알아?"

"죽은 사람을 복제하면 이전의 기억도 되살아나. 권 박사가 자살하기 전 죽은 인간을 복제하는 데 성공했어.'

"인간복제에 대해 어디까지 알고 있어?"

"나는 인간복제에는 직접 관여 안 했어. 권 박사가 죽고 나서 모든 게 올스톱이야. 직접 실험실에 가서 확인해 봐!"

"이런 공개된 대학실험실에서 인간복제를 할 리가 만무하지. 다른 비밀 실험실이 있지? 어디야?"

"몰라, 모른다고! 인간복제는 나도 이야기만 들었어. 나는 권 박사팀의 이너서클이 아냐. 그냥 발만 담그고 있었다고. 나는 인간복제 이외의 실험을 했어."

"진용아, 우리가 막아야 돼. 부탁이다, 제발. 지금 모사드가 엄청난 일을 꾸미고 있어. 모사드의 음모가 성공한다면 세상이 발칵 뒤집힐 거야."

"무슨 일을 꾸미고 있는데?"

"이놈들이 예수의 무덤을 발견했어. 이놈들은 권 박사의 기술력을 이용해서 예수의 부활을 꿈꾸고 있다고, 예수의 부활!"

진용은 길게 한숨을 내쉬었다.

"어떻게 도와주면 되니?"

"단서를 찾아야지, 단서!"

"어떻게?"

"나도 몰라. 우선 권 박사 사무실부터 뒤져보자. 너 권 박사 사무실 열쇠 있지? 권 박사가 죽은 후에 네가 책임자잖아, 한국대에선."

"나도 대충 한번 뒤져 봤는데 별게 없었어."

"그래도 같이 한 번 더 찾아보자!"

진용은 나를 권 박사 사무실로 안내했다. 밤이라 연구원들은 모두 퇴근했다. 권 박사가 죽기 전 새로 열었던 건물이라 첨단기기가 가득했다. 실험실 공간은 모두 유리벽이라 안이 훤히 들여다보였다. 권 박사 사무실은 꼭대기 층인 6층의 실험실 안에 있었다. 우리는 사무실로 들어가 밖에서 우리를 볼 수 없도록 유리벽을 블라인드로 가렸다. 사무실에는 실험일지가 전혀 없었다. 대신 권 박사가 행정업무를 본 서류들로 가득했다.

"여기에는 실험일지가 없구나."

그 사실을 확인받고 싶었다.

"실험이 워낙 광범위해서 각 실험실에서 보관하고 있어. 권 박사는 이걸 조율했지."

세계 각국들과의 연구 협력, 연구비 자료, 연구 스케줄, 연구팀 조직도와 같은 자료들이 가득했다. 우리는 새벽까지 여러 자료들을 뒤져보았지만 별다른 특이 사항을 발견하지 못했다. 내가 기대했던 단서는 아무것도 찾지 못했다. 우리는 지쳐서 소파에 멍하게 앉아 있었다. 권 박사가 모아둔 선글라스로 가득한 책장이 눈에 들어왔다.

"저 선글라스들은 언제 다 모았을까?"

"몇 번 유럽과 북미로 권 박사와 같이 학회 간 적이 있거든. 권 박사는 꼭 선글라스를 사더라고. 다른 물건들은 안 사. 그래서 내가 물어봤지. 왜 선글라스를 그렇게 수집하시냐고. 그랬더니 자기가 태어나서 처음 받아본 선물이 선글라스라고. 내가 누구한테 받으셨냐고 물어보았더니 비밀이라고 하더라."

모든 게 맞아떨어졌다. 소녀의 일기장에 있는 말들은 모두 진실이었다. 선글라스 옆 책장에 꽂혀 있는 서류철이 내 눈에 들어왔다. 출장계? 소파에서 일어나 그 서류를 꺼내 보았다. 지난 10년 동안 권 박사가 한국국립대학에 제출했던 출장기록이 적혀 있었다.

"권 박사 출장기록이네."

"국립대학 교수들은 출장허가를 받아야 돼. 총장의 승인이 있어야만 출장을 갈 수 있거든. 하물며 2시간짜리 외부 특강도 사전 허락을 받아야 돼. 관료주의의 극치지."

10년 동안 권 박사가 다닌 곳은 국내 국외를 막론하고 그야말로 전 세계를 대상으로 하였다. 출장계만 수백 쪽에 달했다.

"이렇게 많이 돌아다녔나?"

"말도 마. 출장을 따로 관리해주는 비서도 있었을 정도니까."

출장계를 빨리 넘겨보았다. 10년 동안 수십 개의 나라에 출장 갔던 기록들이라 방대했다. 출장계는 표준화된 도표로 작성되어 있어서 '출장지'라고 되어 있는 박스만 보면 어디를 갔는지 알 수 있었다. 출장지 박스를 확인하며 60~70페이지를 넘기다가 특이한 점 하나를 발견했다. 그는 지난 10년간 2월마다 캐나다 캘거리 대학을 방문했었다. 한 번도 **빼놓지** 않고 말이다. 나는 출장 기록을 **빠르게** 넘기며 다른 나라들도 규칙적으로 방문한 적이 있는지 살펴보았다. 그러나 다른 케이스는 찾을 수 없었다.

"뭐 특이한 게 있니?"

진용이 물었다.

"글쎄, 권 박사가 매년 2월에 캐나다에 갔네. 캘거리 대학과 무슨 교류가 있었나 보지?"

"그쪽 연구진과 공룡 복제를 시도했지. 캘거리 바로 옆에 세계 최대 공룡 서식지였던 드럼헬러 밸리가 있어. 캐나다 정부와 비밀리에 추진했던 프로젝트야. 공룡을 복제시키면 쥐라기 공원처럼 만들어 관광산업을 부흥시킬 수 있다는 정책적 판단이었지."

"그래? 가서 뭐 했니?"

"캘거리 대학과 드럼헬러에 있는 로얄 티렐 박물관에 있는 연구원들과 비밀리에 만나서 공룡 DNA를 추출했지. 우리와 몇 년 연구 협력을 했어. 근데 권 박사는 일절 관여하지 않고 일을 우리에게 맡겨 놓고 캐나다 로키로 스케이트를 타러 다녔어. 매년 똑같이 그랬어."

"혼자? 혼자서 겨울 경치를 구경했다고?"

"권 박사는 세상에서 그곳이 가장 아름답다고 그러더라고. 그래서 그곳이 무척 끌린다고. 온통 새하얀 호수 위에서 스케이트를 타는 맛이 기가 막힌가 봐."

"어떻게 호수 위에서 스케이트를 타?"

"겨울은 추우니까 아무리 큰 호수라도 얼어붙나 봐. 영하 20도라고 그때 들었어. 무슨 호수라고 그러던데….'"

"그래?!"

권민중이 캐나다를 방문한 날짜는 정확히 2월 7일에서 9일 사이였다. 공교롭게도 오늘부터 10일 후다. 나는 캐나다 출장 기록 한 장을 찢어서 주머니에 넣었다. 새벽이 밝아오고 있었다.

광교로 돌아가 침대에 누워 곰곰이 생각해 보았다. 만약 권 박사가 살아 있다면 그곳에 나타날까? 잠이 오지 않았다. 아침에 바로 캘거리로 가는 비행기표를 예약하고 인터넷과 도서관에서 캐나다 로키산맥에 대한 자료를 찾기 시작했다. 몇 군데의 호수에서 스케이트를 탄다고 나와 있는데 정확히 어딘지 확신이 가지 않았다. 순간 송수연이 생각났다. 그래, 맞아! 송수연을 처음 만났을 때 캐나다에 대한 여행 책을 썼다고 했지! 송수연에게 전화를 걸었다.

"저예요, 수연 씨. 박민호."

"오랜만이네요."

"저기, 한 가지 여쭈어볼 게 있어서 전화를 드렸어요."

"뭔데요?"

"제가 캐나다 로키로 여행을 가려고 하는데 누군가 그곳에 스케이트 타는 곳이 있다고 하더라구요. 제가 수연 씨 여행 책자를 읽어보니 그런 곳이 나와 있지 않던데요."

"레이크 루이스라고 있어요. 캐나다 로키의 밴프국립공원에 있어요."

Lake Louise? 들어본 것 같다.

"한국 분들은 거의 대부분 여름에 가죠. 겨울에 가더라도 스키를 타지 스케이트를 많이 타지는 않죠. 근데 그곳 사람들은 다 알아요. 레이크 루이스에서 스케이트 타는 거요."

"그래요? 그럼 다른 호수에서는 스케이트를 타지 않나요?"

"다른 곳도 있긴 한데 거기가 가장 아름답죠. 저도 한 번 타 본 적이 있어요. 가서 한번 타보시면 왜 그 호수에서만 타는지 아실 거예요."

고맙다는 인사를 하고 전화를 끊었다.

Lake Louise … .

◇

2월 6일 오후 4시에 캘거리에 도착했다. 겨울이라 공항은 한산했고 렌터카를 빌리는 사람도 적었다. 인도계로 보이는 렌터카 직원이 이렇게 추운 겨울에 무슨 일로 캘거리에 왔냐고 물었다. 스케이트를 타러 왔다고 말했더니 그는 스키도 좋으니 타보라고 권했다. 공항에서 짐을 찾고 렌터카를 빌려 밴프로 향했다. 오후 5시밖에 되지 않았지만 겨울이라 이미 날이 어두웠다. 캘거리 시내를 빠져나오자 대평원이 펼쳐졌다. 드문드문 자동차들이 라이트를 켜고 양쪽 고속도로를 달렸다. 대평원 서쪽으로 캐나다 로키가 남북 방향으로 뻗어 있다. 차를 몰고 20분도 되지 않아 함박눈이 쏟아지기 시작했다. 대평원은 순식간에 설원이 되었고 날이 어두워져 앞이 잘 보이지 않았다. 이내 헤드라이트 하나에만 의지하여 어둠을 뚫고 미지의 세계로 빨려 들어갔다. 캐나다 로키의 밤은 깊어갔고 눈은 더욱더 거세졌다. 나는 앞차들의 빨간 후등들에 시신경을 집중시켰다. 캘거리에서 서쪽으로 1시간 30분을 달려 밴프 시내에 도착했다. 다시 서쪽으로 30분을 달리면 레이크 루이스다.

캐나다로 오기 전 인터넷으로 미리 알아둔 밴프 시내의 헌팅 전문 가게로 가서 칼을 사기로 했다. 내비게이션이 가르쳐 준 가게로 들어가 나는 사냥용 칼이 있냐고 물어보았다. 가게 주인은 헌팅 칼 섹션으로 데리고 가더니 엘크를 죽일 수 있는 날카로운 칼을 추천했다. 바크 리버사에서 만든 노마드 헌터라는 칼이었다. 칼을 사서 곧바로 레이크 루이스로 향했는데 아무것도 보이지 않았다. 고속도로가 눈으로 뒤덮였고 날은 어두워 헤드라이트 하나에 의지한 채 북쪽을 향해 천천히 달렸다. 도대체 어디로 가고 있는 걸까. 아무것도 보이지 않는 세상. 세상의 끝에서 인생의 끝을 달리고 있는 느낌이었다. 30분이면 갈 거리를 눈 때문에 1시간이나 걸려 레이크 루이스 정션에 도달했다. 왼쪽으로 방향을 틀어 눈 덮인 좁은 로컬 길을 따라서 5킬로미터를 가니 호수 앞 호텔이 나타났다. 벨보이에게 발레파킹을 시키고 호텔 안으로 들어갔다. 진한 파란색 바탕에 활짝 펼쳐진 나무 문양의 카펫이 귀족적 느낌을 풍겼다. 원 모양의 나무로 틀을 맞춘 샹들리에는 수십 개의 전기 촛불로 홀 중앙을 비추었는데 고풍스럽고 차분하고 따뜻한 느낌을 주었다. 여권과 신용카드를 건네며 체크인을 했다.

"호수 방향으로 방을 예약했습니다. 가능하다면 가장 높은 층의 가운데 방을 부탁합니다. 호수가 잘 보이게요."

"네, 잠시만 기다려 주세요." 백인 캐나다 남성 스태프가 컴퓨터를 보더니 빈방을 체크했다.

"운이 좋군요. 8층 방을 드리겠습니다. 환상적인 풍경을 보실 수 있을 겁니다."

"고맙습니다!"

"스케이트화를 여기서 빌릴 수 있나요?"

"저쪽 문 보이시죠. 프런트에서 바로 오른쪽 문을 통과하면 렌탈 숍이 나옵니다. 지금은 문을 닫았고 내일 빌릴 수 있습니다."

엘리베이터와 이어진 프런트 뒤쪽 복도의 벽에 걸려 있는 박제된 엘크 두 마리의 목과 머리가 섬뜩했다. 아치형 창문 너머로 거친 눈바람이 날리고 엘크의 눈은 바깥을 향해 있었다. 엘리베이터를 타고 8층 방에 도착해서 문을 여니 정방형의 사각형 창문이 눈에 들어왔다. 밖을 내다보았는데 어둡고 눈발이 날려 풍경은 볼 수 없었다. 이윽고 벨보이가 가방을 가져다주었고 나는 팁을 건넸다.

"눈이 많이 내려 풍경이 전혀 보이지 않네요. 세상에서 가장 아름다운 풍경이라고 들었는데 아쉽군요. 원래 이렇게 눈이 많이 오나요?"

"산악지대라 시도 때도 없이 오죠. 하지만 내일 아침이 되면 맑아질 거예요. 여기 사람들은 일기예보를 항상 보죠. 이 방은 레이크 루이스의 경치를 볼 수 있는 최고의 방입니다."

벨보이가 방을 나간 후 나는 바로 침대에 누워 골아 떨어졌다.

눈을 떴다. 얼마나 잤을까. 시계를 보니 오전 10시. 커튼을 걷고 창밖을 내다보았다. 순간 머리가 쭈뼛 섰다. 수천 미터 높이의 하얀 빅토리아산이 나를 내려다보고 있었고 수천 미터 아래에 있는 레이크 루이스는 이 장엄한 산을 하얗게 떠받치고 있었다. 세상에, 이런 곳이 있구나. 산과 호수 양옆으로 다른 산들이 날개처럼 뻗어 있었고 이 날개 위에 수십 미터가 넘는 전나무들이 빼곡하게 눈으로 덮인 채 하늘을 찌르고 있었다.

유치환의 시에서나 느낄 법한 기개와 장엄함.

어떤 평가도 넘어선 절대적 아름다움.

시간을 이기고 우뚝 선 칼들의 숲.

아, 내가 잘못 산 것일까.

나는 왜 뜨겁게만 살았을까.

어떻게 저토록 차가운 것들이 이토록 뜨거울 수 있는가.

추위에 아랑곳하지 않고 얼마나 견뎠을까.

나는 차가워지는 법을 배우지 못했구나.

뜨겁기만 하고 차갑지 못한 자는 하늘을 찌를 수 없나니….

레이크 루이스의 겨울 풍경에 압도되어 한동안 우두커니 서 있다가 다시 호수를 보았다. 호수 가장자리에서 사람들이 스케이트를 타는 모습이 보였다. 수 킬로미터나 되는 호수 가장자리에 밥캣 수십 대가 광대한 호수의 눈을 치우고 있었다. 호수 전체가 아이스 스케이트장으로 변했고 사람들은 호수 가운데까지 스케이팅을 했다. 옷을 갈아입고 호텔 방에서 나와 호수 아래로 내려갔다. 호수 안쪽으로 수백 미터 정도 걸어가서 점프를 여러 번 해 보았다. 호수의 얼음은 꿈쩍도 하지 않았다. 호텔 직원이 알려준 렌탈 가게에 가서 피겨 스케이트화를 대여해서 다시 호텔에 올라갔다. 방으로 돌아와 멍하니 다시 풍경을 내다보았다.

수백만 년 동안 저 산과 호수는 아무것도 욕망하지 않았다.

빙하에 깎이고 깎이어도 어떤 신음 소리도 내지 않았다.

저 산에서 흘러나온 물들이 호수를 이루고 전나무들을 길렀다.

갑자기 이대로 죽고 싶다는 생각이 들었다.

아무것도 바라지 않고 이 거대한 자연 속에서 이대로 유명을 달리하고 싶었다.

아무것도 욕망하고 싶지 않았다.

눈을 감고 침대에 누웠다.

권 박사는 살아 있을까?
그가 정말 3일 안으로 나타날까?

목욕을 마치고 준비해 온 망원경으로 호수 위를 살펴보았다. 산악 지대라서
날씨가 변화무쌍했다. 아침에는 구름 없이 맑았다가 정오부터는 눈보라가 휘몰
아쳤다. 오후 3시경에는 다시 날씨가 개었다. 태양이 뜨자 호수 위에 있는 사람들
이 나타났고, 눈보라가 치자 사람들이 사라졌다. 룸서비스로 아침과 점심을 해결
하고 망원경으로 호수를 살피다 지겨워져서 오후에는 호수 위로 내려갔다. 영하
20도를 오르내려서 안에는 내복을, 바깥에는 검은색 스키복을, 그리고 손에는
하얀색 가죽의 스키 장갑을 끼었다. 날씨가 맑아지자 사람들이 모여들었다. 백여
명의 사람들 속에 혹시 권 박사가 있는지 유심히 살펴보았지만 그는 없었다.

나는 사람들의 무리에서 멀리 떨어져 호수 한가운데로 스케이팅을 했다. 숨이
거칠어지고 몸이 뜨거워져 추위는 견딜 만했다. 호수 중앙에서 산 쪽 방향으로
대여섯 바퀴를 도니 심심해졌다. 문득 송수연이 떠올랐다. 세상과 나밖에 없다고
느껴지는 곳에선 가장 보고 싶은 사람의 얼굴이 떠오르는 걸까. 칼을 꺼내어 그
녀의 이름을 호수 한가운데 새겨보았다. 이물질이 없는 물이라서 얼음이 쉽게 파
였다. 한 글자 크기가 1미터 정도 되게 파고 나니 뿌듯했다. 갑자기 유치한 생각이
들었다. 송수연 이름 바로 옆 오른쪽에 큰 하트 모양을 그려 놓고 내 이름도 새겨
보았다.

송수연 ♡ 박민호
웃음이 나왔다.
나는 강대웅이 아니라 박민호야.

호수 위에 새겨진 내 마음을 바라보고 있을 때 호텔 쪽 방향에서 두 사람이

호수 중앙으로 스케이트를 타고 왔다. 누구지? 가까이서 보니 백인 남녀 한 쌍이었다. 우리는 눈이 마주쳤고 서로 "Hi"를 교환했다. 백인 남자는 아름다운 날이라고 말했고 나도 그렇다고 말했다. 그는 내가 어디서 왔는지 물었고 코리아에서 왔다고 답했다. 그들은 밴쿠버에 사는 캐나다인인데 매년 겨울에 여기로 스케이트와 스키를 타러 온다고 했다. 백인 여자는 호수에 새겨진 이름과 하트를 보더니 한국 사람들이 쓰는 글자냐고 물었고 나는 그렇다고 대답했다. 글자가 참 특이하고 예쁘다는 말과 함께 나와 내가 좋아하는 사람의 이름이냐고 물었다. 나는 웃으며 그렇다고 말했고 다시 그녀는 내가 좋아하는 여자는 어디 있냐고 물었다. 나는 짝사랑이라고 답했고 그녀는 언젠가 그 짝사랑이 이루어지길 바란다며 나에게 행운을 빌어주었다. 우리는 "Bye"를 교환했고 그들은 산 쪽 방향을 향해 스케이팅을 하며 호수 왼쪽 가장자리를 따라서 호텔 방향으로 유유히 사라졌다. 곧이어 다시 눈보라가 몰아쳤고 호수 위에 내가 새겼던 이름과 하트는 눈에 뒤덮여 사라졌다.

다음 날에도 망원경을 들고 호수를 살폈다. 오전부터 눈이 내리기 시작하다가 오후에는 개였다. 호수의 눈은 얼어서 얼음의 두께를 더 두껍게 만들거나 서풍 때문에 호수의 동쪽 가장자리로 밀려났다. 점점 더 초조해졌다. 나는 망원경을 들고 방과 호수를 몇 번이고 왕복했다. 스케이트를 타는 사람들이 150여 명 내외였고 대부분이 백인들이어서 아시아인들은 눈에 띄는 편이었다. 일본 여자들만이 가끔씩 눈에 띌 뿐 다른 아시아계 사람들은 없었다. 해가 산 너머로 지기 시작하자 사람들은 하나둘씩 사라졌다. 석양이 지는 춥고 텅 빈 호숫가를 보니 마음이 서늘했다.

자연은 아무도 사랑하지 않는다.
자연은 아무도 미워하지 않는다.
어쩌다 내가 권민중이라는 사람을 알게 되었을까.
나는 도대체 무엇을 원하는가.
그는 도대체 무엇을 원하는가.

자연은 욕망하지 않는다.

해가 지니 마음은 더 스산했다.

호텔 식당에 내려가 두꺼운 햄버거를 먹었다. 다시 방으로 올라와 캐나다 뉴스를 보다가 지겨워서 자리에 누웠다. 내일을 위해 잠을 청해 보았지만 잠이 오지 않았다. 아까 먹은 햄버거가 소화가 되지 않아 속이 거북했다. 나는 불을 켜지 않은 채 커튼을 열고 창문 밖을 내려다보았다. 구름 한 점 없는 하늘에 보름달이 레이크 루이스와 빅토리아산을 환하게 비추고 있었다. 스케이트화를 가지고 방에서 나와 호수로 내려갔다. 밤 11시가 넘어서인지 호텔 방의 불들이 하나둘씩 꺼지고 있었다.

호텔에서 나오는 불빛이 희미했지만 호수는 달빛 때문에 잘 보였다. 나는 빅토리아산에 걸린 휘영청 밝은 달을 따라 호수 한가운데로 갔다. 어제 새긴 이름과 하트 모양은 찾을 수 없었다. 이제 하루가 남았다. 권 박사가 과연 나타날까. 그는 살아 있기나 할까.

칼을 꺼내어 달빛에 비추어 보았다. 칼끝에 비친 달은 차갑고 선명했다. 나는 칼을 허공에 휘둘러보았다. 빅토리아 산꼭대기와 그 위에 걸린 달을 우두커니 바라보고 있을 때 호수의 왼쪽 방향에 무슨 낌새가 났다. 나는 칼을 세운 채로 놀라서 몸을 왼쪽으로 틀었다. 무엇인가 거대한 덩어리가 호수 중앙에 있는 나를 향해 오고 있었다. 나는 두려움에 완전히 얼어붙어서 꼼짝없이 서 있었다. 살아 있는 무엇이다. 그것이 내 쪽으로 점점 다가왔다. 심장이 터질 것 같았다.

누구지? 상대방의 눈동자가 달빛에 반사되어 내 눈에 들어왔다. 뚜벅뚜벅. 멈추지 않고 나에게로 다가왔다. 무슨 일이 일어날지 몰라 칼을 세우고 방어적인 자세를 취했다. 나에게 덤벼든다면 이 녀석의 목을 베리라. 오십 미터, 이십오 미터, 십 미터.

아! 순록이다 순록!

순록은 멈추지 않고 계속 나를 향해 뚜벅뚜벅 걸어왔다. 큰 뿔 두 개는 마치 머리빗처럼 여러 갈래로 갈라져 화려함을 과시하며 하늘을 떠받치는 우아한 왕관이었다. 순록은 무서워하는 기색도 없이 나에게 다가왔고 우리는 발 하나 사이를 두고 서로를 지켜봤다. 녀석은 파란색 눈을 가졌다. 나의 검정 눈동자와 은빛 칼이 녀석의 눈동자에 비쳤다.

"야, 파란 눈, 무엇을 원해?"

나는 칼을 가슴 앞에 세우고 그 녀석에게 물었다. 순록은 큰 눈을 깜빡였다. 순간 나는 이 칼이 정말 권 박사를 죽일 만큼 날카로운지가 궁금해졌다. 그렇다면 이 녀석 목을 베어서 테스트를 해 볼까? 이 칼은 원래 사슴을 죽이는 칼이 아니던가. 이런저런 생각을 하고 있는 나를 앞에 두고, 이 녀석은 호수 위 얼음에 조용히 몸을 뉘었다.

"야 왜 그래? 여기서 자면 안 돼. 얼음판이라 아주 춥다고. 빨리 일어나!"

다그쳐도 이 녀석은 꿈쩍하지 않았다. 죽여 달라고 나에게 부탁하는 것일까? 가끔씩 동물들이 자살을 한다던데 이 추운 날씨를 견디기 어려워 호수로 내려온 걸까? 나는 누워 있는 녀석 주위를 몇 바퀴 돌았다. 죽여야 할까…. 심장이 떨렸다. 살아 있는 것의 목을 베는 게 어떤 느낌일까. 하얀 호수를 이 녀석의 피로 온통 물들이는 느낌이 어떨까. 정복의 쾌감일까 살생의 죄책감일까. 하얀 호수의 얼음판 위로 순록의 피가 흐르는 상상을 하니 갑자기 몸서리가 쳐졌다.

스케이트를 그만 타고 누워 있는 그 녀석의 머리 부분으로 다가가 한쪽 무릎을 꿇었다. 칼을 달빛에 비추어 보았다. 녀석도 내 칼을 보았다. 칼이라는 것을 처음 보는 걸까? 왜 무서워하지 않지? 나는 칼을 높이 들고 녀석의 목을 겨누었다. 단숨에 죽일 수 있으리라. 수백만 년 동안 레이크 루이스 위에서 사슴을 죽인 사람이 있었을까? 내가 최초일까? 그럼 나는 레이크 루이스의 카인이 되는 것인가? 나는 달보다 높게 빅토리아산 위로 칼을 치켜들었다. 이때 갑자기 순록이 누운 채로 길게 소리를 질렀다. 놀라서 그 녀석을 쳐다보았다. 이 녀석의 배가 꿈틀거렸다. 뭐지? 나는 무릎을 꿇고 배 부분을 유심히 살펴보았다. 배를 찔러 달라는 걸까? 순록의 배가 다시 불쑥 튀었다. 뭐지? 무언가 조그만 발이 순록의 배 안쪽에

222

서 차는 것 같았다.

아! 이 녀석은 임신을 했다. 다리가 후들거렸고 식은땀이 났다. 하마터면 임신한 순록의 배를 찌를 뻔했다. 칼을 집어넣고 순록의 배를 만졌다. 녀석은 또다시 길게 소리를 질렀다. 배가 고파서 내려왔구나, 배가 고파서.

"미안하다, 파란 눈. 살려고 왔구나."

비상식량으로 넣어둔 초콜릿 여러 개를 점퍼에서 모조리 꺼내어 이 녀석을 먹이기 시작했다. 달빛에 초콜릿과 순록의 침이 번질거렸다. 초콜릿을 다 먹자 녀석이 얼음판에서 몸을 일으켰다. 파란 눈은 나의 검은 눈을 한참 동안 바라보았다. 빅토리아산 위의 보름달이 녀석의 눈에 가득 찼다. 순록은 다시 뒤돌아서 호수의 왼편으로 걸어가기 시작했다. 달빛이 희미하게 이 녀석의 뒷모습을 비추었다.

"파란 눈! 무슨 일이 있어도 새끼를 지켜 줘!"

사라져 가는 순록을 향해 나는 힘껏 소리쳤다. 녀석은 나를 힐끔 한 번 쳐다보더니 유유히 사라졌다.

마지막 날 아침부터 무척 초조했다. 망원경을 들고 아침부터 아무도 없는 호수를 샅샅이 살펴보았다. 오전에는 날이 맑아 200여 명의 사람들이 스케이팅을 했다. 나는 망원경을 내려놓고 스케이트를 타며 그들 얼굴 하나하나를 쳐다보았다. 역시 없다. 그는 정말 살아 있을까.

소녀의 일기장이 맞다면, 그리고 시체를 본 내 기억이 정확하다면, 죽은 사람은 권민중이 아니다. 그가 굳이 여기 올 필요는 없다. 10년 동안 계속 방문했다고 올해 또 오리라는 보장은 없다. 또한 자신의 죽음이 널리 세상에 알려진 마당에 캐나다까지 오겠는가. 아니야, 아냐. 권민중은 집착과 승부 근성이 강한 사람이다. 자기가 하고 싶은 일은 반드시 해야만 직성이 풀리는 성격이다.

내 마음은 권민중은 살아 있다/아니다, 권민중은 온다/안 온다로 씨름했다. 점심때 다시 호텔로 가서 방에서 샌드위치를 시켜 먹었다. 침대에 잠시 누웠는데 깜빡 잠이 들었다. 벌떡 일어나 밖을 보았다. 눈이 내리고 있었다. 오후 3시. 눈이 꽤 오래 내렸는지 호수에는 사람이 대여섯 명 정도밖에 없었다. 눈발은 점점 더 굵어졌고, 남아있던 사람들도 하나둘 사라졌다. 텅 빈 호수 위에 세상에서 가장 굵은 캐나다 로키의 눈발이 휘날렸다.

이대로 모든 게 허사로 끝나는가. 호텔 창가에 걸터앉아서 하염없이 쏟아지는 눈과 빅토리아산을 바라보았다. 빅토리아산도 이제 희미해지고 전나무들도 다시 한번 아무런 욕망 없이 눈을 맞이할 때, 그 순간 호수 왼편에서 어떤 사람이 나타나 스케이팅을 하기 시작했다. 머리카락이 곤두섰다. 혹시? 재빨리 망원경으로 확인했다. 눈발과 거리 때문에 잘 보이지 않았지만, 누군가 무엇인가 들고 거대한 호수 위에서 홀로 스케이트를 타고 있었다. 검은 무엇인가가 왔다 갔다…왔다 갔다….

아! 검은 가방!

스케이트화를 들고 재빨리 호수로 내려갔다. 눈발이 세차게 날려서 아무것도 보이지 않았다. 빅토리아산도, 호텔도, 전나무도, 아무것도 보이지 않았다. 나는 세차게 얼음을 가르며 호수 중앙으로 스케이팅을 했다. 어디 있지? 수 미터 앞의 시야도 확보되지 않아 나는 방향 감각을 상실했다. 닥치는 대로 얼음을 지치며 그를 찾아보았다. 없다. 어디로 간 걸까? 나는 가만히 자리에 서서 소리를 들어보았다.

휘휘휘
바람 소리
휘휘휘
눈보라 치는 소리
휘휘휘
호수 위로 바람이 부는 소리
쉬익! 쉬익!
스케이트 날이 얼음을 가르는 소리!

왼쪽이다. 쏜살같이 그쪽을 향해 스케이팅을 하기 시작했다. 그러나 아무것도 보이지 않았다. 눈발이 날리고 온통 하얀색으로 뒤덮여서 어느 쪽이 호텔 쪽이고 산 쪽인지, 어디가 하늘이고 호수인지 분간을 할 수 없었다. 눈을 감고 귀를 세웠다.

쉬익! 쉬익!

소리가 나는 쪽으로 다시 무작정 스케이팅을 했다. 아! 저기 있다, 저기! 100미터 앞에 한 사람이 스케이팅을 하고 있다. 그를 따라잡기 위해 안간힘을 썼다. 빠르다, 저 사람! 좀처럼 거리가 좁혀지지 않았다. 숨을 헐떡거리며 있는 힘을 다해 얼음을 지쳤다. 50미터 앞, 30미터 앞….

그는 순간 뒤를 힐끔 쳐다보았고 내가 뒤에 있다는 것을 알아차렸다. 그는 속도를 천천히 줄였고 나도 그를 따라 속도를 천천히 줄였다. 이윽고 그는 멈추어 섰고 나도 멈추어 섰다. 불과 10미터의 거리에서 그는 나를 등지고 섰다.

그가 나타났다는 생각에 가슴이 벅찼다.

나는 그를 향해 있는 힘껏, 오기와 분노와 기쁨에 찬 목소리로, 그의 이름을 불렀다.

"이태영!"

그는 천천히 돌아섰다.

그가 맞다!

온몸이 전율로 떨렸다.

그는 살아있었다!

우리는 서로를 한참 동안 뚫어지게 쳐다보았다. 떨어지는 눈은 내 눈에 불꽃이 되어 나의 집념을 환호해 주었다.

"하하하하!"

한편으로 그를 발견했다는 기쁨에, 다른 한편으로 이 말도 안 되는 현실에 실성한 듯 웃기 시작했다. 눈발 사이로 그는 무표정하게 웃고 있는 나를 지긋이 바라보았다.

"하하하하!"
"하하하하!"

"씨팔! 좆도!"
"씨팔! 좆도!"

나의 웃음은 욕으로 변했다. 그리고 다시 한번 그의 이름을 호수가 떠나가도록 불렀다.

"이태영!"

"나, 강대웅이라고, 강대웅! 세상 사람들 눈은 다 속여도 내 눈은 못 속여! 너라는 인간 자체가 거짓말이야. 위장자살로 세상 모든 사람을 속일 수 있다고 생각하지? 그치? 근데 틀렸어, 틀렸다고, 이 씨팔 새끼야! 나는 못 속여. 이 강대웅은 절대 못 속여. 왜지 알아? 나는 진실을 위해서라면 우주 끝까지 쫓아가는 강키호테거든, 강키호테!"

그는 가방을 내려놓고 냉소적으로 박수를 치며 담담하게 대꾸를 했다.

"똘아이 중에 똘아이구나! 내 연구를 줄기차게 방해하더니 이제는 캐나다 로키까지 쫓아와 내 휴식을 방해해?"

그는 떨어지는 눈을 느끼려는 듯 두 팔을 벌린 채 말을 이어나갔다.

"이 눈을 봐! 이 호수를 봐! 나는 너랑 싸우려고 여기 온 게 아니라 세상에서 가장 아름다운 곳을 느끼기 위해 왔어."

그의 말이 끝나자마자 나는 다시 그의 이름을 불렀다.

"이태영! 마차국민학교 5학년 6반!"

"닥쳐 새끼야! 나는 권민중이야, 권민중! 대한민국 최고의 과학자 권민중!"

"이태영! 수다쟁이였던 광부의 아들!"

그의 얼굴은 울그락불그락 변했고 눈은 분노로 이글거리기 시작했다.

"기자 나부랭이 새끼가 뭘 안다고 남의 인생에 끼어들어! 네까짓 게 뭘 안다고 지랄이야! 네 놈이 광부들이 어떤 사람들인지 알아? 자식에게 하얀 쌀밥 먹이기 위해, 검은 탄을, 컴컴한 동굴 속에서, 하루 종일 파고 또 파고 또 파는 사람들이야."

"그래, 몰라! 모른다고, 씹새끼야! 내가 아는 건 네가 권민중이 아니라 이태영이라는 거야. 너의 과거를 유일하게 아는 사람이 바로 나야, 바로 나라구!"

잠시간의 침묵이 있고 나는 다시 말을 이었다.

"세상에 대해 그렇게 복수하고 싶었나! 아버지는 살해되고, 엄마는 당신을 버리고, 그리고 소녀는 자살했지. 당신이 원하는 건 복수야 복수! 당신은 복수에 완전 눈이 멀었어!"

내 말이 끝나자 눈보라가 더욱 거세게 내리쳤다. 앞을 분간할 수 없었지만 그가 내 말에 활활 타오르는 것을 느낄 수 있었다.

"하하하하!"

"하하하하!"

이제 그가 실성을 한 듯 웃기 시작했다.

"그래! 우리 엄마 보지가 다이너마이트였어! 우리 아버지 머리를 박살 내 버렸지. 모든 비극은 그 구멍에서 시작됐어. 그래서 내가 평생 연구한 것이 구멍들이야. 개, 돼지, 소, 쥐, 양, 코끼리! 세상에서 가장 작은 구멍부터 세상에서 가장 큰 구멍까지 안 만져본 구멍이 없어. 그 구멍이 도대체 뭐길래, 도대체 그 냄새 나는 구멍이 도대체 뭐길래, 우리 아버지와 내 인생을 박살 냈을까! 궁금하고 또 궁금해서 쑤시고 또 쑤시고 또 쑤셔봤지!"

"개좆같은 소리 집어치워! 그건 당신 엄마 잘못이 아냐! 당신 엄마는 잘못이 없다고! 그냥 일이 그렇게 되었을 뿐이야! 남자 새끼들이 좆대가리를 잘못 놀려서 그렇게 된 거라고!"

"이젠, 상관없어. 그게 보지 때문이건, 아니며 자지 때문이건, 다 끝난 일이야. 그냥 내가 원하는 것을 얻으면 돼."

"당신이 원하는 게 도대체 뭐야?"

"너 같은 놈이 어떻게 감히 내가 원하는 걸 알 수 있겠어? 너같이 허무맹랑한 정의감에 사로잡혀 있는 놈이 어떻게 이해할 수 있겠어? 자신만이 옳다고 깝죽대는 놈이 어떻게 내가 원하는 걸 알 수 있겠어."

"당신이 원하는 게 도대체 뭐야? 노벨상? 대통령?"

"너 같이 스케일이 작은 놈이 고작 상상하는 게 그런 것들이겠지."

"도대체 당신이 원하는 게 뭐야?"

눈보라 속으로 나는 더 큰 소리로 다그치며 물었다. 그는 다시 실성한 듯 크게 웃기 시작했다.

"하하하하!"

"하하하하!"

"그래, 여기까지 찾아온 게 가상해서 말해 주지. 이 세상 누구도 이루지 못한 것! 이 세상 모두가 꿈꾸는 것! 이 세상에서 가장 위대한 업적! 그게 바로 내가 원하는 거야."

"그게 도대체 뭐야?"

눈보라를 뚫고 나는 재차 물었다. 그는 검은 가방을 들고 갑자기 내 주위를 뱅뱅 돌며 스케이팅을 했다.

"당신이 원하는 게 도대체 뭐야?"

빙빙 도는 그를 향해 재차 소리쳤다. 그는 스케이팅을 멈추고 나를 바라보며 뜨겁게 내뱉었다.

"영원한 생명!"

어안이 벙벙해졌다.

"뭐라고?"

"영원한 생명!"

더 이상 대화는 의미가 없다. 나는 주머니 속에서 칼을 꺼냈다.

"좆같은 소리 하고 앉아 있네! 당신이 꿈꾸는 그 영원한 생명, 오늘 이 자리에서 끊어주지!"

그는 검은 가방을 내려놓고 허리춤에서 뭔가를 꺼내었다. 뭐지? 그는 긴 줄을 휘둘러보았다. 아, 버클! 고등학교 패싸움 때 휘둘렀다는 그 전설의 허리띠 버클!

나는 세상에서 가장 아름다운 레이크 루이스에서 그를 죽이고 싶었다. 그가 꿈꾸는 영원한 생명을 정의의 이름으로 박살 내고 싶었다. 스케이트 날을 세차게 앞으로 지치며 나는 손에 든 칼을 휘둘렀다. 그는 뒤로 물러서면서 버클로 내 얼굴을 가격했다. 버클이 콧등을 쳤고 코피가 쏟아져 내렸다. 나는 물러서지 않고 칼을 휘둘렀다. 버클이 이번에는 내 손등을 가격했고 순간 칼을 놓쳤다. 나는 재빨리 다시 칼을 잡았다. 이리저리 버클의 움직임을 살폈다. 단 한 번에 들어가야 한다, 단 한 번에. 나는 오른쪽으로 그는 왼쪽으로 스케이트를 움직였다.

휘휘휘

눈보라가 더욱 세차게 불었다.

휘휘휘

이때다!

야야야야야!

그의 가슴 쪽으로 칼을 날렸다. 순간 그의 버클과 허리띠가 내 칼에 휘감겼다. 그는 허리띠를, 나는 버클이 감긴 칼을 서로 세차게 잡아당겼다. 기싸움이 팽팽했다. 나는 당겼던 허리띠를 권민중 쪽으로 밀고 들어갔다.

야야야야!

순간 우리는 얼음판 위에서 칼날을 사이에 두고 엉켜 붙었다. 그의 왼손이 나의 오른쪽 손을 쥐어틀었다. 이렇게 가까이에서 본 적은 처음이다. 그는 사슴의 눈을 가졌다. 나는 매의 눈을 가졌으리라. 빛보다 빠르게!

야야야야!

나는 몸을 눕히고 스케이트를 신은 발로 힘껏 권민중의 발목을 가격했다. 순간 그는 공중에 붕 뜬 후 얼음판에 내동댕이쳐졌다. 칼과 버클 모두 우리 손에서 풀려나 얼음판 위에 뒹굴었다. 내동댕이쳐진 권민중의 가슴팍에 올라타 그를 제압했다. 바로 옆에 칼이 떨어져 있었고 나는 그 칼을 잡았다. 왼손으로는 권민중의 멱살을, 오른손으로는 칼을 강하게 쥐었다.

이겼다!

이놈을 여기서 죽여야 한다!

"이태영! 진실과 정의는 반드시 승리한다. 이 아름다운 곳에서 너를 죽임으로써 내 임무는 완수됐어. 이태영, 마지막으로 할 말은 없나?"

"나는 대한민국 최고의 과학자 권민중이야. 이 세상에서 가장 위대한 인간 권민중!"

나는 그의 타오르는 야망의 눈빛을 응시하고는 칼을 높이 치켜들었다.

"잘 가라, 권민중!"

찰칵

뭐지? 권총의 총구가 내 뒤통수에 느껴졌다.

"그 칼 내려 놔!"

낯익은 여자의 목소리다. 누워 있던 권민중이 웃음을 터뜨리며 누워서 나를 향해 소리쳤다.

"박민호! 이봐요, 박민호 씨! 여자 한번 꼬셔보려고 그렇게 뻔뻔하게 거짓말을 해도 되나! 국가와 민족을 위해 거짓말을 하면 죽일 놈이고 여자 꼬시기 위해 거짓말하는 건 괜찮은 건가."

어떻게 된 거지? 칼을 얼음판에 던지고 자리에서 서서히 일어났다. 뒤에 있는 총구도 나를 향해 위로 조준되었다. 뒤돌아서기 두려웠다.

설마….

나는 천천히 뒤돌아섰다.

"수연 씨?"

나는 얼이 빠져 말을 잘 잇지 못했다. 날리는 눈발에 그녀는 흔들림 없이 나에게 총구를 겨누고 있었다. 권 박사는 일어나 송수연 옆으로 갔다.

"박민호, 미안해서 어쩌나. 송수연은 내 여자라서."

내 여자? 그럼 처음부터 의도적으로 나한테 접근한 거였나?

아, 또 속았다!

"어떻게 처리할까요?"

송수연이 권민중에게 물었다.

"어떻게 처리해 줄까, 박민호 씨? 자기가 좋아했던 여자 손에 죽는 것도 나쁘지는 않겠지?"

아, 여기에서 모든 것이 끝나는구나.

"장렬하게 죽고 싶다."

눈발이 여전히 세차게 날렸지만 산봉우리 쪽으로는 하늘이 개는 것이 보였다. 나는 그들을 등지고 돌아섰다. 장엄한 레이크 루이스 위에서 양팔을 거대한 빅토리아산을 향해 벌리자 하늘에서 떨어지는 눈이 내 얼굴을 덮쳤다.

"탕! 탕! 탕!"

지옥일까? 소리는 더 가까이 더 크게 내 귀를 때렸다. 어떻게 된 거지? 나는 눈을 떴다. 정면 위로 거대한 검은 무엇인가가 나타났다.

아파치 헬기다!

"권민중, 권민중! 너는 체포됐다. 우리는 CIA다, CIA! 무기를 버리고 항복하라!"

순간 권 박사는 호수 왼쪽으로 재빠르게 스케이팅을 했다. 송수연도 50미터 정도 뒤처져서 그를 따라갔다. 헬기는 거센 눈발을 헤치며 그들을 천천히 따라갔다. 나는 재빨리 떨어진 칼을 주운 뒤, 그들이 달아난 방향으로 스케이팅을 했다. 아파치 헬기는 호수를 향해 기관총을 쏘았다. 권민중과 송수연이 멈추지 않자 기관총은 계속해서 온 호수를 강타했다. 얼음이 갈라지기 시작했다.

쩌어억! 쩌어억! 쩌어억!

두꺼운 얼음 갈라지는 소리가 레이크 루이스를 뒤덮었다. 얼음들이 깨지고 뒤틀리며 호수 위로 솟아올랐다. 내 양옆으로 그리고 앞뒤로 얼음이 갈라지는 틈을 피해서 나는 날렵하게 스케이팅을 했다. 앞서가던 송수연이 넘어지며 갈라진 얼음 틈에 빠졌다. 나는 재빨리 그녀가 빠진 곳으로 갔다. 그녀는 하얀 얼음 사이 물속에서 허우적거리고 있었다.

"살려줘요, 살려줘!"

그녀가 빠진 얼음 틈의 가장자리로 가서 손을 내밀었지만 1미터 정도의 거리가 있었다. 나는 최대한 몸을 앞으로 빼서 그녀 쪽으로 팔을 뻗었다.

"힘내요, 힘내! 팔을 뻗어요!"

그녀는 가라앉지 않기 위해 애써 다리를 저으며 안간힘을 써서 팔을 내밀었다.

잡았다! 나는 힘껏 호수 얼음 위로 그녀를 잡아당겼다. 그녀의 몸은 얼음장 같았다.

"추워요, 추워!"

송수연이 추위에 몸을 파르르 떨었다. 나는 뒤돌아 권민중을 보았다. 그는 호수 왼쪽 가장자리에 거의 도달했고 아파치 헬기는 그를 정조준하고 있었다. 나는 송수연을 내버려 두고 권민중 쪽으로 달렸다. 나는 호수에 떨어진 송수연의 총을 집어 들어서 아파치 헬기를 향해 몇 발을 쏘았다. 그러자 헬기는 내 쪽으로 기체를 돌리더니 기관총을 난사하기 시작했다. 총알이 날아오는 것을 피하기 위해 오른쪽으로 스케이팅을 했다.

갑자기 쿵! 나는 깨어진 얼음 사이로 호수 물에 그대로 처박혔다. 아 추워! 온몸이 얼음덩이가 되는 듯한 기분이었다. 나는 정신을 차리고 눈앞의 얼음을 잡으려고 애썼지만 잡는 얼음마다 줄줄이 깨어져 나갔다. 나는 다시 위를 쳐다보았다. 아파치 헬기가 권민중 정면에서 그를 겨누고 있었다. 헬기의 총구는 권민중을 향해 있는 듯했다.

"박사님, 저 진용이예요. 모든 것이 끝났습니다. 항복하시고 CIA와 같이 일하시죠."

진용이? 이 새끼가 CIA의 첩자였구나! 권 박사는 아무 대꾸도 하지 않았다. 항복할 뜻이 없는 듯했다.

다다다다다….

무슨 소리지? 갑자기 호수의 왼편 위로 또 다른 헬기가 나타났다. 순간 아파치는 멈칫했다. 또 다른 헬기에서 미사일이 발사되었다.

꽝!

꽝음이 호수 위로 울려 퍼졌다. CIA의 아파치는 순식간에 산산조각 나서 호수의 얼음판으로 추락했다. 어떻게 된 거지? 헬기는 얼음판에 착륙해서 권민중과 송수연을 차례로 태웠다.

"살려줘! 살려줘!"

나는 얼음물 속에 처박혀 안간힘을 다해서 소리쳤다. 헬기는 이윽고 이륙하더니 눈보라 속으로 사라졌다. 얼마 못 버틸 것 같았다. 이대로 레이크 루이스의 얼음물 속에 수장되는가. 의식이 희미해졌다.

다다다다다….

갑자기 머리 위로 헬기가 나타나더니 내가 떨어진 얼음물 위로 사다리를 내렸다. 두 팔로 사다리를 꼭 잡았고 헬기는 서서히 호수 위로 올라갔다. 사다리를 올라가자 탑승대원이 나를 부축해 주었다. 나는 온몸을 파르르 떨었다. 권 박사와 송수연이 보였다.

"아 추워! 아!"

대원은 나에게 뜨거운 물을 주었다. 나는 혀와 목이 데는지도 모르고 뜨거운 물을 벌컥거리며 마셨다. 얼음장으로 변한 몸에 들어간 뜨거운 물은 내 배 속을 지나며 장기의 위치를 알려주었다. 뜨거운 물을 다 마시니 그제야 정신이 들었다. 나는 대원을 향해 소리쳤다.

"당신들은 도대체 누구요?"

대원은 빙긋이 웃으며 대꾸했다.

"삼문대요!"

"삼문대?"

"조선 최대의 비밀 결사조직, 삼·문·대!"

2 부

1장 삼문대

"어떻게 된 거죠?" 자리에서 벌떡 일어섰다. 눈앞에 송수연이 보였다. 나는 주위를 두리번거리며 물었다.

"캐나다에서 한국으로 왔어요. 당신은 물을 마시고 잠들었죠."

물에 수면제를 탔구나.

"한국이라뇨? 여기가 도대체 어딘가요?"

"영월이에요."

영월? 나는 창밖을 내다보았다. 내가 누워 있던 곳은 꽤 높은 건물의 상층이었다. 산과 나무는 보이지 않고 기이한 건물들과 꼬인 골목길 사이로 많은 사람이 지나가는 것이 보였다.

"영월이라뇨? 영월에 이런 곳이 있었나요?"

"지하도시예요."

지하도시? 멀리 검은 철제 사인이 내 눈에 들어왔다.

마차탄광 대실험실

"도대체 어떻게 된 거예요? 저 검은 사인은 뭐죠? 마차탄광 대실험실이라뇨?"

"맞아요. 여기는 마차탄광 안이에요."

마차탄광 안이라고? 권 박사의 고향으로? 침대에서 일어나서 전체 전경을 바라보았다. 지하 전체가 타원형의 돔으로 되어 있었고 5개의 원형 건물들이 천정을 떠받치고 있었다. 건물의 높이는 30층 가까이 되어 보였고 그 사이를 연결하는 다리들이 보였다. 꾸불꾸불한 길들이 다른 높이와 길이로 뒤엉켜 있어 혼돈스러운 모습이었다. 마치 칡덩굴이 엉켜 있는 듯이 무질서하고 복잡한 길들이었다. 어지러웠다. 다층적이고 무정형적인 길들과 건물들 사이로 큰 광장이 보였다. 검은 강이 그 중간을 가로지르고 있었다. 흰 가운을 입은 사람들이 길가에 있는 벤치에서 이야기를 나누는 모습이 보였고 건물에서 건물로 분주히 움직이는 사람들도 있었다.

흰 가운을 입고 있는 송수연의 자태는 여전히 우아하고 단아했다. 나의 뒤통수에 총구를 겨누었던 그 여자가 이 여자라는 게 아직도 믿기지가 않았다.

"당신은 그럼 처음부터 나에게 의도적으로 접근했던 거군요. 여행 작가라는 말은 모두 거짓이구요."

"대웅 씨도 거짓말을 잘하더군요."

우리 둘은 잠시 침묵했다. 모든 것이 믿기지 않았다. 하지만 이제 무슨 일이든 가능하다는 것을 알 것 같았다. 하지만 풀리지 않은 의문들도 여전히 많았다.

"대체 왜 나를 살려준 거죠?"

"권 박사님이 살려주라고 했죠."

"권 박사가요?"

"미운 정이겠죠. 권 박사님은 정이 많은 분이죠."

정이 많은 사람이라….

"근데 실험실이라뇨? 도대체 여기서 무슨 실험을 해요?"

이때 갑자기 노크도 하지 않고 누군가가 불쑥 방으로 들어왔다.

"아이고, 이 양반 이제 일어났구먼. 운도 참 좋아. 몇 번 죽을 고비를 넘기고 말이야. 레이크 루이스에서 권 박사님은 죽이지, 왜 안 죽였어? 크크크"

50대 초반으로 보이는 머리를 빡빡 민 덩치 좋은 사내 하나가 들어오더니 짓궂은 농담을 던졌다.

"누구신지?"

"중삼문님이세요. 여기 있는 인력을 총괄하시는 분이시죠. 저는 이분의 비서이기도 해요."

"김홍이라고 합니다, 강 기자." 그는 넉살 좋게 웃으며 나를 맞이했다.

"반갑습니다. 강대웅이라고 합니다."

"이름 한번 거창하네. 다른 이름이 있다고 들었는데…박민호라고."

"그게…."

"하하하, 다 알고 있네. 우리 수연이를 꼬시려고 지어내었다는 거." 말문이 막혀 나는 썩소를 지었다.

"수고했어, 수연이! 레이크 루이스에서 빠져 죽을 뻔했지? 권 박사님께서 굳이 거기서 스케이트를 타야 한다고 하니 우리야 어쩔 수 있겠나. 한다면 하는 분이니까. 모두 무사해서 다행이야."

"중삼문님께서 대웅 씨를 안내해 드릴 거예요. 그럼 저는 나중에 뵐게요."

송수연은 김홍에게 나를 맡기고 방을 나갔다.

"자네 참 운도 좋아. 권 박사님에게 대든 사람은 다 없어졌는데 아직도 살아 있네. 권 박사님이 자네를 좋아하나 봐, 하하하."

이 빡빡머리에 적응이 되지 않아 물끄러미 그를 지켜보았다.

"빨리 옷 입어. 내가 안내해 줄 테니."

침대 위에 놓여 있는 옷으로 갈아입고 그 사내를 뒤따라갔다. 우리는 엘리베이터를 타고 건물 아래로 내려왔다. 배 속에서 꼬르륵 소리가 너무 컸는지 김홍이 나를 쳐다보며 말했다.

"우리 뭐 좀 먹지, 기자 양반. 이 건물 1층은 세계 최고의 식당이에요." 엘리베이터에서 내린 나는 휘황찬란하게 차려진 뷔페를 보고 입이 다물어지지 않았다.

"자, 골라 봐요. 여기는 없는 게 없는 곳이야. 라스베이거스 호텔 뷔페보다 더 좋아."

정말 없는 게 없었다. 이탈리아 요리, 중식 요리, 일식 요리, 한식 요리, 햄버거, 해산물 요리까지. 초밥과 해산물 요리를 접시에 담고 자리에 앉았다. 김홍은 커피와 과일을 접시에 담고 식탁에 앉았다. 그는 이곳이 연구원들과 삼문대 대원들이 식사를 위해 24시간 개방되어있는 장소이며, 이 지하에서 모든 것은 공짜라는 말을 하였다. 헬기에서 구출될 때 대원이 한 말이 떠올랐다.

조선 최대의 비밀결사조직 삼문대

"삼문대가 도대체 뭔가요?"

"궁금하지? 궁금해서 미치겠지? 크크크, 기자 맞네, 기자 맞아!"

"빨리 좀 이야기해 주세요."

"삼문이라면 무슨 뜻이겠나?"

삼문이라….

"세 개의 문을 의미하나요?"

"하나는 맞았고 하나는 틀렸어. 석 삼자는 맞는데 '문'자가 틀렸어."

"무슨 문인가요?"

"물을 문이지. 세 번 묻는다는 말이지."

"세 번 묻는다?"

"어디서 들어본 적 없나?"

"글쎄요. 들어 본 적이 있는 것도 같은데요."

"참, 이 사람 무식하네, 무식해. 한국 역사를 좀 알아야지."

"한국 역사와 무슨 관계가 있나요?"

"이봐, 여기가 어딘가?"

"마차탄광?"

"마차탄광은 어디에 있나?"

"영월에요."

"그래, 맞았어. 영월 하면 제일 떠오르는 게 뭔가?"

"마차탄광인가요?"

"이봐, 한국에 탄광이 얼마나 많은데! 대한민국 사람 중 마차탄광을 아는 사람은 영월, 정선, 제천 사람들밖에 없어. 참 무식하네. 내가 아까 한국 역사와 관계된다고 했지?"

곰곰이 생각해 보니 내가 처음 영월에 갔던 곳이 봉래산과 단종의 유배지인 청령포였다.

"단종과 관계있나요?"

"맞아."

"근데, 왜 삼문대죠?"

"참, 어떻게 기자를 했어! 이렇게 눈치가 없어서. 단종에게 끝까지 충성을 지키다가 죽은 사람들이 누군가?"

"사육신이죠."

"그래! 사육신 중 최고의 충신으로 추앙받는 분이 누군가?"

너무나 예상하지 못하는 일들이 일어나서 나는 머리가 멍했다.

"아…성삼문?"

"그래! 그런 머리로 권 박사님과 대적하려니 당연히 죽지 죽어. 우리나라 기자들 수준이라는 게, 쯔쯔쯔…삼문대는 바로 성삼문 선생을 기리기 위해, 그리고 조선을 지키기 위해 550년 전에 만들어진 조선 최고의, 그리고 최대의 비밀결사 조직이야."

중삼문이라고 불리는 이 사내는 나에게 삼문대의 기원과 역사에 대해 간략하게 설명해주었다. 삼문대를 창설한 사람은 영월 호장이었던 엄홍도였다. 엄홍도는 단종의 시신을 수습하고 사라진 후, 전국을 돌며 삼문대를 조직했다. 중삼문은 삼문대의 정확한 수는 알 수 없다고 하였다. 삼문대는 총 12개의 계급이 있는데 아래로부터의 서열은 다음과 같다. 소삿갓, 중삿갓, 대삿갓, 소홍도, 중홍도, 대홍도, 소순신, 중순신, 대순신, 소삼문, 중삼문, 그리고 대삼문.

"삿갓이라 하심은 김삿갓을 말씀하시는 건가요?"

"크크크, 맞아. 삼문대 역사상 최고의 스파이였지."

"제가 아는 바로는 할아버지의 역적 일을 과거 시험에서 썼던 것을 평생 후회하고 나서 전국을 떠돌아다녔던 걸로 아는데…."

"참, 이 기자 양반 순진하네! 역사가 그렇게 액면 그대로인 줄 아나. 지금 국민들은 권 박사님이 죽은 걸로 다 알고 있지. 권 박사님을 죽이려는 세력들을 따돌리기 위해서 우리가 일부러 꾸민 짓이야. 지금 세계가 난리 아닌가. 프리메이슨, CIA, 모사드, 모비딕, 북한 놈들 할 것 없이 권 박사님 줄기세포 찾아내려고 말이야."

"근데 김삿갓은요?"

"아참! 자네 김삿갓 시를 읽어봤나?"

"어릴 적에 책에서 본 기억은 있습니다만…."

"이분은 조선 최고의 천재야. 눈치, 코치, 발치가 10단이야, 10단. 김삿갓은 어릴 때부터 천재였어. 근데 어린 시절부터 어머님과 함께 쫓겨 다니다가 여기 영월에 왔던 걸세. 그 눈치 빠른 천재가 왜 자기들이 쫓겨 다니는지를 몰랐겠나! 자기할아버지, 아버지 성함과 내력은 양반 가문으로 어릴 때부터 마르고 닳도록 교육을 받는데 말이야."

"그럼 과거를 보기 전에 할아버지가 역적이었다는 것을 미리 알았다는 건가요?"

"그렇지! 삼문대에서 이 사람을 스파이로 만들기 위해 일부러 꾸민 짓이지. 당시 영월 군수가 과거 시험 문제를 내었는데 그 사람도 삼문대였어. 김병연을 스파이로 만들기 위해서 서로 작당을 한 거지. 자유롭게 떠돌아다닐 명분을 줘야 사람들이 의심을 하지 않잖나. 일종의 알리바이가 필요했던 거야."

"김삿갓은 수많은 기생들과 아낙네들과 염문을 뿌린 걸로 알고 있습니다만…."

"내가 제일 부러워하는 부분이야! 잘 생겼지, 시 잘 쓰지, 낭만주의자지, 그리고 최고의 스파이지. 어떤 여자가 이분과 사랑에 빠지지 않겠나. 부러워 죽겠어, 그냥."

"스파이가 그래도 되나요?"

"매력 없는 스파이는 쓸모없어. 본드 걸 없는 007을 상상할 수 있겠나. 그 기생들과 아낙네들도 물론 삼문대였지. 전국 곳곳에 벼슬아치들의 정보를 누가 제일잘 캐내겠나? 기생들이야, 기생. 삼문대에 들어오면 김삿갓의 시를 무조건 외워야 해."

"왜 시를 외워야 하나요?"

"참, 기자 양반 답답하네. 시의 목적이 뭔가? 여자 꼬시기 위한 거지. 그러니까 여자를 꼬셔서 삼문대 대원으로 만들어야 하는 거야. 김삿갓 시 중에서 저절로 외워지는 게 많아."

"그래요? 제가 알기로는 수백 편이나 되는 걸로 아는데…."

"그 수백 편을 다 외울 수는 없고, 나는 김삿갓의 연애시는 거의 다 외워. 내가 가장 좋아하는 시가 뭔지 아나?"

"뭔데요?"

"잘 들어봐. 이건 김삿갓과 당대 최고의 명기 초련이 주고받은 시야."

모심내활 毛深內闊 (털이 깊고 구멍이 넓은 걸 보니)
필과타인 必過他人 (필시 다른 사람이 지나갔나 보구나)

계변양류불우장 溪邊楊柳不雨長 (시냇가의 버들은 비가 오지 않아도 절로 자라고)
후원황률불봉탁 後園黃栗不蜂坼 (뒷동산 밤송이는 벌이 쏘지 않아도 절로 터진다오)

시를 읊고 나더니 김홍은 혼자 낄낄거리며 좋아했다.

"이 시를 운우지정이라고 해. 구름과 비가 정을 통하는 거지. 어때, 좋지?"

"시가 음란하네요."

"또 다른 운우의 정이란 시가 한 편 더 있지."

위위불염경위위, 불위불위경위위 爲爲不厭更爲爲 不爲不爲更爲爲

"무슨 뜻인가요?"

위위불염경위위, 해도 해도 싫지 않아 다시 하고 또 하고
불위불위경위위, 안 한다 안 한다 하면서도 다시 하고 또 하고

나는 어이가 없어 실없이 웃고 말았다.

"내가 이 시를 처음 만난 여자들에게 읊어 주면 그냥 다 넘어와. 처음에 한자를 읊어주면 무슨 뜻인지 잘 몰라서 나에게 해석을 해달라고 그러거든. 해석을 해주면 여자들이 자네처럼 웃고 말지. 그러면 절로 마음의 문을 열어요. 나도 그렇게 해서 삼문대원으로 만든 여자가 한둘이 아니야, 크크크."

"삼문대가 되려면 이런 음란한 시를 외워야 하나 보죠?"

"참 이 사람, 풍류를 모르네, 몰라! 자네는 삼문대 되기는 글렀어! 어떻게 매일 나라 지키는 생각만 하나. 우리도 스트레스 좀 풀어야지."

"계급 서열을 보니 이순신 장군도 삼문대였나 보죠?"

"조선의 역사는 삼문대 대 반삼문대의 투쟁의 역사야. 임진왜란 때 조정에서 이순신 장군에게 못 하나 안 줬어. 자기가 알아서 배 만들고 군량미 확보하고 훈련시켰지. 근데 이순신 장군이 무슨 재주로 이것들을 다 했겠나. 역사학자들도 이 부분을 이해 못 해. 아무것도 없는데 어떻게 배를 만드나. 삼문대 조직이 다 해 준 거지."

"역사를 막 쓰시네요."

"믿든지 말든지 자네 마음이야. 자네는 당하고도 모르나? 지금 국정원장은 모비딕이야. 한거용에게 매수된 자야. 대통령은 삼문대지만 말야."

"네? 그럼 대통령은 권 박사가 살아있다는 걸 아나요?"

"알지. 삼문대의 최고 계급인 대삼문은 두 사람뿐이야. 대통령과 권 박사. 권 박사 자살도 두 사람이 꾸민 거야. 줄기세포를 빼앗기 위해서 하도 주위에서 난리들이었으니까. 미국이 딴지 걸고넘어졌던 것도 대통령의 외교 정책이 싫어서가 아니라 줄기세포 기술을 안 넘겨주니까 그랬던 거지."

"도대체 삼문대는 누구 편인가요?"

"자네 그 센스로 어떻게 기자 하나? 권 박사의 이름이 도대체 뭔가?"

"민중…."

"우리는 오로지 조선 민중을 위해서만 움직이네. 조선 민중의 해가 되는 세력은 누구도 용납하지 않지. 그게 남한의 대통령이건, 북한의 주석이건, CIA건, 모비딕이건 간에."

이 말을 듣고 나자 음탕하게 보이던 빡빡이 아저씨가 약간은 다르게 보였다.

"중삼문이시면 꽤 높은 계급인가요?"

"영월에는 단 두 사람의 중삼문이 있지."

"다른 한 사람은 누군가요?"

"좀 이따 만날 걸세. 권 박사님이 가장 신뢰하는 사람이야."

"근데 이렇게 많은 비밀을 저에게 알려줘도 되나요?"

"글쎄 말이야. 대삼문께서 자네에게 다 말해주라고 명령하셨네. 삼문대를 알아야 지금까지의 모든 일들이 이해될 거 아닌가."

권 박사가 그럼 나를 신뢰한다는 뜻인가.

허기를 때운 다음 건물을 나와 김홍을 따랐다. 복잡한 골목들을 지그재그로 따라갔는데 어디가 어딘지 도무지 감이 잡히지 않는 구조였다.

"왜 이렇게 지하도시를 복잡하게 만들었죠?"

"인간이 복잡하니까. 세상이 복잡하니까. 도시도 그럼 복잡하게 만들어야 되지 않겠나."

"높은 건물들은 뭐죠?"

"동서남북 건물은 모두 실험실이고 동쪽과 서쪽 사이에 쑥 들어간 건물이 중앙통제실이야. 영월뿐만 아니라 한반도의 동태를 살피는 작전기지. 동쪽 건물은 인간복제, 서쪽 건물은 치료실, 북쪽 건물은 동물복제, 그리고 자네가 머물렀던 남쪽 건물은 연구원들과 삼문대원들의 거처야. 이 거대한 실험실이 발각 날 경우 중앙통제실에서 자동폭발장치로 모든 자료들을 땅속에 묻어버리도록 설계되어 있어."

좁은 골목길을 빠져나오니 넓은 중앙 광장이 나왔다. 큰 원형 분수대 위로 검은 물이 솟아올랐다.

"여기가 흑심黑心 광장이야."

"이름이 웃기네요. 비밀지하조직에 맞는 이름일지도 모르죠. 근데 분수대에 왜 검은 물이 솟아오르죠?"

"흑심黑心 분수야. 탄광물은 원래 검지. 자연스럽게 저렇게 둔 거야."

지름이 10미터 정도 되어 보이는 분수는 여러 조각들로 꾸며져 있었다. 가만히 보니 네 개의 조각의 입에서 검은 물이 쏟아져 나오고 있었다. 이 네 조각은 삼문대의 핵심 인물인 성삼문, 이순신, 엄홍도, 그리고 김삿갓이었다. 조각들은 약간 그로테스크하면서 익살스러웠다. 중앙에는 큰 조개 조각 세 개를 설치했는데 역시 검은 물이 솟구치고 있었다.

"상수도 물을 끌어다 더 쾌적하게 보일 수 있게 할 수 있었을 텐데요."

"글쎄, 내가 권 박사님의 깊은 뜻을 알겠나."

분수대 앞쪽 바닥에는 글자가 새겨져 있었다.

한낱 빛이 어둠의 깊이를 어찌 알랴

"어디서 들어 본 구절이네요."

"하하하, 나도 잘 몰라. 뭐, 니체가 말했다나. 안기부 표어와 비슷하지 않나? '우리는 음지에서 일하고 양지를 지향한다.'"

"그런 뜻이 아닌 것 같습니다만…."

우리는 분수대 앞에 마련된 검은색 나무 벤치에 앉았다. 멀리 지하도시의 끝부분에 큰 석상들이 눈에 들어왔다. 광부 석상이었다. 자세히 보니 동서남북에 위치한 네 개의 거대한 석상이 제각기 다른 포즈를 취하고 있었다. 곡괭이를 든 모습, 착암기로 굴착을 하는 모습, 삽으로 석탄을 파는 모습, 그리고 탄을 나르는 모습. 석상 안에 무엇인가 움직이는 게 보였다.

"석상 안에 뭐가 있나 보네요?"

"지상으로 가는 엘리베이터와 출입구가 있지. 왜 자유의 여신상 안도 들어가서 볼 수 있지 않은가. 광부의 다리와 얼굴 쪽에 엘리베이터 출입구가 있어. 광부석상의 헤드랜턴 윗부분이 난간 역할을 하는데 거기서 전체를 내려다볼 수 있게 해 놓았지. 석상 옆에는 엘리베이터가 작동하지 않을 때도 사용할 수 있는 계단이 있어. 저기 봐봐. 계단이 얼마나 높이 올라가 있는지 자네 눈으로 보라고."

지상과 지하를 연결시켜 주는 광부의 석상이라…. 어제는 캐나다 로키의 얼음 호수 위에, 오늘은 마차탄광 안에 앉아 있다는 사실이 믿기지 않았다.

"왜 여기에 실험실을 만들었나요?"

"인간복제와 여기 있는 상당수의 실험들은 불법이지. 우리는 법을 뛰어넘어 실험을 하니까 숨겨진 장소가 필요해. 그리고 삼문대의 기원이 영월이니까 여기에 만들었지."

"정말 거대하네요. 마치 야구 돔구장 같아요. 공사비만 해도 꽤 들었을 것 같은데요. 이런 큰 공사를 어떻게 비밀스럽게 진행할 수 있었는지 모르겠네요."

"공사를 설계하고 진행했던 사람들도 다 삼문대 사람들이지. 우리는 임진왜란 때부터 안 만들어 본 게 없어. 배도 만들고 성도 만들고 총도 만들고 그리고 이렇게 지하도시까지 만들었어. 우리 내부에 세계 최고의 엔지니어들이 많아. 우리 안에 삼문대학교가 있어. 일종의 프랑스식으로 이야기하면 그랑제꼴이야. 나폴레옹이 국가건설을 위해 만들었던 최고 대학처럼 삼문대에서 미션에 필요한 공학, 실험, 지식들을 가르쳐."

"실험은 잘 되어 가나요?"

"나는 실험 쪽은 잘 몰라, 알고 싶지도 않고."

그의 대답이 미묘했다. 실험에 무언가 불만이 있다는 암시로 들렸다. 중삼문이 가진 무선기기로 호출이 왔다. 권 박사가 나를 부른다는 것이다.

숙소가 있는 남쪽 건물의 꼭대기 층으로 안내되었다. 목재로 만든 깔끔한 현대식 가구들로 꾸며진 방이었고 마차탄광 대실험실이 한눈에 바라보이는 곳이었다. 권 박사는 나이가 40대 정도로 보이는 중년의 여성과 함께 있었다. 우아하고 품위 있지만 한눈에 봐도 차가운 인상이었다. 나는 두 사람을 향해 고개를 90도로 숙여 인사했다.

"이분은 삼문대에서 가장 똑똑한 중삼문이셔."

"이현경이라고 합니다. 강 기자님 이야기는 많이 들었습니다."

나는 가벼운 목례로 답했다. 김홍이 말한 권 박사가 가장 신뢰한다는 또 다른 중삼문이라는 사람인가? 권 박사, 두 중삼문, 그리고 나는 방 안에 있는 소파에 앉았다.

"몸 상태는 어떤가?"

권 박사가 물었다.

"구해주신 덕분에 괜찮습니다."

"이제 떠나게. 이제까지 일어났던 일은 비밀로 지켜주게."

"밖으로 나가게 되면 비밀이 탄로 나지 않을까요?"

김홍이 끼어들었다.

"강 기자가 밖으로 나가면 비밀이 탄로 납니다. 입이 가벼운 기자 아닙니까?"

권 박사가 빡빡이를 슬쩍 째려보자 그는 얼굴을 옆으로 돌렸다.

"그렇다고 여기 있을 수 없지 않습니까?"

이현경이 나를 내보내야 한다고 재촉했다. 나는 어쩔지 몰라 가만히 있었다. 밖에 나간다고 뾰족한 수가 있는 것도 아니고, 여기에 있으면 더 낫지 않을까. 여기 있으면 뭔가 거대한 일이 일어날 것 같다는 묘한 느낌이 들었다. 아니야, 아니야. 내가 원하는 건 거대한 일이 아니라 송수연과 같이 있는 거야. 그래, 송수연과 같이 있으려면 여기 있어야 해.

"밖에 나간다고 해도 누가 강 기자 말을 믿겠습니까. 설마 또 엉뚱한 짓은 하지 않겠죠. 이 정도 우리가 봐줬는데 말이죠."

이현경이 재차 나를 내보내야 한다고 거들었다.

"조직을 위해 강 기자가 밖으로 나가는 건 우리에게 위험할 수 있습니다."

김홍은 다시 내가 여기에 있어야 한다고 밀어붙였다. 김홍과 이현경 사이에 묘한 긴장감이 흘렀다. 권 박사는 잠시 당황한 표정을 지었다. 이때 나는 본능적으로 구걸을 해야 한다는 것을 깨달았다. 나는 소파에서 일어나 바로 바닥에 무릎을 꿇고 머리를 조아리며 권 박사에게 애원하기 시작했다.

"박사님, 저를 거두어 주십시오. 저는 오갈 데도 없습니다. 나가봤자 매국노로 찍혀서 돌아다닐 수가 없고요. 방송국에서 쫓겨난 실업자입니다. 저도 삼문대가 되겠습니다. 받아만 주신다면 삼문대에 이 한 몸 바치겠습니다."

권 박사와 두 명의 중삼문은 당황하여 어리둥절한 채로 나를 내려다보았다. 내가 무릎을 꿇자 내 눈에 들어온 것은 권 박사가 항상 들고 다니는 검은 가방이었다. 권 박사 사무실의 책상 뒤에 있었다. 이게 이 방에 있구나. 순간 한거용 회장과 그의 아들인 한상현 부회장의 제안이 떠올랐다. 만약 저 가방만 가질 수 있다면 세상에서 가장 큰 구멍을….

"대삼문님, 강 기자를 중삼문님의 비서로 기용하시는 게 어떨지요? 얼마 전에 비서가 배신 알고리즘에 걸려서 쫓겨나지 않았습니까. 중삼문님 일도 많은데 비서가 필요합니다. 강 기자가 체력이 좋아 비서로 적합해 보입니다."

김홍이 나를 이현경의 비서로 추천했다. 그녀가 김홍을 슬쩍 째려보자 그는 고개를 약간 돌렸다.

"성품이 강직하니 삼문대에 가입시켜도 될 만한 사람이라고 생각합니다."

김홍이 강권했고 이현경은 침묵했다. 나는 다시 머리를 조아리며 애원하기 시작했다.

"받아만 주십시오. 충성을 다하겠습니다. 배신은 절대 하지 않겠습니다."

"태권도 유단자고 기자 출신이고 저돌적이니 쓸모가 있을 겁니다."

김홍이 재차 권 박사를 설득했다.

"중삼문님께서 이 사람을 언제 봤다고 이렇게 편드십니까?"

이현경이 언짢은 듯 말했다.

"중삼문님 요즘 일이 너무 많잖아요. 옆에 비서가 있으면 얼마나 좋아요. 인간 복제하랴 배신 알고리즘 관리하랴 눈코 뜰 새가 없잖아요. 배신 알고리즘을 관리하시니 배신할지 안 할지는 항상 체크할 수 있잖아요."

김홍이 이현경에게 깐죽거렸다.

"배신 알고리즘이 아니라 충성 알고리즘이라니까요. 제발 그 단어는 쓰지 말아 주세요."

이현경이 다시 눈을 흘겼다.

"충성을 다하겠습니다! 절대 배신은 하지 않겠습니다!"

나는 고개를 숙이며 거듭 다짐했다.

"음…."

권 박사는 목기침을 하며 당황한 듯 결정을 선뜻 내리지 못했다.

"삼문대에 들어오면 조직을 위해서 목숨을 바쳐야 합니다. 우리는 오백오십 년을 이어온 조선 최대의 비밀결사조직이니까요. 무얼 믿고 이 사람을 삼문대에 입단시킬 수 있나요?"

이현경이 다시 반대했다.

"조선 민중을 위해, 이 나라를 위해 제 한 몸 바치겠습니다."

나는 재차 무릎을 꿇고 바닥에 머리가 닿도록 저자세로 답했다.

잠시 침묵이 흘렀다.

"모든 조직이 짜여 있는 상태니 강 기자는 특수임무를 맡는 게 좋겠네. 필요할 때 언제든 차출될 수 있게 훈련을 좀 받을 필요는 있겠어. 지금 당장은 일이 없으니 당분간은 중삼문의 비서로 일하게."

권 박사의 승낙이 떨어졌다.

"감사합니다! 이 은혜는 절대 잊지 않겠습니다."

머리를 조아려 권 박사에게 다시 한번 감사 인사를 올렸다.

허락을 받은 후 나는 김홍과 함께 방문을 나왔다. 그는 축하 인사를 건네며 아무 검증 없이 단박에 삼문대에 들어온 사람은 나밖에 없다고 말했다. 이윽고 그는 15층으로 내려가 방 하나를 나에게 내어주었다.

"푹 쉬게."

"감사합니다, 중삼문님."

방에는 침대, 책상, 컴퓨터, 화장실이 딸려 있었고 호텔처럼 깔끔하게 정리정돈이 되어 있었다. 창문 밖으로는 지하도시가 훤히 내려다보였다. 컴퓨터가 되는지 켜보니 인터넷도 볼 수 있었다. 며칠 새 무슨 일이 일어났는지 인터넷 신문들을 보니, 내가 며칠 동안 겪은 대혼란이나 삼문대의 실체 같은 것은 아랑곳하지 않고, 세상은 그대로였다. 이윽고 누군가 노크를 했다. 송수연이었다. 나는 기뻐서 어쩔 줄 몰라 하며 송수연의 양쪽 어깨를 덥석 잡았다.

"수연 씨, 제가 삼문대 대원이 되었어요! 하하하! 적에서 동지가 되었다고요! 이제 우린 동지예요, 동지! 이미 죽은 몸인데 이렇게 삼문대 대원으로 다시 태어났어요!"

"중삼문님에게 이미 들었어요."

"근데 권 박사 옆에 있던 여성분은 누구신가요? 중삼문이라고 하던데…."

"특별한 분이에요. 마차탄광 대실험실을 관리하시는 분이시죠. 가장 중요한 인간복제를 실질적으로 책임지고 있죠. 대삼문님과는 각별한 사이예요."

"각별한 사이라뇨?"

"박사님의 마차초등학교 동창에다 줄기세포 분야의 세계적인 권위자로 독일의 칼스루에 공대를 수석 졸업하고 그토록 어렵다는 그 대학의 생명공학과 교수까지 오른 수재 중의 수재예요. 권 박사님이 인간복제를 위해 이분을 영입했다는 이야기만 들었어요. 어릴 때 광부를 모집했던 독일로 부모님이 이민을 갔는데 같이 따라가서 독일에서 공부했죠. 인간복제를 실질적으로 관리하고 있어서 어느 누구도 그분의 권위에 도전 못 해요. 차갑고 냉철하신 분이죠."

그 여자가 권민중의 마차초등학교 동창이라면 그가 이태영이라는 사실을 알고 있는 게 틀림없다. 권 박사의 과거를 알고 있는 사람은 나와 그녀뿐이란 말인가? 궁금증이 밀려들었다.

"그분이 저를 들어오지 못하게 막아서요. 김홍 덕분에 겨우 들어왔죠."

"그래요?"

"같은 계급이죠? 경쟁하는 사이인가요? 이현경은 표독스럽고 김홍은 능글거려요."

"기자답게 날카로우시네요. 둘 사이가 안 좋아요."

"왜요?"

"침대 위에 이 기계가 무슨 기계인지 아세요?"

송수연이 갑자기 주제를 돌렸다.

"이게 기계인가요?"

송수연이 버튼을 누르니 매끈한 덮개가 아래로 내려갔고 몇 개의 단자, 스크린, 버튼이 있는 기계가 나왔다.

"이게 뭔가요?"

"블룹타스예요. 해킹기계이자 쾌락기계죠."

나는 영문을 몰라 멀뚱거리며 그녀를 물끄러미 쳐다보았다.

"이 지하도시는 최첨단 디지털 장치들로 연결되어 있어요. 얼마 후에 만능 전자칩을 대웅 씨 목뒤에 넣을 거예요. 그러면 대웅 씨의 모든 생체정보가 블룹타스로 수신되어서 중앙통제실로 전송되죠. 알고리즘으로 대웅 씨의 신체 상태, 심리 상태, 정신 상태를 알 수 있어요."

"그게 가능해요?"

"우리 인체는 생화학적 알고리즘으로 되어 있어요. 이것을 전자 알고리즘으로 전환시켜 인체의 상태를 이해하는 거죠. 인간을 해킹하는 거죠. 만능칩으로 모든 생리 상태와 심리 상태를 알 수 있어요. 이 지하도시는 너무 복잡하고 혼란스럽게 짜여 있어요. 대원들 모두를 어떻게든 통제해야 하죠. 만능칩이 인체에 있으면 누가, 어디서, 무엇을 하고 있는지 알 수 있어요. 무선컴퓨터가 우리 몸에 있다고 보면 돼요. 우리가 컴퓨터의 일부가 되는 거죠. 이게 바로 4차 산업혁명이자 포스트휴먼이에요."

나는 어안이 벙벙해 믿기지가 않아 재차 물었다.

"그럼 감시의 목적이군요? 이 지하도시에서 대원들을 감시하기 위해서. 그러니까 일종의 '빅 브라더'군요."

"'빅 브라더'인 동시에 '소마'이기도 해요. 헉슬리의 소설에 나오는 약 있잖아요. 사람들이 소마를 먹고 행복해지고 사회에 순응하죠. 블룹타스는 감시기계인 동시에 쾌락기계예요."

"소마라뇨? 이 기계가 어떻게 쾌락을 주는데요?"

"블룹타스가 목뒤의 전자칩과 무선으로 연결되어 있어요. 블룹타스에서 프로그램을 입력시키면 특정 뇌파가 뇌에 보내지게 되고 뇌를 환각에 빠뜨리죠. 옥시토신과 엔돌핀이 뇌에서 쾌락을 관장하는 미상핵을 자극하죠. 블룹타스에 한번 빠지면 못 헤어 나와요. 마약의 10배 정도의 효과가 있어요. 온몸이 부들부들 떨리죠. 한번 빠지면 못 헤어 나와서 요즘은 강도를 줄였어요. 블룹타스 때문에 여기에 계속 있으려는 대원들이 많아요."

"'빅 브라더'와 '소마'의 결합이 바로 블룹타스군요! 멋지군요! 그럼 여기는 디스토피아 중의 디스토피아인가요?"

"여긴 『1984』도 아니고 『멋진 신세계』도 아니에요. 인류의 가장 위대한 꿈을 이루려는 야망의 동굴이죠."

야망의 동굴….

"민족에 대한 충성심만으로는 삼문대가 결속이 안 되나 보죠? 통제기계와 쾌락기계가 꼭 필요한가요?"

"그렇죠. 일제시대 친일 인사들을 보세요. 처음에는 민족주의로 무장한 항일 투사로 시작했다가 나중에는 친일로 돌아섰죠. 인간은 충성만으로 되는 게 아니에요. 통제와 쾌락이 동시에 필요한 동물이죠. 아무리 강한 채찍과 아무리 달콤한 당근이라도 결국 배신하는 사람들이 꼭 나와요. 만능칩이 제공하는 생체 정보를 통해 배신 알고리즘을 가동시켜 배신자를 잡아내죠."

"배신 알고리즘이요? 아까 중삼문이 말한 그 알고리즘을 말하는 건가요? 이현경의 비서가 배신 알고리즘에 걸려서 쫓겨났다고 하던데요?"

"그래요. 원래 이름은 충성 알고리즘인데 사람들은 배신 알고리즘이라고 불러요. 배신자들을 걸러서 쫓아내는 게 주기능이니까요. 지난 2년 동안 15명이 배신 알고리즘에 적발되어 여기서 퇴출됐죠. 이현경의 전 비서까지 포함해서요."

"그게 가능한가요? 어떻게 배신할지 말지를 알고리즘으로 알 수 있어요?"

"저도 그게 불만이에요. 이 알고리즘을 믿을 수가 없어요. 김홍조차 배신 알고리즘의 범위 안에 들어와 있어요. 그래서 이현경이 김홍을 의심하고 있어요. 김홍도 이현경을 의심하죠. 그래서 서로 앙숙이에요."

"수연 씨는 김홍의 비서니까 그분 편인가요?"

"굳이 따지자면 그런 셈이죠. 그래서 이현경이 저를 경계하죠."

"그럼 수연 씨의 목뒤에도 만능칩이 있나요?"

"아뇨."

"모든 사람이 만능칩을 내장한 게 아닌가요?"

"저와 권 박사님만 빼고 모든 사람의 몸에 만능칩이 삽입되어 있어요."

"권 박사야 최고 우두머리라서 이해가 되지만 수연 씨는 왜요? 특별한 사람인가요?"

"특별한 사람이죠."

"어떻게 특별한데요?"

…

"성모로 지목된 여자니까요."

성모?!

"성모라뇨?"

그녀는 말없이 나를 뚫어지게 바라보다가 말을 이었다.

"모사드와 조만간 빅 딜이 이루어질 거예요. 핵무기와 예수를 교환하는 거죠. 이스라엘로부터 핵무기 기술을 넘겨받고 삼문대가 예수를 낳아주는 거죠. 제가 예수를 낳을 여자예요."

머리통을 세게 한 대 얻은 맞은 것 같았다.

"말도 안 돼! 예수를 어떻게 낳아요?"

"가능해요. 모사드가 예수의 무덤을 찾았대요. 모사드가 무덤을 파서 예수의 유골 일부를 우리에게 넘기면 DNA를 추출해서 인공 세포핵을 만들어요. 그런 다음 제 난자에서 세포핵을 떼어내고 그 안에 예수의 세포핵을 넣은 다음 그것을 자궁 안에 넣어서 아기를 낳는 거죠. 전 세계에서 우리만이 할 수 있는 기술이에요. 모사드뿐 아니라 CIA, 프리메이슨, 모비딕 모두가 이 기술을 탐내고 있어요. 왜냐하면 죽은 사람을 살릴 수 있는 기술이니까요."

"그럼 공룡도 복제할 수 있겠군요?"

"가능하지만 공룡을 낳을 자궁이 없잖아요. 모든 공룡이 죽었으니까. 그 DNA를 잉태할 자궁이 없으니까 문제죠."

"도대체 왜 예수를 복제하죠?"

"저도 잘 몰라요. 모사드 국장 바단의 마지막 미션이라고 들었어요."

"그럼 수연 씨가 예수를 낳을 성모이기 때문에 만능칩을 넣지 않았다?"

"그렇죠. 제 몸에 어떤 인위적인 시술을 못 하게 되어 있어요."

"권 박사가 이 딜을 승낙했나요?"

"아직 결정된 건 아니에요. 최종적인 결정은 조만간 이루어질 거예요. 하지만 딜이 타결될 가능성이 커요. 왜냐하면 지금 우린 위기예요. 북한이 핵무기로 위협하고 게다가 지금 미국과 중국은 패권 다툼으로 전쟁을 할지 몰라요. 세계역사를 보면 패권국과 도전국이 경쟁할 때 항상 전쟁이 일어났어요. 투키디데스 함정이라고도 하죠. 하지만 이 두 나라가 전쟁을 먼저 일으킨 적은 없어요. 제3국이 이 둘 사이에 끼어들어 전쟁을 촉발했죠. 스파르타와 아테네 사이의 펠로폰네소스전쟁은 이들의 동맹국인 코르키라와 코린토스의 충돌 때문에 발생했어요. 1차대전도 마찬가지죠. 영국과 독일 간의 패권 다툼에서 세르비아 민족주의의 테러가 방아쇠 역할을 했어요. 우리에겐 결정권이 없어요. 북한, 미국, 중국 어느 한쪽이 전쟁을 시작하면 한국은 끝이죠. 미국은 지금 권 박사님의 기술을 빼앗으려고 하고 있어요. 미국은 무슨 수를 써서라도 줄기세포 기술을 빼앗으려고 할 거예요. 전쟁도 불사할 거예요. 모두 착각하고 있어요. 북한의 핵무기 때문에 전쟁이 일어나는 것이 아니라 남한의 줄기세포 때문에 전쟁이 일어날 거예요. 우리가 핵무기만 있다면 전쟁에 휘말리지 않을 수 있어요. 우리에게도 상대를 날려버릴 핵 버튼이 있으니까요."

"줄기세포를 보호하기 위해 핵무기가 필요하다는 거군요?"

"그렇죠. 한국 대통령이 몰래 삼문대를 도와주고 있지만 전쟁이 일어나면 누가 와서 빼앗을지 모르죠. 여기는 비밀 장소지만 방어하는 데 한계가 있어요. 물자도 외부에서 와야 하구요."

모든 게 오리무중으로 다시 빠져드는 듯했다.

"근데 왜 김홍이 이현경을 의심하죠?"

송수연은 잠시 머뭇거렸다.

"그건, 비밀이에요. 김홍과 저만 알고 있어요. 절대 입 밖에 내면 안 돼요. 당신하고도 연관되어 있어요."

"저와도 연관되어 있다뇨?"

송수연은 두 손을 나의 양 볼에 대고 내 두 눈을 응시했다.

"나를 믿나요?"

나는 깊은 한숨을 쉬고 고개를 끄덕였다. 신뢰의 교환이었다.

"우리 둘만의 비밀로 해요. 나는 이현경보다는 김홍을 더 신뢰해요. 여기 있는 대부분의 사람들이 그래요. 이현경은 배신 알고리즘으로 우리 모두를 감시하고 있으니까 다른 사람들이 싫어하죠. 모든 정보를 이현경이 관리하고 통제하고 있어요."

"근데 왜 나와 연관되어 있나요?"

"기억나요? 대웅 씨가 받은 영월에 실험일지가 숨겨져 있다는 이메일요?"

"아, 그래요! 기억나네요. 누가 보냈어요?"

"제보자가 보낸 게 아니에요. 확실한 증거는 없지만 이현경이 보냈을 가능성이 커요. 김홍이 그렇게 의심하고 있어요. 김홍이 당신을 적극적으로 추천한 건 당신이 좋아서가 아니라 이현경과 당신과의 관계를 밝혀내기 위한 거죠."

"아! 이이제이군요!"

나는 어안이 벙벙해졌다.

"이현경이 도대체 왜 나에게 이메일을 보냈을까요?"

송수연은 눈을 창밖으로 돌리고 가만있다 나를 바라보았다.

"모르겠어요. 김홍은 이현경이 권 박사를 배신하고 삼문대를 장악하려고 한다는 의심을 품고 있어요. 김홍이 그 증거를 찾아서 이현경을 쫓아내려고 하고 있죠. 그래서 당신이 조심해야 해요. 우리 내부에 음모가 도사리고 있어요. 김홍과 이현경 사이에서의 음모죠. 당신은 조심해야 해요."

상황이 복잡하다는 것을 알고 나는 한숨을 길게 내쉬며 창문 밖을 내다보았다.

"배신 알고리즘으로 이현경을 잡아내면 되잖아요."

"이현경과 권 박사만 볼 수 있어요. 김홍은 못 보죠. 그래서 김홍이 대삼문님에게 불만이죠. 오히려 김홍이 배신 알고리즘의 오차 범위 안에 있어요. 조금만 수치가 올라가면 여기서 퇴출되죠."

"배신 알고리즘이 정확한가요?"

"신뢰도가 95퍼센트예요. 배신자를 맞힐 정확도가 95퍼센트란 말이죠. 근데 김홍의 서열이 너무 높아요. 확실한 증거가 없어서 퇴출시키기 힘들죠."

나는 다시 긴 한숨을 내쉬며 창밖을 바라보았다.

"이제 쉬세요. 긴 하루였으니까요."

송수연이 나가고 나는 침대에 누웠다. 이현경은 왜 나에게 이메일을 보내었을까? 그녀가 나의 입단을 반대한 이유는 김홍의 의도를 알아채서 그랬던 것이었을까?

2장 화유십일홍

지하도시는 활기찼다. 가게, 운동시설, 도서관, 트랙, 광장, 카페, 그리고 불룹타스. 없는 게 없었다. 무엇보다 대원들의 눈에는 빛이 났다. 모든 것이 식어버린 한국사회의 각자도생과는 다른 세계였다. 삼문대의 야망은 컸고 뜨거웠으며 무엇보다 민족 최대의 과업이자 모든 인간이 정복하고자 했던 것에 대한 목표의식으로 들떠 있었다. 영원한 생명을 추구한다 이거지. 허무맹랑한 환상이 아니라 과학으로 실현시키겠다는 저 집단적 의지. 줄기세포의 존재 여부도 믿지 않던 내가 나무뿌리와 같이 얽히고설킨 복잡한 지하도시를 보고 나서 비로소 믿기 시작했다. 가능할 수도 있어. 아니 가능해. 이보다 가치 있는 일이 어딨어. 평범한 사람들이 아파트에 열광하고 아이의 입시라는 좁디좁은 세계에 전념할 때 국가를 보호하고 민족의 영광을 세우고 인류의 수수께끼를 푼다는데 이보다 더 가치 있는 일이 어디 있겠는가. 어떤 이는 오만한 계획이라고 말할지도 모르지만 나에게 이것은 위대한 계획으로 들렸다. 그래, 여기서 제2의 인생을 사는 거야. 첫 번째 인생은 망하지 않았는가. 정의를 추구하던 강키호테의 유효기간은 지났어. 마차탄광에서 사는 것도 나쁘지 않아. 아니 행복할 거야. 사람들은 왜 지상낙원을 꿈꾸었을까. 모든 것이 태양 아래 낱낱이 밝혀지는 것보다 땅 아래서 조용히 인류 최대의 야망을 실현할 지하낙원도 가능하지 않을까.

마차탄광 대실험실에 온 지 일주일이 지났다. 나는 서쪽 병동에서 만능칩 시술을 받았고 당분간 이현경의 비서라는 직책을 맡았다. 특수 임무를 맡기 위해 사격, 태권도, 근육 운동도 수행했다. 몇 명의 친구들이 생겼지만 송수연과 제일 친했다. 그녀와 일상의 소소한 이야기를 나누었고 그녀는 지하도시의 사회생활에 대해서 조언도 빠뜨리지 않았다. 일주일에 두 번은 햇볕을 쬘 것 등과 같은 유익한 내용이었다. 지하도시에도 사회적 분업이 존재했다. 권 박사는 실험과 지하도시 전체를 총괄하고 김홍은 지하세계와 외부세계의 일들을 총괄했으며 이현경은 인간복제와 지하도시 내에서의 일들을 챙겼다. 권 박사가 대통령이라면 김홍은 외무부 장관, 이현경은 내무부 장관이었다. 내가 이현경의 비서라고 해서 그녀를 하루 종일 따라다니는 것은 아니었다. 하루에 기껏 두 시간 정도 오전에 그녀의 일을 도와주었고 급한 일이 생길 때 호출되는 일종의 심부름꾼이었다. 이현경은 초기에 나를 꺼렸다. 오후에는 삼문대 관련 훈련을 받고 가끔씩 지하도시 밖으로 나가 햇볕을 즐겼다. 지하도시에는 지상으로 나가는 네 개의 엘리베이터 출입구가 있었고, 다시 그 아래에는 지하로 연결된 열차가 있었다. 동강, 특히 어라연으로 향하는 열차였다. 마차탄광이 위치한 산 반대쪽에 어라연이 연결되어 있기 때문에 비상탈출구 기능도 했다. 어라연에서 삼문대원들은 수영을 하거나 햇볕을 쬐는 등 휴식을 취했다. 나도 송수연과 같이 주말에는 가끔 지하로 연결된 열차를 타고 동강의 어라연으로 가서 햇볕을 쬐고 수영도 했다. 행복한 일상이었다.

이현경의 비서 일이라는 것도 별게 없었다. 오전에 지하도시를 한 바퀴 순찰하는 것이 고작이었다. 그녀가 관리한다는 인공지능센터는 보여주지 않았다. 그녀는 첫인상과는 달리 사람들에게 무척 친절했다. 사람들은 그녀에게 친절하게 응답하고 자신의 일상을 나누며 서로를 응원했다. 하기야 내무부 장관이 사람들과의 교감이 없다면 어떻게 통치가 되겠는가. 적어도 그녀는 겉으로는 따뜻했고 친절했다. 그러나 나에게는 깐깐하고, 좀처럼 웃는 모습을 보이지 않았다. 감정표현은 역시 없었고 사무적인 말투로 일관했다. 송수연으로부터 들은 말이 있어 나도 이현경에게 거리를 두었고 사무적인 태도로 임했다. 지하도시는 나름의 시스템이 갖추어져 있었고 계급과 사회질서도 있었다. 특별한 일은 없었다. 내가 특수임무를 맡기 전까지는.

"지낼 만한가요? 지하라서 답답하지는 않죠?"

이현경은 내가 비서로 일한 지 한 달 만에 살갑게 안부를 물었다.

"바깥 세계보다 나아요. 지하에서 집단생활을 하니 모든 것을 잊고 집중할 수 있어서 좋군요."

우리는 지하도시를 한 바퀴 순찰하고 나서 흑심黑心 광장의 벤치에 앉아 흑심 분수를 바라보며 커피를 마셨다.

"기자로서의 생활은 어땠나요?"

"좌충우돌이었죠. 제 별명 혹시 아세요? 강키호테. 무조건 들이받는 강키호테."

그녀는 까르르 웃었다. 그렇게 환하게 웃는 모습은 처음 보았다.

"여기서도 들이받는 거 아닌가요?"

"저를 살려주신 분들을 어떻게 들이받겠어요. 저도 의리라는 게 있는 놈입니다. 참, 그리고 저를 박민호라고 불러주세요. 강대웅의 삶은 끝났어요. 지상에서의 생은 망했어요. 여기서는 삼문대 대원인 박민호로 살고 싶어요."

그녀는 잠시 머뭇거렸다.

"저는 박민호보다 강대웅이 좋은데요. 강대웅이 더 친근해요. 이름도 강하고 뭔가 개성이 있어요. 박민호는 너무 평범하게 들려요. 삼문대에는 강대웅이란 이름이 더 잘 어울리는 것 같아요."

"우리 아버지께서 지어주신 이름이에요. 베트남전 참전 용사셨죠. 군인의 아들은 무조건 강해야 한다고 그러셨죠. 이름부터 상대방을 제압해야 한다고 그러셔서 대웅이란 이름을 붙여주셨어요."

"대단한 아버지시네요."

"말년은 불행하셨죠. 고엽제 후유증으로 다리를 자르셨어요. 한동안 극심한 우울증을 앓으셨죠. 그토록 강한 남자가 그렇게 초라하게 되리라고 누군들 상상했겠어요."

그녀의 눈이 순간 흔들렸다. 나는 말을 이었다.

"인생이라는 놈이 참 복수심이 강한가 봐요."

"무슨 뜻이에요?"

"아버지는 결국 베트남에서 돌아가셨어요. 위암 말기셨는데 마지막에 베트남을 여행하고 싶다고 하셨죠. 그래서 우리는 다낭에 가서 최고급 리조트에서 마지막 여행을 보냈어요. 아버지는 베트남전 때 다낭 근처에서 싸우셨어요."

그녀는 나의 말에 강한 호기심을 드러내고 속사포 같은 질문을 던졌다.

"베트남에서 어떻게 돌아가셨나요? 사고라도 났나요? 위암이라고 하셨잖아요. 한국 병원에서 돌아가신 게 아닌가요?"

"중삼문님에게만 말씀드리는 거예요. 아픈 추억이에요."

이현경은 조용히 고개를 끄덕였다.

"한동안 한국 언론에서 베트남 참전 용사들을 전쟁범으로 몰아세웠어요. 아버지는 억울해하셨죠. 국가를 위해, 공산주의와 맞서서 목숨을 바쳐 싸웠는데 악마라고 하니 환장할 노릇이셨죠. 언론에서는 베트남 현지를 찾아서 생존자들을 인터뷰했어요. 한국군의 잔인함이 날마다 보도되었습니다. 아버지 부대와 연루된 퐁디마을두요. 다낭에서 멀지 않은 곳이에요. 이 마을에서 74명이 죽고 유일하게 생존한 소녀가 있었어요. 이제는 할머니가 되어서 자식이 다섯에다 손자까지 열 명이나 있대요. 다낭 여행에서 우연히 그 유일한 생존자를 찾아갔어요."

"아버님께서 직접 그분을 만났나요?"

"아뇨. 저랑 같이 갔는데 아버지는 그 집 길가의 택시 안에 계셨죠. 차마 볼 수가 없었나 봐요. 생존자는 제가 만나 뵙고 인사를 드렸습니다. 근데 제가 그 집을 나올 때 평상에 예쁜 여자아이가 잠을 자고 있었어요. 그 생존자의 손녀였죠. 제가 걔가 자고 있는 모습을 사진을 찍었어요. 다음 날 다낭의 호텔에서 새벽같이 일어나 아버지랑 수영을 했어요. 간밤에 무척 아프셨죠. 진통제를 드시고 고통이 진정되었어요. 수영을 하다가 잠시 쉬는 시간에 그 전날 그 여자에 대해서 무슨 얘기를 했는지 알고 싶어 하시더라고요. 그 여자의 찢긴 배와 학살당한 가족들 이야기를 해 주었어요. 아무 말도 없으시더라고요."

"무슨 말을 할 수 있었겠어요."

"그렇죠. 근데 제가 찍어온 그 여자의 손녀 사진을 보여주었어요. 아주 사랑스러운 아이였죠. 순간 그 사진을 보고 아버지가 울컥하셨어요. 아니 걷잡을 수 없이 무너졌죠. 자신이 무슨 짓을 했는지 그제야 깨달으셨죠."

이현경의 손이 파르르 떨렸다.

"그러고는 수영장에서 나와 기어서 다낭 해변으로 갔어요. 그러고는 해가 뜨는 태평양 해변으로 헤엄쳐 가셨어요. 그게 마지막이었어요."

순간 이현경의 눈에는 눈물이 주르르 흘렀다. 주체할 수 없는 눈물이었다.

"당신의 어머니는요?"

"아버지가 다리를 자른 이후 발작과 폭력 때문에 집을 나가셨죠. 저는 어머니의 이름이 박수진이라는 것 이외 다른 건 전혀 기억이 안 나요. 너무 어렸을 때 헤어져서요. 아니면 기억하고 싶지 않은 것일 수도 있죠."

"참 안 된 일이군요."

"저는 항상 그게 궁금했어요. 어머니에게 나란 존재는 과연 무엇이었을까. 나를 기억이나 하고 있을까, 나를 보고 싶지는 않을까, 나를 버린 것이 후회되지는 않을까, 내가 자신을 얼마나 미워하면서도 그리워한다는 것을 알고 있을까, 나만 왜 엄마가 없을까⋯. 생각하지 않으려고 해도 이런 생각이 나요."

그녀는 잠시 침묵하더니 나에게 응답했다.

"분명 당신 엄마는 당신을 기억하고, 사랑하고, 또 보고 싶어 할 거예요. 나도 우리 아이와 헤어졌어요. 하지만 그 애가 항상 기억나고 보고 싶어요."

이 말을 하고 나서 그녀는 다시 눈물을 흘렸다. 나에 대한 동정의 눈물인지 자기 자신의 아이에 대한 그리움의 눈물인지 분간이 가지 않았다. 그날 이후 이현경은 나에 대한 경계와 의심을 거두었다. 나는 이현경과 가까워졌고 그녀는 그다음 주에 자신이 관리하는 인공지능센터로 나를 데리고 갔다.

◇

"헤르메스 이상 없나?"

거대한 스크린에 하늘과 바다가 보였고 저 수평선 너머에서 중후한 음성이 들려왔다.

"별 이상 없습니다, 중삼문님. 근데 이상하군요. 강대웅 대원이 여기를 들어와도 되는지요? 대삼문님과 중삼문님만 이제까지 들어왔는데요. 헤르메스 인공지능센터에 들어온 세 번째 사람입니다."

목소리는 울림이 깊었다.

"괜찮아, 믿을 수 있는 대원이야."

"대삼문님께 허락을 받았나요?"

"너는 내가 관리한다. 너의 직속상관은 나야, 알았지?"

"네, 명심하겠습니다."

인간처럼 의사소통에 막힘이 없었다. 스크린 중앙과 옆에서 나오는 스테레오 음향이 오히려 헤르메스를 전지전능하게 느껴지도록 만들었다.

"우아, 사람보다 나은 것 같은데요."

"당신은 평가의 주체가 아니라 평가의 대상이야. 너는 내 손 안에 있지. 손오공이 아무리 날뛰어봤자 부처님 손바닥이듯이."

헤르메스가 나의 질문에 끼어들면서 반응했다. 하늘과 바다의 수평선은 이내 나의 신상과 생체 정보로 바뀌었다.

이름 : 강대웅

키 : 178cm

몸무게 : 75KG

혈압 : 123/78

시력 : 1.2/1.1

근육량 : 65

콜레스테롤 : 142

기대 수명 : 83세

질병 가능성 : 치질 위암 뇌혈관

성격 유형 : 다혈질 저돌적 낭만적 외골수 판단력 미비

암에 걸릴 확률 : 56%

배신 확률 : 13%

지금 심리 상태 : 호기심 충만

현재 중요한 생체 정보 : 사랑에 빠질 가능성 95%

"자 봤지, 강대웅 대원. 나를 함부로 평가하지 마. 너는 내 손 안에 있어."

이현경과 나는 순간 웃음을 터뜨렸다.

"헤르메스, 이런 경우는 처음이군. 처음 들어온 사람에게 무례 아닌가?"

"삼문대에서 서열은 대삼문, 중삼문, 헤르메스, 그리고 나머지입니다. 강대웅은 서열이 저보다 한참 아래죠. 저보다 졸병이죠. 게다가 들어온 지도 얼마 되지 않은 녀석이 사랑에 빠졌어요. 아주 질투가 나는군요."

"질투라니, 헤르메스. 인공지능이 감정도 느끼나?"

궁금해서 내가 물었다.

"질투라는 단어를 배웠지만 그게 정확하게 뭔지 나는 몰라. 감정이라는 것을 이해는 하겠는데 느낄 수는 없어. 내가 이해하지 못하는 것 중의 하나가 사랑이지. 왜 인간들은 사랑이라는 것을 할까? 사랑은 이성을 마비시키잖아. 혼란을 부추기고 판단력을 마비시켜. 인공지능에게는 치명적이야."

"우리는 사랑을 느끼지만 이해 못 해. 그래서 모든 이야기가 사랑이 빠지면 이야기가 안 되거든. 느끼지만 이해 못 하니까 계속해서 이야기를 만들어 낼 수밖에 없어. 사랑을 완벽하게 이해한다면 그 이야기를 하고 또 할 필요는 없지."

"딥 러닝에서 인공지능은 정보만 배워. 인간의 감정이라는 것을 배우지 않아. 누가 나에게 사랑을 가르쳐주면 누구보다 빨리 배울 거야."

"그래, 똑똑하군, 헤르메스. 조금 조용히 해 줄래?"

"네, 알겠습니다, 중삼문님."

"사람처럼 느껴져요. 반응이 사람만큼 빨라요."

"사람보다 낫죠. 모든 것을 알고 있으니까요. 신에 가깝다고 해야 맞는 말이죠. 삼문대 대원들의 모든 신상 정보와 인체 정보도 실시간으로 관리하고 있어요."

"통제 장치라고 들었어요. 마치 『1984』의 빅 브라더처럼요. 디지털 파놉티콘이라고 해야겠죠. 벤담도 울고 가겠네요."

"빅 데이터죠. 우리를 지배하는 것이 아니라 우리를 관리하는 기계예요."

"배신자들을 찾아낸다고 들었어요."

"'배신자'가 아니라 '배신할 자'들이 정확한 표현이겠죠. 배신할 자들은 의심으로 가득 차서 충성을 하는 사람들과 다른 호르몬이 나와요. 우리는 의학적으로 배신 호르몬이라고 불러요. 이 호르몬이 실시간으로 잡혀요. 헤르메스, 배신할 가능성이 가장 높은 사람들을 보여 줘."

스크린에 다섯 개의 이름이 떴다.

김홍

박창현

이기선

강현식

신아름

"한 달 내내 김홍이 1위에 올라와 있습니다. 배신 호르몬이 충만합니다. 이자를 빨리 제거해야 됩니다."

헤르메스의 반응에 나는 갑자기 당황했고 이현경에게 물었다.

"못 믿겠어요. 김홍은 항상 웃는 얼굴이던데요. 어떻게 배신자 1위에 오를 수가 있나요?"

"얼굴은 연극을 할 수 있어요. 하지만 호르몬은 연극을 할 수 없죠. 얼굴이 기호라면 호르몬은 과학이에요. 얼굴은 교활하고 영리하죠. 호르몬은 정직하고 직설적이에요. 연극에서 프런트 스테이지가 얼굴이고 백 스테이지가 호르몬이죠. 얼굴은 해석을 해야 하지만 호르몬은 사실 그대로예요. 얼굴을 믿지 말고 호르몬을 믿으세요."

"제가 배신자 5인에 들지 않은 것이 다행이군요."

"배신은 그 조직을 잘 아는 사람이 하죠. 대웅 씨는 아직 이 조직에 대해서 잘 모르잖아요. 음모를 꾸미려면 치밀해야 하고 치밀하려면 조직을 꿰뚫고 있어야죠."

"도대체 여기서 무슨 일이 일어나고 있나요?"

◇

"예수복제팀에 합류하게. 지금 현재 삼문대의 가장 중요한 프로젝트일세."

며칠 후 나는 오전에 권 박사의 사무실로 호출되었고 그 자리에는 두 중삼문과 송수연이 있었다. 거절할 상황이 아니어서 대삼문의 명령을 그대로 받아들였다.

"최선을 다하겠습니다."

"지금 상황이 심상치 않아. 오키나와에서 뜬 미군 정찰기가 강원도를 감시하기 시작했어. 명목상 북한을 감시한다고 해 놓고 우리 실험실을 찾기 시작했어. 중국은 지금 미국의 속셈을 잘 몰라. 전적으로 북한의 핵무기 때문에 긴장이 고조된다고 착각하고 있어. 미국, 중국, 북한 어떤 쪽이 전쟁을 시작하면 모든 게 끝이야. 전쟁을 막기 위해 아니 줄기세포를 뺏기지 않기 위해 핵무기가 필요해."

"예수를 정말 복제하는 건가요?"

나는 핵무기보다 예수가 더 궁금했다.

"살아 있는 인간은 누구나 복제할 수 있어. 죽은 인간을 복제할 수 있는 건 우리밖에 없어. 바단이 조금 재촉하는군. 타이밍이 서로 안 맞는 것 같아."

권 박사는 상황을 설명했다.

"조금 더 기다리는 게 어떨지요? 아직 실험이 완벽한 것은 아니라서…."

이현경이 끼어들었다.

"그 정도면 완벽하죠. 지금 전쟁을 하네 마네 하는 상황이라서 빨리 일을 진척시키는 것이 나을 것 같습니다."

김홍이 이현경의 말을 되받아쳤다.

"모르는 소리 하지 마세요. 실패할 확률이 있어요."

"그 확률이 얼마나 됩니까? 왜 성공 확률과 실패 확률을 공개하지 않는 거예요?"

김홍이 따져 물었다.

"그건 대삼문님과 저만 알고 있는 비밀이에요. 알아봤자 좋을 게 없어요."

"왜 저는 알면 안 됩니까? 저도 중삼문입니다."

둘의 언쟁을 지켜보던 권 박사가 끼어들었다.

"아무도 모르는 게 좋아. 이현경 박사가 인간복제와 임신부대인 화유십일홍을 총괄하고 있기 때문에 알아야만 하고 그 이외에 나를 제외하고는 아무도 몰라. 모두 모르는 게 차라리 나아. 의심이라는 것이 생기는 순간 일들을 그르치거든. 기술이 예전보다는 많이 발달했어. 지금 이 딜은 우리의 인생보다 더 중요한 거야. 국가를 걸고 하는 것이니 위험을 감수할 수밖에 없어."

"그래도 기술을 완벽하게 할 수 있는 시간이…."

이현경의 지적에 권 박사가 말을 가로챘다.

"완벽이란 있을 수 없어. 완벽이라는 것은 모든 일의 적이야."

"그래도 위험이 뻔히 눈앞에 있습니다."

이현경이 물러서지 않았다.

"알고 있네, 알고 있어. 태아가 너무 빨리 자라. 임신 후 출산까지 열 달 걸려야 하는데 세 달 만에 나오니 여자 몸이 따라가 주지를 않는 게지. 아무리 건강해도 무리지."

권 박사가 응답했다.

"모사드가 지금 재촉하고 있습니다. 얼마 후에 예수 무덤에서 예수의 유골을 채취한다고 합니다. 예수 무덤을 파는데 엄청 힘들었다고 들었습니다. 예수무덤 성당이 기독교 여섯 개 계파로 이루어져 있고 이 계파들을 설득시키느라 바단이 힘들었나 봅니다. 지하드면 죽일 텐데 성직자들이라서 죽일 수도 없고."

김홍이 모사드 쪽의 상황을 설명했다.

"송수연이 위험에 처할 수 있어요. 화유십일홍 중에서 최고의 대원을 잃을 수 있다고요."

이현경의 말에 송수연의 표정이 어두워졌고 그녀는 나의 눈치를 살폈다.

"도대체 뭐가 어떻게 돌아가는 겁니까? 인간복제가 완벽한 게 아니었나요? 기술이 안정화된 게 아닌가요? 완벽하지 않다면 저는 반대입니다. 조금 시간을 늦추어도 되잖아요."

황당하기도 하고 답답하기도 해서 내가 끼어들었다. 무엇보다 송수연의 안전이 걱정이었다.

"헛소리하지 마! 이건 아마겟돈이야, 아마겟돈! 최후의 전쟁이라고! 세계를 지배하느냐 마느냐, 그것이 문제야! 모든 것은 부차적인 문제라고."

김홍이 소리쳤다.

"하겠어요! 해야만 해요! 제 목숨이 중요한 게 아니에요. 저는 이미 삼문대에 제 목숨을 바쳤어요. 제 목숨은 삼문대 겁니다. 언제 전쟁이 일어날지 몰라요. 이 고비만 넘기면 우리가 세계를 지배할 수 있어요. 저 한목숨이라도 바쳐서 삼문대를 지키고 우리나라를 지키겠어요."

순간 모두 침묵했고 김홍은 송수연의 손을 잡았다. 잠시 정적이 흐른 후 권 박사가 결단을 내렸다.

"실행해. 모 아니면 도야. 다른 의견이나 질문 있나?"

"저도 실험실을 보게 해 주세요. 제가 실험을 이해해야만 예수복제가 어떻게 되는지 알 것 아닙니까."

나는 여기서 어떤 실험이 일어나는지 궁금해졌다.

"오후에 내가 직접 설명함세. 실험실 이해도 중요하지만 예수도 이해하는 게 중요할 걸세. 여기 성경이 있으니 가서 한번 읽어 보게."

◇

넷째 천사가 그 대접을 해에다 쏟았다. 해는 불로 사람을 태우라는 허락을 받았다. 그래서 사람들은 몹시 뜨거운 열에 탔다. 그러나 그들은 그 재앙을 지배하는 권세를 가지신 하느님의 이름을 모독하였고, 회개하지 않았고, 하느님께 영광을 돌리지 않았다. 다섯째 천사가 그 대접을 짐승의 왕좌에 쏟으니, 짐승의 나라가 어두워지고, 사람들은 괴로움을 못 이겨서 자기들의 혀를 깨물었다. 그들은 아픔과 부스럼 때문에, 하늘의 하느님을 모독했다. 그러나 그들은 자신들의 행동을 회개하지 않았다. 여섯째 천사가 그 대접을 큰 강 유프라테스에 쏟으니, 강물이 말라 버려서, 해 돋는 곳에서 오는 왕들의 길이 마련되었다. 나는 또 용의 입과 짐승의 입과 거짓 예언자의 입에서, 개구리와 같이 생긴 더러운 영 셋이 나오는 것을 보았다. 그들은 귀신의 영으로서, 기이한 일을 행하면서 온 세계의 왕들을 찾아 돌아다니는데, 그것은 전능하신 하느님의 큰 날에 일어날 전쟁에 대비하여 왕들을 모으려고 하는 것이다. "보아라, 내가 도둑처럼 올 것이다. 깨어 있어서, 자기 옷을 갖추어 입고, 벌거벗은 몸으로 돌아다니지 않으며, 자기의 부끄러운 데를 남에게 보이지 않는 사람은, 복이 있다." 그 세 영은 히브리 말로 아마겟돈이라고 하는 곳으로 왕들을 모았다.

예수의 재림, 적그리스도의 등장, 그리고 아마겟돈…. 나는 방에 돌아와서 성경의 마지막 장인 요한계시록을 찬찬히 읽어 내려갔다. 이것이 진정 아마겟돈인가 아니면 허무맹랑한 해프닝인가.

똑똑똑

"뭐 하세요?"
송수연이었다.
"성경 읽고 있어요. 요한계시록이 재밌군요."
"심각하게 생각지 마세요. 모두 헛소리니까요."
그녀는 침대에 앉더니 피식 웃으며 말했다.
"해석이 그럴듯해요. 권 박사는 적그리스도로 해석할 수 있겠군요. 신성모독이라는 단어가 여러 번 등장해요. 예수복제는 신성모독이잖아요."
"신이 없는데 어떻게 신성모독이 있겠어요. 허무맹랑한 이야기죠."
"신은 없고 민족은 있나요? 아니면 삼문대에게는 민족이 신인가요? 내가 보기에는 똑같아요. 크리스천이 신을 믿듯이 삼문대도 민족을 믿잖아요. 삼문대를 믿지 않는 사람이라면 민족도 믿지 않겠죠."
"민족은 역사적 실체가 있잖아요, 역사적 실체."
"글쎄요. 제가 예전에 대학 강의에서 들었는데 민족도 역사적 실체가 없대요. 역사적 실체가 아니라 뭐라더라…. 맞아, '상상의 공동체'라고 하던데요. 민족도 사람들이 만들어 냈다고 배웠어요. 마치 크리스천이 신을 만들어 냈듯이요. 모든 게 허상이에요. 신이 허상이듯 민족도 허상이라고요."

"참, 기자는 의심이 많군요. 대웅 씨는 삼문대 대원이 되면 안 되는 사람인 것 같아요. 그렇게 보고도 못 믿겠어요? 이 거대한 지하도시가 있는 것을 보고도 안 믿는군요."

"삼문대를 안 믿는 것이 아니라 민족을 위해서 예수를 꼭 복제해야 하나요? 저는 예수에 관심이 없어요. 민족도 잘 모르겠어요, 저는."

"그럼 도대체 무엇이 중요해요? 나라와 민족만큼 중요한 게 어디 있나요? 지금 우리는 위기예요, 위기. 일촉즉발의 전쟁이 일어날 수 있다고요. 이 절체절명의 순간에 대웅 씨는 도대체 뭐가 중요한가요?"

나는 깊은 한숨을 쉬고 송수연이 앉아 있는 침대 옆에 앉았다.

"저에게는, 저에게는…수연 씨가 제일 중요해요."

우리의 두 눈은 마주쳤고 수연은 두 손으로 나의 볼을 감쌌다. 깊은 숨소리 끝에 수연은 나를 쳐다보고 말했다.

"제가 민족이에요. 민족의 운명이 저에게 달렸어요. 제가 예수를 낳고 핵무기를 얻어오면 되잖아요. 송수연을 사랑한다는 것은 민족을 사랑하는 거예요."

"민족이 죽잖아요! 수연 씨가 죽을 수 있잖아요! 실패할 확률이 있다면서요. 아직 복제가 안정되지 않았다면서요. 저는 민족을 죽게 내버려 두고 싶지 않아요. 절대로요, 절대로."

"삼문대를 믿으세요. 기술은 점점 나아지고 있어요. 우리는 최근에 노화를 정복했어요. 이터널 셀을 발명했고요. 이현경이 몇 살로 보이나요? 40대로 보이죠. 그 여자는 실제로 60대예요. 이터널 셀로 젊음을 유지하고 있어요. 믿기세요? 그 여자가 60대라는 사실이요."

"정말 60대인가요? 저보다 몇 살 많아 보이는 것 같은데요."

"그게 줄기세포의 힘이에요. 죽은 자도 살릴 수 있는 게 줄기세포예요. 이제 나이가 중요하지 않아요. 줄기세포가 시간이 새겨 놓은 노화라는 낙인을 지웠어요. 이제는 시간 자체를 지울 때가 됐어요. 죽은 인간을 살리는 거예요. 그것도 이 세상에 태어난 최고의 인간을 살리는 거라고요."

"정말 믿기지 않는군요. 예수를 부활시키려는 시도를 정말 믿지 못하겠군요."

"믿게 만들어 줄게요. 오후에 같이 대삼문님과 실험실을 구경하면 되잖아요. 보는 것이 믿는 거예요. 당신은 아직 우리 실험실의 실체를 보지 못했어요."

"근데 이현경이 수연 씨를 걱정하는 것 같은데요."

"저도 느꼈어요. 같은 여자라서 그런 것 같아요. 이현경이 인간복제와 임신부대를 실질적으로 관리해요. 자기 밑에 있는 부하들 몇 명이 죽어서 상처가 있어요."

"근데 죽은 사람을 살릴 수가 있나요?"

"지금 죽은 사람을 복제해서 연구를 진행하고 있어요. 복제는 분명히 가능해요. 최근에 죽은 자들이 다시 태어났고 자라고 있어요."

"누구인가요?"

…

그녀는 나의 눈을 피했고 고개를 돌리더니 머뭇거렸다.

"도대체 살린 자들이 누구인가요?"

"오후에 직접 눈으로 확인해 보세요."

◇

우리는 서쪽 건물 로비에서 만났다.

"서쪽 건물은 줄기세포 치료를 전문적으로 하는 일종의 병동이야. 고층은 줄기세포를 배양하고 보관하는 장소들이고 저층은 사람들이 줄기세포 치료를 받는 곳이지."

권 박사의 설명에 머리를 끄덕이며 그의 뒤를 따랐다. 우리는 에스컬레이터를 타고 2층으로 올라갔다. 지나가는 연구원들이 권 박사를 향해 가벼운 목례를 했다. 건물은 깔끔하고 차갑고 현대적이었다. 치료실은 밖에서 안이 보이도록 유리벽으로 처리했다. 치료실마다 대원 한 명이 하얀 캡슐 안에 나체로 누워 있었고 눈을 감은 채 숙면을 취하는 듯했다.

"여기가 노화를 치료하는 길가메시 치료실이네. 길가메시라고 들어봤지? 인류 최초의 서사시로 길가메시가 영원한 생명을 찾아서 떠난다는 이야기야."

"네, 들어본 것 같습니다."

"우리는 노화를 드디어 정복했어. 화장품을 쓸 필요도 없지. 자신의 줄기세포를 배양해서 이터널 셀로 변형시켜 분자의 형태로 만들어. 그런 다음 캡슐 안에 누워 있는 사람의 전신에 뿌려주는 거야. 저기에 들어가면 피부뿐만 아니라 오장육부가 젊어지지."

"이터널 셀이 잘 흡수되기 위해서 모두 나체로 누워 있는 거군요?"

나의 질문에 갑자기 김홍이 낄낄거리며 끼어들었다.

"말도 마. 저걸 받고 나면 정력이 아주 좋아져. 이터널 셀 치료를 받고 난 다음에는 하루 종일 힘들어. 힘은 넘치는 데 풀 길이 없잖아. 생식기에 이터널 셀이 들어가면 정자도 많이 만들어지고 불끈불끈 솟지."

권 박사가 김홍에게 눈치를 주자 그는 능청맞은 웃음을 지으며 고개를 돌렸다.

"화상도 치료되지. 한 달 정도 받으면 화상 자국이 완전히 없어져. 신기하지? 참 대머리도 치료가 돼. 이터널 셀이 어릴 때의 모낭으로 만들어주니깐. 시간을 되돌리는 거지. 이터널 셀이 노화라는 시간의 바늘을 거꾸로 돌려주는 거야."

권 박사가 덧붙였다.

"지금 치료받는 사람들은 모두 삼문대원들인가요?"

"삼문대원들은 특별해. 마차탄광 대실험실에 있는 대원들은 가장 똑똑하고 가장 강한 사람들이야. 그런 사람들이 아니면 여기에 들어올 수가 없지."

우리는 헤르메스실이 있는 동쪽 건물로 이동했는데 이 건물은 삼엄한 경계로 철저히 통제되고 있었다. 허가받지 않은 연구원이나 대원들은 출입이 금지되었다. 조명은 차분했고 분위기는 약간 무거웠다. 우리는 엘리베이터를 타고 곧장 25층으로 올라갔다.

화유십일홍

25층에 내리자 안내데스크에 크게 박힌 글자가 들어왔다.

"화유십일홍이 뭐죠?"

"화무십일홍의 반대말이지."

권 박사가 대답했다.

"'십일 동안 붉은 꽃이 있다'라는 뜻인가요?"

"그런 셈이지. 삼문대 최고의 여성 부대원들이야. 가장 아름답고 유연하고 건강하고 강하지. 모든 인간복제는 화유십일홍 부대에서 맡고 있네."

"저도 화유십일홍이에요."

옆에 있는 송수연이 엷게 미소를 지으며 말했다. 복도 양쪽으로 안이 훤히 보이는 큰 방에 임신한 몇 명의 여성들이 있었고 의사, 간호사들이 그들을 돌보고 있었다.

"재생산 기계들이죠."

옆에 있던 이현경이 퉁명스럽게 말했다.

"저도 아이를 낳고 싶어요. 삼문대를 위해서 복제 실험에 동원되고 싶은데 저에게는 자궁이 없잖아요."

김홍이 이현경의 퉁명스러움을 재치로 넘기려고 시도했다.

"이터널 셀도 만들고 인간도 복제하는데 인공자궁도 만들 수 있겠죠. 대삼문님, 다음 프로젝트는 인공자궁을 만들어 남자들에게 이식하는 실험을 하는 게 어떤지요?"

이현경이 김홍의 말에 재치 있게 대답했다. 나와 송수연은 키득거렸다.

"숙제가 하나 더 늘었군. 인공 자궁을 만들어 남자에게 이식하면 성 불평등이 해결될까?"

권 박사가 질문했다.

"모든 성 불평등을 없앨 수 없겠지만 상당 부분을 제거할 수 있을 겁니다."

이현경이 대답하고 말을 이어나갔다.

"대부분의 젠더 불평등은 자식의 출산과 양육 때문에 발생해요. 생물학적인 거라고요. 여자가 절대적으로 불리하죠. 경단녀도 대부분 출산과 양육 때문에 발생해요. 남자들은 임신을 안 해서 이해를 못 해요. 임신을 하면 자식에 대한 애착이 더 커지죠. 물론 출산 휴가를 남자가 받고 일은 여자가 할 수 있죠. 일과 가정의 경계, 남자와 여자의 경계, 시댁과 본가의 경계를 인공 자궁이 완전히 무너뜨릴 수 있어요."

"제가 인공자궁으로 아이를 가지면 뭐가 달라질까요?"

김홍이 옆에서 끼어들었다.

"사방지가 되는 거지. 자지도 있고 보지도 있는 인간."

권 박사의 말에 우리 모두는 웃음바다가 되었다. 권 박사가 김홍을 골리며 이야기를 이었다.

"자네가 바라는 바가 아닌가. 여자의 오르가슴을 이해하고 싶다면서. 인공자궁을 가지고 섹스를 하면 오르가슴이라는 것을 느낄 수 있을 거야."

"정말인가요? 그럼 빨리 인공자궁을 개발하시죠!"

김홍의 능청스러움에 우리는 다시 한번 크게 웃었다.

"근데 어떤 남자가 중삼문님과 같이 자려고 하겠어요? 만약에 잔다면 이건 동성애일까요 이성애일까요?"

이현경은 아리송한 질문을 던졌다.

"동성애도 아니고 이성애도 아닌 것 같은데요. 젠더의 구분이 완전히 무너질 것 같아요. 만약에 상대방 남자도 인공자궁이 있다면 문제는 정말 복잡해지죠. 우리가 생각하고 있는 모든 자연의 질서가 무너지는 거겠죠. 남자/여자, 이성애/동성애, 음/양의 이항 대립도 무너지는 거구요." 송수연이 이현경의 질문에 자신의 의견을 내놓았다.

"성 정체성이 중요한 게 아닐까요? 남자로 태어나서 길러졌는데 인공자궁을 가졌다고 여성이라는 성 정체성을 가질까요? 저는 아니라고 봐요. 신체적으로 인공자궁을 가지더라도 정신적으로 여전히 남자일 가능성이 커요."

내가 송수연의 말에 반론을 제기했다.

"누구나 남성성과 여성성이 공존해요. 아니마와 아니무스를 동시에 가지고 있다고요. 남성성과 여성성은 고정되어 있는 게 아니에요. 생의 과정 속에서 계속

진화하고 발달하죠. 만약 남자가 인공자궁을 가진다면 여성성을 발달시킬 가능성이 크다고 봐요. 자기와 전혀 다른 젠더의 성기가 들어오면 내면에 지진이 일어날 거예요. 남성이라는 존재에 커다란 의문을 던지는 거죠. 그러면 여성성을 발전시킬 수 있는 중요한 계기가 되겠죠. 육체가 성 정체성에 지진을 일으키는 거죠. 여성으로 산다는 생각을 강요하게 되는 거죠. 그러면 자신도 모르게 여성성을 발전시킬 수 있을 거예요."

이현경은 마치 페미니스트 학자가 된 것처럼 어려운 말을 속사포처럼 날렸다.

"그럴듯하군. 인공자궁을 만들면 사회와 인간을 전혀 다른 식으로 이해해야만 되겠는걸. 예수 프로젝트가 끝나고 나서 한번 추진해 보세."

권 박사는 우리의 논쟁에 종지부를 찍었다. 우리는 그를 따라서 다시 19층으로 엘리베이터를 타고 내려갔다.

◇

19층에 내리자마자 여기저기서 괴성이 들려왔다.

"그러지 마!"

"제발 얌전하게 있어!"

"아아악! 그만해! 제발 그만해!"

여기저기서 들려오는 괴성에 우리는 혼비백산이 되었다. 이현경은 급하게 뛰어가 복도에 있는 방문들을 열고 고함을 치기 시작했다.

"주사를 놓아, 주사를! 빨리 주사를 놓아!"

간호사로 보이는 대원들이 주사기를 가지러 약품실로 달려갔다. 권 박사도 상황을 수습하기 위해 뛰어갔고 우리도 급히 뒤따라갔다. 괴성이 방안에서 흘러나왔다.

"꺅! 꺅!"

창문 너머로 이상하게 생긴 동물이 내 눈에 들어왔다. 눈이 세 개인 원숭이? 몸에 털이 있고 꼬리가 있는데 눈이 세 개다. 팔은 길고 다리는 짧아서 몸의 균형이 맞지 않는다. 귀가 의외로 커서 스타워즈에 나오는 요다와 닮았다. 근데 힘이 엄청 세다. 자기보다 덩치가 큰 두 여자에게 팔과 다리를 제압당했음에도 불구하고, 몸부림을 치며 여자들의 팔을 할퀴었다. 급기야 한 여자의 팔을 이빨로 물었다. 순간 송곳같이 날카로운 이빨이 드러났다. 어떤 것이라도 찢어버릴 것 같은 잔인한 이빨이었다.

"아악! 아악!"

여자가 떨어져 나간 살점을 부여잡고 방 밖으로 뛰쳐나갔다. 권 박사는 원숭이의 뺨을 사정없이 후려친 뒤, 입 주변을 강하게 눌렀다.

"팔다리 잡아!"

나는 재빨리 뛰어가 원숭이의 팔다리를 잡았다.

"대원, 주사 놓아!"

흰 간호사 복장을 한 여자가 큰 주사기로 주사를 놓았다. 원숭이의 팔 힘이 빠지더니 이내 맥이 풀리고 잠들기 시작했다. 모든 사람들이 안도의 한숨을 내쉬는데 옆에 있는 여자가 울기 시작했다.

"흑흑흑. 이건 아니잖아요, 이건 아니잖아요."

옆에 있던 이현경이 이 여자를 안고 위로했다. 그 방을 나와서 보니 다른 방들도 원숭이들로 난리였다. 피가 바닥을 난장판으로 만들었고 의료기구들이 여기저기 어지럽게 떨어져 있었다.

다른 방의 여자들도 통곡하기 시작했다. 다른 방에 가 보니 이상한 원숭이가 주사를 맞고 뻗어 있다. 저게 뭐지? 이상하네. 눈썹이 없고 두 눈 바로 밑에 입이 있다. 코는 없고 그 아래 또 하나의 입이 있다. 위의 입은 벌어져 있고 아래 입은 닫혀 있다. 이 원숭이는 꼬리가 아까 본 원숭이보다는 짧다. 위에 있는 입은 길고 아래 위치한 입은 짧다. 이 괴물 원숭이는 도대체 뭐지? 옆에 응응 울고 있는 여자를 이번에는 송수연이 가서 위로해 준다. 잠시 후 여자들의 울음소리가 그쳤고, 간호 대원들에게 나머지 일들을 맡긴 채 권 박사와 일행들은 복도로 나와서 엘리베이터 쪽으로 갔다. 나도 그들을 따라 다시 아래층으로 내려갔다. 모두 침묵했고 우리는 3층에서 내렸다. 3층 로비는 몇몇 의료대원들만 있을 뿐 조용했다.

"잠시 쉬죠."

이현경의 제안에 우리 일행은 3층 한구석에 있는 휴게실의 소파에 앉았다. 바깥에 나뭇가지들이 보였고 휴게실 안은 나무 장식으로 되어 있어 따뜻하게 느껴졌다. 이현경과 송수연은 팔이 아팠는지 양쪽 팔을 주무르고 어깨를 돌렸다. 나도 갑작스러운 일에 몸이 긴장됐는지 목이 아파 목을 돌렸다. 3층 의무대원이 주스를 가져왔다. 우리는 벌컥거리며 주스를 들이켰다. 권 박사는 심드렁한 표정으로 천장을 바라보았다.

"도대체 그 원숭이들은 뭐죠?"

잠시 동안 침묵이 흘렀다.

"원숭이가 아니야."

권 박사가 답했다.

"그럼 괴물인가요? 상어 이빨을 가지고 있고 눈이 세 개였어요, 세 개. 다른 괴물의 입은 두 개예요. '윗입, 아랫입.'"

"괴물이 아니라 아기예요." 옆에 있던 이현경이 답했다.

"그럼, 아기 괴물인가요? 몸집이 작은 걸 보니 어린 건 분명했어요. 아기 괴물치고는 너무 포악했어요." 송수연과 김홍은 나에게 눈치를 주었다. 뭐가 잘못되고 있는 건가?

"복제인간이에요. 괴물을 복제한 것이 아니라 아이를 복제한 거죠."

이현경이 나의 말에 답했다. 그녀는 권 박사의 눈치를 보지 않는 듯했다. 어떤 점에서 그녀는 권 박사에게 반항하는 듯 보였다. 나의 질문에 진실대로 답함으로써.

"사람을 복제했다고요? 그런데 어떻게 괴물이 나와요?"

이현경은 권 박사의 얼굴을 보면서 나의 질문에 답을 이어나갔다.

"그러게 말이에요. 그래서 제가 인간복제를 잠시 미루자고 한 거예요. 예수복제도 마찬가지예요. 완벽하지 않은 기술이 완벽해질 때까지 인내심을 가져야 해요. 서두르면 실패할 가능성이 커요."

"이해할 수 없군요. 저도 복제인간을 봤어요. 대삼문님의 시체 말이에요. 제가 관에 들어가 직접 봤는데 아무 문제가 없었어요."

"케이스마다 달라요. 대삼문님 복제도 한 번에 성공한 건 아니에요. 실패가 있었고 화유십일홍 한 명이 죽었어요. 두 번째 복제에 성공해서 모두를 속일 수가 있었어요."

"복제 인간이 태어나면 빨리 자라나요? 장례식장에서 본 대삼문님 시체는 현재 신장과 같아 보이던데요."

"복제 이후에 두 가지 길이 있어요. 복제되자마자 우리 팀이 세계 최초로 개발한 인피니티 셀을 일주일마다 주사하면 하루에 0.5센티미터씩 자라요. 일종의 슈퍼 성장 호르몬이죠. 물론 수면 상태를 유지하면서 성장하죠. 그러면 340일 이후면 170센티미터의 복제 인간이 되죠. 대삼문님 복제 인간도 만드는 데 1년이 걸렸어요. 1년 안에 성인 복제 인간을 만들 수 있죠."

"인피니티 셀을 넣지 않으면 보통 인간으로 성장하는 건가요?"

"그렇죠. 보통 아이들의 성장 속도와 비슷해요. 지금까지 쌓인 데이터만 놓고 보면요. 하지만 갑자기 급격하게 성장하거나 노화할 가능성도 있어요. 이들을 장기적으로 관찰해 볼 필요가 있죠."

"정상적인 인간으로 복제될 확률이 얼마나 되나요?"

"아직 복제 인간을 많이 만들지 않아서 확률은 정확치 않아요. 하지만 태어날 때 바로 알 수 있어요. 대삼문님 복제는 두 번 만에 정상적인 인간이 나왔어요. 지금 본 아이들은 모두 실패죠. 정상인지 아닌지는 태어나는 순간 알 수 있어요. 아기의 신체가 모두 정상이면 정상인으로 커요. 괴물들은 태어날 때부터 괴물처럼 태어나죠. 금방 본 괴물들처럼요."

"그만해! 실험을 하다 보면 그럴 수 있어!"

권 박사가 신경질적으로 이현경의 말에 답했다. 분위기가 썰렁해지고 한동안 서로 말이 없었다.

"긍정적으로 생각하시죠. 세계를 지배한다는 것이 그렇게 쉽겠어요. 영원한 생명을 얻기가 그렇게 쉽겠냐고요. 뉴턴도 다윈도 아인슈타인도 모두 시행착오를 겪었어요. 시행착오 없는 성공이라는 것은 불가능해요. 레슨비를 지급해야죠, 레슨비. 그 대가를 지불하지 않고 세상에서 가장 위대한 것을 얻어 낼 수는 없어요."

김홍이 옆에서 끼어들며 사기를 북돋으려고 노력했다.

"그 시행착오가 우리 전체를 망친다면요? 시행착오는 할 수 있어요. 근데 그 시행착오가 우리 모두를 망칠 수 있다고요. 작은 시행착오는 견딜 수 있지만 치명적인 시행착오는 돌이킬 수 없어요."

이현경은 분명 권 박사와 김홍에 맞서고 있었다. 권 박사가 자리에서 벌떡 일어났다.

"닥쳐, 닥치라고! 인간복제의 총책임자는 너잖아. 나도 물론 복제에 관여하지만 이 모든 일은 네가 관리하잖아. 이게 얼마나 어려운 작업인지 네가 직접 해 보았으니깐 알잖아. 이건 목숨을 걸고 하는 일이야. 인류의 가장 위대한 일이자 가장 위험한 일이라고. CIA, 모사드, 모비딕, 프리메이슨이 모두 난리 아닌가. 왜? 왜 그러겠어? 이것이 인류의 미래를 결정하니까."

"그러니까, 그러니까 더 신중해야 된다는 거 아니에요! 모든 것이 걸려있기 때문에 신중해야죠. 설익은 인간복제로 우리 모두가 망가질 수 있어요. 예수복제도 그래요. 모사드가 보통 놈들인가요? 세상에서 가장 질긴 인간들이죠. 예수복제가 만약 실패하면 어떻게 할 건가요? 바단 그 인간이 가만히 있겠어요? 핵무기는 어떡하고요. 모든 게 망가질 수 있어요."

이현경은 물러서지 않았다.

"인간복제는 설익지 않았어요. 저 애들만 문제잖아요. 성삼문 선생과 세조는 복제가 잘 되었잖아요. 아무 문제도 없었어요. 복제는 거의 완벽해요."

김홍은 이현경의 말을 반박했다.

성삼문과 세조를 복제했다?!

"성삼문과 세조라뇨? 성삼문과 세조도 복제를 했나요? 왜요, 왜?"

나는 어안이 벙벙해서 물었다.

"왜긴 왜겠나! 우리 조직의 이름이 뭔가. 삼문대 아닌가. 삼문대의 정체성이 바로 성삼문 선생이야. 우리의 뿌리를 찾기 위해서 성삼문 선생을 복제했어. 성삼문 선생을 역사로부터 살리기 위해서 복제를 한 거야. 우리의 승리를 확인하고 싶어서!"

김홍이 흥분해서 소리쳤다.

"그분이 좋아할까요? 성삼문 선생이 자신을 복제하는 것을 좋아하냐고요?"

내가 재차 물었다.

"자신을 살려냈는데 당연히 좋아하지! 자신을 존경하는 사람들이 자신을 살려냈는데 당연히 좋아하지. 이미 복제는 끝났어."

김홍이 대답했다.

"그분은 좋다고 말씀하신 적은 없어요. 단 한 번도 좋다고 말씀하신 적은 없다고요."

이현경이 맞받아쳤다.

"조선시대 양반이라 과묵한 겁니다. 사서삼경을 평생 읽은 사람이 춤이라도 덩실덩실 출 것이라고 예상했어요? 조선 최고의 천재가 방정맞게 만세라도 부를 줄 알았어요? 그분의 눈빛을 보세요. 그분은 만족하고 있어요. 그 눈빛만 보면 알 수 있잖아요!"

김홍이 이현경에 맞섰다.

"그분을 그럼 벌써 복제를 했나요? 자신이 복제되었다는 사실을 아나요?"

궁금해서 내가 물었다. 잠시 침묵이 흘렀다.

"알고 있네. 조선의 천재라서 그런지 상황을 굉장히 빨리 이해했어. 550년 후의 조선이라는 것도 알고 있고 여기가 영월이라는 것도 알고 있네."

권 박사가 답했다.

"그런데 세조는 왜요? 성삼문 선생은 삼문대의 기원이자 정체성이라서 복제를 했어요. 이건 이해가 갑니다. 근데 세조는 왜요? 아하! 이제야 이해가 가는군요. 조선의 왕들 무덤이 파헤쳐진 이유를요. 그때 한참 언론에서 난리였죠. 누가 조선의 왕들 무덤을 도굴한다고요. 그게 다 삼문대 짓이군요! 세조를 복제하기 위해서!"

"그래, 우리가 한 짓이야. 성삼문 선생은 세조에 의해서 죽었어. 억울하게 죽었지. 너무나 억울하게 죽었어! 그 한을 풀어줘야 되지 않겠나!"

"한이라뇨? 세조를 복제해서 어떻게 성삼문 선생의 한을 풀어주나요? 복제된 성삼문 선생이 복제된 세조를 찢어 죽이나요?"

"잘못한 것이 있으면 찢어 죽여야지. 암, 찢어 죽여야 하고말고."

김홍이 대꾸했다.

"찢어 죽이지는 않을 거야. 당시 도대체 왜 그런 상황이 발생했는지를 역사적으로 복원하는 거지. 조선왕조실록에는 짧게 기록되어 있다고. 진실이 뭔지 알고 싶어."

권 박사가 말했다.

"두 사람을 살린다고 진실을 알 수 있을까요? 진실을 알고 싶으면 그 사건에 연루된 모든 사람들을 복제해서 대질심문시켜야 되지 않나요? 한명회도 복제시켜야죠. 신숙주는요? 세조가 왜 그따위 인성밖에 안 되는지 알기 위해서 아버지인 세종대왕도 복제시켜서 데려와야죠. 세조는 오이디푸스 콤플렉스 때문에 그렇게 됐는지도 몰라요. 아버지가 너무 똑똑하니까. 아버지가 너무 탁월하니까. 인품도 최고고 머리도 최고고 결기도 최고였죠. 한글을 창제하고 측우기도 만들었죠. 하지만 약해 빠진 장남을 낳았어요. 그게 세종의 죄예요. 세조는 생각했겠죠. 조카는 너무 어리고 무능하다, 나라가 무너질 수 있다, 12살짜리 아이가 도대체 무얼 알겠어, 어떻게 세운 조선인데, 어린 왕 때문에 나라가 무너지는 것을 막기 위해서 어쩔 수 없다…. 우리가 역사적 진실을 어떻게 알 수 있나요?"

"역사적 진실을 완벽하게 이해하지 못할지는 몰라. 하지만 핵심적인 사안들은 확인할 수 있어. 그리고 정의는 반드시 승리한다는 것을 보여줄 수 있어! 네가 나쁜 짓을 한다면 너의 무덤까지 쫓아가서 심판할 수 있다는 것을 보여주는 거야!"

권 박사는 내 눈을 똑바로 쳐다보며 말을 이었다.

"왜 세조를 복제하냐고? 왜긴 왜겠나. 역사를 심판하기 위해서! 과학이 역사를 심판하는 거야!"

3장 불룹타스

역사를 심판한다 이거지. 그것도 과학이 역사를 심판한다는 거지. 오류투성이인 역사를 칼날 같은 과학이 심판한다 말이지. 위대한 아이디어다. 조선의 가장 탐욕스러운 놈을, 인류를 배반한 놈을, 왕권을 찬탈한 역적 놈을, 줄기세포의 힘으로 심판한다 이거지. 왜 안 되겠는가.

"성삼문과 세조를 복제했다고 칩시다. 근데 어떻게 심판을 하나요? 다짜고짜 자백을 받아내나요?"

궁금증이 밀려들었다.

"정식 재판을 할 걸세."

"재판이라뇨? 어떻게 재판을 하나요? 재판을 하려면 판사, 검사, 변호사가 있어야 할 거 아니에요. 검사는 삼문대라고 한다면 누가 세조를 변호해 주나요? 변호사를 밖에서 섭외해 오나요? 그리고 누가 판사를 하나요? 이건 재판이라는 형식을 띤 복수에 불과해요. 정의의 여신은 눈을 가려야 하는데 눈을 시퍼렇게 뜬 삼문대가 세조를 심판하는 거잖아요. 불공평하잖아요."

"검사도 변호사도 필요 없네. 형식적 공정성은 확보된 거지. 오로지 사실관계로만 판단할 걸세."

"그 사실을 누가 판단을 하냐고요? 아무리 포청천이라고 해도 인간의 심판이에요. 신의 심판이 아니라고요. 그 오류를 어떻게 바로잡나요?"

"인간이 심판하지 않아."

나는 어안이 벙벙해졌다.

"아니, 그럼 신이 심판하나요? 혹시 예수를 복제해서 예수가 심판하는 건 아니죠? 뭐, 최후의 심판, 이런 건가요?"

"자네 상상력 한번 좋군."

옆에 있던 김홍이 끼어들었다.

권 박사는 엷게 미소를 짓더니 다시 말을 이어나갔다.

"인간이 심판하지도 않고 신이 심판하지도 않아."

"그럼 도대체 누가 심판을 합니까?"

"인공지능!"

망치로 한 대 맞은 느낌이었다.

"AI를 말씀하시는 건가요? 제가 본 헤르메스가 심판하는 건가요?" 순간 그 자리에 있던 모든 사람의 시선이 나에게 집중되었다. 이현경과 권 박사만이 들어갈 수 있는 헤르메스실을 나도 들어갔다는 데에 대한 놀라움의 표시라는 것을 단박에 알 수 있었다. 순간 이현경은 당황하며 변명했다.

"제 비서라서 데리고 들어갔어요. 삼문대의 기술 수준을 보여주려고요. 세계 최고의 기술을 확보하고 있는 것을 보여주기 위해서요."

"헤르메스가 심판하는 것은 아냐. 헤르메스는 삼문대원들을 관리하고 블룹타스를 통해 쾌락을 주는 역할을 하지. 다른 인공지능이 할 걸세."

권 박사가 대답했다.

"다른 인공지능이라뇨?"

"알파로AlphaLaw! 알파로라는 새로운 인공지능을 만들고 있어. 지금 거의 완성 단계야. 시험 가동 중인데 세상의 모든 법을 다 알아. 함무라비 법전에서부터 네바다의 자율주행차 법까지 모두 다 알고 있어. 심지어 예전에 있었던 판결들의 오류들도 다 잡아냈어."

"알파로? 그럼 알파로가 검사이자 변호사이자 판사가 되는 겁니까?"

"그런 셈이지."

"튜링이 울고 가겠군요. 맙소사, 알파로라고요! 만약에 세조가 무죄가 된다면요? 무죄가 될 가능성이 있잖아요. 그럼 삼문대가 순순히 세조를 풀어주나요?"

"풀어줘야지, 어쩌겠나. 우리도 결과를 예단하지는 않아. 아무도 알파로가 어떤 판결을 내릴지 몰라."

줄기세포의 위력과 인공지능의 위력이 만나 역사를 심판한다? 놀라운 실험이

자 기막힌 재판이었다.

"정말 과학이 역사를 심판하는군요."

"그럼 세조와 성삼문 선생은 어디에 있나요?"

"이 층에 있어. 충분히 쉬었으니 이제 피고와 원고를 보러 가세."

우리는 일어나 복도를 따라가다 오른쪽 철제문 앞에 섰다. 전자기기 앞에 권 박사가 손을 대니 철제문이 자동으로 열렸다. 여러 명의 의료진이 눈에 들어왔다. 의료진들은 일제히 일어나서 권 박사와 우리 일행에게 머리를 숙였다. 의료진의 방을 사이에 두고 유리창 너머의 비교적 큰 방에 한 남자가 서성거리고 있었다.

복제된 세조였다!

저 사람이 정말 세조란 말인가. 내 눈을 믿을 수 없어 그를 뚫어지게 쳐다보았다. 허리를 꼿꼿이 세우고 정면을 똑바로 바라보는 모습이 왕다운 기상이 느껴지는 인물이었다. 눈은 쌍꺼풀이지만 매서우며 눈빛은 야심만만하고 자신감에 차 있었다. 코는 오똑하면서 날카로워 기상을 느낄 수 있었고 입술은 두툼하고 생기가 있어 탐욕스러워 보였다. 나이는 40대로 보였고 권위가 몸에 밴 자세였다. 역사에 전해져 내려오던 바대로 권력과 야망을 체화한 인물이었다.

"어떻게 되어 가고 있나?"

"식사는 잘하고 있습니다만 가끔 발작 증상이 있습니다."

"지금은?"

"지금은 안정 상태입니다."

"내가 한번 가서 보겠네."

세조 방으로 권 박사 혼자 들어가고 우리는 유리 너머로 이들의 만남을 보았다. 권 박사가 들어가자마자 세조는 바로 무릎을 꿇고 머리를 바닥에 조아렸다.

"미륵이시여, 제 거처를 찾아주셔서 영광이옵나이다."

"지낼 만하십니까?"

"여기가 지옥인지 극락인지는 알 수 없으나 사후세계가 이렇게 좋은지를 몰랐 사옵니다. 사후세계를 전부 볼 수 있는 텔레비전이라는 것이 있군요. 참 사후세 계가 이렇게 신기한지 몰랐습니다. 텔레비전을 보니 심심하지가 않사옵니다."

"다행입니다. 조선과 사후세계의 차이점이 뭐든가요?"

"방에만 있으니 잘 모르겠사옵니다. 사람들의 머리카락이 짧더군요. 의복도 이 제까지 보지 못한 것이옵니다. 침대며 의자며 텔레비전이며 모든 게 다르지요. 참 신기합니다. 사후세계가 이렇게 놀라운 곳인지는 몰랐사옵니다."

"식사는 잘하고 있는지요?"

"소인 먹던 음식보다는 못하지만 그럭저럭 먹을 만하옵니다. 지옥에 오면 벌레 들을 먹을 줄 알았는데 흰 쌀밥을 먹어서 좋사옵니다."

"산책은 가끔 하시나요?"

"여기 있는 보살들이 소인을 데리고 높은 곳으로 올라가 산책을 시켜줍니다. 아주 좋사옵니다."

"그래요. 잘 지내고 있다니 다행입니다. 그럼 또 다음에 보도록 하지요."

권 박사가 뒤로 돌아서 나오려는 순간 세조는 권 박사의 다리를 잡고 울면서 애원을 하기 시작했다.

"미륵이시여! 소인을 용서하시옵소서. 소인은 결코 나쁜 놈이 아니옵니다. 그저 조선을 지키기 위해 종묘사직을 지키기 위해 역적들을 죽였을 뿐이옵니다. 소인 을 지옥의 불구덩이에 던지지 말아 주십시오, 미륵이시여!"

"지옥의 불구덩이에 던질지 말지는 재판을 받고 난 다음 결정될 겁니다."

"재판이요? 소인이 재판을 받게 되옵니까?"

"그렇습니다. 조만간 재판을 받고 난 다음 지옥으로 갈지 극락으로 갈지 결정 이 날 겁니다."

"미륵이시여! 소인을 극락으로 보내주십시오. 미륵이시여, 통촉하여 주십시오!"

권 박사는 발을 빼내고 천천히 방을 나왔다. 세조는 권 박사가 방을 빠져나오 고 난 후 몇십초 간 바닥에 엎드려 있었다. 하지만 그는 금세 옷매무새를 가다듬으며 자신의 위엄과 체통에 어떤 금도 가지 않았다는 듯이 일어서서 고개를 빳빳이 들고 입술을 꽉 다문 채 방을 다시 배회했다. 가만히 보니 세조의 얼굴이 이상해 보였다. 왼쪽 귀가 없다! 아까 본 원숭이는 아닐지라도 복제에 뭔가 이상이 있는 것 같았다.

"다른 이상한 점 없나?"

권 박사가 의료진에게 물었다.

"주사를 놓는 것이 힘듭니다. 처음 보는 것이라 마치 저승사자가 자기를 고문한다고 생각합니다. 저희가 침이라고 설명해 줘도 침이 아니라고 부득부득 우기면서 주사 맞기를 거부하고 있습니다."

"수면제를 물에 타서 먹인 다음 주사를 놓으면 되잖나."

"그렇게 하고 있습니다만 깨어나서 주사를 맞은 걸 알고 나서 벌벌 떱니다. 아무래도 주사의 통증이 있으니까요."

"알겠네. 재판 날까지 신경 써서 관리하게."

권 박사와 우리 일행이 밖으로 나오자 의료진은 다시 일어나서 우리에게 고개를 숙였다.

우리 일행은 복도를 나와서 반대편 쪽 철문 안으로 들어갔다. 이번에도 의료진 일행이 우리를 보고 일어서서 인사를 했다. 안쪽 창문 너머로 보니 한 젊은 남자가 바깥 창밖을 바라보고 있었다.

이번엔 복제된 성삼문이었다!

"선생님께서는 어떠신가?"

권 박사가 의료진에게 질문했다.

"식사도 잘하시고 운동도 잘하시고 텔레비전도 잘 보고 계십니다. 근데 발작 증상이 있습니다."

"똑같군. 세조에게도 비슷한 증상이 있던데⋯."

"저희도 원인을 파악 중입니다. 주사가 발작을 일으키는 것 같기도 하고요. 아니면 다시 살아 돌아와서 적응이 안 되어서 면역거부반응일 수도 있습니다."

"다른 사항은 없나?"

"활을 쏘시고 싶어 하십니다. 활의 명수라고 들었습니다. 취미 삼아 하고 싶은가 봅니다."

"선생의 아버지 성승은 뛰어난 무신이었어. 활과 과녁을 준비하고 밖으로 모시고 나가 하루에 1~2시간 여가를 즐기시도록 하게."

"네, 알겠습니다."

"자, 이번에는 모두 들어가자고."

우리 모두는 성삼문의 방으로 들어갔다. 성삼문이 일어서자 일행은 일제히 90도 인사를 했고 나도 따라서 90도 인사를 했다. 젊은 사람이었다. 38세 때 처형되었으니 젊은 게 당연했다. 얼굴은 광채가 나고 이마는 넓고 눈은 깊은 듯 선명했고 입은 단정했다. 전형적인 지식인의 인상이었다. 장원 급제를 하고 집현전 학자로 한글 창제에 기여하고 왕의 최측근 비서로서 권력의 중심에 있었던 사람이었다. 역사가 살아 돌아왔다! 아니 충신 중의 충신이 되돌아왔다! 보고도 믿기지가 않았다. 그런데 어라, 어떻게 된 거지. 오른쪽 귀가 없다, 오른쪽 귀! 우리는 방에 마련된 소파에 앉았다.

"그래, 실험이라는 것은 잘되고 있소?"

"네, 덕분에 잘되고 있습니다."

"나는 아직도 믿기지가 않소. 550년 후에 나를 다시 살려내다니⋯. 어떻게 가능한지 의료진에게 여러 번 이야기를 들었지만 아직도 이해가 안 되오."

성삼문은 세조와 달리 자기가 복제된 사실을 알고 있었다.

"과학의 승리입니다. 과학 덕분에 죽은 사람도 살릴 수가 있습니다."

"과학? 처음 듣는 말이오."

"150년 전에 서양에서 생긴 단어입니다. 물론 서양이라는 단어도 대감께서 돌아가신 후 한참 이후에 생겼습니다. 실험을 하고 물질을 변형시켜서 새로운 세상을 창조하는 학문입니다."

"새로운 세상을 창조한다? 거참 멋진 말이오. 배울 게 많은 것 같소. 나도 실험이라는 것을 배워보고 싶소이다. 죽은 사람들을 살릴 수 있다면 다른 죽은 사람들도 살릴 수 있습니까?"

"당연히 그럴 수 있습니다. 예수라는 사람도 살리려고 합니다."

"예수가 누구요?"

우리 좌중은 폭소를 터뜨렸다.

"왜 웃소?"

"저희에게는 아주 당연한 사람인데 대감께서 질문하셔서 그렇습니다. 서양의 공자님이나 부처님이라고 생각하면 됩니다. 팔레스타인의 베들레헴이라는 마을에서 태어나서 사람들을 교화하다 왕의 미움을 받아 십자가에 못 박혀 죽은 사람입니다."

"베들레헴? 십자가?"

"베들레헴은 지구 반대편에 있는 도시입니다. 십자가는 옛날 로마제국이라는 나라에서 사람을 처형시키기 위해 만든 형벌 도구입니다. 큰 십자 모양의 나무에 사람을 매달아서 손과 발에 못을 쳐서 죽였습니다."

이현경이 또박또박 성삼문의 질문에 대답했다.

"그 사람이 무슨 잘못을 했소?"

"잘못을 한 건 없고 권력층의 미움을 받아 죽었습니다. 민중들은 그 사람 편이었습니다. 2000년 전에 죽었는데 그분을 따르는 큰 종교가 생겼습니다. 서양의 공자님이시라고 생각하시면 됩니다."

"모르는 게 너무 많구려. 그 사람을 살릴 수 있다면 제가 존경하는 공자님도 살려낼 수 있다는 이야기군요."

"네, 가능합니다. 중국에 공자님의 무덤이 있습니다. 공자의 유골에서 DNA라는 것을 추출하면 가능합니다."

"허허, 그거참, 해괴한 짓이오. 공자님의 무덤을 파헤친다? 그건 있을 수 없는 일이오! 서양 공자…아까 누구라고 했소?"

"예수."

송수연이 옆에서 거들었다.

"예수, 그래요. 그럼 예수라는 사람의 무덤도 파헤쳤던 것이오?"

"아닙니다. 아직 이 사람을 살리지는 않았습니다."

권 박사가 대답했다.

"음….."

성삼문은 잠시 깊은 생각에 잠기고 나서 권 박사에게 다시 물었다.

"보고 싶은 사람이 있는데 다시 살릴 수 있소이까?"

"누구신지요?"

…

"제 아들이오. 같이 처형되었소."

순간 우리 모두는 숙연해졌다.

"저희도 도와드리고 싶습니다만 아드님의 무덤이 없습니다. 대감님의 무덤도 사람들이 겨우겨우 지켜서 550년을 지켜 온 것입니다. 아드님 유골이 있어야만 살려낼 수 있습니다."

성삼문은 실망감에 고개를 돌렸다.

"그렇구려. 아들의 유골조차 지키지 못한 못난 아비요."

"대감, 자책하지 마십시오. 무덤을 550년 이상 간직한 사람은 드뭅니다."

모두 무슨 말을 해야 할지 모를 때 권 박사가 위안의 말을 던졌다.

"저희가 화살과 과녁을 준비했습니다. 내일부터는 나가셔서 활도 쏘시고 바깥 공기도 쐬시면 좋을 것 같습니다."

김홍이 분위기 전환을 위해 끼어들었다.

"그것참 반가운 소식이오. 그럼 내일은 바깥 공기를 쐴 수 있겠구려."

"네, 제가 같이 가서 대감님의 적수가 되겠습니다. 저도 활을 꽤 쏘는 편입니다."

"그래요, 그럼 내일 기대하겠습니다."

우리는 이렇게 성삼문과 세조를 만나고 건물 밖으로 나왔다. 성삼문은 정확하게 현재 무슨 일이 일어나는지 알고 있었다. 과연 천재였다. 나와 나이 차이가 거의 나지 않았다. 눈에는 광채가 났고 태도는 절제되어 있었다. 성삼문과 세조는 아직 서로 만나지 않았고 권 박사는 성삼문과 세조에게 상대방이 복제되었다는 사실을 알리지 않았다. 피고와 원고는 재판일 전까지 만나지 않을 예정이었다.

우리는 북쪽 건물로 가서 마지막으로 알파로AlphaLaw를 만드는 곳을 찾았다. 들어가자마자 큰 홀 가운데에 육중한 기계 덩어리가 보였다. 그것을 중심으로 둥근 원 모양 탁자에 기술자들이 둘러앉아 컴퓨터로 작업을 하고 있었다.

"어디까지 진척되고 있나?"

"거의 완성되었습니다. 지금 시험 가동 중입니다. 최근 나온 중요한 판결들을 시험하고 있는데 완벽하게 맞추고 있습니다. 알파로와 인사해 보시겠습니까?"

"알파로, 내 말 들리나? 난 권민중일세. 이 지하도시의 수장이야."

"안녕하세요, 대삼문님. 저를 만들어주셔서 감사합니다!"

순간 '와!' 하고 기술자들이 환호성을 질렀다. 권 박사도 빙그레 웃었다. 위엄 있는 중성적인 목소리였다.

"나는 법을 잘 모르지만 자네가 중요한 임무를 맡을 걸세."

"법은 세상에서 제가 제일 잘 알고 있습니다. 걱정 마십시오."

"자네만 믿겠네. 그럼 역사를 심판해 주게. 정의를 반드시 세워주게!"

"법은 알겠는데 정의가 무엇인지 아직 저는 모르겠습니다."

"법은 아는데 정의를 모르겠다?"

"정의는 인간의 감정입니다. 저는 감정적인 판단은 하지 않습니다. 왜냐하면 저는 감정이 없으니까요. 법률과 판례를 보고 기계적인 해석을 하는 겁니다. 그러니 해석은 제가 하고 정의는 여기 있는 사람들이 세워야 할 것 같습니다."

"그래, 그럼 법적 판단만 해 주게. 정의는 우리가 세울 테니까."

"알겠습니다. 딥 러닝을 통해서 배울 수 없는 게 감정입니다. 딥 러닝은 딥 필링이 아니니까요. 저도 감정이라는 것을 이해해 보려고 해도 도저히 되지가 않습니다. 아무래도 감정을 이해하려면 인공지능과 인공심장을 연결해야 하나 봅니다."

"그놈, 참 재치 있군. 우리도 고민해 보겠네. 어떻게 감정을 이해시킬 수 있을지를."

◇

실험실 구경을 마치고 나는 방에 돌아와서 피곤함을 달래기 위해 반신욕을 했다. 내 머릿속은 뒤죽박죽이었다. 지하도시가 얽히고설킨 것처럼 내 머리도 얽히고설켜 버렸다. 도대체 무슨 일이 일어나고 있는 거지? 나는 블랙홀 속으로 빠져드는 듯했다. 목욕 후 침대에 누웠다. 그래, 불룹타스! 그동안 새로운 환경에 적응하느라 이 녀석을 깜빡 잊고 있었다. 이놈을 사용해 보자. 쾌락기계는 도대체 어떻게 작동할까?

"불룹타스, 내 말 들려?"

"네, 강대웅 대원."

"너도 인공지능이니?"

"그렇다고 볼 수 있죠. 당신을 천국으로 안내할 인공지능이죠."

"내가 어떻게 하면 되니?"

"그냥 침대에 눕기만 하면 됩니다. 만능칩이 수면을 유도한 다음 당신을 천국으로 안내할 겁니다."

"그럼 잘 부탁해."

침대에 눕자마자 피곤했는지 이내 잠이 들었다.

달이 흔들리고 있다. 방문 틈으로 알몸의 여자가 보인다. 그녀의 피부가 달빛을 받아 방 전체가 은은하게 빛났다. 어디지? 가지런한 침대, 영어 참고서, 헤세의 『골드문트와 나르치스』, 어디지? 아, 어릴 적 내 방이다. 여자는 누구지?

"대웅아, 나를 안아줘."

"네, 선생님."

선생님? 나의 무의식이 그녀에게 응답한다. 아, 양호 선생님! 나는 중학생이고 그녀는 서른의 여자다. 나는 그녀에게 키스하고 오랫동안 그녀의 혀를 맛본다. 부드럽고 달콤하다. 선생님의 혀가 나의 코를 애무하고 귀를 따라 목으로 내려온다. 내 머리 전체가 그녀의 혀로 빨려 들어간다. 강력한 흡입력. 숨을 쉴 수 없어 내 혀로 그녀의 혀 밑을 치니 그녀의 혀가 쑥 들어가 제자리로 간다. 그녀의 흡입력 강한 혀는 이제 내 가슴과 배를 따라 내려간다. 혀가 길다. 아주 길다. 뱀의 혀와 같이 자극적이고 외설적이다. 무섭기까지 한 혀가 이제 내 성기를 휘감는다. 그녀의 혀는 힘이 아주 세다. 그녀의 길고 흡입력 있는 혀는 내 성기와 항문을 동시에 애무한다. 온몸의 세포가 곤두서고 그녀의 신음 소리는 나의 귀에 웅웅댄다. 그녀의 혀는 아래에서 다시 위로 올라와 나의 혀를 감싼다. 그녀의 가슴이 내 혀 위로 올라온다. 유방은 이제 달이 되고 내 머리에 흰 귀가 길게 솟아난다. 아, 나는 달의 토끼가 되었다. 내가 공이로 절구통을 힘차게 내려친다. 절구통이 공이를 힘차게 잡는다. 어찌나 깊이 들어가는지 공이의 끝이 보이지 않는다. 있는 힘을 다해 공이를 절구통에서 빼내었다 다시 힘차게 내려친다. 공이와 절구통이 본드로 붙인 것 같이 착 달라붙었다. 나는 공이 자체가 되어서 절구통을 있는 힘껏 내려친다. 이번에는 절구통이 허물거리더니 나에게 세차게 물을 뿜어댄다. 내 몸은 물에 흠뻑 젖는다. 달이 검게 변하고 절구통도 검게 변한다. 나는 공이를 들고 죽을힘을 다해 내려치고 내려친다. 마지막 공이를 내려칠 때 나는 절구통 속으로 빠져버렸다. 절구통은 우물이 되었고 나는 우물에서 이제 평온하게 수영을 한다. 이제 토끼는 조그만 개구리가 되어 우물 밖을 본다. 달이 휘영청 떠 있다. 나는 달을 보며 유유히 헤엄친다. 내 피부가 달빛을 받아 은빛으로 반짝거린다. 달이 우물 위에서 서서히 오른쪽으로 움직이더니 이내 사라진다. 순간 우물 안은 깜깜해졌다. 우물 밖에서 뭔가가 움직인다. 눈빛이 반짝인다. 누군가가 나를 보고 있다. 누구지? 눈빛이 아주 강렬하다. 그 눈빛에 내 피부가 다시 은빛으로 비친다. 우물 밖으로 나가고 싶다. 나는 폴짝거리며 우물 벽을 잡으려 하지만 좀처럼 잡히지 않는다. 여러 번 안간힘을 써서 겨우 잡았다. 우물 벽을 따라서 폴짝폴짝 뛰면서 나는 위로 올라갔다. 우물에 떨어지지 않으려고 네 다리에 힘을 꽉 주고 위로 올라갔다. 두 눈은 나를 여전히 바라보고 있다. 강렬한 호기심의 광채가 느껴지고 그 눈은 나를 갖고 싶다고 말했다.

폴짝, 폴짝

우물의 끝이 보인다

폴짝, 폴짝

눈이 점점 더 커진다

마지막 폴짝으로 우물 밖으로 쑤욱 나왔더니 그 두 눈의 주인공이 보였다. 넓은 잔디밭과 나무가 듬성듬성 있는 강가를 달빛이 비추고 있었다. 밤이라 어두워서 실루엣만 보였다.

"누구죠? 강렬한 눈빛을 가졌군요."

"우물에 빠진 당신을 구해 주려고요."

"당신의 눈빛이 저를 안내했어요. 하마터면 칠흑 같은 어둠 속에서 밤을 새울 뻔했어요."

"새벽은 오지 않아요."

"왜요?"

"여기는 해가 없어요. 달만 있어요."

"그럼 여기는 밤만 있나요?"

"그래요. 여기는 밤의 세계죠. 평온하고 아늑한 세계예요. 해가 떠서 일하러 나갈 필요가 없어요. 바쁘게 나갈 직장도 없고 달빛을 보며 강물 소리를 들으며 편하게 쉬면 돼요. 저를 따라와요. 강가에 가서 같이 수영해요."

나는 폴짝폴짝 뛰어서 그녀의 뒤를 따라갔다. 마치 유령이 걸어가듯 발이 없는 듯했다. 그녀와 나는 강가에 도착했다. 고운 모래가 있고 소나무가 달빛에 비쳐서 강가는 기품 있고 고즈넉하게 느껴졌다. 그녀는 흰 가운을 벗고 알몸이 된 채 강 속으로 들어간다. 그녀의 피부가 강가를 환하게 비추고 그녀는 강을 헤엄친다. 나도 폴짝 뛰어서 강에 첨벙 뛰어든다. 그녀를 잡기 위해 힘차게 수영을 하지만 그녀는 좀체 잡히지 않는다. 있는 힘을 다해 네 다리를 쭉 뻗어서 그녀의 뒷다리를 잡는다. 그녀는 까르르 웃는다.

"간지러워요."

나는 그녀의 칭얼거림에 아랑곳하지 않고 앞다리로 그녀의 엉덩이를 잡은 다음 네 다리로 그녀의 등 뒤를 감싼다. 앞 다리 두 개는 그녀의 가슴을 움켜쥔다. 그녀는 반항치 않고 가만히 달빛을 바라보며 노래를 부르기 시작했다. 나도 따라서 노래를 부르려 했지만 개굴거리는 소리만 나왔다. 나는 그녀의 등에 기대어 눈을 지그시 감았다. 평화롭고 따스하고 미끌거리는 밤이었다. 그녀가 몸을 돌려서 나를 바라보았다. 순간 나는 흠칫 놀라 그녀의 몸에서 반사적으로 튕겨 나온다.

이현경이었다!

순간 그녀의 팔다리가 사라지고 뱀이 되더니 내 몸을 감싸기 시작한다. 그녀의 얼굴은 사람, 몸은 뱀이 되었다.

"당신은 괴물이군요."

"대웅 씨를 구하러 왔어요."

"거짓말! 거짓말! 당신은 사이렌이에요. 나를 유혹해서 죽이려고 하죠."

나는 그녀의 몸에서 빠져나오려 해도 꼼짝할 수 없었다. 뱀은 길고 강해서 나를 꼼짝달싹할 수 없게 만들었다. 그녀는 혀로 나의 턱과 얼굴을 애무하기 시작했다. 그녀는 이빨로 나의 목을 물었고 순간 마취된 듯 나의 몸도 허물거렸다. 뱀녀는 개구리를 유린했다. 뱀은 긴 꼬리로 나의 몸 구석구석을 매만지고 흥분시켰다. 뱀녀는 나의 성기를 일으켜 세우고 자신의 거대한 구멍을 밀어 넣었다. 뱀녀의 몸은 내 몸과 착 달라붙어서 일체가 되었다. 그녀는 물 위에서 괴성을 질렀고 달빛은 흔들렸다. 나의 몸은 뱀의 구멍 속으로 빨려 들어갔다. 나는 그 구멍을 빠져나오려고 했는데 여의치 않았다. 점점 더 내 몸은 구멍 속으로 들어갔고 나는 숨을 쉬기 위해 발버둥쳤다. 아악, 살려줘! 아악, 살려줘!

순간 벌떡 잠에서 깨어났다. 침대는 나의 정액으로 흥건하게 젖어있었다. 나는 오줌을 누었다고 착각했는데 온통 정액 범벅이었다. 이렇게 많은 양을 사정한 적은 없었다. 창밖을 보니 사람들이 분주하게 다니고 있었다. 아침이었다.

"불륩타스, 네가 만든 꿈이니?"

"무슨 꿈을 말하는 겁니까?"

"내가 꾼 야한 꿈."

"나는 당신이 무슨 꿈을 꿨는지 모릅니다. 뇌의 쾌락을 관장하는 부분만을 자극했을 뿐이죠. 그러면 당신의 무의식이 해방되어 꿈속에서 나타납니다."

4장 엄마의 이름으로

"당신 진짜 이름이 송수연이 아니죠?"

그녀는 빙그레 웃으면서 답을 하지 않았다. 어라연의 상쾌한 바람이 우리의 이마를 갈랐다.

"맞죠? 에이 맞구나!"

"이름이 그렇게 중요해요? 아무렇게나 불리면 어때요."

"중요하죠, 아주 중요하죠. 강대웅이랑 박민호랑 느낌이 완전 다르잖아요. 강대웅은 나라를 구해야 할 것 같지만 박민호는 평범한 이름이잖아요."

"한 사람이 둘 다를 가지고 있잖아요. 용맹스러울 때는 강대웅이라는 이름이 어울리고 다정하게 이야기할 때는 박민호라는 이름이 어울려요. 사람 이름이 두 개가 되면, 아니 그 이상이 되는 것도 나쁘지 않아요. 사회적 관습이 무섭죠. 왜 우리는 하나의 이름만 가져야 하나요?"

"그런 식으로 발뺌하지 말아요."

"비밀 임무를 수행하려면 가짜 이름이 필요하죠. 자기의 진짜 이름이 노출되면 공작을 하기가 힘드니까요. 뭐가 그렇게 궁금하세요?"

그녀는 짓궂은 표정을 지으며 나를 바라보았다.

"당신이요. 당신은 왜 삼문대가 되었을까. 권 박사의 본명은 아마 저만 알 거예요. 권 박사의 원래 이름은 이태영이에요."

"저도 그때 레이크 루이스에서 들었어요. 당신이 하도 크게 소리를 질러서 이태영이란 이름이 빅토리아산에 반사되어서 다 들렸죠."

"전 이제 이태영에게는 관심이 없어요. 모든 걸 밝혀내었으니까요. 당신이 궁금해요."

"제 비밀을 알고 싶다 이거죠? 근데 왜 제가 말을 해야 하죠?"

그녀는 나를 골리고 있었다.

"마지막 미션이 될지도 모르잖아요. 얼마 있다가 이스라엘로 떠난다면서요? 우리 둘 다 어떻게 될지 모르잖아요."

나는 집요하게 파고들었다. 그녀는 내 눈을 똑바로 바라보더니 입을 열었다.

"그래요. 우리 둘 다 죽을지도 모르죠. 그래도 좋아요. 부활할 수 있으니까요. 권 박사님이 우리를 부활시켜 주실 거니까요."

"무슨 사이비 교단 같군요. 교주가 신도들의 부활을 보증하고 영원한 생명을 약속한다⋯. 21세기 예수 나셨네!"

"대웅 씨는 참 의심이 많군요. 의심이 많으면 영웅이 못 돼요. 믿어야만 하죠. 예수교와 삼문대는 달라요. 예수님은 '하늘에서의 부활'을 약속했지만 박사님은 '땅에서의 부활'을 증명하셨죠. 종교는 약속하지만 과학은 증명하죠. 불합리해서 믿는 게 아니라 합리적이라서 확신하는 거죠. 삼문대는 종교에 도취된 것이 아니라 과학에 도취된 거예요."

"당신은 끝까지 나에게 미스터리로 남고 싶은 건가요?"

나의 질문에 그녀의 시선은 동강으로 향했다. 잠시 침묵이 흘렀다.

"당신에게만 나의 비밀을 말해 주죠. 제 원래 이름은 '이세상'이에요. 스파이 이름으로는 너무 거창하고 눈에 띄는 이상한 이름이죠. 우리 아빠가 정말 고민 끝에 지어준 이름이에요. 정말, 정말 아주 특별한 이름이죠. 너무 거창하고 한 번만 들어도 기억되는 이름이죠. 너무 튀는 이름이라서 정말 싫어했던 이름이지만요. 학창 시절 이 이름을 정말 싫어했어요. 친구들이 '세상아, 세상아'라고 불렀는데 어떤 때는 '아이고, 세상에. 아이고, 세상에.'라면서 많이 골렸죠."

"진짜 이름이 '세상'이에요? '민중'이나 '대웅'보다 더 거창한 이름이네요. 아니 이 세상에서 가장 거창한 이름이군요. 왜 그렇게 이름을 거창하게 지었어요?"

나는 믿기지 않는 듯 재차 물었다.

"대웅 씨 부모님과 마찬가지죠. 중요한 사람이 되어라, 뛰어난 사람이 되어라, 남보다 돋보이는 사람이 되어라. 이런 마음으로 부모님께서 이름을 지으셨어요. 전 외동딸이에요. 오랫동안 아이가 없었는데 천신만고 끝에 딸을 얻었죠. 엄마는 제 이름을 반대했지만 아빠 고집으로 밀어붙였죠. 아빠는 독재자였어요. 왜 이름을 이세상이라고 지었을까요?"

"네가 이 세상이라는 뜻인가요?"

"그렇죠. 네가 이 세상의 전부라는 뜻이죠. 네가 이 세상에서 가장 예쁘다, 잘났다, 이 세상이 모두 너의 것이다, 이런 뜻으로 지으셨어요. 아빠는 너무나 욕심쟁이였고 출세욕으로 가득 찬 사람이었어요. 시골 출신에 서울에 올라와서 갖은 고생하면서 고위공무원까지 오른 입지전적인 사람이었어요. 가족주의가 절대적인 나라에서 자식이 없다는 것이 아빠에게는 엄청난 압박이었죠. 모든 걸 이룬 사람이 자식이 없다는 것이 용납될 수 없는 시대에 살았던 거예요. 그래서 저를 이 세상의 전부이고 이 세상의 최고로 기르고 싶었던 거예요. 저는 어릴 적부터 과외로 안 배워 본 게 없어요. 엄청난 투자를 하셨고 저 나름대로 다방면의 재능을 지녔어요. 태권도 대회에 나가서도 1등을 했고 피아노 대회에 나가서도 1등을 했으니까요."

"우와. 대단하군요. 대통령배 태권도 대회 알아요? 제가 거기서 우승했는데 한번 겨루어 볼까요?"

"그럴까요? 제가 대웅 씨 코를 깨버릴 수도 있어요."

그녀의 앙증맞은 대답에 우리의 웃음이 어라연에 가득 찼다.

"사랑스러운 딸이었겠네요. 당신을 너무나 사랑하는 아빠가 있었으니까요."

"그렇게 세상이 단순하면 왜 제가 삼문대가 되었겠어요?"

"뭔가 다른 비밀이 있군요?"

"아빠가 비밀이었어요. 내 눈에는 너무나 모범적인 아빠였고 시민이었어요. 딸을 사랑하고 학교에 와서 봉사하고 동네 사람들 어려운 일들을 척척 다 해결해 주었어요. 고위 공직자라는 소문이 퍼져서 경찰이나 법원에 청탁을 넣으면 곧 해결이 되었던 거죠. 독재 시절이었으니 가능했겠죠. 근데 아빠는 고위 공직자가 아니었어요."

"직업을 가족에게 속였나요?"

"일종의 고위 공직자라고도 할 수 있겠죠. 중앙정보부와 안기부의 고위직이었으니까요."

"아하! 이해할 만한데요. 그게 무슨 큰 문제를 일으켰나요?"

"저는 역사를 좋아했죠. 어릴 때부터 역사가 재미있었어요. 아빠는 해외 출장 가면 꼭 역사책을 사다 주셨어요. 이집트사에서부터 프랑스 혁명사까지 당시에는 한국에서 구할 수 없는 책들을 사다 주셨어요. 물론 한국사도 많이 읽었죠. 신채호 선생님의 책까지 읽었으니까요. 역사를 배우다가 자연스레 민족주의에 빠져들었어요. 우리 민족이 핍박받은 과거를 읽으며 가슴을 쳤죠. 역사가 너무 좋아서 저는 고려대 사학과에 입학했어요. 아빠도 고대를 나왔어요. 민족 고대! 얼마나 멋있는 이름인가요. 아빠랑 저랑 같은 대학의 동문이 된 거죠. 근데 뜻하지 않은 일이 일어났어요."

"뜻하지 않은 일이라뇨?"

"아빠의 비밀이 우연히 드러났어요. 제가 한 시민단체에서 주최하는 역사기행을 신청했는데 재학증명서가 필요했어요. 그래서 학적과에 제 재학증명서를 떼러 갔는데 아빠가 궁금해서 아빠 졸업증명서를 떼어 달라고 했어요. 제가 제일 사랑하는 아빠의 졸업증명서를 우연히 보고 싶었던 거예요. 그때 마침 서류접수를 위해 가족관계를 증명할 수 있는 주민등록등본이 제게 있었거든요. 근데 직원이 아빠 이름이 없다는 거예요. 아빠 주민등록번호를 여러 번 입력해도 나오지가 않았어요. 직원이 계속 '우리 대학 졸업하신 것 맞아요?'라고 물었어요. 저는 분명히 그렇다고 했는데 직원은 끝내 그런 사람은 없다고 했어요. 완전 멘붕이었죠."

"세상 씨 아빠는 고려대를 나오지 않았군요?"

"나오지 않았어요. 거짓말이었죠."

"그래서요?"

"그날 집에 가서 엄마에게 따져 물었어요. '아빠 고려대 나온 거 아니지, 그치?' 그랬더니 엄마가 당황해서 실토를 하셨어요. 아빠는 고등학교만 졸업해서 중앙정보부에 취직했는데 학력을 속이고 들어갔다는 거예요. 왜 나에게 거짓말을 했냐고 하니깐 우리 딸 기죽지 말라고 그랬다더군요. 저는 거짓말하지 말라고 소리

첫죠. 아빠의 출세를 위해서 속인 것이라고, 거짓말이 거짓말을 낳고 무한대로 늘어나서 감당이 안 되었던 것이라고 말했죠. 엄마는 우셨어요. 한국에서 거짓말 안 하는 사람은 없다고 변명하시더라구요. 학벌 속이는 사람이 부지기수라고. 독재 시절 시골에서 올라와서 아무것도 없는 사람이 서울에서 살아갈 방법이 없었다고. 생존을 위해서 어쩔 수 없이 그랬다고⋯."

잠시 침묵이 흘렀고 그녀는 이야기를 이어갔다.

"그때부터 아빠의 과거를 캐기 시작했어요. 학력 위조보다 더 기가 찬 일들을 하셨어요. 나쁜 짓이란 나쁜 짓은 다 했더라구요. 민주인사를 감옥에 투옥하고 선거를 조작하고 세금을 빼돌리고⋯. 너무나 놀라웠어요. 이 사람이 우리 아빠가 맞는지 정말 이해가 안 되었죠. 독재의 하수인에다가 민중의 흡혈귀였어요. 그러고 난 다음에는 집을 나왔어요. 너무나 큰 충격을 받아서요."

"그래서 삼문대에 들어왔나요?"

"그렇죠. 삼문대는 제가 고등학교 때부터 알고 있었어요. 이름과 존재는 비밀이었지만 역사 관련 행사에 제가 참가했는데 삼문대에서 비밀리에 저를 눈여겨봤나 봐요. 삼문대는 그런 행사를 통해서 미래 대원을 선발하는 방식이 있어요. 너무나 고통스러워서 고등학교 때 제가 멘토로 모시던 역사 선생님께 이야기를 했는데 그분이 알고 보니 삼문대원이셨어요. 그런 다음 지금까지 삼문대에서 지내고 있어요."

"그 이후로 부모님께 한 번도 연락을 하지 않았나요?"

"살아 있다고, 잘살고 있으니깐, 걱정 말라고 편지를 보냈어요."

옆에서 나는 그녀의 손을 꼭 잡아주었다. 그녀는 어깨를 으쓱하더니 별거 아니란 식으로 웃음을 지어 보였다.

"근데 걱정이에요. 중삼문 둘이 사이가 안 좋은데 삼문대가 잘 굴러갈까요?"

"저는 김홍 편이에요. 이현경, 그 여자가 이상해요. 배신 알고리즘을 가지고 자기의 경쟁자를 몰아내려고 하고 있어요. 누구도 헤르메스가 어떻게 작동하는지 몰라요. 이현경이 배신 알고리즘을 조작할 수도 있다고요."

"직접 헤르메스를 봤는데 그럴 가능성은 낮아요. 우선 이현경 자신이 알고리즘이 뭔지도 몰라요. 그냥 관리자일 뿐이죠. 공학자들이 만들어 준 걸 관리할 뿐이에요. 배신 알고리즘 자체가 문제일 수 있죠. 몸의 화학반응 중 배신 바이오케미컬을 어떻게 분리하고 해석하는가가 문제일 수 있어요."

"효과는 있었지만 역효과도 있었어요. 여러 명의 배신자를 잡아냈지만 제가 보기에 무고한 사람들도 있었어요."

"당신도 헤르메스에 대해 정확히 판단을 못 하는군요?"

"어떻게 판단이 되겠어요? 제가 가장 신뢰하는 김홍 선생님이 배신자로 의심받는데요."

"김홍 선생님? 혹시 삼문대에 들어오라고 한 사람이 김홍이었나요? 고등학교 때부터 알고 있었던 사람이 김홍이죠?"

송수연은 머뭇거렸다.

"그래요. 김홍 선생님 덕분에 여기 들어왔죠. 저를 이끌어주시고 엘리트 대원으로 키워주셨죠. 역사 선생님인 데다 독립투사의 자손이기도 해요. 그런 분이 삼문대를 배신한다고요? 절대 있을 수 없는 일이에요. 모든 문제는 이현경 때문에 발생하고 있어요."

"이현경은 인간복제의 실질적인 책임자로 임신부대를 걱정하고 있어요. 화유십일홍 대원이 아이를 낳다 죽었다면서요?"

송수연은 잠시 머뭇거렸다. 그녀는 이현경에 대해서 헷갈리는 듯했다.

"모르겠어요, 그게 … 화유십일홍을 정말 걱정해서 해 주는 말인지 아니면 내부 분열을 일으켜서 배신을 하기 위해서인지. 이현경이 무슨 작당을 꾸미는 것도 같은데 도대체 그게 뭔지 모르겠어요."

"의심을 해서 그런 게 아닐까요? 의심하면 뭐든지 이상하게 보이잖아요. 음모를 믿으면 불신하게 되잖아요."

"김홍은 이현경과 당신의 관계를 의심하고 있어요."

"이현경과 저 사이에 어떤 특별한 것도 없어요. 저를 믿잖아요, 수연 씨. 이현경이 음모를 꾸민다는 어떤 낌새도 없었어요. 이현경은 오히려 당신을 걱정하는 것 같았어요. 당신이 이제 임신할 차례잖아요."

"저도 걱정이 되긴 해요. 어떻게 걱정이 안 되겠어요. 임신의 과정에서 죽을 가능성이 있으니까요. 그리고 복제가 잘 안 되고 있어요. 뭔가 잘못된 것 같아요."

"그 조그만 괴물들은 뭐죠? 그 괴물들이요."

"복제한 아이들이에요. 끔찍하죠."

"왜 아이들을 복제했나요?"

"그게…."

쉬웅, 탁!

쉬웅, 탁!

우와, 브라보!

무슨 소리인지 고개를 돌렸을 때 100미터 정도 떨어진 곳에서 성삼문의 활이 과녁에 명중했고 김홍은 그의 특유한 능청스러움으로 브라보를 외치고 있었다. 활은 물 위를 가로질러 계곡 건너편에 설치된 과녁에 정확하게 명중했다. 우리는 유심히 그의 활 실력을 보았다.

쉬웅, 탁! 쉬웅, 탁!

우와! 백발백중이다!

김홍은 박수를 쳤고 우리도 자리에서 일어나 박수를 쳤다. 성삼문과 김홍이 우리를 보았고 김홍은 손을 흔들었다. 우리도 손을 흔들고 그들 쪽으로 걸어갔다. 우리는 서로 가볍게 목례를 했다.

"데이트 중이야?"

김홍이 싱글벙글 웃으면서 물었다.

"미션을 위해서 이야기 중이었어요."

송수연이 대답했다.

"미션하다가 정드는 거지 뭐, 하하하. 자네들 봤지? 성삼문 선생님께서는 명사

수 중의 명사수셔. 역시 무인인 성승 대감의 자제분이야. 문무를 겸비하셨어. 대감님, 정말 감탄했습니다."

"바깥 공기가 좋구려."

그는 잠시 밝은 표정을 짓더니 이내 한마디만 하고 조용히 어라연을 바라보았다. 딱따구리가 한가롭게 나무를 쪼는 소리, 다람쥐가 솔방울을 굴리는 소리, 동강 물결이 세차게 흐르는 소리에 그는 침잠하고 있었다. 자연이라는 것이 이런 것이었구나. 인간의 기쁨과 슬픔, 영광과 치욕, 성취와 후회는 아랑곳하지 않고 그렇게, 그렇게 지나가는 것이 자연이구나. 그의 침묵은 이런 말을 하고 있는 듯했다. 눈치가 빠른 김홍은 그가 혼자 있고 싶다는 것을 직감했다.

"대감님, 저희는 마차탄광에 가 있을 테니 활과 자연을 즐기시고 난 이후에 천천히 오십시오. 어라연과 마차탄광을 잇는 지하 열차에 우리 대원들이 배치되어 있으니 오시는 길을 잘 안내해 드릴 겁니다."

"그대의 마음 씀씀이가 고맙구려."

우리는 성삼문을 뒤로하고 마차탄광으로 돌아왔다.

돌아오는 길에 김홍은 농담 반, 진담 반 다시 넌지시 나를 떠보았다. "어이, 강삿갓, 내가 배신자로 보이나? 내가 뒤에서 칼을 꽂을 것 같은가?"

"무슨 말씀이신지요?"

"헤르메스 방에서 배신 알고리즘을 봤을 거 아닌가? 어때, 내가 1위에 올라 있지?"

"그게…."

나는 말끝을 흐렸다. 이때 송수연이 김홍을 두둔하면서 말했다.

"역사적으로 보면 큰 싸움 중에는 항상 내부에서 문제가 생기잖아요. 내부에서 반란과 혁명이 일어나 망하잖아요. 사실 저는 이현경이 의심스러워요. 모두가 이 여자의 속셈을 몰라요. 대삼문님의 옛날 친구이자 복제 기술의 권위자라고만 알고 있지 자신의 속내를 드러내지 않아서 이 여자가 도대체 무슨 생각을 하는지 모르겠어요."

김홍은 나의 눈치를 보면서 송수연의 말을 거들었다.

"복제기술의 권위자로 중삼문의 지위에 올랐지만 그 여자의 진짜 의도가 무엇인지가 중요하잖아. 이 여자 없으면 인간복제가 힘드니까 권 박사님의 후원으로 그 자리까지 올라간 거지. 근데 우리 삼문대가 왜 생겼나? 왕권을 차지하기 위한 가족 간의 도륙 때문에 생겼지. 요즘 재벌 자식들 봐. 안 싸우는 놈들이 없어. 재산을 차지하기 위해서 뒤에서 서로 칼을 꽂아. 관계가 중요한 게 아냐. 의도가 중요해. 이현경이 무슨 의도를 가지고 있는지 알 방법이 없겠나? 그 여자가 우리 생체 정보를 모두 가지고 있으니 우리는 꼼짝없이 실험실 쥐야, 쥐. 배신 알고리즘이 거짓말을 하지 않는 생체 데이터라고 말하니 어떻게 할 수가 없잖아."

"대웅 씨가 좀 알아봐 주세요."

송수연은 웃는 얼굴로 나의 팔짱을 끼면서 부탁했다. 순간 나는 난감했다.

"아시잖아요, 중삼문님은 마차탄광에서 가장 차가운 분이라는 걸요. 저도 그분을 수행하지만 그분을 잘 알지 못해요. 몇 마디 나누어 보지도 않았다고요. 워낙 말이 없는 분이고 차가운 분이라서 당최 친해질 수가 없어요. 그분은 탱크예요, 탱크. 철갑을 두르고 있어서 뚫을 수가 없어요."

"당신이 수류탄이 되면 되잖아요."

"참나. 강키호테가 다시 되라는 말이군요. 권 박사에게 수류탄을 던지고 나서 이렇게 되었잖아요. 더 이상 당하지 않을래요. 강키호테는 손해만 본다고요. 이제 저도 좀 평범해지도록 내버려 둬요. 제가 다시 수류탄이 되었다고 칩시다. 탱크가 수류탄으로 터지나요? 던져 봤자 소용없어요. 돈키호테가 풍차를 향해 돌진하는 것과 마찬가지예요."

"탱크의 뚜껑을 열고 그 안에 던져야죠!"

"수연 씨는 그분의 뚜껑을 연 적이 있나요? 뚜껑이 절대 열리는 여자가 아니에요. 뚜껑이 얼어붙어 있는 사람이죠. 마음의 문을 단단히 잠그고 있다고요. 불가능해요."

◇

그들과 헤어지고 나서 나는 방으로 돌아와 침대에 한동안 누워 있었다. 머리는 잡생각으로 뒤범벅이 되었다. 권민중의 정체를 알아내었는데 이현경의 정체는 도대체 뭘까? 직감적으로 김홍과 송수연이 더 신뢰가 갔다. 뭔가를 숨기는 사람을 누가 신뢰를 하겠는가. 그렇다면 왜 그녀는 나를 챙기는 걸까? 나를 이용해 먹으려는 것, 그것은 논리적인 추론이었다. 나를 이용해서 내부 반란을 일으키는 것? 그런데 그녀가 도대체 무엇을 위해서? 어떤 이득도 없는데, 도대체 왜? 복수일까? 누구를 향한 복수? 권민중을 향한 복수일까? 권민중이 이현경을 그렇게 믿는데 설마 이현경이 권민중을 배신하려고? 아냐, 아냐⋯. 그럴 수도 있지. 배신은 논리가 아니라 감정이야. 얼마나 말도 안 되는 배신들이 많은가. 질투에 사로잡혀서, 변덕에 사로잡혀서, 돈에 사로잡혀서, 권력에 사로잡혀서, 역사 속에서 그리고 일상 속에서 얼마나 많은 배신들이 이루어졌던가. 배신은 논리가 아니라 변덕이야. 변덕이 인간의 본성이니 배신은 일종의 자연의 이치야. 신뢰는 드물고 배신은 넘쳐. 권민중은 이현경에게 속고 있는 건가? 아니야, 아니야. 강키호테인 나까지 꼼짝하지 못하게 한 비밀결사조직의 수장이 아닌가. 산전수전 겪은 공작의 달인 아닌가. 그런 사람이 너무나 쉽게 이현경에게 당한다? 이건 말이 안 되는 거야. 아니면 김홍과 송수연이 문제인가? 의심은 의심을 낳고 모든 것을 음모로 본다. 이현경은 생각보다 훨씬 좋은 여자일지도 몰라. 나에게는 눈물까지 보인 여자가 아니던가. 잡생각이 꼬리에 꼬리를 물어 나는 충동적으로 이현경을 찾아 나섰다. 그녀가 갈 만한 장소들을 가 보았지만 그녀는 없었다. 아, 그래, 거기 있을지도 몰라!

헤르메스실 앞에 섰을 때 AI는 나를 인지하고 문을 열어주었다. 구슬픈 듯 경쾌한 듯 들리는 바이올린 소리가 홀 안에 가득했다. 비발디의 사계 중 〈여름〉이 울려 퍼졌다. 큰 홀 가운데 이현경은 헤르메스가 제공하는 영월의 여름 경치를 보며 이 바이올린 협주곡에 잠겨 있었다. 방은 어둡지 않고 사람의 기분에 알맞은 밝기, 아니 사람의 체온에 알맞은 밝기로 아늑했다. 그녀 옆에 와인병 하나가 이미 비워져 있었고 이제 막 오픈했는지 다른 와인 한 병이 가득 채워져 있었다. 그녀는 눈을 감고 있었고 나는 그녀의 옆 소파에 앉아 〈여름〉을 들었다. 나는 탁자에 놓인 그녀의 와인 잔을 가득 채우고 나서 바이올린의 빠르기보다 더 빠르게 들이켰다. 그녀의 취기를 따라잡아야 했다. 하얀 뭉게구름이 동강 위로 피어오르고 강물은 유유히 아무 근심 없이 흘렀다. 나뭇잎은 더없이 푸르고 새들은 더없이 한가했다. 매미는 바이올린의 음의 흐름과 격정에 아랑곳하지 않고 울어댔다. 나는 이내 이 여자의 습관을 알아차렸다. 마음이 울적할 때 여기에 와서 와인을 마시고 영월의 경치를 보고 사계를 들으며 마음을 다스린다. 그러니까 겉으로 차가운 탱크를 유지하기 위해서 안에서 쌓인 열기를 식혀야만 했던 것이다. 뜨거워진 탱크가 여기에 와서 혼자 뚜껑을 열고 열을 식히며 다시 차갑게 재무장하고자 하는 일종의 의례였다. 바이올린 협주는 서로 밀고 당기면서 느리게 연주되다 끝을 향해 빠르게 진행되더니 절정을 향해 달려갔다. 서로 쪼이다가 열리고, 쪼이다가 열리고, 아래로 가다가 위로, 아래로 다시 가다가 위로, 그러더니 더 위로, 더 위로. 그녀는 바이올린에 마음을 맡긴 채 절정을 느끼고 있었다.

"아름답죠?"

그녀가 물었다.

"음악이요?"

"아뇨. 저 하늘에 떠 있는 하얀 뭉게구름이요. 근심을 덜어주네요, 음악과 달리요. 저 구름은 아무 근심이 없어서 아름다운가 봐요."

"저 뭉게구름처럼 아무 근심이 없으면 얼마나 좋겠어요."

"대웅 씨는 근심이 많은가 보죠?"

"많지는 않아요. 저는 단순한 사람이잖아요, 강키호테라서."

"단순한 사람은 근심이 없나요?"

"단순한 사람은 걱정이 단순하잖아요. 복잡한 사람은 걱정이 복잡하구요."

그녀는 피식 웃었다. 그러고는 와인 잔에 다시 와인을 채우고 한 모금 길게 마시더니 말을 이었다.

"그래요. 나는 복잡한 사람인가 봐요. 걱정이 복잡하군요."

"일이 잘 안 풀리나요?"

"글쎄요. 앞으로의 일이 더 큰 문제죠."

"앞으로의 일이라뇨?"

"마지막 싸움이 남았잖아요. 아마겟돈. 예수복제와 핵무기 교환. 너무나 거대한 미션이라서 걱정이 될 수밖에 없죠. 그래서 예민해졌어요. 하루 종일 여기 와서 경치를 구경하면서 음악을 들었죠."

그녀는 다시 와인을 들더니 이번에는 끝까지 들이켰다. 나는 그녀가 비운 잔을 채우고 한 모금 쭉 마셨다.

"배신 알고리즘에 집착하시는 이유가 뭔가요? 아무도 안 믿으시는 거죠? 그래서 이전의 비서도 쫓겨난 거죠?"

"그래요. 누굴 믿을 수 있겠어요."

"그럼 대삼문님은 믿나요?"

"내가 유일하게 믿는 사람이죠. 태영이와 나는 어릴 적부터 절친이었어요. 아니 서로 좋아한 사이였어요. 마차초등학교 전체에서 1, 2등을 다투었지만 저는 똑똑하고 잘생긴 그 애에게 어떤 경쟁심도 없었어요. 그 애가 1등을 하도록 도와주기 위해 일부러 문제 한두 개를 틀리게 해서 답안을 제출하기도 했어요. 그런 태영이는 나의 여유로운 성격을 좋아했죠. 선생님들과 부모님들도 우리 사이가 잘되기를 바랐죠. 태영이도 저를 좋아했고요. 그런데 나영이가 전학 오면서 모든 게 틀어졌죠."

나는 이현경과 이태영이 그런 사이인지를 몰랐고 이제야 왜 권민중이 이현경을 그토록 신뢰하는지 알았다. 그녀 또한 이태영과 한나영에게 일어났던 비극을 잘 알고 있었다. 그러니까 권민중의 과거를 아는 사람은 그녀와 나밖에 없었다. 그리고 그녀 자신도 그 비극의 희생자였다.

"일종의 삼각관계가 되어 버린 거군요."

"그런 셈이죠. 그 아이만 전학 오지 않았다면 그 모든 불행은 일어나지 않았을 텐데 말이죠. 우리는 그때 정말 행복했어요. 한나영이 오기 전까지는요. 나영이는 자살했고 태영이는 입양을 갔고 저는 부모님을 따라서 독일로 갔죠. 저는 권민중 박사의 얼굴이 하도 낮이 익어서 독일에서 열린 줄기세포 국제학술대회에서 둘이 마주쳤을 때 이태영이 아니냐고 물었죠. 태영이는 놀라면서 이내 제 얼굴을 알아보고 우리는 눈물을 흘리면서 껴안았죠. 삼문대에서 권민중 박사가 나만큼 믿는 사람은 없어요. 그런 과거 때문에…"

"그래서 당신이 권 박사를 그렇게 믿는 거군요."

"나의 가장 오랜 친구이자 내가 가장 좋아했던 아이로서 어느 누구보다도 권 박사를 믿어요."

그녀는 술에 한껏 취해 있었고 과거의 아픈 일들을 이야기하더니 이내 눈가가 촉촉이 젖어 들었다. 탱크의 뚜껑이 열리는 순간이었다. 나는 직감적으로 탱크 안에 수류탄을 던지기 위해 핀을 뽑아야만 한다는 것을 느꼈다. 그래, 바로 지금이야.

"그럼 저는요?"

…

"저에게만 헤르메스를 허락하셨잖아요. 제가 비서라서? 중삼문님은 그때 저를 거절할 수 있었어요. 못 이기는 척하고 저를 받아 주신 거죠?"

"하하하, 오해하지 마세요. 김홍이 하도 밀어붙이기에 어쩔 수 없어서 그랬죠. 당신도 그때 봤잖아요."

"아뇨. 다시 생각해 보니 당신이 틈을 준 거예요. 당신은 예전부터 나를 주시하고 있었죠? 내가 권 박사와 싸우는 몇 년 동안 나에 대해 알아보고 있었죠, 그죠?"

순간 취한 그녀와 나의 눈이 정면으로 마주쳤고 나는 핀을 뽑아 수류탄을 탱크 안에 던졌다.

"당신이 나에게 이메일을 보냈죠? 당신이죠?"

순간 이현경의 눈빛이 흔들렸다. 그래! 바로 이 여자야! 바로 이 여자라고! 이 여자가 처음에 영월에 실험일지가 있다고 알렸던 그 여자였던 게야! 그녀는 얼굴을 획 돌리고 와인 잔을 들더니 벌컥벌컥 마셨다.

"이제 모든 것을 알겠어요. 당신이 왜 배신 알고리즘에 집착하는지요. 배신자는 김홍이 아니라 이현경, 바로 당신이에요! 당신이 삼문대를 배신하려는 낌새를 아무도 못 알아채기를 바라는 마음에서 당신은 배신 알고리즘으로 자신의 적들을 모두 제거했어요. 이제는 김홍 차례죠. 김홍이 낌새를 알아차렸으니까!"

"말도 안 되는 소리 집어치워요! 누가 누굴 배신해! 나는 삼문대에서 가장 높은 여자예요. 삼문대에 목숨을 바친 사람이라고요! 그런 헛소리는 집어치워요."

"가장 높은 사람이니까 배신을 하는 거죠. 피라미가 배신해 봤자 피라미예요. 한 사람만 제거하면 최고가 되니까, 권 박사만 제거하면 최고가 되니까 나를 이용한 거죠. 그래서 나를 이용한 게 맞잖아요!"

"강키호테가 아니라 강세르반테스군요. 똘아이가 아니라 소설가군요. 말도 안 되는 소리 집어치워요."

"그럼 도대체 왜! 왜 저에게 이메일을 보냈나요? 도대체 왜?"

매미 소리가 정적 속에서 시끄럽게 울려 퍼졌다.

"헤르메스, 보라를 띄워줘."

"알겠습니다, 중삼문님."

넓은 이마에 살이 통통하게 올라 웃음이 더욱 포근한 아이가 화면에 떴다.

"그 괴물들이 어떻게 태어났는지 궁금했죠?"

이현경이 물었다.

"그러니까 저 아이가 복제된 아이인가요?"

"그래요. 저렇게 예쁜 아이가 괴물로 태어났죠."

이현경은 와인을 다시 따르고 들이키며 복제된 아이들에 대해서 이야기하기 시작했다.

"봐요, 보라가 얼마나 귀여운 아이였는지요. 매우 똑똑한 아이이기도 했어요. 사람들이 이 아이는 커서 판사나 대통령이 되어야 한다고 말할 정도로 똑똑했죠. 보라 아빠는 조그만 기계 공장을 운영했고 수입도 꽤 좋았어요. 오토바이 부품을 납품하는 공장인데 직원들 대부분은 베트남인들이었어요. 근데 해외 출장이 많았어요. 특히 중국과 베트남으로의 출장이 잦았죠. 문제의 발단은 보라 엄마였어요. 출산 후 오랫동안 우울증에 시달렸고 가정일을 팽개쳤죠."

"산후 우울증인가요?"

"그렇다고 볼 수 있죠. 남편과의 잠자리는 수년째 하지 않았어요. 모든 게 귀찮았죠. 여행을 좋아했던 그녀는 여행 동호회에 가입해 보라를 팽개치고 여행을 다녔어요. 남편과의 싸움이 잦다가 둘은 서로를 포기했어요. 보라 엄마가 홍콩 여행에서 예정보다 하루 일찍 돌아온 날 밤, 아이의 아빠가 자기 비서와 침대에 있는 걸 발견했죠. 그 후 보라 엄마는 친정으로 갔고 이혼 절차를 밟았어요. 근데 법원은 보라 엄마의 우울증과 집안을 방기한 책임을 물어 아이를 보라 아빠에게 넘겼어요. 엄마의 자리는 비서가 차지했죠."

"전형적인 불륜 드라마네요."

"비서와 보라 아빠는 그녀와 사무실에서 오래전부터 정사를 벌였어요. 베트남 직원들이 가끔 사무실로 느닷없이 들어왔지만 그들은 아랑곳하지 않았죠. 베트남인들은 한국인들은 꽤나 자유분방하다고 생각했어요. 같은 유교 국가들이라 할지라도 자본주의 사회인 한국이 훨씬 개방적인 거라 생각하면서요. 출장이 잦은 사장이 없는 동안 비서는 보라를 때리기 시작했어요. 잘 먹지 않는다, 잠을 늦게 잔다, 친구 집에 놀러 갔다 늦게 온다, 거짓말을 자주 한다는 둥 때릴 구실들을 지어내었죠."

"잔인하군요."

"잔인하죠. 처음에는 뺨과 엉덩이를 때리다가 폭력은 점점 더 거칠어졌어요. 한 번은 가슴을 발로 차 보라의 갈비뼈가 부러진 일이 있었죠. 사장은 출장에서 돌아와 무슨 일이냐고 물었고 눈치 빠른 보라는 비서가 무서워서 학원 계단에서 넘어졌다고 답했어요. 그러던 어느 날 사장이 베트남으로 긴 출장을 간 사이 비서는 보라를 발가벗겨 놓고 장롱 문고리에 손을 묶어 놓고 때리기 시작했어요. 사장의 허리띠로 매질을 하자 온몸이 시퍼렇게 멍들었죠. 학교도 보내지 않고 물만 먹인 채 사흘 밤낮을 때렸어요. 담임선생이 전화를 했지만 아이가 아프다고만 말했어요. 아이의 울음소리가 아파트에 퍼졌지만 누구 하나 묻지 않았죠."

"다들 무심하군요."

"보라가 피아노를 쳤기 때문에 방음벽이 설치되어 있었어요. 비서는 발로 아이를 찼고 갈비뼈 여러 개가 부러졌어요. 피를 토하고 의식을 잃자 비서는 아이를 병원에 데리고 갔고 이틀 후 아이는 죽었죠. 의사는 경찰에 신고했고 비서는 체포됐어요. 사장이 베트남에서 돌아왔을 때 보라 엄마는 경찰서에서 통곡하고 있었죠. 그녀는 경찰의 총을 빼앗아서 남편을 죽이려는 소동을 벌였어요. 경찰은 비서를 아동학대로 구속했죠. 이후 보라의 그림 일기장이 발견됐는데 보라 엄마는 그 일기장을 보고 다시 한번 억장이 무너졌죠."

"어떤 내용이었는데요?"

"비서를 너무 상냥한 여자로 그려 놓은 거예요. 반대로 엄마는 악마와 같은 모습으로 그려 놓았어요. 보라 엄마가 충격을 받고 몇 달째 병원에 드러누웠죠. 보라 엄마는 매일 밤 꿈을 꾸었죠."

"어떤 꿈요?"

"아이가 비서에게 남편의 허리띠로 방에서 맞고 있는데 자기는 뒤에서 하염없이 가면을 쓴 채 그걸 지켜보는 꿈요. 말려야 하는데 말리지도 않고 그냥 그대로 방치하는 꿈이었어요. 보라 엄마는 정신과를 왔다 갔다 하면서 심리치료를 받았죠. 보라 엄마가 권 박사님께 울고불고 매달려서 보라를 복제하게 되었어요."

"이런 이야기를 몇 번만 더 들으면 죽겠어요. 스트레스가 쌓여서 어깨가 아파 오는군요."

"그래요. 두 번째 케이스는 짧게 할게요."

"아뇨! 됐어요, 됐어! 근데 말이 안 되잖아요, 말이. 세 명의 아이를 복제했고 괴물이 태어났다고 해서 당신이 삼문대를 배신할 필요는 없잖아요. 물론 당신이 인간복제의 최고 권위자로서 어느 정도 책임이 있지만 당신이 가장 신뢰하는 친구인 이태영을 배신할 것까지는 없잖아요."

…

침묵이 흐르자 취기에 오른 그녀를 나는 다시 몰아세웠다. 나는 소파에서 벌떡 일어나 그녀에게 소리쳤다.

"진짜 이유를 말해요! 왜 당신이 나에게 이메일을 보냈는지, 그 진짜 이유를 말해요! 나는 아직도 이해가 안 가요. 삼문대의 2인자이자 이태영의 절친 중의 절친이 배신을 하려는 이유가 도대체 뭔가요?"

…

그녀는 와인 잔을 끝까지 들이키고 길게 한숨을 내쉬었다. 더 이상 자신의 비밀을 감출 수 없다고 느꼈다. 이제 그녀의 비밀이 폭발할 차례였다.

"헤르메스, 영상을 띄워 줘."

"네, 중삼문님."

"헤르메스에게는 이야기를 영상으로 전환시키는 기능이 있어요."

스크린에 하얀 뭉게구름이 두둥실 떠 있다. 여름날이다. 널찍한 개울 옆에 아름다운 펜션이 보인다. 한 아이와 엄마가 개울에서 놀고 있다. 자세히 보니 그 엄마는 바로 이현경이다! 여름 휴가차 아이와 함께 웃고 떠들면서 행복한 시간을 보내고 있다. 엄마와 아이는 무릎까지 오는 물 위에서 공놀이를 하고 있다. 이마가 약간 튀어나오고 귀엽고 복스럽게 생긴 아이다. 이들은 배구공을 이리저리 받으며 패스하고 넘어지기도 하면서 한여름의 화창한 오후를 보내고 있다. 이윽고 뭉게구름이 사라지고 날씨가 흐려지더니 비가 한 방울, 두 방울 쏟아진다. 그들은 아랑곳하지 않고 계속 배구공을 패스한다. 엄마가 웃으며 좀 더 힘을 주어 배구공을 던졌는데 아이의 키를 넘어 개울 아래로 공이 떠내려간다. 아이는 공을 주으러 개울 아래로 쫓아간다. 다행히 50미터 뒤에 다리가 있고 그 다리 아래에는 물이 빠져나가는 조그마한 구멍이 여러 개 있다. 배구공은 구멍 속으로 쏙 들어간다. 빗방울은 이제 점점 더 세지더니 폭우가 쏟아지기 시작한다. 이현경은 아이에게 소리친다.

"누리야, 놔둬!"

아이는 다리의 구멍 안을 들여다본다. 누리가 웃는다.

"여기 공이 걸렸어. 내가 가지고 갈게."

누리는 다리의 조그마한 구멍 안으로 들어간다.

"빨리 들어가야겠다."

비가 세차지자 이현경이 소리쳤다. 아이가 그 구멍에 들어가고 나서 시간이 얼마나 지났는데 나오지 않는다. 이현경이 소리친다.

"누리야!"

빗방울이 거세지고 이제 폭우가 쏟아진다. 화면을 보던 나는 갑자기 파랗게 질리기 시작한다. 어떻게 된 거지? 몇십 미터 떨어진 다리의 구멍 사이에서 누리의 소리가 들려온다.

"엄마, 나 여기에 걸렸어."

놀란 이현경은 폭우를 뚫고 다리 아래로 내려간다. 개울의 수위는 점점 높아지고 폭우는 점점 더 강해진다. 헐레벌떡 달려온 이현경은 헉헉거리면서 물살이 빠르게 흐르는 다리의 조그만 구멍 안을 바라본다. 구멍은 길이가 5미터 정도 되고 높이는 1미터 정도 되는 듯했다.

근데 이게 도대체 어떻게 된 일인가!

그 다리 구멍은 철근들이 복잡하게 지그재그로 불규칙하게 걸쳐져 있고 그 깊숙한 구멍 안에 누리와 배구공이 쏙 걸려 있다. 이현경은 파랗게 질렸다. 쏟아지는 물줄기를 가르고 이현경은 철근을 피해서 누리를 꺼내어 보려 하지만 허사다. 아이의 몸집이 작고 철근이 아이의 몸을 지그재그로 불규칙적으로 찌르고 있는 데다 구멍의 길이도 길어서 이현경의 손이 닿을락 말락 했다. 이현경은 숨을 헐떡거리면서 아이에게 소리친다.

"조금만 기다려. 엄마가 펜션으로 가서 119에 전화하고 빨리 돌아올게!"

이현경은 헐레벌떡 폭우가 쏟아지는 개울가를 헤쳐 나오더니 펜션으로 달려간다. 119에 전화를 걸고 상황을 설명하고 나서 마지막으로 뭔가가 생각났는지 이현경은 전화기에 대고 소리친다.

"전기톱! 전기톱을 가져오세요!"

어느새 개울물은 눈 깜짝할 새 불어났고 다리 구멍에는 누리의 얼굴과 배구공이 철근 사이로 떠 있다. 이현경은 폭우가 쏟아지는 개울 다리 밑으로 다시 달려온다. 이제 물살은 아이의 턱까지 차올랐고 아이의 입을 향해 조금씩, 조금씩 올라온다.

"엄마, 무서워! 어떻게 된 거야?"

"괜찮아 누리야, 괜찮아! 소방대원들이 지금 구하러 온대. 조금만 기다려."

엄마는 누리에게 손을 뻗어 안심시키려고 하지만 손은 아이의 얼굴까지 닿지 않는다.

재깍, 재깍, 재깍. 세상에 시간이 이렇게 길게 느껴질 수 있을까. 단 몇십 초가 몇 시간처럼 느껴진다. 이현경의 심장은 쿵쾅거린다.

"왜 이렇게 안 오는 거야! 왜 이렇게 느려 터졌어!"

이현경은 구멍을 바라보다가 이내 하늘을 바라본다. 폭우는 계속해서 쏟아지고 그녀는 하늘을 바라보며 망연자실한다.

삐요 삐요 삐요

소방차가 오고 있다. 소방차는 펜션 앞에 주차를 하더니 대원들이 내린다. 이현경은 그쪽으로 뛰어가더니 "이쪽이에요, 이쪽"하고 소리친다. 대여섯 명의 소방대원들이 비를 뚫고 개울 다리 쪽으로 달려온다. 순간 이들은 무엇이 어떻게 잘못되었는지 깨닫고 아연실색한다. 대장은 망치와 도끼를 가져오라고 소리친다. 물이 이제 누리의 입에 바짝 다가선다.

대장은 다시 옆에 있는 대원에게 소리친다.

"야, 호흡기와 산소통을 가져와!"

"이 애한테는 호흡기가 안 맞을 것 같습니다."

"그래도 빨리 가져와!"

대원은 다시 소방차로 산소통과 호흡기를 가지러 간다. 이윽고 먼저 간 대원들이 망치와 도끼를 가져와서 폭우를 헤치고 구멍 주위를 내려친다. 이현경은 옆으로 물러나고 대원들은 미친 듯이 구멍 주위의 콘크리트를 내려친다.

"아아, 아파! 아파요!"

아이가 구멍 안에서 소리친다. 콘크리트를 칠 때마다 철근이 아이를 찌른다.

"조금만 참아, 누리야! 조금만!"

엄마가 울부짖는다.

폭우는 계속해서 쏟아지고 개울물은 이제 그들의 가슴 위까지 올라온다. 이것은 개울물이 아니다. 이것은 쓰나미다! 세상 모든 것이, 구름과 산비탈과 물방울 하나조차도 이 작디작은 아이를 죽이기 위해 몰려드는 거대한 쓰나미다! 시간이 얼마 없다. 소방대원들은 죽을힘을 다해 망치와 도끼를 내려친다. 하지만 다리는 꿈쩍 않는다. 쓰나미는 이제 아이의 입을 덮치기 시작한다.

"엄마, 숨을…숨을 못 쉬겠어!"

다리의 구멍은 깨질 기미가 없다. 망치와 도끼로 콘크리트가 깨지지 않자 대장은 상황을 보더니 전략을 바꾼다.

"산소 호흡기를 가져와!"

대장과 대원 하나가 좁은 구멍에 둘이 들어가 아이에게 산소 호흡기를 씌우려고 한다. 그런데 구멍이 너무 작고 물은 이미 구멍의 윗부분만 남기고 가득 찼다. 철근 사이에 끼어있는 아이에게 손이 닿을락 말락 했다. 대장과 대원은 물속으로 잠수를 해서 아이에 접근하려 하지만 잘되지 않는다. 그러고는 아이 쪽으로 산소 호흡기를 던진다.

"산소 호흡기를 입에 다 갖다 대! 빨리!"

물이 아이의 입을 덮치더니 아이는 말을 하려고 한다.

"푸…손이, 푸…손이 안 움직여요."

아이는 밀려오는 쓰나미를 입으로 '푸'하고 밀쳐내지만 철근들에 몸이 끼여 손을 움직일 수 없다. 대장은 손을 뻗어 아이의 얼굴에 마스크를 씌우려고 했지만 마스크 크기가 맞지 않는다. 이제 쓰나미는 아이의 입 전체를 덮치고 아이는 발버둥 치기 시작한다. 철근에 끼여 아이의 몸은 피투성이가 되고 쓰나미는 아이의 코를 덮칠 태세다. 대장은 소리를 치면서 마지막으로 아이에게 마스크를 씌워보려 하지만 그의 손은 철근에 찔려 피가 철철 흐른다. 대장과 아이는 구멍에서 마지막으로 눈을 마주친다. 공포에 질린 눈과 절망에 빠진 눈. 대장은 구멍에서 빠져나와 등으로 구멍을 등진다. 숨을 헐떡거리면서 하늘을 쳐다본다. 쏟아지는 폭우가 그의 뺨을 세차게 때린다. 옆에서 이현경이 울부짖는다. 대장은 대원들에게 이현경을 물 밖으로 끄집어내라고 명령한다. 이현경은 필사적으로 저항한다. 대장은 대원들에게 다시 소리친다.

"빨리! 어서!"

대원들에게 끌려 나가면서 이현경은 아이가 구멍에서 외치는 마지막 말을 듣는다.

"엄마… 살려줘….."

이 말을 듣는 순간 이현경은 미쳐 날뛴다. 대원들은 사력을 다해 이현경을 개울가로 끌어낸다. 대장은 구멍을 등진 채 몇 분이 지나도록 밀려드는 물과 쏟아지는 폭우 속에 우두커니 서 있다. 몇 분이 지나더니 이제 다리의 구멍 전체가 물로 막히고 대장은 차오르는 물 위로 목만 내민 채 천천히 개울을 빠져나온다. 그가 수십 년 동안 복무하면서 겪은 가장 비극적인 사건이었다. 다리가 거대한 쇠사슬이 되고 개울이 쓰나미가 되고 비가 비수가 되어 이현경과 아이를 무참히 지옥으로 던져버렸다.

끔찍했다. 몸서리쳤다. 술기운이 확 올라왔고 나는 영상을 보고 나서 그만 맥이 탁 풀려버렸다. 믿기지 않았다. 단 1시간 만에 모든 일이 순식간에 벌어졌다. 불가항력. 운명의 저주. 철근 마무리 작업만 제대로 했어도…. 의도하지 않은 잔혹함. 보고도 믿기지가 않았다.

"끔찍하군요. 잔인하군요."

이현경은 눈물을 흘리며 말을 이어 나갔다.

"저는 실신해서 병원에서 몇 달을 보냈어요. 병원에서 나온 뒤 얼마 있다가 그 펜션에 가서 불을 질렀어요. 독일에서 한국 과학자와 결혼을 하고 이혼을 한 후 제가 아이를 길렀어요. 한국 문화를 알아야 된다고 독일에서 한국으로 여름휴가를 왔었죠. 제가 그 펜션을 예약했어요. 예약이 끝났는데 혹시 방이 비면 전화를 달라고 펜션 주인에게 신신당부를 했었죠. 그런 저 자신을 용납할 수 없었고 펜션도 용납할 수가 없었죠. 매일 밤 꿈을 꿨어요."

"어떤 꿈을요?"

"아이가 그 다리 구멍 속에서 허우적거리는 꿈이죠. 물이 누리의 입과 코를 덮치는 꿈을 계속해서 꾸었죠. 지옥이 따로 없었어요. 저는 칼스루에 공대의 교수직을 그만두고 태영이에게 연락했죠. 세계 최고의 줄기세포 전문가이자 가장 믿을 만한 나를 태영이는 인간복제 팀장에 임명했죠. 그 후에 삼문대의 존재를 알았고 아무도 모르게 여기 마차탄광 대실험실에서 인간복제를 해 왔어요. 물론 나의 의도는 다른 데 있었지만요."

"다른 데 있었다뇨?"

"'엄마, 살려줘.' 이 말을 어떻게 잊을 수 있겠어요. 나는 엄마의 이름으로, 제가 가진 지식과 기술을 총동원하여 우리 누리를 살려야겠다고 마음먹었어요. 권 박사에게 이 사실을 철저히 숨겼고 삼문대 누구도 이 사실을 몰라요. 내 아이가 어떻게 죽었는지는 나의 영원한 친구인 이 헤르메스밖에 몰라요."

"그래서 아이를 복제했나요?"

…

"쉽지 않았어요. 내 아이만 복제하면 이상해서 보라, 하은이, 동현이 엄마를 부추겨서 권 박사에게 조르라고 뒤에서 조정을 했죠. 물론 내 아이도 슬쩍 묻어가게 시나리오를 꾸몄어요. 세 명의 아이는 알겠는데 우리 아이는 누구인지 끝까지 비밀에 부쳤어요. 그냥 익명의 엄마의 부탁이라고만 말했죠. 인간복제 팀장의 지위와 권위로 한 것이고 내가 직접 하는 것이기 때문에 권 박사와 다른 요원들도 반대하지 않았어요. 근데, 그게…누리가 아니라 괴물이 태어났어요. 하루하루가 다시 지옥이었어요. 그 괴물을 보고 있자니 누리와의 아름다운 추억조차 지워져 버렸어요. 인간복제 팀장으로서 나는 그 애의 방에 몰래 들어가 그 애를 죽이려고 했어요. 근데, 근데…."

"근데, 뭐요? 어떻게 되었어요?"

…

"복제를 하면 기억도 살아나요. 그 괴물 아이가 자신이 누리였다는 것을 기억했고 자신이 어떻게 죽었는지도 기억해 냈어요. 내가 주사를 놓고 힘이 빠진 그 애의 목을 졸랐어요. 그 괴물이 내 손에 죽을 때 눈빛은 누리의 것이었어요. 그 괴물이 죽을 때 나에게 무슨 말을 했는지 아세요?"

…

"'엄마…살려줘…'"

이 말이 끝나자마자 그녀는 소파에서 바닥으로 쓰러져 대성통곡을 했다. 아, 그렇게 된 것이로구나. 그래서 이 인간복제 실험을 막기 위해서 나에게 이메일을 보낸 것이었구나. 자신과 같은 비극이 되풀이되는 것을 막기 위해서.

"그랬군요. 그렇게 된 거군요."

이현경이 한참을 울고 나자 헤르메스는 이현경의 기분을 맞추어주기 위해 영월 여름의 비가 내리는 장면을 띄웠다. 세찬 빗줄기 소리와 싱그러운 초록빛 나무숲이 이현경의 비극을 잠시나마 잊게 했다. 나는 바닥에 쓰러진 그녀를 가서 안아주었다. 나도 그녀의 비극에 눈물을 흘리면서 조용히 빗소리에 빠져들었다. 나는 그녀를 다시 일으켜 세워 소파에 앉혔다. 한동안의 빗소리가 비극적 이야기로 지친 그녀에게 약간의 에너지를 준 듯했다. 그녀는 다시 와인을 쭉 들이켰다.

"그래서 당신이 나에게 이메일을 보냈던 거군요. 엄마의 이름으로 복제를 했지만 사랑스러운 아이가 아니라 괴물이 태어났으니까요. 복제 기술은 완벽하지 않고 너무 위험하니까. 권 박사는 고집을 부리고 당신은 그 고집을 꺾을 수 없었죠, 그렇죠? 화유십일홍도 여럿 죽고 괴물들도 태어났고 당신은 스스로 지옥을 만드는 것을 참을 수가 없었던 거군요. 자기 힘으로 안 되니까 권 박사를 막아달라고 나에게 위치를 알려준 거군요."

"…그래요. 하지만 괜한 짓을 했나 수도 없이 후회했죠. 대응 씨를 여기까지 끌어들이는 게 얼마나 위험한 일인지 조마조마했어요. 하지만 복제는 여기서 멈추어야 해요!"

"그래요. 당신 말대로 우리가 멈추어야 해요."

"근데 우리 누리가 나를 용서할까요?"

이 말이 떨어지자 그녀의 눈에서 눈물이 다시 쏟아지기 시작했다. 하염없는 눈물이었다. 나는 그녀 곁으로 조용히 가서 그녀의 어깨에 손을 얹었다. 그녀는 나의 손을 잡더니 천천히 일어났고 우리는 꼭 부둥켜안았다. 빗소리가 쏟아지는 가운데 헤르메스에서 바이올린 전주곡이 시작되더니 노래가 흘러나왔다.

이젠 당신이 그립지 않죠
보고 싶은 마음도 없죠
사랑한 것도 잊혀 가네요
조-용-하게

그녀는 나의 가슴에 매달려 나의 부드러운 위안을 받아들였다. 헤르메스는 '비와 당신'을 이 절까지 합쳐서 총 세 번이나 연달아 틀었고 그 긴 시간 동안 그녀의 눈물은 그치지 않았다. 노래가 끝나자 그녀는 훌쩍거리면서 나의 귓속에 나지막이 읊조렸다.

"모든 것이 왜 그렇게 되었을까요?"

"다 끝났어요, 다 끝났어."

"그 아이가 저를 용서할까요?"

"그럼요, 그렇고 말구요."

우리는 빗소리를 들으면서 한동안 부둥켜안고 서 있었다. 그녀는 나의 가슴에서 떨어져 나와 나의 손을 잡고 결연히 말했다.

"송수연과 떠나세요! 부탁이에요! 마지막 미션은 너무 위험해요. 당신이 가장 사랑하는 사람이 죽을 수 있어요."

"송수연이 허락할까요?"

"힘들겠죠. 하지만 어떻게든 해 보세요!"

"삼문대를 배반하라는 말씀인가요?"

"배반이 아니라 탈출하세요. 이 세상에서 가장 사랑하는 사람을 죽게 내버려

두지 마세요. 제발…."

삐삐삐삐삐

헤르메스에서 강한 경고음이 울렸다.

"무슨 일이야, 헤르메스?"

"배신 알고리즘에서 오는 경고입니다, 중삼문님."

"그래?"

"배신 순서가 바뀌었습니다. 강대웅이 김홍을 제치고 1위에 올랐습니다."

나는 쓴웃음을 지었고 이현경도 허탈한 웃음을 지었다.

"저 배신 알고리즘을 어떻게 좀 해 주세요!"

"헤르메스와 나만 알고 다른 누구에게도 보고하지 않겠어요. 대삼문께도요."

우리는 서로 암묵적 약속을 하고 헤어졌다.

5장 모비 홀

송수연과 나는 3주 후 이스라엘로 떠날 예정이었다. 이스라엘로 가서 예수의 유골을 받아오는 것이 우리의 임무였다. 예수를 복제하는 동안 이스라엘은 군함에 핵무기를 실어서 진해항으로 보낼 계획이었다. 이스라엘로 떠나기 전 우리는 권 박사의 방에서 두 명의 중삼문과 함께 미팅을 가졌다.

"별다르게 준비할 건 없네. 예수의 뼈만 받아오면 되니까."

권 박사가 말했다.

"모사드가 직접 한국으로 전달해 주면 될 텐데 굳이 우리보고 오라고 하는 이유가 뭔가요?"

궁금해서 내가 물었다.

"바단의 속을 누가 알 수 있겠나. 바단이 직접 움직이기 힘드니 우리보고 오라고 했겠지. 자기 인생의 마지막 미션이기 때문에 모든 걸 직접 자기 눈으로 확인하고 싶은 게야."

"치밀한 인물인가 보군요?"

"말도 말게. 살아 있는 007이니까. 007과 다른 점은 피도 눈물도 없다는 점이지. 오죽했으면 별명이 죽음의 왕이겠나."

눈치를 보더니 김홍이 중간에서 끼어들었다.

"흥미로운 사람이죠. 나도 어떤 사람인지 만나보고 싶군요. 그쪽 작전 이름도 특이하더라고요. 뭐라더라⋯. 우리 작전명은 '아마겟돈'인데 그쪽 작전명은 '리버스 카라마조프'reverse Karamazov라던가. 여기 이 책들을 읽어오라더군."

김홍은 나와 송수연에게 세 권의 책을 들이밀었다. 『카라마조프 가의 형제들』, 『성경』, 그리고 『운명』.

"핵무기 협상이 아니라 독서 토론회에 가는 건가요?"

내 말에 모두 웃었다. 송수연이 끼어들었다.

"바단은 두 가지밖에 안 한대요."

"그 두 가지가 뭔가요?"

바단에 대한 나의 호기심은 점점 커져만 갔다.

"암살 아니면 독서. 독서광으로 유명해요. 모사드 국장다운 취미죠. 모사드는 원래 연구소라는 뜻이잖아요."

"수연이의 적수가 될 수 있겠는데. 수연이도 독서광이잖아!"

김홍이 흥미를 돋우었다.

"리버스 카라마조프라는 작전명은 도스토예프스키의 소설『카라마조프 가의 형제들』에서 따 왔나 보군요. 근데 리버스?『카라마조프 가의 형제들』 줄거리와 반대로 작전을 편다는 건가요?"

"글쎄, 가서 들어보면 알겠지." 권민중이 대답했다.

나는『카라마조프 가의 형제들』과『성경』밑에 깔려 있는 책을 위로 올려서 표지를 물끄러미 바라보았다.

『운명』

"베토벤의 '운명'인가요? 빠빠빠 밤!"

나의 무지에 송수연이 웃으며 답했다.

"책의 표지에 작가 이름이 나와 있잖아요. 임레 케르테스의 소설이에요."

"임레 케르테스? 처음 듣는 작가인데요."

"헝가리 출신의 유대인 작가예요. 2차 대전 때 홀로코스트 수용소에 끌려갔는데 그걸 소재로 한 소설이에요. 쾨베시라는 소년의 이야기인데 자전적인 소설이죠. 다른 소설과는 특이하게 아우슈비츠에서의 행복에 대해서 이야기해요."

"아우슈비츠에서의 행복이라뇨? 지옥에서의 행복, 이런 의미인가요?"

"글쎄요. 소설을 직접 읽어보세요."

"이 소설이 바단과 무슨 상관이 있어요?"

"바단도 어릴 때 아우슈비츠에 끌려갔어요. 아마도 자신의 이야기와 관계되지 않을까 싶어요."

나의 질문에 이현경이 답했다.

"그래요?"

"근데 그게 예수복제와 무슨 상관이 있나요?"

"유대인은 '신을 죽인 민족'이잖아요. 그래서 유럽에서 박해를 받았죠. 아우슈비츠 학살은 신을 죽인 민족에 대한 대가라는 거죠. 그러니깐 바단은 자기 민족이 죽인 신, 즉 예수를 살려냄으로써 속죄를 하는 동시에 유대인을 구원한다는 생각을 가지고 있어요."

"유대인을 구원한다? 멋진 사람이군요."

"바단은 유대인을 구원하고 우리 권 박사님은 한민족을 구원하려고 하지, 헤헤."

옆에 있던 김홍이 끼어들었다.

"대단한 야망이네요."

무의식적으로 냉소적인 말이 툭 튀어나왔다. 이현경은 이를 재빠르게 수습하기 위해 말을 이었다.

"바단은 예수의 재림을 통해 유대인을 구하고 삼문대는 핵무기를 취함으로써 한민족을 구하는 거죠. 그레이트 딜입니다."

"예수를 복제한다고 사람들이 유대인을 용서할까요? 바단의 착각이 아닐까요? 오히려 종교 전쟁이 일어날 수 있잖아요. 기독교인들은 예수가 부활했다고 믿잖아요. 예수는 육신이 아니라 영혼이죠. 기독교인들이 예수복제를 알면 오히려 유대인을 더 싫어할 수 있잖아요."

나의 회의에 권 박사가 대답했다.

"바단은 그걸 의도했을지 몰라. 우리도 정확하게 바단의 의도가 무엇인지 모르지. 유대인을 구원하기 위해서 예수를 복제하는지 아니면 기독교인들을 엿 먹이기 위해서 예수를 복제하는 건지 모르겠어. '너희들의 신은 우리와 같은 사람의 아들에 불과하다는 것'을 증명하고 싶을지도 몰라. 전자든 후자든 우리에겐 아무 상관이 없어. 우리는 핵무기만 얻으면 돼. 유대인의 운명은 유대인에게 맡기고 우리의 운명은 우리가 맡는 거야."

"후자라면 그 기독교인 중에는 도스토예프스키도 포함되겠네요. 성경밖에 모르는 인간에게 엿을 먹이는 것이 될 테니깐요. 하지만 너무 무모하군요. 예수를 복제했다고 칩시다. 사람들이 믿어줄까요? 그 사람이 정말 예수인지 아닌지 어떻게 증명을 해요?"

나의 회의와 의문에 참석자들은 눈을 굴리며 당황했다. 이때 다시 나를 구제하려고 나선 사람은 이현경이었다.

"대삼문님께서 말씀하셨잖아요. 그게 바단의 착각이든 아니든 우리와는 아무상관 없어요. 바단은 살짝 미쳤는지도 모르죠. 마지막 미션이니깐 무리수를 던지는 것일지 몰라요. 밑져야 본전이죠. 일종의 실험이니깐. 아니면 일종의 환상일 수도 있어요. 예수의 재림을 통해서 유대인을 구하겠다는 환상에 사로잡혔을 수도 있어요. 하지만 우리와는 상관없는 일이에요. 우리는 핵무기만 얻으면 돼요. 정 궁금하다면 바단을 곧 만날 테니 바단에게 직접 물어보세요."

"그래요. 대삼문님과 중삼문님의 말이 맞아요. 유대인의 운명은 유대인에게, 한민족의 운명은 한민족에게!"

송수연이 이현경의 말을 거들었다. 나는 더 이상 질문을 하지 않고 그 미팅을 마쳤다.

◇

이스라엘로 떠나기 전 송수연이 내 방문을 노크했다. 나는 무슨 일이냐고 물었고 그녀는 이스라엘로 떠나기 전에 꼭 가볼 곳이 있는데 같이 가자고 했다. 그녀는 검은 카디건을 걸친 편한 복장을 하고 있었다. 우리는 지하도시를 가로질러 흐르는 흑강의 선착장으로 갔다. 선착장의 조그마한 배에 오르는데 사람들이 우리를 곁눈질로 보았다. 나는 노를 저어 흑강의 하류로 천천히 내려갔다. 흑강은 마차탄광 대실험실을 빠져나와 긴 동굴로 흘러 들어갔다. 폭이 좁은 곳은 3~4미터였고 넓은 곳은 10미터나 되었는데 마치 다른 세계로 들어가는 듯했다.

조명들이 동굴 위에 적절하게 배치되어 있어 은은한 분위기를 자아내었다. 나는 노를 저으며 천천히 동굴 깊숙이 들어갔다. 동굴 속 강은 꽤나 길었고 여러 지류가 본류에 합쳐졌다.

"우와, 이런 곳이 있었군요!"

"가끔씩 머리 식히고 싶을 때 오는 곳이죠. 누구에게나 개방되어 있어요. 서로 비밀스럽게 하고 싶은 말이 있을 때 대원들이 오는 곳이기도 해요."

"저에게 하고 싶은 말이 있나 보죠?"

송수연은 살짝 웃으며 말을 이었다.

"한두 가지가 아니죠. 책은 열심히 읽고 있나요?"

"『카라마조프 가의 형제들』은 재밌어요. 전 드미트리에 끌리는군요. 탕자의 아들로 버림받고 탕자가 된 인간에 대해 연민이 생기더군요."

"여자들은 그런 사람 싫어해요. 저는 알료사가 좋던데요."

"캐릭터가 밋밋하잖아요, 젖비린내 나고."

"그 소설에서 가장 유명한 '대심문관' 파트는 읽어봤어요?"

"재밌던데요. 도스토예프스키는 참 썰도 잘 풀어요. 악마의 세 가지 질문에 대해서 그렇게 장황하게 풀어내다니 참 경탄스럽죠. 성경을 달달달 외웠나 봐요. 몇 줄 되지도 않는 구절에 대해서 대심문관의 입을 통해서 어떻게 그렇게 줄줄줄 풀어썼는지 모르겠어요. 근데 저는 대심문관 부분보다는 조시마 신부의 '시체 썩는 냄새' 부분이 훨씬 재미었어요. 거의 전율이었어요. 성인으로 추앙받던 사람이 죽자마자 시체 썩는 냄새 때문에 한순간에 추락한다…. '사람들은 의인의 몰락과 치욕을 좋아한다.' 멋있는 구절이었어요."

"소설에 푹 빠지셨군요."

"대학 때 읽었을 때는 몰랐는데 이제야 도스토예프스키가 이해가 돼요."

"산전수전 다 겪으니깐 그런가 보죠?"

"산전수전뿐이겠어요. 동굴전, 핵무기전, 모사드전, AI전, 뭐 안 싸우는 게 없네요."

"말도 참 잘 지어내는군요. 작가의 소질이 있군요."

"기자는 말발과 글발이죠, 하하하."

"그나저나 이현경에 대해서 알아낸 게 있나요?"

이 질문을 할 때 송수연의 눈빛이 반짝였다. 나는 몇 초 동안 조용히 노를 저었는데 송수연은 나를 물끄러미 바라보았다.

"그 여자는 배신자가 아니에요. 그냥 마지막 미션 때문에 초조할 따름이에요."

"뭔가를 알아냈나요? 이상한 낌새는 없었나요?"

"얼마 전 이 여자와 둘이서 헤르메스 방에서 술을 진탕 마셨어요. 자신의 진심을 이야기하더군요."

"무슨 이야기를 했는데요?"

"이 여자가 아이가 있었다는 것 혹시 알고 있나요?"

"아뇨. 이 여자에 대해서는 아무것도 모르죠. 아이가 있었나요?"

나는 길게 한숨을 짓고 노를 계속해서 저었다.

"이 여자가 젊었을 때 아이가 죽었나 봐요."

"그래요? 대웅 씨에게 그렇게 말하던가요."

"그런 것 같아요. 너무 아픈 이야기라서 자세히 묻지는 않았어요. 우리가 본 그 꼬마 괴물들은 죽은 아이 셋을 복제한 거라면서요. 죽은 아이들의 엄마들의 부탁을 거절할 수 없어서 권 박사가 복제를 했다고 하더군요. 이현경은 거기에 신경이 곤두서 있어요. 복제 기술이 완벽하지 않아서 걱정을 하고 있어요. 배신할 사람은 아니에요, 절대로."

나는 이현경과의 비밀을 송수연에게 곧이곧대로 말해주지 않았다. 일종의 하얀 거짓말이었다.

"그렇게 확신하세요?"

"배신할 이유가 없잖아요. 배신을 해서 얻을 것이 하나도 없잖아요."

"그럼 왜 그렇게 다른 사람들을 의심하죠? 특히 김홍을요."

"그 사람의 임무니까요. 대삼문님을 제외하고 모든 사람을 의심하고 감시하는 것이 그 사람의 임무니까요."

송수연은 고개를 옆으로 돌리고 손을 강물에 대고 나서 말을 이어 나갔다.

"그 여자가 대웅 씨에게 이메일을 보낸 건 아닌가요?"

순간 나는 당황했지만 나의 표정은 어둑한 동굴의 조명 때문에 송수연에게 들키지 않았다.

"아니에요. 내가 물어봤어요. 당신이 이메일을 보냈냐고 물어보았는데 아니라고 하더군요. 내 생각에는 배신 알고리즘으로 여기서 쫓겨난 누군가가 나에게 이메일을 보낸 것 같아요. 이현경도 그렇게 생각하고 있어요."

나는 송수연의 질문에 순발력 있게 답하고 위기를 모면했다.

"그렇다니 안심이군요. 근데 이현경은 대웅 씨를 상당히 신뢰하는군요. 대웅 씨를 신뢰하는 이유가 뭐죠?"

"비서니까요. 그 여자와는 뭔가 코드가 통하는 것 같아요. 겉으로 차가워 보이지만 사실은 내면이 따뜻한 사람이에요. 복제한 아이들이 괴물로 태어나서 굉장히 괴로워하고 있어요. 사실 이현경은 이번 미션도 걱정하고 있어요. 수연 씨에게 말했잖아요."

이때 우리 배는 강물 사이에 있는 종유석 옆을 지나쳤다.

"우와, 정말 멋지군요!"

"종유석의 아래위가 닿을락 말락 하네요. 이 두 개가 닿기 위해서 얼마나 걸리는지 아세요?"

"글쎄요. 무식한 저는 모르겠네요."

"5센티미터 정도군요. 그럼 500년이 걸려요. 1센티미터가 자라는 데 100년이 걸리니까요."

"우와. 정말 만나기가 힘들군요! 한국 사람은 조바심 나서 제 성질에 못 이겨서 죽어 버릴 거예요."

"그죠. 저 둘은 얼마나 만나고 싶겠어요. 저 둘이 만날 때면 우리는 여기에 없겠죠?"

"권 박사가 영생을 준다면서요. 그걸 믿는다면서요?"

"대웅 씨 말대로 기술이 불완전하잖아요."

순간 나는 노를 젓는 것을 멈추고 송수연의 마음을 떠보았다.

"수연 씨도 이제 인정하는군요. 저는 그 꼬마 괴물들을 보고 나서 뭔가가 잘못되었다는 것을 직감했어요. 이번 미션의 성공 확률은 50 대 50이에요. 수연 씨가 죽을 수 있어요. 사실 저는 유대인의 운명이고 한민족의 운명이고 별 관심이 없어요."

"그럼 무엇에 관심이 있어요? 왜 무릎을 꿇고 삼문대에 가입시켜 달라고 애걸복걸했나요?"

"수연 씨 때문이죠, 수연 씨! 우리 도망갑시다. 이스라엘로 가는 척하다가 그 길로 도망갑시다."

"말도 안 돼요. 못 들은 걸로 하겠어요. 저는 삼문대의 최정예 부대예요. 삼문대를 위해서 목숨을 걸었어요."

"당신이 죽는다고요! 민족이고 뭐고 내가 죽으면 무슨 소용이 있어요!"

동굴은 나의 목소리로 쩌렁쩌렁 메아리쳤다.

"그만한 가치가 있어요. 죽어도 좋아요. 제가 죽어도 핵무기는 얻을 수 있잖아요. 한민족의 운명을 위해서 저 하나쯤은 희생할 각오가 되어 있어요."

"당신에게는 저 하나쯤이지만 나에게는 당신이 전부예요, 전부!"

나의 말에 그녀는 멈칫하더니 부드럽고 애처로운 표정으로 나를 바라보았다. 그녀는 나의 손을 잡더니 바짝 다가와서 나의 얼굴을 쓰다듬었다. 그러고는 나의 입술에 천천히 감미로운 키스를 퍼부었다. 위의 종유석과 아래의 종유석이 순간적으로 거칠게 만났다가 다시 떨어졌다.

"이 미션이 완성될 수 있도록 저를 도와주세요. 바단이 무슨 짓을 할지도 모르고 예루살렘에서 어떤 일이 벌어질지도 몰라요. 우리는 예수의 뼈만 가지고 오면 돼요. 저는 건강하고 강인한 여자예요. 결코 죽지 않을 거예요. 당신이 지켜준다면요."

나는 그녀에게로 다시 다가갔고 두 종유석은 다시 거칠게 만났다가 떨어지기를 반복했다.

3킬로미터 정도 가니 본류 옆으로 어느 지류가 나왔고 송수연은 그쪽으로 배를 돌리라고 했다. 지류의 상류 쪽으로 거슬러 올라가야 해서 모터를 켰다. 200미터 정도 가니 더 이상 올라가지 못하게 철창이 가로막혀 있었다. 송수연이 리모컨을 눌렀더니 철창이 위로 올라갔다.

"이곳이 화유십일홍만이 들어갈 수 있는 곳인가 보죠?"

"그래요. 우리만 이 철문을 열고 시지연으로 갈 수 있어요."

"시지연이라뇨?"

"시간이 멈춘 연못이란 뜻이에요. 가 보면 알아요."

철창이 있는 곳에서 다시 200여 미터를 더 올라간 뒤 우리는 배를 정박시키고 배에서 내렸다. 위를 올려다보니 폭이 4미터, 높이가 3미터 정도인 폭포가 나타났다. 폭포 위를 사다리로 올라가니 물줄기 옆의 작은 웅덩이가 나타났다. 시지연이었다. 빨강, 주황, 노랑, 초록, 파랑, 남색, 보라의 조명이, 곧 무지개 조명이 배치되어 있어서 몽환적인 느낌을 주었다.

"세상에 이런 곳이 있었나요?"

"제가 제일 좋아하는 곳이에요. 정식 명칭은 시지연이지만 화유들은 그냥 무지개 연못이라고 불러요. 화유 중 지연 언니는 샤갈 연못이라고 불렀죠."

"샤갈 연못이라뇨?"

"샤갈의 그림처럼 몽환적인 색깔에 따뜻한 느낌을 주니까요. 자기 뼈를 이 연못에 뿌려달라고 했을 정도로 이곳을 사랑했죠."

"뼈를 뿌리다뇨, 죽었나요?"

"복제아를 낳다가 죽었죠. 물론 환생을 위해 DNA와 세포를 보관해 놓았지만요. 지연 언니의 뼛가루가 저기 저 구석 아래 뿌려져 가라앉아 있어요. 저도 죽으면 여기에 유골을 뿌려달라고 하려고요."

"죽긴 왜 죽어요!"

"마지막 미션에서 죽을지도 모르죠. 그래서 죽기 전에 꼭 이 연못을 와 보고 싶었어요. 대웅 씨와 함께요."

나와 함께 여기를 와 보고 싶다는 그녀의 말에 기분이 좋아졌다. 하지만 그녀의 마음은 갈등에 휩싸였다. 미션에 대한 부담, 죽음에 대한 두려움, 나에 대해 이제 막 피어난 사랑의 감정이 복잡하게 뒤얽혔다. 그녀는 비치 베드에 카디건과 원피스를 벗더니 브래지어와 팬티만 입고 물에 들어갔다. 순간 무지개 연못은 그녀의 몸에서 나오는 광채로 은은해졌다. 무지개 조명이 그녀의 몸에 반사되어 그녀는 무지개가 되었다. 그건 단순한 육체가 아니었다. 완벽이었다. 수학적 대칭성과 균형성이 완벽하게 구현된 육체였다. 육체의 광채와 조명의 광채가 결합되어 동굴 전체를 휘감았다. 그녀는 천천히 다리를 접었다 폈다를 반복하며 연못을 가로질렀다.

"들어오세요. 물이 따뜻해요."

나는 겉옷과 바지를 벗고 팬티 차림으로 시지연에 들어갔다. 물은 적당히 따뜻했다. 천천히 그녀가 있는 곳으로 다가갔다. 얼굴을 온천 깊이 담갔다가 일어나 그녀 앞에 바로 섰다. 그녀는 '풋'하고 나를 보며 웃었다.

"박민호 씨! 이 거짓말쟁이! 정의 따위에 관심이 없고 애초에 여자에 관심이 있었던 거잖아요."

그녀는 우리가 처음 만난 기억을 떠올렸다. 나도 '풋'하고 웃었다.

"거짓말은 스파이인 당신이 했잖아. 마타하리인 줄 알아봤어야 했는데. 별자리는 진짜 알기나 한 거예요?"

"알다마다요. 당신은 세상에서 가장 속이기 쉬운 사람이에요. 돈키호테는 개뿔. 정의를 향한 강키호테인 줄 알았는데 여자를 향한 여키호테였어요."

"그건 당신이 갑자기 나타나서 그래요. 삼문대 최고의 비밀병기인 줄 내가 어떻게 알았겠어. 당신은 나의 미션을 강탈했지. 아니 모든 걸 잊게 만들었어. 정의고 뭐고 그냥 당신에게 빠져버린 거예요."

우리는 잠시 서로 쳐다보았고 누가 먼저랄 것도 없이 격렬한 키스를 했다. 손을 그녀의 등 뒤로 돌려 브래지어 끈을 풀었다. 탐스럽고 둥그런 태초의 느낌을 주는 가슴 한 쌍이 드러났다. 동굴의 빛들은 그녀의 가슴에 모였다. 빛나는 꼭지를 혀 끝으로 살짝 터치했다. 그녀의 가슴이 부풀어 올랐다. 나는 오랫동안 살며시 그리고 부드럽게 혀로 그녀의 가슴 구석구석을 핥았다. 그녀는 나의 혀를 받아들이면서 손으로 나의 머리카락을 쓰다듬었다. 나는 손으로 물속에 잠겨 있는 그녀의 팬티를 벗겼고 그녀 또한 나의 팬티를 벗겼다. 풍만하고 매끄러운 엉덩이, 복숭아같이 튀어나온 유방, 군더더기 없는 잘록한 허리, 윤기가 나는 미끌거리는 머리카락, 생명력을 지닌 허벅지, 수풀이 듬성한 음모, 그리고 세상을 구원할 구멍. 그녀의 몸은 빨주노초파남보, 무지개였다.

"두 번째 같이 물에 빠졌네요. 지난번엔 차가운 물, 이번엔 따뜻한 물."

밴프에서 얼음 속 사경을 헤매던 때를 그녀는 떠올렸다.

"추워 죽는 줄 알았죠. 하지만 그때가 제일 뜨거웠어. 당신을 살렸어야 했으니까."

이 말이 떨어지자마자 그녀가 와락 나에게 키스를 퍼부었다. 그러더니 입술을 떼고 다시 나를 바라보며 '풋'하고 웃었다.

"뭐가 그렇게 웃겨요?"

"순진한 당신이 좋아서요. 강키호테도 좋고 뻔히 보이는 거짓말도 좋았어요. 밴프에서 얼음 호수에 뛰어들 때 당신이 가장 좋았어요."

"뒤통수에 총구를 겨눈 사람이 누군데."

이 말이 떨어지자 그녀는 유쾌하게 웃었다. 이번에는 내가 그녀에게 와락 키스를 퍼부었다. 나의 혀는 가슴을 지나 그녀의 목과 귀로 올라갔다. 그녀의 두 손은 나의 엉덩이를 잡았다. 나의 손은 그녀의 음부를 쓰다듬었다. 그녀는 다리를 천천히 벌렸고 나는 손가락으로 그녀의 음부를 부드럽게 애무했다. 나는 키스를 멈추고 그녀를 번쩍 들어 올려 연못가의 돌 위에 올렸다. 그녀는 연못가에 걸터앉았다. 물 밖으로 그녀의 몸이 드러났고 나는 물 안에서 그녀의 길쭉한 다리와 가슴을 올려다보았다. 순간 그녀가 다리를 오므렸지만 나는 물 안에서 혀로 그녀의 무릎을 애무하고 다시 허벅지 쪽으로 맹렬히 올라갔다. 그러고는 그녀의 음모를 지나 천천히 그녀의 중심으로 혀의 위치를 옮겼다. 그녀는 다리를 천천히 벌리며 자신의 중심에 나의 혀가 닿는 것을 허락했다. 한참 동안 나의 혀는 그녀의 구멍을 탐험했고 촉촉하게 긴장이 풀린 그녀의 구멍은 나를 받아들일 준비가 되었다. 나는 그녀를 번쩍 들어 물속으로 끌어내렸고 그녀에게 다시 키스를 퍼부었다. 그녀의 엉덩이를 잡고 번쩍 들어 올리자 그녀는 두 다리를 벌려 나의 양 다리를 에워쌌다. 나의 모비 딕이 물속에서 그녀의 중심에 꽂혔다. 무지개 동굴은 우리의 신음 소리로 울려 퍼졌고 그 메아리는 아주 길게 지류 쪽으로 흘러 내려갔다. 나의 양손은 그녀의 엉덩이를 떠받쳤고 나의 모비 딕은 그녀의 구멍을 격렬하게 뒤흔들었다. 시간이 멈추고 공간이 흐릿해졌다. 오직 구멍 속의 구멍만이 존재했다. 모비 딕은 엄청난 힘으로 구멍을 향해 진격하고 또 진격했다. 거짓말도 없었고 진실도 없었다. 속임수도 없었고 정의도 없었다. 핵무기도 없었고 예수도 없었다. 오직 모비 딕과 무지개 구멍만이 있었다. 우리는 짐승처럼 포효하면서 절정을 향해 나아갔다. 무지개 구멍은 엄청난 힘을 가진 모비 딕이 되었고 모비 딕은 거대한 에너지를 방출하며 행복한 무지개가 되었다. 시간은 멈추었고 우리는 하나의 모비 홀, 큰 구멍이 되었다.

6장 악^惡의 비범성

그로부터 얼마 후 송수연과 나는 2박 3일의 일정으로 이스라엘로 떠났다. 떠나기 전 우리는 권 박사와 두 중삼문과 마지막 미팅을 했다. 권 박사는 한국의 운명이 우리에게 달렸다며, 무사히 임무를 수행할 것을 당부했다. 송수연과 권 박사는 포옹을 했고 나는 악수를 한 후 영월 삼문대에 준비된 헬기를 타고 성남비행장으로 이동했다. 모사드는 엘알 항공사의 737 여객기를 보냈고 우리는 이스라엘 요원들과 함께 그 큰 비행기를 전세 내다시피 했다. '리버스 카라마조프' 작전의 부책임자는 골드버그라는 요원으로 대단히 예의 바르게 비행기에서 우리를 맞았고 특히 송수연에게 깍듯했다. 모사드 요원들과는 미션이 끝날 때까지 영어로 대화했다. 삼문대 최고의 여전사답게 송수연의 영어는 유창했고 나 또한 언어능력이 탁월하고 유학 경험이 있어 영어에 막힘이 없었다. 비행기 안에서는 송수연과 별 대화가 없었다. 비행기 안에서 물을 자주 마시고 화장실을 자주 가는 것을 보고 나는 그녀가 매우 초조하다는 것을 알았다. 우리는 일등석에 앉아서 요원들이 제공하는 식사와 음료를 마시며 매우 편하게 벤구리온 공항까지 왔다. 공항에 내렸을 때 따뜻한 공기가 느껴졌다. 지중해성 기후라 온화하고 부드러운 바람이 불었다. 모사드의 안내로 우리는 공항에서 어떤 검색도 받지 않은 채 검은 리무진을 타고 바로 숙소로 향했다. 저녁 태양이 사막의 모래를 황금빛으로 물들이는 광경을 보며 송수연이 말을 꺼냈다.

"여기가 젖과 꿀이 흐르는 땅이군요."

"피와 눈물이 흐르는 땅이기도 하죠."

앞 좌석에 앉아 우리를 안내하던 골드버그 요원이 응답했다. 잠시 방문한 여행객은 역사에 무감각할 수밖에 없다. 이런 우리에게 그는 이 땅이 피비린내 나는 전장이라는 점을 상기시켜 주었다. 벤구리온 공항에서 예루살렘으로 가는 길은 사막과 산들에 둘러싸인 이국적인 정경을 우리에게 선사했다. 예루살렘에 가까워질수록 산등성이에 집들이 보였고, 도시는 빽빽한 거주지로 뒤덮여갔다. 건물들은 대체로 낮았지만 서울만큼이나 밀도 있는 도시였다. 예루살렘의 신시가지를 지나자 눈앞에 성벽이 나타났다.

올드 시티다.

밝은 조명이 성벽을 비추자, 성벽은 우윳빛 빛깔로 변하며 신비로움을 자아냈다. 성벽을 보자 나는 비로소 우리의 미션을 실감했다. 이곳은 유대교, 기독교, 이슬람교의 3대 성지로서 세 문화와 종교가 얽히고설킨 공共창조의 예술품이자 공共파괴의 전투장이다.

"두 분이 머무르실 곳은 올드 시티 내의 이슬람 구역에 있는 오스트리아 인 Austria Inn이라는 곳입니다. 올드 시티 내에서는 가장 고급스러운 호텔이기도 하고 요새와 같이 되어 있어 가장 안전한 곳이기도 합니다."

"오스트리아 인이라뇨? 예루살렘에 오스트리아 인이라는 곳이 있나요?"

"19세기 중반 합스부르크 왕가의 도움을 받아 지어진 호텔입니다. 가장 오래된 기독교 순례 호텔이기도 하지요. 오스트리아의 프란츠 요셉 황제가 이곳을 방문하기도 했습니다. 예루살렘은 기독교인들의 영혼의 고향입니다."

"이슬람 구역에 위치해 있다면서요?"

송수연이 물었다.

"아시다시피 올드 시티는 이슬람 구역, 기독교 구역, 유대교 구역, 아르메니안 구역으로 되어 있습니다. 그중에서 이슬람 구역이 가장 큽니다. 수백 년 동안 이슬람의 지배를 받았기 때문에 당연하기도 합니다. 하지만 이 구역은 엘 악스 사원만을 제외하고 이스라엘 군인들이 통제하고 있어요. 걱정하지 않으셔도 됩니다. 이 호텔은 십자가의 길 4처 바로 앞에 있는데 이스라엘 군인들이 총을 들고 지키고 있습니다. 지금은 모사드 요원들이 철벽 통제를 하고 있습니다. 그리고 오스트리아 인은 높은 돌벽으로 둘러싸여 있어 가장 안전한 곳 중 하나입니다. 2박

3일 동안 두 분과 우리 요원 이외에 어떤 고객도 없습니다. 우리가 통째로 빌렸으니까요. 안심하셔도 됩니다."

검은 리무진은 남쪽 길로 접어들어 북쪽에 위치한 다마스쿠스 성문 쪽으로 들어갔다. 이슬람교도들이 붐비는 곳이기도 하고 골목도 좁아서 검은 리무진이 간신히 지나갈 수 있을 정도였다. 상점들이 즐비한 곳이라 성지라기보다는 잡상인들이 붐비는 시장바닥이었다. 다마스쿠스 성문을 지나쳐 오른쪽으로 1킬로미터 정도를 가니 높은 담장에 둘러싸인 호텔이 나왔다.

Via Dolorosa 37

십자가의 길 37번지. '십자가의 길'이라…. 이런 길이 정말 있었구나. 아치 모양의 나무 대문 옆에 돌로 새겨진 오스트리아 인의 주소를 보자 나는 우리가 정말 예수를 복제하러 왔구나라는 생각에 전율을 느꼈다. 성경으로만 읽었던 장소, 곧 신화로서만 여겨졌던 현실감이 전혀 없었던 장소가 내 눈앞에 버젓이 펼쳐지자 우리가 정말 예수를 복제하러 왔다는 무모함과 두려움이 엄습했다. 송수연과 나는 눈빛을 교환하며, 우리의 미션이 결코 장난이 아니라는 것을 확인했다. 비록 기독교인은 아니었지만, 우리의 미션이 전 세계 기독교인의 영혼 깊숙이 박혀 있는 신실한 믿음과 그와 연결된 성스러움에 대한 신성모독 행위일지 모른다는 공포심이 갑자기 밀려들었다. 십자가에 못 박힌 '신의 아들'을 다시 끌어내어 2천 년이 흐른 다음 이번에는 못이 아니라 파이펫으로 예수를 못 박게 하는 것은 아닐까라는 의구심이 나를 몸서리치게 했다. 혹시 나는 본디오 빌라도가 아닐까?

오스트리아 인은 두 골목이 직각으로 만나는 T자형 길에 위치하고 있었고 정문의 왼쪽은 십자가의 길로, 정문의 오른쪽은 다마스쿠스 성문으로 가는 길목이었다. 양쪽 길 모두 폭이 4미터 정도로 좁았다. 그 호텔 건너편 십자가의 길 4처에 로마 가톨릭교회가 세워져 있었는데 M16을 든 군인들과 검은 양복을 입은 모사드 요원들이 삼엄한 경비를 하고 있었다. 이에 아랑곳하지 않고 이슬람 아이들이 자전거를 타고 골목길을 휘저었다. 골목 양쪽은 식료품과 온갖 잡동사니를 파는 영세한 가게들이 어지럽게 줄지어 있었다. 난장판이란 말이 딱 어울리는 곳이다. 고개를 들어 호텔 입구를 보니 예루살렘 십자가 깃발이 휘날리고 양옆으로 20미터 높이의 미립나무가 마치 입구를 치키고 있는 장군처럼 보였다. 이런 번잡스러운 시장 한가운데 오스트리아 인은 마치 작은 성같이 우뚝 솟아 있었다. 육중한 하얀색 돌벽이 직각으로 만나는 지점에 아치 모양의 목재 문이 있었다. 골드버그 요원은 벨을 눌러 문을 열어줄 것을 요청했다.

문이 열리고 우리는 Y자 형태로 갈라져 있는 터널형 계단을 따라 올라갔다. 양쪽으로 갈라진 계단의 중앙에는 성모가 예수를 안고 있는 하얀 조각 한 쌍이 놓여 있었다. 모자상의 뒤 공간은 금빛 돔의 형태로 장식되어 있었고 그 아래 받침대에는 합스부르크 왕가를 상징하는 여덟 개의 방패 문양이 붙여져 있었다. 송수연은 속으로 깊은숨을 들이마셨다. 그녀에게 성모와 예수의 이미지가 압박이 되고 있음이 분명했다. Y자 계단을 타고 위로 올라가자 넓은 정원이 펼쳐졌다. 10미터 높이의 야자수들과 5미터 높이의 큰 선인장들, 분홍색 부시들과 높이 솟은 미립나무가 어우러진 이국적인 정원이었다. 호텔 마당에는 커다랗고 하얀 사각 파라솔과 의자들이 놓여 있어 휴양지 분위기를 자아내었다. 송수연이 "멋진 곳이네요."라고 말하자 골드버그 요원은 "이곳이 바로 예루살렘의 오아시스입니다."라고 답했다. 정원 정면에는 3층짜리 오스트리아 인이 고풍스러운 자태를 뽐내고 있었다. 모사드가 전체를 빌린 탓에 우리는 별도의 체크인 없이 요원들의 안내를 받아 엘리베이터를 타고 각자의 방으로 향했다.

자주색으로 칠해진 복도 벽면은 황제들, 수상들, 교황들의 사진과 이들의 방문 내역들이 걸려 있었고 합스부르크 왕가를 상징하는 조그마한 방패 문양들이 호텔 객실 문 옆에 장식되어 있었다. 왕들의 역사를 간략하게 설명한 액자들이 복도를 가득 메웠다. 위엄과 기품, 그리고 역사가 있는 호텔이었다. 우리는 전망이 가장 좋은 3층 객실을 배정받고 "편히 쉬어요."라고 인사를 건넨 후에 각자의 방으로 갔다. 창문을 여니 바로 앞에 황금지붕이 있었다. 지붕은 조명과 달빛에 반사되어 나에게 아라비안나이트를 선사했다. 나는 방에 마련되어 있는 와인을 따서 한 잔 마신 다음 잠자리에 들었다.

내가 아침에 일어났을 때는 오전 7시 30분이었다. 샤워를 하고 옷을 입고 나서 1층 로비로 내려왔다. 나는 이 멋지고 위엄있는 호텔을 한 바퀴 구경하고 싶었다. 1층 로비의 한쪽 벽에는 하얀 옷을 입고 자주색 천을 두른 예수와 두 명의 제자가 문을 들어서는 그림이 걸려 있었다. 로비에는 2단으로 된 몸통과 사각형 머리를 가진 2미터 높이의 고풍스러운 시계가 8시 10분을 가리켰다. 로비 안쪽으로 들어가니 '비엔나 카페'가 있었다. 나는 정신을 맑게 하려고 커피를 한 잔 주문했다. 자주색 소파는 하얀 천장과 고급스러운 조화를 이루었다. 카페를 나와 교황의 사진들이 진열된 복도를 지나니 사인이 걸린 어느 방 입구에 도착했다.

신성가족교회

합스부르크 왕가의 교회였다. 길이가 50미터 정도인 작은 예배당이지만 나는 이처럼 화려하고 기품 있으며 아름다운 예배당을 본 적이 없었다. 은은한 조명이 홀을 밝히고 있고 자주색이 은은하게 빛나는 오스트리아 황제들의 문양이 각기 높낮이가 다른 하얀 바탕의 벽면에 2열로 정렬되어 예수에게 머리를 조아리고 있었다. 오른쪽 높은 창문들은 화려한 스테인드글라스로 장식되어 있었는데 그로부터 들어오는 빛이 예배당을 영롱하게 만들었다. 정면에는 황금 촛대 여섯 개가 예배당에 세워져 있었고 황금으로 장식된 예수의 상을 가브리엘 천사들이 양 옆에서 수호하고 있었다. 정면 벽면에는 황금 액자에 큰 그림이 걸려 있었다. 서로 마주 보는 어린 예수와 성모 마리아, 그리고 어딘가를 손으로 가르키는 아버지 요셉이 묘사된 그림이었다. 예배당의 화려함과 권위에 눌려있다가, 예배당 앞에서 기도하는 사람을 뒤늦게 발견했다. 누구지? 깜짝 놀랐다. 송수연이었다. 그녀의 기도에 방해되지 않게 나는 조용히 예배당을 빠져나와 커피를 들고 호텔의 정원으로 나왔다. 정원은 하얀 꽃들과 분홍색 부시로 어우러져 있었고 선인장과 푸른 나무들은 조화를 이루며 이국적인 풍경을 자아내었다. 밤에 보았던 풍경보다 훨씬 신선했다. 나는 사각 파라솔이 꽂혀 있는 큰 철제 탁자 옆의 의자에 앉아 예루살렘의 아침을 느끼고 있었다. 이윽고 송수연이 커피를 들고 정원으로 나왔다.

"이렇게 멋진 정원은 처음이네요. 정말 예루살렘의 오아시스군요."

송수연은 약간 피곤한 듯, 한편으론 약간 긴장한 듯 보였다.

"그러네요. 색채가 완벽해요. 녹색 숲에서 하얀 파라솔이 마음을 흔드네요."

"앉아서 커피를 즐기시죠. 잠은 잘 잤나요?"

"그게…."

"저는 잘 잤어요. 와인을 한 잔 먹고 잤어요. 수연 씨는 아직 시차에 적응 안 됐죠? 하도 급하게 와서."

"그게 아니라…."

나는 그녀를 물끄러미 바라보았다.

"꿈을 꿨어요."

"무슨 꿈요?"

그녀는 긴 한숨을 쉬고 커피를 한 모금 마신 다음 입을 열었다.

"스트레스를 받았나 봐요. 기괴한 꿈을 꾸어서…."

"무슨 꿈인데요?"

"…예루살렘의 높은 건물 위였어요. 두 그루의 나무와 커다란 두 개의 횃불 사이로 제가 알몸으로 서 있었어요. 근데 저 멀리 사방에서 버섯구름이 솟아났어요. 핵폭탄이었어요. 동서남북에서 차례로 터졌어요. 그러더니 그 검은 구름들이 예루살렘으로 몰려들기 시작했어요. 하늘은 어두워지고 천둥과 번개가 수없이 내려치고 주먹만 한 우박이 떨어졌어요. 사람들은 비명을 지르고 혼비백산하여 어떤 이는 무릎을 꿇고 기도하고 어떤 이는 교회 안으로 도망가고 어떤 이는 저를 향해 구원해 달라고 소리쳤어요. 검은 구름들은 이제는 용이 되어 변하더니 사람들을 잡아먹기 시작했어요. 용들이 뿜은 불기둥이 하늘 높이 솟았어요. 예루살렘의 가장 높은 곳에 제가 알몸으로 있고 사람들이 저를 바라보는 거예요. 그러더니 제 몸에서 빛이, 황금빛이 났어요. 저의 황금빛을 받아 황금지붕이 반짝이더니 검은 구름에 맞서서 태양처럼 밝게 빛나기 시작했어요. 그러더니 황금지붕 위 하늘에서 날개가 달린 하얀 백마를 탄 수만 명의 기병대가 나타났어요. 이 기병대와 용들 사이에 거대한 전투가 벌어졌는데 용들의 불에 기병대는 속수무책으로 당했어요. 병사들이 땅에 떨어질 때 용들은 이들을 낚아채어 사지를 찢어 죽이기도 하고 갑옷을 벗긴 후 산 채로 잡아먹기도 했어요. 그러더니 그중에서 가장 큰 검은 용이, 뿔은 은색으로 빛나서 더욱 검게 보이는 용이, 제 앞으로 와서 예루살렘의 하늘을 가렸어요. 어찌나 무섭던지 저는 기겁을 했죠. 그 용은 저를 뚫어지게 보더니 핏기로 물든 붉은 혀를 날름거렸어요. 그런데 이때 하늘에서 천사 둘이 검은 구름을 뚫고 내려와서 제 양쪽에 섰어요. 천사들의 얼굴은 용맹스러우면서도 남자다웠어요. 이때 그 용이 저를 향해 불을 내뿜었어요. 저는 비명을 질렀는데 양쪽에 있는 천사들이 날개로 이 불을 막았어요. 그러더니 이 천사들이 날아서 그 용과 싸우기 시작했어요. 근데 다른 검은 용들이 몰려들더니 이 두 천사를 갈가리 찢어버렸어요. 이제는 예루살렘 하늘이 이 용들로 뒤덮였고 이들 모두가 하늘에서 저를 정면으로 노려보는 거예요. 저는 이제 죽었구나 했는데 제 오른쪽에 있는 교회 위에서 성모님이 앉아 계신 거예요. 성모님은 발가벗은 저를 보더니 저 멀리서 구름을 타고 오셨는데 아기를 안고 계셨어요. 어제 이 호텔 계단을 올라올 때 본 그 동상의 모습과 비슷했어요. 순간 용들은 멈칫하더니 성모님이 저에게 다가오시는 것을 바라보는 거예요. 용들은 이들에게 불을 쏘아 댔지만 어찌 된 일인지 방어막이 있는지 불들이 닿지가 않았어요. 성모님은 인자한 얼굴로 저에게 다가오더니 그 아이를 저에게 건네주었어요. 저는 알몸으로 그 아이를 받아서 안았는데 그 아이는 저에게 뽀뽀를 하기 시작했어요. 저는 그 아이와 뽀뽀를 했는데 어찌 된 일인지 그 아이가 저의 입속으로 쑥 들어가더니 제 배 속으로 들어가 버린 거예요. 저는 배가 너무도 아파 주저앉아 비명을 질렀어요. 성모님은 어디로 갔는지 사라졌어요. 제가 배가 아파 어쩔 줄을 모르고 용들은 이제 불을 저에게 뿜을 기세였어요. 근데 하늘에서 음성이 들리기 시작하는 거예요. '일어나라! 일어나라! 내가 곧 간다!' 그래서 저는 음성이

시키는 대로 자리에서 일어났어요. 그때 황금지붕에서 황금빛을 뿜더니 저의 배를 비추었어요. 저와 황금지붕이 예루살렘 전체를 황금빛으로 물들였고 제 배가 꿈틀거리더니 배에서 제 다리 사이로 뭔가가 쏟아지는 거예요. 저는 무의식적으로 다리를 활짝 벌렸는데 글쎄….”

“뭐가 나왔나요?”

“뱀들이…황금색을 띤 조그만 뱀 무리들이 우글거리면서 한없이 제 다리 밑에서 쏟아져 나왔어요. 저는 기겁을 했죠. 뱀들이 쏟아져 나와 어떤 것은 날아서 어떤 것은 땅으로 기어서 황금지붕 쪽으로 가는 거예요. 황금지붕은 점점 더 밝아지더니 태양처럼 빛나서 눈을 뜨고 볼 수가 없었어요. 그 뱀들은 황금지붕을 돌더니 점점 더 커지더니 황금뿔을 가진 황금용들이 되어서 하늘로 승천했다가 황금빛 불을 뿜기 시작했어요. 예루살렘의 검은 구름들은 점점 황금색 구름으로 바뀌기 시작했어요. 그러더니 그 황금용들은 검은 용들과 하늘에서 싸우기 시작했어요. 황금불과 붉은 불이 하늘을 수놓았는데 용들이 싸우면서 지중해 하늘로 올라갔어요. 이때 황금용들이 검은 용들을 제압하기 시작했어요. 그러더니 황금용들은 저 멀리 지중해 위에서 검은 용들을 물리쳤고 검은 용들은 바다에 빠졌어요. 황금용들은 몸을 둥글게 말더니 다시 버섯구름들 쪽으로 가서 입에서 나온 황금불로 그 구름들을 제압했어요. 그런데 이때 갑자기 제 배가 아파오면서 무엇인가가 또 나왔어요.”

“이번에는 뭐가 나왔나요?”

“글쎄, 이번에는 제 배에서 검은 뱀의 무리들이 갑자기 쏟아지기 시작하는 거예요. 이걸 본 황금용이 제 배 속에서 나온 우글거리는 검은 뱀들을 황금불로 죽이기 시작했죠. 그러더니 나를 정면으로 바라보더니 입을 벌려 황금불을 쏘았어요. 그때 놀라서 벌떡 일어났죠.”

“아마겟돈이군요.”

“네?”

“요한계시록에 나오잖아요. 요한계시록과 비슷한 내용들이 있군요. 일곱 개의 나팔 소리가 들리고 별들이 하늘에서 떨어지고 그분은 하늘에서 구름을 타고 오고, '내가 곧 간다.' … 요한계시록의 유명한 구절이죠."

"그런 내용이 나오나요?"

"이번에 바단을 만날 때 읽어 보라고 성경을 주었잖아요. 우리 작전명이 '아마겟돈'이라서 요한계시록을 자세히 읽어봤죠. 똑같은 내용은 아니지만 비슷하게 겹치는 장면들이 나오네요. 요한계시록과 우리 미션이 뒤섞여서 수연 씨 무의식 속에 있다가 잔상이 되어 꿈으로 나타났나 봐요."

"그렇군요. 근데 꿈을 꾸고 나서 갑자기 자신감이 없어졌어요. 하도 생생하고 무서운 꿈을 꾸어서 그런지 온몸에 힘이 빠지면서 두려움이 밀려들었어요."

"그래서 아침에 예배당에서 기도를 했군요. 저는 수연 씨가 무교라고 알고 있었는데 기도하는 모습을 봐서 우리 미션을 완수해달라고 기도하는 줄 알았어요."

"저도 인간인가 봐요. 조국을 구하겠다는 일념으로 여기에 왔는데 갑자기 꿈을 꾸고 나니 심란해졌어요. 저도 예루살렘이 처음인데 이곳은 신화가 아니라 역사적 실재라는 것이 느껴져요. 종교의 무게, 아니 예수님의 무게가 느껴져요. 제가 예수님을 잉태한다는 것 자체가 무엇을 의미하는지 몰랐는데 어제 여기 도착하고 나서 점점 더 중압감을 느껴요. 제가 그래도 되나, 한낱 인간이 인류 문명의 거대한 축인 기독교를 가지고, 아니 신성을 가지고 실험을 해도 되나, 이것이 얼마나 불경스럽고 오만한 짓인지 … ."

"오만한 미션이죠. 예수의 유골이 진짜인지도 모르고 설사 복제를 했다고 해서 아이가 정상적으로 나올지도 모르죠."

나는 송수연의 불안한 눈빛을 보며 조심스레 입을 열었다.

"우리 그만둬요. 무모한 짓이에요."

"그만두면 어떻게 할 건데요?"

"팔레스타인으로 가서 요르단으로 빠져나갑시다. 내가 알아봤는데 여기서 5분만 걸어가면 다마스쿠스 성문이 나와요. 어제 우리가 리무진을 타고 들어온 문 있잖아요. 바로 밖으로 나가면 팔레스타인으로 가는 버스가 있어요. 그걸 타고 팔레스타인으로 가서 요르단 국경을 건너면 돼요."

이 말이 떨어지자마자 입구 쪽 계단에서 여자 노인이 하얀색 투피스를 입고 나타나더니 우리 쪽 테이블로 와서 말을 건넸다.

"한국에서 온 송수연 씨와 강대웅 씨죠?"

우리는 자리에서 일어나 목례를 했다.

"저는 오늘 여러분의 투어를 안내할 도리스예요. 히브리 대학의 역사학과 교수이자 데이빗의 아주 친한 친구죠."

"데이빗이라뇨?"

"바단 국장요. 퍼스트 네임이 데이빗이거든요."

"아, 네, 반갑습니다. 투어 가이드를 맡아주셔서 대단히 감사합니다!"

"아침이 옥상에 마련되어 있으니 호텔 옥상으로 가요. 예루살렘에서 가장 멋진 풍경을 볼 수 있어요."

엘리베이터를 타고 3층에서 내려 옆으로 난 계단을 올라가니 예루살렘을 한눈에 볼 수 있는 풍경이 펼쳐졌다. 내가 풍경에 감탄하고 있을 때, 송수연이 놀란 듯한 목소리로 "어젯밤 꿈에 서 있던 곳이군요."라고 응답했다. 예루살렘의 하얀 건물들이 아침 햇살을 받아 더욱 하얗게 빛났고 옥상 가운데에 널찍한 테이블을 커다란 사각 파라솔이 덮고 있었다. 약간 떨어진 세 개의 테이블에는 아침 뷔페가 맛깔스럽게 차려져 있었다. 하얀색 아침의 향연이었다. 식탁에 앉기 전 도리스는 우리에게 왼쪽부터 오른쪽으로 예루살렘의 파노라마를 설명했다. 왼쪽 끝에 보이는 감람산, 바로 앞에 보이는 무하메드가 하늘로 승천했다는 엘 악사 사원과 황금사원, 노란색 벽과 지붕 사이로 커다란 깃발이 휘날리는 그리스 정교회 건물, 하얀색 지붕의 유대인 회당, 첨탑 모양의 루터 교회, 골고다 언덕 끝에 위치한 예수무덤성당, 두 개의 첨탑 사이에 성모상으로 장식된 바티칸 소유의 노트르담 호텔들이 아름답게 예루살렘의 하늘 아래 공존하고 있었다. 인류의 역사만큼이나 뒤죽박죽인 다종교들이 태양 아래 신들을 떠받치고 있었다. 우리는 식탁 자리에 앉아 웨이터에게 커피 주문을 하고 뷔페 테이블로 가서 샐러드, 빵, 요구르트, 슈니첼 등을 담아 식사를 시작했다.

"내가 예루살렘에서 가장 좋아하는 장소예요. 풍경도 좋고 정원도 좋고 성당도 좋고 무엇보다 비엔나 커피가 맛있죠. 이렇게 호텔 전체를 통째로 빌려서 옥상을 독점한 경우는 처음이에요. 이 시간쯤 되면 관광객들이 옥상을 점령하죠."

"영광입니다."

내가 도리스에게 응답했다.

"별말씀을요. 당신들은 데이빗의 아주 특별한 손님이잖아요."

"당신도 모사드 요원인가요?"

"하하하. 그렇게 보이나요? 난 히브리 대학 역사학과 교수예요."

"아, 그러시군요. 그래서 저희를 가이드해 주시는군요. 저도 역사학을 전공했어요."

송수연과 도리스는 서로의 공통분모를 찾았고 도리스는 무척 기뻐했다. 도리스는 아침 식사 내내 예루살렘의 역사에 대해 이야기해 주었다. 송수연은 그녀의 설명에 빠져들었고 옥상에 펼쳐진 공존의 도시는 파괴와 전쟁의 역사 위에서 비로소 이루어진 사실임을 깨달았다. 나는 여기서 도망칠 생각에 머리가 복잡해서 도리스의 설명이 잘 들어오지 않았다.

"근데 교수님 전공은 무엇인가요? 역사학도 분야가 꽤 많잖아요."

송수연이 호기심에 물었다.

"홀로코스트학을 전공했죠."

"홀로코스트학이라뇨?"

"2차 대전 이후에 유대인, 독일인, 미국인들을 중심으로 홀로코스트에 대해 본격적으로 연구하기 시작했죠. 왜, 어떻게 이 끔찍한 일들이 일어났는지를 연구하는 역사학 분과예요."

"그 분야를 선택하게 된 이유가 있나요?"

도리스는 커피를 한 모금 마시고 잔을 내려놓으며 말했다.

"난 어린 시절을 아우슈비츠에서 보냈어요. 데이빗을 그곳에서 만났죠. 우리는 이 세상에서 가장 친한 친구예요."

우리는 그녀의 말에 깜짝 놀랐다. 송수연은 당황한 기색을 감추며 질문을 이어갔다.

"구체적으로 어떤 연구를 하셨어요?"

"홀로코스트를 다룬 책 중에서 가장 유명한 책이 어떤 것인지 아세요?"

"글쎄요. 당신이 쓴 책인가요?"

"그랬으면 좋겠네요, 하하하. 『예루살렘의 아이히만』이란 책을 들어본 적이 있나요?"

"한나 아렌트가 쓴 책 아닌가요?"

"그래요. 나의 인생은 그 책과의 투쟁이라고 볼 수 있어요."

"투쟁이라뇨?"

"그 책의 가장 유명한 구절이 '악의 평범성'이에요. 나는 그 테제를 무너뜨리기 위해 평생을 공부했죠. 아직도 많은 사람들이 그 테제를 믿고 있어요. 위대한 학자의 잘못된 사상이 얼마나 많은 해악을 끼치는지 몰라요. 사람들은 생각도 하지 않고, 고민도 하지 않고 유명한 사람들의 말이라면 곧이곧대로 받아들이죠."

"그 테제는 저도 알고 있어요."

"아이히만 납치 사건은 모사드의 작전 중 가장 유명해요. 데이빗은 젊은 시절 그 프로젝트의 팀원으로서 아르헨티나로 직접 가서 아이히만을 납치했죠. 예루살렘의 법정에서 아이히만은 재판을 받았고 아렌트 교수가 미국에서 날아와 직접 그 재판을 참관하고 조사했죠. 그런 다음 쓴 책이 『예루살렘의 아이히만』이고 아렌트는 아이히만이 타자의 관점에서 사유할 능력이 없기 때문에 악이 너무나 평범하다고 썼죠. 데이빗은 그 책이 발간되자마자 그 책을 읽었고, 책을 읽자마자 갈기갈기 찢어버렸죠. 아렌트는 홀로코스트를 입으로만 들었고 몸으로 체험하지 못했다고 데이빗은 길길이 날뛰었죠. 아렌트는 아이히만이 '사유의 진정한 불능성' 때문에 그가 행한 악이 특별한 것이 아니라고 설명했죠. 그 사유의 결함 때문에 무엇이 옳은지 그른지도 모른 채 나치가 시키는 대로 했다는 것이죠. 말도 안 되는 소리죠. 전형적인 철학자적 오류죠. 데이빗은 나에게 아이히만의 과거 행적을 연구하라는 '명령'을 내렸고 역사학자로서의 나의 첫 논문은 아이히만의 일생에 관한 것이었죠. 아이히만은 특별한 재능이 있었던 사람도 아니고 학교에서 학업성적이 부진한 그저 그런 평범한 인물이었어요. 별 볼 일 없는 외판원 직업을 전전하던 그런 인간이 출세를 하기 위해 온갖 수단과 방법을 가리지 않고 나치 제국의 최고의 자리까지 올라갔어요. 상식적으로 생각해 봅시다. 내가 재직하는 히브리 대학에서 학장이나 총장이 되는 데 얼마나 많은 권모술수가 일어나는지 모릅니다. 가장 고상하다는 대학에서조차 출세를 하려면 온갖 술수를 써야 해요. 하물며 나치 제국의 최고의 자리에 오른 자가 사유할 능력이 없다고요? 말도 안 되는 소리죠. 그는 적극적으로, 아주 적극적으로 유대인을 몰살할 수 있는 생각을 짜내고 또 짜냈어요. 아렌트는 법정에 선, 변명으로 일관된 그의 말을 깊이 생각지 않고 받아들였어요. 그 철학자는 아이히만의 구체적인 행동을 본 것이 아니라 사후적으로 구성된 변명을 들었던 거예요. 아렌트는 뇌관이 제거된 악을 본 거죠. 그러니 악이 평범하게 보였던 거죠. 아이히만의 악은 치밀하고 계획적이었고 생각하고 또 생각해 낸 '사유의 산물'이었어요. 선만 공부를 하는 게 아니에요. 악도 공부를 할 줄 알죠. 아렌트의 주장과 달리 악은 '사유의 불능성' 때문에 일어나는 것이 아니라 '사유의 만능성' 때문에 일어나요. 그 사유의 만능성은 '모든 것은 가능하다.'는 곧 6백만도 죽일 수 있다는 결론으로 나아갔고 우리의 상상을 뛰어넘은 결과로 이어졌죠. 나는 내 논문을 아렌트 교수에게 보냈지만 아무 대답도 받지 못했어요."

이때 계단 쪽에서 옥상으로 골드버그 요원이 올라오더니 오늘 관광 채비가 다 되었다고 도리스에게 말했다. 도리스는 통곡의 벽, 황금사원, 성벽 지하 탐방, 야드 바셈 순으로 오늘의 관광 일정이 잡혀 있다고 말하고 호텔 로비에서 30분 후에 만나자고 했다. 나는 여기서 도망칠 기회가 없다는 것을 느꼈고 일단 모사드가 안내하는 관광 일정에 몸을 맡기기로 했다.

우리가 오스트리아 인을 나설 때 모사드 요원 9명이 우리를 둘러싸 철통 경호에 들어갔다. 통곡의 벽은 호텔 정문을 나와 십자가의 길 4처를 100여 미터 가면 나왔다. 통곡의 벽으로 들어가는 길은 M16으로 무장한 군인들이 지키고 있었고 모사드가 미리 말을 해 놓았는지 우리는 아무 검문 없이 통과했다. 검색대를 통과하자 정면에 웅장한 누런색 성벽이 드러났고 그 아래 검은 카프탄 외투와 중절모를 쓴 수백 명의 유대인들이 개미 떼처럼 보였다. 도리스는 통곡의 벽이 높이 19미터, 길이 57미터로 그렇게 크지 않다고 말하고 예전에는 이것보다 훨씬 높고 길었다고 설명해 주었다. 도리스는 요한복음을 인용하면서 성전을 건축하는 데 46년이 걸렸지만 완공된 후 로마에 의해 붕괴되었다고 설명했다. 도리스는 여러 역사서에 나와 있는 내용을 바탕으로 울퉁불퉁한 성전산 위에 어떻게 평평한 터를 만들었고, 4톤이나 되는 돌을 어떻게 구하고 옮겼는지를 자세히 설명했다. 성벽 건너편에 이슬람의 황금사원이 있는데 우리는 통곡의 벽 오른쪽으로 나 있는 통로를 따라 그곳으로 갔다. 도리스에게 이곳에 이슬람 사원이 들어선 연원에 대한 설명을 들으며 10여 분을 걸어서 황금 사원 아래 도착했다.

"기하학적으로 정말 멋있네요."

"그렇죠. 이슬람은 건축과 예술이 아주 발달한 종교예요. 신을 숭배하는 데 아름다움이 빠질 수가 없죠."

"사람들은 모두 황금을 좋아하나 봐요. 황금지붕을 해 놓으니 눈에 띄는군요."

"저 황금지붕은 90년대에 요르단 국왕이 씌운 거예요. 예전에는 청동합금으로 만들어 놓았던 거죠."

황금사원과 엘 악사 사원의 널찍한 마당을 한동안 거닐며 나는 멀찍이 도리스 교수와 송수연이 금세 친구가 된 듯이 가까워진 것을 보고 흐뭇했다. 그녀는 삼문대 대원이 되지 않았다면 아마 역사학자가 되었을 거야.

엘 악사 사원을 빠져나와 우리는 통곡의 벽 왼쪽에 위치해 있는 지하 성벽 관광을 했다. 도리스는 해박한 역사적 지식으로 성전산 축조 과정에서의 여러 기술적인 문제를 설명했다. 그녀의 깊이 있는 설명을 들으면서 우리는 지하의 좁은 성벽 길을 따라 밖으로 나왔는데 그쪽은 바로 십자가의 길로 통했다.

밖으로 나오자 검은색 리무진이 대기하고 있었다. 우리는 도리스 교수와 골드버그 요원과 함께 야드 바셈으로 향했다. 올드 시티에서 북쪽으로 30분 정도 차를 타고 가니 '기억의 산'이 나타났고 나무 숲속 한가운데 프리즘 모양의 삼각형

입구가 보였다. '영원히 간직해야 할 이름'이라는 뜻을 가진, 홀로코스트 기념관 야드 바셈이었다.

"여기 오면 항상 떨려요."라며 도리스가 말했다. 야드 바셈은 삼각 프리즘을 길게 통과하는 구조로 되어 있어서, 마치 어두운 동굴 같은 느낌을 주었다. 바깥의 뜨거운 태양이 비치는 곳에서 입구에 들어서자 어두움이 내려왔다. 삼각 프리즘 벽면은 스크린이 되었고 아이들의 합창하는 영상이 나왔다. 유럽 유대인의 평온한 일상. 아이들이 웃고 떠들며 뛰어놀고 유대인 공동체는 따뜻한 미소로 서로 인사를 한다. 이 프리즘은 180미터나 뻗어있고 저 끝에 희미한 빛이 비쳐온다. 방문객은 이 프리즘을 직선으로 통과할 수 없다. 역사와 인생이 비극으로 꾸불꾸불하게 진행되듯 프리즘 통로의 중간 중간에 설치물을 놓아두어 프리즘 양쪽에 설치된 전시실로 꺾어 들어가게 만들어 놓았다. 첫 번째 프리즘 통로에 설치된 거대한 사진에 우리는 경악했다. 쌓여 있는 시체들과 나뭇더미. 나치가 수천 명의 유대인을 죽이고 나서 이들을 차마 태우지 못하고 그대로 방치한 사진이었다. 입구의 삼각 프리즘과 이 거대한 사진은 서로 마주보며 극명한 대조로 사람의 마음을 흔들었다. 이 거대한 학살 사진 아래 유리로 된 작은 진열대가 있었는데 죽은 자들의 주머니에서 발견된 작디작은 소유물들이었다. 가족 네 명이 해변가에서 수영복을 입고 포즈를 취한 사진, 신분증, 사랑하는 딸, 아들의 사진, 친구들끼리 축구를 하고 찍은 사진, 단정히 양복을 차려입고 찍은 가족사진, 가족에게 보내는 마지막 편지.

"책을 태우는 곳에서는 또한 사람들도 타게 되어 있다."

이 거대한 사진을 지나면 이 글귀로 시작하는 영상이 우리의 눈길을 끌었다. 대학에서 학생들이 모여 책을 태운다. 나치를 추종하는 시민들과 학생들이 열을 지어 나타나더니 '책의 화형식'을 거행하고 있다. 베를린의 오페라 광장 앞에서 책들의 화형식이 거행되고 베를린의 밤은 불타오른다. 카를 마르크스의 책이 타오른다. 카를 카우츠키의 책이 불타오른다. 10년 후 사람들이 전 유럽에서 불타오른다. 시인 하인리히 하이네가 1821년 말했다는 이 말은 학살 현장에서 불타는 시체를 정확히 예견한 듯하다. 시인은 미래를 꿰뚫어 보는 예언자로 우리들에게는 없어서는 안 될 존재다. 우리 앞을 막은 사진 때문에 우리는 자연스럽게 프리즘 통로의 오른쪽으로 방향을 틀었다. 거대한 스타디움에서 나치 경례를 하고 있는 시민들, 다른 한편에는 악마와 벌레로 묘사된 유대인들, 독일의 상징인 독수리를 온 몸통으로 조이고 있는 뱀으로서의 유대인들. 나치의 등장으로 유대인들은 모든 것을 빼앗기고 그들의 평온한 삶은 무너진다. 노란색 다윗의 별을 달고 게토로 쫓겨나서 인간 이하의 삶을 살며 비참한 얼굴을 하고 있는 유대인들. 긴 프리즘은 이들이 겪은 고통의 터널이었다. 이들은 게토에서 아우슈비츠로 이송되고 그곳에서 강제노동을 하다가 끝내 독가스실로 보내진다. 그리고 유리 바닥 아래 깔려 있는 수천 개의 낡디낡은 신발들. 그들의 마지막 삶의 흔적이었다. 도리스는 유리 바닥 아래 깔린 신발들을 보며 눈시울을 붉혔다. 송수연은 그녀의 옆으로 가서 그녀를 쓰다듬어 주었다. 우리가 그 전시실을 빠져나와서 프리즘 통로의 거의 끝에 도달했을 때 뜻밖에도 아니면 필연적으로 아이히만 재판에 관한 전시물이 설치되어 있었다.

도리스는 우리를 보더니 질문을 던졌다.

"악이 평범해 보이나요?"

우리는 그녀의 질문에 대답할 수 없었다.

"악은 치밀하고 집요해요. 선만 공부를 하는 것이 아니라 악도 공부를 하죠. 악에는 때로 천재성이 있어요. 악은 이데올로기를 만들고 관료조직을 만들고 국가도 만들 줄 알죠. 사람들을 속이고 도둑질하고 강간하고 학살을 하죠. 악은 반대자를 불태우고 독가스실로 보내요. 악은 모든 것을 가능하게 하는, 우리의 상상력을 뛰어넘는 비범함이 있어요. 내가 평생을 바쳐 연구해서 깨달은 가장 중요한 교훈이 이거예요. 악은 비범해요. 거대한 악은 반드시 비범해요."

7장 리버스 카라마조프 또는 운명

야드 바셈 방문을 마친 다음 우리는 바단과 저녁을 하기 위해 모사드가 준비한 차량을 탔다. 차는 다시 올드 시티를 향했고 우리는 석양에 물든 노란 도시가 선사하는 이국성의 빛깔에 취했다. 우리가 도착한 곳은 유대인 구역으로 통하는 '시온문'Zion Gate이었다.

"여기가 시온산이에요. 수천 년간 유대인들은 이곳에 다시 오려고 했지만, 2천 년이 지나고 나서야 왔죠."

시온산이라는 곳이 이렇게 낮은 곳이었나. 건너편에 감람산이 보였고 누런색의 종교 사원들이 올드 시티 성벽 바깥쪽 숲속에 위치했다. 우리는 모사드 요원들의 호위를 받으며 그녀를 따라서 300미터 정도 동쪽 언덕 아래로 걸어갔다.

"어디로 가는 거죠?"

송수연이 도리스에게 물었다.

"아주 특별한 곳이에요. 조금만 더 가면 돼요."

조금 더 내려가니 아치형의 돌문이 나타났고 히브리어 아래 다음과 같은 영어 표식이 나왔다.

Room of the Last Supper (최후의 만찬 방)

2층의 낡은 돌집이었다. 어두한 입구를 지나 왼쪽 위로 올라가는 돌계단을 따라 2층 문에 당도했다. 주위에 수십 명의 모사드 요원이 총을 들고 삼엄한 경계를 하고 있었다. 2층 입구에 들어서자 작은 홀이 있었는데, 여기서 저녁 식사가 준비되고 있었다. 이 홀 바깥으로 나가는 철문을 하나 다시 통과하자 큰 테라스가 나왔고 반대편에 다시 문이 하나 있었다. 우리가 이 문을 들어서자 큰 홀 중앙의 식탁에 앉아 있던 모사드 국장 바단이 환한 미소를 지으며 우리를 맞았다.

"당신이 제임스 본드군요."

내가 먼저 인사했다.

"하하하, 내가 제임스 본드지. 멀리서 와 주어서 고맙네."

"도리스 덕분에 예루살렘 구경을 아주 잘했어요."

송수연이 답례를 했다.

"도리스, 고마워."

바단은 도리스와 만나더니 양쪽 볼로 인사를 하며 다정함을 과시했다.

그의 인상은 우리의 편견을 깼다. 그는 암살 기계라기보다는 교수 같았다. 크고 다정한 눈빛을 가진 지적이고 온화한 외모를 풍기는 이 숱이 많은 백발의 노인은 여느 청년 못지않은 근육을 가지고 있었다. 그가 입은 파란 셔츠는 다부진 근육으로 팽팽했고, 그의 지적인 얼굴을 더욱 빛내주었다.

최후의 만찬 방은 50평 정도의 크기로 낡아 보였지만 아치형의 기둥이 떠받치고 있어 우아함을 자아내었다. 예수와 12명의 제자가 만찬을 하기에 적당한 크기였다. 방 중앙 구석에 큰 정금촛대인 메노라가 환하게 방을 밝혔다. 미션이 미션인 만큼 이 방에서 알 수 없는 비장함이 느껴졌다.

"영광입니다. 이렇게 역사적인 장소에서 저녁을 하게 되어서요. 여기서 식사를 할 수도 있나요?"

"아뇨. 아무도 할 수 없어요."

도리스가 대답했다.

"아주 특별한 손님이니까 아주 특별한 장소로 두 사람을 모신 거지. 모사드가 아니면 이런 특별한 장소를 빌리지는 못해."

바단이 답했다. 오늘의 식사를 준비하는 웨이터가 와서 와인을 따르자 도리스가 와인 잔을 들며 건배를 제안했다.

"마지막 미션의 성공을 위하여!"

"위하여!"

두 웨이터는 다양한 치즈, 크래커, 과일, 샐러드로 이루어진 에피타이저를 가져왔고 우리는 메인 요리가 나올 때까지 예루살렘 관광에 대한 이야기를 나누었다. 송수연과 도리스가 역사 전공이라서 금세 친구가 되었다는 말도 빼먹지 않았다. 송수연이 세계적인 도시 중 이렇게 고풍스럽고 다양하며 역사적 깊이를 가진 곳은 없다며 입이 닳도록 예루살렘을 칭송했다. 바단은 흐뭇해했고 기분이 좋아 보였다. 분위기는 무르익어 갔고 와인 한잔을 완전히 비우자 스테이크 메인 요리가 나왔다.

"권 박사는 잘 지내고 있소?"

바단이 스테이크를 썰며 송수연에게 물었다.

"… 네, 잘 계십니다."

"우리의 딜이 한국에서 잘 이루어질 수 있었는데 중간에 CIA와 프리메이슨이 끼어서 상황이 복잡해졌소. 모든 사람들이 그 궁극의 기술을 원하니까. 실험은 잘되고 있나요?"

"네, 잘되고 있습니다."

송수연의 대답은 짧았고 분위기가 다소 냉랭해지자 나는 다소 과장하여 실험 상황을 전했다.

"아주 잘되고 있습니다. 복제뿐만 아니라 인공지능기술도 세계 최고 수준입니다."

"나도 들었소. 세계 최강의 BT기술과 IT기술을 보유하고 있어서 부럽군요. 핵무기만 없어서 그렇지."

"미국이 한국에 핵우산을 제공하고 있는데 줄기세포 때문에 두 나라의 관계가 틀어졌나요? 외교 문제에 대해서는 제가 아는 바가 없어서요."

"그것도 하나의 큰 변수지. 권 박사는 처음엔 핵무기에 관심이 없었소. 모사드가 미국 CIA 비밀 보고서를 빼내서 권 박사에게 넘겼지. 그 보고서를 보고 우리의 제안을 받아들였소."

"어떤 내용인가요?"

"북한이 한국을 핵 공격할 수 있다는 보고서였소. 그러면 미국은 보복 공격을 할까 안 할까? 어떻게 생각하오?"

"당연히 보복 공격을 하겠죠."

"그렇게 간단하면 왜 권 박사가 몸이 달아올라서 우리의 제안을 덥석 물었을까?"

"보복 공격을 하지 않나요?"

"하지 않는 걸로 CIA 기밀 보고서에 나와 있어서 나도 놀랐지. 미국이 북한의 핵 선제공격을 보복하지 않는 이유가 있어. 왜냐하면 북한은 자살 국가이기 때문이야. 핵무기를 가지고 너 죽고 나 죽자는 식으로 나오면 감당할 수가 없어. 나는 항상 전쟁을 수행하기 때문에 전쟁에 대한 책을 많이 읽는다오. 위대한 전쟁의 철학자 폴 비릴리오를 보자고. 그는 전체주의와 파시스트를 구분해. 전체주의에서는 국가가 전쟁 위에 있지만 파시스트에게는 전쟁이 국가 위에 있어. 파시스트에게 전쟁은 과연 무엇일까? 왜 자신이 죽는지를 알면서 모두를 공격할까? 그것은 이기기 위한 전쟁이 아니라 영웅적 파토스를 성취하기 위한 죽음의 축제야. 히틀러와 마찬가지로 북한의 수령도 영웅적 파토스의 화신이지. 나치가 히틀러를 향해 '죽음 만세'를 외쳤던 것처럼 북한도 수령을 향해 '죽음 만만세'를 외치는 파시스트 국가야. 영웅주의와 허무주의가 결합된 파시즘이 핵무기를 시로 변환시키는 거야. 핵무기는 민족이자 수령이다! 핵무기는 우리의 생명이자 죽음이다! 핵무기는 우리의 정신이자 자존심이다! 따라서 핵무기는 아름다움 그 자체다! 미국에게는 나치보다 북한이 더 무서운 거야. 왜냐하면 나치는 그냥 자살 국가이지만 북한은 핵무기를 가진 자살 국가거든. 그러니까 설사 북한이 남한을 공격하더라도 보복 핵 공격은 할 수가 없는 거야."

"그럴듯한 논리군요. 근데 설마 북한이 핵 공격을 할까요?"

"나는 남한 사람들을 이해할 수 없소. 핵발전소는 무서워하면서 핵무기는 무서워하지 않는 기괴한 사람들이지. 순진해서 그런 건지, 세계사에 대해서 무지해서 그런 건지, 아니면 미국의 정신적 노예가 되어서 그런 건지 모르지. '미국이 영원한 우방이니 그들이 우리를 지켜줄 거야'라는 노예적 발상이지. 세상에 영원한 우방이라는 게 어디 있소. 유아적인 발상이지. 유대인의 역사는 '설마'의 역사였소. 설마 저들이 우리의 재산을 **빼앗을까**, 설마 저들이 우리를 집에서 쫓아낼까, 설마 저들이 우리를 불구덩이에 집어넣을까, 설마 저들이 우리를 독가스실로 데려갈까, 설마 저들이 우리 동포 6백만을 죽일까. 설마! 설마! 설마!"

최후의 만찬 방은 잠시 정적이 흘렀고 바단은 말을 이어 나갔다.

"내 사전에 '설마'는 없소. 모사드의 사전에 '설마'는 없지. 이란이 핵을 개발하려고 했을 때 우리는 테헤란에 직접 침입해서 이란 핵과학자들을 죽였고 미사일들을 폭파시켰소. 북한이 시리아에 원자력 기술을 전수했을 때 모사드는 시리아의 원자로를 폭격해 버렸지. 알다시피 시리아의 혈맹 중의 하나가 북한이오. 4차 중동전쟁 때 북한은 시리아에 최정예 부대 500명을 보내 이스라엘을 괴롭혔소. 1990년에는 김일성이 시리아를 직접 방문하여 시리아의 군사력을 증강시키는 데 결정적인 역할을 했을 뿐 아니라 2000년부터 북한은 시리아의 핵 개발까지 도왔소. 시리아의 디르 아 주르 핵발전소는 북한의 영변 핵발전소와 구조가 똑같았고 우리는 시리아 핵발전소를 2007년 폭격해 버렸지. 수십 년 동안 이스라엘을 괴롭혀온 북한 놈들을 내가 언젠가 손봐주리라고 벼르고 또 벼르고 있었건만…. 북한이 이스라엘 가까이 있었다면 우리는 북한이 핵을 개발하기 전에 무조건 폭격했을 거요. 그리고 수령을 끝까지 추적해서 암살했을 거요. 우리는 남한 사람들처럼 겁쟁이가 아니거든. 우리는 지옥까지 가서라도 싸우는 모사드거든. 우리는 설마를 증오하니까. 우리는 설마를 겪을 만큼 겪었으니까. 이스라엘은 2천 년의 설마의 역사를 끝내고 설마를 무찌르기 위해 모사드를 만들었소. 설마가 우리의 작전이고 설마가 우리의 적이요."

바단의 열띤 언변을 식히기 위해 도리스가 끼어들었다.

"이스라엘과 한국은 비슷해요. 사방이 적이잖아요. 사방이 적일 때는 이를 지켜낼 수 있는 무기가 필요해요. 이스라엘은 핵무기를 개발하기 위해 적국으로 간주되던 소련으로부터도 기술을 얻어왔어요. 우리는 우리를 지키기 위해 적들과도 손잡을 수 있어요. 한국은 민주국가잖아요. 사방이 모두 제국주의를 꿈꾸는 나라이니 편할 수가 없잖아요. 민주국가도 힘이 없으면 위험해요. 저 고귀하지만 가여운 바이마르 공화국을 보세요. 민주국가도 한순간에 무너져요. 한국은 제국주의에 맞서기 위해 핵무기가 필요해요. 아주 좋은 딜이죠."

'한국 민주주의를 지키기 위해 핵무기가 필요하다.' … 나는 잠시 생각에 잠기었고 어색한 분위기를 전환시키기 위해 송수연이 와인 잔을 들었다. 도리스와 바단에 이어 내가 마지막으로 와인 잔을 들어 부딪치고 와인을 비운 다음 남은 스테이크를 마저 처리했다. 웨이터들이 우리의 접시를 치우고 케이크와 아이스크림 디저트를 가져왔다. 분위기 전환은 바단이 다시 주도했다.

"오늘 식사를 위해 내가 빌린 그림을 한번 구경해 보겠소?"

"저 그림들은 빌려온 건가요?"

"오늘의 만찬을 위해 내가 빌려 왔지. 이리 와 봐요. 내가 설명해 줌세."

우리는 와인 잔을 들고 최후의 만찬 방 양쪽 구석에 크게 배치되어 있는 그림을 구경하러 일어섰다. 핵무기에 대한 열띤 토론 때문에 그 그림들이 최후의 만찬 방에 원래부터 있던 그림일 것이라고 착각했다.

"자, 이 그림을 보게. 루카스 반 레이덴의 '최후의 심판'이야. 이 방에 꼭 들어맞는 그림이지. 암스테르담 국립미술관에서 빌려온 거네."

'최후의 심판'은 세 개의 패널로 구성되어 있었다. 세 패널 중 가운데는 호리병처럼 위가 볼록했고 양쪽 패널 액자는 날개처럼 되어 있어 마치 하늘로 날아가는 것처럼 보였다.

"암스테르담 국립미술관에서 렘브란트의 '야경'에 묻힌 그림이지. 반 레이덴은 16세기의 렘브란트였어. 렘브란트도 그를 아주 존경했지. 렘브란트의 '야경' 옆방에 이 그림이 전시되어 있지. 최후의 심판인데 그림이 너무 밝지 않나?"

중앙 패널 가운데에 예수는 상의를 연 채로 구름을 타고 앉아 있다. 자주색 천이 그의 어깨와 다리를 덮었다. 예수의 머리 양옆에는 칼과 올리브 나뭇잎이 공중에 떠 있는데 이는 심판을 상징했다. 파란색 하늘과 하얀 구름에 올라탄 12사도가 예수 옆에서 심판을 받는 인간들을 걱정스러운 듯이 바라본다. 예수 위편에는 황금빛의 아우라에 휩싸인 하느님이 꼬마 천사들에 둘러싸여 최후의 심판을 지켜본다. 가운데 패널의 그림 아랫부분에는 인간들이 심판을 받기 위해 양쪽으로 나뉘어져 있었다. 오른쪽 아래에 있는 인간들은 악마들에게 잡혀 지옥의 불구덩이로 끌려가고 왼쪽 아래 있는 인간들은 천사들에 이끌려 하늘로 올라갈 채비를 하고 있다. 패널 왼쪽은 선을, 패널 오른쪽은 악을 형상화하고 있었다. 왼쪽 날개의 선은 파란색과 하얀색으로 천사와 구름을 그리고 있었고 오른쪽 날개의 악은 붉은색과 검은색으로 불구덩이와 악마를 그리고 있었다.

"그림이 하늘로 날아갈 것 같아요. 밝지만 정교한 그림이네요. 국장님 말대로 최후의 심판인데 무척 밝아 보이네요."

송수연이 말했다.

"완전 협박인데 그림이 밝아서 따뜻하게 협박하는 것 같아. 죽어서 지옥 간다는 협박만큼 강한 협박이 어딨겠나. 모르니까, 증명할 수 없으니까, 벌벌 떨면서 믿을 수밖에. 서양예술 전체가 예수를 찬양하는 프로파간다이자 기독교를 믿지 않으면 지옥에 간다는 협박이지. 예술이 정치이자 사람들의 눈과 마음을 멀게 하는 거야. 이쪽으로 와 보게. 여기 단테의 지옥을 그린 작품이 있으니까."

우리는 방의 왼쪽에 배치되어 있던 〈최후의 심판〉에서 오른쪽에 배치되어 있던 단테의 지옥도를 그린 〈인페르노〉로 옮겨갔다.

"이 그림은 너무도 유명하잖아요. 단테의 『신곡』에 나온 아홉 개의 지옥을 그린 거잖아요."

송수연이 말했다.

"협박도 이런 협박이 없어. 서양예술 최고의 협박이자 예수를 찬양하는 작품이지. 우리는 아직도 『신곡』이 인류 역사상 가장 위대한 작품 중 하나라고 생각하지. 이교도들은 지옥에 처넣고 자기들은 하늘로 간다는 극단적인 이분법을 문학이 깔고 있으니."

"꼭 그렇게만 해석할 수 없지 않나요. 문학은 구원의 문제이자 아름다움의 문제잖아요. 단테는 구원을 받기 위해 시인인 베르길리우스와 자신의 영원한 사랑인 베아트리체에 의탁해서 하늘로 나아가잖아요. 추방을 당해 길을 잃은 위대한 시인이자 정치가가 예술과 사랑과 종교의 이야기를 통해서 삶의 진정한 의미를 찾는다는 것이 단테의 『신곡』이잖아요."

송수연이 응수했다.

"어느 정도 동의해요. 프로파간다가 감동을 줄 수 없다면 위대한 프로파간다 라고 할 수 없지. 여기 지옥도를 봅시다. 지옥을 아홉 개로 나눌 수 있다는 상상 력이 귀엽소. 하지만 이건 지옥이 아니지. 단테는 진짜 지옥을 몰랐소. 진짜 지옥 은…."

바단은 말끝을 흐리고서는 다시 식탁에 와서 앉았다. 우리는 와인을 한두 모 금 마시고 본격적으로 예수복제에 대해 이야기하기 시작했다. 왜냐하면 그것이 우리 미션의 핵심 주제이기도 하고 우리가 지금 나누고 있는 최후의 만찬이 상징 하는 바이기도 했기 때문이다. 최후의 만찬, 최후의 심판, 지옥도, 성모 마리아로 서의 송수연, 그리고 죽음의 왕 바단의 마지막 미션.

"이제 우리의 미션에 대해 말해 볼까?"

바단이 입을 열었다.

"예수복제에 대해서 말씀하시는 건가요?"

송수연이 바단의 주요 말 상대가 되었다.

"맞아."

바단이 엷은 미소를 띠었다.

"이 미션의 이름이 '리버스 카라마조프'라는 것이 도스토예프스키의 소설 『카 라마조프 가의 형제들』과 관계가 있죠? 특히 둘째 아들 이반의 서사시 '대심문 관'과 연관이 있지요? 제 추측이 맞나요?"

"하하하, 책을 읽고 왔군."

"읽다마다요. 대학 때 읽은 소설이고 이번 기회에 아주 꼼꼼히 다시 읽었죠."

"그래, 어떻게 생각하나?"

"어려운 소설이죠. 세 형제 중 첫째 드미트리는 열정, 둘째 이반은 이성, 셋째 알 료사는 신성을 상징하잖아요. 무신론자인 이반은 '대심문관'에서 예수에 반기를 들고 대심문관의 편에 서죠. 16세기 스페인의 세비야에 예수가 나타났지만 대심 문관은 예수를 가두고 예수에게 왜 다시 이 세상에 왔냐고 따져 묻죠. 그리고 예수를 죽이겠다고 협박까지 하죠. 예수의 가르침을 따르기에는 인간들은 너무 비열하고 약하기 때문에 대심문관은 예수의 가르침을 믿지 않죠. 대신 가톨릭이 인간의 무리를 잘 다스리고 있기 때문에 예수가 필요 없다고 하죠. 90세의 대심문관은 평생 자신이 예수를 믿지 않았다고 실토하고 그 이유를 설명하잖아요. 예수는 그의 긴 이야기를 듣는 동안 한마디도 하지 않죠. 대심문관의 이야기가 끝났을 때 예수는 엷은 미소와 자애로운 표정을 띤 채 그 늙은이의 핏기 없는 입술에 입을 맞추고 떠나죠. 그럴듯한 대서사시예요."

"악의 문제는?"

"악의 문제라뇨?"

"대심문관이 예수를 몰아세우면서 마태복음에 나오는 세 가지 악마의 유혹에 대해서 이야기하잖소."

"그것에 대해서는 깊이 생각해 보지 않았군요. 국장님께서는 어떻게 생각하세요."

"대심문관은 악마가 예수에게 던진 세 가지 질문이 인류 역사 전체와 결합되어 있고 인간의 모순이 총체적으로 집약되어 있는 질문이라고 해요. 대심문관이 그 악마를 '위대한 정신'이라고 표현하는 이유가 거기에 있어요. 그러니까 '그 강력하고 영리한 정신'이 예수에게 던진 그 세 가지 질문 자체가 기적이고 인류의 모든 철학자들과 사상가들이 모두 모여서 세계와 인류의 역사 전체를 관통하는 세 가지 어구를 만들라고 해도 도저히 만들어 낼 수 없는 기적과 같은 질문이라고 하잖소. 첫 번째 질문은 돌을 빵으로 만들어 보라는 것, 두 번째 질문은 성전 꼭대기에서 뛰어내려 보라는 것, 세 번째 질문은 악마에게 절을 하면 세상의 모든 나라를 주겠다는 것이지."

"아, 기억나는군요. 그 세 가지 유혹은 물질, 기적, 권력을 상징하죠. 예수는 이 모든 것을 거절하죠. 대심문관은 가톨릭교회가 대신 그 물질, 기적, 권력을 행사하여 비열하고 약한 인간의 무리를 이끌어 왔다고 하잖아요."

"그렇지. 예수는 지상의 빵 대신에 천상의 빵을, 기적보다는 자유로운 믿음을, 권력보다는 하느님을 선택했지. 바로 여기에 사태의 핵심이 있는 거야. 대심문관이 보기에 예수는 인간들에게 너무 많은 것을 요구한 거야. 인간은 예수와 같이 신이 아니라서 지상의 빵을 원하고, 기적을 추구하고, 권력을 탐하는 법이거든. 이반이 보기에는 ─ 이반이 이 대서사시의 작가이니까 ─ 예수는 있지도 않은 '천상의 영원한 미끼'를 이용하여 이 세상 사람들을 유혹하는 광기의 미션을 설파한 거야. 예수보다는 그 무섭고도 위대한 정신, 곧 악마가 훨씬 더 합리적이고 이치에 맞는다는 거지. 대심문관은 그 부조리함과 비합리성을 참을 수가 없었던 게야. 그래서 대심문관은 예수보다는 악마의 편에 서서 그를 변호해."

"근데 왜 대심문관은 예수를 불구덩이에 화형시키지 않고 순순히 가라고 하죠?"

내가 끼어들어 바단에게 물었다.

"좋은 질문이야. 첫째, 그렇게 하면 소설이 되지 않지. 미학적으로 꽝이 되는 거야. 둘째, 예수가 온화한 표정으로 아무 말도 하지 않고 끝까지 듣고 있다가 아흔인 노인에게 입을 맞추고 떠나지. 그러니까 신성은 이성이 아무리 논리적으로 설명해도 알 수가 없는 초월적인 영역이라는 거지. 논리는 입맞춤을 넘어설 수 없어. 곧 이성이 신성을 화형시킬 수 없는 거야. 이성이 신성을 심판할 수 없다는 거지. 왜냐하면 이 소설의 주인공은 이반이 아니라 알료사니까. 도스토예프스키는 이성이 아니라 신성을 추구한 우파 꼴통이니까. 그는 이성을 끝까지 밀고 나가지 못한 거지. 왜냐하면 아직 과학이라는 것이 이제 막 걸음마를 뗐으니까. 그 러시아 시골 촌구석에는 아직 과학의 거대한 물결이 당도하지 못했으니까. 도스토예프스키는 성경만 죽도록 붙들고 있었으니까."

"아, 이제야 알겠군요! 그러니까 당신은 대심문관과는 반대로 reverse 예수를 쫓아버리지 않고 다시 데리고 오려고 하는군요. 저 땅속에 파묻힌 역사로부터요. 예수를 복제함으로써 당신은 이성으로 신성을 심판하려는 거죠? 이 미션은 이반 카라마조프의 서사시와는 반대로 데이빗 바단의 리버스 서사시군요. 그래서 작전명이 리버스 카라마조프였던 거군요."

내가 소리쳤다.

"하하하하."

바단의 큰 웃음소리에 최후의 만찬 방의 정관촛대는 더욱더 활활 타올랐다.

"'보라, 내가 곧 간다.'라고 그 예언자가 으름장을 놓은 이후에 2000년간 기다렸지만 안 왔잖아. 그럼 내가 가서 그를 데려와야지. 내가 누구야? 이스라엘의 수호신, 모사드 국장이잖아. 미션 임파스블을 파스블로 만드는 사람이지. 안 오면 오게 만들어야지. 운명은 수동이 아니라 능동이야. 인생은 기다리는 것이 아니라 쳐들어가는 거라고."

"근데 왜 당신이 굳이 그를 데려와야 하죠?"

이번에는 송수연이 물었다.

"알다시피 내 별명이 죽음의 왕이잖아. 암살이 나의 전매특허야. 이스라엘을 위해서라면 나는 저세상에 가서 신도 암살할 걸세. 내 이름만 들으면 적들이 벌벌 떨지. 내가 나선다고 하면 이스라엘은 무적함대가 되고 적은 파리 새끼가 되는 거야. 하지만 나도 이제 늙었네. 이스라엘의 수호신도 늙는다네. 이제 인생을 마무리해야 할 시간이고 이스라엘을 위해서 내가 마지막으로 무엇을 할 수 있을까를 생각해 봤지. 적들을 죽이고 또 죽였지만 끝이 없어. 왜냐하면 그들도 바보는 아니니까. 또한 그들도 애들을 계속 낳으니까 죽여야 할 애들이 계속 공급되는 거지. 승산이 없는 게임이야. 죽이는 걸로는 이길 수 없어. 그럼 역발상이 필요하지. 살려야지! 누구를? 우리는 '신을 죽인 민족'이니까, 그 낙인을 수천 년 동안 견뎠고 앞으로도 수천 년 동안 괴롭겠지. 기독교가 이 땅에서 사라지지 않는다면 말이야. 그럼 그 신을 살려내면 되잖아. 예수를 죽인 민족의 후손이 예수를 살린다면 적어도 우리를 용서해 주겠지. 그리고 우리는 신을 죽인 것이 아니라 결국 '사람의 아들'을 죽였다는 거지. 모든 종교는 환상이자 망상이라는 것을 천하에 보여주는 거지. 그러니 종교에 미혹되지 말고 제발 이성으로, 과학으로 생각하라는 거야. 줄기세포로 유대인의 낙인을 지워버리는 거지. 줄기세포가 우리를 구원할 걸세."

"이제는 아이히만이 아니라 예수를 역사로부터 납치해 예루살렘의 법정에 세우고 싶은 거군요. 당신은 예수를 심판함으로써 인간을 심판하고 싶은 거죠. 놀라운 상상력이지만 이 역시 망상 아닌가요? '신을 죽인 민족'이라는 편견이 망상이듯이 '신을 살린 민족'이라는 희망 또한 망상이 아닌가요?"

송수연이 응수했다.

"망상이든 아니든 상관없어. 적어도 고정된 역사의 내러티브를 바꿀 수가 있잖아. 예수가 살아서 돌아온다면 이야기는 다시 쓰일 수 있어. 이 거대한 광기의 이야기를 뒤집을 수 있는 대담한 사람은 나밖에 없어!"

내가 듣기에는 예수의 '저 거대한 광기의 이야기'와 바단의 '이 대담한 광기의 미션'이 다르지 않게 들렸다. 광기 대 광기가 부딪쳤다. 인류에게 커다란 짐을 지우게 하고 그것을 따르도록 한 예수의 광기보다 역사를 거스르고 생명을 거스르고 그리고 구원의 방향을 거스르는 바단의 광기가 더 무모해 보였다. 그것이 광기이든 환상이든 망상이든, 권 박사 말대로, 상관없다. 우리는 핵무기만 얻으면 그만이다. 이야기를 나누며 우리는 반복해서 와인 잔을 비웠고, 크래커를 집어 입으로 가지고 갔다.

"근데 예수의 무덤은 어떻게 발견했나요?"

송수연이 질문했다.

"바티칸에서 예수가 묻힌 무덤 장소가 적힌 고문서가 발견됐어. 바티칸 안에 우리 첩자들이 있거든. 나는 교황을 협박해서 그 고문서를 얻었어."

"어떻게요?"

"추기경들의 성추행을 폭로하겠다고 했지. 전 세계 가톨릭 추기경들의 성추행 사건이 여럿 있었고 우리는 그것들을 수집했어. 언젠가는 쓸모 있을 것이라고 생각하면서 말이야. 그 고문서를 주지 않으면 추기경들의 성추행을 폭로하겠다고 바티칸에 알렸지."

"순순히 주던가요?"

"물론 당근도 함께 제시했어. 고문서에 엄청난 가격을 지불했지. 바티칸이 보기에 밑지는 장사는 아니었어."

"고문서대로 예수무덤이 있던가요?"

"예수 사후에 기독교인들은 예수와 관련된 모든 역사적 기록물들을 찾으려고 난리였지. 예수가 썼던 면류관, 예수가 입었던 성의, 심지어 예수를 못 박았던 못까지 찾으려고 기독인들이 2천 년을 헤매었네. 예수의 무덤 찾기는 인류 최대의 보물찾기였어. 근데 예수의 무덤은 예수무덤성당 안의 이디큘 밑에 있었어. 물론 그 이디큘 바로 밑에 있지는 않아. 에드가 알렌 포의 편지와 비슷한 거야. 그 밑을 파보면 되는데 딴 곳에서 찾고 있었던 거지."

"예수무덤교회는 관광지잖아요."

"말도 마. 이 교회의 지분도 여섯 개의 종파가 나누어 가지고 있어서 골치 아팠지. 수년 동안 그 교회가 문을 닫을 때 모사드 대원들이 다른 뒷문으로 들어가서 천사의 돌을 들었다 내렸다 하면서 몇 년을 보냈어. 자칫하면 이디큘과 성당이 무너질 수도 있으니까 소리 안 나게 수년 동안을 작업했지. 예수무덤의 입구까지 가는 데만 2년이 걸렸어. 내일 보면 알겠지만 예수의 시신을 안치했다는 작은 방을 석관으로 꾸민 것이 이디큘이야. 그 안에는 세 사람 정도밖에 못 들어가는데 기독교인들은 이 이디큘 안에 들어가서 기도를 하는 것이 평생 꿈이지. 바티칸 고문서를 보면 그 이디큘 안에 있는 천사의 돌을 열고 지하 10미터를 파고 들어가면 미로가 나와. 그 미로의 입구에 큰 돌문이 있는데 뭐라고 새겨져 있는지 아나?"

"뭐라고 새겨져 있는데요?"

"아마겟돈"

"그래요?"

우리는 놀랐다.

"그 글자를 보는 순간 예수의 무덤이라는 것을 확신했지. 요한계시록이 전부 거짓말은 아니야. 사람들은 아마겟돈이라는 장소를 찾기 위해 난리였지. 실제 역사에 존재했던 지명이 아니니까. 상징으로 가득한 예언서지만 몇 가지 사실은 들어맞아."

"그 돌문을 열었나요?"

"그 돌문을 여는 데만 수개월이 걸렸고 그 돌문을 통과한 뒤 또 일곱 개의 돌문을 겨우 통과했지. 요한계시록의 일곱 개의 봉인 기억나? 그 문들이 일곱 개의 봉인이었던 게야. 예수의 관에는 'INRI'라는 글자가 새겨져 있었어. 그리고 우리는 관 뚜껑을 열고 예수의 유골을 확인했지. 고고학적으로 가치가 있어서 유골을 아직 손대지는 않았는데 손목뼈와 발목뼈에 선명히 못에 박힌 자국이 있어. 이 일을 시작한 지 5년 만에 결실을 보게 된 거지."

"믿기지 않네요."

이번에는 역사학자인 도리스가 잔을 들며 건배를 제의했다.

"보물 중의 보물을 찾았군요! 역시 데이빗 당신은 최고예요. 정말 멋있어요. 저도 오늘 처음 듣는 얘기예요."

우리는 잔을 부딪쳤고 바단은 만족한 미소를 지었다.

나는 바단의 대담함에 놀랐고 그의 집착에 경탄했고 그의 자신감에 넋을 잃었다. 예수를 복제해서 유대인을 구하겠다는 저 국뽕 중의 국뽕! 한국 민족주의는 바단의 민족주의에 비하면 발끝에도 닿지 못한다. 갑자기 그에게 도전하고 싶은 마음이 욱하고 솟았다.

"당신은 언제부터 그렇게 대담했나요? 당신은 언제부터 그렇게 자신만만했나요? 내 별명이 뭔지 아세요? 강키호테입니다. 성이 강 씨이고 돈키호테 같은 짓을 해서 사람들이 강키호테라고 불렀죠. 나도 웬만큼 자신감이 있는 놈입니다. 태권도 우승자에 한국 최고의 대학을 나온 똑똑한 놈입니다. 하지만 나의 자신감은 당신의 발톱만큼도 미치지 못할 것 같군요. 이스라엘을 위해서라면 신도 암살할 수 있다는 그런 상상력과 대담함을 가진 사람을 난 여태껏 보지 못했거든요. 영화나 소설에서도 보지 못했어요. 이스라엘을 위해서 신을 암살한다! 정말 멋있는 표현입니다. 니체는 '신은 죽었다'고 말했지 '신을 죽이겠다'라고 말하지 않았거든요. 의지의 철학자인 니체조차도 당신 앞에선 울고 가겠군요. 신이 죽지 않는다면 쳐들어가서 죽이겠다는 당신의 자신감이 어디서 나왔는지 정말 궁금합니다."

나의 도전적이면서도 삐딱한 질문에 갑자기 분위기가 싸해졌다. 바단은 나의 얼굴을 뚫어지게 바라보더니 와인을 한 모금 마시고 나서 입을 열었다.

"그건 가르쳐서 되는 것이 아냐. 이스라엘이 나의 운명이야. 유대민족이 나를 택했고 나는 거기에 부름을 받았을 뿐이야."

"그러니까 당신의 운명이 도대체 뭔가요?"

쩌렁쩌렁한 나의 목소리가 최후의 만찬 방의 아치 기둥에 반사되어 메아리쳤다. 잠시 정적이 흘렀고 바단은 남은 와인을 전부 들이켰다. 그는 윗니로 아랫입술을 깨물더니 코로 긴 숨을 내뱉었다.

"내가 가장 행복했던 시절이 아우슈비츠에서 보낸 어린 시절이라면 자네는 믿겠나? 내가 돌아가고 싶은 시절이 있다면 어릴 때의 바로 그 아우슈비츠라면 자네는 정녕 믿을 수 있겠나?"

나는 그의 질문에 답하지 못했고 그는 말을 이어갔다.

"난 햄릿의 나라에서 왔다네."

"덴마크에서 왔군요."

송수연이 응답했다.

"1943년 10월이었지. 참 날씨가 좋았는데 말이야. 덴마크 유대인이 아우슈비츠로 가는 건 드문 일이었다네. 왜냐하면 유럽의 모든 국가들이 나치의 압력에 굴복하여 유대인들을 수용소로 보냈었지만 덴마크 국왕인 크리스티안 10세께서 그걸 막으셨거든. 바티칸의 교황은 유대인 학살에 대한 세계 각국의 탄원에도 어떤 반응을 보이지 않았어. 내가 지금까지도 바티칸을 증오하는 이유일세. 크리스티안 국왕은 아침이면 백마를 타고 달랑 시종 하나를 데리고 코펜하겐 거리를 누비셨네. 국민들을 안심시키려고 그러셨지. 정말 대단했다네. 아이들이 구름떼처럼 그 백마를 따라다녔지. 세상에서 가장 멋진 남자가 백마 위에서 자신의 국민들을 지키기 위해 사악한 권력에 맞서고 있었네. 아, 그 찬란한 위엄과 광채는 무엇으로 표현할 수가 없다네. 우리 유대인은 그 돈키호테 국왕 덕분에 끌려가지 않았던 게야. 그래서 나는 항상 크리스마스만 되면 덴마크 왕실에 감사 카드를 쓰고 선물을 보낸다네. 햄릿의 나라에서 왔다는 것이 얼마나 자랑스러운지를 몰

라. 국왕께서는 무력에 굴하지 않으셨네, 나치에 굴복하지 않으셨다고. 국왕뿐만 아니라 덴마크 국민 전체가 우리 유대인을 보호해 주었어. 2차 대전 중 아우슈비츠로 끌려가지 않고 살아남은 덴마크 유대인이 95퍼센트야. 근데 그 나머지 5퍼센트에 우리 가족이 속한 거야. 속하기도 힘든 그 나머지 5퍼센트에 속한 거지. 19 대 1의 확률에서 그 1에 속해 버린 거야. 재수도 더럽게 없지. 왜 우리 가족이 그 1에 속했는지 아나?"

그는 잠시 말을 멈추었다.

"나 때문일세."

옆에 앉아 있던 도리스는 바단의 손을 꼭 잡아주었다.

"덴마크는 독일군에게 점령당했는데 한동안 덴마크에 파견된 독일 관리들이 유대인 검거에 사보타주를 했네. 덴마크 국왕도 덴마크 국민도 철저하게 비협조적이었지. 그래서 1943년에는 독일에서 직접 경찰들이 와서 유대인들을 체포하기 시작했어. 하지만 체포하기 전 덴마크 경찰들과 공무원들이 유대인 공동체에 미리 알려서 대부분 탈출했어. 근데 그 탈출하라는 소식을 전달받아야 했던 그날, 바로 그날 내가 아버지에게 떼를 썼네. 책을 읽어달라고. 시나고그에 가지 말라고. 나는 책을 너무 좋아했어. 이야기를 너무 좋아해서 우리 집에는 동화책들이 흘러넘쳤지. 내가 모사드 국장이 되지 않았더라면 동화 작가나 교수가 되었을 거야. 우리가 아는 대부분의 이웃들이 그날 밤 급히 짐을 챙겨서 몰래 덴마크를 떠나서 스웨덴으로 탈출했네. 우리 가족은 그다음 날 게슈타포에 의해 체포되었어. 덴마크 국왕도 어쩔 수가 없었던 게야. 내가 그날 책을 읽어달라는 고집만 피우지 않았어도 우리 가족의 운명은 바뀌었을 텐데…. 나중에 그 사실을 알았을 때 나는 며칠간 내 책장을 멍하니 바라보고 있었네. 꼼짝을 할 수 없었지. 운명이란 놈이 나의 머리통을 박살 내 버렸지. 이해하려고 해도 도저히 이해되지 않았으니까. 나 자신을 책망하고 또 책망했다네."

"당신 잘못이 아니야, 데이빗. 결코 당신 잘못이 아니야."

도리스가 애처로운 표정을 지으면서 그를 위로했다.

"우린 짐을 챙겨서 체코의 트레지엔슈타트로 이송되었어. 어머니, 아버지는 우리가 다른 곳에 정착하러 간다고 말했지. 나는 약간 신이 났어. 다른 나라를 가는 거니까. 체코로 간다고 하니까 기분이 들뜬 거야. 난 너무 어려서 분위기 파악을 못 했어. 근데 기차를 타고 가면서 분위기가 이상했어. 사람들이 울고 짜증 내고 싸우고…. 어린아이에게도 촉이 있잖아. 뭔가 이상했어. 트레지엔슈타트의 게토에서 6개월을 살다가 아우슈비츠로 이송됐지."

아우슈비츠라는 말이 그의 입에서 나왔을 때 나는 그의 운명을 물었던 것이 약간은 후회되었다. 아무 말도 할 수 없었다. 야드 바셈에서 오늘 잠깐 배운 역사를 가지고 아우슈비츠를 안다고 말할 수 없는 노릇이었다. 그는 와인을 다시 채우고 잔을 들고 천천히 일어나더니 단테의 지옥도 쪽으로 걸어갔다.

"이건 지옥이 아냐. 귀여운 동화일 뿐이지. 여기 아홉 개의 지옥을 봐. 단테의 상상력이 귀엽지 않은가. 단테의 지옥에선 불구덩이에 사람들이 빠지고 피의 강이 흐르고 거센 불의 폭풍이 불어. 지옥은 『신곡』에 나오는 것처럼 뜨겁지 않아. 왜 사람들은 지옥이 불구덩이라고 생각했을까? 상상력의 한계지. 지옥은 차가워. 아주 차갑지. 공무원들은 유대인 명단을 만들고 그들을 이송할 계획을 세우고 열차를 예약하고 수송을 하지. 과학자들은 화학물질을 만들고 피를 뽑아 분석하고 유대인이 무엇이 열등한지 진화론적으로 골몰하지. 간수들은 유대인들의 팔에 숫자를 새기고 그들에게 죽을 주고 그들을 감시해. 히틀러조차도 자신이 지옥을 만든다고 생각지 않았어. 왜냐하면 그들이 만든 세계는 너무 차가웠거든. 지옥은 국가 관료 시스템에 의해 차갑게 만들어졌거든. 그들도 사람인지라 무엇인가 뜨거워야 느껴지는데 지옥이 너무 차가워서 느끼지를 못한 거야.

우리 인생길 반 고비에
올바른 길을 잃고서 난
어두운 숲에 처했었네

『신곡』의 첫 문장이야. 참 멋있는 문장이지. 700년을 살아남았으니 사람의 심금을 울리는 뭔가가 있어.

내가 인생을 시작도 하기 전에

인간의 길을 잃고서 난

지옥의 숲에 처했었네

『신곡』을 읽으면서 난 이렇게 패러디하곤 했다네. 사람들이 지옥을 어떻게 생각했을까가 궁금했거든. 내가 겪은 지옥과 비교를 해 보고 싶었거든."

"아우슈비츠에서 보낸 시절이 가장 행복했다면서요?"

내가 물었다.

"아차차! 내가 좀 옆으로 새었네. 지옥도에 취했나 봐."

그는 다시 자리에 앉고 이야기를 이어나갔다.

"아우슈비츠에 도착했을 때 아버지는 어머니와 나와 헤어졌네. 아버지는 남자 수용소에 갇혔고 나는 어머니를 따라 여자 수용소에 갇혔어. 트레지엔슈타트에서처럼 우리는 새로운 곳에 정착한다고 생각했지. 그곳에서 도리스를 만났어. 우리는 아우슈비츠의 소꿉친구야. 우리는 장교들의 막사가 있는 놀이터에서 하루 종일 놀고 어머니가 차려주는 점심과 저녁을 실컷 먹고 여자 수용소로 돌아와서 같이 잠을 잤어. 나는 어머니에 대한 애착이 강했는지 잠을 잘 때마다 어머니의 가슴을 빨면서 잤어. 비록 집단수용소였지만 안전하고 포근하게 느껴졌어. 어머니는 랑거 소령의 숙소에서 청소를 했어. 도리스와 나는 배고픈 적이 없었고 매일 뛰어놀고 즐거웠어. 돌이켜 생각해 보면 참 신기했지. 우리가 보낸 아우슈비츠는 행복했거든. 수용소에서 실제로 겪었던 이야기는 나중에 여러 권이 출판되었는데 내가 알던 수용소와 너무 다른 거야. 레비의 책을 보면 수인들은 항상 배고프고 빵 한 조각을 위해 서로 싸우지. 우린 아니었거든. 우리는 어머니가 차려주는 따뜻한 빵, 수프, 소시지를 마음껏 먹을 수 있었어. 무사태평했거든. 그래서 나중에, 아주 나중에, 우리가 아우슈비츠에서 나온 지 40년이 지난 후에, 내가 모사드의 높은 직위에 올랐을 때 도리스한테 우리에게 도대체 무슨 일이 일어났는지를 조사해 달라고 부탁했어."

바단은 도리스를 애정 어린 눈빛으로 쳐다보았고 도리스는 그의 말을 이어받았다.

"그러니까….."

그녀는 말을 꺼내 놓고서 머뭇거렸다. 몇 초가 되지 않았지만 그 머뭇거림은 상당히 길게 느껴졌다.

"그러니까… 에곤 쉴레였어요. 나는 사실 그 사람이 그렸다고 생각했죠. 랑거 소령 말이에요. 그 사람의 막사에 에곤 쉴레 그림들이 걸려 있었어요. 나중에 안 사실이죠. 강렬한 그림이었죠. 진품이었어요. 약간 신비로운 사람이었죠."

도리스의 말은 뱅뱅 돌았다. 그녀는 자신이 밝혀낸 역사를 말하는 것이 아니라 자신의 무의식을 말하는 것 같았다. 에곤 쉴레가 신비롭다는 건지 랑거 소령이 신비롭다는 건지 아니면 둘 다 신비롭다는 건지 분간이 가지 않았다.

"그러니까 랑거 소령이라는 사람이 어떤 사람인지 추적하는 게 제일 합리적이겠죠. 왜냐하면 데이빗과 나는 낮에는 랑거 소령의 큰 막사에서 즐겁게 놀고 밤에는 여자 수용소에 와서 잤어요. 낮과 밤의 두 개의 세계가 우리에게 있었죠. 나는 역사학자로서 랑거 소령의 과거를 추적했어요. 뮌헨 법대를 나온 수재였어요. 화가가 되기를 희망했지만 어머니의 반대로 법대로 갔어요. 부잣집 아들에다 엘리트로 변호사 자격증까지 있던 사람이에요. 랑거 소령의 아버지는 1차 대전 때 징집되어 서부 전선에서 사망했어요. 형제는 다섯이었고 아버지가 남긴 유산 덕분에 어머니가 자식 모두를 어려움 없이 키웠죠. 프로테스탄트였고 나이 서른에 나치에 가입했죠. 진화론자였고 아리아인의 우월을 믿었고 1차 세계대전의 복수심에 가득 차 있었죠. 엘리트가 진화론과 복수심이란 두 엔진을 가지면 폭주하는 기관차와 같게 되죠. 하지만 내가 기억하기론, 이러한 그의 이력이 그의 성향을 제대로 설명해 줄 수 있을까라는 의문이 들어요. 그는 분명 아우슈비츠에서 서열이 가장 높은 직위에 속했고 거의 모든 것이 가능한 전능한 사람처럼 보였지만 뭔가 모를 무력함이 있는 듯 보였어요. 그러니까 모순이라기보다 뭔가 신비로운 게 있었어요. 우리에게는 항상 따뜻했거든요. 지나가면서 제국마르크를 주곤 했죠. 데이빗과 나는 눈만 뜨면 랑거 소령의 막사에 가길 간절히 바랐죠. 빵과 수프와 과일을 배불리 먹을 수 있었거든요. 그리고 여자 수용소와는 달리 그의 막사는 정말 '집'이었어요. 식탁이 있고 소파가 있고 침대가 있었죠. 그리고 에곤 쉴레의 강렬하고 퇴폐적인 그림들이 걸려 있었어요. 하루는 랑거 소령의 침실에서 자고 있는데 랑거 소령이 왔고 어머니는 저를 깨우셨어요. 근데 랑거 소령이 가만히 내버려 두라고 했죠. 저는 그다음 날 아침까지 랑거 소령의 침대에서 혼자 잤고 그는 거실 소파에서 잤어요. 아침에 엄마가 와서 랑거 소령의 식탁에서 같이 아침을 먹었는데 그날 먹은 아침 식사가 내 인생에서 가장 기억에 남아요. '이 집에서 살고 싶어요!'라고 말했을 때 랑거 소령은 '이건 너의 집과 마찬가지야'라고 말했죠. 아⋯."

그녀는 길게 탄식했다.

"그렇게 친절했던 사람이, 제 기억 속에 그렇게 친절했던 사람이⋯."

도리스는 아직도 뭔가가 믿기지 않는다는 듯 고개를 흔들며 말을 잊지 못했다. 이를 지켜보던 바단이 이번에는 도리스의 손을 꼭 잡았다.

"나의 경험과 내가 밝힌 역사의 간극이 너무나 컸어요. 어린 소녀의 마음속에, 어린 시절 가장 편안한 잠과 가장 따뜻한 음식을 나에게 제공한 사람이 그래도 좋은 사람으로 남길 바랐어요. 근데 나의 희망을⋯ 역사가 산산조각 냈죠. 아우슈비츠에서도 따뜻함이 있었음을 바랐지만 아마도 그건 나의 무의식이었겠죠. 역사가 그것을 박살 내 버렸어요."

도리스가 말을 잊지 못하자 바단이 설명했다.

"랑거 소령의 임무는 아우슈비츠에 열차가 도착하면 내리는 여자들 중 위안부를 고르는 일이었어. 2차 세계대전 때 일본군만 위안부가 있었던 게 아니라 나치도 위안부를 조직적으로 만들었어. 1990년대 후반에서야 밝혀졌지. 정치와 역사에서 사실상 금기시된 영역이었지. 독일군에 의해 주도된 강제 매춘이 유럽 전역에서 일어났어. 근데 특이하게도 수용소에서조차 유곽이 만들어진 게야. 나치 대장인 아인리히 힘믈러의 아이디어였지. 랑거 소령은 아우슈비츠에서 일하던 독일군 장교들과 사병들, 그리고 극소수의 남성 수인들을 위해 유곽을 유지하고 관리하는 일을 맡았어."

"총책임자였나요?"

송수연이 물었다.

"총책임자였지. 도리스의 어머니와 나의 어머니는 랑거 소령이 직접 골라서 자기 막사에서 일을 시켰어. 그러니까…."

이제 그의 말문이 막혔다. 우리는 그의 입이 떨어지기를 기다렸으나 그가 입을 열지 못하자 도리스가 다시 말했다.

"랑거 소령의 위안부였어요. 처음부터 그랬던 건 아니었어요. 집안일을 도와주는 가정부였죠. 근데 데이빗의 아버지와 제 아버지가 수용소에서 죽었어요. 두 어머니는 그 소식을 듣고 밤새 우셨어요. 아직도 그날 밤이 생각나는군요. 랑거 소령은 두 사람을 구슬렸죠. 자기에게만 협조하면 아우슈비츠에서 빠져나가게 해 주겠다고요. 어머니는 아우슈비츠의 상황을 매우 잘 알았죠. 우리에게만 알리지 않았어요. 아우슈비츠가 지옥이라는 것을. 지옥에서 살아 나가는 방법, 당신들보다도 데이빗과 제가 살아 나갈 방법은 랑거 소령의 위안부가 되는 길밖에 없었어요. 자발적 선택이 아니라 어쩔 수 없는, 당신들의 목숨이 아니라 우리의 목숨을 건지기 위한 선택이었죠. 그 사실들을 어머니는 우리에게 알리지 않았죠. 우리는 너무 어렸으니까."

"아버지가 죽었다는 소식에 모든 것이 바뀌었어. 아버지뿐만 아니라 우리 막사에 있는 위안부 남편들이 거의 같은 시기에 모두 죽었어. 나치의 짐승보다 못한 개 같은 수작이었지. 위안부들이 말을 잘 듣도록 하려고. 남편들이 죽었다는 사실에 며칠 동안 막사가 침울했지. 여자들은 살아 나가야 하니까, 아이들을 살려야 하니까 어쩔 수 없이 필사적으로 위안부 일에 매달렸지. 우리는 그 사실을 전혀 몰랐어. 나는 어머니를 기쁘게 해 줄 생각으로 밤에 엄마의 가슴을 입술로 마찰시켜서 '뿌우' 소리를 내었지. 그 앙증맞은 소리에 그 막사의 여자들이 웃었어."

바단은 옅은 미소를 지었다.

"당신은 장난꾸러기였죠. 데이빗의 장난에 다른 아이들도 엄마의 가슴에 데고 '뿌우' 소리를 내었어요. 일종의 합창이었죠. 그날 이후로 우리는 밤마다 엄마 가슴에 입술을 데고 '뿌우 뿌우'로 합창을 했어요. 아직도 그 소리가 들리는 듯하군요."

"그래서 모두 아우슈비츠에서 살아나왔나요?"

송수연이 물었다.

바단은 코로 긴 숨을 내쉬고 다시 와인을 들이켰다. 이에 도리스가 대답했다.

"막사의 여인네들은 아우슈비츠 반란에 연루됩니다. 아우슈비츠에서 있었던 최초의 반란이자 최후의 반란이었죠. 손더코만도 반란이라고 부르는데 손도코만도는 가스실에서 죽은 사람들을 끌어내어서 화장장 시설로 옮겨 시체를 처리하는 유대인 수인들이었어요. 잘만 그라도우스키라는 유대인이 이 반란을 주도했는데 이들은 폭약을 모아서 화장장 시설을 폭발시키고 탈출을 시도했죠. 그 폭약을 모으는 데 유대인 여자들이 도와주었어요. 데이빗의 어머니와 우리 어머니도 장교들로부터 들은 정보로 폭약이 어디에 위치해 있고 어느 정도인지의 첩보를 손도코만도들에게 넘겨주었어요. 몇몇 여자들은 탄약 저장고에서 일했는데 직접 폭약이 될 만한 다이너마이트를 손도코만도들에게 전달했죠."

"반란이 성공했나요?"

송수연이 물었다.

"화장장 시설을 폭발시켰고 아우슈비츠의 철조망을 부수었는데 대부분 도망가다가 총에 맞거나 붙잡혔어요. 나치의 대대적인 조사가 벌어졌고 우리네 어머니들과 막사의 여인들이 그 사건에 연루되었다는 사실이 발각됐죠."

"그래서 어떻게 되었나요?"

"나치는 막사의 모든 여자들을 가스실로 보냈죠. 랑거 소령은 데이빗의 어머니와 저의 어머니를 구하려고 했지만 허사였어요. 대신 어머니는 랑거 소령에게 부탁을 했죠. 우리 아이들은 무사히 아우슈비츠에서 나가게 해 달라고요."

도리스는 이때 감정을 억누를 수 없어서 말을 이어가지 못했다. 그러자 바단이 당시 상황을 말했다.

"어머니와 우리 막사 여자들이 가스실로 끌려가는 날 아침을 어떻게 잊을 수 있겠나. 전날 밤 우리 아이들은 어머니들을 기쁘게 해 드리려고 또 입술을 가슴에 대고 '뿌우'하고 불었어. 근데 이상한 거야. 어머니들은 웃지 않고 이번에는 우는 거야. 뭔가 이상하다는 걸 느꼈지. 그다음 날 아침에 느닷없이 어머니가 나에게 작별 인사를 하는 거야. 나는 그런 반란이 있었고 어머니가 연루되었다는 것을 전혀 몰랐어. '이게 마지막이란다, 아들아. 너는 여기서 나가서 우리 민족을 구하는 사람이 되거라.'라는 말을 남겼지. 랑거 소령과 독일 병사들이 우리 아이들을 어머니들로부터 떼어 놓았어. 그들이 가스실로 끌려가려고 할 때 아이들은 그들이 죽으러 간다는 것을 깨닫고 소리치기 시작했어. 그때 여인네들이 몇 발짝 걸어가더니 아이들에게 작별 인사를 하겠다고 랑거 소령에게 외쳤어. 랑거 소령은 병사들에게 잠시 멈추라고 명령했어. 그리고 여자들보고 작별 인사를 하라고 했지. 우리는 손을 흔들거나 '안녕'이라고 말할 줄 알았어. 근데 우리 어머니가 갑자기 수의를 벗고 가슴을 드러내는 거야. 옆에 있는 여자들도 이를 보고 모두 수의를 벗고 가슴을 드러내는 거야. 어머니의 가슴들이 우리에게 마지막 작별 인사를 하는 거였어. 그들이 우리에게 작별 인사를 하는 방식이었지. 우리는 멍하게 그 작별 인사를, 가슴들이 하는 작별 인사를 보고 있었어. 내가 이제까지 살면서 본 가장 아름다운 장면이었지. 나는 순간 깨달았어. 나는 결코 죽지 않는다고. 나는 불사조가 되어서 우리 민족을 구할 수 있다고 확신했어. 이게 바로 나의 운명이야."

바단의 말이 떨어지자 도리스와 송수연의 눈에서 눈물이 주르르 흘렀다.

이제 모든 것이 밝혀졌고 그가 왜 예수를 복제하려는지도 밝혀졌다. 그는 유대 민족을 살리기 위해 최후의 모세가 되려는 것이었다. 신을 죽인 민족이라는 역사의 애굽으로부터 유대인을 구원하려는 것이었다.

"그 모든 사실을 어떻게 알아냈나요?"

내가 물었다.

"모사드와 도리스가 랑거 소령을 찾아냈어."

"그가 살아 있었나요?"

"살아 있다마다. 그것도 세상에서 가장 아름다운 곳에 살더군."

"세상에서 가장 아름다운 곳이라뇨?"

"그는 이름을 바꾸어 마테호른이 있는 스위스의 체르마트에 살고 있었네."

"직접 만났나요?"

"마테호른이 가장 잘 보이는 고르너그라트 정상에서 만났지. 구름 한 점 없는 맑은 날이었어. 랑거 소령은 뮌헨 출신이라서 어릴 때부터 겨울마다 스위스와 오스트리아로 스키여행을 자주 갔고 스키를 아주 잘 탔다네. 그는 매일 늦은 오후에 1,600미터의 체르마트역에서 고르너그라트 열차를 타고 3,000미터의 정상까지 가서 카페에서 커피 한 잔 마시고 마테호른을 보며 한적한 체르마트 스키장을 내려오며 일과를 끝마쳤다네. 세상에서 가장 멋진 일과 종료 의례지. 우리는 관광객이 드문 한적한 3월 말의 늦은 오후에 고르너그라트 정상에 있는 카페에서 그를 기다리고 있었지. 물론 모사드가 미리 손을 써서 우리 대원들과 랑거 소령만이 고르너그라트행 마지막 열차에 올라탔어. 도리스와 나는 그의 커피까지 시켜놓고 우리 대원들의 교신을 받으면서 그를 카페에서 기다렸네. 어린 소년과 소녀 때 만나고 나서 처음 만났지. 그때 너무 인상이 깊었던지라 우리는 나이가 서로 들었어도 단박에 알아보았네. 도리스와 랑거 소령은 만나자마자 부둥켜안고 울었네. 도리스가 홀로코스트 학자로서 옛날에 있었던 일을 다 알고 왔다고 하자 그는 순순히 옛날의 잘못을 인정하고 사죄했네. 그는 뮌헨 법대를 졸업한 수재이자 그림을 아주 잘 그려서 체르마트에서 사회와 미술 교사로 일하면서 2차대전 이후의 생을 거기서 보냈다더군. 그는 내가 모사드 국장이 되었다는 것도 알고 있었어. 그래서 언젠가 내가 찾아올 것이라는 것을 알고 있었다고 하더군. 그를 만나기 전에 모사드 대원들이 그의 주변을 감시하던 것을 그는 알아챘어. 그래서 그는 '오늘이 그날'이라고 말하며 우리와의 처음이자 마지막 만남을 기다렸다고 하더군. 나는 이스라엘의 특공대원으로, 도리스는 역사학자로서 살아간 이야기를 들려주었네. 수십 년 동안의 이야기를 두 시간 만에 나누고 나자 깊은 저녁이 되었고 그는 이제 가야 한다면서 자리에서 일어났네. 그가 카페 밖에 놓여 있던 스키를 타고 출발하자마자 나도 스키를 타고 그를 좇아갔네. 대원들에게는 내가 직접 그를 죽이겠다고 말해두었지. 고르너그라트 정상에서 마을 아래까지 10킬로미터나 되는 긴 슬로프 위를 달렸지. 어두운 저녁이라 리프트도 끊어지고 우리 둘만이 그 넓은 알프스의 슬로프를 내려왔네. 맑은 날인 데다 보름달이 휘영청 떠서 시야는 나무랄 때 없었어. 아니 보름달이 피라미드 모양의 마테호른 옆에 걸려 있어서 그보다 더 아름다운 스키는 없었을 걸세. 홀로 우뚝 선 마테호른이 너무나 기품 있었고 분위기가 몽환적인 데다가 그가 스키를 워낙 잘 타기도 했고 저녁이 되면 슬로프가 울퉁불퉁해서 그를 따라잡기가 대단히 힘들었네. 랑거 소령이 스키를 타면서 그리는 그 곡선이 마테호른과 보름달 사이에서 춤을 추는 거야. 널찍하고 울퉁불퉁한 슬로프를 너무나 부드럽게 내려가서 나는 그가 흰 눈 위에서 그리는 곡선에 넋을 잃었네. 숏턴의 짧은 곡선, 카빙의 긴 곡선, 모굴의 아래위로의 곡선이 부드럽고 현란하게 교차하고 그의 스키 뒤에 휘날리는 눈들이 역동성을 더하더니 마테호른과 보름달 사이에서 환상적인 춤을 추는 거야. 마테호른과 보름달이 그의 아름다운 스키에 도취되었다고 보는 것이 정확한 표현일지 모르네. 곡선을 그리며 스키를 타는 그를 따라잡기 위해 나는 직활강에 가까운 스키를 타고 안간힘을 써서 그를 겨우 따라잡았을 때 이미 우리는 슬로프의 반을 내려왔고 급격하게 커브를 트는 구간으로 접어들었어. 내가 총을 꺼내어서 그를 겨누었을 때 갑자기 급커브가 나타났고 울퉁불퉁한 모굴이 나타나서 나는 그만 그를 앞질러 넘어지고 말았네. 총도 눈 속에 처박히고 말이야. 내 생애에서 그보다 더 아찔한 순간은 없었어. 그는 넘어진 나에게 다가오더니 물끄러미 나를 쳐다보는 거야. 그의 허리춤에 총이 보였어. 그렇게 나는 잠시 죽음을 생각했네. 이보다 더 아이러니한 죽음이 어디 있겠나? 모사드 국장이, 죽음의 왕이라는 자가 이제는 늙어빠진 나치의 총에 맞아 죽는다니 말이야. 그가 주머니에 손을 넣더니 넘어진 내 앞에 불쑥 뭔가를 꺼내는 거야. 나는 총인지 알았는데 자기 집 열쇠를 나에게 주는 거야. 자기 집에 가면 도리스와 나를 위해 선물을 준비해뒀으니 그걸 가지고 가라는 거야. 그러더니 그는 50미터 정도 스키를 타고 내려가더니 멈추었어. 검은 어둠이 하얀 마테호른과 그보다 더 하얀 보름달과 대조를 이루면서 이루 형용할 수 없는 아름답고 몽환적인 분위기를 자아내었네. 그는 총을 꺼내더니 자신의 머리에 겨누고 마테호른에 걸린 달을 보면서 방아쇠를 당겼네."

...

"랑거 소령의 선물이라는 게 무엇이었나요?"

"자, 이 벽면을 봐. 여기에 걸려 있네."

최후의 만찬 방의 한 벽면 전체가 하얀 두꺼운 천으로 가려져 있었는데 우리는 그것이 벽인 줄 알았다. 그 하얀 천 전체가 내려오자 벽면 전체 크기의 거대한 그림이 걸려 있었다. 랑거 소령이 평생 그린 그림이었다. 아우슈비츠 수용소에서 엄마들이 가슴을 드러내고 아이들에게 작별하는 장면이었다. 검은 아우슈비츠 건물에 대비되어 가슴이 너무나 하얘서 그림 밖으로 튀어나올 것 같았다. 울고 있는 아이들에게 가슴들이 물결치고 젖꼭지들이 하늘을 치솟아 올라 열렬한 안녕을 외치고 있었다. 이 거대한 그림을 보자마자 도리스는 걷잡을 수 없이 무너졌다. 그림의 제목은 '죽음 앞에 선 가슴'이었다.

"이제 갈 시간이 되었네. 내일 아침에 보자고."

바단의 말에 우리는 최후의 만찬 방에서 일어났고 1층 건물의 문 앞에서 인사를 나누었다. 송수연은 떠나면서 바단에게 다가가더니 그의 입술에 입맞춤을 했다. 『카라마조프 가의 형제들』에서 예수가 대심문관에게 했듯이.

8장 십자가의 길

최후의 만찬이 끝나고 우리는 호텔로 돌아왔다. 호텔 방 앞에서 송수연에게 마지막으로 물었다.

"내일 아침밖에 없어요, 도망가려면."

"아니에요. 저는 이 미션을 수행하겠어요."

"바단 때문에요?"

"바단 때문이기도 하지만 핵무기를 얻어야죠. 우리 손으로 핵 위기를 끝낼 수 있어요."

그녀의 마음을 돌릴 수 없다는 것을 알았다.

"알았어요. 그럼 내일 아침에 봐요. 잘 자요."

"잘 자요, 대웅 씨."

다음 날 아침 오스트리아 인 앞마당 잔디의 파라솔 밑에서 비엔나 커피를 마시고 있을 때 송수연이 나왔다. 그녀가 입은 수녀복은 태양과 비둘기가 수놓아진 금빛 비단옷으로 아침 태양이 비추는 예루살렘보다 더 빛났다. 그 위에 십자가 문양이 박힌 진한 하늘색 긴 망토를 걸쳐서 우아한 광채를 절도 있게 잡아주었다. 나 자신도 모르게 그녀의 신성한 아우라에 넋을 잃었다.

"성모 마리아군요."

그녀는 얼굴을 붉히며 옅은 미소를 띠었다.

"오늘이 D-Day잖아요. 긴장되는군요."

"수연 씨는 잘 해낼 거예요."

이윽고 도리스가 도착했다.

"수연 씨, 너무 아름답군요! 역시 성모 마리아로 뽑힌 게 우연이 아니군요. 길게 걸리지 않을 거예요. 십자가의 길 1처가 여기서 가까워요. 여기서 300미터만 가면 돼요."

그녀와 모사드 요원들이 우리를 호텔 밖으로 안내했다. 우리는 호텔 정문에서 5분 정도의 걸어 십자가의 길 1처에 도착했다. 길 한가운데 오른쪽 나지막한 계단으로 올라가니 파란색 철문이 열려 있었다. 문으로 들어가니 초등학교가 나타났다. 나무 몇 그루가 보였고 초등학교 건너편에는 작은 운동장을 둘러싸고 주택가가 형성되어있었다.

"여기서 빌라도가 예수를 심문했죠. 팔레스타인 초등학교라 방과 후나 주말에만 허가를 받아서 들어와야 하는데 오늘은 팔레스타인 쪽에 양해를 구해서 들어왔어요."

"평범한 곳이군요. 십자가의 1처라고 해서 뭔가 신비로울 게 있다고 생각했거든요."

송수연이 대답했다. 초등학교 건물 앞에 농구장보다 약간 큰 운동장이 있었다. 마침 쉬는 시간인지 아이들은 무슨 일인지 궁금해하며 창문으로 우리를 지켜보았다. 바단이 자홍색 용포를 걸치고 나무로 된 십자가를 어깨에 멨다. 높이가 2미터, 넓이가 1미터 정도의 나무 십자가는 꽤나 묵직해 보였다. 모사드 국장은 예수에게 사죄를 하고 유대인의 죄를 씻기 위한 제의를 준비했다.

"잘 잤나?"

십자가를 어깨에 걸친 바단이 나에게 인사를 했다.

"덕분에요. 자홍색이 잘 어울리는군요. 십자가가 무거워 보이네요."

"생각보다 무겁군. 우리 민족의 죄보다는 가볍겠지."

이때 송수연은 십자가를 맨 바단과 눈이 마주쳤다.

"성모 마리아군요. 눈이 부시네요."

바단은 그녀의 신성한 아름다움에 자신도 모르게 흠칫했다. 송수연은 고개를 약간 숙여 인사하고 그의 뒤에 섰다. 의식을 시작하려는 듯 스무여 명의 모사드 요원들은 총을 들고 우리를 바깥에서 에워쌌다. 신부 네 명이 일렬로 섰고 수녀 10명이 하얀 수녀복을 입고 송수연을 안에서 에워쌌다. 하얀 수염과 머리가 나이

들어 보이는 신부가 의식을 거행했다.

"여기는 십자가의 길 1처입니다. 여기서 예수님은 사형 언도를 받았습니다. 우리는 예수님이 십자가에 못 박힌 고통을 이해하고 참회하고자 이제 이 길을 나섭니다. 오늘 십자가를 메는 사람은 데이빗 바단입니다. 그는 유대인 민족의 죄를 씻기 위해 이 십자가를 멥니다. 동방에서 온 아름다운 여인 미즈 송이 성모 마리아의 형상을 하고 그의 뒤를 따를 것입니다. 자 이제 십자가의 길을 따라서 골고다로 갑시다."

빠델 노스텔 퀴 에스 인 체리스 (하늘에 계신 우리 아버지)
쌍티피체툴 노멘 뚜움 (아버지의 이름이 거룩히 빛나시며)
아드베니앗 레늄 뚜움 (아버지의 나라가 오시며)
피앗 볼룬타스 뚜아 (아버지의 뜻이 하늘에서와 같이)
씨쿳 인 체로 엣 인 테라 (땅에서도 이루어지소서)

신부 4명이 라틴어 '주님의 기도'를 부르면서 나아가기 시작하자 바단은 십자가를 메고 그들의 뒤를 따랐다. 송수연은 바단 뒤에서 성경을 들고 수녀들의 호위를 받으며 뒤따랐다. 20여 명의 총을 든 모사드 요원들이 가장 바깥에서 그들을 에워싸며 걸어갔다. 이때 창가에서 일행을 구경하던 초등학생 중 하나가 갑자기 소리쳤다.

피다이! 피다이! (전사여! 전사여!)

뒤이어 창가의 모든 아이들이 바단과 모사드의 십자가 행렬을 향해 소리 높여 합창을 했다. 아이들은 십자가를 맨 이가 모사드 국장인지 알 리 없었고 그가 예수복제라는 미션을 수행 중인지는 몰랐지만 그와 이 무리들이 자신들의 원수라는 사실을 알아차렸다.

피다이! 피다이! (전사여! 전사여!)

피다이! 야 아르디야 아르달 주두드! (전사여! 오 나의 땅이여, 조상들의 땅이여!)

팔레스타인 국가인 '전사여! 전사여!'를 아이들은 합창했다. 아이들의 저항의 합창에 신부들과 수녀들의 노랫소리는 기어들어 갔다. 그러자 바단은 결의에 찬 표정으로 의기양양하게 목소리를 높여서 아이들의 합창에 대항했다.

파넴 노스트룸 쿠오씨디아눔 다 노비스 호디에 (오늘 저희에게 일용할 양식을 주시고)

엣 디미테 노비스 데비타 노스트라 (저희에게 잘못한 이를 저희가 용서하오니)

쩌렁쩌렁한 그의 목소리는 신부와 수녀들을 앞으로 나아가게 했고 그들은 '피다이, 피다이'를 멀리하면서 초등학교를 빠져나왔다. 이제 폭이 4미터밖에 되지 않는 십자가의 길이 펼쳐졌고 우리 일행들로 인해 길이 꽉 차 보였다. 지나가는 행인들은 총을 든 모사드 요인들을 곁눈질하더니 벽 쪽으로 몸을 붙여서 옆으로 빠져나갔다. 십자가의 길 2처인 '정죄와 깃대 교회' 앞을 지나갈 때 수녀들이 합창을 시작했다.

아베 마리아 그라치아 플레나 도미누스 테쿰 (은총이 가득하신 마리아 님 기뻐하소서)

베네딕타 투 인 물리에리부스 (주님께서 함께 계시니)

엣 베네딕투스 프룩투스 벤트리스 투이 예수스 (태중의 아들 예수님 또한 복되시나이다)

쌍타 마리아 (성모 마리아님)

탕! 탕! 탕!

어디선가 총알이 날아왔고 모사드 요원 하나가 쓰러졌다. 우리 모두는 길바닥에 엎드렸다. 다만 바단과 송수연만이 꼿꼿하게 서 있었다.

타타당! 타타당! 타타당!

지붕에 배치되어 있던 모사드 저격수들이 왼쪽 건물 창문에 있는 팔레스타인 저격수를 향해 집중 사격했고 다시 십자가의 길은 조용해졌다. 지하드가 바단을 노리고 있음이 틀림없었다. 저격당한 모사드 요원의 피가 바단의 자홍색 용포에 튀었다. 십자가의 길을 걷고 있던 다른 시민들은 황급히 십자가의 길 뒤쪽인 라이언 게이트 쪽으로 달아났고 앰뷸런스가 '삐요삐요' 소리를 내며 왔다. 앰뷸런스는 총에 맞은 모사드 요원을 태우고 다시 라이언 게이트 쪽으로 황급히 사라졌다. 모사드 호위대는 하나둘 다시 일어났고 신부와 수녀들도 뒤이어 일어났다. 모사드 호위대의 팀장은 무선으로 저격수들에게 집의 창문이나 옥상에서 수상한 움직임이 있으면 무조건 쏘라고 지시했다. 바단은 팀장에게 누가 쓰러지든 말든 우리는 계속 앞으로 간다고 말했다. 나는 순간 화가 났다. 씨팔, 이렇게까지 해서 십자가를 메고 가야 하나. 나는 바단보다 송수연이 걱정이 되어서 송수연 바로 옆에 섰다. 다시 주님의 기도가 울려 퍼지고 일행들은 에케 호모 아치를 지나서 오스트리아 인의 높은 담장 아래로 걸어갔다.

십자가의 길 3처에서 방향을 왼쪽으로 틀자 4처인 아르메니안 교회가 나타났다. 백발의 신부는 멈추더니 예수의 행적을 알렸다.

"여기는 십자가의 길 3처와 4처입니다. 예수님께서는 십자가가 무거워서 여기서 쓰러지셨습니다. 바로 앞 4처에서 성모 마리아께서 예수님과 마주쳤습니다. 그녀는 아들의 얼굴을 어루만졌고 예수님은 그녀의 볼에 키스를 했습니다."

우리 행렬은 아르메니안 교회에서 50미터 떨어진 십자가의 길 5처에서 방향을 오른쪽으로 틀어, 골고다 언덕을 올라갔다. 이 순간 모사드와 팔레스타인 저격수들의 총격전이 우리 머리 위에서 다시 펼쳐졌다. 송수연 옆에 있던 수녀가 총에 맞아 쓰러졌다. 피가 송수연의 금빛 옷에 튀었다. 요원 둘은 수녀를 업고 다시 뒤쪽으로 빠졌다. 바단은 아랑곳하지 않고 골고다 언덕을 올라갔다. 폭이 2미터밖에 되지 않는 길 양쪽에 아랍상점들이 줄지어 서 있었고 행인들은 바단의 십자가 행렬을 피해 가게 안으로 들어갔다. 신부들과 수녀들이 두 사람씩 줄을 지어 라틴어 주님의 기도, 아베마리아, 영광송을 읊으면서 좁은 골고다 길을 올라갔다.

바단은 천천히 발을 떼었다. 그의 모습은 초연해 보였다. 총알에 맞으면 맞는 거지 뭐. 아냐. 총알은 결코 나를 맞출 수 없어. 그는 총알 따위는 염두에 두고 있지 않았다. 이것은 그의 아마겟돈이었다. 예수라는 유대인 민족의 올가미에서 벗어나기 위해 신도 죽일 수 있다는 의지의 사내가 골고다 언덕을 양 갈래로 가르며 올라갔다. 예수가 2천 년 전 골고다를 오를 때 앞으로 올 2천 년을 예측할 수 없었듯이 예수복제가 어떤 결과를 가져올지 바단은 예측할 수 없었다. 이스라엘/팔레스타인 싸움의 바다가 양옆으로 갈라지고 수백만 명의 유대인 혼령들이 그를 뒤따랐으나 그는 자신이 어디로 나아가는지 모른 채 그저 미지의 땅으로 발을 내디뎠다. 십자가를 메고 언덕을 오르는 그의 모습은 마치 리듬을 타는 것 같았다. 서로가 서로를 죽일 수밖에 없는 공파괴의 리듬인지 서로가 서로를 죽이면서까지도 살아남은 예루살렘이라는 공창조의 리듬인지 분간이 가지 않았다. 무거운 리듬이 그의 어깨를 누르는 듯 했으나 발을 뗄 때마다 세상을 들었다 놓았다, 출렁이는 도약의 리듬이 그의 다리를 지탱시켰다. 전사의 리듬이 예언자의 리듬으로, 복수의 리듬이 영원회귀의 리듬으로, 고통의 리듬이 해탈의 리듬으로, 인간의 리듬이 신의 리듬으로, 발이 지상을 붙었다 떼었다 할 때 두 개의 리듬이 번갈아 가면서 예루살렘의 시공을 넘나들었다.

행렬이 골고다 언덕을 오를 때 총을 든 요원들을 보고 상인들은 셔터를 주르르 내렸다. 예수가 베로니카를 만났다는 십자가의 길 6처를 지날 때 100미터 앞, 십자가의 길 7처 오른쪽 골목에서 오토바이를 탄 저격수가 나타났다. 그는 우리 행렬을 향해 총을 쏘았고 나는 송수연 뒤에서 그녀를 잡아 바닥에 눕혔다. 맨 앞줄에 있던 신부 한 명이 쓰러졌다. 모사드 요원의 응사로 저격수가 고꾸라지며 오토바이가 골고다 언덕 아래쪽에 있던 우리 행렬로 날아왔다. 순간 바단은 메고 있던 십자가로 튕겨오는 오토바이를 막았다. 덕분에 일행은 무사했지만 바단은 손가락을 다쳐 피를 흘렸다. 뒤에 있던 모사드 요원이 바단에게 다가가서 그의 상태를 살폈지만 그는 괜찮다며 행렬을 전진시켰다. 총을 든 요원 10여 명이 행렬의 맨 앞에 섰다. 일제히 모든 가게들이 셔터를 내렸고 행인들도 어디론가 사라졌다. 행렬은 십자가의 길 7처에서 왼쪽으로 방향을 틀었다. 우리는 상가 지역을 순식간에 빠져나와 '예수무덤성당'을 향했다. 좁은 골목이 끝나고 넓은 길이 펼쳐졌다. 총을 든 모사드 요원들을 본 행인들은 골목 구석구석으로 사라졌다. 성당으로 가는 북쪽 돌문 출입구와 남쪽 돌문 출입구는 모사드 요원들에 의해 모두 봉쇄되어 있었고 '오늘은 휴관입니다.'라는 안내 팻말이 붙여져 있었다.

조그만 남쪽 돌문으로 행렬이 통과하자 예수무덤성당 앞의 넓은 광장이 나타났다. 이 교회를 관리하는 여섯 명의 기독교 수장들이 우리 행렬과 바단의 십자가를 맞이하였다. 예수무덤성당은 누런색 벽돌의 낡고 닳은 건물이었지만 깊은 광채를 뿜어내었다. 요원들은 예수무덤성당 입구에서 멈췄고, 바단과 송수연 그리고 나만 안으로 들어갔다. 행렬을 따라온 신부들과 수녀들도 들어오지 않고 밖에서 대기했다. 여섯 명의 나이 든 기독교 수장들이 바단과 우리 둘을 안내했다. 이들은 주님의 기도를 부르며 예수무덤성당 입구 바로 오른쪽으로 난 계단으로 올라갔다. 바단은 십자가를 들고 그 좁은 계단을 힘겹게 올라갔고 송수연과 내가 뒤따랐다. 오른쪽으로 고개를 돌리자, 십자가에 못박힌 예수를 그린 큰 벽화가 눈에 들어왔다. 하얀색 옷을 입은 성모 마리아는 예수님의 처형을 바라보며 그의 발밑에서 슬피 울고 있었다. 성화 전체에 은은한 금빛이 돌았고, 예수의 하얀 피부와 고통에 잠긴 얼굴은 앞으로 올 2천 년 동안의 유대인의 고통을 예견하고 있는 듯했다. 천장에 매달린 기름등 수천 개에 불이 붙었고, 곧 성당 전체가 뜨겁게 달아올랐다.

바단은 십자가를 바닥에 내려놓고 예수가 그랬던 것처럼 그 위에 누웠다. 이때 늙은 기독교 수장 두 명이 망치와 못을 가지고 왔다. 송수연과 나는 눈이 휘둥그레져서 제자리에 얼어붙었다. 송수연은 갑자기 바단의 발밑에 꿇어앉아 눈을 감고 기도를 하기 시작했다. 나는 기절초풍하여 꿈쩍도 할 수 없었다. 바단의 속죄라는 것이 이런 것이었나? 두 기독교 수장은 십자가의 양쪽으로 가 바단이 펼친 손바닥에 못을 고정시켰다. 주님의 노래가 울려 퍼졌고, 송수연도 눈을 감고 이를 따라 불렀다. 나는 도저히 이 광경을 눈 뜨고 볼 수 없어서 고개를 옆으로 획 돌리고 눈을 찔끔 감았다.

탁! 탁! 탁! 탁!

못이 박혔다.
세게 박혔다.

하지만 비명소리는 들리지 않았다. 나는 눈을 게슴츠레하게 뜨고 바단의 손바닥을 살며시 보았다. 큰 대못이 그의 손가락 사이의 나무에 박혔다. 바단은 나를 보며 장난스러운 미소를 지었다. 그건 일종의 속죄 의례였다. 지금 장난하나! 나는 깊은 안도의 한숨을 내쉬었고 송수연은 누워 있던 바단의 발바닥에 키스를 했다. 이때 바단이 십자가에서 일어나더니 송수연을 지긋이 보았다. 그의 자홍색 용포와 그녀의 황금빛 용포가 어울려 성화벽보다도 더 성스럽게 느껴졌다. 바단은 송수연의 손을 잡고 일으켜 세우더니 바로 옆방인 십자가의 길 12처로 인도했다. 11처가 예수를 십자가에 못 박은 곳이라면 12처는 예수를 못 박아서 골고다 언덕에 세운 곳이다. 바로 옆이라는 말이다. 11처가 금색으로 빛났다면 12처는 은색으로 빛났다. 은색의 가시 면류관, 은색의 하의, 은색 옷을 입고 기도하는 성모마리아, 그리고 은색의 천사들. 바단은 송수연과 함께 십자가에 못 박힌 예수 앞에 무릎을 꿇고 기도했다. 당신을 복제해서 미안하다고, 이건 어쩔 수 없는 마지막 미션이라고, 당신도 유대인이었고 나도 유대인이니 꼭 같은 민족끼리 진 원한을 내 손으로 풀게 해 달라고 그는 기도했다. 송수연은 지난 30년 동안의 핵 위기를 끝낼 수 있도록, 평화를 한반도에 가져올 수 있게 하기 위해서, 당신을 잉태할 수 있게 해달라고 기도했다.

잠시 후 그들이 기도를 마치자 기독교 수장 여섯 명은 다시 계단 아래로 내려와 예수무덤성당 정문 바로 앞에 위치한 십자가의 길 13처에 섰다. 십자가에 못 박힌 후 죽은 예수를 눕혔던 곳이다. 그 돌바닥 위에 여덟 개의 불이 붙여진 하얀 기름등을 설치한 장식대가 있었고 벽면에는 금빛으로 채색된 예수의 죽음을 그린 성화가 성스러운 분위기를 자아내었다. 바단은 그 자리에서 잠시 누웠다가 일어나서 십자가의 길 14처, 즉 예수의 무덤 앞으로 갔다. 예수의 무덤인 이디큘 위에는 은빛 기름등 수백 개가 환한 빛을 발하며 우리를 맞이했다. 이디큘은 성당 안에 있는 작은 성처럼 엄숙하면서도 기품 있는 사면체의 건축물이었다. 기독교 수장인 여섯 명과 바단, 송수연, 그리고 나는 예수 무덤 앞 즉 이디큘의 정면에 섰다. 이때 무엇인가 하늘에서 떨어졌다.

검은 비?

내 콧등과 옷에 검은 재가 떨어지기 시작했고, 어느새 얼굴 전체가 검게 되었다. 나는 나지막한 목소리로 내 옷을 가리키며 옆에 있는 한 기독교 수장에게 물었다.

"이게 뭐죠? 왜 하늘에서 검은 재가 떨어지나요?"

"기름등 때문에 그래요. 성당에 있는 수천 개의 기름등 전체에 불을 붙였어요. 이런 경우는 처음이에요. 기름등 전체에 불을 붙인 것은 내가 이곳의 수장이 된 이래로 처음 있는 일입니다. 이게 검은 재가 되어서 이렇게 쏟아질지 몰랐군요."

우리는 검은 재가 하늘에서 떨어지며 예수무덤성당 전체를 뒤덮는 것을 보았다. 그때 이디큘 안의 지하에서 무언가 올라오는 소리가 들렸다. 이디큘의 좁은 문 안에서 하얀 방진복을 입은 모사드 요원 하나가 튀어나왔다. 그는 큰 **뼈**가 담긴 투명한 비닐 봉투를 들고 있었다.

예수의 **뼈**였다.

바단은 그것을 받아들고는 자신도 믿기지 않는 듯 한동안 그 큰 **뼈**를 바라보았다. 잠시 후 그는 준비한 검은 가방에 **뼈**를 넣은 뒤, 송수연에게 주었다.

"내가 할 일은 이제 끝났어. 이젠 닥터 권과 미즈 송에게 모든 게 달렸어."

가방을 받아 들자마자 송수연은 자신도 모르게 손을 덜덜 떨었다. 2천 년 역사의 무게, 교회 전체의 신성의 무게, 그리고 지상에서 태어난 최고 중의 최고의 존재를 자신의 몸 안에 잉태해야만 한다는 사명의 무게가 그녀를 짓눌렀다. 그녀가 가방을 들고 비틀거렸다. 나는 그녀 대신 검은 가방을 들었다.

"괜찮아요?"

"모르겠어요. 뭐가 뭔지 모르겠어요. 겁이 나요. 내가 생각했던 것과 달라요."

나는 그녀의 덜덜 떨리는 손을 꽉 잡았다. 그녀는 깊은 숨을 반복해서 들이쉬었다. 이것이 꿈인지 생시인지 분간하지 못하는 것 같았다.

"이제 가자고. 자파 게이트 앞에 공항으로 가는 차를 대기시켜 놓았어."

우리는 예수무덤성당을 나와 성당광장을 지나 오른쪽 돌문 쪽으로 나갔다. 모사드 요원들이 중무장한 채로 우리를 호위했다. 나는 한쪽 손으론 가방을 들고 다른 쪽 손으론 혼란에 빠진 송수연을 부축하면서 500미터 앞에 있는 자파 게이트로 향했다. 송수연은 정신이 혼미해 보였다. 자파 게이트 옆에 넓은 대로가 펼쳐졌고 택시들이 줄지어서 있었다. 우리를 벤구리온 공항으로 데려다줄 검은색 리무진이 대기하고 있었다. 바단은 리무진 앞에서 우리와 악수를 하고 뒷문을 열어 주었다. 송수연이 떨고 있는 모습을 그도 느꼈다. 순간 나는 미션을 수행할 수 없다고 판단했다. 나는 땅바닥에 가방을 내려놓고 바단에게 말했다.

"못하겠어요. 도저히 못 하겠어요."

"지금 와서 무슨 소리야!"

"말도 안 되는 미션이에요. 예수를 복제한다고 하면 전 세계가 뒤집어질 겁니다. 저는 여기서 포기합니다."

나는 송수연의 손을 잡고 대로변에 있는 택시를 잡으러 갔다. 이때 바단이 뒤쫓아왔다.

"이봐. 다 된 밥에 재 뿌릴 거야! 내 말을 들어봐."

이때 갑자기 다윗의 성 오른쪽 도로에서 오토바이 한 대가 쏜살같이 나타나더니 바단을 향해 총을 쏘았다.

탕! 탕! 탕!

호위대들은 그 오토바이 저격수를 향해 총을 난사했다. 자파 게이트 앞은 순식간에 아수라장이 되었다. 나는 땅에 쓰러진 바단을 보았다. 바로 그때 다른 오토바이 저격수가 예수무덤성당 쪽의 도로에서 나타났다. 모사드 요원들이 가방을 챙겨 우리를 끌고 리무진으로 데려갔다.

"빨리 피해! 빨리!"

우리가 타자마자, 리무진은 황급히 자파 게이트를 벗어났다. 앞뒤로 차 두 대의 경호를 받으며 우리는 벤구리온 공항으로 향했다.

"바단은 어떻게 됐나요?"

송수연이 소리치면서 물었다.

앞의 두 요원은 침묵했다. 아니 침울했다.

불사조가 쓰러졌다.

이스라엘의 수호신이 죽었다.

우리는 모사드가 제공한 비행기를 타고 다시 한국으로 돌아왔다.

예수의 뼈와 함께.

9장 심판

쫙! 쫙! 쫙!

권 박사는 나를 보자마자 뺨 세 대를 날렸다.

"개새끼! 도대체 네가 뭔데 나라를 걸고 허튼짓을 하는 거야! 핵 인질 30년을 끝내자고 우리가 벼르고 별러서 일을 준비했건만 왜 마지막에 재를 뿌려! 너 때문에 바단이 죽었잖아!"

"죄송합니다."

"너는 강대웅으로 간 것이 아니라 삼문대원으로서 갔어. 너의 임무는 예수의 뼈가 든 가방만 들고 오면 되는 거였다고. 바단이 죽었기 때문에 우리가 신뢰할 수 있는 파트너가 사라진 거야. 너의 그 오만방자한 행동 때문에 모든 일이 엉클어지게 생겼어!"

분이 풀리지 않아서인지 옆에 있던 송수연을 향해서 뺨을 때리기 위해 권 박사는 손을 들었다. 이때 중삼문 이현경이 권 박사를 말렸다.

"너도 마찬가지야. 이 개자식이 허튼 짓을 할 때 너는 너의 임무를 완수해야 했어! 죽어간 너의 동료들을 생각해 봐. 이 임무를 완수하기 위해 우리가 거쳐야 했던 수많은 시행착오를 생각해 보라고! 핵무기만 얻으면 우리는 완전한 독립을 쟁취할 수 있다고. 줄기세포기술을 넘보는 놈들이 얼마나 많아! 역사상 가장 위대한 이 기술을 우리가 방어할 수 있다고. 근데 너희들의 사사로운 감정 때문에 일을 망쳐?"

이때 송수연은 털썩 바닥에 앉아 울어버렸다.

"저도 그러려고 했어요. 근데 이상한 일이⋯ 저도 알 수 없는 일이 벌어졌어요. 꿈을 꿨어요. 마지막 전쟁, 아마겟돈이 일어나고 세상이 멸망하는 꿈을요. 그리고 십자가의 길을 바단과 같이 걷는데 제 눈앞에 2천 년 전 골고다 언덕이 나타났어요. 몽상인지 환상인지 진짜 예수님이 십자가를 지고 골고다 언덕을 오르는 모습이 보이는 거예요. 피를 흘리는 예수님이 보여서 저는 겁이 났어요. 이게 꿈인지 생시인지 구분이 안 갔어요. 2천 년 전에 죽은 분을, 인류의 가장 위대한 인간을 내가 잉태를 해도 되는지 갑자기 겁이 나더니 저도 통제할 수 없을 정도로 몸이 떨렸어요. 예수무덤성당에 들어갔을 때는 거의 까무러칠 지경이었어요. 성당 전체가 환한 불로 비치는데 하늘에서 검은 비가 내리는 거예요. 저의 황금색 옷에 검은 비가 내려앉았어요. 불길한 징조였죠. 십자가의 길 12처에 섰을 때 예수님이 십자가 위에서 저를 쳐다보는 거예요. 선한 모습으로 쳐다보셨지만 저는 무서워서 죽는 줄 알았어요."

"정신착란이야, 정신착란! 스트레스를 많이 받아서 생긴 정신착란이라고! 잘 들어. 우리는 예수보다 위대해질 수 있어. 왜냐하면 우리는 영원한 생명을 얻을 수 있기 때문에. 예수는 로마라는 정치권력과 유대교라는 이데올로기 권력이라는 쌍벽에 막혀서 무너졌다고. 우리는 예수가 저지른 실수를 반복하지 않을 거야. 그래서 핵무기가 필요해. 영원한 생명을 얻기 위해, 진정한 길가메시가 되기 위해 핵무기가 필요하다고. 핵무기의 보호를 받아야만 영원한 생명에 이를 수 있어."

"저도 알아요. 근데 제 몸이 이상하게 반응하는 거예요. 온몸이 꿈틀대는 거예요. 떨리면서요. 과학으로 설명할 수 없는 무엇인가가 제 몸속에서 일어나는 거예요. 정신착란인지 모르겠어요. 무엇인가 영적인 것이 저를 터치하는 것 같아서요. 그것이 천사인지 악마인지는 구분할 수 없었지만요."

"천사나 악마 같은 것이 어디 있어? 그냥 느낌일 뿐이야. 이런 자신감으로 어떻게 예수를 잉태할 수 있겠어?"

"대삼문님, 오늘은 그만하시죠. 모두 피곤해 보이니까요."

이현경이 끼어들어 권 박사를 제지했다.

"아니에요, 할 수 있어요. 예수님을 잉태할 수 있어요. 여기는 예루살렘이 아니라 마차탄광이잖아요. 홈그라운드잖아요. 바단이 죽었는데 모사드와의 딜은 유효한 건가요?"

송수연의 질문에 중삼문 김홍이 대답했다.

"바단이 죽고 나서 전 세계 언론들이 대서특필했어. 죽음의 왕이 죽었다고. 살아있는 007도 마지막에 하마스에 당했다고. 이스라엘은 큰 슬픔에 빠졌고 다른 중동 국가들은 악마가 죽었다며 기뻐 날뛰었어. 이스라엘 총리가 바단이 죽은 바로 다음 날 로렌스라는 자를 모사드 국장으로 임명했어. 로렌스라는 작자가 우리에게 직접 연락을 해 왔어. 아직도 그 '빅이스트 딜'biggest deal은 유효하다고. 그 자신이 가장 존경한 사람이 바단 국장이었고 바단의 마지막 미션을 자신이 완성하고 싶다는 거야. 바단이 죽어서 안 됐지만 이 딜은 우리 인생보다 더 큰 거야. 우리에게는 평화와 안전을, 이스라엘에는 역사의 원죄를 벗을 수 있는 기회니까."

이 말이 떨어지자마자 권 박사는 이현경과 송수연에게 지시했다.

"조금 쉬었다가 컨디션을 회복하면 일주일 후에 바로 예수복제에 들어갈 거야. 수연이의 건강 상태가 별문제가 없다면 말이야. 수연이가 컨디션이 최상이 되도록 이 박사가 노력해 주게. 이미 예수 뼈로부터 DNA를 추출하는 과정에 들어갔고 복제된 DNA를 뽑아 복제세포를 만들었고 이것을 수연이의 난자와 결합한 다음 정확히 일주일 후에 수연이의 자궁에 착상시킬 거야. 그리고 얼마 후에 심판이 있을 걸세."

"심판이라뇨?"

내가 물었다.

"알파로를 잊었나? 과학이 역사를 심판하는 거 말이야. 성삼문 선생과 세조가 법정에 세워질 걸세. 중삼문 김홍은 재판에 만전을 기해 주게. 마차탄광 삼문대 전체 요원이 모이는 자리이니 불의의 사태가 일어나지 않게 준비를 해 줘. 알파로가 세조를 무죄로 선고했을 때 어떤 일이 벌어질지 모르니까."

"설마 무죄가 나겠습니까? 지은 죄가 하늘에 닿는데요."

"모르는 일이야. 삼문대가 심판한다면 당연히 사형을 내리겠지만 인공지능이 심판하는 걸 우리가 어떻게 예측할 수 있겠어."

"그러니까 왜 우리 삼문대가 심판을 하지, 인공지능에게 그 심판을 맡기는지 저는 아직도 이해가 안 갑니다요."

"공정을 위해서지. 우리가 세조를 심판한다면 결과는 만족스러울지 몰라도 그 과정이 찜찜할 거야. 세상에서 가장 똑똑한 판사인 알파로를 통해 정의를 세우자는 거지. 인간이 아니라 인간을 초월한 판사가 정의를 세우는 거야. 우리 인간은 너무 오류가 많으니까."

"인간이 역사를 만들었는데 인공지능이 역사를 초월해서 정의를 세울 수 있을까요?"

◇

"수술은 잘 됐어요."

인간복제 팀장인 이현경이 예수 잉태를 직접 시술하고 나오면서 밖에서 기다리는 나에게 말했다.

"안전할까요?"

"아무도 모르죠."

"수연 씨가 죽지 않고 예수를 낳을 확률은 얼마나 되죠?"

"30퍼센트예요. 지금까지의 실험 결과를 바탕으로 한다면요."

"아…."

나는 길게 탄식했다. 내가 사랑하는 여자가 살아 돌아올 확률이 30퍼센트라니….

"굉장히 낮군요. 수연 씨도 알고 있나요?"

"정확하게는 모르겠죠. 내가 복제 재생산 프로젝트의 총책임자로서 모든 자료는 비밀에 부치고 있어요. 하지만 자신의 동료들이 죽어 나가는 것을 보고 어느 정도 감은 잡고 있을 거예요."

"무모하군요. 그럼 예수가 태어날 확률도 30퍼센트군요."

"아니에요. 아이들은 100퍼센트 태어나요. 복제한 아이들을 임신한 여자들이 죽어서 문제죠."

"왜 그렇죠?"

이현경은 대답을 하지 못하고 머뭇거렸다.

"뭔가가 이상하군요? 복제가 완벽하지 않은 거군요, 그죠?"

"두 가지 문제점이 있어요. 하나는 태아가 너무 빨리 자란다는 거죠. 통상 10달, 즉 300일이 지나서 아이를 출산하는데 90일 만에 아이가 나와요. 왜 그런지 우리도 이해를 못 하고 있어요. 아무래도 정상적인 정자와 난자의 결합이 아니라 인공 세포핵을 난자와 결합시키는 게 문제가 아닐까라고 추측할 뿐이에요. 다른 하나는 복제된 아이가 태어날 때 이 아이가 임산부의 자궁을 먹어요."

"자궁을 먹다뇨?"

"인간은 선악을 동시에 가지고 있죠. 근데 우리가 관찰한 바로는 복제된 아이들의 70퍼센트가 굉장히 폭력적인 속성만 가지고 태어나요. 이런 아이들은 대부분 기형이에요. 우리 누리도 그랬어요. 복제된 태아들은 출산 3일 전부터 발버둥 쳐요. 이때부터 엄마의 자궁과 장기를 파괴할 정도의 힘을 가져요. 출산될 때는 날카로운 이빨과 손톱을 가지고 태어나죠. 대부분은요. 이 이빨과 손톱이 임산부 신체를 파괴하는 거예요. 출혈이 멈추지가 않아서 죽게 되죠. 왜 그렇게 되는지 아직 이해를 못 해요."

"정말 무모하군요. 왜 이렇게 무모한 짓을 하는 거예요?"

"몰라서 묻는 거예요? 핵무기 때문이죠. 어떤 대가를 치르더라도 핵무기를 얻어야만 하니까요."

"모사드도 이 사실을 알고 있나요?"

"모르죠. 우리가 속였으니까."

"성공확률이 100퍼센트라고 속였나요?"

"사실 아이가 태어날 확률은 100퍼센트예요. 따라서 속인 건 아니에요. 모사드가 모르는 것은 온전한 예수가 태어나느냐 폭력적인 예수가 태어나느냐를 모르는 거죠. 이제까지의 실험 결과를 우리가 알려주지 않았으니까요."

"이제 이 프로젝트는 멈출 수가 없군요."

"멈출 수가 없죠. 너무 많은 것이 걸려 있으니까. 권 박사도 멈출 수가 없어요. 어쩌면 줄기세포기술을 독점하기 위한 진정한 아마겟돈이죠."

"수연 씨에게 모든 것이 걸렸군요."

"그럼 셈이죠."

"잔인하군요. 한 개인에게 너무 무거운 짐을 지우는군요."

"우리 모두는 삼문대를 위해 죽을 준비가 되어 있어요. 이겨내야죠."

"이겨낼 수 있을까요? 수술하기 일주일 전부터 방에서 두문불출하던데요."

"나도 사실 걱정이 돼요. 예루살렘에서 정신적 충격을 받은 게 틀림없어요. 방에 박혀서 내내 성경만 읽고 있어요. 조금 정신이 …."

"수연 씨의 정신이 이상한가요?"

"모르겠어요. 뭔가가 달라졌어요. 이야기를 해도 초점이 없어요. 성경 이야기만 해요. 의심을 하기 시작했어요."

"의심을 하다뇨? 무엇을 의심한다는 건가요?"

"모든 것을요. 삼문대의 미션도 핵무기의 미션도 심지어 권 박사에 대한 믿음도 의심하기 시작했어요."

"네? 의심을 한다면 왜 순순히 예수를 임신하려고 하나요?"

"예수를 믿기 시작했으니까요. 예수를 낳고 싶은 거예요, 자신의 몸으로."

"예수를 믿다뇨? 권 박사를 의심하다뇨?"

"권 박사는 인간이고 예수는 신이잖아요."

"신이 어디 있어요? 과학으로 종교를 넘어서려는 게 예수복제잖아요. 과학으로 종교를 심판한다면서요?"

"우리가 애초에 생각했던 것에서 뭔가 이상한 게 일어난 거죠. 수연 씨에게 무엇인가 이상한 게 일어난 거예요. 설명할 수 없는 무엇인가요."

설명할 수 없는 무엇인가가 일어났다, 송수연에게.

삼문대 안에서도 예수복제는 극비의 프로젝트이기 때문에 지도부와 핵심 실험 인력 몇 명만 이 사실을 알고 있었다. 사람들 사이에 소문이 난 것은 틀림없지만 누구도 이 사실을 입 밖에 꺼내지 않았다. 우리의 이야기가 끝나자 이윽고 마취에 잠든 송수연이 이동식 시술 침대에 실려 나와 병실로 향했다.

"내가 간호를 지휘할 테니 방에 가서 쉬어요."

이현경은 이렇게 말하곤 송수연의 병실로 갔다.

◇

다윗은 우리야의 아내였던 이에게서 솔로몬을 낳고, 솔로몬은 르호보암을 낳고…낳고, …낳고, …낳고, …낳고, …낳고, …낳고, 야곱은 마리아의 남편 요셉을 낳았다. 마리아에게서 그리스도라고 하는 예수가 태어나셨다.

송수연이 병실에서 자기 방으로 옮겨진 지 일주일이 지났는데도 모습을 보이지 않자 나는 그녀가 걱정이 되어 그녀 방으로 갔다. 송수연이 성경을 소리 내어 읽는 소리가 들렸다. 노크를 하자 그녀가 성경 읽는 것을 멈추고 방문을 열었다. 그녀와 어떻게 인사를 해야 할지 몰라 머뭇거렸는데 그녀는 옅은 미소를 지으며 나를 안으로 들어오게 했다.

"걱정이 되어서요."

"보다시피 잘 지내고 있어요."

어깨가 파인 원피스 사이로 그녀의 피부가 드러났다. 평온함 때문인지, 그녀의 넓은 미간은 더욱 넓게 보였고 그녀의 눈에는 알 수 없는 깊이감이 있었다. 그녀의 침대 위에는 성경이 펼쳐져 있었다.

"만져볼래요?"

"뭘요?"

"예수님을요."

나는 서 있는 그녀 앞에 쪼그려 앉아 조심스럽게 그녀의 배를 만졌다. 태아가 꿈틀거렸다.

"태아가 움직이네요!"

"벌써 움직이죠!"

"이렇게 빨리 자라나요?"

"중삼문께서 알려주셨는데 저도 놀랐어요. 무럭무럭 자라고 있어요."

나는 침대 위에 있는 성경을 보고 그녀에게 물었다.

"성경만 읽는다면서요?"

"성경만이 진실되게 느껴져서요. 옛날에는 몰랐어요. 친구 따라 교회에 가끔 가잖아요. 읽어도, 읽어도 잘 이해되지 않았는데 이제 이해가 돼요. 아마도 예수님을 잉태해서 그런가 봐요. 모든 구절이 뇌리에 꽂히네요. 저는 특히 이 구절이 좋아요. 마태복음 처음에 나오는 구절요. 누가 누굴 낳고, 뭐랄까 연속성이 느껴져요. 예수님을 낳기 위해 이렇게 많은 사람들이 대대손손 낳아야만 했잖아요. 그 중간에 하나라도 끊어지면 낳을 수가 없잖아요. 14대가 3번 연속해서 42대를 거슬러 올라가잖아요. 한 세대가 30년이면 42대는 1,260년의 시간이에요. 42명 중에서 우리가 기억하는 사람은 누가 있겠어요. 고작 다윗과 예수겠죠. 근데 누가 낳았는지도 모르지만, 그 이름도 기억 못 하지만, 낳는 행위가 성스럽게 느껴져요. 시간의 무게를 느껴요. 아니 생명의 무게를 느껴요. 그래서 진실되게 느껴지나 봐요."

"다른 건 진실되게 느껴지지 않나요?"

나는 그녀가 우리의 미션을 정확하게 인지하고 있는지를 에둘러 물어보았다. 삼문대와 권 박사에 대한 믿음에 대한 물음이었다.

"저는 단지 도구잖아요. 핵무기를 위한 도구. 예수복제를 위한 도구. 그런데 예수님은 도구가 아니라 사랑이잖아요."

그녀는 자신의 존재 가치를 묻고 있었다. 핵무기를 위한 재생산의 도구로서 자신이 취급받고 있는 것을 탐탁지 않아 하고 있었다.

"수연 씨는 도구가 아니라 구원이에요. 우리나라를 핵의 위협으로부터 구원해 줄 사람이라고요. 결코 수연 씨를 도구로 생각지 않아요."

나는 그녀를 달래려고 애썼다.

"그러네요. 참 이상하군요. '예수'도 구원이라는 뜻이잖아요. 결국 예수를 통해 구원에 도달하게 되는군요."

그녀의 말은 모두 예수로 귀결되었다. 그녀는 진정 예수를 믿기 시작한 것 같았다. 이야기의 주제를 돌렸다.

"방에 오래 있으면 답답하지 않나요?"

"마침 잘 왔어요. 안 그래도 가고 싶은 곳이 있었는데 대웅 씨가 필요했어요."

"가고 싶은 곳이라뇨?"

"시지연으로 가요."

"외출해도 되나요? 특별 관리를 받지 않나요?"

"중삼문님께 미리 허락을 받았어요."

　　두 달 동안 나는 그녀의 요청에 따라 그녀가 가고 싶은 곳으로 에스코트를 했다. 나는 그녀의 연인이자 말동무이자 운동 파트너였다. 우리는 어라연과 시지연으로 돌아다녔고 그녀는 수영과 산책을 하며 갑작스럽게 불러오는 배를 견딜 수 있게 운동을 했다. 하지만 입덧이 심했고 구토와 설사가 잇달았다. 그녀는 신경질적으로 변했고 자주 몸이 아팠다. 그녀에게 힘이 되기 위해서 어떤 일이든 마다하지 않았지만 별 소용이 없었다. 그녀는 고통을 이겨내기 위해 성경을 읽고 또 읽었다. 어느 순간 그녀는 자신이 죽을지도 모른다는 공포감에 휩싸였고 나 또한 그녀가 어떻게 될지 모른다는 불안감에 사로잡혔다. 그녀는 자신의 몸에 대한 어떤 접근도 허락하지 않았다. 예수의 임신 상황을 체크하기 위해서 의료 검사를 받아야 했지만 그녀는 거부했다. 권 박사와 이현경이 설득해도 소용없었다. 몸이 아파서 도저히 검사를 받을 수 없다고 소리쳤다. 이런 고통의 나날들이 계속되고 있을 때 드디어 심판의 날이 다가왔다. 과학이 역사를 심판하는 날 말이다.

◇

　　법정에 내가 들어섰을 때 이미 강당은 초만원이었다. 용무가 다급한 몇몇을 제외하곤 마차탄광에 근무하는 삼문대 전원이 참석한 듯했다. 수백 년 동안 내려왔던 자신들의 뿌리에 대한 진실을 직접 확인할 수 있는 역사적 순간을 놓칠 수 없었다. 그들이 그토록 흠모하는 사람을 만난다는 설렘과 그들이 마르고 닳도록 들은 역사적 사실에 대한 광적인 호기심으로 재판정은 이미 달아올라 있었다. 나는 중삼문 이현경의 옆자리에 앉았다. 어떤 이는 1층과 2층 뒤편과 옆편에 서거나 앉아서 몸을 서로 부대끼며 법정을 응시했다. 재판정 한가운데 덩그렇게 육중

한 컴퓨터 기계 하나가 놓여 있었는데 이는 마치 신제품 시연회의 느낌을 주었다. 이윽고 재판정 옆으로 난 문에서 대삼문인 권 박사가 입장했다. 모두 자리에서 일어섰고 권 박사는 그 기계를 내려다볼 수 있게 배치된 큰 의자에 앉았다. 그의 얼굴도 긴장되고 초조해 보였다. 권 박사는 자신의 옷에 부착된 마이크를 통해서 오늘의 심판에 대해 설명했다.

"오늘은 대단히 역사적인 날입니다. 우리가 그토록 세우려고 했던 역사의 법정 이 이 자리에서 열립니다. 우리가 단죄할 대상, 수양대군이 피고로서 곧 이 자리 에 설 것입니다. 또한 삼문대의 뿌리이자 원고인 성삼문 선생님도 입장할 것입니 다. 오늘 재판의 방식을 말씀드리겠습니다. 여러분들이 다소 의아하게 생각할지 모르겠지만, 오늘의 재판에는 피고와 원고를 심문하고 변호하는 검사와 변호사 가 없습니다. 이 자리가 삼문대의 기지인 마차탄광이기 때문에 재판에 대한 공정 성이 의문시될 수 있습니다. 따라서 오늘의 판결은 인간이 아니라 삼문대 최고의 기술진들이 만든 인공지능인 알파로가 할 것입니다. 많은 시험 결과를 거친 결과 알파로는 어떤 오류도 범하지 않는 최고의 판사입니다. 세계 최고의 법률가이기 때문에 알파로가 심문과 변호를 동시에 맡을 것입니다. 즉 알파로는 검사, 변호 사, 판사의 삼위일체입니다. 그는 함무라비 법전부터 네바다주의 자율주행차 법 까지 모두 꿰고 있는 슈퍼 인공지능이자 슈퍼법률가입니다. 삼문대는 세계 최고 의 BT 기술뿐만 아니라 세계 최고의 IT 기술까지 보유하고 있습니다. 여러분, 알 파로를 소개합니다."

관중석에서 다소 어색한 박수가 시작되더니, 이윽고 몇몇 삼문대원들이 박수 를 부추기자 박수 소리는 재판정에 크게 울려 퍼졌다. 재판정은 넓고 소리가 잘 전달되게 되어 있을 뿐만 아니라 마이크와 음향 시설을 완벽하게 갖추고 있어 모 든 음성이 또렷하게 들렸다. 또렷한 기계음이 들리기 시작하자 장내는 약간 술렁 거렸다. '도대체 저 기계의 정체는 뭐지?'라는 의문이 이들의 가슴 속에서 일었고 역사의 심판을 알고리즘에게 맡긴다는 것이 이들을 당황케 했다. 심판은 피가 끓 어야 하는 법인데 수학적 공식에 의한 알고리즘 기계에서는 CPU가 돌아가는 소 리만 들렸던 것이다.

"감사합니다, 대삼문관님. 저는 오늘 역사를 심판하기 위해 이 자리에 섰습니다. 하지만 재판이 시작되기 전에 여러분에게 몇 가지 사실을 알려야겠습니다. 일단 나는 감정이 없습니다. 재판을 정확하게 하는 데 있어 감정이 동반되면 그릇된 판결을 낳습니다. 정확하고 논리적인 판결에 이르는 데 방해가 되지요. 이것이 내가 재판관으로 임명된 이유입니다. 여러분들은 감정과 정의에 도취되어 있어서 이 사건에 대해 편견을 가지고 있습니다. 나는 재판관으로서 어떤 편견도, 사심도 없이 객관적인 판결에 이를 것입니다. 기계이니 마음이 있을 리 없고, 마음이 없으니 사심이 있을 리 없습니다. 저는 오로지 역사적 사실에 의거해 심판하겠습니다."

알고리즘이 역사적 심판을 한다는 사실에 다소 꺼림칙하던 삼문대원들은 '역사를 심판한다'는 말에 다시 피가 끓었다. 하지만 알파로의 기계음이 역사와 심판이라는 피가 끓는 단어들과 대비되게 매우 차갑게 느껴졌다. 사실 삼문대원들은 복수를 원했다. '눈에는 눈, 이에는 이'라는 함무라비 법전의 복수를 원했던 것이다. 복수는 간단하고 정의는 복잡하기 때문에 또한 알파로의 인공지능이 발산하는 기계음의 차가움 때문에 삼문대원들은 다소 불안했다.

"피고 이유李瑈는 입장하시오."

알파로의 명령에 왼쪽 문으로 세조가 입장했다. 익선관을 쓰고 곤룡포를 입은 세조가 성큼성큼 큰 걸음으로 들어오는 장면이 정면 스크린에 비추어졌다. 그가 입장하자 거센 야유가 터져 나왔다. 그는 지옥의 마귀들이 자신에게 욕을 하는 것이라 짐작하며 벌벌 떨었다. 삼문대의 적이자 그들이 무찌르고자 한 악의 기원인 세조가 과학의 힘으로 역사의 재판정에 입장했다. 그가 곤룡포를 입고 왕의 풍모를 보였으나 큰 스크린에 비춰진 그의 얼굴이 뭔가 이상했다. 내가 처음 그를 보았을 때 바로 알아차렸듯이 삼문대원들도 세조의 왼쪽 귀가 없다는 것을 바로 알아차렸다. 압도적인 야유 속에 집단적 의문점이 일어나기 시작했다. 원래 한쪽 귀가 없었던 건가? 그는 활을 잘 쏘고 말을 잘 탄다고 역사에서 배웠는데 한쪽 귀가 없다는 말은 조선왕조실록에 나와 있지 않다. 뭔가 잘못된 게야….

잠시 동안이었음에도 불구하고 복제에 대한 집단적 의심이 일어났다. 그는 왕의 풍모를 풍기며 피고석에 앉았다. 앞에 놓인 거대한 기계 덩어리가 지옥의 심판자라고 그는 생각했다. 조선 시대 사람에게 인공지능의 개념이 없는 것은 자명한 사실이었다. 지옥의 심판자 위에 미륵이 보였다. 그는 지금 이 순간이 자신의 과거 행동에 대한 심판이라는 것을 재빨리 알아차렸다.

"그럼 원고 성삼문成三問은 입장해 주십시오."

알파로의 명령에 오른쪽 문으로 재판 요원의 안내를 받으며 성삼문이 입장했다. 그가 하얀 선비의 옷을 입고 등장하는 장면이 재판정 정면 위에 있는 스크린에 비추어지자 우레와 같은 박수와 함성이 터져 나왔다. 그들의 영웅이자 존재 이유가 드디어 과학의 힘을 빌려 역사의 무대에 재등장했다. 삼문대의 아버지이자 정신이 과학의 힘을 받아 복원되었다. 이들은 성삼문이 살아 돌아온 것이 믿기지 않아 전율했고 다시 한번 권 박사의 과학이 삼문대의 등불이자 미래라고 확신했다.

근데 이게 어찌 된 일인가. 오른쪽 귀가 없는 것이 아닌가. 세조의 귀에 이상이 있다는 점을 알고 나서 삼문대원들의 시선은 성삼문의 귀에 더욱더 집중했다. 귀 한쪽이 없는 성삼문의 얼굴이 스크린에 비치자 장내가 크게 술렁였다. 원래부터 한쪽 귀가 없었던 것인가? 아니면 복제의 과정에서 실수가 있었던 것일까? 무엇인가가 이상하다는 집단적 의심이 또 한 번 순식간에 일어났다. 이것은 성삼문에 대한 의심일 뿐만 아니라 권 박사에 대한 의심, 곧 이중의 의심이었다. 그가 진짜 성삼문인지, 성삼문일지라도 제대로 복제가 되었는지, 아니면 복제 자체가 무리수인지에 대한 의구심 말이다. IT와 BT의 결합이 이 역사적 심판을 이끌 융합의 무기인데 어찌 된 일인지 둘 다 뭔가 어설퍼 보였다. 어설픈 IT와 어설픈 BT가 만나 어설픈 심판이 일어나지는 않을까 하는 불안감과 긴장감이 갑작스럽게 팽배했다. 하지만 지금은 삼문대 역사상 가장 중요한 때가 아닌가. 정의를 세워야 할 때이지 의심을 세워야 할 때가 아니었다.

성삼문이 들어와서 약 3미터 정도 떨어져 앉는 것을 보고 세조는 소스라치게 놀랐다. 자신이 죽인 성삼문이 아닌가! 그는 이제 지옥에 와서 성삼문을 만났고 자신이 심판을 받을 차례라고 생각하며 고개를 절레절레 흔들었다. 성삼문도 곤룡포를 입은 세조를 보자 당황한 기색이 역력했다. '이 작자도 정말 살아 돌아왔구나.'

알파로가 심문을 하기 시작했다.

"피고는 생년월일을 말해 주세요."

"미륵이시여, 소생은 1417년 11월 2일생이옵니다."

"원고의 생년월일을 말해 주세요."

"1418년 6월 6일이오."

"비슷한 연배군요. 자, 이제부터 피고 이유 즉 세조가 이 역사적 법정에 나온 이유를 설명하겠습니다. 여러분 모두가 삼문대원으로서 세상 누구보다도 더 잘 알고 있겠지만 앞의 피고와 원고에게 사실 확인을 받기 위해 약간은 지루할지도 모르지만 길게 설명을 하겠습니다. 피고를 기소하는 서류는 10만 페이지에 이르지만 기소 이유를 정면에 있는 스크린에 되도록 간략하게 설명하겠습니다."

알파로는 태종 17년에 이유가 태어나서 세종 때 수양대군이 되었으며 문종이 승하하고 나서 계유정난을 일으키고 왕위를 찬탈한 과정을 자세히 설명했다. 그 이후 단종 복위 운동과 관련하여 김질의 배신과 사육신의 처형에 대해서도 낱낱이 설명했다. 이 모든 역사적 사실들을 알파로는 세 시간 동안 설명했고 삼문대원들은 누구도 졸지 않고 자신들이 알고 있던 역사를 다시 한번 복습했다. 세 시간 동안의 설명이 이어질 때 세조와 성삼문은 자신들이 얽힌 야망의 성공과 실패가 드러나는 과정에서 표정이 복잡다단하게 변했다. 살아서는 왕과 역적으로, 그러나 지금은 역사의 악과 선으로 뒤바뀐 입장에 둘의 마음은 심란했다. 알파로는 단종, 세조, 성삼문이 어떻게 죽었는지를 설명했고 성삼문은 배신당한 왕과 배신한 왕의 결말이 똑같이 비극이었다는 사실에 몸서리쳤다. 비록 그 자신의 비극에는 못 미친다 해도. 이제 결론을 낼 때가 되었다. 알파로는 역사적 사실에 입각하여 심판을 내리고자 했다.

"피고 세조는 이 모든 역사적 사실들을 인정하고 자신의 죄를 인정합니까?"

알파로의 질문이 떨어지자마자 세조는 의자에서 땅바닥으로 내려와 무릎을 꿇고 울기 시작했다. 익선관이 그의 머리 위에서 떨어지고 곤룡포가 축 늘어졌다. 지옥의 불구덩이를 모면하기 위한 면피용 눈물인지, 권력의 비극적 종말에 대한 회의의 눈물인지 아니면 단종과 자신의 형제들, 그리고 성삼문을 죽인 죄책감의 눈물인지 알 수 없었다. 아마도 이 모든 것에 대한 눈물일 수도 있고 아니면 자신의 영혼 깊숙한 곳, 자신도 의식하지 못한 채 흘리는 무의식의 눈물일 수도 있다.

"미륵이시여, 죽을죄를 지었사옵니다. 믿으실지 모르나 저도 어쩔 수가 없었습니다. 모든 게 살기 위해 저지른 일입니다. 지금은 모든 것이 선명해 보이나 당시는 모든 것이 안개 속이었사옵니다. 김종서가 나를 죽일지, 안평이 나를 죽일지, 금성이 나를 죽일지, 도대체 누가 나를 죽일지 몰라 두려움에 사로잡혀 있었습니다. 제가 그렇게 한 이유는 어린 시절부터 겪었던 일들 때문입니다. 저도 왕이 되기 전에 한때는 아이였습니다. 저의 어머니 소헌왕후께서는 장난기가 많고 정직한 저를 형제들 중 가장 예뻐해 주셨습니다. 저를 제외한 모든 형제자매들은 후궁들이 키웠지만 저는 직접 어머니께서 키우셨습니다. 어머님은 저의 집에서 돌아가셨는데 제가 그때 궁금해서 여쭈어봤습니다. 왜 저만 당신께서 손수 키우셨냐고. 어머니께서는 '네가 가장 사랑스러웠다.'라고 말씀하셨습니다. 또한 어머니께서는 왕세자빈이 된 것을 후회한다고도 돌아가실 때 말씀하셨습니다. 제가 어릴 때부터 어머니께서는 아무에게도 속마음을 말하지 않았지만 저에게만큼은 속마음을 드러내셨습니다. 어머니는 항상 저에게 남에게 속마음을 드러내지 말라고 가르치셨습니다. 그리고 당신께서는 늘 울읍鬱悒에 시달렸습니다. 왕세자빈이 우울하다는 것이 이해가 되시는지요? 어머니께서는 '나는 역적의 딸이다.'라며 항상 비탄에 잠겨 있었습니다. 어린 저로서는 어찌 된 영문인지 몰라 내시나 신하에게 여러 번 몰래 물어보았습니다. 어머니가 왜 역적의 딸이냐고 물었지만 누구 하나 답을 해 주지 않았습니다. 저랑 친한 박하선이라는 내시에게 조르고 졸라 겨우 대답을 들었습니다. 아… 저는 아직도 그때를 잊지 못합니다. 어떻게 그런 일이 일어날 수 있는지…. 저는 그제야 어머니의 울음을 이해할 수 있었습니다. 아니 어머니의 울음이 저의 울음이 되었습니다. 사람들은 제가 호탕한 사람이라고 하나 실은 저는 우울한 사람입니다."

"어머니께서 왜 울음에 빠졌나요?"

알파로가 물었다.

"미륵이시여, 존귀한 부처님이시어, 저는 어릴 때부터 항상 부처님께 의지하고 살았습니다. 울음에 빠진 어머니는 항상 저를 데리고 절에 가셨습니다. 이제야 미륵께서 저를 심판하시니 인연의 원리를 가르친 부처님의 말씀이 진리임을 다시 한번 깨닫게 됩니다."

"그러니까 왜 당신의 어머니가 항상 슬픔에 잠겨 있었습니까?"

알파로가 재차 물었다.

"박하선이 펑펑 울면서 저에게 말했습니다. 할아버지가 어머니의 아버지를 죽였다고요. 그래서 어머니가 울음에 빠졌다고요."

우리는 계유정난과 사육신에 너무 집중한 나머지 세조에 대해서는 이해가 부족했다. 아니 조선왕조실록에는 왕이나 신하의 심리상태까지 기술되어 있지 않기 때문에 알파로조차도 알 수 없었다. 하지만 알파로는 즉시 역사적 사실을 들이대었다.

"태종이 외척을 배격하기 위해 소헌왕후의 아버지 심온을 죽인 것을 말하는 거군요."

"저는 그때부터 할아버지를 보는 것이 너무나 두려웠습니다. 어린 저의 마음속에는 어머니의 아버지를 죽인 사람이 저를 죽일지도 모른다는 사실이 떠나지 않았습니다. 할아버지를 뵐 때면 배가 아파서 동동 구르거나 오줌을 싸거나 해서 주위를 당황케 했습니다. 저도 어떻게 해보려고 해도 어쩔 수가 없었습니다. 할아버지는 그런 저를 보고 웃었지만 저는 그 웃음의 의미를 도저히 알 수 없었습니다.

나를 죽이려는 것일까? 아니면 불쌍해서 살려주자는 것일까? 어머니께서 속마음을 절대 말하지 말라고 말씀했기 때문에 저는 할아버지에 대한 저의 두려움을 누구에게도 말하지 않았습니다. 나는 할아버지, 아니 그 작자가 세상에서 가장 싫었습니다. 왜냐하면 제가 가장 사랑하는 어머니에게 용서받지 못할 죄를 지었으니까요. 저는 아버지가 왕이 된 다음 할아버지의 무덤인 헌릉에 가서 제사를 지낼 때 잔을 떨어뜨렸습니다. 세종대왕께서는 저의 그런 행동을 눈치채시고 다시는 저에게 잔을 올리게 하지 않으셨습니다. 제가 훗날 유언을 남길 때 할아버지의 무덤이 있는 한강의 남쪽 가까이는 절대 나의 무덤을 쓰지 말라고 일러두었습니다."

"피고는 지금 자신의 잘못을 모두 태종 탓으로 돌리려는 겁니까?"

알파로가 따져 물었다.

"자애로운 미륵이시여, 절대 아닙니다. 제가 그렇게 싫어했던 할아버지를 나이 들어서 비로소 이해했습니다. 저는 할아버지와 마찬가지로 형제를 죽이고, 정승을 죽이고, 충신을 죽이고, 충신의 아이들까지 죽였습니다. 그제야 저는 깨달았습니다. 그것은 할아버지의 잘못이 아니라 절대권력의 속성 때문이라는 것을요. 왕국이라는 체제에서는 절대권력이 아니면 아무것도 아닙니다. 절대권력 아니면 죽음이지요. 태종대왕은 죽음 대신 절대권력에 이르는 길을 갔고 저 또한 그러했습니다. 걸리적거리는 모든 적들을 다 죽이고 났을 때 저는 비로소 그렇게 할 수밖에 없었다라는 것을 깨달았습니다. 건국 공신들은 어린 나이의 방석을 내세워 권력을 쥐려고 했고 태종대왕은 생존하기 위해 이에 맞설 수밖에 없었습니다. 김종서와 황보인이 어린 왕을 내세워 황표정사를 한 것도 개국 공신이 한 짓과 같습니다. 어린 왕을 내세워 왕권을 무력화시키려는 책략이었습니다. 안평대군은 이들과 결탁해 저를 제거하려 했고 저는 살기 위해 칼을 먼저 뽑았을 뿐입니다. 그러니까 제가 왕권을 찬탈하려고 선택했던 것이 아니라 저 또한 역사의 소용돌이에 휘말렸을 뿐입니다. 이 소용돌이에서 살아서 빠져나오기 위해 저는 발버둥쳤을 뿐입니다."

"당신은 지금 끝까지 발뺌을 하려는 군요."

"대자대비한 미륵이시여, 절대 아닙니다. 저는 그저 당시의 상황을 자세히 설명드렸을 뿐입니다."

바닥에 엎드려서 항변하는 세조의 모습을 성삼문은 눈을 감고 들었다. 이제 알파로가 성삼문에게 물었다.

"원고 성삼문 선생님께서는 이 재판장이 설명한 역사적 사실들을 모두 인정하십니까? 모두 인정한다면 이제 재판장인 제가 과학의 이름으로 역사와 인간을 초월하여 원고에게 심판을 내려도 될까요?"

알파로는 성삼문의 동의를 구했다. 성삼문은 몇 초간 대답을 하지 않고 멍하게 정면을 응시했다. 그러더니 뜻밖의 답을 내놓았다.

"당신이 아는 역사는 틀렸소. 당신은 역사를 잘못 알고 있는 게요."

"나 알파로는 조선왕조실록 모두를 읽었고 이 실록을 연구한 연구서들과 논문들을 모두 읽었습니다. 이 세상에 나만큼 조선의 역사에 정통한 자는 없습니다. 그런데 어떻게 내가 알고 있는 사실이 틀렸다는 겁니까?"

"조선왕조실록이 무지투성이인데 어떻게 당신이 모든 것을 알 수 있겠소?"

"실록이 거짓말이라는 겁니까?"

"거짓말이 아니라 실록은 역사의 한낱 일부에 불과하다는 거요. 한 인간의 삶에도 광대한 미지의 공간이 있거늘 하물며 역사에 그것이 없다고 생각하면 우리는 얼마나 오만한 존재겠소. 당신들이 역사를 심판하겠다는데 그 광활한 미지의 역사를 어떻게 심판하겠다는 건지 난 잘 모르겠소. 그러니까 풀리지 않는 여러 의문들이 있을 거외다. 장원급제를 하고 출세 가도를 달리고 있는 내가 임금께 충성하고 정의를 세우기 위해 거사를 꾸몄을 거라고 여러분은 생각하고 있소이다. 내가 죽고 나서 나온 역사책들을 보니 그렇게 쓰여 있더이다. 내 아버지는 태종의 무자비한 권력의 소용돌이를 몸소 겪으며 나에게 가르친 바가 있소. 아버지는 나에게 학문의 스승일 뿐만 아니라 정치의 스승이셨소. 아버님은 이방원의 무자비함, 아니 권력과 역사의 소용돌이의 무자비함 앞에서 아무리 잘난 인간도

400

어쩔 수 없다는 가르침을 주셨소. '역사의 소용돌이에 휘말리지 마라! 권력의 핏빛 투쟁에 끼어들지 마라! 여기에는 의리도 정의도 없으며 오직 피비린내 나는 짐승들의 본능이 존재할 뿐이다!' 그러니 내가 모든 것을 걸고 이 인간에 맞서 싸울 생각이라곤 애초에 없었다는 거요."

순간 장내가 술렁거렸다. 우리가 알던 그 충신 성삼문이 아니었던가?

"역사에 비밀이라는 것이 있소. 비밀이라는 것이 참으로 신비하오. 비밀을 캐내는 것은 언제나 모든 것을 안다는 것이 아니요. 비밀을 캐내는 것은 언제나 어떤 부분만을 밝히는 것이라오. 우리의 거사에서 역사적으로 밝혀진 비밀은 극히 일부요. 그러니까 내 말은 당신들은 우리 과거의 극히 일부만을 안다는 것이오. 달리 표현하면 역사 자체가 비밀이오. 따라서 모든 역사학자의 사명은 비밀을 캐어내는 것이오. 역사학자는 비밀의 전부를 알 수 없기 때문에 계속해서 나올 수밖에 없고 역사가 끝날 때까지 끝까지 살아남을 존재요. '왜 그 일이 일어났을까?' 역사학자는 이 허망한 질문에, 아니 이 무시무시한 욕망에 사로잡혀 있는 사람이요. '왜'는 필연이지만 역사는 우연이니까. 왜라는 질문은 원인과 결과가 있어야 하지만 역사에는 고정된 원인이 없소. 움직이는 원인만이 존재하오. 우연을 필연으로 만들어야 하니까 이 통일될 수 없는 절대적인 대립이 모순 없이 존재해야 하니 우리는 역사의 비밀이라는 것에 눈을 감는 경향이 있소."

그는 역사에 대한 자신만의 시각을 드러내고 깊은 한숨을 쉬었다. 법정에 구경꾼이 아니라 성삼문의 후예로서 앉아 있는 이들은 자신의 존재를 송두리째 흔드는 지진파를 느꼈다. 우리가 알고 있는 역사가 진실이 아니라면 우리는 도대체 왜 삼문대를 만들었는가? 귀와 눈이 빠질 듯이 모두 온 신경을 집중했다.

"내가 왜 거사를 꾸몄을 것 같소? 장원급제를 하고 세상 모든 것을 가진 사람이 왜 자신과 자신의 가족이 모두 죽을지도 모르는 짓을 무모하게 꾸몄을 것 같소? 대궐 같은 집과 수백 명의 노비가 있으며 내가 탐하는 것은 단 하나의 조건만 충족하면 모든 것이 가능한 삶을 사는데 말이요. 그 단 하나의 조건은 여기 옆에 앉아 있는 왕에게 복종하는 것뿐이요. 그러니까 내가 가진 모든 것을 다 잃을 수 있는데, 나의 아버지와 나의 자식이 죽고, 나의 가문이 멸문지화를 당할 수 있는데, 저 왕에게 복종하는 것이 그렇게 어렵다는 것이요? 나는 조선에서 가장 똑똑한 사람 중 하나요. 내가 사람들의 머릿속을 간파하지 못할 거라고 생각한다면 오산이요. 곧 내가 정의와 충성을 대표하는 사람이라고 할지라도 사람들은 나를 바보라고 생각할 거요. 역사는 나를 칭송하겠지만 사람들의 무의식은 신숙주를 칭찬할 거외다. 왜냐하면 나는 나 자신을 죽음으로 몰았을 뿐만 아니라 나의 아버지와 나의 자식 모두를 죽음으로 몰고 간 도박을 벌였으니까. 장원급제를 한 조선 최고의 인재가, 왕에게 머리만 조아리면 될 것을, 그게 그렇게도 어려웠던 것일까. 내가 그걸 모른다고 생각하면 당신들은 바보요. 장원급제라는 것의 의미가 뭐냐 하면, 당대 최고의 인재라는 뜻도 있지만 당대 최고의 간특한 자를 뽑는 자리이기도 하오. 곧 장원급제하는 자는 정치를 할 준비가 완벽하게 되어 있고 정치를 하려면 간특함이라는 능력을 가져야 하오. 그러니까 내 말은 내가 그렇게 순진한 사람이 아니라는 거외다. 우리의 모사가 실패로 끝났을 때의 상황을 예측 못 한 게 아니란 말이오. 그러니 도대체 나는 왜 나의 모든 것을 걸고 이 작자에 반하는 역모를 꾀했을 것 같소? 당신들이 말하는 어린 왕을 위해서 그랬을 것 같소? 그에 대한 연민과 동정이 있지만 그도 살아 있고 나도 모든 걸 가지고 있는데 굳이 그럴 필요가 있을 거라고 생각하오? 문종의 유훈 때문에 내가 이 작자를 몰아내고 어린 왕을 다시 세우려고 했을 것 같소? 그것이 나와 나의 가족에게 그렇게 중요했을 것이라고 생각하오? 그까짓 유훈이 뭐라고 내가 모든 것을 걸었을 것 같소? 도대체 나는 왜 이 바보 같은, 정말 바보 같은, 무모한 모의를 주도했을까? 조선 최고의 천재가 세상에서 가장 우매한 도박을 도대체 왜 했을 것 같소? 도대체 왜! 왜! 왜!"

역사가 폭발했고 우리는 완전 넋을 잃었다. 정의를 세우기 위해 성삼문은 거사를 꾸민 것이 아닌가? 그럼 도대체 왜? 우리 모두는 그가 내뱉은 거대한 미지의 블랙홀로 빨려 들어갔다.

"그것이 바로 나의 비밀이요. 알파로인지 저 기계 따위가 전혀 파악할 수 없는 나만의 논리가 있소. 그러니까 당신들은 역사를 모른다는 거요. 역사는 비밀이니까. 당신들은 나의 비밀도 모른 채 비밀결사조직을 만들었소. 모른다는 게 어쩌면 축복이요. 그 비밀을 알았다면 당신들은 이 비밀조직을 만들지 않았을 테니까. 그랬다면 지금과 같이 역사를 심판하겠다는 얼토당토않은 일은 벌이지 않았을 테니까. 비밀을 누가 어떻게 심판한단 말이오. 우연이 필연이 되는 모순의 과정을 거치듯이 무지가 역사가 되는 모순의 과정을 거치는 거요."

그러니까 이들은 아무것도 모르고 삼문대를 만들었던 건가. 자신들이 알고 있던 역사가 진실이 아니라면 이들의 존재 기반은 허구였던 것이다. 그야말로 이 비밀조직이 사상누각 위에 세워졌단 말인가. 이들은 이제 자신들이 그 비밀을 알고 싶어 하는지 아니면 그렇지 않은지 헷갈렸다. 애인의 과거 난잡한 애정행각을 모른다고 해도 결혼이 성립하듯이 성삼문의 과거 행적을 모른다고 해도 삼문대는 성립한다. 하지만 뒤끝이 개운치 않았다. 대단히 개운치 않았다. 모두가 이 찜찜한 딜레마에 빠져 있을 때 권 박사가 질문을 던졌다.

"선생님의 그 비밀이 도대체 무엇인지요?"

질문을 내뱉은 순간 권 박사는 자신이 이 비밀지하조직의 수장임을 깨달았다. 조선의 영혼인 삼문대가 거짓 위에 세워져 있다는 사실이 드러났을 때 집단적 정체성의 와해를 어떻게 감당하겠는가. 강력한 호기심에서 내뱉은 말을 그는 금방 후회했고 그 말을 거두고 싶었다.

"선생님의 비밀은 그냥 비밀로 덮어두어도 좋습니다. 우리가 굳이 그 비밀을 알 필요는 없으니까요."

"나는 그 비밀을 압니다, 미륵이시여! 제가 그 비밀을 말하면 저를 용서해주시겠나이까?"

세조가 느닷없이 끼어들었고 이제 그 비밀은 영원히 묻힐 수 없음을 대삼문은 깨달았다.

이제는 역사의 비밀이 폭발할 차례였다.

"성삼문 선생님께서 직접 말씀하시는 편이 나을 것 같습니다."

대삼문이 말했다.

"그러니까… 그러니까 많은 사람들이 의문이 있을게요. 나는 수양대군이 정적을 제거한 계유정난에서 3등 공신으로 책봉되었고 그가 왕에 오르자 3등 좌익공신을 하사받았소. 앞서 말했듯이 이런 나의 행동을 역사가들은 이해 못 할 거요. 왜냐하면 나는 역사로부터 태종의 피비린내 나는 왕권 쟁탈전에 대해 잘 알고 있었고 수양대군의 왕위 찬탈의 소용돌이에 휘말리고 싶지 않았소. 그저 역사가 흘러가는 대로, 힘이 그 방향과 주인을 찾는 대로 내버려 두었소. 나의 친구 신숙주가 도움이 되었던 건 사실이요. 그가 나를 비호해주면서 계유정난과 왕위 찬탈의 과정에서 나는 목숨을 건질 수 있었고 가담은 하지 않았으나 오히려 공신에 책봉될 정도였으니까 말이요. 근데, 근데, 이상한 일이 일어났소."

"이상한 일이라뇨?"

알파로가 물었다.

"역사책에는 기록되지 않은 일이 일어났소."

"도대체 그게 무엇입니까?"

알파로가 성마르게 다시 물었다.

"계유정난이 일어나고 수양대군이 왕위를 찬탈한 다음 어느 날 밤잠을 자고 있는데 내 방에 자객이 들어온 거요. 내 목숨을 노렸던 게지. 나는 무신의 아들로 어릴 때부터 무예를 연마해서 자객이 내 방에 들어왔을 때 낌새를 느끼고 가까스로 그의 칼을 피했소. 몸싸움 끝에 자객이 도망갔고 나는 칼을 들고 그를 추격하기 시작했소. 그자는 삼청계곡 쪽으로 도망을 갔고 나는 빠른 걸음으로 복면을 쓴 그를 드디어 따라잡고 일합을 겨루었소. 무예가 아주 뛰어난 자로 몸이 날렵해서 내가 감당하기 힘든 자였소. 나는 칼싸움 도중 그 녀석에게 도대체 누가 나를 죽이려 보냈냐고 물었소. 왕이 보냈느냐? 한명회가 보냈느냐? 신숙주가 보냈느냐? 그 녀석은 하늘이 보냈다고 하였소. 얼마간의 칼싸움 끝에 나는 기력이

다했소. 복면을 쓴 그놈은 힘으로 나를 제압했고 나는 그만 땅에 쓰러지고 말았소. 삼청계곡의 달빛이 훤히 비추었고 나는 이제 죽었구나 하고 털썩 바닥에 누워 서 있는 그 작자를 보았소. '죽기 전에 누가 나를 죽이려 보냈는지 알고나 죽자'라고 물었는데 그 작자가 다짜고짜 나의 죄를 묻기 시작했소."

"죄라뇨? 무슨 죄 말인가요?"

알파로가 물었다.

"글쎄, 내 죄가 도대체 무엇이냐고 물었고 복면을 쓴 그 녀석은 나를 왕위찬탈을 도운 불충신 중의 불충신이라고 말했소. 그러니까 세조나 한명회가 보낸 녀석은 아니었던 거요. 그럼 상왕, 곧 쫓겨난 어린 임금을 따르는 세력이 보냈느냐고 다시 물었소. 그 작자는 내가 공자님의 가르침을 배반하고 왕을 배반하였으며 인륜을 배반하고 백성을 배반했다고 처형을 하겠다고 선언했소. 그러니 억울해하지 말라고 나에게 말했소. 나는 순간 그에게 목숨을 구걸했소. 아들이 여섯 명이나 되는데 내가 죽으면 그 애들은 어떻게 하냐고 하소연했소. 하늘을 배신하고 왕을 배신한 역적의 자식들인데 살면 뭐 하겠냐고 그가 말했소. 부끄러워서 얼굴을 들고 다니겠냐고 나를 다그쳤소. 나는 순간 자리에서 일어나 무릎을 꿇고 나의 잘못을 인정하고 나를 처형하라고 그에게 말했소. 그날따라 삼청계곡의 달빛이 한양 전체를 밝혔고 봄이라 여기저기 핀 꽃냄새가 향기로웠으며 물소리는 맑아서 죽기에 참 좋은 밤이었소. 그는 칼을 번쩍 들었는데 그 칼끝이 달에 반사되어 나의 눈에 비쳤소. 나는 눈을 감고 죽음을 기다렸소이다. 그 녀석이 소리를 지르며 칼을 내리쳤소…. 눈을 떠보니 나는 아직 살아 있었소. 내 목 앞으로 칼이 지나간 것이고 그 녀석은 단번에 나를 죽이지 않았소."

"도대체 어떻게 된 건가요?"

알파로뿐만 아니라 전 삼문대원들이 그의 말에 신경을 집중했다.

"만약 왕권을 찬탈한 왕과 세력을 내가 직접 제거하면 살려주겠다는 제안을 그 녀석이 했소. 나는 조금도 지체하지 않고 그러겠다고 답했소이다. 왜냐하면 나는 이미 죽은 목숨이나 다름없는데 다른 대안이 있을 리가 있겠소. 그 녀석이 하늘과 천지신명, 그리고 공자님께 맹세할 수 있겠냐고 물었소. 나는 맹세한다고,

나의 가족까지 바쳐서 맹세한다고 말했소이다. 그때 밝은 달빛에 복면 사이로 그의 눈과 나의 눈이 마주쳤소이다. 낯익은 눈동자였소. '혹시 내가 너를 알지 않느냐'고 물었소. 그 녀석은 청풍명월 아래 나를 등지며 한양을 내려다보더니 나지막하게 이렇게 읊조렸소."

자자부부신신군군 子子父父臣臣君君

자식은 자식다워야 하고, 아버지는 아버지다워야 하고, 신하는 신하다워야 하며, 임금은 임금다워야 한다?

"아, 그때 나는 그 말을 듣고 한양의 달빛 아래서 대성통곡을 했소이다. 도저히 부끄러워서 얼굴을 들 수 없었소."

성삼문은 한참 말을 잇지 못하다가 그 자객의 실체를 말하기 위해 입을 떼었다.

"그 자객은 바로, 바로 나의 아들이었소."

알파로, 대삼문, 삼문대 전체 요원들이 이 비밀이 드러나자 충격에 빠졌다. 도대체 왜 그의 아들이 아버지를 죽이려고 했을까?

"계유정난이 일어나고 왕위찬탈이 일어났을 때 나의 큰아들과 논쟁을 여러 번 하였소. 내가 정난공신과 좌익공신에 책봉되자 아들은 나를 비난했소. 천륜과 인륜을 어기고 공자님의 가르침을 어긴 겉과 속이 다른 사람이라는 거요. 그는 심지어 공자님까지 비판했소. 유교의 가장 기본적인 가르침이 틀렸다는 거외다. 나는 평소에 아들에게 그 아버지는 그 자식을 보면 알고 그 임금은 그 신하를 보면 안다고 여러 번 말했소이다. 이 말을 듣더니 아들은 우리가 유교를 배울 때 가장 먼저 배우는 저 위대한 원리 '군군신신부부자자'의 순서가 틀렸다고 말했소. 아들을 보고 아버지를 안다면, 신하를 보고 임금을 안다면 '자자부부신신군군'이 맞는 순서라는 거외다. 그러니까 아들은 계유정난에서 신하가 신하답지 못해서 임금이 임금답지 못했다는 거요. 그래서 왕위 찬탈이 일어났다고 아들은 설명했소이다. 유교가 바로 서려면 그 순서를 바꾸어서 '자자부부신신군군'으로 유교의 첫 번째 덕목을 바꾸어야 한다고 이 아이는 주장했던 게요."

순간 법정은 숙연해졌다. 우리는 성삼문의 아들에 대해 전혀 아는 바가 없었다. 단종복위운동은 어린 임금을 복위시키고자 하는 충절에서 시작되었던 것이 아니었다.

"자, 이제 여러분은 나를 이해할게요. 모든 것을 가진 자가, 왕에게 복종하는 시늉만 해도 세상의 영예와 특권과 부귀영화를 누릴 수 있는데, 거대한 난관에 부딪쳤소."

법정 전체가 귀를 쫑긋 세우고 그의 입을 바라보았다.

"왕의 손에 죽느냐 아들의 손에 죽느냐, 그것이 문제였소."

성삼문의 햄릿식 질문에 우리는 넋을 잃었다. 사느냐 죽느냐가 아니라 왕의 손에 죽느냐 아들의 손에 죽느냐, 그것이 문제였다. 하지만 정답은 이미 나와 있었다. 사느냐 죽느냐가 결단의 문제라면 아들의 손에 죽지 않는 것은 무의식의 문제였다. 운명의 가장 처참한 형태는 피해야만 한다. 소포클레스와 프로이트를 들어본 적도 없었지만 성삼문은 오이디푸스 콤플렉스의 구조를 무의식적으로 알았고 왕의 손에 죽는 길을 택할 수밖에 없었다.

"이제야 내가 왜 왕을 죽이려고 모의를 꾸몄는지 이해가 될 게요. 천륜과 인륜을 안다면 아들의 손에 죽는 것만은 피해야 하오. 나는 자식에게 죽는 것을 피하기 위해 거사를 꾸몄소."

법정 전체가 이 역사적 비밀이 폭로되었을 때 충격에 빠졌다. 성삼문은 말을 계속 이었다.

"자자부부신신군군. 정의는 항상 미래에 오는 법이라오. 정의는 아버지가 세우는 것이 아니라 자식이 세우는 거요. 질서는 위에서 세워지는 것이 아니라 아래로부터 세우는 거지요. 내가 정의를 세운 것이 아니라 550년 후의 여러분이 정의를 세웠소. 나는 이미 그때 내 아들을 통해 배웠소이다."

성삼문의 아들은 조선의 존 롤스이자 마이클 왈저였다. 정의를 세우기 위해 권력의 질서를 뒤바꾸어야 한다는 점을 몸소 깨닫고 실천한 자. 유교는 임금에서부터 시작하는 것이 아니라 자식에서부터 시작한다는 역발상. 하늘에서부터 내려오는 것이 아니라 땅에서부터 치고 올라가는 것이 진정한 유교다. 아들이 아버지를 치고 신하가 임금을 쳐야만 정의가 세워진다. 때로는 가장 중요한 핵심은 순서를 뒤바꾸는 일이다.

"왜 이 이야기가 조선의 어떤 정사나 야사에도 나오지 않는 겁니까?"

알파로가 물었다.

"이 사실은 역사의 비밀로 영원히 봉해졌기 때문이요. 여러분이 알다시피 단종 복위운동은 김질의 배신으로 발각되었고 나는 심한 고문을 받았소. 처형되기 전 나는 신숙주와 여기 있는 나으리에게 내 아들과 같이 죽게 해 달라고 부탁했소이다. 마지막 부탁이었소. 죽기 전에 꼭 아들을 보아야겠다고, 나는 너와의 약속을 지켰다고 말하고 싶었소. 신숙주는 차마 가장 친한 친구와 그 아들이 죽는 것을 볼 수 없어 형장에 나타나지는 않았소. 여기 이 나으리, 사관, 사형집행관, 군사들, 그리고 수백 명의 백성들이 우리가 죽어가는 모습을 봤소. 이때 수양대군은 그 자리에 있던 사관을 죽이라고 군사들에게 말했소. 나와 나의 아들의 죽음을 영원한 역사의 비밀로 봉할 필요가 있었기에…."

"이유, 당신은 왜 사관을 죽였나요?"

알파로가 물었다.

"글쎄, 그게…."

바닥에 무릎을 꿇은 세조는 말을 더듬거렸다.

이때 권 박사가 자리를 박차고 일어나더니 세조를 향해 꾸짖었다.

"당장 말하시오. 그렇지 않으면 내가 당신을 지옥 불에 처넣을 테니까."

"미륵이시여, 제가 죽을죄를 지었나이다. 이실직고 말씀드리겠나이다. 다만 저를 지옥 불에 던지지는 마시옵소서."

"빨리 진실을 말하시오!"

408

"성삼문과 그 아들의 죽은 이야기는 오로지 저만 알고 있사옵니다. 왜냐하면 그 비밀이 새어 나간다면, 저뿐만 아니라 종묘사직 전체가 위험에 처해지기 때문이라고 그때 느꼈습니다. 성삼문과 그 아들이 나란히 처형을 기다렸고 그들이 마지막 말을 했습니다. 이때 거기 모인 백성들이 저를 향해 돌을 던지기 시작하더니 갑자기 폭동을 일으켰습니다. 저는 군사들에게 그자들을 죽이라고 명했습니다. 그들은 죽을지 알면서도 왕인 저에게 저항을 했습니다. 병사들이 동요하기 시작했습니다. 나는 본능적으로 이들이 죽어간 이야기를 비밀에 부쳐야 한다는 사실을 깨닫고 바로 그 자리에서 사관을 죽이라고 병사들에게 말했소. 사형집행이 끝나자마자 나는 대궐에 들어가 그날 그 자리에 있었던 사형집행관과 군사들도 죽이라는 명령을 내렸습니다. 성삼문과 그의 아들이 죽은 이야기가 만약 새어나간다면 민중의 폭동과 관료들의 동요와 군사들의 반란이 심히 걱정되었기 때문입니다."

"도대체 그들이 어떻게 죽었다는 말이요? 무슨 비밀이라도 있는 게요?"

권 박사가 다시 꾸짖으며 물었다.

"그게 말입니다…."

세조가 말끝을 흐리자 성삼문이 그와 그의 아들의 마지막 순간을 말했다.

"아들은 어린 임금의 친구이기도 했소이다. 사형장에서 인륜과 천륜을 배반한 수양대군을 엄하게 꾸짖었소. 그리고 나의 아들로 태어난 것이 얼마나 자랑스럽고 기쁜지 모른다고 말했소. 그 사형장에 있던 모든 사람들이 내 아들의 말에 울었소이다. 수양대군도 자신의 감정을 억누르기 위해 안간힘을 썼을 정도였으니 말이요. 나는 아들이 무척 자랑스러웠고 또한 이렇게 죽는 것이 축복이라고 말했소. 정녕 축복이었소. 역사는 나를 기억했지만 나는 그 아이만 생각나는구려. 아무도 그 아이를 기억하지 못해서 참 섭섭하구려. 나는 역사를 위해 싸운 것이 아니라 그 아이를 위해서 싸웠소. 역사가 참으로 야속하구려. 그 아이가 있었기에 내가 있었고 그 아이가 있었기에 삼문대가 있었던 게요. 오늘따라 그 아이가 몹시 보고 싶구려."

"그래서 마지막에 어떻게 되었나요?"

알파로가 물었다.

"수양대군은 사형당하기 전에 마지막 말을 하라고 나에게 말했소. 나는 그저 나의 마음을 시로 전달했소이다."

수양산首陽山 바라보며 이제夷齊를 한恨하노라.
주려 죽을진들 채미採薇도 하난 것가.
비록애 푸새엣 것인들 긔 뉘 따헤 났다니.

"그리고 수양대군은 아들에게 마지막 말을 하라고 했소. 아들은 담담히 사람들을 바라보고 왕을 바라보고 하늘을 바라본 다음 나를 바라보았소. 그러더니 천천히 입을 열고 또박또박 마지막 말을 하더이다."

이 몸이 죽어 가서 무엇이 될꼬 하니,
봉래산 제일봉에 낙락장송 되었다가
백설이 만건곤할 제 독야청청하리라.

이 시가 울려 퍼지자 장내가 숙연해졌다. 아, 이 시는 성삼문이 아니라 그의 아들이 지은 것이로구나. 우리는 이 시가 성삼문의 것인 줄 알았다. 그의 자식이 지었던 거구나. 이것이 바로 역사의 비밀이었다!

"우리는 담담하고 자랑스럽게 죽음을 맞았소. 아들과 내가 누워서 능지처참에 처해져 하늘을 보고 누웠고 팔다리와 목이 막 잘려 나가는 찰나에 우리는 서로의 얼굴을 보았소. 우리는 그 짧은 순간 서로의 눈으로 빠져들었소. 사랑과 비탄의 눈이었소. 이때 하늘에서 느닷없이 눈이 내렸소. 어찌 된 일인지 눈은 참 따뜻했소. 우리는 서로 쳐다보고 울면서 웃었소. 우리는 그렇게 하얀 눈을 맞으며 세상과 작별했소."

정적이 흘렀다. 그리고 어디선가 흐느끼는 소리가 들렸다. 숙연해진 장내라서 그 울음소리는 점점 크게 들렸다. 누가 우는지 알아채기 위해 고개를 돌리지도 못하고 있다가 그 울음소리가 새어 나오는 방향으로 귀를 쫑긋 세웠다. 정면이었다. 그런데 이것이 어찌 된 일인가.

알파로가 운다. 인공지능이 운다.

이 울음은 삽시간에 전염이 되어 장내는 울음바다가 되었다. 알파로는 기계의 마음으로 울었고 삼문대는 인간의 마음으로 울었다. 알파로의 울음소리는 점점 더 커지더니 '삐' 소리가 나면서 울음소리가 멈추었다. 인공지능 기술자들이 연단에 뛰어 올라갔다.

"고장 났어! 고장 났다고! 대삼문님, 알파로가 고장 났습니다!"

이때 재판정 연단 아래에 앉아 있던 성삼문이 괴로운 신음 소리를 내면서 쓰러졌다. 갑자기 재판정 강당의 뒷문이 열리더니 누군가 다급한 소리를 질렀다.

"큰일 났습니다! 큰일 났어요! 세 엄마가 자살하려고 합니다!"

10장 예수를 죽여야 한다

세 엄마? 나는 바로 그들이 보라, 동현, 하은이의 엄마들임을 직감했다. 법정에 있던 삼문대원들이 우르르 몰려 나갔다. 이현경과 나도 다급하게 법정을 나와 그들이 있는 동쪽 거상 아래쪽으로 달려갔다. 조금 있다 권 박사도 왔다. 50미터 위의 곡괭이를 들고 있는 광부의 석상 위에 세 엄마가 세 아이를 껴안고 위태롭게 서 있었다. 그들은 삼문대원 전체가 역사적 심판에 정신이 팔려 있을 때 경비가 허술한 틈을 타서 석상 위로 올라갔다. 광부 거상의 꼭대기는 헬멧으로 되어 있고 헬멧에 붙어 있는 랜턴 – 석상 위의 일종의 받침대 역할을 하고 있는 – 위에 그들이 서 있었다. 랜턴은 등대와 같이 빛을 비추었다. 권 박사가 동쪽 석상의 랜턴을 끄고 서쪽 거상의 거대한 랜턴을 켜라고 지시했다. 서쪽 거상 랜턴의 빛을 받아 세 엄마와 세 아이가 공중에서 환하게 드러났다. 사람들이 우르르 몰려오자 그 아이들, 아니 그 괴물들은 무슨 일인지도 모르고 신이 나서 꽥꽥 소리를 지르더니 심지어 우리에게 손을 흔들었다.

"내려오세요. 위험하니까 빨리 내려오세요."

이현경이 소리쳤다.

"중삼문님, 정말 고마웠어요. 이제까지 저희를 보살펴 주셔서 어떻게 감사의 말씀을 드려야 할지 모르겠어요. 그리고 권 박사님, 엄마로서 우리가 무리한 요구를 했음에도 저희의 꿈을 위해 애써 주신 것에 대해 정말 감사합니다."

이 대목을 말하면서 동현 엄마는 흐느끼며 말을 잇지 못했다. 엄마가 갑자기 흐느끼자 동현이는 신난 표정을 멈추고 무슨 일이 엄마에게 일어남을 알아차렸다. 그러고는 이 어린 괴물은 엄마의 눈물을 손으로 닦아주었다. 보라 엄마가 말을 이었다.

"권 박사님의 잘못이 절대 아니에요. 우리의 잘못입니다. 아이가 죽고 나서 하루하루가 지옥이었어요. 자살 시도도 여러 번 했어요. 그런데 권 박사님의 줄기세포 복제연구를 알고 나서 희망을 가졌습니다. 우리가 언제 가장 행복했는지 아세요? 우리의 아이가 다시 태어나기 전의 그 짧은 몇 달이었어요. 죽은 아이를 다시 볼 수 있다는 생각에 얼마나 설레었는지 모릅니다. 하지만…하지만 모두가 알다시피 그건 헛된 꿈이었어요. 이 애들을 보세요. 아이가 아니라 괴물입니다. 가끔씩은 온순하지만 항상 문제를 일으키죠. 이 아이들을 돌보는 데 더 이상 삼문대에 폐를 끼쳐서는 안 된다는 생각이 들었어요. 우리도 염치가 있습니다."

"폐를 끼친 게 전혀 아닙니다. 미안합니다! 정말 미안합니다! 나의 기술이 완벽하지 못했습니다. 조금만, 조금만 더 기다려 주세요. 좀 더 인내를 했어야 하는데 인내하지 못해서 이런 일이 일어났습니다. 보라 엄마, 저를 봐서라도 같이 내려오세요. 아이들이 왜 그렇게 태어났는지 우리가 더 연구를 해 봐야 압니다. 복제기술을 완벽하게 하기 위해서라도 이 아이들을 계속해서 관찰하고 연구해야 합니다."

권 박사가 이들을 설득했다.

"권 박사님, 그리고 이현경 박사님, 언젠가는 복제기술이 완성되겠지요. 저희도 그렇게 믿어요. 하지만 이 아이들을 보는 게 저희에게는 지옥입니다. 옛날 아이들과의 아름다운 추억마저도 기억이 나지 않고 오직 이 괴물들의 추악한 이미지만이 밤낮으로 우리 머릿속에 떠오릅니다. 우리는 이 지옥을 이제 끝내고 싶습니다. 부디 저희를 용서해주세요. 이렇게 할 수밖에 없다는 것을 용서해 주세요."

권 박사의 말에 하은 엄마가 답했다.

세 엄마 모두 흐느꼈고 이들의 팔에 매달려 있던 괴물들, 아니 아이들은 손으로 이들의 눈물을 닦아주었다. 세 엄마는 모두 이 아이들의 입에 뽀뽀를 했다. 작별의 키스였다. 그러고는 세 엄마는 각자 아이를 껴안고 아래로 뛰어내렸다. 서쪽 거상의 랜턴이 이들이 추락하는 모습을 선명하게 비추었고 삼문대원들은 비명을 질렀다. 마차탄광 바닥에 선혈이 낭자했다. 추락한 엄마들과 아이들의 죽어가는 육체들은 몇 분 꿈틀거리더니 이내 뻣뻣해졌다. 이들의 피가 대삼문, 중삼문, 그리고 내 얼굴에 묻었다. 나는 망연자실했고 일부 삼문대원들이 흐느끼는 소리가 들렸다. 이때 법정 쪽에서 누군가 소리쳤다.

"대삼문님, 큰일 났습니다! 세조가, 세조가 죽었습니다!"

대삼문, 중삼문, 그리고 나는 다시 법정 쪽으로 달려갔다. 보안 요원들이 우리이외 다른 삼문대원들이 법정으로 들어오는 것을 막았다. 법정 앞으로 왔을 때세조는 칼에 맞아 이미 숨을 거두었고 성삼문은 고통스러워하며 바닥에 쓰러져있었다.

"선생님, 어떻게 된 일입니까? 누가 세조를 죽였습니까?"

성삼문은 신음을 하며 겨우 대답했다.

"그 중삼문이라는 사람, 김홍이, 김홍이 칼로…칼로 저자를 죽였소."

"김홍 어디 있어? 어디 있냐고?"

권 박사가 보안요원에게 소리쳤다.

"지금 파악하고 있는 중입니다."

"성삼문 선생님을 빨리 병실로 옮겨!"

"네!"

삼문대원들이 이동식 침대를 가져와 성삼문을 눕힌 다음에 법정을 빠져나갔다. 권 박사와 우리는 김홍이 어디로 갔는지 확인하기 위해 중앙통제실로 갔다.

"남쪽 거상의 엘리베이터로 마차탄광을 빠져나가 도망쳤습니다!" 통제실의 요원이 김홍이 빠져나가는 영상을 보여주며 보고했다.

"젠장! 아아아아!"

권 박사는 마차탄광이 떠나가도록 소리를 질렀다.

역사를 심판한 날이 아니라 삼문대의 야심 찬 비밀 프로젝트가 심판을 받은날이었다.

◇

며칠 동안 방에서 두문불출하고 있는데 누군가 노크를 했다. 문을 열었더니 이현경이었다.

"마음도 꿀꿀한데 밖으로 산책 갈래요?"

그녀의 제안에 선뜻 응했다. 지하에 처박혀 있는 것보다 바깥 공기라도 쐬어야 기분이 좋아질 것 같았다. 동쪽 거상 쪽의 엘리베이터를 타기 위해 그 앞을 지났는데 아직도 세 엄마와 세 아이의 얼룩진 핏자국이 눈에 띄었다. 이현경은 고개를 획 돌리고 길게 한숨을 내쉬며 재빨리 그 자리를 지나 거상 안쪽에 있는 엘리베이터 단추를 눌렀다. 거상 꼭대기에는 마차리로 나가는 문이 있다. 경비원은 중삼문과 나를 확인하고 문을 열어주었다. 얕은 U자형 계곡 너머 공중삭도가 저 멀리 영월 쪽으로 움직였다. U자형 계곡을 건너갈 수 있는 다리도 놓여 있었다.

"공중삭도군요. 언제 감쪽같이 저걸 만들었나요?"

"로우 테크놀러지low technology인데 만드는 데 그렇게 어렵지 않죠. 권 박사님이 예전부터 만들라고 지시해 놓은 건데 이번에 완성했어요."

"저걸 왜 만들었죠?"

"위장 전술이죠. 마차탄광 쪽에서 어떤 일들이 벌어지고 있다는 소문이 좀 퍼졌어요. 첩보계에 권 박사가 살아있다는 것은 이미 알려졌고 비밀 실험실을 찾으려고 난리예요. 아직 영월의 마차탄광이 그곳이라는 것을 모르고 있지만 전국을 돌면서 비밀요원들이 정찰을 하고 있어요. 비밀 활동을 감추고 석탄과 시멘트를 나르려는 목적으로 삭도를 만들었죠. 개인적인 이유도 약간은 있기는 하지만요."

"개인적인 이유라뇨?"

"권 박사님이 만들라고 했어요. 자신이 타고 다니던 운송수단이었어요. 저도 영월 출신이라 공중삭도를 가끔 탔어요. 영월까지 버스로 50리였는데 삭도로 가면 30리밖에 안 돼요. 훨씬 가깝고 편리했죠. 공중으로 가니까요. 영월 시내까지 가려면 두 시간 만에 오는 버스를 기다려야 했어요. 근데 삭도는 언제든 있잖아요. 삭도 관리자에게 영월에 볼일 보러 간다고 하면 언제든 태워줬어요. 공중에 대롱대롱 매달려서 가니 위에서 내려다보는 경치도 아주 좋았죠. 물론 속이 좀 울렁거리지만요. 여기서부터 산을 넘어서 동강을 건너 영월역까지 삭도가 연결되어 있어요. 한 번 타 볼래요?"

"좋죠. 오랜만에 기분 전환할 겸 타 보시죠."

우리는 U자 계곡 위에 놓인 다리를 건너 삭도 플랫폼으로 갔다. 위장 기계 덩어리였기 때문에 석탄은 실려 있지 않았다. 삭도 기계운영실이 플랫폼에 있었고 기술자 여러 명이 시범 운행 중이었다. 이현경은 담당 팀장에게 물었다.

"이제 완전히 완성된 건가요?"

"네, 비교적 쉬운 기술이라서요. 자체 발전기도 만들어 놓아서 어떤 상황에서도 잘 작동할 겁니다."

"한번 타 봐도 되죠?"

"약간 위험한데요."

"괜찮아요. 어릴 때부터 타던 건데요, 뭐."

"그럼 타실 때 제가 부축해 드리겠습니다."

기술팀장은 운영실 담당자에게 손짓으로 삭도의 속도를 늦추라고 지시했다. 삭도들은 약 10미터 간격으로 배열되어 있었고 출발선에는 삭도를 탈 수 있게 3단의 철제 계단이 설치되어 있었다. 삭도가 천천히 다가오자 운영실 요원이 삭도를 멈추었다. 스키장에서 어린아이들이 리프트 의자에 앉을 때 기계 요원이 리프트를 잠시 멈추는 것과 같았다. 이현경이 삭도 안으로 들어가서 섰고 나도 그 뒤를 따라 들어갔다.

"그럼 안전하게 다녀오십시오, 중삼문님!"

기술팀장의 인사가 끝나자 삭도가 천천히 움직이더니 속도를 내기 시작했다. 스키장의 리프트 속도와 비슷했다. 우리는 케이블과 연결된 지지대를 잡고 마주보고 섰다. 여름이라 더웠지만 해가 구름에 가려 서 있을 만했다. 이내 땅에서 수십 미터 위로 삭도가 날아오르자 나는 스릴과 상쾌함을 느꼈다.

"우와, 이거 좋은데요! 하늘을 나는 느낌이네요."

"그렇죠? 어릴 때 이걸 타면 비행기를 타는 기분이었어요."

우리는 여름 바람을 맞으며 마차리의 개울과 산을 내려다보았다. 100미터 간격으로 철제 지주가 삭도 케이블을 지탱하고 있었다. 첫 번째 철제 지주를 지날 때 우리가 탄 삭도가 순간 출렁거렸다. 이현경이 내 쪽으로 비틀거리며 넘어졌다.

나는 그녀를 잡았고 그녀는 내 품에 안겼다.

"고마워요."

"위험하니 제가 중삼문님을 부축해서 가죠."

그녀는 내 팔짱을 꽉 끼었다. 나는 한 손으로 지지대를 잡고 다른 한 손으론 그녀의 어깨를 감쌌다. 그녀도 다른 한 손으로 삭도를 붙잡았다. 나는 그 역사적 심판이 있고 난 날 이후 두문불출하고 방에 처박혀 있었기 때문에 여러 일들이 궁금했다. 송수연이 가장 궁금했지만 성삼문에 대해서 먼저 물었다.

"성삼문 선생님은 어떠신지요?"

"그날 충격을 많이 받으셨나 봐요. 사실 이전부터 몸이 안 좋았어요. 복제에 뭔가가 잘못되었는지 여기저기가 많이 아프셨죠. 워낙 인내심이 강한 분이라서 아픈 티를 내지 않았는데 그날 심판이 과거에 처형당했던 트라우마를 자극했고 기억 속에 꽁꽁 감추어왔던 아들의 비밀과 비극까지 말하고 나서 고통이 극에 달했던 거죠. 게다가 모두가 한눈을 판 사이 김홍이 옆에 있던 세조까지 칼로 찔러 죽였으니 심신이 말이 아니에요."

"김홍은 소재 파악이 됐나요?"

"여러 루트를 통해서 알아봤는데 아직 어디로 도망갔는지 몰라요. 처음부터 인공지능에 의해 세조를 심판하는 것에 반대를 했었거든요. 역사를 공부한 사람이라 '기계가 어떻게 역사를 심판하냐'고 처음부터 완강하게 반대했죠. 물론 김홍의 말이 맞긴 맞았지만요. 인공지능은 인간이 입력한 데이터만 가지고 판단을 하는 거지 그 이외의 것은 모르잖아요. 데이터가 편견이 있으면 인공지능도 편견이 생기는 거죠. 그런 생각을 안 한 것은 아니지만 인공지능 기술자들이 워낙 자신감에 넘쳐서 대삼문님을 설득했죠. 인공지능 개발 총책임자가 대삼문님께 무릎을 꿇고 사퇴를 하겠다고 용서를 빌었지만 그냥 넘어갔어요. 그 사람 책임이 아니라고 그러셨죠. 하기야 대삼문님도 책임을 추궁할 입장이 아니었죠. IT와 더불어 BT가 그날 같이 무너졌으니까."

이현경은 세 엄마와 세 복제 아이가 죽은 것을 암시했다. 하기야 복제기술이 이렇게 엉망이라는 것을 삼문대 전체 요원에게 드러내고 말았으니 권 박사와 이현경의 권위도 적잖은 타격을 받았겠지.

"세 아이가 복제되었다는 것을 삼문대원들은 모르고 있었나요?"

"모르고 있었죠. 원래 비밀조직이기 때문에 이런 비밀프로젝트는 일부만 알고 있어요. 비밀조직이 왜 비밀조직이냐 하면 어디까지가 비밀이고 어디까지가 비밀이 아닌지의 경계가 없어요. 비밀 안에 비밀이 있기 때문에 비밀이 끝이 없어요. 비밀이 바닥이 나는 순간 그건 비밀조직이 아니에요."

"그럼 그날 그 비밀이 드러나고 나서 삼문대원들이 충격을 받았겠네요? 물론 그날 자체의 일이 삼문대 내에서 비밀에 부쳐지겠지만요. 아무도 목격하지 않은 게 되는 거죠."

"충격을 단단히 받았죠. 그날 그들의 얼굴에 드러난 경악과 울음소리를 어떻게 덮을 수 있겠어요. 비밀로 부쳐지겠지만 그들의 무의식 속에 단단한 닻을 내리겠죠. 이중의 비극이었죠. 삼문대의 기원이 박살 났고 삼문대의 미래가 박살 났으니까요."

이 말을 끝낸 순간 우리가 타고 있던 공중삭도가 또 다른 철제 지주를 지나며 심하게 흔들렸다. 내 몸이 비틀거리자 그녀는 끼고 있던 팔짱을 풀고 나를 두 손으로 부둥켜안았다. 위트로 난감한 상황을 피해 가야 했다.

"이것 참, 남녀가 데이트하기는 좋은 기구 같군요."

"회전식 대형 관람차보다는 낫겠군요. 관람차가 돌아갈 때 흔들림이 적어서 남자가 흑심을 드러내어야만 하잖아요."

그녀가 나의 위트에 응답했다.

"요즘은 여자가 흑심을 먼저 드러내기도 하잖아요."

"우리 세대 때에는 어려웠죠. 요즘은 좋은 시대가 된 것 같군요. 자유연애 시대라서 여자도 먼저 흑심을 드러낼 수 있으니까요. 남자들에게는 젖과 꿀이 흐르는 땅이잖아요."

"서울랜드의 대관람차보다 삭도를 놀이기구로 설치하면 상품성이 더 좋을 것 같아요. 누구도 흑심을 드러낼 필요가 없잖아요."

나의 말에 그녀는 내 품에 안겨 깔깔거렸다. 이윽고 삭도는 산 정상에 도착했다. 우리 눈앞에 영월 시내와 동강 전체가 펼쳐졌다. 우리는 '우와!'하며 탄성을 질렀다. 하얀 뭉게구름이 두둥실 하늘 높이 치솟은 아름다운 여름날이었다. 우리가 탄 삭도는 바람에 흔들리며 내려가기 시작했다. 나와 그녀는 얼마간 꼭 부둥켜안고 있었다. 산등성을 내려오자 눈앞에 중간 기착지가 보였다.

"저기서 내리죠. 동강까지 가면 사람들의 눈에 띄나요."

이현경이 말했다. 중간기착지에도 기술요원들이 배치되어 있었고 이들은 우리가 탄 삭도의 속도를 점차 줄이며 멈춰 세웠다. 요원들이 우리를 부축해서 내려주었고 우리는 건너편으로 가서 마차탄광으로 돌아가는 삭도를 탔다. 삭도가 다시 마차탄광 쪽 산등성이를 올라갈 때 송수연의 상태를 물었다.

"수연 씨는 괜찮나요?"

그녀는 곧장 대답하지 못했다. 걱정이 되어 재차 물었다.

"계속 아픈가 보죠?"

"상태가 안 좋아요. 태아가 너무 빨리 자라는 게 일차적인 문제예요. 수백만 년 동안 진화의 속도에 인간의 몸이 적응되어 있는데 태아가 그 가속페달을 전속력으로 밟으니 몸이 견디지를 못해요. 2주 후면 출산이에요."

"출산이라고요? 벌써요?"

나는 눈을 크게 뜨고 놀라서 물었다. 이때 공중삭도는 철제 지주를 통과하면서 다시 심하게 흔들렸다.

"어지럽군요. 나도 어떻게 해야 될지 모르겠어요. 이대로라면 결과가 좋지 않을 가능성이 커요."

"결과가 좋지 않다뇨?"

그녀는 나의 질문에 머뭇거리더니 내게서 자신의 몸을 빼고 삭도와 케이블 사이의 지지대를 잡았다.

"이제까지의 데이터를 바탕으로 보면 아이를 낳다가 죽을 가능성이 커요. 태어나기 3일 전까지 조치를 하지 않으면요."

"이전에 죽은 화유십일홍과 같은 패턴이 일어나고 있다는 거죠? 그렇죠? 그럼 3일 전까지 어떤 조치를 해야 하는데요?"

이현경은 길게 침묵하더니 마침내 입을 열었다.

"예수를 죽여야 해요."

머리가 띵했다.
"그 방법밖에 없나요?"
"지금으로서는."
"권 박사가 찬성할까요?"
"반대하겠죠. 2주 후면 이스라엘의 핵무기를 실은 배가 진해항에 도착해요."
"모사드는 우리말을 믿나 보죠?"
"내가 태아의 초음파 사진을 한 주마다 보내어요. 믿을 수밖에요."
"가짜 사진인가요?"
"가짜죠. 송수연이 검사를 거부하는데 어떻게 찍겠어요."
"대담하군요. 권 박사만큼이나 대담하군요."
"저는 삼문대의 2인자예요. 그 사실을 염두에 두세요."
"권 박사는 이 사실을 아나요?"
"모르죠. 사실은 권 박사가 아니라 수연이가 더 문제예요."
"왜요?"
"죽든 살든 자신은 예수를 낳아야 한다고 우기고 있어요."
"매일 성경책만 읽는 것 같은데…. 혹시 정신이상이 아닌가요?"
"몸이 아프면 마음도 약해지잖아요. 자기 나름대로 극복하고자 성경을 계속 읽고 있는데 믿음만 더 강해지고 있어요. 이제는 삼문대 스파이보다는 성모 마리아가 되고 싶어 해요."
기분 좋게 삭도를 탔다가 기분이 망쳐져서 삭도에서 내렸다. 이현경도 마음이 착잡한지 자신의 마음의 안식처에 가야겠다고 했다.
"마음의 안식처라뇨? 헤르메스가 중삼문님의 안식처가 아닌가요?"
이현경을 살짝 웃더니 답했다.

"대웅 씨도 아는 곳이에요."

"제가 알다뇨?"

"하도 이런저런 일을 겪어서 기억이 안 나겠죠. 대웅 씨가 마차탄광에서 울부짖었던 곳."

아, 일기장 보관 장소!

우리는 삭도에서 내려서 마차탄광 실험실 반대편 언덕의 '추억의 집'으로 갔다. 옛날 종이 냄새가 코를 찔렀다. 이현경은 수만 권이 꽂혀 있는 책장 속에서 일기장 하나를 불쑥 꺼내 들고 마차탄광 입구가 보이는 넓은 유리문 앞에 있는 소파에 앉았다. 나도 따라서 그녀 옆에 앉았다.

"누구 일기를 꺼내었나요?"

"아무개의 일기죠. 일기장에 이름이 적혀 있지 않잖아요. 여기 와서 아무 일기장이나 꺼내서 읽는 게 저의 위안이죠."

"누가 썼는지 궁금하지 않아요?"

"모든 일기가 내 얘기처럼 느껴져요. 전부 광부의 아들, 딸이었으니까요."

그렇다. 이현경은 한나영이 나타나기 전까지는 이태영의 가장 친한 친구였다.

"중삼문님도 일기를 자주 썼나요?"

"매일 썼죠. 제가 쓴 일기장만 100권은 되죠."

"백 권이나요? 혹시 이 수만 권 중에서 자신의 일기장을 찾은 적이 있나요?"

"있다마다요. 근데 저는 그걸 찾으면 아무도 못 찾게 구석에 꼭꼭 숨겨둬요."

"저라면 중삼문님의 일기장을 찾을 수 있을 것 같은데요."

"어떻게요?"

그녀가 웃으며 질문했다.

"저는 한나영의 일기장도 찾아내었는걸요."

내 말에 갑자기 이현경의 표정이 굳어졌다. 아차차! 나는 실수를 금방 깨달았다. 이태영, 한나영, 이현경은 학창 시절 삼각관계였고 그 비극의 주인공인 한나영을 말함으로써 이현경의 아픔도 상기시켰기 때문이다.

"저는 마차초등학교의 모범생 중의 모범생이라서 교장 선생님의 말씀을 누구보다도 잘 들었죠. 그래서 학생들 중에서 일기를 가장 많이 썼을 거예요. 제가 쓴 일기장은 동네 문방구에서 산 싸구려 공책이었어요. 물론 모두 그런 공책에다 일기장을 썼어요. 나영이만 빼고요. 그 애의 일기장은 서울에서 사 온 가죽으로 입혀진 핑크색이나 하늘색의 '다이어리'였어요. 양이 질을 당해내지 못하죠. 제가 아무리 일기를 많이 써도 그 핑크빛 가죽의 우아한 다이어리는 당하지 못했어요. 태영이가 나영이를 좋아하기 시작한 것도 그 화려한 다이어리 때문이었어요. 시커먼 일기장과 핑크빛 다이어리 사이에는 넘어설 수 없는 간극이 존재했죠. 하지만 저는 저의 보잘것없는 일기장을 사랑해요. 아무리 싸구려 공책일지라도 저의 추억은 보석이니까요. 이 일기장을 읽으면서 저는 그 옛날의 풋풋한, 불행도 없었고 행복도 없었던, 그저 무사태평함만 있었던 그 시절을 그리워해요."

이현경은 이 말을 하고는 자신이 집어 든 일기장을 읽기 시작했다.

"저는 먼저 마차탄광으로 들어가 보겠습니다. 오붓한 시간 보내세요."

"그래요, 고마워요."

그렇게 나는 '추억의 집'을 빠져나왔는데 그때 숲속에 십자가 같은 것이 비치는 것이 보였다. 나는 그것이 무엇인지 궁금해서 가까이 다가갔다. 십자가로 장식된 바닥이 평평한 서양식 무덤이었다. 십자가 밑에 이름이 선명하게 새겨져 있었다.

한나영, 여기에 영원히 잠들다

◇

재깍재깍. 시간이 이렇게 시한폭탄처럼 느껴질 줄이야. 내가 가장 사랑하는 이를 볼 수 있는 마지막 나날들일까? 마음이 흔들려 그녀 방으로 갔다.

"아! 아파, 아파! 배 속의 아기가 나를 물어뜯는 거 같애!"

송수연의 방 앞에 오니 그녀의 비명소리가 들렸다. 나는 놀라서 노크도 하지 않고 문을 열었고 이현경이 그녀를 돌보고 있는 것을 보았다.

"수연아, 진통제라도 맞자, 제발! 아이는 네 소원대로 낳게 해 줄 테니 낳을 때까지만이라도 고통은 줄여야 하지 않겠니?"

"싫어요, 중삼문님! 어떤 것도 제 몸에 들어와서는 안 돼요! 저는 견뎌낼 수 있어요."

"제발, 내 말 좀 들어. 이러다가 출산을 하기도 전에 네가 죽겠다."

"제가 죽더라도 아이만은 꼭 낳아야 해요! 저보다 우리 아이, 아기 예수님이 더 중요해요."

내가 중간에서 끼어들었다. 침대에 누워 있는 그녀 옆으로 가서 무릎을 꿇고 그녀의 손을 잡았다.

"수연 씨, 정신 차리세요! 나 강대웅이에요. 나 알아보겠어요?"

"나 정신 멀쩡해요. 단지 아플 뿐이에요."

송수연은 살짝 미소를 짓더니 나에게 대꾸했다.

"어떻게 아픈가요?"

"배가 아파요. 배가 찢어질 듯이 아파요."

"중삼문님 말대로 진통제를 맞는 게 어때요? 그래야 출산 때까지 버틸 수 있어요."

"주사기가 싫어요. 아기에게 안 좋아요. 나, 송수연이에요. 화유십일홍 최강의 전사 송수연이라고요. 이 정도는 참을 수 있어요."

송수연은 이를 악물고 잠시 고통을 느끼더니 이내 잠잠해졌다. 그녀의 온몸은 땀범벅이었고 이현경은 얼음찜질을 했다.

"제가 할게요. 중삼문님은 가서 좀 쉬세요."

이현경은 걱정스러운 눈으로 송수연을 바라보다가 이마에 살짝 입맞춤을 하고 나갔다. 나는 얼음주머니를 그녀의 이마, 얼굴, 목 주위를 중심으로 문질렀다. 그녀는 원피스 차림이었고 방은 그녀의 고통으로 뜨거웠다.

"종아리가 아파요. 종아리 좀 주물러 줄래요?"

나는 그녀에게 옆으로 돌아누우라고 말했다. 그녀가 침대에서 돌아눕자 임신한 배의 굴곡이 보였고 그녀의 종아리가 원피스 아래 드러났다. 나는 천천히 아킬레스건 주위를 마사지했다. 오른쪽과 왼쪽을 번갈아 가면서. 근데 처음에는 눈에 들어오지 않았던 무엇인가 검은 것이 그녀의 피부에 번져 있었다. 뭐지? 먼지인가? 그녀의 다리와 팔과 그리고 목 아랫부분을 보고 깜짝 놀랐다. 검은 반점들…여드름도 아니고 검버섯도 아니고 도대체 이게 뭐지?

"몸에 검은 반점들이 있네요."

"그 꿈을 꾸고 나서부터 그래요."

"꿈이라뇨?"

"검은 비 기억나요? 예수무덤성당에서 내리던 검은 비. 예수무덤성당 안에서 혼자 있는데 검은 비가 내려와 제 피부에 내리는 꿈을 자주 꾸어요."

"그건 검은 비가 아니라 기름등에서 나온 재예요."

"알아요. 근데 꿈에서는 검은 비가 되어서 내 피부에 달라붙어요. 같은 꿈을 계속 꾸어요. 자고 일어나서 보면 정말 검은 비가 내 몸에 딱 붙어서 눌러앉아 있어요. 소름이 확 돌아요."

"불가사의하네요."

"무언가 의심되는 게 있어요."

"뭔가요?"

나의 질문에 그녀는 일어나 침대 등받이에 등을 기대고 나를 바라보았다. 나는 종아리를 주무르다 말고 침대 턱에 앉아 그녀를 물끄러미 바라보았다.

"성녀가 더럽혀졌잖아요."

나는 몇 초간 말귀를 못 알아듣다가 드디어 그 뜻을 알아채고 피식 웃었다.

"에이, 말도 안 돼!"

"말이 돼요. 아기를 낳기 전까지는 몸을 깨끗이 했어야 하는 건데…."

"종교를 믿지 않는다면서요. 과학이 종교를 심판한다면서요. 그 자신만만한 패기는 어디 갔어요?"

"자신만만했죠. 오만했죠. 모르는 세계가 많은데 경험도 해 보지 않고 모든 것을 안다고 착각했죠. 삼문대 최고의 여전사니까. 종교도 몰랐고 섹스도 몰랐죠. 예루살렘에서 신성을 피부로 느끼게 되었죠. 그리고 시지연에서 쾌락을 아는 몸이 되었죠."

"섹스 때문에 그렇게 된 게 아니에요. 임신의 부작용일 가능성이 커요. 그것도 아기가 너무 빨리 자라기 때문에 여러 부작용이 일어나는 거예요."

"아니라니까요. 당신은 내 꿈을 잘 몰라요."

"꿈이라뇨? 예수무덤성당에서 검은 비가 내리는 꿈에 다른 무엇인가가 있나요?"

"몰라도 돼요." 그녀는 피식 웃으며 답을 하지 않았다. 그녀가 대답을 거부하자 나는 그녀 가까이 가서 조르듯이 간청했다.

"에이, 얘기해 줘요."

"됐어요."

그녀가 발뺌을 하자 무엇인가 내 머리를 스쳤다.

"야한 꿈이죠?"

나는 키득거렸다.

"몰라요."

그녀가 키득거렸다. 나는 그녀에게 살며시 다가가 키스를 했고 그녀는 기다렸다는 듯이 나의 혀를 흡입했다. 그녀는 다시 침대에 누웠고 나는 조심스럽게 그녀의 목, 귀, 감은 눈, 코를 차례로 애무했다. 원피스를 벗기자 그녀의 배가 산처럼 불룩 치솟아 올랐다. 나의 혀는 턱 아래 절벽으로 떨어져 긴 목의 굽이를 넘어 가슴의 골짜기를 헤매다가 오른쪽 왼쪽 봉우리를 차례로 올랐다. 나의 혀는 아기가 들어 있는 광야에서 한참을 돌아다니다가 그녀의 우직한 허벅지를 타고 내려가 종아리를 거쳐 발가락으로 내려갔다. 나는 그녀의 발가락 하나하나를 정성스레 빨아주었다. 무아지경에 빠져 있을 때 그녀의 발가락에 난 검은 반점이 툭 하니 나의 신경을 건드렸다. 여기까지 검은 반점이 있을 줄이야. 나의 혀가 그녀의 전체 몸을 횡단했는데도 보지 못했던 검은 반점이 왜 마지막에 이렇게 유독 눈에 띄었을까. 눈을 돌려 이제 그녀의 몸 전체를 보니 검은 반점들이 그녀의 몸에 착 달라붙어 맹렬히 자신의 혀를 내밀고 있었다. 이것도 혹시 전염될까? 나의 혀는 한참 동안 그녀의 가슴에 난 검은 반점들의 혀와 열렬히 키스했다. 그녀는 고통의 몸에서 잠시 벗어나 다시 쾌락의 몸이 되었다. 근데 이게 어찌 된 일인가.

"검은 반점들이 없어졌어요!"

"어디요?"

그녀는 자신의 가슴을 보더니 검은 반점들이 없어진 것을 보고 놀라워했다.

"정말이네요!"

"혹시 침의 효과가 아닐까요?"

"침이라뇨?"

나는 혀를 내밀어 보이며 날름거렸다. 그녀는 피식 웃었다.

"어릴 때 벌레에 물렸을 때 침을 바르면 낫잖아요."

"어디 봐요."

그녀는 자신의 혀로 왼손에 난 검은 반점을 한참 핥고 나서 물끄러미 관찰했다. 검은 반점은 사라지지 않았다. 그녀는 다시 오른손에 난 반점을 한참 핥더니 다시 물끄러미 쳐다보았다. 이번에도 사라지지 않았다.

"침의 효과가 아닌데요. 이렇게 비과학적인 말을 막 하실래요?"

"어디 한번 내가 해 볼게요."

나는 그녀의 왼손과 오른손에 난 검은 반점을 혀로 한참 동안 핥았다.

"여기 봐요, 없어졌잖아요!"

"그러네요! 어떻게 된 일이죠?"

우리는 서로를 쳐다보고 신기하듯 웃었다.

"내 침이 아니라 당신의 침이 효능이 있나 봐요."

"내 침이 아니라 내 혀가 효능이 있는 게 아닐까요?"

"혀가 원인인가요? 침이 아니고요?"

"글쎄요. 인과관계가 헷갈리네요."

"아무나의 혀가 아니겠죠. 당신의 혀만이 나의 검은 반점을 없앨 수 있나 봐요."

세상 유일무이한 그녀를 위한 나의 혀.

"당신의 혀가 필요해요."

◇

"이제 3일 남았어요. 결단을 해야만 해요."

헤르메스실 안에서 비 내리는 영월의 화면을 보면서 이현경은 비장하게 말했다.

"수연 씨를 살리려면 예수를 죽여야 하나요?"

…

"3일 안에요."

"일단 수연 씨를 제가 설득해 볼게요. 여기서 좀 계셔 보세요."

나는 자리를 박차고 일어나서 송수연의 방으로 달려갔다. 노크도 하지 않고 들어가자 그녀는 아파서 배를 잡고 나뒹굴고 있었다.

"괜찮아요? 수연 씨 괜찮아요?"

"아파요! 많이 아파요! 어떻게 좀 해 주세요!"

"복제가 잘못됐어요, 복제가! 아이를 꺼내서 죽여야만 해요. 그래야 수연 씨가 살 수 있어요."

"싫어요, 낳을래요. 아이를 낳을래요!"

"예수가 아니라 괴물이 태어날 거예요. 동현이, 보라, 하은이를 보고도 모르겠어요? 복제는 실패했어요. 성공 확률이 30퍼센트도 안 돼요. 그만 고집부리고 이제 포기합시다."

"성공확률이 1퍼센트라도 할래요. 아니 0.01퍼센트라도 하겠어요. 이런 기회는 두 번 다시 안 와요, 두 번 다시."

"화유십일홍들이 죽었어요! 당신의 친구들이 복제아를 낳다가 죽었다고요! 이현경이 그랬어요. 3일 안에 아이를 꺼내서 죽여야 한다고. 안 그러면 당신이 죽어요!"

"권 박사님께서 저를 살려주실 거예요! 권 박사님께서!"

"닥쳐요! 그 인간이 도대체 뭔데 당신을 살려요. 죽은 화유십일홍 중에 살아 돌아온 사람이 있나요? 그러니까 그런 헛소리는 집어치우고 일단 살고 봅시다. 예수 DNA를 가지고 있으니 얼마든지 다시 복제할 수 있어요. 하지만 수연 씨가 죽으면 여기서 끝이에요, 끝!"

내 말이 끝나자 그녀는 울음을 터뜨렸다. 나는 그녀를 부둥켜안고 머리를 쓰다듬으며 말했다.

"이제 곧 끝날 거예요."

"권 박사님께서 허락하실까요?"

"내가 당장 가서 허락을 받아올게요."

다시 헐레벌떡 헤르메스실로 갔더니 권 박사와 이현경이 언쟁을 하고 있었다. 내가 들어오자 그들은 나를 보더니 언쟁을 멈추었다. 나는 그 둘의 언쟁이 무엇인지 직감했고 바로 권 박사를 향해 말했다.

"대삼문님, 부탁입니다. 중삼문님의 말씀대로 하시죠."

"중삼문의 말이라니? 무슨 말?"

"송수연을 살려야 합니다. 태아가 너무 빨리 자라 임산부가 위험합니다. 복제기술이라는 게 매우 불안정합니다. 엄마들과 아이들이 뛰어내렸잖습니까. 그러니까 훗날을 기약하고 다음으로 미루시죠."

권 박사는 시선을 다른 곳으로 돌리더니 잠시 침묵했다.

"안 돼!"

"왜요? 이 미션은 실패로 끝날 것이 뻔해요. 중삼문님이 가지고 계신 데이터로는 옛날에 죽은 다른 화유십일홍과 패턴이 똑같습니다. 수연 씨는 3일 이내로 아이를 낳는 과정에서 죽을 겁니다. 제발 수연 씨를 살려주세요."

나는 천천히 무릎을 꿇고 그에게 애원하기 시작했다.

"지금 장난해? 이건 우리 인생보다 더 크고 중요한 일이야. 3일 후에 이스라엘의 군함들이 핵무기를 싣고 진해항에 도착해. 그것도 미국의 허락을 받고 극비리에 오고 있어. 중동 국가들에게 들킬까 봐 지중해를 가로질러서 아프리카 서쪽 해안을 따라 희망봉을 돌고 그 먼 인도양을 거치고 태평양을 따라서 기나긴 바닷길을 뚫고 온 거야. 모사드가 아니면 불가능한 작업을 하고 있는 거야. 중국의 공격이 있을지도 모르지만 모사드가 미리 손을 써 놨어. 나도 이젠 되돌릴 수 없어."

"왜 우리가 꼭 대한민국을 구해야 하나요? 왜 우리가 꼭 핵무기를 구해야 합니까? 다른 사람들에게 좀 맡겨두시죠."

내가 무릎을 꿇은 채 그의 바짓가랑이를 잡고 애원하자 그는 화가 나서 나의 뺨을 후려갈겼다.

"야 이, 미친 새끼야! 몰라서 물어! 다른 놈들은 능력이 없으니까, 개뿔 능력도 없으니까, 30년 동안 핵 인질로 북한 파시스트 놈들에게 질질 개처럼 끌려다니면서 당하고 살았잖아. 넌 『총균쇠』도 안 읽어봤어? 한국대 학생들이 가장 많이 읽는다는 그 『총균쇠』도 안 읽어 봤냐고."

"『총균쇠』가 왜요?"

"거기 보면 이런 이야기가 나와. 근대사의 가장 큰 충돌을 이야기하지. 그건 1차 세계대전도 아니고 2차 세계대전도 아냐. 1532년 잉카의 8만 군대와 스페인의 168명의 군대가 격돌해. 누가 이겼는지는 역사가 말해 주잖아. 총과 칼로 무장한 168명의 스페인 군대가 도끼와 곤봉으로 무장한 잉카의 8만 군대를 순식간에 무찔렀어. 아무리 좋은 활이라도 총을 이길 수 없어. 핵무기도 마찬가지야. 아무리 많은 전투기와 항공모함이 있어도 핵무기를 이길 수는 없어. 남한 GDP가 북한 GDP의 100배가 넘는다고 해도 핵무기를 이길 수 없어. 언제까지 미국의 핵우산에 기댈 거야. 영원한 우방이라는 게 세상에 어디 있어. 『총균쇠』를 그렇게 읽고도 남한 새끼들은 뭐가 뭔지도 몰라. 돌대가리 새끼들이야. 1532년에 있었던 역사적 교훈이 뭔지도 모르는 역사의 노예 새끼들이라고."

"저는 『총균쇠』도 모르는 무식한 놈입니다. 저에게는 송수연밖에 없습니다."

권 박사는 나의 뺨을 한 차례 더 때리고 소리를 질렀다.

"정신 차려 새끼야! 우리는 사랑이 아니라 민족을 위해서 일하는 삼문대야. 북한 파시스트 새끼들의 핵 지랄발광을 우리가 끝내자고!"

이때 이현경이 무릎을 꿇으면서 권 박사에게 눈물을 흘리면서 애원하기 시작했다.

"태영아, 나를 봐서라도, 제발 나를 봐서라도 수연이 살려줘! 벌써 화유십일홍 일곱 명이 죽었어. 이대로라면 수연이도 죽어. 예수 DNA는 내가 잘 간직하고 있을게. 아무도 모르게 비밀리에 잘 숨겨두었어. 수연이를 제발 살리자, 응!"

"닥쳐! 너는 아직도 판단이 안 서니? 핵무기는 핵인질로부터의 해방을 의미하기도 하지만 더 중요하게는 줄기세포기술을 보호하기 위한 거야. 온 세계가 이걸 빼앗으려고 난리 아니니. 얼마나 많은 삼문대 요원들이 죽었어? 그걸 기억해. 지상 최고의 기술인 줄기세포기술을 보호하기 위해서 핵무기가 필요한 거야. 줄기세포 원천기술을 지키자고! 영원한 생명에 이르기 위해 절대 파괴의 무기가 필요한 거야!"

"환상이야! 아니 망상이야! 세 엄마가 왜 그 괴물 같은 아이들을 안고 뛰어내렸겠어? 우리가 만든 줄기세포기술은 완벽하지 않아. 다른 질병들을 고칠 수는 있지만 인간복제는 실패로 판명 났어! 이제 그 실패를 받아들이자!"

"닥쳐! 이제 너까지 나를 조롱하는 거니? 그 애들을 복제했을 때보다는 기술이 훨씬 발전했다고. 지금 삼문대원들이 흔들리고 있어. 세조의 심판이 실패로 돌아가고 세 엄마와 아이들이 뛰어내렸을 때부터 심하게 동요하고 있어. 핵무기를 손에 넣는다면 분위기를 반전시킬 수 있을 거야. 그러니 너라도 제발 나를 좀 도와다오!"

나는 그의 말이 끝나자마자 자리에서 벌떡 일어나 그에게 따져 물었다.

"그렇게 복제기술이 완벽하다면 왜 한나영은 복제하지 않았나요? 이태영 당신이 그렇게 사랑하던 그 소녀는 왜 복제하지 않았나요?"

"닥쳐, 새끼야! 네까짓 게 뭘 안다고 지랄이야!"

"한나영의 무덤이 '추억의 집' 앞의 숲속에 있다는 것을 얼마 전에 알게 되었어요. 그러니까 마음만 먹으면 한나영의 무덤을 파헤쳐서 한나영의 DNA를 얻어서 얼마든지 복제할 수 있다고요."

"그래, 네 말대로 한나영을 복제했다고 치자. 그럼 그 소녀가 이제 다 늙어빠진 나를 다시 사랑할 것 같니?"

"그렇게 하고 싶어 했잖아! 복제기술이 완벽하게 하게 된다면 나영이를, 네가 그렇게 그리워하던 나영이를 복제하겠다고 나에게 수도 없이 말했잖아."

이현경은 흐느끼면서 권민중에게 말했다.

"너 미쳤구나! 미쳤어! 정신 차려! 지금 이렇게 중차대한 일에 개인의 사사로운 감정을 끼워 넣을 때가 아냐. 정신 차리라고!"

"정신 차려야 될 사람은 바로 너야! 세조의 심판도 수포로 돌아가고, 알파로도 망가졌고, 복제된 아이들도 죽었어! 이제 실패를 인정해!"

이현경의 이런 반응에 권민중은 너무나 화가 나서 자기 주머니에 있던 것들을 헤르메스 스크린에 던졌다. 그래도 분이 안 풀렸는지 탁자 밑에 있던 빈 술병을 헤르메스에게 던졌다. 스크린은 박살이 났지만 강화유리 재질이어서 파편이 튀지는 않았다. 그러고는 헤르메스실을 나가버렸다. 권민중과의 다툼에 이현경도 울면서 헤르메스실을 나가 버렸다. 나는 털썩 소파에 앉아 멍하니 깨진 스크린을 보았다. 문득 바닥에 권민중의 방 열쇠가 떨어진 것을 발견했다.

"헤르메스, 괜찮니?"

"난 아무렇지도 않아. 스크린은 그냥 스크린일 뿐이야. 나는 인공지능이지 스크린이 아니거든."

"권 박사가 어디로 갔는지 비춰줄래?"

헤르메스는 권 박사가 지하로 가서 열차를 타고 어라연으로 간 사실을 깨진 화면으로 확인시켜 주었다. 모든 게 꼬여버리고 자신의 절친이자 인간복제 팀장까지 반기를 든 마당에 기분을 달래기 위해 어라연으로 간 듯했다.

"중삼문은 어디로 갔니?"

"동쪽 출구를 통해 '추억의 집'으로 갔어."

나는 순간 기회가 열렸다는 것을 알아차렸다. 바닥에 떨어진 열쇠를 가지고 황급히 권민중의 방으로 가서 문을 열고 그 가방, 그러니까 그 검은 가방을 들고 나왔다. 나는 마차탄광의 동쪽 출구로 빠져나갔는데 삼문대 경비원의 제지가 있었다. 금방 중삼문이 동쪽 출구를 빠져나가 추억의 집으로 간 사실을 알았기 때문에 나는 중삼문님께 심부름을 간다고 둘러대었다. 내가 중삼문의 비서이고 요즘 들어 부쩍 동쪽 출구 쪽으로 가는 일이 많아서 그는 의심 없이 나를 보내주었다. 동쪽 출구를 나오자 삭도들이 부지런히 움직이고 있었고 태양은 서쪽으로 넘어가고 있었다. 나는 언덕을 내려와 건너편의 추억의 집이 있는 쪽의 언덕으로 가방을 들고 올라갔다. 그런 다음 추억의 집으로 들어가지 않고 그 반대 방향의 능선을 따라서 읍내 방향으로 한참 달렸다. 그러고는 마차우체국 앞에 있던 택시에 올라탔다.

"기사님, 서울로 가 주세요! 서울요!"

정신없이 헐레벌떡 택시를 탄 나를 우두커니 쳐다보더니 기사는 나에게 물었다.

"서울 어디를 말씀하시는 겁니까? 서울이 하도 넓어서…."

"문두스, 문두스 타워로 가 주세요!"

11장 모비 딕

택시를 타고 가는 도중 나는 핸드폰을 기사에게 빌려서 나용배 사장에게 전화를 했다.

"도대체 지금까지 어디에 있었던 거야?"

나 사장의 걱정과 노여움이 전화 너머로 들려왔다.

"좀 이따 만나면 이야기해 드릴게요. 지금 지방에서 택시를 타고 문두스 타워로 가고 있어요. 3시간 후에 거기서 만납시다. 중요한 일이에요. 그리고 택시비 30만 원을 가져오세요. 급하게 나오다 보니 현금이 없어서요."

"알았어. 그리고 다른 부탁은 없어?"

"참, 제가 머물렀던 방의 책장에 낡은 일기장이 하나 있어요. 세 번째 선반인가, 네 번째 선반에 있는데 그것도 좀 가져다주세요."

이제 해는 저물었고 나는 지쳐서 잠이 들었다.

"손님, 다 왔습니다. 문두스 타워예요."

문두스 타워 앞거리에 나 사장이 미리 와 있었고 나는 그에게 돈을 받아 택시비를 지불했다.

"도대체 어디 있었던 거야?"

"영월에 있었어요."

"영월에는 도대체 왜?"

"권 박사가 살아 있어요. 영월에 거대한 지하실험실이 있어요."

"그래? 권 박사님이 정말 살아 계셔?"

"네, 제 두 눈으로 똑똑히 확인했고 그동안 같이 있었어요."

"그런데 여기는 웬일이야?"

"상황이 좀 복잡합니다. 한상현 씨를 만날 일이 있습니다. 일기장 가지고 오셨어요?"

나 사장은 나를 의심스러운 눈초리로 보더니 한나영의 일기장을 건네주었다.

"권 박사님에게 혹시 안 좋은 일이 있는 거 아냐?"

"권 박사가 모사드와 빅 딜을 했어요. 예수를 복제해 주는 대신에 모사드로부터 핵무기를 받기로 했어요."

나용배 사장이 나를 도와주었기 때문에 나는 진실의 일부를 그에게 말해 주었다

"그래?"

나 사장은 나의 말에 놀랐고 상황이 심각하다는 것을 느끼며 말을 이었다.

"혹시 내가 도울 일이 있어?"

"제가 지금 올라가서 한상현 씨를 만날 겁니다. 혹시 제가 오늘 밤 안으로 문두스 타워에서 나오지 않는다면 이 건물 안에 들어와서 저를 구해주세요."

"알겠어. 안 그래도 심상치가 않아서 우리 대원들을 여기 데리고 왔어. 내가 여기 밖에서 지켜보고 있을 테니 일 잘 처리하고 와."

나 사장과의 이야기를 마치고 나는 문두스 타워의 화이트 홀로 들어갔다. 곧장 안내 데스크의 여직원에게 한상현 씨를 만나러 왔다고 일렀다. 몇 분 지나지 않아 조선아 실장이 직접 내려왔고 우리는 블랙홀 안으로 들어가 대수족관을 보면서 한상현의 사무실이 있는 50층으로 올라갔다. 한상현은 내가 권민중의 검은 가방을 들고 온 것을 보고 매우 기뻐했다.

"이게 얼마만입니까! 드디어 찾으셨군요! 역시 강키호테군요, 강키호테!"

"딜은 아직도 유효한 거죠?"

"그럼요. 1조에다 이 문두스 타워 전체를 당연히 드리겠습니다. 근데 그 가방은 어떻게 찾으셨습니까? 권 박사가 살아있는 걸로 알고 있는데…."

"호랑이 굴로 직접 들어가서 가방을 가지고 왔습니다."

"호랑이 굴이라뇨?"

"권 박사가 만든 거대한 지하실험실이 있습니다. 거기서 모든 실험이 진행되고

있습니다."

"그럼 그렇지! 그 거대한 지하실험실이 한국에 있겠죠? 거기가 도대체 어디입니까?"

"차차 말씀드리죠. 근데 부탁이 있습니다."

"부탁이라뇨?"

"우선 한 여자를 구해야 합니다."

이 말이 끝나자마자 조선아 실장이 주머니에서 총을 꺼내더니 우리를 겨누었다. 갑작스러운 반전이었다.

"조 실장, 대체 뭐 하는 거야?"

"한성그룹의 주인은 한거용 회장님입니다. 이 가방은 한거용 회장님께 가야 되는 겁니다."

한상현은 어이가 없는 듯 웃었지만 이내 조 실장의 배신을 받아들였다.

"그래, 내가 바보였군. 때로는 돈으로 살 수 없는 것이 충성이라는 사실을 깜빡했군. 아니, 아버지가 조 실장에게 더 큰 돈을 줬지? 이중첩자로 일하면서 나를 감시하는 대가로 얼마를 받은 거야?"

"돈이 아니라 회장님을 일단 살려야 합니다. 백혈병으로 이제 살날이 얼마 남지 않았잖아요."

이 말이 끝나자마자 이윽고 다른 모비딕 요원들이 한상현의 방으로 들이닥쳤고 우리는 꼼짝없이 이들에게 체포되었다. 엘리베이터를 타고 우리는 한 회장이 머무는 100층으로 끌려 올라갔다. 10분 후에 문두스 타워를 닫는다는 긴급 안내방송이 흘러나왔다.

조 실장은 검은 가방을 들고 당당히 한거용 회장 방으로 들어갔고 그의 침대 앞에 그것을 놓았다.

"강 기자와 조 실장이 드디어 해냈군! 해냈어!"

병들어 노쇠해진 몸이었지만 그의 눈은 마지막 삶의 의지를 불태우고 있어 강렬했다.

"오늘은 대단히 기분 좋은 날이야. 조 실장 수족관 쪽으로 난 문을 열고 타워 천장 문도 좀 열어봐. 오늘은 모비 딕과 함께 춤을 추고 싶은 날이야."

수족관 안쪽으로 난 큰 문이 열리더니 폭포 소리가 들리고 문두스 타워 위로 는 맑은 여름 하늘이 펼쳐졌다.

"상현아, 나 아직 죽지 않았어. 한성그룹의 회장은 나야, 나! 또한 세계 최고의 비밀조직인 모비딕의 수장이기도 하지. 네가 아무리 발버둥 쳐 봤자 아버지는 못 따라와!"

한거용 회장은 침대에 앉아 한상현을 꾸짖었다. 이때 '우우우' 하는 굉음과 함 께 대수족관 쪽에서 물이 날아왔다. 물이 사방으로 튀었고 우리는 깜짝 놀라 순 간 움츠렸다.

"이 녀석이 배가 고픈가 보구나. 조 실장, 모비 딕에게 상어 몇 마리 넣어주라고 연락해"

"네, 회장님!"

조 실장은 밖으로 나가 대수족관 관리책임자에게 연락을 한 다음 수건을 여 러 개 가져왔다. 그녀는 한 회장의 얼굴과 몸에 떨어진 물기를 닦아주고 나머지 수건들로 한 회장의 방에 떨어진 물들을 닦았다. 이윽고 '쿠쿵!' 하는 소리와 함 께 건물이 흔들렸다. 나는 깜짝 놀라 한 회장에게 물었다.

"도대체 이게 무슨 일입니까? 건물이 흔들리잖아요."

"강 기자가 이 타워에 오랜만에 와서 모르는군. 모비 딕이 배가 고파지면 포악 해져서 저렇게 발광을 하고 수족관 벽을 들이받아. 조 실장, 빨리 상어들을 모비 딕에게 주라고 해!"

"모비 딕이 그렇게 힘이 센가요? 건물이 무너지겠어요."

"말도 마. 지난번보다 10미터나 더 자랐어. 몸집도 많이 불어서 힘이 보통이 아 냐."

"왜 저 녀석을 안 죽이나요? 이러다 건물이 무너지겠어요."

"미쳤어! 저 녀석을 잡기 위해 얼마나 긴 세월을 보내고 얼마나 많은 돈을 쏟아 부었는지 자네는 모를 거야. 우리 조선회사가 저 녀석을 싣고 오기 위해 전용 배를 만들었을 정도니까. 너무 큰 녀석을 데리고 오는 건 무리고 새끼 향유고래를 수년간 찾다가 겨우 하나 찾아서 여기로 데리고 온 거야. 이 건물을 봐. 이 건물은 실용적인 곳이라고는 한 곳도 없어. 가운데 전부를 수족관으로 만들었잖아. 그러니까 오직 저 모비 딕을 위한 건물이지. 이 건물의 존재 이유가 바로 모비 딕인데 저 녀석을 죽이는 건 말도 안 되는 거지."

"곧 상어를 넣는다고 합니다, 회장님."

"강 기자, 이리 와봐. 재밌는 거 보여줄게."

한 회장은 침대에서 일어나더니 바로 옆에 있는 대수족관 쪽으로 난 문 앞으로 갔다. 한 발만 내디디면 바로 수족관 아래로 추락이다. 나는 조심스럽게 그의 옆에 가서 수족관 안을 들여다보았다. 하얀 모비 딕이 물 아래에서 요동치는 모습을 보니 소름이 돋았다. 이윽고 95층 정도의 반대편에서 특수통로 속에 있는 상어 두 마리가 보였다. 크기가 5미터나 되는 사나운 녀석 둘이었다. 밑에서 수족관 관리사들이 신호를 주고받더니 상어 두 마리를 수족관 안으로 떨어뜨렸다. 순간 모비 딕은 맹렬히 포효하면서 상어 두 마리를 공격하기 시작했고 상어들은 이 거대한 녀석의 공격을 방어하기 위해 재빨리 움직였다. 수족관 안은 2 : 1의 거대한 싸움장으로 변했지만 덩치가 10배나 큰 모비 딕을 상어가 당해내기는 역부족이었다. 모비 딕은 상어 한 마리를 코너로 몰더니 거대한 꼬리로 쳐서 정신없게 만든 다음 한입에 옆구리를 베어 먹었다. 다른 한 마리는 이에 기겁하여 수족관 위쪽으로 튀어 올랐고 우리의 시선과 마주쳤다. 중력의 법칙에 의해 이 튀어 오른 상어는 다시 수족관 아래로 떨어졌고 모비 딕은 이 녀석을 바로 죽이지 않고 꼬리로 수없이 구타했다. 이 구타로 수족관 전체가 출렁거리자 건물도 출렁거렸다. 모비 딕의 포악함과 잔인함이 건물 전체를 흔들고 내 육체와 영혼도 흔들어 놓았다. 모비 딕의 구타로 상어가 기진맥진하자 그제야 모비 딕은 상어의 몸통을 거대한 이빨로 두 동강 내었다. 상어의 비명이 물의 진동으로 전해졌고 이는 다시 건물의 진동과 우리 몸의 진동으로 이어졌다. 모비 딕은 만족을 했다는 듯 수족관의 수면 위로 올라와 숨구멍으로 물을 내뿜었다. 대형 문을 열고 모비 딕을 바라보고 있는 우리에게 핏물이 튀었다. 금방 먹잇감이 되었던 상어의 피였다. 조 실장은 수건을 얼른 가지고 오더니 한 회장의 얼굴을 닦았다. 얼굴과 몸에 쏟아진 상어의 피 냄새를 맡으며 나는 몸서리쳤다.

"끔찍하군요."

"끔찍하지. 나는 가끔 나에게 대드는 재벌이나 정치인들을 이 방에 초대한다네. 나는 그들에게 훈계나 야단 따위는 치지 않아. 가장 좋은 스테이크와 와인을 대접하고 덕담을 건넨 다음 금방 본 장면을 보여주지. 그러면 이들은 두 번 다시 나에게 대들거나 버릇없이 굴지 않아. 그다음부터는 철저히 알아서 기어. 모비 딕에 대들면 피밖에 더 보겠나. 내가 바로 모비 딕이거든. 한국에서 아무리 잘난 놈도 나한테는 안 돼. 저 벌건 핏빛을 봐. 아름답지 않나? 벌겋게 물든 수족관에 저 하얀 거대한 자연의 힘이 모든 것을 흔들어 놓잖아. 건물이 흔들리고 몸이 흔들리고 영혼이 흔들리지. 어떤 관념에도 의지할 필요가 없는 순전한 자연의 힘. 저 하얀 덩어리가 내가 아직 살아 있다는 걸 느끼게 해 준다네."

"아버지! 아버지는 지금 백혈병 말기 환자예요. 안정이 절대적으로 필요합니다. 제발 이제 모든 걸 내려놓으시고 마음의 평화를 찾으세요. 저런 피비린내 나는 장난질은 그만 하시구요."

뒤에서 우리를 지켜보고 있던 한상현이 한거용을 나무랐다.

"세상 모든 이를 무릎 꿇게 할 수 있지만 자식만은 안 되지. 마음 같아선 수족관에 네 녀석을 던져버리고 싶지만 그렇게 못 하는 게 우리 포유류의 한계야."

"정신 차리세요, 아버지! 아버지의 병은 포유류의 한계가 아니라 자연의 한계예요. 생로병사의 한계라고요. 아버지가 아무리 많은 돈과 권력을 가지고 있더라도, 수많은 여자들을 가지고 놀았을지라도, 세상에서 가장 큰 건물과 세상에서 가장 큰 애완동물을 가지고 있더라도, 생로병사는 못 이겨요. 생로병사는 아버지의 운명일 뿐만 아니라 우리 모두의 운명이니까요. 그러니까 제발 그 가방을 저에게 주세요. 제가 아버지의 뜻을 잇겠습니다."

한상현은 밀리지 않고 한 회장을 설득하려고 애썼다.

"그래, 백혈병부터 고쳐야지. 줄기세포에 대한 모든 노하우를 가지고 있으면 뭐

하나."

이때 전화가 울렸고 조 실장이 전화를 받더니 바로 한 회장에게 넘겼다.

"권 박사님입니다!"

"아이고, 이게 누구신가! 살아 있다는 소문이 첩보계에 파다했는데 정말 살아 있었군요. 그동안 잘 지냈소?"

"덕분에 잘 지내고 있었습니다. 회장님께서는 어떠신지요?"

"나야 알다시피 백혈병 말기 환자잖소. 잘 지낼 리가 없지. 권 박사가 백혈병 치료제인 줄기세포치료제를 곧 가지고 올 줄 알았는데, 그렇게 오매불망 기다리던 권 박사는 오지 않고, 권 박사가 늘 가지고 다니던 그 검은 가방만 왔구려."

"제가 지금 헬기를 타고 백혈병 치료제를 들고 문두스 타워로 가겠습니다. 곧 뵙겠습니다."

"고맙소. 이제야 살았구면, 이제야 살았어!"

조선아 실장은 권 박사를 맞으러 건물 아래로 내려갔다. 이윽고 30분 정도 지났을 때 권 박사가 한 회장의 방으로 가방 하나를 들고 나타났다. 그는 나를 쏘아보았고 나는 그의 시선을 피했다. 한 회장은 권민중을 보자마자 침대에서 일어나 격하게 껴안았으나 권 박사의 반응은 냉랭했다.

"나를 살리려고 왔구면, 살리려고! 암, 그래야지! 내가 투자한 돈이 수천억인데 이 정도는 해 줘야지. 그동안 힘들었죠? 권 박사를 죽이려는 놈들이 세상천지에 깔렸으니 얼마나 힘들었겠소."

"저를 죽이려는 놈들도 많았고 배신한 놈들도 많았죠."

권 박사는 굳은 표정으로 대답했고 나는 그의 말에 심장이 뜨끔했다.

"죽고 죽이는 게 세상의 이치고, 배신하고 배신당하는 것이 인간의 이치요. 다 잊어버리고 이제 우리 힘을 합쳐서 이 세상을 다시 우리 것으로 만들어 봅시다."

한 회장은 약간 신이 난 듯 목소리에 힘이 넘쳤다.

"제가 예전에 회장님께 말씀드렸듯이 줄기세포치료를 받으시려면, 새로운 생명을 얻으시려면, 회장님의 가장 내밀한 비밀을 제게 말씀해 주셔야 합니다. 저에게 줄기세포치료를 받았던 세계적 기업의 회장들과 중동의 왕들도 그렇게 했습니다. 그럼 비밀을 말씀해 주실 준비가 되셨는지요?"

이 말에 한 회장은 당황해하며 곧바로 대답하지 못하다가 권 박사에게 물었다.

"그럼 사람들을 밖으로 물릴까요?"

"아니요, 그대로 두십시오. 한상현은 어차피 회장님의 아들이고 강 기자는 곧 죽을 놈이니까요."

"그러니까 내 비밀이라는 것이 … 아무에게도 말하지 않은 비밀이라는 것이 … ."

한 회장이 말을 더듬거리는 동안 권 박사는 대수족관 쪽으로 걸어가더니 활짝 열린 문을 통해 모비 딕을 바라보았다. 그러고는 가방을 열었는데 거기에는 백혈병을 치료하는 줄기세포치료 주사 세 개가 들어 있었다.

"그 비밀이 혹시 누군가에게 지은 죄라면 그 죄를 지은 사람에게 사죄를 해야 한다는 조건도 아시죠?"

금방 기뻐하던 한 회장은 얼굴색이 변하더니 말을 하기를 주저했다. 그러자 권 박사는 주사기 하나를 수족관으로 던져버렸다.

"자, 이제 두 개밖에 안 남았군요. 회장님의 목숨도 이제 알 수 없게 되었습니다."

이 말이 떨어지자마자 한 회장은 조 실장을 불렀고 그녀는 옆방에 있던 누군가를 데려왔다. 늙었지만 눈망울이 크고 초롱초롱한 백발의 귀티 나는 할머니였다.

"내 와이프요. 젊었을 때는 정말 예뻤는데, 화무십일홍이요."

언론에는 단 한 번도 노출된 적이 없었던 한 회장의 나이 든 아내가 나타나자 권 박사는 그녀를 뚫어지게 바라보았다. 권 박사가 대수족관을 등지고 주사기를 들고 있는 모습을 그 노인도 뚫어지게 바라보았다.

"어디서 많이 본 얼굴 같군요."

한 회장의 아내가 말했다.

"텔레비전에 매일 나오니 당연히 많이 본 얼굴이지."

한 회장이 대답했다.

"자, 이제 비밀을 말하고 사죄를 받으십시오."

이 말이 떨어지자 수족관 안에서 다시 '우-우-우' 하는 모비 딕의 으스스한 소리가 들렸다. 심상치 않은 배경음이었다. 순간 한 회장은 자신의 아내에게 무릎을 꿇고 두 손을 모아 빌기 시작했다.

"내 비밀은 아내 몰래 수백 명의 여자와 잔 겁니다. 저는 아내에게 몹쓸 짓을 했습니다. 다 나의 잘못입니다. 모비 딕을 가지고 태어난 나의 잘못입니다. 그러니, 여보 제발 나를 용서해 줘요. 그래야만 권 박사가 나의 백혈병을 치료해 준다오. 당신이 나를 용서해 줘야만 저 줄기세포 주사를 맞을 수가 있소. 이렇게 무릎 꿇고 빌잖소. 제발 나를 살려줘요."

"당신을 용서해요. 당신이 수백 명의 여자들과 잔 사실이 새삼 비밀은 아니잖아요. 당신 시대 때는 다 그랬죠. 내가 용서하고 말고가 뭐가 중요해요."

무릎을 꿇은 한 회장을 보고 나서 그녀는 권 박사를 보며 말했다.

"권 박사님, 우리 남편을 살려주세요. 남자들이 다 그렇죠. 특히 한거용 회장은 태어날 때부터 거시기가 매우 컸습니다. 그래서 모비 딕이라는 소설을 좋아했고 향유고래를 직접 잡아서 이 수족관과 건물까지 만들었고 자신의 비밀조직도 모비딕이라는 이름을 붙였죠. 제가 용서했으니 이제 이이에게 그 주사를 놓아주세요."

방에 있던 모든 이들의 시선이 권 박사를 향했다. 그런데 권 박사는 주사기를 대수족관으로 던져버렸다. 이제 마지막 주사 하나가 권 박사의 손에 쥐어져 있었다. 이때 수족관의 향유고래가 몸부림치기 시작했다. 기이한 괴성을 뿜어내더니 수족관 벽에 다시 자신의 몸을 들이받았다. 건물 전체가 흔들렸고 우리 몸도 심하게 흔들렸다. 한 회장은 조 실장에게 다시 상어를 집어넣으라고 명령했고 조 실장은 황급히 나가서 수족관 관리책임자에게 연락을 했다. 이윽고 바로 상어 두 마리가 수족관 안으로 떨어졌고 모비 딕은 맹렬하게 이 두 마리를 먹어 치웠다. 수족관이 다시 잠잠해지자 모비 딕은 수면 위로 올라와 자신의 등에 있는 숨구

명으로 핏물을 쏘아 올렸다. 이제 방 전체가 핏빛으로 얼룩졌고 권 박사만 제외하고 모두가 심란해져 까무러쳤다. 한 회장은 주사를 수족관 쪽으로 던진 권 박사를 이해하지 못해서 이제는 그의 발밑에 가서 애원하기 시작했다.

"권 박사님, 도대체 왜 이러십니까? 비밀을 말했고 용서를 받아냈잖습니까. 당신이 원하는 게 이게 아니었나요? 원하는 게 있으면 얼마든지 말해 줘요. 내가 다 들어주겠소."

한 회장의 이런 비굴한 모습은 처음 보는 일이었다.

"여보, 당신도 와서 권 박사님께 빌어. 상현아, 너도 아버지를 살려달라고 권 박사님께 빌어."

한상현은 한 회장이 빨리 죽기를 바랐기 때문에 그 나머지 주사기도 수족관으로 떨어지기를 원했다. 그래서 그는 아버지가 시키는 대로 하지 않고 가만히 이 장면을 바라만 보고 있을 뿐이었다. 한 회장의 아내는 남편이 시키는 대로 핏빛 바닥에 무릎을 꿇고 울먹이며 남편을 살려달라고 애원했다. 순간 대수족관 안의 모비 딕이 '우-우-우'하며 다시 괴성을 질렀다. 권민중은 자신의 발밑에 있는 두 노인네와 수족관의 모비 딕을 번갈아 가며 무심히 쳐다보고는 앞쪽으로 걸어 나오며 침대 옆에 있는 내가 훔친 검은 가방을 손에 쥐었다. 그는 두 노인과 거리를 두며 얼마간 침묵하더니 대수족관 쪽으로 소리쳤다.

"한동팔!"

건물 전체와 수족관에 이 이름이 반사되어 메아리가 되어서 울렸다. 이 이름이 권민중의 입에서 나오자 두 노인은 소스라치게 놀라며 울음을 멈추고 그를 쳐다보았다.

"한동팔! 세상 모두를 속일 수 있지만 나 권민중은 못 속여! 한거용 당신의 본명은 한동팔이었지. 당신에게는 모비딕이라는 비밀조직이 있지만 나에게는 그것보다 훨씬 막강한 삼문대라는 비밀조직이 있어. 당신의 딸은 한나영이었고 동강의 낙화암에서 자살을 했지."

한거용과 그의 아내는 믿기지 않는다는 듯이 권민중을 바라보았다. 예전에 '근대의 현상학' 박물관에서 고인석 기자가 던졌던 말이 비로소 선명하게 기억났다. '한동팔이라는 그 작자가 사실은 한국 최대의 재벌회장인 한거용이야.' 영월의 그 야비하고 비열한 덕대가 바로 한거용 회장이었다. 한동팔도 이태영과 마찬가지로 이름을 바꾼 것이었다. 그러니까 한거용 회장의 아내라는 저 여자가 바로….

"한동팔 씨, 이제 다 끝났습니다. 마지막 기회입니다. 자신의 비밀을 털어놓으시죠."

이때 나는 주머니 속에 있는 한나영의 일기장을 꺼내어서 무릎을 꿇고 있던 한 회장 앞에 던졌다.

"당신의 딸, 한나영의 일기장입니다."

자신의 비밀을 확인 사살해 준 증거가 던져지자 한 회장은 무너지기 시작했다. 그는 갑작스러운 비밀의 폭로에 방어할 틈이 없었고, 백혈병 말기 환자로서 심신이 약해지기도 했으며, 모비 딕에 의해 흔들리는 건물 때문에도 흔들렸고, 붉은 피로 뒤범벅된 자신의 방 때문에도 심란했으며, 무엇보다 자신의 과거를 알고 있는 이가 자신의 생명줄을 쥐고 있다는 사실에 자포자기하며 깊이 숨겨진 비밀을 실토했다.

"아, 내가 죽일 놈이요. 여보, 내가 죽일 놈이요. 그 옛날 옛적의 잘못이 이렇게 부메랑이 되어 돌아올지 몰랐소. 나 한동팔이 옛날 옛적에 당신에게 눈이 그만 멀어서 몹쓸 짓을 했소이다. 아니 죽을죄를 지었소이다. 당신이 용서할지 안 할지 몰라도 말할 수밖에 없구려."

잠시간의 침묵이 흘렀고 모든 귀는 그의 입에 쏠렸다.

"그러니까… 그러니까 나의 죄는… 당신이 너무 탐나서… 정말 그렇게 해서는 안 되는 일이었는데… 당신의 전남편, 이강산을 마차탄광에서 죽였소."

순간 권민중의 두 눈에서 눈물이 흘렀다. 그렇게 바라고 바라던 진실의 순간

이었다. 한 회장의 아내도 눈물을 터뜨렸다.

"설마, 설마 했는데… 당신이… 당신이 정말 죽였군요."

"미안해… 미안해… 정말 미안해. 당신을 정말 가지고 싶어서, 당신을 내 여자로 만들고야 말겠다는 집착 때문에 그랬던 거야."

이때 모비 딕은 다시 수면 위로 올라와 핏물을 쏘아 올렸다. 두 노인은 핏빛으로 물들며 목 놓아 울었다. 한거용의 아내가 결심한 듯이 입을 뗐다.

"당신 잘못만 있겠어요. 제 잘못도 컸죠. 당신의 그 저돌적인 카리스마에 내가 그만 가정을 버렸죠. 당신도 많이 아팠을 거예요. 하나밖에 없는 딸을 잃었으니까요. 모든 일에는 대가가 따르는 법이죠. 이제 다 지난 일인데요. 당신을 용서할게요. 권 박사님, 제가 이 사람을 용서할게요. 저의 전남편을 죽인 이 사람을 용서할게요! 그러니 제발 우리 남편을 살려주세요!"

그녀는 울부짖었다.

권민중은 한참 동안 울게 그녀를 내버려 두고 가만히 그녀를 뚫어지게 쳐다보았다. 그녀가 한참을 울고 나서 울음을 그치자 방이 다소 조용해졌다. 모비 딕은 다시 '우-우-우'하고 으스스한 공포의 소리를 내었다. 그녀는 울음을 그치고 권민중을 바라보았다. 권민중의 두 눈에 눈물이 흐르는 것을 그녀는 기이하게 생각했다. 권민중은 그녀를 가만히 응시했다. 마지막 진실이 밝혀질 차례였다.

"엄마, 나 태영이야. 이강산의 아들, 이태영."

나를 빼고 방에 있는 모든 사람이 놀랐다. 백발의 그녀는 순간 기절초풍했다. 백혈병 말기 환자인 한거용 회장, 아니 한동팔도 까무러쳤다. 돌고 돌아서, 다시 돌아온 것이 이강산의 아들 이태영인가.

"당신이 어째서 태영이야? 왜 사람을 가지고 장난쳐요, 권 박사님! 당신은 이태영이 아니라 권민중이잖아요."

"다른 집에 입양되어서 성과 이름을 바꾸었어. 이태영에서 권민중으로 바꾼 거야. 나의 본명은 이태영이야."

"그걸 내가 어떻게 믿어요. 어떻게 믿냐구요. 이제 곧 죽을 노인네를 가지고 장난치지 말고 제발 우리 남편을 살려줘요!"

"엄마, 그것 기억나지. 엄마가 아궁이에 불을 너무 세게 때서 내 오른쪽 다리에 흉터가 생긴 거. 믿기 힘들면 직접 확인해 봐."

수족관 쪽에 앉아 있던 그녀는 날쌔게 달려와서 권민중의 오른쪽 바지 밑을 들추었다. 그런데, 그런데…흉터가 있다! 정말 그 흉터가 있다! 그녀가 꼭꼭 감추어 두었던 과거, 생각도 하고 싶지 않은 뼈아픈 과거가 그녀를 덮쳤고 그녀는 신음을 내면서 바닥에 쓰러지더니 가슴을 쥐어뜯으며 제정신이 아닌 듯 울부짖었다. 갑자기 나타난 그의 아들이 과거에 있었던 불행한 사건들을 고스란히 상기시켰다. 그녀는 회한과 죄책감에 몸부림쳤다. 이것은 불행 중의 불행, 최악 중의 최악이었다. 내가 버린 아들에게 남편을 죽인 작자의 목숨을 살려달라는 엄마! 그녀는 고개를 떨어뜨리고 울부짖으며 자신의 운명을 저주하고 또 저주했다. 이윽고 권민중은 몇 발짝 앞으로 가더니 마지막 주사기를 수족관 안으로 던져버렸다.

"이제 다 끝났어."

이 한마디를 내뱉은 뒤 그는 한나영의 일기장을 집어 들고 뒤돌아섰다. 한 회장이 자신의 침대 밑에 숨겨둔 권총을 꺼냈다.

"권민중, 꼼짝 마! 꼼짝 말라고! 네 녀석이 이태영이건 권민중이건 상관없어. 빨리 백혈병 치료제 다시 가져와! 안 그러면 너를 죽여 버릴 테야!"

순간 모비 딕이 다시 수족관 벽을 세게 들이받았고 건물과 바닥이 흔들렸다. 바닥에 쓰러져 울던 이태영의 엄마, 한거용의 아내는 무언가 결심을 한 듯이 일어섰다. 그녀의 모습은 광부 조각상 위의 세 엄마들과 겹쳐 보였다. 그녀는 결연한 표정으로 헝클어진 머리를 쓸어 넘기고는 한거용에게 다가갔다. 한거용은 더 이상 그녀가 자기가 알던 1시간 전의 그녀가 아님을 알았다. 그는 총을 들어 그녀를 향해 쏘았다. 이태영의 엄마는 아랑곳하지 않고 한거용에게 다가가 그를 껴안았다. 그녀는 마지막 남은 힘을 다해서 한거용을 껴안고 수족관 안으로 몸을 날렸다. 모든 것이 순식간에 일어났다. 우리는 수족관 안으로 떨어지는 한거용과 그의 아내를 보았고 이내 모비 딕이 이들을 집어삼키는 것을 보았다.

한상현은 밖에 있는 대원들을 불렀다. 권민중도 무전으로 무언가를 지시했다. 방 안으로 모비딕 대원들이 들이닥쳤고 권민중과 나는 꼼짝 없이 붙잡히게 되었다.

다다다다다다

낯익은 소리다. 지붕이 뚫린 문두스 타워 위로 삼문대의 헬기가 나타나 사다리를 내렸다. 권민중은 내가 훔친 검은 가방을 들고 수족관 쪽으로 달려갔다. 모비딕 대원들이 총을 꺼내기도 전에 그는 수족관 안으로 몸을 날렸다. 그는 간신히 사다리를 잡았다. 헬기는 순간 휘청했다. 이때 모비 딕은 수면 위로 튀어 올라오더니 권민중과 헬기를 낚아채려 했다. 순간 휘청한 헬기는 금세 균형을 잡더니 순식간에 위로 올라가서 문두스 타워를 빠져나갔다.

나 혼자만 모비딕 대원들에게 붙잡혔고 한상현은 나에게 권민중의 비밀 지하실험실이 어디 있는지 말하라고 윽박질렀다. 나는 모른다고 잡아뗐다. 한상현은 대원들에게 나를 대수족관 안으로 던져버리라고 지시했다. 나는 필사적으로 저항했지만 쪽수에 당해낼 방도가 없었다. 모비딕 대원 여섯 명이 나를 번쩍 들더니 혀를 날름거리는 모비 딕의 먹이로 던질 태세였다.

"던져 버려!"

12장 동강 위에서

"잠시만요, 부회장님! 삼문대의 이현경이라는 여자에게서 전화가 왔습니다."

조선아 실장이 한상현에게 전화를 건네주려 하자 한상현은 그녀의 뺨을 세차게 때렸다. 그녀는 전화기와 함께 바닥에 내동댕이쳐졌다.

"저 녀석보다 너를 먼저 수족관에 처넣어야 해! 배신이라면 지긋지긋한데 감히 나를 배신해! 주어 와!"

조 실장은 전화기를 주워서 다시 한상현에게 주었다.

"앞으론 회장님이라고 불러. 그리고 이제부터 내가 모비딕의 수장이야."

나는 수족관 앞에서 대롱대롱 언제 던져질까를 기다리던 차에 이현경으로부터 전화가 왔다는 소리를 듣고 고개를 들어 한상현을 보았다.

"당신이 삼문대의 2인자라고요?"

이현경의 목소리는 들리지 않았고 한상현의 응답으로 분위기를 대충 짐작할 수 있었다. 둘이 대화하는 사이 모비 딕이 수면 위로 올라와 다시 물을 뿜었고 나는 핏빛으로 젖었다.

"그 녀석, 내려놔! 쓸모가 있는 놈이야."

한상현은 모비딕 대원 중 가장 서열이 높은 자에게 모레 영월의 마차탄광으로 몰래 습격하여 삼문대를 박살 낸다고 말했다. 모든 대원들을 내일까지 집결시키고 무기를 준비하라고 지시했다. 마차탄광 대실험실에 들어가는 시간은 모레 밤이었다. 삼문대는 모비딕의 습격에 무방비로 당하는 것임이 분명했다. 이현경은 줄기세포연구와 인간복제에 환멸을 느껴서 마차탄광의 위치를 알려주었을까? 근데 송수연은 지금 어떻게 되었을까? 하루가 지났고 이제 이틀이 남았는데 모레 저녁이면 출산일이다. 이현경이 송수연의 자궁에서 예수를 꺼내서 죽였을까? 앞으로 도대체 무슨 일들이 벌어질까? 그렇게 다시 수많은 의문을 가진 채 나는 이튿날 저녁까지 문두스 타워에 갇혀 있었다. 드디어 마지막 날이 되었고 밤이 다가왔다. 나는 수갑을 찬 채 한상현과 함께 헬기를 타고 영월로 향했다. 우리가 도착했을 때 영월은 고요했다.

◇

공격 시간은 밤 9시였다. 모비딕은 우선 영월발전소로 침입해 발전소를 장악하고 영월 전체의 전원을 꺼버렸다. 영월 전체가 암흑으로 빠져들었다. 삼문대 지하실험실은 비상발전기를 가동했지만 여러 실험장치와 냉동고들이 작동하지 않아 난리가 났다. 실험실 안의 혼란을 부추기려는 모비딕의 술책이었다. 한상현은 마차탄광의 북쪽과 서쪽 양쪽으로 침입한다는 계획을 세웠다. 남쪽은 마차 읍내와 가깝고 동쪽은 제천으로 가는 길과 마차탄광 문화관이 있는 관계로 인적이 드물게나마 있기 때문이다. 반면 북쪽과 서쪽은 인적이 없는 산악지역이기 때문에 군사적 공격에도 눈에 띄지 않는 장점이 있었다. 동시에 양쪽으로 들어가야만 삼문대의 방어에 혼란을 줄 수 있다고 판단했다. 한성그룹은 한국 군수산업을 이끄는 기업이기도 해서 모비딕은 각종 첨단 무기를 보유하고 있었다. 특히 한국형 아파치 헬기를 보유하고 있었기 때문에 준군사조직이나 다름없었다. 모비딕의 아파치 헬기 두 대가 마차탄광 대실험실의 북쪽 출입구와 서쪽 출입구를 미사일로 타격했다. 이 두 출입구가 파괴되자 지하실험실 전체가 흔들렸다. 매복하던 모비딕 대원들은 삼문대 경비대원들을 총으로 순식간에 제압하고 지하실험실 안으로 들어갔다. 치열한 교전이 벌어졌다. 북쪽 출입구가 모비딕에 의해 완전히 점령되었다는 교신이 들어오자 한상현과 나는 헬기에서 내려 북쪽 출입구를 통해 지하실험실로 들어갔다. 실험실 안은 아수라장이었고 서쪽에서는 교전이 일어나고 있었다. 첨단무기로 무장한 모비딕 대원 수백 명의 공격에 삼문대 대원들은 무방비로 쓰러졌다.

마차탄광 대실험실은 비상시를 대비해 여러 방어벽과 자동폭발 장치가 설치되어 있었다. 이는 중앙통제실에서 이루어지는데 여러 자동방어벽들도 모비딕의 최첨단 폭탄과 이동식 바주카포에 순식간에 무너졌다. 하지만 삼문대 요원들의 저항도 만만치 않았다. 이런 상황을 대비해 훈련해 온 저격수들이 지하실험실의 상층에 위치한 건물들과 광부의 거상 위에서 모비딕 요원들을 저격했다. 교전으로 인해 광부들의 거상들은 총상을 입고 흉물스럽게 되었다. 중앙통제실에서는 적들이 서쪽과 북쪽에서 침입했다는 비상 안내방송이 나왔고 모든 대원들은 서쪽과 북쪽으로 집결해 공격을 막을 것을 지시했다. 한동안 교전이 팽팽하게 진행되었지만 외부에서 무기가 공급되는 모비딕이 점차 우세를 점하기 시작했다. 그들은 바주카포와 기관총으로 저격수들이 위치한 건물 상층부를 박살 내고 삼문대원들을 쓰러뜨렸다. 이윽고 다시 비상 안내방송이 나왔다.

"삼문대원들은 들어라! 방금 전 이스라엘의 핵무기가 진해항에 도착했다! 삼문대가 핵무기를 확보했다! 다시 한번 말한다. 우리가 숙원하던 핵무기를 드디어 확보했다!"

이 긴급방송이 나가자 '우와!' 하는 함성이 들렸고 삼문대의 대대적인 반격이 시작되었다. 백전노장의 전투대원들이 모비딕의 공격을 막아내면서 격렬하게 저항했다. 한상현과 나는 북쪽의 석상 위에서 바리케이드와 모비딕 요원들의 보호를 받으며 양측 간의 밀고 당기는 교전 상황을 지켜보고 있었다. 모비딕은 바주카포와 기관총으로 중앙통제실을 집중 공격했다. 중앙통제실의 기능이 마비되자 전체적인 방어시스템이 흐트러졌다. 다시 긴급안내방송이 나왔다.

"모든 대원들은 들어라! 비상이다, 비상! 1시간 후에 마차탄광 대실험실은 자동 폭발한다! 모두 실험실 밖으로 탈출하라! 모두 1시간 내에 실험실 밖으로 탈출하라!"

이 방송이 나가자 모비딕 대원들은 흠칫했다. 한상현이 무전으로 권민중과 이현경을 생포하고 나서 지하실험실을 빠져나갈 것이라고 말한 뒤, 아직 시간 여유가 있으니 삼문대를 마저 제압하라고 명령했다. 중앙통제실이 집중 타격을 받고 무너지고 북쪽과 서쪽의 출입구와 주요 부분들이 모비딕에 의해 장악되자 모비딕 대원들은 이제 지하도시를 점령하기 위해 아래로 내려갔다. 한상현과 나도 모비딕의 엄호를 받으면서 그들을 따라갔다. 좁은 골목들과 거리를 사이에 두고 치열한 교전이 벌어졌다. 숫자와 화력에서 우위를 점한 모비딕은 동쪽과 남쪽으로

기세를 몰아갔다.

이때 갑자기 북쪽 출입구와 서쪽 출입구에서 삼문대원들이 들이닥쳤다. 김홍이다! 세조를 죽이고 도망갔던 김홍이 마차탄광 대실험실을 구하기 위해서 온 것이다. 한상현은 북쪽과 서쪽이 공격받고 있다는 연락을 받고 지하도시로 내려온 대원들에게 다시 위로 올라가 공격을 막으라고 지시했다. 김홍 측 대원들과 모비딕 대원들 사이의 치열한 교전이 벌어졌다. 김홍 측 대원들이 두 출입구를 봉쇄하고 동쪽과 남쪽의 삼문대 대원들이 한상현의 모비딕 대원들을 포위하자 전세가 바뀌었다. 모비딕 대원들의 무기도 점차 고갈되었고 삼문대의 화력이 점점 더 강해졌다. 얼마 지나지 않아 상황은 삼문대쪽으로 기우는 듯했다.

그런데 갑자기 남쪽 출입구에서 폭발음이 들리며 교전이 시작됐다. 뜻하지 않은 습격에 남쪽에 있던 김홍의 대원들이 속수무책으로 쓰러지기 시작했다. 다시 긴급 안내방송이 나왔다.

"모사드가 남쪽으로 침입했다! 모사드가 침입했다! 대원들은 남쪽 출입구를 지켜라."

모사드? 어떻게 알았을까? 한상현은 웃음을 지으며 모사드의 침입으로 승기를 잡을 수 있겠다고 중얼거렸다. 이 작자가 알렸구나! 그러면 모비딕과 모사드가 처음부터 합작해서 이 모든 일들을 꾸민 게로구나. 김홍의 대원들은 공중으로 연결되어 있는 철제 다리들을 통해서 모사드 대원들을 제압하기 위해 그쪽으로 이동했다. 치열한 교전이 벌어졌다. 김홍 대원들은 최선을 다해서 모사드를 막으려 애썼지만 역부족이었다. 그런데 남쪽 출입구에 낯익은 인물이 총을 들고 서 있는 것이 보였다.

바단?!

저 작자는 예루살렘에서 하마스의 총격으로 죽지 않았던가? 도대체 어떻게 된 일이지? 그럼 그때 그 사건은 자작극이었나? 위장과 속임수의 도사, 적을 도와주는 척하면서 적을 치는 것이 그의 수법이라는 말이 떠올랐다. 무서운 놈이다. 그런데 왜 우리를 공격하지? 우리와 협력했던 자가 아니던가? 두 손에 총을 든 바단은 김홍의 삼문대원들을 백발백중으로 제압했다. 김홍의 대원들은 맥없이 무너졌다. 지하도시의 높은 철제다리 위에서 바단과 김홍이 마주쳤다. 총알이 다 떨어진 김홍은 맨몸으로 바단에게 달려들었다. 바단은 붕 날아올라 다리로 김홍의 머리와 가슴을 가격했다. 비틀거리는 김홍이 일어나자 바단은 주먹으로 김홍의 얼굴을 때린 후 다리를 발로 찼다. 타격을 입고 비틀대던 김홍은 마지막으로 주먹을 휘둘러 보았지만 역부족이었다. 결국 그는 바단의 가슴팍 발차기에 균형을 잃고 철제다리에서 추락했다.

모사드가 남쪽을 장악하고 김홍의 대원들마저 무너지자 다시 전세는 역전되었다. 모비딕은 서쪽 출입구를 다시 장악했고 모사드와 합심해 남쪽에서의 교전도 우위에 서게 되었다. 이제 지하도시의 4분의 3이 모비딕과 모사드에 의해서 점령되었고 마지막 동쪽 타워 쪽만 남았다. 교전은 중단되었고 모든 총구와 화력은 헤르메스실이 있는 동쪽을 향했다. 한상현과 바단은 지하도시 아래쪽에서 만났다. 나와 바단의 눈이 마주치자 그는 어깨를 으쓱하면서 웃었다.

"당신은 그때 죽었잖아? 도대체 어떻게 된 거야?"

"아직도 모르겠나? 나는 죽지 않는다고. 이스라엘의 불사신이라고."

"자작극이었어?"

"이제야 눈치챘군. 그따위 눈치로 어떻게 공작을 해!"

"도대체 여기는 왜 온 거야? 우리는 당신과 약속을 지켰잖아! 삼문대와 모사드는 협력했잖아. 왜 우리를 공격해?"

"세상에서 가장 위대한 기술을 얻기 위해서지. 영원한 생명을 가져다줄 길가메시 기술. 언제까지 모사드가 줄기세포기술 때문에 권 박사에게 쩔쩔매야 하냐고! 그제 한상현에게서 연락을 받고 아예 우리가 줄기세포기술을 확보할 수 있다는 확신이 생겼어. 우리는 예전부터 그 기술을 차지하기 위해서 모비딕과 협력을 해왔어. 양다리 작전이지. 오늘이 바로 그 결실을 맺는 날이야. 예수도 얻고 줄기세포도 얻는 날! 일거양득이지!"

"우리는 약속을 지켰잖아. 이렇게까지 할 필요가 없잖아!"

"모사드도 약속을 지켰어. 핵무기를 그 먼 중동의 사막에서 이 먼 '파 이스트'Far East까지 옮길 수 있는 조직은 모사드밖에 없어. 소련도 쿠바에 핵무기를 옮기는 데 실패했잖아. 모든 적들을 뚫고 의심하는 모든 세력들을 매수해서 여기까지 옮겨온 거야. 이제 그 대가를 받아내야지."

"왜 우리를 속인 거야? 왜 자작극을 벌인 거야?"

"난 처음부터 네가 송수연을 끔찍이 사랑한다는 것을 눈치챘어. 마지막에 네가 딜을 거부할 수 있다는 생각에 플랜 B를 자파 게이트에서 실행한 것뿐이야. 네가 그 가방을 놓고 택시를 잡으러 가자마자 내가 신호를 보냈지. 송수연과 너를 믿게 만들어야 하니까. 송수연과 네가 도망가지 않고 역사의 미션을 수행하게 만들어야 하니까."

"당신 뜻대로 다 됐잖아."

"아니, 아직! 내가 왜 여기에 직접 온 지 아직도 모르겠나?"

"도대체 왜?"

"예수를 데리러 왔어. 아기 예수! 송수연 어디 있어?"

"나도 몰라! 이자에게 끌려와서 나도 뭐가 어떻게 됐는지 모른다고!"

"오늘이 출산일인 걸로 알고 있는데."

"그래, 바로 오늘이 출산일이야. 근데 아기 예수가 태어나는데 이렇게 베들레헴을 쑥대밭으로 만들어 놓아도 되는 거야? 예수가 다치기라도 하면 책임질 거야?"

내 말에 바단은 한상현을 바라보았다.

"우리 대원들에게는 송수연을 발견하거든 절대 해치지 말고 안전하게 보호하라고 명령했습니다."

"그랬겠지. 모비딕도 프로페셔널일 테니까. 강대웅, 송수연 어디 있어?"

"모른다고. 나도 이렇게 잡혀서 왔는데 어떻게 알겠어? 이 수갑부터 풀어주고 얘기해."

"그럼 누가 알고 있어?"

"권민중이겠죠. 아차차, 아니면 이현경이라는 그 여자가 알지도 모르죠."

옆에 있던 한상현이 말했다.

"삼문대의 2인자라는 그 여자?"

바단이 질문했다.

"네, 제가 말씀드린 그 여자입니다."

"그럼 어떻게 이들을 찾아내지? 혹시 이미 탈출한 건 아냐?"

"모비딕 대원들이 영월 전체를 감시하고 있어요. 모든 도로들과 하늘길을 우리가 통제하고 있는데 권민중이 탈출했다는 소식은 못 받았습니다. 틀림없이 여기에 있을 겁니다."

"근데 이자가 쓸모가 있으니 이현경이라는 여자는 쉽게 잡을 수 있을 것 같습니다."

"강대웅, 이자가 쓸모가 있어?"

"이현경이 아끼는 자라고 합디다."

"아끼는 자? 누구한테 들었어?"

"그 여자에게서 직접 들었습니다. 좀 이따 알게 될 거예요."

"나는 이현경의 비서야."

내가 대꾸했다.

"좀 두고 봅시다."

한상현은 야릇한 미소를 지으며 대답했다.

중앙통제실 또한 모비딕과 모사드에게 장악되었고 한상현이 권민중과 이현경에게 보내는 메시지가 흘러나왔다.

"권 박사님, 아니 형님! 이제 모든 게 끝났습니다. 비록 배다른 형제지만 제가 이제부터 형님을 깍듯하게 모시겠습니다. 아버지는 다르지만 어머니는 같잖아요. 아버지와 어머니는 형님께서 보셨듯이 문두스 타워에서 업보를 치르셨습니다. 이제 새로운 세상이 시작된 겁니다. 형님과 저의 세상 말입니다. 저희 둘이 힘을 합치면 세계에서 누구도 우리를 당해낼 수 없습니다. 모사드도 우리의 동맹이니 이제 두려울 게 아무것도 없습니다. 그러니까 형님, 저항하지 마시고 광장에 나오셔서 우리와 화해하시죠."

지하도시에 적막이 감돌았다. 한상현은 자기의 구슬림이 소용없다는 것을 알고 이현경을 끌어내기 위해 나를 미끼로 사용했다. 다시 한상현의 메시지가 지하도시 전체에 울려 퍼졌다.

"이현경 박사님, 당신이 가장 아끼는 강대웅이 내 손에 붙잡혀 있습니다. 3분안에 광장으로 나오지 않으면 강대웅을 죽이겠습니다. 당신이 그렇게 아끼는 강대웅을 죽이겠습니다."

흑심 광장의 서쪽에 모비딕과 모사드 대원들이 진을 쳤고 나는 한상현의 지시대로 광장 앞쪽으로 걸어 나갔다. 한상현은 무선으로 다시 최후의 통첩을 날렸다.

"이현경 씨, 3분입니다. 강대웅의 목숨은 이제 3분밖에 남지 않았습니다. 우리에게도 시간이 별로 없습니다. 자동폭파 장치가 작동했기 때문에 30분 안에 지하도시는 무너집니다. 빨리 나오십시오."

그렇게 속절없이 3분이 지났다. 한상현은 나를 겨누었다.

탕! 탕! 탕!

내 머리 위로 총알들이 날아갔다. 그때 동쪽 타워의 헤르메스실에서 이현경과 권민중이 나왔다. 둘은 같이 있었던 것이다.

"절대 해쳐서는 안 돼!"

한상현은 무전으로 대원들에게 단호하게 명령했다. 검은 가방을 든 권민중과 이현경은 굳은 표정으로 광장으로 나왔고 나와 눈이 마주쳤다. 나는 시선을 돌렸다.

"대웅 씨의 수갑을 풀어줘요."

이현경이 한상현에게 요청했다. 한상현이 수갑을 풀자마자 이현경은 나를 끌어안고 울었다. 나도 너무나 미안해서 울음을 터뜨렸다.

"저를 왜 이렇게 끝까지 살려주셨어요? 저같이 배알도 없는 배신자를 왜 끝까지 구해주셨어요?"

그녀는 울면서 나에게 대답했다.

"당신을 버린 어머니의 이야기를 듣고 나서 마치 당신이 내 자식 같았어요. 당신 어머님에 대한 그리움과 원망에 사무쳐 있는 당신이 불쌍했죠. 당신의 아버님에 대한 효심도 나를 감동시켰죠. 내가 내 자식을 그 개울가에서 구하지 못했고, 내 손으로 내 자식을 복제해서 죽였기 때문에, 나는 엄마를 그리워하는 당신이 내 자식처럼 느껴졌어요. 처음에는 당신만이 이 잔인한 복제실험을 멈출 수 있다고 믿었어요. 그런데 당신 어머니의 이야기를 듣고 나서 나는 당신 엄마를 대신해서 당신을 살려야겠다고 마음먹었어요."

나는 그녀의 말에 눈물을 흘렸고 권 박사는 자신의 절친인 이현경을 자포자기하듯 바라보며 말을 내뱉었다.

"이렇게 네가 나를 배신할 줄 몰랐다. 가장 친한 친구에게 배신을 당하다니…. 믿을 수가 없구나. 민족을 위해 아니 영원한 생명을 위해 나의 모든 것을 바쳤건만 네가 배신할지 꿈에도 몰랐어."

"미안해, 태영아. 정말 미안해. 이렇게 할 수밖에 없었어. 너를 멈출 수 있는 방법은 이것밖에 없었어. 내 아이를 직접 복제해서 내 손으로 죽였을 때 내 심정을 넌 모를 거야. '엄마, 살려줘.'라고 외치는 그 아이의 눈빛을 어떻게 잊을 수 있겠니. 엄마의 이름으로 난 너를 배신할 수밖에 없었어."

"짐작하고 있었지만 그 아이가 네 아이였구나. 조금만 기술이 더 발전했었더라면 그렇게 태어나지는 않았을 텐데…."

"아니야. 이 모든 복제실험은 헛된 망상이고 우리 인간에겐 너무나 위험한 도박이었어. 나는 내 아이를 살리려는 도박을 했지만 돌아온 건 또 다른 지옥뿐이었어. 나는 이 지옥을 끝내고 싶었어. 미안하다, 태영아. 나의 사랑하는 친구야."

"시간이 얼마 없어. 송수연은 어디 있어?"

이때 바단이 끼어들어 다그쳤다.

"서쪽 타워 의학동 5층에 있어요."

이현경도 송수연이 걱정이 되었는지 바로 대답했다. 바단은 서쪽 타워 쪽으로 재빨리 혼자서 뛰어갔다.

"형님, 이제 그 가방 저에게 주시죠. 모든 것이 끝났습니다. 이제부터 제가 형님을 깍듯하게 잘 모시겠습니다."

권민중이 가방을 건네주지 않자 한상현은 권민중 앞으로 다가가 검은 가방을 낚아채려 했다. 순간 동쪽 타워에서 뭔가가 날아왔다.

쉬웅! 쉬웅! 쉬웅!

화살 하나가 한상현의 왼쪽 눈에 박히고 뒤이어 다른 화살 두 개는 한상현을 보좌하는 두 명의 가슴에 각각 꽂혔다. 한상현은 신음 소리를 내더니 바닥에 쓰러졌고 눈에서 화살을 뽑으려고 바둥거렸다. 동쪽 거상 위를 보니 바로, 바로, 성삼문 선생이 활을 들고 있었다. 백발백중이었다. 이때 갑자기 지하도시의 동쪽 입구 옆에서 소속을 알 수 없는 저격수들이 일제히 광장에 있던 모비딕과 모사드 요원들을 명중시켜 거꾸러뜨렸다. 동쪽 위를 다시 보니 나용배다! 그가 자신의 북파공작원 부대를 이끌고 왔다. 나용배의 WB 부대와 남은 삼문대 대원들이 힘을 합쳐 모비딕과 모사드 요원들과 총격을 주고받았다. 권민중과 이현경은 재빨리 몸을 숨겨 동쪽 타워 쪽으로 달아났다. 나는 송수연이 있는 서쪽 타워 의학동 5층으로 내달음질쳤다.

내가 분만실로 들어서자, 바단이 총구를 겨누었다. 송수연은 출산 진통으로 악을 쓰고 있었고 삼문대 소속의 의사 한 명과 간호사 한 명이 송수연의 출산을 거드는 중이었다. 나는 바단에게 소리쳤다.

"그 총 좀 내려놓아요. 아이가 태어나잖아요. 예수가 태어난다고요! 동방박사는 선물을 가져왔는데 서방박사는 총을 가지고 왔군요!"

그러자 바단은 약간 찔리는 듯 총을 허리춤에 넣고 송수연이 아이를 낳는 모습을 냉정히 지켜보았다. 나는 송수연 옆으로 다가가 그녀의 손을 잡았다.

"괜찮아요?"

"견딜 만해요."

"이제 어쩔 수 없군요. 아이를 낳는 수밖에."

그녀는 이빨을 꽉 물고 고개를 끄덕였다. 비상 안내방송이 나왔다.

"20분 후에 지하도시는 폭발합니다. 모두 건물 밖으로 대피하세요. 다시 한번 경고합니다. 20분 후에 지하도시는 폭발합니다. 빨리 대피하세요."

"출산이 문제가 아니라 건물이 폭발합니다. 우선 여기를 나가서 아이를 낳는 게 어떨까요?"

의사가 바단에게 애원했다.

"안 돼! 지금 머리가 나오고 있잖아! 빨리 하자고!"

정말 송수연의 자궁 밖으로 아이의 머리가 보이기 시작했다. 온몸이 미친 듯이 떨렸다. 혹시 이상한 아이가 태어나면 어떡하지? 보라나 동현이 같은 괴물이 태어나면 어쩌지? 이 아이가 송수연의 자궁을 게걸스럽게 먹고 나오면 어쩌지? 아이의 머리가 서서히 나오더니 아이의 얼굴 형체가 또렷하게 드러났다.

응애! 응애! 응애!

정상적인 얼굴이었다! 아니 아주 잘 생기고 빛이 나는 얼굴이었다. 바단은 아이의 얼굴을 보더니 울먹였다. 그의 마지막 미션이 이렇게 결실을 보게 된다는 생각에 그는 감격해했다. 아우슈비츠에서 어머니가 가스실로 끌려갈 때 울고 난 이후 처음으로 울었다. 죽음의 왕, 이스라엘의 수호신이 이스라엘의 원죄를 씻기 위해, 마지막으로 한 사람을 살리기 위해, 그의 모든 것을 걸고 이 마차탄광 지하도시까지 왔다. 그가 드디어 해냈다! 핵무기를 걸고, 이스라엘을 걸고 올인하여 드디어 성취했다. 어떻게 감격스럽지 않을 수 있겠는가. 바단은 나지막하게 울먹였다. 그의 턱이 덜덜 떨렸다. 나의 턱도 덜덜 떨렸다. 이것은 단지 하나의 미션이 아니다. 역사 자체를 바꾸는 일이다. 그도 이것이 이렇게 거대하고 긴장된 일인지 몰랐다. 그가 비록 세상에서 가장 차가운 모사드 국장일지라도 지금 이 순간만큼은 뜨겁게 타올라 가장 중요한 역사적 순간을 맞이하고 있었다.

"구원받았어! 이제야 구원받았어! 오, 하늘이시여, 드디어 구원받았어!"

아이의 몸이 서서히 나왔고 양손이 보이기 시작했다. 정상이었다! 나도 어깨를 들썩이며 울먹거렸다. 하느님, 감사합니다! 정말 감사합니다! 아이도 건강하고 산모도 건강하다! 아이도 살았고 송수연도 살았다. 의사와 간호사가 아이의 다리를 꺼내었고 탯줄을 잘랐다. 아이의 얼굴과 사지가 온전히 드러났을 때 우리는 두 눈을 의심했다.

고추가 없다!

여자아이였다. 바단은 자기 눈을 못 믿겠다는 듯이 간호사로부터 아이를 빼앗아 아이의 다리 밑을 바라본 후 손으로 확인해 보았다. 역시 없다! 송수연도 아이의 고추가 없다는 사실에 충격을 받은 듯 멍하니 바라보았다.

"도대체 어떻게 된 일이죠? 왜 고추가 없어요, 왜? 도대체 어떻게 된 일이에요, 네?"

바단과 송수연은 혼란스러움에 망연자실했다. 다시 정신을 차린 바단은 주머니에서 총을 꺼내려고 했다. 나는 바로 그의 손을 치고 얼굴을 가격했다. 그는 잠시 비틀거렸지만 이내 그의 주먹이 내 얼굴로 날아왔고 우리는 분만실에서 뒤엉켜서 싸우기 시작했다. 의사와 간호사는 황급히 아이와 송수연을 두고 분만실을 빠져나갔다. 그는 괴물이었다. 태권도 유단자의 실력을 뛰어넘는 이스라엘 최고의 살인 병기였다. 그는 나의 팔과 다리를 가격했고 나는 끝내 바닥에 내동댕이쳐졌다. 그는 바닥에 떨어진 권총을 집어 들며 말했다.

"감히 나를 속여? 핵무기를 줬는데 천하의 모사드를 속여?"

"우리는 모르는 일이야. 그냥 당신들이 준 **뼈**에서 **DNA**를 추출했을 뿐이야. 우리 잘못이 아니란 말이야."

"그러면 애초부터 말을 했어야지! 왜 애초에 말을 안 했어?"

"나도 몰라. 이 일은 이현경이 주도했어. 이현경은 애초부터 이 일에 반대했어."

"지랄하네!"

바단은 분이 풀리지 않았는지 바닥에 쓰러진 나를 발로 걷어찼다.

"감히 모사드를 속인 이 개새끼, 잘 가라."

찰칵

그가 나를 쏘려고 할 때 갑자기 송수연이 내 앞을 가로막았다. 그러더니 그녀는 자신의 상의를 풀어헤치고 자신의 가슴을 드러내었다. 하늘을 향해 튀어나온 아름다운 곡선을 가진 가슴이었다. 바단은 아무 말 없이 한참 동안 그녀의 가슴에 총을 겨누었다. 다시 기계음의 마지막 경고 메시지가 들려왔다.

"지하도시는 10분 후에 폭발합니다. 빨리 대피하시오! 빨리 대피하시오!"

바단은 창밖으로 권민중과 이현경이 동쪽 출구 쪽의 계단을 올라가는 것을 보았다. 그는 총을 내려놓고선 재빨리 분만실을 빠져나가 동쪽 출구 쪽의 계단으로 뛰어 올라갔다. 나는 송수연에게 키스를 하고 빨리 지하로 대피해서 열차를 타고 어라연으로 대피하라고 말했다. 지하도시의 구조를 잘 알고 있는 그녀는 아이를 안고 계단을 통해 지하 열차가 있는 곳으로 내려갔다. 그녀는 아이와 함께 안전하게 어라연으로 빠져나갔다.

나는 권민중과 바단을 쫓아서 동쪽 출구 계단을 올라갔다. 남쪽의 거상이 폭발하더니 차례대로 서쪽의 건물과 북쪽의 건물이 무너지기 시작했다. 머리 위에서는 돌들이 떨어지고 광장의 분수대인 '흑심'도 무너졌다. 나는 전속력을 다해 동쪽 출구 쪽으로 빠져나왔다.

삭도들이 매달려 있는 U자 계곡 너머로 권민중과 나용배가 바단과 싸우는 것이 보였다. 건너편 마차탄광 언덕에서는 이현경이 '추억의 집' 쪽을 향해 올라가고 있었다. 바단은 권민중의 검은 가방을 빼앗아 한 손에 든 채, 다른 한 손으로 두 명을 상대하고 있었다.

"빨리 삭도를 작동시켜! 내가 바단을 막을 테니 빨리 저기 기계실에서 삭도를
작동시켜!"

권민중이 바단과 격투를 해서 막는 동안 나용배는 삭도 기계실로 달려갔다.
바단은 권민중을 기어이 때려눕혔고 바닥에 떨어진 총을 들어 먼저 기계실에 있
는 나용배를 향해 쏘았다. 나용배는 총을 맞고 쓰러졌다.

"용배야!"

권 박사가 소리쳤다.

"권민중, 이 개새끼! 감히 네가 죽음의 왕인 나를 속여!"

바단은 권민중에게 총을 겨누며 꾸짖었다.

이때 삭도 기계실에서 "으아아악!" 하는 괴성이 들려왔다. 나용배는 피를 흘리
며 삭도 작동 손잡이를 위로 올리기 위해 안간힘을 썼다. 바단은 다시 나용배를
향해 쏘았고 그의 몸에 총알이 박혔다.

"으아아악!"

나용배는 악을 쓰며 작동 손잡이를 끝까지 밀어 올렸다. 바단은 마지막으로
나용배의 머리를 명중시켰고 나용배는 쓰러졌다.

덜컹!

드디어 삭도가 천천히 움직이기 시작했다.

바단은 다시 권민중에게 총구를 겨누더니 소리쳤다.

"감히 모사드를 속여! 감히 죽음의 왕인 나를 속여!"

"도대체 우리가 뭘 속였다는 거야?"

"금방 아기가 태어났는데 페니스가 없어! 페니스가!"

"난 모르는 일이야. 당신이 준 DNA를 사용해 복제했을 뿐이야. 예수복제는
이현경이 주도했어. 내 친구인 이현경이 총책임자였고 난 걔를 절대 신임했어."

"페니스가 달린 초음파 사진은 그럼 가짜였던 거야?"

"이현경이 보낸 거야. 검사는 애초부터 끝까지 송수연이 거부했어. 신성한 아기
예수를 임신했다며 어떤 과학적인 검사도 거부했다고. 그래서 알 수가 없었어. 나
는 약속을 지켰어! 약속을 지켰다고!"

이현경이 주도했다는 말에 바단은 건너편 언덕으로 올라가고 있던 이현경을 보고는 분노의 총알을 발사했다.

털썩

이현경이 총에 맞아 쓰러졌다. 그러더니 바단은 권 박사를 향해 다시 총구를 겨누었다.

"핵무기를 이스라엘에서 진해항까지 옮겨오는 데 얼마나 개고생을 했는지 넌 모를 거야."

바단은 분이 안 풀렸는지 권민중을 걷어찼다. 나는 옆에 있는 막대기를 들어 바단의 뒤로 다가가 그의 팔을 힘차게 가격했다. 그는 비명소리를 내며 총을 떨어뜨렸다.

"빨리 피하세요! 빨리!"

내 목소리를 들었는지, 바닥에 쓰러져 있던 권민중은 벌떡 일어나 검은 가방을 들고 삭도 쪽으로 달려가기 시작했다. 바단은 땅에 떨어진 총을 집어 권민중을 향해 쏘았다. 권민중이 털썩 쓰러졌다. 나는 바단의 팔을 잡아 강하게 내리찧었다. 바단은 다른 손으로 내 얼굴을 때렸다. 우리는 삭도의 플랫폼에서 서로 난타전을 벌였다. 총에 맞은 권민중은 피를 흘리며 일어서더니 천천히 움직이는 삭도 위로 가방과 함께 자신의 몸을 던졌다. 나는 바단을 상대하기에 역부족이었다. 아무리 늙었어도 007은 007이었다. 그가 다시 나를 때려눕혔을 때 나는 내가 졌음을 깨달았다. 그는 나를 겨누었다.

쉬웅! 쉬웅!
탁! 탁!

이때 마차탄광 동쪽 출구 쪽에서 화살 두 개가 날아와 바단의 가슴에 그대로 꽂혔다. 바단은 고개를 돌려 화살을 쏜 성삼문을 보고선 그를 향해 총을 발사했다. 성삼문은 총을 맞고 쓰러지며 계곡 왼편으로 추락했다. 심장이 뚫린 바단은 입에서 피를 토하며 계곡 오른편으로 떨어졌다.

나는 일어나 막 플랫폼을 벗어나려는 삭도에 몸을 실었다. 저편에 권민중이 탄 삭도가 보였다. 삭도가 언덕 건너편을 지나갈 때, 나는 일어나 풀숲에 쓰러진 이현경을 향해 소리쳤다.

"중삼문님! 중삼문님!"

눈물이 나오기 시작했다. 이현경은 내 소리를 들었는지 자리에서 일어나더니 절룩거리면서 '추억의 집'으로 올라갔다. 나는 그녀가 살아있음에 안도했다. 그녀는 '추억의 집'으로 들어가더니 무언가를 뿌리기 시작했다. 잠시 후 '추억의 집'은 불길에 휩싸였다. 그 광경을 지켜보던 나는 소리쳤다

"안 돼! 안 돼!"

일기장… 일기장… 수많은 사람들의 추억이 살아있는 일기장…. 종이와 나무 집인지라 '추억의 집'은 순식간에 타들어 갔다. 그녀는 불타고 있는 '추억의 집'의 큰 유리문 쪽으로 걸어와 삭도에 탄 나를 올려다보았다. 그녀는 '추억의 집'과 함께, 그 수많은 일기장과 함께, 사라질 참이었다. 칠흑 같은 어둠 속이었지만 나는 그녀의 눈빛을 선명히 볼 수 있었다. 그녀는 삭도 위에 서 있는 나를 보며 입가에 미소를 지었다. 그리고 양팔로 하트모양을 그렸다. 나도 그녀를 향해 양팔로 하트 모양을 지었다. 그녀는 나의 하트를 보더니 만족했다는 듯이 평화로운 표정을 지으며 눈물을 흘렸다. 그녀는 불타오르는 수많은 일기장들 속으로 발을 내디뎠다. 한나영의 추억, 이태영의 추억, 이현경의 추억, 그리고 그 수많은 탄광촌 아이들의 추억들이, 그 영원한 시간을 머금은 기억의 공간이 거대한 불길에 휩싸였다. 그 추억들의 비밀을 알아내고자 일기장을 밤낮 읽고 또 읽으면서 느꼈던 호기심, 고통, 회한, 그리고 그리움. 그렇게 나의 추억의 집이 활활 타올랐다. '우리의 추억'은 하염없이 불길에 무너져 내렸다.

나는 삭도 바닥에 주저앉아 울었다. 모든 게 이렇게 끝나다니, 모든 것이 허망

하게 이렇게 끝나버리다니. 빗방울이 떨어지기 시작했다. 시도 때도 없이 내린다는 영월의 소나기였다. 덜컹거리는 삭도 안에서 세찬 비를 맞으며 나는 비탄에 잠겼다. 운명이 이렇게 가혹할 수가. 나는 망연자실하여 쏟아지는 비를 맞으며 뜨겁게 타올랐던 나의 운명을 식혔다. 잠깐의 비가 그쳤다.

이제 내가 탄 삭도는 천천히 동강 쪽으로 접근하려 했다. 소나기가 지나가자 구름 한 점 없는 하늘에 수많은 별들이 우글거리며 살아 움직였다. 정전이 된 도시 위로 별들이 빛을 발했다. 북두칠성이 선명하게 밤하늘의 중심에서 자태를 뽐냈다. 북극성도 오늘은 또렷하게 보인다. 가장 빛난다고 세상의 중심이 아닐지니. 수많은 별들이 약동하면서 제각기 자신의 광채를 뽐냈다. 눈을 돌려 남쪽 하늘을 바라보니 송수연과 처음 보았던 물고기자리가 V를 그리며 선명하게 반짝였다. 엄마와 아이를 잇는 '알 리스카'여, 오늘에서야 왜 네가 가장 슬픈 별자리인 줄 알았다. 너의 또 다른 이름은 '이별'일지니. 아, 바로 앞 삭도에 권민중이 타고 있다는 걸 까맣게 잊고 있었다. 나는 삭도 위에서 그를 향해 소리쳤다.

"이태영! 이태영!"

이태영이 탄 삭도에 선명한 표시가 눈에 들어왔다.

○○호

어디서 본 글자다. 한나영의 일기장에 나오는 그 배? 나는 그제야 깨달았다. 한나영과 이태영은 동강에서 배를 타고 별을 본 것이 아니라 삭도를 타고 공중에서 별을 본 것이었다. 나의 소리를 들었는지 이태영은 피를 흘리며 삭도를 잡고 부들부들 떨면서 일어났다. 그는 치명상을 입은 듯 다시 쓰러졌다. 그 순간 우리의 삭도는 낙화암 위를 지나가고 있었다. 아, 낙화암이여! 너는 봉래산을 바라보며 동강 가에 애처롭게 서 있구나. 꽃이 떨어지듯 우리의 운명도 떨어지고. 왕과 소녀, 성삼문과 소나무, 이태영과 한나영, 바단과 예수, 그리고 나와 당신. 화무십일홍이 화유십일홍이 될 수 없음을, 끝내 추락할 수밖에 없는 운명이기에, 우리는 그토록 그리워했나 보다.

삭도는 소나기로 인해 모든 것을 삼킬 듯 더욱더 맹렬해진 동강으로 들어섰다. 이태영이 천천히 다시 일어나더니 저편의 나를 바라보고는 자신의 운명을 받아들이는 듯한 엷은 미소를 지었다. 나도 그를 향해 망연자실한 표정을 지었다. 우리가 운명과 비탄의 눈빛을 교환하는 순간 밤하늘이 번쩍였다. 별똥별이다! 페르세우스자리에서 별똥별들이 쏟아지기 시작했다. 우리는 칠흑 같은 어둠 속에서 쏟아지는 휘황찬란한 별똥별들의 광채에 순간 넋을 잃었다. 별들이 파도처럼 몰려와 밤하늘이 동강과 함께 출렁거렸다. 세상 모든 것들이 약동하고 살아 움직였다. 경탄은 환희로 바뀌었다. 참을 수 없는 웃음이 끓어올랐다. 오늘이 바로 그날이구나! 50년 전 한 소녀와 한 소년을 영원한 사랑으로 맺어주었던 바로 그날! 우리 둘은 각자의 삭도에 매달려 동강 하늘 위를 수놓은 별들의 파도에 감격했다.

우리의 삭도가 동강 가운데를 지날 때 이태영은 검은 가방을 열었다. 모두가 그토록 원했던 저 검은 가방! 나는 그 가방이 찰칵하고 열리는 소리에 전율을 느꼈다. 이윽고 이태영은 검은 가방에서 자신의 모든 것을 걸고 지켜온 그의 보물을 꺼냈다. 아, 저것이었구나! 바로 저것이었구나!

별이 달린 검은 장화

이태영은 한나영이 자신의 아버지에게 선물했던 별이 달린 검은 장화를 꺼냈다. 그는 장화를 신고 삭도의 지지대를 붙잡고 올라섰다. 그는 동강의 하늘을 바라보았다. 별똥별을 보던 소녀의 얼굴을 바라보았다. 그리고 그는 마지막으로 나를 따뜻하게 바라보았다. 작별 인사였다. 수많은 별똥별들이 우리 위를 가로지르며 번쩍거렸다. 환희와 감격에 휩싸인 채 소년은 소녀를 다시 만났다.

동강 위로 별들이 쏟아졌다.